8,95€

BESTSELLER

Patricia Gaffney nació en Tampa, Florida. Estudió lengua y literatura inglesa y, durante quince años, trabajó como periodista *free lance*. En 1984 decidió hacer realidad sus dos sueños: escribir novelas y huir de las grandes ciudades. Su primer gran éxito le llegó con la novela *Cuatro amigas*, que vendió un millón y medio de ejemplares en Estados Unidos y estuvo diecisiete semanas en las listas de *best sellers* del *New York Times*. Un éxito que se ha repetido con *Volver a empezar*. Actualmente vive en el sur de Pensilvania con su marido.

Biblioteca

PATRICIA GAFFNEY

Volver a empezar

Traducción de

Edith Zilli

DEBOLS!LLO

Esta novela es una obra de ficción. Los nombres, personajes, lugares y sucesos que aparecen en ella son fruto de la imaginación del autor o se usan con fines literarios. Cualquier posible parecido con personas reales, vivas o muertas, o con sucesos y lugares concretos es mera coincidencia.

Título original: *Circle of Three*
Diseño de la portada: Alícia Sánchez
Fotografía de la portada: © Abode/Getty Images

Primera edición en De BOLS!LLO: octubre, 2006

Printed in Spain – Impreso en España

ISBN-13: 978-84-8346-130-3
ISBN-10: 84-8346-130-7 (vol. 535/2)
Depósito legal: B. 37.901 - 2006

Fotocomposición: Revertext, S. L.

Impreso en Novoprint, S. A.
Energia, 53. Sant Andreu de la Barca (Barcelona)

P 861303

Lourdes Oppenhuizen.

Tú y yo, Jen.
Separadas al nacer, sin duda alguna

1

Lo natural

Es natural sentirse culpable tras la muerte de un ser querido. La culpa y el dolor van juntos, eso es lo que dicen. Porque una sigue viviendo, supongo. Pues bien, hay muchas cosas que son «naturales», incluido el infanticidio en algunas culturas. Cuervo, el extrañísimo amigo de mi hija adolescente, me confió hace poco que la focha hembra mata a picotazos a todos sus polluelos, salvo a dos, porque alimentarlos es demasiado trabajo. La naturaleza es así.

Ese tópico de que la culpa es natural se basa en el supuesto de que en realidad uno no ha hecho nada para precipitar la muerte del ser querido. Y ahí está el problema. Yo incité a mi esposo a reñir cinco minutos antes de que el coche se estrellara contra un árbol y muriera. (No fue lo único que hice, pero sí lo más llamativo.) Una discusión increíblemente estúpida: ¿por qué no podía ser él quien llevara a Ruth al torneo de fútbol al día siguiente? ¿Por qué debía ser siempre yo quien lo hiciera? ¿Cuánto tiempo hacía que él no asistía a una reunión con los profesores, a una exposición de ciencias, a algo así? Dentro de seis años Ruth cumpliría los veintiún años y quedaría fuera de su vida; ¿acaso quería pasar toda la adolescencia de su única hija encerrado en su despacho? Calificando exámenes y escribiendo (sí, eso dije) oscuros artículos sobre minucias matemáticas que solo se publicaban en revistas aún más oscuras de higos a brevas.

Eran las once, un viernes por la noche. Regresábamos a casa después de cenar con mis padres. Para empezar, Stephen no quería ir a esa cena pero, como nunca quería, no me tomo eso muy a pecho; es algo que puedo perdonarme. Ruth, gracias a Dios, ¡gracias a Dios!, no estaba con nosotros; pasaba la noche en casa de una amiga, celebrando su cumpleaños. Durante toda la velada me había dedicado a proteger una tensa paz, suavizando esto o expresando aquello de otra manera. Mi madre siempre sintió afecto por Stephen, no sé bien por qué, pero él la detestaba, y hasta el día de hoy ella lo ignora. Eso es obra mía. Pasé dieciocho años, lo que duró nuestro matrimonio, reinterpretando ante ella sus groserías; a veces, su flagrante desprecio. «Está con sus pensamientos elevados», bromeaba yo cuando mamá nos hacía alguna de sus visitas inesperadas (irritantes, lo admito) y él no se dignaba salir de su estudio. Y ella se deja intimidar fácilmente por lo que considera superioridad intelectual (salvo en lo que respecta a mi padre, lo cual es interesante), de manera que nunca era difícil hacerle creer que Stephen no era frío y desdeñoso; no, era un genio. Los genios son bruscos y excéntricos, se aíslan, no tienen tiempo para mostrarse simpáticos con la suegra.

Lo que desencadenó la discusión en el coche fue el miedo. Esa noche había visto algo que me asustó: una horrible similitud entre mi esposo y mi padre. Enfadarme con Stephen, provocarlo, tratar de que me gritara (eso habría sido ideal) era un modo de convencerme de que no había visto nada de eso.

George Danziger, mi padre, enseñó literatura inglesa en Remington College durante cuarenta años. Hace poco se retiró para escribir un libro, en colaboración con un colega, sobre un oscuro poeta del siglo XVIII cuyo nombre he olvidado. Mi padre es un hombre bajo y fornido, medio calvo, de hombros caídos; tiene barriga, camina arrastrando los pies y suele tener ceniza de la pipa en el chaleco o en la manga de la chaqueta. A menudo luce una expresión ausente. Supongo que es lo más parecido a la imagen del profesor distraído que se puede hallar, como no sea en caricatura. Aun así hay cierta ajada dignidad en su cara flácida y en sus movimientos flemáticos, al menos a mis ojos. Stephen era físicamente el polo opuesto; sus facciones eran hermosas, marcadas, como las de Ruth; tenía una cabellera abundante, de un rubio agrisado y rizada. Gestos rápidos, económicos. Y un desasosiego permanente, una impaciencia con cuanto lo rodeaba que, si te la tomabas a pecho, podía resultar insultante.

Mientras mamá y yo fregábamos los platos, los hombres salieron para que papá fumara su pipa, placer que le estaba prohibido en la casa de mi madre. Yo los miraba distraídamente por la ventana de la cocina; estaban de pie junto a la mesa de hierro forjado, en el silencio del verano avanzado, con los hombros caídos y el mentón hundido en el cuello de las camisas de manga corta. No tenían mucho que decirse; claro que era lo habitual. Solo tenían una cosa en común: la universidad. Y aun después de tantos años Stephen seguía secretamente resentido por el hecho de que papá lo hubiera ayudado a conseguir esa cátedra. Mantenían una distancia viril, ni siquiera se miraban cuando hablaban. Pasaban el peso del cuerpo de un pie a otro, con las manos hundidas en los bolsillos, entornando los ojos para contemplar el cielo nocturno por encima del tejado, como si estuvieran viendo una película.

En ese momento, por diferentes que fueran, los vi iguales. Idénticos. Aunque tenía las manos sumergidas en agua caliente, recuerdo el frío que sentí, como la hoja de una espada contra la piel desnuda. Me invadió la escalofriante idea de que eran lo mismo.

¡Imposible! En Stephen había terquedad, genio vivo y una veta perversa; Stephen estaba vivo. Pensé en lo que el descontento y la desilusión habían hecho con mi madre, recordé a quién culpaba ella. Entonces pensé: ¿Y si al casarme con un hombre tan distraído e inalcanzable como papá cometí el mismo error que ella? No ya un error similar; exactamente el mismo.

Por eso inicié una riña. Stephen, a diferencia de mi padre, sabía devolver todos los golpes... y mejorarlos. Su arma, la lógica fría y mordaz, invariablemente provocaba en mí una furia lacrimosa e incoherente. Llevaba todas las de perder; era un combate a espada con un globo. Sin embargo, esa noche no me importó; quería ruido, jaleo, acción. Esperé a estar camino de casa por Clay Boulevard, una autopista de cuatro carriles, bien iluminada, donde nada nos distraería. No me interesaba cuál fuera el motivo de la pelea. Estaba cansada, y para llevar a Ruth al partido de fútbol tendría que levantarme a las seis de la mañana, en sábado. De manera que escogí ese.

Stephen no pronunció ni una palabra. Han pasado cuatro meses y aún no recuerdo nada de lo que dijo en el coche. Eso me produce una tristeza inexpresable. Yo, por el contrario, tenía mucho que decir y lo hice, hasta que él bajó la ventanilla. Fue la primera señal de que sucedía algo malo. Hacía frío y yo seguía luchando con los mandos de la calefacción, tratando de entrar en calor. Pensé que bajaba el cristal solo por fastidiarme.

«¿No piensas decir nada?» Aún oigo el tono de mi voz, horrible y chillón. Él hizo una mueca, un gesto de dolor, pero la oscuridad me impidió ver el color de su rostro; solo noté que tenía la boca contraída. «¿Qué te sucede?»

Lo mío no era preocupación, sino desconcierto. Él pronunció mi nombre, «Carrie...», y nada más. No se llevó la mano al pecho, como en las caricaturas del hombre que sufre un infarto. Se apretó el brazo y de inmediato cayó contra la portezuela. Todo sucedió muy deprisa. Íbamos por nuestro carril y, un segundo después, cruzábamos el césped de la mediana, con faros enfocados hacia nuestros ojos, estruendo de cláxones, automóviles que se desviaban bruscamente. Aferré el volante y la velocidad disminuyó un poco, pero Stephen aún tenía el pie en el acelerador y yo no podía desenredar las piernas para apartárselo de un puntapié. Me devoró el pánico. Recuerdo haber sentido tristeza, porque eso era el final; acabaría quebrada, destrozada entre metal y cristales a alta velocidad. Ruth no fue un pensamiento consciente, pero sí el peso, la sombra que caía sobre todo lo demás dentro de mi cerebro: Oh, mi pequeña...

No sería correcto decir que conduje; de algún modo llevé el coche a través de dos carriles, entre los vehículos que circulaban en dirección contraria, sin chocar con nada. Cruzamos a tumbos el arcén; luego una pendiente de grava, hasta ascender por una pequeña elevación. Las fuertes sacudidas del coche hicieron que Stephen cayera hacia atrás, y por fin apartó el pie del acelerador. Podríamos habernos detenido de forma natural de no habernos topado con la línea de árboles que crecían en lo alto de la cuesta. El coche giró en redondo, con el parachoques enganchado, y se estrelló contra un tronco. Me golpeé la cabeza contra algo; creo que fue la ventanilla de mi lado, antes de que la portezuela se abriera de repente; el cinturón de seguridad impidió que saliera despedida.

Luces, ruidos. Estuve sin sentido hasta que dos chavales, estudiantes de Remington, me sacaron de allí. Me mantuvieron tendida en el suelo, sin permitir que me sentara.

—¿Dónde está mi esposo? ¿Cómo está? Mi esposo.

No dijeron nada. Luego llegaron la policía, la ambulancia, la furgoneta del equipo de rescate.

—¿Mi esposo ha muerto? —pregunté a un joven socorrista, aferrada de su manga.

No lo solté hasta que respondió:

—Estamos haciendo todo lo posible, señora.

En ese momento le estaban aplicando la reanimación cardiorrespiratoria, según supe más tarde, trataban de que su corazón volviera a funcionar. Pero ya no latió nunca más.

Eso es lo que hice. Puedes hacer un mundo de eso o reducirlo a la nada, lo sé. Innumerables veces he hecho ambas cosas. De un modo u otro me parece obvio que mi culpa, vivita y coleando cuatro meses después de la muerte de mi esposo, va más allá de «lo normal». Ruth y mi madre dicen que es hora de que me sobreponga, de que vuelva a funcionar, busque un empleo como Dios manda y siga adelante con mi vida. ¿Es eso algo cruel? Reconozco que soy un desastre, una perfecta inútil, y mi hija me necesita más que nunca.

Lo que nadie sabe es que hay algo más. La discusión en el coche es solo la más conspicua de mis muchas faltas y arrepentimientos. Hay algo que me duele en especial. En sí es algo insignificante. Nada del otro mundo, pero vil, ¿comprendes? Algo que me cuesta admitir. Aunque en sí no es vergonzoso. Oh, bueno, la cosa es que la noche antes de su muerte Stephen y yo hicimos el amor. Debería ser un recuerdo reconfortante, un consuelo (al menos tuvimos ese último rato de intimidad), una bendición, un punto a favor de la vida en la gran balanza desequilibrada. Sin embargo, tuve que estropear incluso eso. Ya sé que es una nimiedad, pero no puedo perdonármelo. La última vez que el cuerpo de mi esposo entró en el mío... cerré los ojos e imaginé que era otro.

2

Muy pocos puntos para ser nada

Antes de salir hacia el cole dejé en la encimera una nota muy alegre para mamá: «Oye, he hecho una ensalada de atún estupenda. ¡Cómetela o ya verás! Ruth, gerente general. P.D. Tal vez Jamie y Caitlin vengan esta tarde a hacer los deberes, ¿de acuerdo?». Abajo dibujé dos grandes labios hinchados y escribí «chuic», con un signo de exclamación.

Era como un código. Significaba: «Come algo sano para variar, y hazme el favor de estar más o menos presentable cuando llegue a casa, para que mis amigas no te vean con ese viejo albornoz de papá».

El caso es que Jamie y Caitlin no vinieron a casa conmigo; de todas maneras era un truquillo, pero no resultó, porque mamá no estaba a la vista. Y ella también me había dejado una nota falsamente alegre, en el mismo lugar. «¡Hola! Refrescos y bocadillos en el frigo. ¡No os excedáis!» Luego había dibujado una cara sonriente. «Voy a dormir una siestecilla, conque será mejor que trabajéis abajo. No hace falta que estéis en silencio (dentro de lo razonable). Besos y abrazos, Yo. P.D. ¿Quieres pizza esta noche?»

Desde que murió papá se ha convertido en una costumbre. Cuando salgo hacia la escuela ella está durmiendo; cuando llego a casa, también. No sé qué hace durante el día, pero seguro que no limpia ni cocina. Comer, sé que come, porque ha engordado unos cinco kilos en cuatro meses. Come espaguetis con mantequilla, puré de patatas con salsa de carne, arroz instantáneo con una lata de sopa de setas, sin agua... Un asco, solo hidratos de carbono. Come bien si cocino yo o si la estoy observando; por lo demás, se alimenta a base de cereales calientes, cuscús, palomitas de maíz y pasta. Alimentos contra la depresión, supongo.

Lo que sí hace durante mi ausencia es preparar arreglos florales. «Trabaja» para una tienda de artesanía del centro, donde le pagan unos dos centavos por arreglo floral, conque tarde o temprano acabaremos viviendo en una caja de embalaje bajo el puente. ¡Mierda! De todos modos no tengo derecho a protestar, porque yo tampoco he buscado empleo. Aparte de cuidar a Harry, el hijo de los vecinos, que tiene un año. Pero como los Harmon no salen a menudo por la noche, no me haré rica con ellos.

No sé qué sucederá. Más o menos un mes después del accidente el abuelo vino sin la abuela, lo cual ya era para alarmarse, y mantuvo una larga conversación con mamá. No me permitieron escuchar, pero después ella se sentó conmigo para darme la mala noticia. En resumidas cuentas, somos pobres. Al principio me pareció que no era tan malo. «O sea, ¿que estamos en la miseria?» No, solo somos pobres, y eso es casi peor, porque no hay drama, ¿de acuerdo? Al parecer el tiempo que mi papá enseñó en Remington no alcanza para obtener una pensión, de manera que solo tenemos los ahorros, la Seguridad Social y su pequeña póliza de seguro.

No se lo he dicho a mamá, pero estoy decepcionada. Es que el próximo verano cumpliré los dieciséis y me habían prometido un coche; uno bueno de segunda mano o uno nuevo barato. Ahora no podrá ser. Además tendré que ir a Remington. Eso es lo peor, porque ningún chico de Clayborne estudia allí, a menos que no haya más remedio; no porque sea un mal lugar ni nada de eso, sino porque es local. Toda mi vida he querido ir a Georgetown, como mi papá (si lograba ingresar) o a la Universidad de Carolina del Norte. Pero ahora será imposible. Podría ir a Arlington quizá, pero siempre dentro del estado.

No dejo de pensar en lo que podría haber sucedido si yo hubiera estado allí la noche en que él murió. Para empezar, probablemente habría ido yo al volante, porque sé conducir aunque no tengo el carnet y mamá suele permitirme practicar, aunque sea de noche. De manera que, a pesar del infarto, el coche no se habría estrellado y yo habría podido llevarlo al hospital, y probablemente lo habrían salvado. Además, es muy posible que no hubiera sufrido ningún infarto, pues si yo hubiera estado allí todo habría sido distinto: el ambiente, toda la noche. Tengo la impresión de que, si yo no hubiera ido a casa de Jamie, él aún estaría vivo. Su destino habría sido otro. Quién sabe, si hubiera estado contemplando tranquilamente la luna desde su asiento, en vez de estar atento al camino, tal vez la sangre hubiera llegado al corazón por el camino correcto y en la cantidad debida. A veces yo lo hacía reír. ¿Y si en lugar de oír la radio, o a mamá, hubiera estado escuchando alguno de mis chistes tontos? Creo que las cosas habrían sido distintas.

Tengo una foto en mi mesilla: papá, mamá y yo en Navidad, creo que hace tres años, justo antes de que nos mudáramos a Clayborne, que es donde se crió mi mamá, aunque se fue a los dieciocho años más o menos. En la foto estamos los tres en fila, frente a la vieja casa de Chicago, mostrando nuestros regalos. Mamá tiene la manga del abrigo recogida y el brazo extendido para exhibir el reloj que le regaló papá. Él, como yo le compré una bufanda verde con guantes a juego, posa con las manos tendidas y la bufanda cubriéndole media cara; solo se le ven los ojos. Yo parezco aún más ridícula: tejanos nuevos, botas y anorak de plumas, muy sonriente, señalándome las orejas para indicar que están agujereadas. Qué imbécil.

Por la época en que nos tomaron esa foto (al día siguiente tal vez, con seguridad durante esas vacaciones de invierno) papá y yo fuimos a patinar en el lago. Mamá debía venir con nosotros, pero en el último momento dijo que prefería quedarse sola en casa esa tarde. Conque fuimos los dos solos. Al principio me sentía cohibida. No salíamos solos desde... bueno, yo qué sé. Estaba como mareada, tenerlo todo para mí, casi como si fuéramos novios. Fingí que éramos pareja. Y miraba a las personas que nos observaban para ver si pensaban que él era mi novio. En esa época ya tenía cuarenta años, pero parecía bastante joven. No era imposible.

Después de patinar fuimos a tomar un chocolate caliente en un restaurante fino de la playa. Me senté frente a él en el reservado de vinilo rojo; me toqueteaba las orejas doloridas y ponía monedas en la gramola para oír canciones de los años cincuenta, como «Hound Dog» y «Lipstick on Your Collar». Era como si ese fuera el comienzo de nuestra verdadera relación, la auténtica. Papá había estado esperando a que yo creciera. Hablé muchísimo; le hablé de la escuela, de mis maestros, hasta del chaval que me gustaba, el de la clase de historia. Y le dije que me gustaban las matemáticas mucho más que ninguna otra materia (una pequeña exageración) y que probablemente estudiara matemáticas en Georgetown, para enseñar algún día en alguna universidad de prestigio.

Fue estupendo. Él también hablaba y se reía de mis chistes. Y me contó cosas que yo no sabía. Como que una vez él y unos amigos del instituto faltaron a clase para lanzarse en trineo por Cashbox Hill, que está lejos, en el campo, en New Jersey (de allí era él), y él cayó sobre una alambrada de púas y se hizo un corte en la nuca, bajo la línea del pelo. Me mostró la cicatriz, que yo nunca había visto, vete a saber por qué. Y en ese momento era todo perfecto. No había nada fuera de lugar, nada pendiente ni misterioso. Todo estaba donde correspondía.

Lo extraño es que eso terminó en nada. El día pasó y volvimos a lo de antes, como si no hubiera sucedido nada. Él me trataba bien, como siempre, pero no volvió a proponer que hiciéramos algo juntos, solos él y yo. Se podría decir que regresó a su estudio y cerró la puerta.

Supongo que por entonces yo no había crecido lo suficiente; solo tenía doce años. Y lo triste es que ahora sí, probablemente estoy en edad de ser su amiga, pero él ya no está. Perdimos la oportunidad. Las cosas nunca serán como las soñé. Yo pensaba (aunque parezca una estupidez) que cuando fuera licenciada, doctora y todo eso, podríamos asociarnos. Imaginaba que formábamos un equipo, teníamos una oficina en algún viejo edificio de Georgetown y escribíamos libros juntos, resolvíamos fórmulas complicadas como las que han desconcertado a toda la comunidad de matemáticos durante años, durante siglos enteros. Me veía con él al terminar la jornada, uno a cada lado del escritorio, con los pies encima de la mesa; tomaríamos café, nos felicitaríamos por el trabajo realizado y planificaríamos el día siguiente. Stephen y Ruth van Allen, matemáticos.

Ya sé que es tonto. En realidad ni siquiera sé qué hacen los matemáticos, aparte de enseñar, y de eso mi papá se quejaba siempre. Se burlaba de los otros profesores de su departamento, que ascendían lamiendo culos o haciendo política, mientras que él se limitaba a cumplir con su trabajo y atender sus obligaciones. Era bastante solitario.

Por eso habría estado muy bien ser socios. Cuando yo fuera mayor, cuando tuviera mis diplomas y todo eso, tal vez podría mejorarle el ánimo. Y hacer que estuviera orgulloso de mí. Ahora no podrá ser, y es horrible.

Tengo que hacer algo con mi ropa. He respondido a un cuestionario de una revista para descubrir cuál es mi estilo personal. Se puede ser divertida, estudiosa, metódica, romántica, ejecutiva y no recuerdo qué más. Caitlin y Jamie también lo hicieron y las dos eran divertidas. Sin embargo cuando sumé mis respuestas no tenía suficientes puntos para ser nada. Dios mío, qué patético. Y lo mismo sucede con mi habitación; ahora la odio. Tengo un calendario de Dixie Chicks (¡puaj, no veo la hora de que se acabe!), una foto de Leonardo di Caprio, un póster de Natalie Imbruglia y algunos recortes de Claire Danes, George Clooney, Siouxsie Sioux and the Banshees. ¿Qué es eso? ¿Qué significa? Lo que quiero es quitarlo todo, no dejar nada. Paredes desnudas. Y dejar que mi habitación se llene orgánicamente. Luego veremos.

Es que esta noche, después de cenar, ha venido Cuervo. Y durante el microsegundo que mamá nos dejó solos en mi dormitorio, ha murmurado con cara de asco: «No es posible».

Y eso no es lo peor. Después le he dicho a mamá que si no puede vestirse con ropa normal, ropa suya, no de su difunto esposo (estuve en un tris de decirlo, pero era un comentario desagradable; además, últimamente no mencionamos la M, a menos que sea inevitable), es mejor que se quede en su habitación cuando tengo visitas. Es curioso; antes me preocupaba lo que ella pensara de Cuervo, pero esta noche lo que me ha preocupado es qué pensaría él de ella. Se había vestido con ropa de papá: unos viejos pantalones de gimnasia, una camisa de cuadros y el albornoz gris. Ah, y sus calcetines de deporte. ¡Por Dios! Nada de maquillaje, por supuesto, y no sé desde cuándo no se lava la cabeza. Tiene el pelo castaño dorado, muy largo y muy lacio. Antes yo se lo envidiaba. Yo lo tengo rizado, detestable, y el color no es tan bonito, me parece, un rubio ceniza como el de papá. Si hasta el cutis le ha cambiado; antes tenía un color muy delicado, pero ahora se le ha vuelto gris, probablemente por la basura que come. Está como desteñida. «Hum, mi mamá todavía está medio destrozada», comenté a Cuervo cuando se iba. Y él dijo: «Salta a la vista». Lo cual me pareció innecesario.

De todas formas es un buen chico, vino a prestarme un libro, una selección de cuentos de Edgar Allan Poe. Le gusta todo lo espeluznante. Aparte de Poe, sus escritores favoritos son Anne Rice y Edward Gorey. Yo no me sentía muy bien, para empezar, y él no paraba de hablar de que todo termina, todo se pierde, y que la única manera de vivir es con melancolía. No era como para subirte el ánimo. De todos modos me gusta que su apellido sea Black, «negro». El nombre de pila es Martin, y el apellido, Black. Cuervo negro. Como una señal.

Cuando se fue, mamá vino a mi habitación y se sentó en mi cama, donde yo trataba de hacer los deberes. Ya no es la misma, no cabe duda; últimamente ni siquiera menciona que mi habitación parece una pocilga.

Como no decía nada, seguí leyendo con la idea de que tarde o temprano hablaría. Empezó a pellizcar el edredón que me hizo cuando cumplí los trece. Tiene estrellas azules y verdes; es lo único que todavía me gusta de mi habitación.

—¿Qué? —dije al fin.

Ella esbozó una sonrisa temblorosa, y dijo:

—Perdona lo de esta noche. Creo que no estoy presentable.

—No importa.

—Pronto estaré mejor.

—Ya lo sé.

—Y tú, ¿cómo estás, pequeña?

—Bien —respondí.

—¿De verdad? —Me tocó la mejilla con el dorso de la mano—. Cuéntame cómo te va en la escuela.

—Como siempre. Me han puesto un ocho en el examen de francés. —No le comenté lo del examen de álgebra, para que no enloqueciera. Se supone que es la asignatura que se me da mejor—. ¿Qué haces cuando tienes una herida en la boca y no se va? —pregunté.

—Enséñamela.

Le mostré la cara interior de la mejilla; allí tengo un punto blanco que me duele un poco y me muerdo siempre.

—Ah, es solo una llaga. Ya se irá.

—¿Una llaga? ¿Como las de la lepra?

—No es lepra.

También veo puntos delante de los ojos; podría ser un síntoma de glaucoma. Y tengo un tobillo más ancho que el otro.

—Oye —dijo tendiéndose boca abajo—, ¿qué hay entre tú y Cuervo?

—¡Joder! Nada, mamá. Entre nosotros no hay nada.

—¿Va a la escuela maquillado así?

—No. No se lo permiten.

—Ah... ¿Te gusta?

—Bueno..., no es mi novio ni nada de eso. Es Cuervo y punto.

—De acuerdo. ¿Dónde vive?

—Yo qué sé.

Cogió una almohada y se la colocó debajo del pecho ciñéndola con los brazos y yo me incorporé para darle un masaje en la espalda. Le encanta.

—Estás muy tensa —observé—. Tienes los hombros como si fueran de piedra. ¿Has trabajado con las flores?

—Solo un rato. —Gruñó contra la almohada. Me pareció que era porque el masaje le gustaba, pero entonces añadió, con voz de pánico fingido—: Tendré que conseguir un empleo. Cuanto antes.

—Ya lo conseguirás. Y yo también. Por Navidad todo el mundo necesita ayudantes. Puedo trabajar en el centro comercial, al salir de la escuela.

—Hum... pero necesitarás que alguien te lleve en coche.

—Podrías llevarme tú —apunté.

—¿Y si yo también trabajo a esa hora?

—Podríamos buscar empleo en el mismo lugar.

—Oye, eso sería estupendo.

Tal vez. Bueno, dependería del lugar. Sentí que al fin empezaba a relajarse. Su cuello ya no parecía un bloque de cemento. Cuando era pequeña y le frotaba los pies o la ayudaba con alguna tarea, solía pensar que le salvaba la vida. Por ejemplo, si me pedía que subiera a buscar un frasco de aspirinas, o que bajara al sótano por algo que estaba en el frigorífico, yo protestaba y remoloneaba, pero por dentro me sentía feliz, pues tenía la idea de que cuanto pudiera hacer le ahorraba minutos de vida. De manera que, si yo ponía la mesa, le traía el periódico desde el porche o corría a atender el teléfono antes que ella... eso agregaba un par de minutos más al final de su vida. Y todo sumaba.

—Oye, mamá, ¿sabías que acariciar a un perro baja la presión arterial?

—Hum.

—Pero lo genial es que, según se ha descubierto, también baja la presión arterial del perro. ¿No te parece estupendo? ¿Podemos tener un perro?

—No.

—¿Por qué?

—Oh, cariño, no podemos.

Antes tampoco podíamos porque mi papá era alérgico a todo cuanto tuviera pelo: perros, gatos, jerbos, lo que fuera. Yo pensaba que tal vez ahora...

—Jess tiene cuatro —dije—, y unos quince gatos. Y un cuervo que se posa sobre la puerta trasera y se deja alimentar. Jess nos daría un gatito. Los gatos no dan trabajo.

—Ruth.

—Ya lo sé, pero tiene tantos animales... y nosotras, ninguno.

—Jess vive en una granja.

—¿Y qué?

Jess es estupendo. Es amigo de mamá de los viejos tiempos, de cuando ella era niña y vivía en Clayborne. Tiene una granja a orillas del río Leap de unas veinticinco hectáreas, con unas doscientas vacas Holstein. El año pasado tuve que hacer un trabajo práctico sobre una industria de la zona y escogí la granja de Jess; ahora sé mucho de vacas. Después, como proyecto para la exposición de ciencias, decidí hacer una reproducción de los cuatro estómagos de la vaca (panza, redecilla, libro y cuajar) y él me ayudó. Me encanta ir a su granja y andar por allí, aunque no lo he visto desde que murió papá, pues mamá está demasiado mal. Echo de menos esas visitas. Echo de menos a Jess.

Ella se volvió en la cama y nos tendimos juntas.

—Gracias —dijo—, ha sido estupendo. A propósito, esta habitación parece una pocilga.

Sonreímos con la mirada dirigida al techo. Ella me hizo un móvil que cuelga de la lámpara: siete caballos al galope, al trote o saltando, recortados en madera laminada y pintados de diferentes colores. Es de mi fase de los caballos. Debería quitarlo, pero todavía me gusta.

—¿Mamá? La Navidad será triste, ¿verdad? —El día de Acción de Gracias ya fue bastante malo.

—Sí —dijo, y me alegró que no mintiera—. Porque es la primera. Pero ya pasará. Hay cosas que no se pueden evitar. Temo que tendremos que pasar por ellas.

—¿Extrañas mucho a papá?

—Sí.

—Yo también. ¿Cenaremos en casa de la abuela, como siempre?

—Sí, desde luego.

—¿Y habrá regalos?

—Por supuesto. Aunque...

—Ya lo sé. —No tantos.

—Lo importante es que estemos juntas. Todavía nos tenemos la una a la otra.

—Sí.

Solo que no es cierto. Ella me tiene a mí, pero yo solo tengo media madre. Al morir papá lo perdí a él y una parte de ella. Soy casi huérfana.

Ella dice que está mejor, pero noto a simple vista que no es así. Bueno, quizá la Navidad obre el milagro de animarnos, pero lo dudo. Creo que tiene razón. Hay cosas que no se pueden evitar y tendremos que pasar por ellas.

3

La fuerza de la nostalgia

El teléfono me arrancó de un sueño comatoso en el sofá del salón. Atendí la llamada al instante, con el corazón acelerado, y olvidé carraspear primero para decir «Hola» en tono alegre.

—Carrie, cariño, ¿eres tú? —preguntó con voz preocupada mi madre—. ¿Qué te ocurre?

Siempre era así. Mi voz al teléfono; si no hacía un esfuerzo por parecer jovial y despejada, la gente pensaba que algo andaba mal. «¿Estás enferma? ¿Dormías? ¿Has estado llorando?» Hoy podría haber respondido que sí a las tres cosas.

—Oh, mamá, hola. Nada, estoy bien. ¿Y tú? ¿Y papá?

—¿Qué haces?

—¿En este momento? —El reloj de la repisa marcaba las doce y diez—. Me disponía a salir. Tengo cosas que hacer: el banco, el correo... —Llevé el teléfono a la cocina y me senté a la mesa. Me había quedado sin aliento.

—Pensaba pasar por tu casa antes de ir a la comida del club femenino, para llevarte una fuente de patatas con bechamel que he preparado, ya sabes, el plato favorito de Ruth.

—¡Hum! Pues...

—Hay suficiente para un batallón. No te importará esperar media hora antes de salir, ¿verdad?

Apoyé la cabeza sobre la mesa de roble. ¡Dios mío, qué cantidad de migas, manchas de mermelada y marcas de agua! ¿Desde cuándo no la limpiaba? La manga del camisón se me quedó pegada.

—Hum... ¿no podrías entrar y dejarla? Estoy a punto de salir...

Mi madre preparaba unas patatas con bechamel estupendas. Con eso podría sobrevivir un día más, pero la logística sería complicada; tendría que esconderme arriba y esperar a que entrara, pusiera la fuente en el frigorífico y se fuera. No; no resultaría, el coche estaba fuera, a la vista.

—Si no vas a estar en casa, no importa —dijo ella, ofendida—. Después del almuerzo quizá... aunque no puedo prometer que sobre algo.

—Eso está mejor. Y si llegas más tarde verás a Ruth.

Eso la animó.

—¿Cómo está mi pequeña? Quiero que vengáis a cenar el viernes, Carrie. Necesitas salir de casa.

—El viernes...

—Solo tú y Ruth. Una cena en familia. Hace siglos...

—Hace cuatro meses. —Justos. Desde la muerte de Stephen.

Ella también se percató y dijo demasiado deprisa:

—El viernes por la noche, pues. Lo pasaremos bien, te lo prometo. Y ahora te dejo con tus importantes obligaciones.

—Oye... ¿vendrás más tarde?

—Si no es demasiada molestia. No quiero incomodarte.

Traté de sostener el auricular contra la oreja sin tocarlo para dejar caer los brazos a los costados. Quería pasar el día entero así, laxa y babeante, con la mente completamente en blanco.

—¿Carrie? Era una broma. Puedo ir ahora mismo si lo prefieres. ¿Te apetece que hablemos, cariño?

No podía siquiera mover la lengua. ¿Si me apetecía que habláramos? Sin querer solté un bufido ante el auricular, pero lo convertí en una tos.

—Estoy bien —aseguré—. De hecho hoy me siento mejor. Mira, debo ponerme en marcha, pero nos veremos después, ¿de acuerdo? Adiós, mamá.

Me encantaría tomarme unas vacaciones de la mente de mi madre. Si se diera un golpe en la cabeza... Nada grave, nada fatal, doloroso ni perdurable; solo algo que le provocara unas seis semanas de amnesia. Qué maravilla... nada de llamadas, visitas, fuentes de comida, consejos para vivir... Nada de imposiciones.

Cuando estoy en la cabeza de mi madre soy solo la mitad de mí misma; ella chupa la otra mitad y se la traga. Y dado lo débil que estoy últimamente, cabe agradecer que sea solo la mitad.

Me quedé allí, sobre la mesa, hasta que me dolió el cuello. Entonces me levanté despacio, algo mareada; ¿baja concentración de azúcar en sangre, presión baja? Algo bajo. Puse en el microondas una taza con agua y una bolsita de té. Ya no podía tomar más café; era demasiado. Quería espabilarme, no que me espabilaran a bofetadas. Llevé la taza al despacho de Stephen con un puñado de galletas. Encorvada en el vano de la puerta, contemplé el desastre que había hecho allí.

Seis semanas atrás se me había ocurrido que me consolaría convertir su refugio, su habitación favorita, en un taller donde pudiera componer mis arreglos florales y mis guirnaldas. Sería un modo de mantenerme cerca de él, de conservar vívido su recuerdo, de no sentirme tan desolada cuando estuviera sola. Me equivocaba por completo. Y ahora había destrozado la habitación, que él solía mantener tan pulcra como un laboratorio. La prístina alfombra gris estaba sembrada de pajas, ramas de vid silvestre, tallos de atanasia, varas de oro, euforbio y hamamelis. Excepción hecha de su escritorio, toda superficie plana estaba cubierta de vainas, frutos secos, ramas, tallos, ramitas, flores, recipientes, madera de deriva, pajuelas, limpiapipas, alambre, sílice, arena, sal, bórax, arcilla, vermiculita. Y por encima de todo eso flotaba una bruma invisible, la pesadilla de los alérgicos, compuesta por detritos de polvorientas flores secas y vainas de semillas. Stephen habría muerto allí dentro.

Sin embargo no había tocado su escritorio. ¿Por qué? Porque frente a su silla de acero y vinilo había unas notas que él había tomado para un artículo sobre el cálculo de integrales definidas. Tampoco había regalado su ropa, ni vaciado su mesilla, ni su mitad del botiquín. Ruth no decía nada, pero esa conducta debía de parecerle estrafalaria. Yo también lo pensaba. No estaba segura de qué se ocultaba detrás, pero dudaba que fuera una manera triste y melancólica de aferrarme a mi esposo un poco más. Era algo más complicado, menos encomiable.

Me senté en el suelo, en el lugar de costumbre. Aun con las

persianas subidas había poca luz, pero yo no encontraba la energía suficiente para traer una lámpara de pie de alguna otra habitación. Siempre lo olvidaba. Hasta hacía poco tiempo Margaret Sachs me pagaba ocho dólares por cada guirnalda seca o arreglo navideño, que luego vendía obteniendo unos buenos beneficios en su tienda de la avenida Myrtle. Sin embargo, la semana anterior empecé a quedarme sin material, por lo que debí pasar a las miniaturas. No tenía opción: o bien reducía el tamaño de mis arreglos o salía al mundo en busca de más materiales, las aneas, las cardenchas, las ramas de laurel y tantas otras cosas que constituían las herramientas de mi oficio, nunca muy lucrativo. Y no podía enfrentarme a eso. Sufría una especie de agorafobia, que ojalá fuera temporal. El caso es que Margaret solo me pagaba ahora cuatro dólares por pieza.

La justificación racional de esa reducción era que podía hacer el doble de arreglos en el mismo tiempo, de manera que no perdía dinero. Pero no era cierto. En ese caso habría debido quedarme sin materiales en la mitad del tiempo, ¿verdad? No, el caso es que mi estado de ánimo solo me permitía hacer miniaturas.

La tarde transcurrió con suma lentitud. Mientras hacía esos pequeños arreglos me sumía en un trance. Si emergía de él era porque se me habían acabado las piñas, porque ya estaba demasiado oscuro para ver o porque se me había entumecido el trasero. Entonces me encontraba con que había hecho seis o siete diminutas composiciones florales, todas idénticas. Redondas, en forma de abanico, curvadas como una S, en pirámide... cualquiera que fuese el diseño que había escogido para la primera, las otras eran réplicas exactas. Eso me provocaba un vago espanto. Margaret creía que era algo deliberado. «Oh, estas sí son monas; se venderán como bollos», decía, y me pedía que hiciera más de esa forma que yo, inconscientemente, había producido en serie. Pero yo no lo hacía, cuando menos, a propósito.

Ese día, fue el hambre lo que me arrancó de mi trance. Con el cuello y las piernas tiesos, cojeé hasta la cocina. Eran casi las tres; Ruth no tardaría en llegar. El requesón tenía un olor raro, pero raspé la parte superior y me comí lo del medio, en tanto miraba la casa vecina por la ventana que hay sobre el fregadero. En la calzada que compartíamos, Modean Harmon bajaba del coche a su pequeño, junto con la bolsa de provisiones, para llevarlos dentro. Podría haberle pedido que me comprara algunas cosas antes de que saliera. Modean era estupenda para esas cosas. Para todo en realidad. Era tímida y callada, más joven que yo, muy reservada. Solo entablamos amistad tras la muerte de Stephen. Y yo no era lo que se dice una gran amiga; fue ella quien hizo todo el esfuerzo inicial. Como Stephen no simpatizaba con Dave, su esposo, que era dentista, nunca salimos las parejas. Pero después del accidente Modean se convirtió en mi salvavidas. No decía gran cosa ni trataba de hacerme hablar. Lo que hacía era dejar provisiones en el frigorífico, rastrillar las hojas de mi jardín, llevar a Ruth a la escuela cuando perdía el autobús. Yo trataba de devolverle los favores cuidando de Harry cuando Ruth no estaba disponible, pero eso no representaba ningún esfuerzo, ni siquiera para mí. El bebé era todo sonrisas; no hacía más que reír. Lo difícil era devolverlo cuando su madre regresaba.

Sonó el timbre.

¿Quién será?, me pregunté mientras caminaba de puntillas hasta el vestíbulo. ¿Quién viene a torturarme ahora? No podía ser mi madre, que siempre entraba sin llamar; si encontraba la puerta cerrada, tenía llave. La puerta tenía un largo vidrio de color a cada lado; los había hecho yo misma después de tomar unas clases, el año anterior, cuando seleccionar a los visitantes no era prioritario. Lo único que conseguí ver a través de los cristales emplomados amarillos y azules fue una sombra alta. Abrí la puerta, cuatro o cinco centímetros. Jess Deeping me miró por la abertura; luego dio un paso hacia atrás con una expresión de asombro en sus ojos grises.

—Hola. ¿Llego en mal momento?

Lo conduje a la sala y fui a preparar café. ¡Cómo disfrutaría Ruth cuando se enterara! «¡Te lo dije! —me recordaría—. ¡Te dije que te vistieras!» De cualquier modo estaba horrible, pero mi aspecto era aún peor con el jersey rojo de Stephen sobre el más viejo de mis camisones de franela. Nunca he sido coqueta, pero aún me quedaba algo de orgullo, un jirón, un vestigio. Mientras echaba el café en la cafetera dos lagrimones de humillación cayeron en la encimera. No eran nada extraordinario; casi todos los días lloraba por algo. Quizá esto es lo más bajo que puedo caer, pensé esperanzada. Quizá he tocado fondo.

Cuando volví a la sala, Jess, con las manos a la espalda, observaba unas acuarelas que pinté de Ruth cuando era pequeña. No eran muy buenas, pero no podía desprenderme de ellas; las hice enmarcar y las agrupé detrás de la mesa de alas abatibles, medio escondidas bajo la lámpara. Se había quitado el grueso abrigo, aunque yo olvidé pedírselo. Se había vestido con esmero: pantalones holgados, bien planchados, y un jersey azul de cuello alto que parecía recién estrenado. ¿Regalo de Navidad? Ya no tenía familia ni esposa. ¿Quién le hacía regalos? Tenía el pelo más ralo y más oscuro, de un matiz acaramelado; cuando nos conocimos, a los once años, era rubio muy claro. En el instituto tenía vetas doradas y le llegaba a los hombros. En mi sueño ilícito, el que no puedo perdonarme, le caía a los costados de la cara y tocaba la mía cubriéndonos a ambos como una cortina leonada.

—Son buenas —dijo irguiendo la espalda—. ¿Por qué has dejado de pintar?

—¿Cómo sabes que lo he dejado?

—Me lo dijo Ruth.

—Ah. —Debería haberlo supuesto. Me senté en el taburete del piano, con las piernas y los brazos cruzados—. Estoy resfriada —dije.

Era cierto, pero eso no justificaba ni la mitad.

—He estado pensando en ti —dijo con cautela—. ¿Cómo estás?

—Bien. —Asentí vigorosamente con la cabeza, tratando de que pareciera sincero. Algo antiguo me impulsaba a tomarlo por confidente. Qué fácil habría sido decir: «Estoy muerta por dentro, Jess. Lo único que me mantiene en pie es Ruth, y le estoy fallando»—. Estoy bien. Me las arreglo, ya entiendes. Es difícil —admití por fin—. Pero estamos bien, Ruth y yo. En lo básico. Pero háblame de ti. ¿Qué has hecho últimamente?

Sonrió con aire algo sombrío para darme a entender que no había creído una palabra.

—Lo de siempre. A esta altura del año nunca hay mucho que hacer. Holgazanear.

—Eso lo dudo. ¿No tienes doscientas vacas que ordeñar dos veces al día?

—No tantas.

—Me lo dijo Ruth. ¿No es cierto?

—Tengo más de doscientas cabezas, sí, pero no hay que ordeñarlas a todas. Deben de ser unas ciento cincuenta.

—¿Y las otras cincuenta?

—Son terneros, animales de cría o vaquillas. Y algunas señoras mayores. —Con las manos hundidas en los bolsillos recorrió la habitación con la mirada—. Me gusta tu casa.

—Es extraño que no hayas venido antes. —Porque yo no lo había invitado nunca. Estaba muy bien visitarlo en su granja, tan amplia y abierta, siempre con Ruth, pero ¿en mi casa, solos él y yo? No era permisible. Una sabía cuáles eran las reglas, aunque nadie las dijera en voz alta.

—¿La remozaste tú misma?

Estaba rígido y se mecía un poco sobre la punta de los pies. Me di cuenta de que se sentía incómodo, cosa rara en Jess. Era la primera vez que nos veíamos desde el entierro de Stephen. Él me había telefoneado una vez. Ruth atendió la llamada y ambos conversaron bastante. Cuando ella preguntó: «Oye, ¿quieres hablar con mamá?», negué con la cabeza y agité las manos. Entonces hubo un momento difícil, porque él dijo que sí y ella tuvo que inventar una excusa a toda prisa. «¡Vaya, pero si estaba aquí hace un minuto! Por lo visto se ha marchado. Debe de haber salido mientras charlábamos.» Y él no había vuelto a llamar.

—Sí, en su mayor parte —respondí—. Ruth me ayuda a veces a pintar. No está terminada. Supongo que ahora... —Dejé la frase sin terminar mientras decidía hasta qué punto podía ser franca. ¿Sería demasiado personal decirle que tal vez debiera vender la casa? A Ruth le encantaba. Y aun si la vendiéramos, después de haberla disfrutado solo durante tres años, no sería mucho lo que pudiera pedir por ese tragamonedas sobrevalorado, que según el Registro Histórico de Virginia databa de 1880. Sonreí—. Digamos que he tenido que renunciar a algunos de mis planes.

—Necesitas un empleo.

—Sí, Dios lo sabe. Disculpa un segundo.

Me levanté para ir por el café. Él me siguió a la cocina.

—Esto es asombroso —comentó, mientras yo llenaba dos tazas y añadía leche a la suya.

—¿Qué?

—Esta habitación. ¿Tú misma has hecho todo esto, Carrie?

—Sí. —Pinté los azulejos bajo el fregadero y el friso del empapelado. Hasta puse los ladrillos antiguos que compré a muy buen precio en una subasta. Era toda una artesana. Bueno, las encimeras no. Conseguí la pizarra, pero las hice cortar e instalar. Y los armarios ya estaban aquí; no hice más que retocarlos.

Era una habitación estupenda, mi favorita dentro de la casa. Habría podido ampliarla con solo derribar una pared para añadirle la despensa; estaba permitido por las estrictas normas que regían la propiedad de edificios históricos. Pero era una casa de ciento veinte años; ¿quién tenía cocinas grandes en esa época? Además, cuando sopesé la decisión éramos solo tres. Ahora, dos.

Jess deslizó la punta del zapato por el felpudo sobre el que se había detenido.

—¿Y esto? —Levantó la vista con una sonrisa, enarcando las cejas, y se frotó el pecho con el borde de la mano; era una combinación de gestos que yo conocía muy bien. Bajo diferentes luces, desde distintos ángulos, aún se podía ver al niño en su cara de hombre. A veces sentía tanta ternura... Aunque fuera peligroso, aun falso, a veces tenía la sensación de conocer a Jess mejor que nadie, de ser la única persona capaz de verlo como era. Pero eso era solo la fuerza de la nostalgia. Y de la soledad. La mente suele jugar sucio.

—Me temo que sí —dije avergonzada. «Dulce hogar», se leía en el felpudo, con la fecha en verde y gris, sobre una réplica de la fachada—. Mi primera y última alfombrilla. Tardé meses enteros en hacerla.

Y medía apenas un metro veinte de lado. De todos los trabajos de artesanía que he realizado (por curiosidad, interés, aburrimiento, desesperación o lo que fuera), el tejido de alfombras a ganchillo era con mucho el más tedioso, el que me hizo sentir más ridícula.

—Eres una artista.

—No. —Me eché a reír—. Una artista frustrada tal vez. Stephen solía decir que me desquitaba con la casa.

No obstante me sentía muy complacida, como si Jess hubiera tocado alguna cuerda invisible dentro de mí que me hacía vibrar. Qué tonta soy.

Dejó la taza para rodear la mesa de la cocina, que yo había interpuesto entre los dos; hasta entonces nos separaba toda la longitud de la habitación.

—Tengo un trabajo para ti.

—¿Qué?

—Que podría ofrecerte trabajo.

Me vi ordeñando vacas en su establo. Me habría echado a reír, pero estaba abatida. Aunque fuera una estupidez, pensaba que tal vez había venido por otra cosa.

—¿Qué trabajo?

—Busco un artista. Para que haga algo. —Me miró de arriba abajo—. Tú eres perfecta.

Me ruboricé. Si me estaba tomando el pelo, era la primera vez.

—¿Necesitas a alguien para... para...?

No se me ocurría cómo decirlo; esas personas que los grandes almacenes contrataban para anunciar colchones y dormían en una cama grande, en un escaparate, y la gente que pasaba por la acera se detenía a mirarlas. Una vez vi algo así en una película antigua.

—No ganarías mucho. —Percibí una trampa, pero el brillo de sus ojos seguía atrayéndome. —Pero sí más de lo que te paga Margaret Sachs.

—¿Quién te ha dicho eso? Ruth —me respondí—. Pues no es mucho decir, créeme. Oh, Jess, necesito un empleo de verdad.

—Este es un empleo de verdad.

—¿De qué se trata?

—Es una historia larga. ¿Te acuerdas de Eldon Pletcher?

—No. ¿Eldon? Me acuerdo de Landy Pletcher.

—Eldon era el padre de Landy.

—Landy... ¿el de la escuela? —Un chico que iba dos cursos por delante de Jess y de mí, en el instituto. Tímido, retraído. Su padre cultivaba tabaco.

Jess asintió.

—Pues bien... —Se frotó una patilla con el largo índice en tanto buscaba la manera de continuar—. ¿Has oído hablar de los arquistas?

—¿Los qué?

—No, por entonces ya te habías ido. Pero me extraña que tu madre no te los mencionara. Son... eran...

Se rascó la cabeza mientras sonreía mirando hacia el suelo. Qué hombre, pensé, con esa voz grave, esas manos ásperas, la piel curtida alrededor de los ojos... Si Stephen vivía con su mente, Jess vivía con su cuerpo. Yo no estaba habituada a tener un hombre así en casa.

—Veamos —añadió—. Hace unos veinte años, más o menos por la época en que te fuiste, Eldon, el padre de Landy, fundó un grupo religioso. Eran los arquistas, también conocidos como Hijos de Noé. Eran pocos, casi todos de aquí. Es decir, no tan pocos, porque en su mejor momento llegaron a ser unos doscientos. ¿Nunca has oído hablar de esto?

—No. ¿Cuándo fue su mejor momento?

—No podría precisarlo. Diez años atrás quizá. No sé bien en qué creían, aparte del diluvio; lo de siempre, supongo. Una rama sureña del protestantismo.

—¿No andaban con serpientes?

—No.

—¿Poligamia? ¿Lenguas extrañas?

—Nada de eso. —Rió, pero su verdadero propósito era tranquilizarme—. Son buenas personas. Poco instruidas, pero con buenas intenciones. Amables. No predican ser la única fe verdadera.

—Tal vez por eso están en decadencia. Como los Shakers... No, espera, esos se extinguieron porque no procreaban.

—En efecto. Pues bien...

—Pues bien, ¿cuál es el trabajo?

—Cuando Eldon se convirtió a esa religión, prometió a Dios que antes de morir reproduciría el arca.

—¿Reproducir el arca?

—Para salvar al mundo de un segundo diluvio devastador, en un sentido figurado. Por no mencionar su propia alma inmortal.

—¿En un sentido figurado?

—Está convencido de que irá derecho al infierno si no cumple su promesa.

—¿Te ha dicho eso?

—Me lo ha dicho Landy. Ahora somos vecinos. Compró la vieja granja de Price hace doce, no, quince años. Somos amigos. Nos ayudamos.

—Comprendo.

—Pues bien... ¿por dónde iba?

—Eldon Pletcher quiere reproducir el Arca de Noé. ¿Piensa ponerla a navegar?

Era una broma, pero Jess dijo:

—Sí, por el Leap.

—¡No me tomes el pelo! ¿Y yo qué debo hacer? ¿Pilotarla?

—Ja...

Fruncí el entrecejo. Se lo veía tan manso...

—Era una broma —aclaré—. ¿Entiendes?

—Entiendo. No; no tienes que pilotarla.

Tendí las manos, completamente desconcertada.

—Entonces, ¿qué?

—Las arcas necesitan animales. En un sentido figurado. Eldon cree que Dios no se ofenderá si puebla el arca con representaciones de sus criaturas. Dibujos, tallas... A decir verdad no lo tiene muy claro.

—¿Quién? ¿Dios?

—Eldon. En todo caso quiere que sean bonitas, ¿comprendes? Quiere realismo. Y el problema es que no hay artistas entre los escasos miembros de los Hijos de Noé.

Me eché a reír.

—¿Y ahí entro yo? —Algo atrajo mi atención hacia la ventana, por encima del hombro de Jess: el parachoques del Buick de mi madre, en la calzada—. Oh, no.

—Oye, espera... piénsalo.

—No, me refería a...

—Podrías hacerlo. Eres una artista, Carrie, eso es evidente. —Movió un brazo para señalar mi cocina—. Ya sé que parece una locura, algo absurdo, pero hay belleza en esto, ¿verdad? —Oh, nunca pude resistir ese brillo temerario en los ojos de Jess—. No sé cuánto te pagaría. Dicen que tiene dinero, pero nadie sabe con cert...

—Jess —dije a modo de advertencia.

La puerta trasera se abrió de par en par. Ruth irrumpió en la cocina con las mejillas enrojecidas por el frío. Cuando sonríe todo en su rostro se curva hacia arriba: boca, ojos, mejillas, cejas. Oh, sol de mi vida, luz de mis ojos. El amor a mi hija me inunda en los momentos más inesperados. Me ahogo en él, manoteando para apartar lo que no puedo retener por mucho más tiempo.

—¡Hola, Jess! —exclamó—. He visto tu camioneta fuera.

—¡Ruth! No puedo creerlo. ¡Cuánto has crecido!

Se miraron unos segundos, riendo con cierta turbación; por fin intercambiaron un abrazo apresurado y tímido. Me sorprendió tanta alegría; no estaba segura de cómo interpretarla. Desde la muerte de Stephen, Ruth me había pedido cinco o seis veces que la acompañara a casa de Jess para ver las vacas, los perros, los gatos, todas las cosas fascinantes que hay en una granja lechera, pero yo le daba largas, pues me sentía muy cansada, muy rara, muy lo que fuera. No estaba preparada. Era obvio que ella lo echaba de menos. Por mi culpa. Otra culpa más que cargar.

Si Ruth se sorprendió al ver a Jess, mi madre quedó petrificada. Lucía sus mejores galas para comer con las damas: abrigo corto de pieles sobre un traje de lana azul marino, gorro también de pieles, zapatos con un poco de tacón y bolso azul. ¡Santo Dios, y detrás venía Birdie, su amiga y compañera de bridge de toda la vida! Desde que tengo memoria Birdie ha sido siempre una especie de tía estrafalaria. Repentinamente la cocina se había llenado de mujeres.

—Te acuerdas de Jess Deeping, ¿verdad, mamá? —dije con voz de anfitriona. Si finge no conocerlo, la mato, pensé.

—¡Por supuesto! —repuso ella con su mejor acento sureño—. Usted estuvo en el entierro de mi yerno. Fue muy amable de su parte.

Qué habilidad para la mentira. Durante veinticinco años, antes del funeral de Stephen, mamá se había alegrado mucho de no ver a Jess Deeping.

—Y Birdie —continué—. Jess, te presento a la señora Costello, una buena amiga de mi madre.

Se dijeron «mucho gusto», «cómo está usted», «encantada»... Y luego, como el silencio se tornó expectante, yo estaba nerviosa y todo el mundo me miraba, balbuceé lo peor que se me pudo ocurrir:

—Jess ha venido a ofrecerme trabajo.

—¿Trabajo? —Los ojos descoloridos de Birdie se dilataron con súbito interés. Se frotó las manos.

—¡Vaya! ¿Qué trabajo? —preguntó Ruth.

Mi madre no dijo nada. Nos miraba fijamente.

Jess parecía acosado, incrédulo. La mirada que me dirigió («Carrie, ¿qué has hecho?») debería haberme acobardado, pero no fue así. No sé por qué, pero me enardeció. Nosotros contra todos los demás, como en los viejos tiempos. Cerró los ojos por un segundo, y acto seguido, con una sonrisa indefensa, dolida, explicó lo del Arca de Noé.

4

Una buena ayuda

En primavera cumpliré setenta años. Hace nueve meses que tengo sesenta y nueve, y no me ha gustado ni por un instante. A veces me siento como un coche que avanza a toda velocidad hacia un canto rodado colocado en medio de la carretera, en el que alguien hubiera cincelado un gigantesco 7-0. Aunque el paisaje sea bonito, yo solo veo esos números grandes y duros, que vienen deprisa hacia mí. Soy un poco obsesiva.

Debo de estar bastante mal, puesto que George se ha percatado. «Dana —me dijo la otra noche—, ¿tienes algún problema?» Eso me pareció muy extraño. Fue como si un ciego hubiera preguntado: «¿Quién ha encendido la luz?». Traté de recordar qué había hecho para que George hubiera apartado la atención del monitor del ordenador para volverla hacia mí. Nada... Decirle que moviera los pies, que debía pasar la aspiradora bajo el escritorio. Discutir por teléfono con Birdie, quien no está de acuerdo en que me presente para presidenta del Club Femenino de Clayborne. Golpear cosas en la cocina por puro gusto, solo para hacer algo de ruido. Llamar a Carrie dos veces en una hora para darle algún buen consejo. Debió de ser la acumulación, las cuatro cosas sumadas, pues ninguna de ellas es muy llamativa por sí sola. ¡Pero que George se percatara! El caso es que eso me hizo reaccionar.

Él estaba sentado al escritorio, trabajando en el libro que escribe con un colega desde hace un año y medio. Trata de un poeta de mil setecientos y algo, que se llamaba... Bueno, no recuerdo cómo. Alexander Pope lo apodaba Namby Pamby y así lo llamo yo. George se arrepiente de haberme dicho eso. Jura que el libro estará terminado en mayo; sin duda, y por la misma época yo seré reina de Inglaterra. Hace dos años, cuando se jubiló como profesor de la universidad, supuse que iniciaríamos una vida nueva e interesante. Podríamos viajar, quizá estudiar juntos algún idioma extranjero o practicar algún deporte sedentario. O dialogar. Pues nada, hasta el momento no ha sucedido nada de eso. Él sigue pasando el día en su estudio, con la puerta cerrada; lee, escribe y no me habla. Una noche, hace más o menos un mes, llamó Carrie, afligida y llorosa. «Hay tanto silencio en esta casa, mamá... Es como si se hubiera muerto el mundo entero junto con Stephen.» No le dije nada, pero pensé: Oh, cariño, mi casa es siempre así.

Aparté algunos papeles para sentarme en la esquina del escritorio, junto al ordenador, a fin de que George tuviera que mirarme.

—¿Que si tengo algún problema? —Ya parecía arrepentido de haber preguntado—. La artritis. La medicación para la presión. La senilidad inminente. Y esto es solo lo que me viene ahora a la cabeza.

—Ja, ja —dijo él por seguirme la corriente. Tenía las gafas trifocales en lo alto de la cabeza, calva y pecosa. Se está encogiendo; últimamente necesita un cojín para ver por encima del volante cuando conduce. Yo también me encojo, pero no tanto. Él tiene dos años menos, pero parece mayor. Eso creo.

—George —dije—, ¿no crees que a nuestra edad deberíamos saber algo?

Volvió hacia mí el oído sano.

—¿Qué significa eso?

—Cuando eras joven... como Ruth, digamos, ¿no pensabas que los viejos de nuestra edad sabían algo? Algo, no sé... Yo sí lo creía. Pero ¿no tienes la sensación de que todo sigue siendo un misterio, tanto como cuando tenías quince años?

Él se limitó a parpadear. Se supone que es el intelectual de la familia. En parte me casé con él por su cerebro. Y mira adónde me ha llevado eso.

—¿Dónde está el problema? —preguntó, pero ya desviaba la

mirada hacia el protector de pantalla, que acababa de aparecer, como recordatorio de que pasaba el tiempo.

Dónde está el problema. Si yo lo supiera podría solucionarlo.

—Oh, es que me siento rara desde el accidente, supongo.

Así nos referimos a la muerte de Stephen; «el accidente».

George asintió, solemne.

—Todos le echamos de menos.

Yo también asentí con solemnidad, pero no se trataba de eso. No estoy segura de que alguien extrañe de verdad a Stephen, salvo Ruth. Vaya, qué mal suena esto. Lo retiro. Carrie es un desastre; a veces pienso que jamás volverá a ser la misma. Pero yo, por ejemplo, por mucho que quisiera a mi yerno, por mucho que me gustara para Carrie, no se puede decir que lo eche de menos. No porque no fuera un buen hombre, decente, admirable, buen marido y buen padre, todo eso. Es que era bastante reservado, y ahora es como si fuera un poco más reservado que antes, nada más.

—¿Sabes si en la familia de Stephen había antecedentes de enfermedades cardíacas? —pregunté—. Birdie dice que le conté que su padre había muerto así, pero le he asegurado que no, en absoluto. ¿Recuerdas algo de eso?

—Pues... algo me suena...

—No; no fue por el corazón. Murió de otra cosa. El infarto de Stephen fue un caso raro. No hay enfermedades cardíacas en esa familia.

—No lo sé. —Se encogió de hombros. Él no establece asociaciones como yo; es una de nuestras muchas diferencias. Para él la muerte de Stephen es la muerte de Stephen; no por eso va a preocuparse por su próstata, ni pensará en comprar una parcela en un cementerio privado, ni se preguntará dónde ha ido su vida cuando vea su cara de anciano en el espejo. Se supone que George es un hombre muy cerebral, pero en ocasiones parece un descerebrado.

Comenzó a tamborilear con los dedos sobre la barra espaciadora del teclado.

—¿A que no sabes quién estaba hoy con Carrie? —pregunté para retener su atención—. Esta tarde, cuando fui con Birdie y Ruth.

—¿Quién?

—Adivina.

—No sabría decirlo.
—Anda, di algo.
—Dana...
—De acuerdo. Jess Deeping.
Él puso cara de no entender. Luego exclamó:
—Ah, ese tío, ¿el que está en el ayuntamiento?
—Ese, ¡el que fue novio de Carrie! En el instituto. —¡Estos hombres, cómo son!—. Tienes que acordarte. A ti tampoco te caía bien.
—¿Ese chico? ¿De verdad? —Costaba creerlo; solo ahora relacionaba al amigo de la niñez de su hija con el concejal de Clayborne—. Pues parece que no es mal tipo. ¿Te ha ido bien con Carrie? —preguntó por cortesía, aunque se le desviaba la vista hacia la pantalla.
—Escucha esto, George. —Me incliné para acercarme un poco más. Él echó una mirada ceñuda a mi cadera, que invadía sus papeles—. ¿Te acuerdas de los arquistas?
—¿Qué artistas?
—¡Arquistas! Ese culto religioso que se inició aquí hace años. El periódico publicó algo. Esas gentes que se hacían llamar arquistas, Hijos de Noé, ¿recuerdas?
—No.
—¡Venga, hombre! El cabecilla era un tabacalero. Pletcher. No sé qué Pletcher. El hijo iba a la escuela con Carrie.
—Ah, pues sí, sí, creo recordar vagamente. Pero no era un culto, según creo, sino una secta. ¿No desaparecieron?
—Culto, secta, da igual. No; no desaparecieron. El viejo aún vive, y el hijo tiene una granja junto a la de Jess Deeping, pero además de vecinos son muy buenos amigos.
—¡No me digas!
—Sí, y escucha esto: este culto está decidido a construir un arca. Has oído bien: ¡un arca! Y Jess Deeping quiere que Carrie haga los animales.
—¿Qué?
—¡Un arca de tamaño natural! Quieren hacerla navegar por el río para mayor gloria de Dios. ¿Qué te parece?
—¡No! —Se unió a mí en una estupenda carcajada, la mejor

que hayamos compartido en años. Nos echamos atrás, meciéndonos de risa—. ¡Pero no tiene ningún sentido!

—¡Desde luego que no! ¡Si hubieras oído a Jess Deeping tratando de explicarlo!

—Y Carrie ¿qué dijo?

—Que no, por supuesto. —Pero sin mucha convicción, me pareció. Dejó la puerta un poquito abierta, como quien dice. «Creo que no», dijo a Jess Deeping. «No logro imaginarlo, pero es un honor que hayas pensado en mí.» Bobadas; eso no es un honor; da miedo—. Sin embargo está claro que necesita un empleo —añadí—. Y pronto, antes de que pierda la casa.

—Sigo pensando que debería venderla y mudarse a otra más pequeña.

—Lo sé, pero a Ruth le encanta. No, lo que Carrie necesita es un empleo con un buen sueldo. Tiene que salir de esa casa, dejar de hacer esos condenados arreglos florales. Esas cosillas secas me dan escalofríos. Parecen nidos. Animales muertos. Si hubiera seguido estudiando hasta obtener la licenciatura, veinte años atrás, nada de esto habría sucedido. Ahora podría estar enseñando arte en el instituto. Escucha, George...

—¿Hum?

—He invitado a Brian Wright a cenar con nosotros, mañana.

Al oírlo levantó la vista.

—¿Brian Wright? ¿Para qué? ¿No dijiste que mañana vendrían Carrie y Ruth?

—Es que él piensa contratar a un ayudante.

—¿Brian? ¿Cómo lo sabes?

—Me lo ha dicho. Nos encontramos en el banco. Esto saldrá bien, ya lo verás. Brian tiene futuro.

George resopló con aire despectivo.

—¡De verdad! Es un hombre con iniciativa, llegará lejos. A Carrie podría irle mucho peor.

George pareció alarmado.

—Con otro jefe, con otro empleador. A eso me refería.

Por un momento entrecerró los ojos con aire suspicaz. Luego perdió interés y se volvió hacia el monitor. Se me había acabado el tiempo.

Preparé un estofado. Sé hacer comidas más elegantes y sofisticadas; la otra noche cociné un pollo a la Monterey para los Beck; el mes pasado, un pato a la pequinesa para el decano y su esposa. Pero Brian Wright está divorciado y los niños están con su esposa; él vive solo. Algo me dijo que lo mejor sería un buen estofado, caliente y hogareño.

La velada parecía ir bien. Brian fue el primero en llegar. Cuando Carrie lo vio, hubo un fugaz momento de nerviosismo, pero creo que nadie se dio cuenta, aparte de mí. Y ella, claro. Gracias a Dios se había arreglado, para variar; llevaba pantalones holgados, un suéter muy bonito y el pelo recogido hacia atrás con un pasador. Incluso se había maquillado un poco, ¡aleluya! Comparada con la última vez que la vi, parecía Grace Kelly. Tiene cuarenta y dos años, pero antes de la muerte de Stephen no lo parecía. Y Ruth, bendita sea, está cada vez más preciosa. Será más bonita que Carrie con toda seguridad. Le falta elegancia y necesita quemar un poco de esa energía nerviosa, pero cualquier día de estos nos dará una sorpresa.

Tomamos el aperitivo en el salón y allí salió a relucir que Brian levanta pesas. Yo no lo sabía; tiene unos cuarenta años y se le ve robusto, como si le sobraran unos kilos, pero no, es todo músculo. Ahora me doy cuenta; tiene los hombros inclinados como los culturistas, y el cuello más grueso que un muslo mío. La habitación parecía más pequeña con él allí, y no solo por su físico. Rebosa energía y entusiasmo; es muy extravertido. Una ráfaga de aire fresco para mi familia, tan triste y callada. Lleva el pelo rapado y una perilla bien recortada, nada menos. En general no me gustan las barbas; me parecen vulgares. Y nadie debería raparse el pelo después de los diez años. Sin embargo, en Brian Wright, no sé por qué, esos dos errores de la moda no quedan mal. Quizá sea por su tamaño. Cuando alguien es tan grande conviene concederle el beneficio de la duda.

¡Y qué manera de comer! Devoró todo lo que le puse en el plato. No dejó ni una pizca. Sé que George no simpatiza con él, pero hizo un esfuerzo por conversar y mostrarse sociable. Así ayudó a disimular las veces en que Carrie desconectaba. Siempre sucede lo mismo: presta atención, parece amable, y al minuto siguiente se queda ensimismada. ¡Me preocupo tanto por ella! Me gustaría preguntarle si toma algo, no me refiero a las cosas que recetan los médicos.

Fui yo quien sacó el tema a relucir, después de la cena. Todavía estábamos sentados a la mesa, con la segunda taza de café.

—¿Y cómo marcha Otra Escuela, Brian? —pregunté, como si tal cosa.

—De maravilla, señora Danziger, de maravilla. Este ha sido nuestro mejor semestre. En estos momentos ofrecemos doce cursos y tenemos previsto organizar seis más para el período de invierno. A partir de la primavera daremos clases los cuatro trimestres.

—¡Qué bien! ¡Y en tan poco tiempo!

—Apenas tres años. —Esbozó una sonrisa modesta pero orgullosa mientras clavaba la vista en el plato de arroz con leche—. No puedo quejarme. Ha crecido como la espuma.

—Es que la ciudad necesitaba algo así —comenté.

—Desde luego —convino guiñándome un ojo—. Solo que no lo sabía.

Otra Escuela es una de esas instituciones alternativas e «independientes», organizadas para una comunidad, que prosperan en las grandes ciudades, pero no son muy comunes en poblaciones pequeñas como Clayborne. En los tres condados de nuestra zona no hay centros de enseñanza superior ni para adultos, aparte de la universidad. Brian supo ver la oportunidad y fundó esa escuela con muy escasos medios, prácticamente en su tiempo libre, cuando aún trabajaba en el archivo general de Remington. Creció más deprisa de lo que nadie imaginaba, y con el tiempo él renunció a su empleo para dedicarse por completo a su empresa. «Está loco», decía George, y eran muchos los que coincidían con él, incluido el esposo de Carrie. «Perderá hasta la camisa», decían. Pero no fue así. Ahora todos se preguntan por qué no se le ocurrió a nadie antes.

—Debes de estar muy atareado —señalé—. Atado a la oficina, sin tiempo para hacer tu vida. A menos que tengas buenos ayudantes, desde luego.

Carrie dejó la taza y me miró. Era evidente que no se había percatado de mi plan. No suele ser tan lenta.

Brian lo captó al instante. Es un chico tan sagaz... Claro que en el banco yo ya había plantado la semilla en su mente.

—Es curioso que lo mencione, pues en realidad estoy buscando a alguien que me ayude. Todavía no he puesto anuncios ni nada de eso, pero estoy alerta. —Miró directamente a Carrie—. La empresa ha crecido demasiado. Tengo una chica estupenda, pero solo se encarga de las tareas administrativas. Hace lo que se le indica y nada más. Lo que necesito es alguien capaz de tomar decisiones, alguien brillante, que pueda hablar de igual a igual con los instructores. Chris, mi secretaria, es un encanto; sin ella estaría perdido, pero me hace falta alguien de más altura, ¿comprendéis? —Por encima de la perilla sus mejillas se veían sonrosadas, llenas de salud—. ¿Puedo servirme un poco más de café?

Carrie se aclaró la garganta. Yo, que soy su madre, percibí regocijo, resignación, escepticismo y curiosidad, pero supongo que Brian solo oyó el carraspeo.

—Qué interesante —dijo ella con tono seco—. Continúa.

—Pues... —Brian se inclinó hacia ella cruzando un grueso muslo sobre el otro—. Busco a alguien que me quite parte de la carga. Eso significa tratar con los publicistas, resolver los problemas cotidianos, preparar el programa de estudios... Es una de las tareas más importantes, da mucho trabajo, y yo no quiero ocuparme de eso. Necesito a alguien que trate personalmente con nuestros instructores y me ayude a contratar a otros. Alguien con quien planear cursos nuevos, otros enfoques para mantener la escuela fresca y viva. Porque en esta clase de actividades hay que renovarse constantemente; si te estancas, date por muerto. Estoy suscrito a cuatro periódicos y leo otros ocho en internet casi a diario. Tengo que mantenerme al día. Gracias.

Se interrumpió para beber un buen trago de café. Yo comenzaba a entusiasmarme; quizá debería ofrecerme el puesto a mí. Otra Escuela organiza cursos como «Los ordenadores no muerden», «Un viñedo en tu jardín trasero», «Para conocer mejor a Van Gogh». Se imparten por la noche, los días de semana, en sitios tales como la iglesia unitaria o el Club de Alces; cualquier lugar donde haya una habitación vacía y un propietario dispuesto a prestarla. El verano pasado, Carrie hizo un curso de pintura sobre tela; Birdie y yo, otro que se llamaba «Las alegrías de ser abuelo» (George no quiso acompañarme, por supuesto; mejor así, porque francamente fue una pérdida de tiempo). La matrícula es barata y a los profesores se les paga según el número de alumnos que se inscriben en sus clases. Supongo que los gastos son prácticamente nulos, de modo que Brian Wright debe de ganarse bien la vida, en la medida en que uno puede hacerlo en Clayborne.

—No voy a engañaros: la empresa tiene sus riesgos. —Se apartó de la mesa para limpiarse la boca con la servilleta, hizo una bola con ella y la dejó junto a su plato. ¡Qué hombretón! Tiene las espaldas tan anchas que no dejaba ver el respaldo de la silla—. Aún no podría hacer frente a una recesión, por ejemplo. En verdad puede suceder cualquier cosa. Si he de ser franco, la persona a quien contrate deberá correr los mismos riesgos que yo.

No pude menos que admirar su sinceridad. En lo personal me encantaría trabajar en algo así, tan arriesgado, tan novedoso, algo que no estuviera todavía completamente planeado. Eché un vistazo a Carrie, que había unido la punta de los dedos y parecía pensativa.

—¿Puedo retirarme, por favor?

La pobre Ruth se moría de aburrimiento.

—Por supuesto —respondí—. ¿Por qué no vas a ver la tele con tu abuelo? —Mientras yo empiezo a fregar los platos para que Carrie y Brian conversen un rato en privado: eso era lo que pensaba decir, pero antes de que pudiera terminar Brian se levantó y dijo que lamentaba dejarnos, pero debía madrugar, la cena había sido estupenda, muchísimas gracias y todo eso, adiós.

La gente (Birdie sobre todo pero a veces también Carrie) dice que no tengo tacto. No es cierto. Sin embargo creo que hay ocasiones para andarse con tacto y ocasiones para la acción. Ese era un ejemplo perfecto. Había organizado esa reunión de negocios con tacto, pero la acción la llevaría a su fin.

—Adiós, Brian. Me alegra mucho que hayas podido venir. Ha sido un placer tenerte aquí. Carrie, ¿podrías traer el abrigo a Brian? Ruth, tesoro, ve a ver la tele. George, ¿puedes ayudarme en la cocina?

Listo. Cada uno fue a donde correspondía, excepto George, que salió al patio por la puerta trasera para fumar su pipa. No espié a los chicos, pero antes de cerrar la puerta de la cocina vi a Carrie y a Brian muy juntos en el vestíbulo, conversando con aire serio. Él se inclinaba hacia ella; Carrie se inclinaba hacia atrás.

—¿Por qué no me lo dijiste, mamá? Habría sido mejor saber que él también vendría, eso es todo.

—No veo por qué. Así no has tenido que preocuparte. Piensa que ha sido una entrevista de trabajo, pero sin tensiones. ¿No ha sido mucho mejor que ir a su oficina a responder preguntas?

—¿Y si él no quería entrevistarme? No le diste alternativa.

—¡Claro que quería! Me di cuenta en el banco. Lo que no entiendes es que no fui yo quien inició todo esto, sino Brian.

—Oh, sí.

—Bien, ¿qué te ha dicho? ¿Piensas aceptar?

Carrie, que estaba inclinada hacia el lavavajillas, irguió la espalda y se echó el pelo hacia atrás.

—Hemos quedado en que lo pensaríamos.

—Ah... Pero te ha ofrecido el empleo, ¿verdad? Formalmente.

—Bueno, sí. En cierto modo. Más o menos. Me ha explicado mejor qué debería hacer.

—¿Qué harías?

—Pues redactar el folleto para los cursos de primavera; eso parece ser lo principal. Ayudarle a ponerse en contacto con más patrocinadores y anunciantes. Redactar anuncios y buscar lugares distintos donde colocarlos. «Dirigir y administrar», dijo.

—¡Qué interesante!

—¿De veras?

—¡Desde luego! Parece que todo estará a tu cargo. ¿Y qué hará él?

Carrie sonrió, más relajada; el enfado se le estaba pasando.

—Supongo que podría estar bien. No ha de ser muy difícil. Probablemente nada que no pueda aprender.

—¿Estás de guasa? Ese hombre ha encontrado una joya. ¿Habéis hablado de dinero?

—No. Ah... ha dicho que era una suerte que yo supiera de ordenadores. ¿Qué demonios le has contado, mamá?

—Nada. Solo que en tu último empleo, hace tres años, ocupabas un cargo administrativo muy importante en una empresa de alta tecnología.

—Trabajaba de auxiliar a tiempo parcial en el Departamento de Matemáticas de la universidad de Stephen.

—¿No es lo que yo he dicho?

¡Oh, qué gusto oírla reír! Ruth entró cuando todavía estábamos en esas, fue al fregadero y empujó a su madre con la cadera para coger un vaso de agua. Carrie quiso acomodarle un mechón de pelo, pero ella se apartó sin dejar de beber.

—¿Vas a aceptar el empleo, mamá?

—No lo sé, cariño. Hemos quedado en que debíamos hablarlo.

—Tú y el señor Wright. —Dejó el vaso en el fregadero con demasiada fuerza. Parecía indignada; curvó los labios en un gesto muy poco favorecedor.

Carrie frunció el entrecejo.

—¿No quieres que lo acepte?

—Por Dios, mamá, a mí qué me importa.

—De todos modos aún no hay nada firme. Hasta es probable que no me lo ofrezca.

—¡Claro que te lo ofrecerá! Apuesto un millón de dólares.

—¿Cómo lo sabes?

—¿Estás de guasa? ¡Salta a la vista! Ese hombre está loco por ti.

Carrie la miró con atención. Luego se echó a reír.

—Eso sí tiene gracia. ¡Estás totalmente equivocada!

—Noooo.

—¿Qué he de hacer contigo, Ruthie?

—¡Venga, mamá, no puedes ser tan tonta!

Esa conversación no me gustaba. La interrumpí para preguntar a mi nieta, con la esperanza de que cambiara de actitud:

—¿Cómo está tu novio? Ese que me presentaste en la parada del autobús el otro día.

—Mamá... —advirtió Carrie.

—Yo no tengo novio, abuela.

—Sí, ese tal Gallo o Águila, ahora no me acuerdo.

—Si te refieres a Cuervo, no somos novios.

—Qué alivio. —Reí con la esperanza de que se uniera a mí—. Me entraron ganas de decirle: «¿No has visto el calendario, guapo? Ya no estamos en Carnaval».

—¡Mamá!

—¿Qué?

El día en que conocí a ese individuo hacía un frío horrible, menos de cinco grados, y llovía a cántaros, pero el tal Cuervo solo vestía pantalones de piel y una casaca de red negra. ¡Red para pescar! Llevaba la cara maquillada de blanco y los labios pintados de negro, con las comisuras curvadas hacia arriba en una sonrisa espeluznante. Me dio escalofríos. Se había teñido el pelo de negro, pero tenía dos centímetros de raíces de color castaño claro, y lo llevaba corto a un costado y largo al otro: largo, lacio, absolutamente ridículo, como Michael Jackson, como Drácula. Me moría por escucharlo, de manera que le sonreí y saqué el brazo por la ventanilla del coche hasta que se acercó. Fue como estrechar la mano de un muerto viviente. Debió de decir algo, porque sus negros labios se movieron, pero no estoy segura. Luego se alejó caminando hacia atrás, hacia la multitud de chicos que se apretujaban en la parada del autobús, y desapareció en un abrir y cerrar de ojos. Como Bela Lugosi cuando se convertía en murciélago.

—Estoy viendo la tele —dijo Ruth, y dio un paso hacia la puerta.

—Estoy segura de que es un chico encantador. Oye, ¿quieres helado? Puedo llevarte un poco.

—No, abuela, gracias.

—Hay de chocolate y de vainilla.

—No, gracias —repitió desde el comedor.

En la sala donde está la tele se oía un partido de fútbol.

—¡Di al abuelo que ponga algo que te guste! ¿Me oyes?

Carrie me miró meneando la cabeza.

—¿Qué ocurre? ¿Qué he dicho? Lo del Carnaval, claro. Bueno, he hecho mal, pero... ¿has visto a ese chico?

—En realidad es muy bueno.

—¡Seguro! Es lo que decían de esos dos chicos que la emprendieron a tiros en la escuela de Columbine.

Carrie se volvió para secar las copas. Dejé pasar un rato.

—Escucha, ya sabes que no quiero empujarte a nada, pero...

Esta vez su risa no fue tan grata al oído. Sonó como si bufara. Hice caso omiso.

—Pero... creo que deberías aceptar la oferta de Brian Wright.

—Yo no estoy tan segura —repuso encorvando los hombros.

—Deberías aceptar por muchos motivos. Primero: te ahorrarías la molestia de buscar trabajo. —En realidad no estaba en condiciones de hacerlo; apenas salía de casa para hacer la compra—. Segundo: parece un buen empleo, de mucha responsabilidad y con posibilidades de progresar. Tercero, hará que te animes, pues deberás salir y tratar con la gente. Cuarto, Brian sería un jefe estupendo. Y quinto, necesitas dinero.

—Tienes razón —convino sin entusiasmo; tenía los codos apoyados en la encimera y contemplaba su reflejo en la ventana—. Tienes toda la razón.

—Y sexto —añadí para alegrar el ambiente—, no tienes ninguna otra oferta, salvo la de Jess Deeping. ¡Hacer animales para un arca!

—¿Por qué le llamas siempre Jess Deeping?

—¿Qué?

—Siempre le llamas por el nombre y el apellido. Nunca Jess. Tampoco antes.

—¿De verdad? No me había percatado. —¿Qué pasaba esa noche? Todo el mundo se enfadaba conmigo—. El caso es que aún me cuesta creer esa historia del arca. ¿No te parece de lo más gracioso? Hasta tu padre se desternilló cuando se lo conté. ¡Tú haciendo animales para un arca! Es el colmo. ¿Y cuánto te pagaría?

—No lo sé. No llegamos a hablar de eso.

—No, desde luego.

—De todos modos, no sería Jess quien me pagaría, sino la iglesia.

—Los arquistas. ¡Caramba, es asombroso que la gente invente una religión a partir de cualquier cosa! Un día de estos aparecerán los Hijos de Jonás, los ballenistas.

Carrie esbozó una sonrisa.

—Ignoraba que te hubieras hecho amiga de Jess Deeping otra vez... Disculpa, de Jess. En realidad me sorprendió verlo en el entierro de Stephen.

Pero no tanto como encontrarlo en la cocina de Carrie. Eso sí me sobresaltó. No pensaba mencionar siquiera el asunto, pero ya estaba hecho.

—¿Y por qué no íbamos a ser amigos? Es... Suponía que Ruth te habría hablado de él.

—¿De Jess Deeping? ¿Por qué?

—Porque ellos... Mira, todo comenzó cuando nos lo encontramos en la ferretería; debió de ser la primavera pasada. —Por fin se volvió hacia mí, apoyada contra la encimera. —A Ruth le cayó bien. Jess tenía un montón de perros en la parte trasera de la ranchera, y eso cimentó el vínculo. La niña debía hacer un trabajo para la escuela sobre una industria de la zona, y se le ocurrió llamarle para hacerle un millón de preguntas sobre las granjas lecheras. Luego... —Movió el brazo en un gesto vago—. Pues nada, ya sabes...

—Los estómagos de la vaca —recordé—. El proyecto para la exposición de ciencias.

—Eso es, más investigaciones. Y así... Bien, nada más. ¿Guardas esto aquí o en el comedor?

—Francamente, me parece extraño que no me hubieras hablado antes de todo esto.

—¿Todo qué?

—Ya sabes a qué me refiero.

—En realidad no.

—No importa. Las copas finas se guardan en el comedor. En el armario de caoba, último estante, por favor. Gracias.

Nos miramos unos segundos, pero parecieron muy largos. ¿Era una riña? Antes reñíamos, hace años, pero después se acabó; Carrie levantó un muro. Daría cualquier cosa porque volviéramos a estar tan unidas como antes. Pero eso se terminó y ya no podré recuperarlo, haga lo que haga. Cuando se mudó de nuevo a Clayborne, después de veinte años, pensé que las cosas cambiarían, que seríamos amigas otra vez, como antes... ¿como cuándo?

Como cuando tenía la edad de Ruth. Esos fueron nuestros mejores tiempos. Entonces Carrie me quería tanto como yo a ella.

Me gustaría saber qué hago mal. Cuál es mi defecto fatal. Todas las madres juran que solo desean la felicidad de sus hijos, pero en mi caso es la verdad. Quiero a mi hija más que a nada en el mundo, aún más que a mi nieta, pero ella no me permite acercarme. Es como una sombra que se aleja en cuanto me aproximo. No puedo tocarla. Se aparta, me vuelve la espalda, retrocede. ¿Acaso he criado a una hija fría? ¿O el problema está en mí? Ya ni siquiera nos peleamos.

—En el comedor —repitió Carrie, y salió con las manos llenas de copas.

5

¿Quién es esa chica estadounidense?

Regresaba a casa desde el instituto, sola y a pie, pues había perdido el autobús; en esos casos suelo caminar con Caitlin y Jamie hasta Madison, pero ellas ya se habían marchado. Pasé frente a una tienda que ya había visto antes, pero esta vez me llamó la atención un letrero en el escaparate: ¿SIEMPRE CANSADO?

Yo no, pero mamá sí. Y triste, además; tal vez tenían algo para eso también. Bajo el letrero había una gran pirámide hecha de frascos con píldoras y otro cartel: «Cambio Natural, algas silvestres limpias y puras. De los lagos de Ontario, alimentados por los glaciares. Proporcionan energía, resistencia y claridad mental». Entré.

Krystal, Palacio de la Madre Tierra y Salón de Curación Natural, así se llamaba la tienda. También podría haberse llamado Calor e Incienso, que es lo que me golpeó la cara antes de que llegara a cerrar la puerta. Era como entrar en un horno donde ardieran leños perfumados. Mientras me desenrollaba la bufanda y me desabotonaba el abrigo, saludé con la cabeza a la única persona que había en la tienda: una señora que colocaba frascos en un estante.

—¿Necesitas ayuda? —preguntó por encima de las notas de un dulcémele.

—No, gracias —respondí—. Solo he entrado a mirar.

Las algas de Cambio Natural costaban 16,95 dólares el frasco. Mala suerte, mamá. En Navidad los abuelos me habían regalado un bonito cheque, pero debía ser prudente con el dinero. Quién sabía hasta cuándo debía durarme. Me acerqué a los estantes de vitaminas, que cubrían dos paredes enteras, pensando en las pastillas de hierro. Hierro, hierro... allí las cosas no estaban ordenadas alfabéticamente, como en la farmacia. ¿Tal vez lo de mamá era fatiga crónica? Eso explicaría muchas cosas. En ese caso necesitaba Fibro Malic o Aqua Flora. O Protykin, un potente antioxidante para combatir el ataque de los radicales libres, que hacen estragos al destruir células y tejidos. Muy bien, pero ¿qué es un radical libre? Imaginé una especie de guadaña en forma de bumerán que cortaba el aire, te invadía a través de los poros, la nariz, quizá la comida. Nadie está a salvo. Con Fibro Malic o sin él, siempre habrá algo que te pille.

En esa tienda había píldoras para cualquier cosa. Para los problemas de próstata y los dolores de las articulaciones, para la caída del pelo y las dificultades respiratorias. Para las erupciones cutáneas y los desequilibrios hormonales. Yo tengo eso, las dos cosas. Y últimamente mi ritmo cardíaco es muy lento; a veces ni siquiera me encuentro el pulso. Esas pastillas de gelatina blanda, fáciles de tragar, podían ayudarme; estudios revolucionarios demostraban el asombroso efecto cardioprotector de los tocotrienoles. Algunos productos tenían, pegados abajo, testimonios escritos a máquina. Me detuve ante un milagroso limpiador intestinal. Un tal Clifford C., de Spaulding (Virginia), había escrito: «Lo tomé todos los días durante un mes; era asombroso ver cómo salían todos los venenos y la materia en putrefacción». Mensaje para Cliff: ¡puaj!

El olor a incienso era agradable, una vez que te habituabas; una combinación de limón y canela. Procedía de un botecito colocado sobre una estufa de leña, en el fondo del local. Esa parte quedaba separada por una estantería y un par de sillones blandos, medio raídos, que creaban un ambiente acogedor, como si alguien tuviera allí una salita de estar. Los libros eran los que cabía esperar: temas muy *new age*, hierbas medicinales, curación espiritual, programas de doce pasos. Deslicé un dedo por los lomos y saqué *Vive bien, vive para siempre*. Ja, sí, claro. Me senté en un sillón con el libro.

Bien, tuvieras lo que tuvieses, ese libro sabía curarlo. Acné, alergias, anemia, angustia. Celos, climaterio. Hematomas, hemorroides, hipo. Pie de atleta, prurito.

Cardiopatías, página 253.

¡Caramba, las cosas que papá habría podido probar, las medidas de seguridad que debería haber tomado! Podría haber reducido la ingesta de carne, productos lácteos y alimentos procesados. Tomar cromo, magnesio, vitaminas C y E, selenio. Podría haber hecho yoga. O meditar, visualizarse nadando cómodamente a través de las cuatro cámaras limpias de su corazón y por las arterias coronarias, en tanto iluminaba con una luz azul las paredes de las arterias y se desprendía de cualquier emoción perturbadora. «Imagine algo que aflija su corazón, cosas tales como la ira, la tristeza o la injusticia. Arrójelo por encima del hombre izquierdo y déjelo ir.»

—Ese libro es bueno. Oferta especial. Un cuarenta por ciento de descuento, por haber pasado la Navidad. —La mujer que llenaba los estantes se dejó caer en el otro sillón; inmediatamente un gato blanco y peludo, que por algún motivo yo no había visto hasta entonces, saltó a su regazo—. ¿Qué buscas?

Tenía la cara redonda y sonriente, enmarcada por una abundante cabellera rojiza, con mechas; la llevaba recogida en múltiples trenzas sujetas con cuentas de oro. Y tenía una voz grave, dulce y sensual, que hizo menos molesta su intromisión.

—Cardiopatías.

—¿Tienes alguna enfermedad del corazón?

—No. —Cerré el libro y lo sostuve apretando el lomo para que no se notara la página por la que lo había abierto—. Mi papá. Tenía una cardiopatía provocada por aterosclerosis leve, hipertensión y alto índice de colesterol en la sangre. Ha muerto.

La mujer asintió con aire triste.

—Sin embargo no era del tipo A —añadí—. No tenía exceso de peso ni fumaba. Salía a correr cada dos días.

—¿Cuál era su dosha?

—¿Cómo dice?

—En Ayurveda puedes ser *pitta, vata* o *kapha*. Los *pittas* son apasionados, ardientes y de temperamento fuerte; abundan en Nueva Inglaterra, lo cual es interesante. Los *vatas* son creativos y románticos, suelen tener el pelo rizado y la piel seca, son distraídos y muy inestables cuando se ponen nerviosos. Los *kaphas* son más flemáticos, muy serenos y tolerantes; tienen los ojos grandes y tendencia a engordar. Son de esos que se pasan la vida sentados en el sofá. Desde luego, todos tenemos los tres tipos a la vez, pero hay uno que suele predominar.

—Hum, pues... creo que él era más... ¿Cómo se llamaba el primero?

—*Pitta*. ¿Era pelirrojo y pecoso?

—No.

—¿Rubio?

—Más o menos. Castaño claro.

—Eso es. Metabolismo fuerte y sistema digestivo eficaz: ese es el *pitta*. Lástima que no tomara arjuna; es una hierba que fortalece el músculo cardíaco y facilita la curación. Cuánto lo siento. —Se inclinó con el entrecejo fruncido por la compasión—. Estoy segura de que eso lo habría ayudado.

Apreté el libro contra el pecho mientras miraba el fuego de la estufa, un anaranjado turbio tras el vidrio sucio de la ventanilla. Cuando me enteré de lo del accidente de mis padres estaba de pie junto a la estufa, en la cocina de los Markus. Estábamos preparando crema de chocolate: Jamie, Caitlin, Marianne Werner y yo. Eran cerca de las once y media de la noche y discutíamos sobre si debíamos agregar nueces. Sonó el teléfono, pero paró antes de que Jamie atendiera la llamada. «Lo ha cogido mi madre», dijo, y continuó removiendo la olla. Un minuto después el señor y la señora Markus entraron en la cocina. Él venía en pijama y bata, pero ella todavía estaba vestida. Supuse que estábamos armando demasiado ruido y que ella lo había traído para que impusiera su autoridad, pero se quedaron en el vano de la puerta, sin decir nada. Entonces pensé que venían por un poco de crema de chocolate. Aún no estaba lista; yo esperaba que Jamie se lo dijera. El señor Markus dijo: «¿Ruth?». Me extrañó que supiera mi nombre. En cuanto lo dijo supe que había sucedido algo terrible.

—¿Quieres una infusión? Por cierto, me llamo Krystal. —Se levantó para volver al mostrador y trajo dos tazas de cerámica—. Hoy tenemos crisantemo.

—Hum...

—Va bien para los capilares.

—¿De verdad?

—Sin duda. ¿Has tenido dolores de cabeza últimamente? ¿O insomnio?

—Sí. Varias veces.

—Esto te ayudará. También notarás que ves mejor.

—¡Estupendo! Gracias. —Cogí la taza, que Krystal había llenado con la infusión de un cazo de cobre que tenía en la parte posterior de la estufa—. Hum —dije por cortesía—. Es un poquito...

—¿Amarga? Échale un poco de miel. Toma. Ahora me gusta sola, pero tardé en acostumbrarme.

El gato blanco volvió a su regazo. A pesar del siseo de la estufa lo oía ronronear. Krystal era bonita de cara y algo regordeta; se parecía a Tracy Chapman, solo que era blanca y mayor. Probablemente *kapha*. Lo que no lograba explicarme era que llevase tanta ropa en una tienda tan caldeada. Vestía una falda larga de lana marrón y un suéter amarillo de cuello alto con una especie de túnica multicolor de punto encima, mocasines con cuentas y medias largas; ceñía la túnica con una bufanda roja y anaranjada atada a la cintura. ¿Cómo lo hacía para no asarse?

—Yo soy Ruth. —Recordé presentarme—. Ruth van Allen.

—Hola. —Sonrió con una expresión radiante, cálida, amistosa y blanda—. Hoy es un día tranquilo. No hay muchos clientes.

—En ese caso supongo que no necesita ayuda.

—¿Hum?

Bajé la vista a mi taza, asombrada.

—Supongo que no necesita a alguien que la ayude con el trabajo. Después de las clases, unas tres horas, de tres a seis, y también los fines de semana.

Levanté la vista. Krystal no parecía incómoda ni enfadada, solo pensativa.

—Busco trabajo desde que murió mi padre —agregué exagerando un poco. Pensaba buscar un empleo, sí, pero esa era la primera vez que lo intentaba. Lo que me había empujado era el hecho de que mamá ya tuviera el suyo.

—En realidad me iría bien. —Krystal posó la taza en un brazo del sillón. Luego cogió al gato, que tenía los miembros desmadejados, y lo acunó como a un bebé, sonriendo ante su cara de felicidad—. Estoy a punto de licenciarme en medicina naturópata y necesito tiempo para estudiar. ¿Estás en el instituto?

—En segundo. Salgo a las tres menos cuarto. Podría estar aquí a las tres y cinco. Todos los días, menos los lunes y jueves. Entrenamiento de fútbol.

—Me iría bien. ¿Sabes algo de curación natural? ¿Alimentos dietéticos? No importa —añadió al ver que no respondía—. De cualquier modo no trabajarías con los clientes, sino con la mercancía. Yo podría enseñarte.

En cuanto dijo «Yo podría enseñarte» me entusiasmé. Quería ese empleo. Podía aprenderlo todo: Ayurveda, vitaminas, aromaterapia. Estaba todo allí; el secreto se encontraba en esa habitación. ¡Y apenas unos minutos antes yo ignoraba hasta la existencia de un secreto! Ante mí se abría un camino; podía aprenderlo pronto, en vez de esperar a tener veintiún años, veinticinco, treinta.

—Sería estupendo —afirmé, tratando de no saltar, no gritar, no hacer ninguna tontería—. Soy muy responsable. Estoy inscrita en la Seguridad Social. Los sábados y domingos podría trabajar el día entero.

—Los domingos no abro.

—Bueno... —Me ruboricé temiendo haberla ofendido en sus creencias religiosas o algo así—. ¿Debo llenar algún impreso o algo así?

Ella se encogió de hombros, sin dejar de acunar al gato.

—No lo sé. ¿Un impreso? Podrías apuntarme tu número de teléfono, supongo.

Mamá iba a hacerme muchísimas preguntas. Cuánto cobraría, por ejemplo. Pero yo no sabía cómo preguntar sin parecer maleducada. Diría a mamá que el salario mínimo. Si resultaba ser más, tanto mejor.

Tintineó la campanilla instalada sobre la puerta; había entrado alguien. Krystal echó un vistazo sin levantarse. Era una dependienta tranquila. Eso ya me encantaba.

—Bueno —dije—. Es hora de que vaya a casa. Gracias por la infusión; estaba muy rica. ¿Cuándo quiere usted que comience? Es decir... —Me ruboricé otra vez—. ¿Esto es seguro? ¿Está decidido?

—¡Sí! Siento que tenemos muy buena onda. ¿Tú no?

—¡Sí! De verdad que sí.

—Oye, yo leo el aura, entre otras cosas. La tuya es medio azul pizarra, cuando menos hoy... y casa perfectamente con mi plateado verdoso. Estoy segura de que nos entenderemos de maravilla. Eres... —Me estudió con los ojos entornados—. Acuario, ¿verdad?

—Cáncer.

—Lo sabía. Tenía que ser uno u otro. Yo soy Piscis, que también es signo de agua. Ruth van Allen, tú y yo nos entenderemos como dos *koi* en un estanque de lirios acuáticos.

—¡Estupendo! —Y apreté los brazos contra el pecho, emocionada.

Desperté de un sueño que se me repite mucho últimamente. Corro para coger un tren. Es de noche; llueve y hay mucha niebla; oigo el pitido del tren y echo a correr hacia las vías. Llevo puestos los tejanos negros y el jersey verde militar, con escote en pico (la ropa que llevo es muy importante, no sé por qué, pero no cambia nunca). Corro junto al tren, que va cada vez más deprisa. Tiendo la mano, cojo el metal frío de la barandilla y ¡hala!, subo, y la marcha se hace más veloz. Quedo aferrada allí, con el viento húmedo en la cara... y allí se acaba. Sueño lo mismo una y otra vez: que corro tras un tren, vestida con los tejanos negros y el jersey verde.

No pude volver a conciliar el sueño. Me levanté para beber algo. Entonces oí la tele, abajo.

—¿Mamá? ¿Todavía estás levantada? Son las tres y media.

—No, ya he dormido. Es que me he despertado.

Fingí creerla. Casi siempre pasa la noche entera levantada, con la tele, la radio o el reproductor de discos, y por la mañana finge que acaba de despertar. Luego duerme todo el día. Aún no había retirado los adornos navideños. Tampoco puso tantos este año.

—¿Qué ves? —pregunté.

—Nada. Una película.

Hice que se corriera para sentarme a su lado en el sofá. Todas las luces estaban apagadas, salvo la tele. Ella estaba acurrucada bajo una manta que la abuela le regaló en Navidad, con un camisón y una vieja camisa gris de papá. Tenía muy mala cara.

—Eso ya lo veo. ¿Qué película es?

—¿Qué haces levantada? Deberías estar durmiendo.

—Iré en un segundo.

—Es James Stewart en *Yo creo en ti.* Pensaba que era de Hitchcock, pero no.

—¿Quién es ese tío?

—Está en la cárcel desde hace once años por haber matado a un policía. James Stewart es un periodista que lo cree inocente y trata de sacarlo de allí.

Me encanta ver pelis viejas con mamá. De las cosas que hacemos juntas es una de las mejores. Eso e ir de compras. Y comer en algún restaurante. Hace tiempo que no lo hacemos, pero antes sí. Casi siempre pedíamos helado en vez de comida, y ella siempre hacía que pareciera algo estimulante, audaz y prohibido. «Que tu padre no se entere», susurraba, mientras pedía dos porciones dobles de crema helada con chocolate, una con nueces, la otra no. Y yo decía: «Ojos que no ven, corazón que no siente». Reíamos y nos hartábamos de helado hasta que nos dolía la barriga.

La peli era bastante buena. En el último momento James Stewart sacaba a Richard Conte de la cárcel ampliando una foto donde se veía la fecha de un periódico. Así demostró que el hombre era inocente. Al final se ve a Richard Conte cuando sale de la cárcel y se encuentra con su esposa, su hijo y el nuevo marido de ella. La mujer se había divorciado, aunque todavía lo amaba, y no vuelve con él porque ahora está con E. G. Marshall.

—¿Volverías a casarte?

Las dos seguimos mirando la tele.

—No lo sé, cariño. No creo. Lo dudo. No me veo casándome otra vez.

—¿Y si te enamoras de alguien? No eres tan mayor.

Ella hizo una mueca.

—Me siento muy mayor.

—Dentro de diez años podrías conocer a un tío y enamorarte otra vez. Es posible.

Ella dobló las rodillas bajo el camisón, inclinó la cabeza y hundió los dedos en el pelo de tal modo que se lo alborotó.

—Solo digo que es posible —insistí tocándole el pie. Se había puesto un par de viejos calcetines de lana que eran de papá. En vida de él nunca usaba su ropa—. La tristeza no te durará siempre. Nunca es así, salvo en los libros. La gente vuelve a empezar, sigue viviendo. —Yo había analizado el asunto—. La esposa de Sonny Bono comenzó a salir con otros hombres nueve meses después de enviudar, ¿te acuerdas? Y cuando Diana se estrelló, los príncipes iban a fiestas y cosas así; en las fotos aparecían riendo, tan contentos, y quien los hubiera visto en el entierro jamás lo habría creído. ¿Te acuerdas?

—Sí. —Me rodeó con un brazo. Me acurruqué contra ella; me gustaban su tibieza, el olor a franela, hasta el olor a pelo sucio—. Cuéntame cómo te ha ido hoy.

—Ya te lo dije. Ah, en culturas del mundo vimos una peli sobre las Highlands de Escocia. Es una región muy fría y yerma, pero muy bella, y hay más ovejas que gente. Estuve pensando que sería estupendo vivir allí.

—¿Por qué, si es un lugar tan frío y desolado?

—Porque sí. No podría pasarte nada, porque nadie sabría siquiera que estás allí. Y el alquiler ha de ser barato.

Esa noche me dormí imaginando cómo sería vivir completamente sola en una colina, en una casa de piedra con cubierta de paja, con un collie blanco por toda compañía. Sería escritora o pintora. La gente hablaría de mí, esa chica estadounidense que vive sola y no habla con nadie. Me verían caminar por los acantilados con mi perro, y el viento me agitaría el pelo y la capa negra. «Qué sola debe de sentirse», comentarían los lugareños observando mi silueta solitaria. Usaría un bastón. Hablaría con acento de la región. Un día un hombre guapo, algo mayor, se mudaría a una casa del acantilado vecino. Él también sería artista, pero torturado, sin éxito. Y yo me convertía en su musa. Gracias a mí recobraba la facultad de escribir poemas inolvidables. Juntos conseguíamos el Pulitzer, y en el discurso de aceptación él decía que no era nada sin mí. Ganábamos muchísimo dinero y vivíamos en los brezales desérticos por siempre jamás.

—No veo la hora de comenzar en mi nuevo empleo —dije—. ¿Cuándo empiezas tú?

—La semana que viene. El lunes por la mañana.

—Sería mejor que empezaras a prepararte, ¿no te parece? Tienes que acostarte alrededor de las once para poder levantarte por la mañana. —En Navidad le había regalado un perfume, medias y un despertador digital, de modo que no tenía excusas.

—Buena idea —repuso.

—Yo comienzo mañana. —Habría podido hacerlo antes, pero tuve que pedir un permiso de trabajo, pues no he cumplido todavía los dieciséis.

—Ya lo sé.

—Es magnífico, mamá, de verdad.

Ella asintió con una sonrisa, pero no estaba lo que se dice contenta. Claro que no había estado allí. En cuanto conociera a Krystal, en cuanto viera el Palacio de la Madre Tierra y todo lo que había allí, quedaría encantada. ¿Quién no? Caitlin decía: «Chica, qué lugar tan raro», pero en el buen sentido, y Cuervo está totalmente de acuerdo, dice que es una idea excelente. Lo primero que haré será buscar «dolor de garganta» en los libros de Krystal, porque me duele desde hace dos días. Poco, no tanto como para quedarme en casa, pero así comienzan muchas cosas, incluido el cáncer de esófago. No creo que sea eso. Un resfriado probablemente.

—Oye, ¿qué te pondrás para el primer día?

Mamá se echó a reír.

—No tengo la menor idea. ¿Crees que debo arreglarme?

—Tienes que mostrar mucho las piernas. A él le gustará. A ese señor Wright.

—¿Qué pasa, Ruth? ¿Qué tienes contra Brian?

—No me gusta.

—¿Por qué?

—Es un guarro. ¿Has visto cómo te mira?

—¿Cómo me mira?

—Como hace todo lo demás.

Ella meneó la cabeza, como si yo hablara en otro idioma.

—Mira, cariño, Brian es una buena persona. Será un buen jefe, pero nada más, ¿comprendes lo que te digo? —añadió con tono de broma. Yo bajé un hombro y lo metí entre su cara y la mía—. Escucha —prosiguió—, quiero que sepas que no estoy... que no pretendo enrollarme ni nada de eso.

—¡Hala, mamá, cómo dominas el lenguaje!

—Lo que quiero decirte es que no estoy disponible. Nadie ocupará el sitio de tu padre. Nada cambiará.

—De acuerdo.

—¿Eso es asentimiento o sarcasmo?

—¿Lo conocías antes de que muriera papá?

—Sí, por supuesto. No mucho. Coincidíamos en las reuniones de la universidad.

—¿Y cómo era en esos tiempos?

—Normal... ¿qué quieres decir?

—¿No te diste cuenta de cómo te miraba aquella noche, durante la cena? Y antes, en el aperitivo, cuando casi se te echó encima.

—Ruth, ¿de qué hablas? Brian es cordial, simpático, sociable. Cuando charla contigo se acerca... hasta te toca algunas veces, pero solo para establecer contacto. Eso no significa nada. Tal vez por eso tiene tanto éxito en su trabajo, por la clase de persona que es.

—Muy bien. Como Bill Clinton. —Como ella reía, yo también me eché a reír. De todos modos quería cambiar de tema—. ¿Dónde está Otra Escuela? Si queda cerca de Madre Tierra, podríamos volver juntas a la salida.

—Sí, pero lo más probable es que yo salga más o menos a la hora en que tú entras.

—Supongo que sí —repuse—. Qué pena.

Ella me abrazó. Al principio no supe por qué; pero luego supuse que le parecía bien que yo quisiera regresar a casa con ella. A veces es tan simple...

—Oye —dijo—, voy a seguir tu consejo. Tengo que llevar una vida más ordenada. Acostarme temprano y ponerme en forma. De todos modos estoy bien; lo sabes, ¿verdad? ¿Lo entiendes?

—Sí, ya lo sé.

—Estoy bien, ¿me oyes? Conque no te preocupes por mí.

—De acuerdo. Y tú tampoco te preocupes por mí.

—Nada de eso. Soy tu madre. Me corresponde preocuparme en todo momento.

—En serio, mamá. Yo también estoy perfectamente.

—Ya lo sé.

—De verdad.

—Desde luego.

Alguien mentía. ¿Sabría ella que mentíamos las dos? ¿Pensaba que yo la creía? ¿Me creía a su vez? De todos modos no importaba mucho, mientras estuviéramos acurrucadas en el sofá, ella rodeándome con un brazo, yo con la cabeza en su hombro. Alguien bajaba por una lujosa escalera y explicaba por qué *La senda de los elefantes* era un clásico, y qué hacía Elizabeth Taylor cuando la filmaron. Allí, bajo la suave manta de la abuela, estábamos a salvo. Nos teníamos la una a la otra; prácticamente cada una era la otra. Nos sentíamos bien. Por esa noche.

6

Comidas sanas a la hora debida

A los dieciocho años me encantó la idea de abandonar Clayborne para vivir en la gran ciudad: Washington, la capital. Allí estudié, conocí a Stephen, me casé; luego nos mudamos a Chicago, donde tuve a Ruth. Creía haber terminado con las ciudades pequeñas. Y con el Sur, por cierto. Nunca pensé que esa agradable universidad de artes liberales negaría una cátedra permanente a Stephen. De hecho un giro de la fortuna hizo que le resultara imposible obtener la clase de empleos que su orgullo le permitía aceptar. Salvo en Remington College... y solo porque mi padre hizo valer sus influencias.

Cuando regresamos a Clayborne, hace tres años, yo estaba llena de malos presentimientos. Miedo, en una palabra. Allí estaban todavía las cosas que me desesperaban de mi ciudad natal. Casi todas podían resumirse en una palabra: pequeñez. Sin embargo durante esos veinte años de exilio voluntario me había sucedido algo. La pequeñez ya no me oprimía; ahora llegaba a apreciar sus ventajas. Cosas de la madurez, supongo.

No se puede decir que en Clayborne no hubiera cambiado nada. Allí donde antes había bonitas granjas habían brotado centros comerciales con tiendas de las habituales cadenas; había nuevos edificios de oficinas, todos de vidrio y metal, y en el centro, unas cuantas calles ennoblecidas, pavimentadas y con farolas de gas, donde no se permitía el tránsito de vehículos. Para cruzar el río Leap había ahora un puente de cuatro vías, y un «sendero de ejercicio» reemplazaba al antiguo camino de sirga. Pero la vieja universidad seguía funcionando en los edificios de madera de dos plantas de la avenida Remington, como en mi adolescencia. Solo habían cambiado los nombres. Los estudiantes de Remington usaban otro tipo de ropa, otros cortes de pelo, pero aún se les veía despreocupados o afligidos, presumidos, asustados o colocados; igual que en los años sesenta y setenta. Y la universidad aún daba a Clayborne su escasa pátina de cultura y sofisticación. Sin ella habría sido solo otra soñolienta aldea de campesinos, de extraña arquitectura y tenues vínculos con la Confederación. Con ella éramos la Charlottesville de los pobres. Aspirantes a Chapel Hill.

Mi familia siempre desdeñó el periódico local, el *Morning Record*. Papá leía solo el *New York Times* o, por conocer al populacho, el *Times-Dispatch* de Richmond. Stephen ignoraba hasta la existencia del *Morning Record*, pero a mí me gustaba. Cuando iba a la ciudad compraba un ejemplar para leerlo con un placer tan culpable como si fuera el peor de los periódicos sensacionalistas. Ciertamente no lo era. Para el *Record* todo era digno de figurar como noticia: el menú escolar, los nombres de quienes estaban hospitalizados (sin mencionar sus enfermedades, por suerte), el orden del día de las reuniones de padres y madres de alumnos. Publicaba cuánto habías pagado por tu casa, a cuánto habías vendido tu granja. Una lectura fascinante. Mi sección favorita era «Noticias Policiales», pues a duras penas encontrabas algún crimen: vandalismo de adolescentes, algún detenido por consumo de drogas, mucha ebriedad universitaria y la sugerente «conducta lasciva», que por lo habitual se reducía a orinar en público. Eso era todo. «Accidente de tráfico» significaba que alguien había chocado contra un buzón; por lo general el subtítulo era: «No hubo heridos».

En comparación con Chicago era el reino de Oz. Si en mi adolescencia esa tranquilidad me volvía loca, ahora me gustaba. Y no solo porque la madurez me hubiera convertido en un fósil, como aseguraba mi hija. Era también por la misma Ruth. Siempre era posible que le sucediera algo malo (yo no estaba tan ciega como para no saberlo), pero resultaba menos probable. Así de simple. En Clayborne (Virginia) la ley de probabilidades horribles estaba a favor de mi hija. A menudo me obligaba a recordar que la proximidad de mi madre era un precio bastante bajo que debía pagar por tanta paz interior.

—Mira, allí va mi primer novio —comenté a Modean, mi vecina.

Era domingo, una tarde fría y soleada de mediados de enero. Estábamos sentadas en un banco de la plaza Monroe, en el centro de la ciudad. Yo buscaba algo que decir a fin de que no me obligara a levantarme para continuar corriendo.

—¿Dónde? —Entrecerró los ojos miopes y bondadosos para mirar al otro lado de la calzada y el césped: madres que empujaban carritos, estudiantes que intercambiaban empellones, ancianos jugando al ajedrez. Lo señalé—. Ah, ese. Hum, es muy guapo.

El Soldado de la Confederación ocupaba el centro de la plaza Monroe desde 1878; eso indicaba la placa. No había nada que lo hiciera famoso; Clayborne había enviado a muchos de sus hijos a la guerra civil sin que ninguno hubiera hecho nada espectacular, aparte de morir. Ni siquiera montaba a caballo; era solo un soldado común, con el fusil al hombro y la pierna izquierda audazmente proyectada hacia el norte, hacia los disturbios.

—Estaba tan enamorada de él que hasta le puse nombre —confesé.

—¿Qué?

—Beauregard Rourke, pero yo lo llamaba Beau. —Modean lanzó una risita burlona—. Solía pedalear en círculos en torno de él inventando cuentos.

—¿Por ejemplo?

—Por ejemplo... yo era una hermosa espía de Filadelfia y él, mi contacto secreto. Y mi amante clandestino.

—Qué romántico.

—Ya había descubierto las ventajas de tener un novio de bronce: está obligado a ser lo que tú quieras y no puede cambiar.

Modean preguntó:

—¿Cómo has pasado la Navidad, Carrie?

Me lo había preguntado el día anterior, cuando ella y Dave regresaron de Atlanta, donde habían pasado tres semanas con la familia de él. Y yo había respondido: «¡Bien! De verdad, mucho mejor de lo que esperaba». Ahora, en cambio, le dije la verdad:

—Ha sido triste —admití, mientras me inclinaba para frotarme el talón dolorido bajo la zapatilla—. Ruth es un encanto. Hizo todo lo que se le ocurrió por animarme. Y yo hice lo mismo por ella. De manera que hacia la una ambas estábamos exhaustas. Y aún no habíamos ido siquiera a casa de mi madre.

—Y allí ¿cómo te fue?

—Bien. Más o menos como siempre. Estaban mis primas y tía Fan, la hermana de mi padre. Ya sabes que mi madre siempre lleva las riendas en esos grandes festejos familiares. Está a sus anchas. Stephen... tendía a pasar tan inadvertido como podía. Era su modo de sobrellevarlo.

Ella asintió.

—Sí, en público era callado. Tímido.

¿Tímido? Era un modo de ver las cosas.

—Lo cierto es que no participaba mucho de los acontecimientos familiares —reconocí—. Observaba, si acaso. Yo hacía todo el esfuerzo y Stephen... se limitaba a estar presente.

—Los hombres son así.

—Ya lo sé —me apresuré a decir—. Son todos iguales.

Modean, que solo veía en la gente la parte buena, era la última persona a quien yo me habría quejado de Stephen. En realidad no quería quejarme de él, pero sí explicar por qué no lo había echado tanto de menos durante las fiestas. Quería explicar que él sabía hacerse invisible. Cumplía con su deber: colgar las luces en el árbol, firmar cheques, comprar la bebida, si se celebraba en casa; pero luego desaparecía. Todos los años sucedía lo mismo, hasta que me habitué a hacerlo todo sola. ¿Cómo extrañarlo en la casa de mi madre el día de Navidad? Su ausencia había sido perceptible, pero no llamativa. Sin él la reunión de mamá resultó mejor.

—En Atlanta lo hemos pasado bien —contó Modean—. El padre de Dave tiene un problema de alcoholismo, creo que te lo comenté, pero se comportó bien por el bebé. De cualquier manera siempre hay tensiones, ya me entiendes, porque nunca se sabe. Me preocupaba mucho por Dave, porque él se preocupaba mucho por su padre. Supongo que todo el mundo se pasó la mayor parte del tiempo preocupado.

Modean era la amiga más perfecta que yo hubiera tenido en

mi vida: bondadosa, alegre, sencilla y directa, siempre sensata. Yo había abandonado mi cínica búsqueda de un defecto: una secreta afición a la bebida, un inesperado proselitismo religioso, cleptomanía. No había nada de eso; era un dechado de perfección, de lo cual la salvaba su sentido del humor. Dave era un tipo alto y delgado, con una abundante cabellera gris y expresión perpetuamente asombrado, como si le sorprendiera su repentino golpe de suerte. Llevaba quince años viudo cuando conoció a Modean. Y Harry era el bebé perfecto de esos perfectos padres. Yo contaba como punto a mi favor el hecho de no haberlos odiado ni en los momentos más infames de mi angustia y autoconmiseración.

Obligarme a correr, con la complicidad de Ruth, era la primera maldad que Modean me había hecho. «Necesitas fortalecerte, Carrie; tienes que volver a ponerte en forma. ¿Qué harás cuando tengas que trabajar ocho horas al día? Te derrumbarás en esa oficina antes de que llegue la hora de la comida.» Era muy cierto, a pesar de lo cual yo lo detestaba. Cuando estaba más en forma, antes de la muerte de Stephen, solía correr con él de vez en cuando, pero nunca me dio mucho resultado. Yo lo hacía solo por pasar un rato a su lado, mientras que él prefería correr solo. Metas opuestas.

—¿Lista? —Modean se levantó de un salto y comenzó a hacer ejercicios de estiramiento.

La imité con pocas ganas, tiesa como una tabla. Yo le llevaba diez años, pero incluso a su edad no estaba tan en forma como ella. Modean era menuda pero fuerte, de pelo rubio esponjoso, piel clara, ojos azules y pestañas rubias. Parecía un polluelo.

—¿Vamos? —preguntó, y echó a correr.

La seguí y noté que me crujían los huesos. Desde la plaza hasta nuestra manzana había solo once calles; ella corría con regularidad diez veces esa distancia sin siquiera transpirar. Yo, en cambio, ya estaba resollando cuando llegamos a la calle Jefferson.

—Dime, ¿ya has preparado todo para mañana? —Aminoró la marcha por mí; prácticamente movía las piernas sin avanzar—. ¿Qué te pondrás para ir a trabajar?

—No lo sé —respondí entre jadeos—. Aparte de Brian solo hay una empleada. Creo que el ambiente es bastante informal.

—¿Un traje pantalón?

—Es lo que pensaba.

—¿Tacones altos?

—Por ser el primer día.

—Sí. —Se detuvo para dejarme recobrar el aliento—. Tengo una chaqueta nueva que compré en Atlanta. Te iría bien. Y queda estupenda con pantalones negros. Es justo para esta temporada e ideal para la oficina. No sé por qué la compré, pero me gustó. Podría prestártela. Y si te va bien te la quedas, porque no sé dónde podría lucirla.

El único defecto de Modean era ser demasiado buena. Yo nunca había tenido una amiga que careciera por completo de puntos oscuros: alguna mezquindad, propensión al sarcasmo, algo así. En mis relaciones con las mujeres yo solía ser la buena, la que siempre exclamaba «Qué cosas dices» sofocando una risa culpable ante alguna observación maligna o una pulla cruel. En cambio, con Modean la mala era yo. Me preocupaba la posibilidad de no estar a su altura, de que acabáramos por separarnos por no morir de mutuo aburrimiento. Ojalá no. Porque me caía muy bien.

Otra Escuela era un local de dos piezas en el sector norte de la calle Virginia, la parte venida a menos. El vecino de la izquierda era el doctor Jawaharlal, quiropráctico; a la derecha estaba Cobra Tae Kwon Do. Al otro lado de la calle se veía el escaparate manchado de Coyle, Artículos para el Hogar, lleno de carteles amarillos a medio arrancar, que databan de tres años atrás: CIERRE DEFINITIVO. En Clayborne no había barriadas pobres de verdad, un auténtico gueto; al menos ninguno localizado en un sector pequeño y bien identificado. Sin embargo, si había una zona comercial poco favorable, su epicentro estaba en la parte norte de la calle Virginia.

—¡Hola! —saludó Christine Fledergast cuando me presenté.

Se levantó del escritorio de un salto. Estaba tras un mostrador de formica que se extendía a lo ancho de aquella estrecha habitación, la parte frontal de Otra Escuela. Detrás de ella el vano oscuro de una puerta conducía a otra oficina: la de Brian, supuse. Christine rodeó el mostrador con un brazo extendido y una gran sonrisa de bienvenida en su larga cara, excepcionalmente fea. Medía cuando menos un metro ochenta; era una rubia flaca y huesuda, que llevaba el pelo corto y a mechones desiguales, pero no al estilo moderno, sino como si se lo hubiera cortado ella misma.

—¿Cómo estás? ¡Encantada de conocerte! Brian está fuera de la ciudad, ¿no te lo dijo? No regresará hasta mañana. De modo que hoy solo me tienes a mí para que te explique cómo funciona esto. Lo siento. Mañana él te comentará todas las cosas importantes.

Pronto descubriría que la modestia, el restarse importancia, era típico en Chris Fledergast. Hacia la hora de la comida ya sabía quién llevaba la oficina; no era Brian, por cierto. Si él necesitaba alguien «brillante», capaz de tomar decisiones, allí estaba esa persona. Lo milagroso era que no parecía resentida por mi aparición, aunque yo sería su supervisora. ¿Cómo era posible? Durante tres años había sido la mano derecha de Brian. Mi escasa experiencia laboral era académica, marginalmente académica, muy lejos del dinámico crecimiento de Otra Escuela. ¿Dónde tenía Brian la cabeza? ¿Qué había visto en mí que yo no veía?

—Brian es un jefe estupendo —me reveló Chris mientras comíamos unos bocadillos de atún en el restaurante más cercano—. Si necesitas salir antes de la hora, no tienes más que pedirlo. Y ofrece buenas ventajas para ser una empresa tan pequeña. Es atento, sabe reconocer el esfuerzo y no te exige más de lo que se exige a sí mismo.

—Me alegra saberlo —repuse. Mi sueldo había sido una gran decepción. Brian me aseguraba que era temporal, que al cabo de unos meses podría pagarme una suma «más acorde con lo que vales». Yo no estaba segura de qué significaba eso, pero me complacía saber que trabajaría en un ambiente progresista a cambio de la miseria que me pagaría entretanto.

Oz, el esposo de Chris, era representante de ventas de una compañía farmacéutica.

—Viaja mucho. La víspera de Navidad llegó a casa a las diez de la noche y al día siguiente se marchó otra vez. ¡No nos vimos durante toda una semana! No tiene ni idea de lo que es organizar una sola los festejos de Navidad para dos niños.

No parecía usar maquillaje. Calzaba zapatos sin tacón y tenía los hombros caídos. Su falta de atractivo era espectacular en todos los sentidos convencionales, pero me había gustado a primera vista. De pronto se dio una palmada en la cabeza.

—Ay, Carrie, por Dios. Tienes que perdonarme.

—¿Por qué? ¿Qué sucede?

—¡Soy una bocazas! Me he pasado el rato hablando de Oz. Nunca pienso antes de hablar.

—Oh, eso está bien. No te preocupes.

—Es que para ti estas fiestas deben de haber sido horribles. Brian me contó lo de tu esposo. Tan repentino... Lo siento muchísimo.

Sus ojos de color avellana se llenaron de lágrimas. ¡Estupendo! ¡Y yo, que lloro por contagio! Sorbí por la nariz y le ofrecí un pañuelo de papel; luego cogí otro y ambas nos sonamos a la vez.

—Lo único que te faltaba. Perdona —se disculpó—. Lloro hasta con los anuncios de Friskies. —Se ruborizó—. No es que esto sea como un anuncio de Friskies. Esto es mucho más grave.

Me atraganté. Como acababa de beber un trago de refresco, sobre mi plato cayó una llovizna de Pepsi. Chris me miró por un segundo, espantada. Luego dejó escapar una risita vacilante y me observó para comprobar que todo iba bien. Minutos después ambas estábamos reclinadas en la silla, desternillándonos. Su risa era alta, como de loca; me hizo tanta gracia que seguí riendo. Acabé por olvidar de qué reíamos; en parte era por el alivio de no tener que tratarnos con tanta cautela.

Fledergast era el apellido de Oz; el de Chris era O'Donnell. Le dije que el mío era Danziger. A continuación hablamos de nuestras aficiones: mis trabajos de artesanía y decoración, sus clases de literatura creativa. Sin saber por qué me descubrí contándole lo de Jess y los arquistas. Como estaba habituada al desdén de Ruth y de mi madre, su deleite me pilló desprevenida.

—¡Qué divertido! —exclamó—. ¡Qué bien te lo pasarías! ¿No piensas hacerlo?

—¿Cuándo, dime? No puedo. No tengo tiempo.

—¡Si lo sabré yo! ¿Quieres saber qué haría si tuviera tiempo? Escribir libros para niños.

—¿De verdad?

—Ya he escrito uno. Bueno, en realidad, tres, cuando Andy era pequeño, pero ahora que ha cumplido los siete años ya no tengo la excusa de escribirlos para él. Lástima.

—¿Nunca has tratado de venderlos?

—No, qué va. Y no porque fueran malos, pero no tenían ilustraciones, ¿comprendes? De manera que no habría un buen mercado para ellos. Pero no eran malos, créeme.

—Sin duda eran estupendos.

—¡Si no hubiera que ganar dinero...! ¿Te imaginas?

Me eché a reír.

—El mundo sería mucho más feliz, ¿no? —añadió—. Este empleo es bueno, no me quejo, pero ¿qué tiene que ver con nosotras? Para Brian es lo mejor que existe, porque es su empresa. Lo envidio. La gente que ha encontrado el trabajo de su vida tiene muchísima suerte. Y ahora canta conmigo...

Reímos otra vez. Lo cierto es que Christine tenía razón. En mi primer día de trabajo la idea resultaba desalentadora.

Tres semanas más tarde Brian apoyó las manos en el borde de mi escritorio, con los musculosos hombros encorvados, la cabeza proyectada hacia delante y una expresión apasionada en los ojos.

—Cuando comience el próximo año podremos abarcar los cuatro trimestres. Seguro. Ya tenemos demasiadas clases por trimestre para el espacio con que contamos. Cuando menos en el verano serán demasiadas. Gracias a ti, Carrie.

—Oh, no; no es verdad, pero te lo agradezco.

No era modestia de mi parte. Yo había hecho algunos contactos, algunas llamadas telefónicas, algunas propuestas de cursos nuevos, pero nada más. Atribuirme la expansión de Otra Escuela era llevar demasiado lejos el deseo de estimular al empleado. Pero esa era la especialidad de Brian. Y lo asombroso es que funcionaba, aunque supieras cuál era su intención. Eché un vistazo a Chris por encima del hombro de Brian; ella me guiñó un ojo.

—Que sí, que sí, no lo niegues. Bien sé quién ha cambiado las cosas aquí. Ideas nuevas, aire fresco, eso era lo que necesitábamos.

Nada de dormirse en los laureles. Es como cuando te cansas de conducir; si quieres llegar a tu destino, no debes detenerte a la vera del camino para echarte la siesta. ¡No! Abres la ventanilla y dejas que el aire frío te dé en la cara. Así eres tú, Carrie, un soplo de aire fresco.

Reí. Contra mi voluntad, me sentía halagada. Ese hombre era experto en lo suyo.

Lo cierto es que mi nuevo empleo era tan interesante como él lo había presentado. O tal vez era cosa mía. Como Chris había estado trabajando por dos, a mí me correspondía asumir la mitad de sus tareas. Por el momento resultaba estimulante, pero yo no podía menos que preguntarme hasta cuándo.

Probablemente valía la pena, pese a lo ínfimo del sueldo, pues debía levantarme todos los días a las siete, ducharme, vestirme bien y salir de casa. Comer cosas sanas a la hora debida. Nadie, ni siquiera Margaret Sachs, se lamentó de que la producción de arreglos florales en miniatura llegara a su fin. Por muy rutinario y carente de horizontes que pudiera ser algún día el empleo de Brian, al menos había logrado lo que no consiguieron mi madre, el sentimiento de culpa con respecto a Ruth y cincuenta miligramos diarios de Zoloft: mi regreso al mundo real. La mitad de mí estaba todavía en las nubes, ausente y distraída, empantanada en el dolor y la culpa que siempre ocasiona una muerte en la familia (naturalmente), pero la otra mitad salía adelante. Era un comienzo.

Brian se inclinó un poco más. De haberse tratado de cualquier otra persona, sobre todo de un hombre, yo habría retrocedido para mantener la distancia convencional, pero comenzaba a habituarme a esa entusiasta invasión del espacio ajeno.

—El trimestre de verano será decisivo —profetizó en voz baja. Me llegó el olor del chicle con sabor a clavo que mascaba después de fumar—. Esa es la clave. Veremos si hay mucha gente. Ese es el próximo puente que debemos cruzar. Bien, ¿tenemos todo al día? ¿Has enganchado nuevamente a Lois Burkhart? Tienes que asegurártela, Carrie...

—Ya está hecho.

—... porque esos cursos de economía van muy bien en el verano. A partir del quince de abril todo el mundo quiere reformarse, volver la página. En mayo leen el folleto. Entonces se mueren por apuntarse al curso «Viva sin deudas» o algo de eso.

—Ya es nuestra.

—Y Albert Meyer. Quiero que vuelva a compartir ese curso para los consumidores y no ha renovado su contrato. Llámalo y que se embarque. He estado pensando que este verano deberíamos reforzar la parte sentimental, atraer más a las chicas. Ya lo sé, pero es así; ofreces un curso titulado «La relación afectiva en el nuevo milenio», por decir lo primero que me viene a la cabeza, y te encuentras con quince o veinte mujeres dispuestas a hablar, ni un solo hombre entre ellas. ¿Me equivoco?

—Es probable que tengas razón.

—Así pues, piensa en ello y busca a alguien. En servicios sociales. O algún psicólogo de la universidad. «Sea su propio psicoanalista», ¿qué te parece? «Llevarse bien con uno mismo.» De cuestiones técnicas tenemos bastante: informática, internet, pequeñas empresas... Ahora necesitamos algo para ofrecer a las chicas este verano. ¡No me lo digas! —rió, mostrando la palma de las manos—. Soy un cerdo machista, sí, pero tú sabes a qué me refiero. Y ahora me largo.

—¿Adónde vas?

—Tengo una entrevista con Hal Wiley, el del periódico.

—¿Vas a publicar un anuncio?

—Por supuesto, pero quiero que ponga el folleto en el *Record*. Todo el programa de verano.

—¿Que lo imprima? Sería estupendo —dije.

—No, no me interesa que lo imprima. Quiero que lo incluya como separata. ¡Piensa qué distribución tendríamos! Después de todo es un servicio a la comunidad, ¿o no? —Sonrió de oreja a oreja, con los brazos bien abiertos. Parecía un jugador de béisbol—. ¿Qué opinas? ¿Crees que aceptará?

Las mujeres intercambiamos una mirada. Chris dijo con convicción:

—No sabrá siquiera qué le ha pasado.

Parte de mi trabajo consistía en corregir la descripción de los cursos que enviaba cada instructor; era un párrafo breve y estimulante que se incluía en el folleto. En su mayoría necesitaban que se los mejorara, había que lograr que parecieran atractivos, como decía Brian, sobre todo en el caso de aquellos que sonaban algo áridos: «Instrucciones para el radioaficionado», «Solución de problemas», «Las hierbas aromáticas en otoño». Cualquier curso se podía presentar de modo que pareciera más interesante, y yo era bastante hábil para eso. Mi punto fuerte eran los títulos. «Pasos básicos de vals, fox-trot y jazz» pasaría a llamarse en el próximo trimestre «¡Ven a bailar!». El viejo «Redacción de guiones para cine y televisión» se transformaría en «Hazte a un lado, Quentin Tarantino».

Rara vez las descripciones que me llegaban resultaban atractivas. La excepción eran las de Lois Burkhart, subdirectora del Banco Agromercantil de la plaza. Me envió la suya por correo electrónico:

> *Carrie: Re: tu nota s/folleto. Siguiendo tu consejo, he moderado descripción. Otra vez. Incluyo segunda versión revisada:*
>
> ¡LIBERTAD O MUERTE!
>
> ¿Acosado por los acreedores? ¿Endeudado hasta las orejas? ¿Presa de las preocupaciones? ¡Quítate los grilletes de los vencimientos y las dependencias! Una profesional te enseñará ahora los secretos íntimos de una administración sagaz. Y cuando suene tu teléfono, ¡ya no temerás que sea UN ACREEDOR! No se trata de estafas, cadenas, ni inversiones tramposas. Gasta menos, ahorra más. Parece sencillo, pero ¿lo es? Lois te dirá cómo. Trae una calculadora y una mente abierta. Ya no volverás a pasar otra noche en vela por culpa del vil metal. Resultados garantizados. El libro de texto (opcional, 45 dólares) puede comprarse en clase a la instructora.

—Hola. Soy Lois Burkhart. ¿En qué puedo ayudarle?

—Hola, Lois, soy Carrie van Allen.

—¡Carrie! ¿Cómo estás? —Su voz era alegre, cordial, cálida e íntima, como la de una locutora que anunciara un producto higiénico femenino—. Justamente estaba pensando en ti. ¿Has recibido mi último mensaje?

—Sí... es decir, creo que es el último. Por eso te llamo.

—Esta vez he dado en el blanco, ¿no? Ya sabes que al principio no estaba de acuerdo. Francamente, me parecía que eras un poco... ¡ja, ja, ja! Estricta, digamos. Pero lo he repasado otra vez y reconozco que ahora está mejor, de manera que todo queda perdonado. Tú tenías razón y yo estaba equivocada —declaró, magnánima.

Lois aseguraba que nos conocíamos y que ella me recordaba perfectamente. Era posible; después de todo yo tenía cuenta en su banco, si bien nueve de cada diez veces operaba con el cajero automático, sin pisar el interior del edificio. Supongamos que ella estaba en lo cierto, que en verdad nos conocíamos; ¿resultaba más fácil o más difícil decirle que su descripción seguía siendo un desastre?

—Bueno, está mucho mejor —reconocí con cautela—. Muchísimo mejor, sin duda.

—He quitado todos los signos de exclamación. Le he dado más dignidad, como tú decías. En eso tenías razón.

—Pues... hum... no todos. ¿Yo hablé de dignidad? Además...

—Casi todos. Hay que darle un poco de vida, ¿no?

—Desde luego, claro. Hay que darle vida sin duda.

—Bien. ¿Y qué pasa ahora?

¿Por qué no se lo había explicado por correo electrónico?

—Eso de la garantía. —Solo para comenzar—. Cómo funciona, es decir, quién pagaría...

—Pero si no tiene importancia. Es irrelevante.

—Ya, pero quién...

—¡Venga, Carrie! ¡A nadie se le ocurrirá pedir que le devolvamos el dinero! —Una risa dura, cloqueante.

—Es que por lo general no garantizamos los resultados, ¿comprendes? Quiero decir nunca. No podríamos. Por otra parte...

—Anda, quítalo. ¡Quítalo y no se hable más!

—Creo que es necesario.

—De acuerdo. ¿Algo más? —La voz de higiene femenina se tornó seca y expeditiva. Aún sonaba melodiosa, pero ahora vendía seguros contra catástrofes.

—Pues... hum... lo del libro de texto. —Resultaba mucho más sencillo hablar de los pequeños errores, tan fáciles de eliminar, que de la estupidez general de la descripción—. Y mencionar tu nombre en el texto, eso de «Lois te dirá cómo». Como sabes, nos gusta dar la impresión de que es otra persona quien escribe estos... alguien objetivo, imparcial...

—Espera un momento. ¿Qué insinúas?

—Quien escribe estos párrafos... ¿Qué dices?

—¿Acaso crees que recibo un porcentaje por la venta de los manuales? ¿Es eso lo que insinúas?

—No, no. Por supuesto que no.

—Porque no es así. Lo hago por cortesía, por comodidad. Pero puedes eliminar también eso. Elimina todo lo que no te guste y redáctalo tú misma.

—Un momento, Lois, por favor. No era esa mi intención, pero es política de la escuela que los instructores no vendan nada, nunca. Así todo se mantiene más... Da una mejor impresión, eso es todo. Lamento que no te lo hayan explicado.

—No hace falta que nadie me explique nada. Enseño economía personal en Otra Escuela desde hace dos años, mucho antes de que te convirtieras en la niña de los ojos de Brian Wright. Tengo una licenciatura en ciencias y dos tercios de doctorado en contabilidad. Soy subdirectora de un banco que ocupa el quinto puesto entre los de Virginia. Sé cómo hacer mi trabajo, pero por lo visto el tuyo consiste en destrozar una descripción perfecta para tu folleto.

—Lois, por favor...

—Dicho sea de paso, nunca antes hubo problemas con la descripción de mi curso.

—¿No? Pues... siempre hay una primera v...

—La he mejorado, eso es todo. La garantía, el ofrecimiento del libro son incentivos empresariales. Pero no se puede esperar que lo entiendas. Di a Brian que me llame, por favor.

—Sí, pero tú...

—Y si no me llama lo haré yo.

—Bien —espeté. Colgamos a la vez. Con la mano todavía en el auricular recordé algo—. ¡Ay, no!

—¿Qué? —Hacia la mitad de la conversación Chris había dejado de teclear para escucharme—. ¿Qué ha sucedido?

—Olvidé que Brian ha obtenido un préstamo de ese banco.

—¿Y qué? Ella no tiene nada que ver con los préstamos. ¿Qué ha sucedido?

—No, pero... debería haber sido más amable. ¡Es que al final se ha puesto tan grosera!

—Tú no has dicho nada. Te he escuchado.

—Debería haber cedido. Tal vez... Si le hubiera permitido escribir lo que le viniera en gana... ¡Pero esto es una mierda!

—Desde luego, y no podemos incluir algo así en el folleto. Ya verás cómo Brian te da la razón.

—Ella lo llamará.

—Que lo llame.

—¡Qué follón!

—Tranquilízate, Carrie. Hemos tenido muchos profesores pirados. Y Brian nunca se echa atrás cuando está en juego la escuela. Hubo un tío de una gasolinera que debía enseñar «La mecánica en una polvera», para mujeres, ¿comprendes? Como su taller cierra en domingo, iba a prestarlo para el curso, y las alumnas podrían llevar sus coches a reparar como parte del curso. Era estupendo. Esperábamos una gran respuesta y hasta pensábamos extenderlo a todo el año.

—¿Y qué sucedió?

—Que el tío quiso anunciar gratis su gasolinera en el folleto. Además pretendía distribuir entre las alumnas cupones de descuento para lubricación y cambios de aceite. Brian dijo que no, nada de anuncios, nada de ventas ni descuentos, nada. El tío lo mandó a tomar por el culo y se negó a impartir el curso, pero Brian se mantuvo firme.

—Vaya... Y esa Lois ¿es buena profesora?

Ella se encogió de hombros e hizo una mueca.

—Es buena, ¿verdad? —insistí.

—No lo sé. Supongo que sí. Dicen que lo es.

—Magnífico.

—Pero no tiene importancia.

—Ya lo sé. Es que no estoy habituada a estas cosas.

—¿A qué? ¿A reñir con la gente?

—A todo esto. En mi último empleo hacía investigaciones para los profesores. Buscaba cosas y tomaba notas. Generalmente me comunicaba por escrito.

—Sí, pero lo estás haciendo muy bien. Sabes tratar a la gente, Carrie. Sé que Brian suele exagerar, pero en esto tiene razón; estás haciendo un buen trabajo.

Le di las gracias, realmente conmovida. Chris era muy generosa. Lo que me preocupaba era que todo eso me daba igual. En el fondo, sus alabanzas y las de Brian no significaban nada para mí.

Seguía postergando la llamada a Jess. Brian quería que volviera a impartir el curso de pesca con mosca, como el año anterior, pero yo había dejado pasar toda una semana, sin siquiera saber por qué. El viernes, con el fin de semana encima, ya no pude seguir remoloneando.

Observé que hacía un día gris y destemplado a través de la luna del escaparate; pensaba en algo que Chris me había contado de su hijo Andy. La semana anterior, en la escuela, se había liado a golpes con el gamberro de la clase, que lo acusó de marica por ser menudo y tocar el piano y el violín. Andy se había llevado la peor parte y Chris tuvo que presentarse a una entrevista con la maestra.

Jess y yo nos conocimos hace treinta años a raíz de una riña en el mismo patio de recreo. Por entonces comenzábamos el sexto curso. Él no estaba en mi clase, pero yo lo conocía de vista. En realidad lo conocía un poco mejor que a los otros chicos que no estaban en mi clase porque ya empezaba a adquirir una reputación de rebelde. Y excéntrico. Era más de campo que de ciudad, distinción muy importante en sexto. Besaba a las vacas; se sabía con certeza porque el rumor corría por todo el patio del colegio. Besaba a las vacas de la granja de su padre; más aún, lo admitía, lo cual era una imprudencia, como debió de comprender más adelante, cuando ya era demasiado tarde. Uno de los recuerdos más vívidos que guardo de nuestro posterior amorío adolescente es el de la noche en que me convenció de que besara a una. En el hocico, entre los ojos húmedos, espaciados, de largas pestañas. «¿Ves, Carrie? Le gusta.» Eso parecía. Era una Guernsey blanca y parda, de dos años, llamada Magnesia.

Jess se bajaba del autobús escolar al pie del lodoso camino vecinal, en medio de la nada. El hecho de que su casa fuera invisible desde la carretera (la ocultaban los sicomoros y una elevación del camino) aumentaba el misterio. O la tirria contra él, pues toda la escuela percibía que Jess no era como los demás. Y en el Clayborne de aquellos tiempos (probablemente también en el actual) eso bastaba para aislar a un chico y convertirlo en un marginado.

Aquella riña no fue por los besos a las vacas, sino por la madre de Jess, que estaba «loca». Para mí era una novedad. Iba camino a casa cuando me topé con Jess y Mason Beckett, que se estaban peleando. Los rodeaban tres amigos de Mason, que, muy alterados, gritaban que la madre de Jess Deeping estaba loca, loca de remate, y que Mason debía matarlo, matarlo, arrancarle las tripas. Pero en realidad era al revés: Mason estaba abajo y llevaba las de perder. Hasta que sus compañeros se lanzaron a rescatarlo pensé que Jess lo mataría.

Yo era bastante marimacho, pero no dejaba de ser menuda. Y niña. Y ellos eran cuatro. Aun así estuve a punto de arrojarme al montón de codos y puños solo para ver qué sucedía. Mi instantáneo apoyo a la causa de Jess no tenía nada de misterioso; estaba en desventaja, mientras que Mason Beckett era un borde. Más adelante daríamos al episodio un aire más romántico, pero por entonces lo natural era acudir en su ayuda.

En lugar de sumarme al grupo de chicos, entré corriendo en la escuela y abordé al primer maestro que encontré, el anciano señor Thayer. Él interrumpió la pelea, que se había puesto bastante fea. Jess, flacucho y desgarbado entonces, estaba cubierto de sangre, que no provenía solo de la nariz de Mason. «¡Él ha comenzado!», juraban los otros. Yo, el único testigo imparcial del señor Thayer, no podía confirmarlo ni negarlo, pero sabía por qué se había iniciado la riña. Y aunque me daba mucho miedo denunciar a cuatro muchachotes resentidos, no vacilé. «Lo estaban hostigando. —Palabra nueva; la había aprendido ese año. Significaba "provocar", cosa que estaba específicamente prohibida en el patio de recreo—.

Decían que su madre está loca, que estaba en el manicomio y que él también está loco. Insultaban a su madre.»

Jess no me miraba. Si el señor Thayer no lo hubiera sujetado por la camisa, me habría vuelto la espalda. Yo quería que levantara la vista, que me prestara atención. Quería que me diera las gracias, pero él volvía la cara, mientras se secaba la sangre del pelo amarillo. No me miró ni por un segundo. Para mí fue una decepción, casi una traición. Creía que habíamos formado un equipo. Una pareja.

Pasaron los años sin que nos habláramos, pero yo lo observaba y sabía que él se fijaba en mí. Una vez, me encontré sentada detrás de él en una asamblea y me concentré en su nuca. Si me cortara el pelo, pensé, ¿mi cuello parecería tan flaco, frágil y nervioso? ¿Teníamos las chicas esos dos tendones como cuerdas sensibles que aparecían y se borraban al volver la cabeza? A partir de ese día he prestado mucha atención a la nuca varonil. Algunas son planas y faltas de interés; otras, cortas y musculosas, casi inexistentes, como la de Brian; las hay largas y flexibles, como de jirafa. Siempre me han cautivado las que tienen una leve depresión entre los dos tendones. Mi mente asocia ese pequeño declive con el orgullo, la falta de experiencia y el coraje.

Busqué el número de Jess en la agenda, aunque ya lo sabía, y marqué los dígitos despacio. Al cuarto timbrazo saltó el contestador automático. «Hola. Habla Jess Deeping —dijo su voz con un tono sorprendente por lo rígido y formal. Por un momento no la reconocí—. Por favor, deje su mensaje al oír la señal, le llamaré en cuanto me sea posible. Gracias.»

Colgué.

Lo imaginé ante su escritorio, en una oficina atestada, redactando el mensaje, leyéndolo ante el aparato; tal vez lo hubiera intentado por segunda vez, insatisfecho. Querría que sonara perfecto: cordial y serio. Eso le parecería importante.

Su oficina había sido antaño el comedor de la casa de sus padres; «el salón», como decía su madre. Solíamos hacer los deberes en el sofá, que estaba cubierto por una manta india, yo en un extremo, Jess en el otro. En un rincón que no se veía desde el salón había un asiento en el alféizar de una ventana. Al caer la tarde nos sentábamos allí, donde el triste y cachazudo señor Deeping no podía vernos. Allí me besó Jess por primera vez, una lluviosa tarde de primavera, y después cada uno escribió el nombre del otro en los cristales empañados. En aquellos tiempos el panorama era una amplia pradera contra una hilera de arces que ocultaban la llanura y el río. Hace algunos años Jess compró esa larga franja de tierra, taló los árboles y construyó un muelle. Desde allí se zambullía para nadar y pescaba truchas; allí amarraba su bote, el *Cud*. La vivienda ya no se parece a la vieja casa de piedra donde creció; ha ampliado, derribado y renovado las habitaciones, que eran pequeñas, oscuras, de techo bajo. De las antiguas solo queda el salón, que es ahora su oficina.

Volví a marcar su número y me aclaré la garganta mientras oía su mensaje.

—Jess, soy Carrie. Te llamo desde Otra Escuela. No sé si estás enterado, pero ahora trabajo aquí. Eh... Brian quiere saber si en junio estarías dispuesto a enseñar otra vez pesca con mosca. ¿Tendrías la bondad de llamar y dejar un mensaje con tu respuesta? Durante el fin de semana, en cualquier momento. Gracias. —Estuve a punto de colgar—. Ah... también quería disculparme otra vez por lo de... hum... los animales para el arca y... por cómo terminó eso. Mi madre... Bueno, ya la conoces. —Sí, soy estupenda para tratar con la gente—. Ruth te echa de menos, te envía saludos. Quiere ir a verte un día de estos. Se le ha ocurrido que puede conducir sola por los caminos de tu granja. No sé quién le ha metido esa idea en la cabeza. Bueno... hasta la vista. No te olvides del curso. Adiós, Jess.

No sé si lo que buscaba era una invitación. De verdad, no lo sé. El caso es que telefoneó al día siguiente, sábado, para invitarnos a tomar el té. Ruth y yo. El té, sí. Treinta años después todavía era imprevisible.

7

Dos de cada uno

—Este coche es un cacharro, mamá. ¿Sabes qué le regaló su padre a Connie Rosetta cuando cumplió los dieciséis? Un Cabrio flamante. Con los colores del cole.

—¿Qué es un Cabrio?

—¡Venga, mamá! ¡Es un descapotable VW!

—Ah.

—Este es el coche más tonto de toda la ciudad. ¿A quién se le ocurriría comprarlo? —Un Chevy Cavalier color nata, sin más que una radio, ni siquiera casetera. Automático, desde luego, de manera que no puedes cambiar de marcha, acelerar en punto muerto ni nada de eso—. ¿Quién lo compró? ¿Tú o papá?

—Creo que lo compramos juntos.

—¡Uf!

—Ten cuidado en estas curvas; vas demasiado deprisa. ¿Vigilas el cuentakilómetros?

—Lo vigilo, sí. Mira eso: Jess ha puesto un letrero nuevo.

—Aminora la marcha.

—¡Ya lo he hecho! ¿Verdad que es estupendo? —GRANJAS DEEPING, rezaba en letras blancas y doradas sobre un fondo verde, en una placa de madera puesta en los viejos pilares del portón. Desvié el Chevy hacia la calzada de grava, a paso de tortuga, para que mamá se quedara tranquila—. ¿A qué viene eso de «granjas»? ¿No es solo una?

—Creo que tiene otra más allá de Locust Dale. Más pequeña. La tiene arrendada.

—No lo sabía. Oye, ¿de quién es ese coche? No es el del señor Green.

—¿Quién es el señor Green?

—El empleado de Jess. ¿Tendrá coche nuevo? Jess, digo.

No, no era nuevo. Usado. Un Ford Taurus gris, casi tan feo como este. Ojalá no fuera de Jess. Sin embargo no me gustaba que hubiera allí otra persona. Quería que estuviéramos los tres solos.

Excepción hecha de la casa, la granja de Jess es preciosa. Todo armoniza. Los establos tienen cimientos de piedra y están pintados de blanco brillante, con bordes rojos. Hasta los silos son blancos, con la parte superior roja. Las cercas no están medio caídas, podridas o desvencijadas, como en tantas otras granjas. Jess mantiene limpios hasta los lugares más sucios, como el patio lodoso donde las vacas esperan a que las ordeñen; lo cubre de paja fresca y a veces las hace llevar a otro sitio mientras se seca. La primera vez que visité la granja no podía creer que fuera tan perfecta, como las de juguete que los niños construyen para el juego de trenes. Hay boñigas y todo eso, pues es una granja de verdad, pero parece que hasta las vacas están limpias; no andan por ahí con el trasero sucio de tanto sentarse en el lodo. Seguramente hay que trabajar mucho para mantener las cosas bien. ¡Con lo fácil que sería pasar de todo! Y tentador, además, pues seguramente los animales seguirían dando la misma cantidad de leche. Jess debe de estar muy orgulloso.

—Puedes girar en el círculo —indicó mamá—. Detente aquí mismo. Aquí está bien.

—Ya lo sé, ya lo sé. —Frené, apagué el contacto y puse el freno de mano. Antes de que bajáramos nos rodeó una jauría de perros salvajes.

En realidad no eran salvajes y había solo cuatro. Cualquier forastero se habría asustado, y supongo que de eso se trataba. Me apeé y di una palmada. Red, el más viejo de los perros, vino directamente a mí; luego Mouse, pequeño y gris. Tuve que ponerme de rodillas para lograr que se acercara Tracer, el perro pastor cruzado. El viejo Tough Guy no se aproximó; hasta ahora nunca he conseguido tocarlo, es demasiado asustadizo. Jess dice que una vez mordió al cartero, pero solo porque le dio una patada sin querer.

—¡Hola!

—¡Hola, Jess! —Me levanté de un brinco, muy sonriente y sin saber qué hacer. Él estaba guapo y parecía contento de vernos. Lo habría abrazado, pero no lo hice, quién sabe por qué. Algo relacionado con mamá. Tal vez lo consideraría una deslealtad hacia mi padre o algo así.

—Me alegra que hayáis venido —dijo él.

En vez de dirigirse a la casa caminó hacia atrás, en dirección a uno de los grandes establos de piedra y madera. Llevaba pantalones de pana marrones, una camisa azul y una vieja chaqueta de piel, con la cremallera abierta. Y zapatillas. Estaba recién peinado, aún se notaban las marcas del peine; lleva el pelo hacia atrás, un poco largo, y apenas comienzan a aparecerle las entradas. Es alto y más bien flaco, pero fuerte; lo sé porque lo he visto alzar un ternero de sesenta kilos como si fuera mi mochila.

—Tracer ha aprendido una gracia nueva —comentó, siempre caminando hacia atrás—. ¿Queréis verla?

Tracer es la más inteligente de los cuatro perros. Cuando Jess la encontró ya sabía dar la mano, pero él le enseñó a chocarla; es muy divertido. La llamó y la perra se sentó frente a él. Entonces él tendió la mano, con el índice y el pulgar en forma de pistola, y exclamó:

—¡Pum!

Tracer se dejó caer de bruces y rodó hasta quedar con las cuatro patas en el aire.

¡Qué alboroto! Mamá rió casi tanto como yo. Luego lo intenté yo y Tracer lo hizo otra vez, a la perfección.

—¡Qué inteligente es esta perra!

—Es un genio.

—¿Y qué otra cosa sabe hacer?

—Pues está aprendiendo a ordeñar las vacas —respondió él, muy serio. Lo miramos por un segundo. Después prorrumpimos en carcajadas—. Entremos primero aquí —propuso—. A menos que estéis muertas de hambre.

Dijimos que no, nada de eso.

—Me alegro, porque me gustaría presentaros a alguien.

Yo nunca había entrado en ese establo. Era más pequeño que los otros; supuse que serviría para guardar los tractores y las máquinas grandes. Las dos hojas de la puerta eran tan altas como las de una cochera. Jess empujó una y entramos.

Sí, allí había tractores y cosechadoras o como se llamen; grandes vehículos amarillos de ruedas negras, enormes, con hojas, paletas y dientes metálicos. Olía a gasolina, serrín, hierba seca y pintura; hacía casi tanto frío como fuera. En la parte de atrás había una luz encendida bajo las altas vigas del techo; un hombre, inclinado sobre un caballete, de espaldas a nosotros, serraba madera.

¡Vaya! Nadie me había dicho que se trataba de una reunión social; esperaba que estuviéramos los tres solos. Echamos a andar hacia el hombre y en mitad del camino caí en la cuenta de quién era y qué hacía allí; era ese tal Pletcher y estaba haciendo animales para el arca. Jess nos había tendido una trampa.

Como para confirmarlo, dijo:

—Carrie, te acuerdas de Landy, ¿verdad? —Se volvió hacia mí—. Ruth, te presento al señor Pletcher, mi vecino. Landy... Carrie van Allen y Ruth, su hija.

Landy. ¿Qué clase de nombre era ese? Era bajo y menudo; sonreía sin mostrar los dientes.

—¿Carrie? ¡Qué sorpresa!

Dejó el serrucho para quitarse la gorra vieja y manchada. El pelo, de color pajizo y sin brillo, comenzaba a ralearle en la parte posterior. Mamá le estrechó la mano.

—Landy, cuánto tiempo. ¿Cómo te ha ido? No has cambiado nada.

O sea, siempre había sido feo. Yo también tuve que estrecharle la mano. La suya era áspera como una lija y con bultos muy marcados los nudillos; era como coger un calcetín viejo lleno de piedras.

—Tú tampoco —repuso él—. Te habría reconocido en cualquier parte. —Y se puso rojo bajo la barba crecida. Vestía ropas de trabajo: un mono tejano bajo una cazadora beige muy sucia y pesadas botas manchadas de barro—. ¿Cuándo regresaste?

—Hace casi tres años. Ruth y yo vivimos en la calle Leap. Hemos... En agosto murió mi esposo; no sé si Jess te lo ha dicho.

—Me lo ha dicho, sí, y lo lamento muchísimo. —La cara del hombre se arrugó todavía más—. Sé lo que es eso.

¿Cómo? ¿Cómo podía saberlo?

—Gracias —se apresuró a decir mamá—. Bueno, ¿qué significa todo esto?

¡Como si no lo supiéramos! Jess ya nos lo había dicho cuando quiso persuadir a mamá de que aceptara trabajar para esos pirados del arca. En los años setenta Eldon, el padre de ese tío, tenía una plantación de tabaco y era rico, pero bastante calavera; jugaba a las cartas, bebía mucho y engañaba a su mujer. Hasta que tuvo un cáncer de pulmón, lo cual resulta irónico, y en su lecho de muerte tuvo un sueño que lo hizo volcarse a la religión. Entonces hizo una promesa a Dios; mejor dicho, fue algo así como un trato: si le perdonaba la vida, él abandonaría sus hábitos de pecador para fundar una Iglesia nueva, basada en la historia de Noé. Y para gloria del Señor construiría un arca, la llenaría de animales y la pondría a navegar por el río Leap durante cuarenta días y cuarenta noches. El caso es que Dios le perdonó la vida, de manera que tuvo que crear esa religión de los arquistas. Sin embargo nunca llegó a construir el arca. Y ahora está otra vez a punto de morir, pero de verdad, porque ya tiene unos ochenta años. Así que ha obligado a su hijo a decir que la hará en su nombre, porque de otro modo irá directamente al infierno. El único problema es que la carga es excesiva para Landy, pues los otros arquistas no ayudan casi nada y el tiempo se le acaba. Por eso Jess tenía la esperanza de que mamá participara. Creo que toda esa gente está como una cabra.

Landy comenzó por mostrar su obra, que era bastante patética.

—Hasta ahora he hecho solo cuatro —explicó mientras sacaba unas tablas que tenía bajo otro caballete. Eran siluetas planas de madera, pintadas de marrón, gris y amarillo. Si mirabas bien, te dabas cuenta de que la gris era un elefante y la amarilla, una jirafa; pero las dos marrones podían ser cualquier cosa.

—Son osos, ¿verdad? —aventuré.

Él dejó caer los hombros.

—Este sí. Este otro es un canguro.

—Ah, sí, muy bonito —dije por cortesía—, pero ¿no hay que hacer dos de cada uno?

Él agachó la cabeza y se frotó la nuca murmurando algo.

—¿Cómo dice...?

—Eh... que todavía no está decidido. Quizá se pueda evitar. Lo estamos analizando.

—¿Cómo está tu padre, Landy? —preguntó mamá.

—No muy bien. El corazón. Cada día está más débil.

—Lo siento mucho. Y tu madre ¿aún vive?

—Sí. Sí.

Hombre de pocas palabras. Miré en derredor buscando algo que hacer. Esa parte del granero era el taller de Jess; estaba llena de herramientas, máquinas, bancos de trabajo y distintas clases de serruchos. Había muchas sierras eléctricas. ¿Por qué Landy utilizaba un serrucho de mano? Más aún, ¿por qué usaba el granero de Jess en vez de trabajar en el suyo si vivía en la finca vecina?

—¿También estáis construyendo el arca? —pregunté.

—Ja —dijo, y volvió a agachar la cabeza.

¿Era tímido o le faltaba un tornillo?

Entonces habló Jess.

—Eso todavía está en estudio. —Lo dijo con tanta seriedad y firmeza que fue como si... Bueno, al menos había allí una persona completamente cuerda—. Tanto que está en la mesa de dibujo. Venid a echar un vistazo.

Nos acercamos a un banco de trabajo, donde había una gran hoja de papel con el dibujo de un arca. Tenía los extremos ahusados y la cabina de cubierta plana arriba, como se ve en todas las ilustraciones de arcas. Cuando estudiaba tercero yo tenía una caja para la merienda con el arca y todos los animales, no sé por qué, y era exactamente así.

—Está muy bien —dije—. ¿Qué tamaño tiene? —Al levantar la vista advertí que Landy y Jess sonreían—. ¿Qué pasa? ¿Qué he dicho?

—Pues que eso tampoco está decidido todavía —explicó Jess, y los dos se echaron a reír.

Landy tenía un hueco grande y oscuro entre los dos incisivos. Tal vez por eso trataba de sonreír sin separar los labios.

—Mi padre querría que midiera trescientos codos de longitud, cincuenta de ancho y treinta de altura.

Mamá preguntó antes de que yo pudiera hacerlo:

—¿Qué es un codo?

—La distancia entre la punta del dedo medio y el codo —explicó Jess—. En términos bíblicos.

—¿Y cuánto sería en...?

—Equivale a ciento treinta y cinco metros de longitud, veintidós y medio de ancho y trece y medio de altura.

—¡Hala! —exclamé—. ¡Más grande que un campo de fútbol!

—¡Madre mía! —dijo mamá.

Todos parecían desanimados.

—Conque un codo es un brazo desde aquí hasta aquí —dije midiendo el mío—. ¿Cuánto es esto? Unos cincuenta centímetros. Bien, pero todos somos diferentes. ¿Qué pasaría si midieras el brazo de un bebé? Probablemente sería la cuarta parte, pero seguiría siendo un codo.

Todos me miraron.

—¿No tengo razón? Así el arca seguiría midiendo trescientos codos de longitud, pero ya no serían ciento treinta y cinco metros, sino treinta. Lo cual sigue siendo mucho. ¿Dice la Biblia qué brazo hay que medir?

Cualquiera habría pensado que acababa de inventar la bombilla eléctrica. Jess y Landy parecían estupefactos; luego pusieron cara de esperanza.

—¿Qué te parece?

—No lo sé, ¿qué opinas tú? —preguntó mamá—. ¿Podrías hacerla así?

—Creo que sí —respondió Landy—. Eso espero. Papá es muy razonable. Creo que si se lo explico aceptará.

Claro que sí, ¡con lo razonable que es Eldon!

Landy dijo que, si a mamá no le molestaba, quería pedirle algunos consejos, ya que era una artista y todo eso. Entonces comprendí que no era tonto, sino tímido; había dado a mamá justo en el punto flaco. Oh, no, dijo ella, no le molestaba en absoluto. Y muy pronto hablaban por los codos de madera laminada, grosores y acabados de pintura.

Dos pelmazos.

—¿Hay algún ternero? —pregunté a Jess.

—Gemelos. ¿Quieres verlos?

—¡Por supuesto!

Y nos escapamos.

Mientras cruzábamos el patio de tierra hacia el verdadero establo, donde vive la mayoría de las vacas en el invierno, me pregunté hasta qué punto podía ser sincera sobre ese asunto del arca. Por lo visto Jess estaba también metido en eso y yo no quería ofenderle. Comencé por decir.

—¿Ese tío piensa hacer todos los animales? ¿Todos?

—Creo que no.

—Claro, porque sería imposible, ¿no? ¿Cuántas especies hay? ¿Un millar? No, yo diría que un millón. Hay tantos animales en los que nunca piensas... La comadreja, el koala, el glotón. El alcaudón. —Jess sonreía; eso me alentó—. El ñu. El chacal. ¡Y los perros! Oye, si pones perros, ¿no habría que poner todas las razas diferentes? No sería cosa de encontrarte con que solo hay dálmatas, por ejemplo, una vez pasado el diluvio.

—Cierto.

—Y los peces. Tendrías que incluir los peces. Camarones, mojarras, lapas, atunes... ballenas... ¡Serían millones!

—Y no te olvides de los reptiles.

—Sí, dos serpientes de cada tipo, y lagartijas y todo eso... ¡Y no nos olvidemos de las cigüeñas!

Los dos nos echamos a reír. Fue estupendo. Me sentía muy madura por tomar a broma algo imaginado por adultos que resultaba ser una perfecta locura.

—Es descabellado, ¿no? —pregunté solo para estar segura.

—Totalmente descabellado.

—¡Vaya! ¿Y por qué lo haces?

—Que el diablo me lleve si lo sé. ¿Nunca has hecho algo que no tuviera sentido? ¿Solo porque querías?

—No, que yo recuerde. Esas cosas están bien para jugar, de mentirijillas, pero se supone que las dejas atrás al crecer, ¿no es así?

Él se limitó a sonreír y me miró con una ceja torcida. Tenía una cicatriz en el medio. Me había contado cómo se la hizo, a los doce años. Un poni que tenía, llamado Dylan, le lanzó de cabeza contra una cerca de alambre de púas. Muchas veces parece que esté de guasa, porque sonríe mucho y esa ceja torcida le da un aire divertido, juguetón, casi burlón, pero otras sus ojos, que son de un gris muy claro, se ponen soñadores y lejanos. Entonces me da la sensación de que es un hombre triste.

El establo de las vacas estaba mucho más caldeado. Jess tiene unas doscientas cabezas de ganado, casi todas hembras (eso es una vaca), y en enero y febrero viven bajo techo. Él jura que no les molesta, aunque deban pasarse todo el día en sus cubículos, descontando los dos ratos al día en que las sacan para ordeñarlas. Él las llama «chicas». «Aquí vienen las chicas», dice cuando comienzan a salir de los establos y se amontonan en torno de los lugares de ordeño. La primera vez me asusté al verme cerca de tanta vaca, pero entonces no sabía lo mansas que son. A mis ojos son todas iguales, gordas Holstein blancas y negras, de cara dulce e inexpresiva, pero Jess las diferencia; al menos eso dice, y aunque me cueste creerlo, asegura que las conoce por sus nombres. «Venga, dime quién es aquella» pedía yo, señalando una vaca al azar. «Canela» respondía él si el animal estaba cerca. Si estaba un poco lejos, decía: «No estoy seguro. Podría ser Tulipán, pero no le veo el otro costado». Tal vez me tomaba el pelo, pero no lo creo. Creo que en verdad conoce a cada una de sus vacas por su nombre.

—Ahora comprendo por qué las quieres —comenté mientras me apoyaba contra la puerta de un cubículo para contemplar los dos terneros dormidos—. Son bonitas. No tienen el menor... —No pude encontrar la palabra adecuada—. Serían incapaces de planear algo malo.

—Sí.

—Son sencillas. Almas buenas.

—Salvo cuando te rompen un pie.

—Hala, eso sí que debe de doler. ¿Cuál fue la que te lo hizo?

El verano anterior, una vaca que se negaba a moverse le pisó hasta quebrarle el pie. Jess anduvo con muletas durante dos meses enteros.

—Fue Azafrán.

—¿Todavía la tienes?

—Por supuesto.

—¿Puedo acariciar a los terneros, Jess?

—Claro que sí.

Sin embargo me quedé donde estaba, junto a él, con un pie apoyado en el madero de abajo y los brazos cruzados. El olor a establo es asombroso: vaca, orina, boñiga y pienso. La primera vez, puede derribarte. Luego te acostumbras y no resulta desagradable. Eso me sorprendió, el hecho de que tantas cacas y meadas no apestaran a muerte. Cuando sales te queda en la nariz por un rato, pero no te molesta. Es un olor fresco, oscuro y dulce, como a tierra y hierba vieja. Casi me gusta.

—Oye —dijo Jess en medio del apacible silencio—, ¿cómo te va? ¿Qué tal el cole? —añadió por si yo no quería tocar temas personales.

—El cole va bien. En lengua tenemos una profesora que está muy bien, la señora Fitzgerald. Estamos leyendo algo de poesía. Y nos hace llevar diarios íntimos.

—¿Quién es tu mejor amiga?

—Eh... Jamie, supongo. Y un chico... —Jess pareció interesado—. No somos novios ni nada de eso. Se llama Cuervo. La abuela opina que es raro. Mamá también, pero no dice nada, actúa como si le pareciera bien, salta a la vista.

—¿Qué tiene de raro?

—Todo. ¡No! —Me eché a reír—. En realidad nada, pero se maquilla y se viste de vampiro. —Y reí otra vez, pero ahora al ver la cara de Jess. Yo estaba a punto de empezar a soltar risitas tontas, aunque creía haberlas dejado atrás—. Es muy inteligente —continué—. Tal vez el más inteligente de la clase; ni siquiera debería ir al cole. A veces salimos juntos. Me regaló un libro de poemas. Cuando murió mi papá. Lo quiero, pero no es una gran pasión ni nada de eso.

Noté que reflexionaba, como si quisiera decir algo y no se atreviera. Al fin no pudo resistirlo, pero habló como quien no da importancia a la cosa.

—¿Viste como un vampiro, dices?

Apoyé la cabeza en las manos con un bufido de risa. ¿De qué me reía? Parecía que había algo de histeria a la vuelta de la esquina.

—A veces sí. No es nada. Solo una de sus cosas. Una manera de expresar su angustia y su disgusto por la vacuidad de la cultura.

Algo me frotó la pierna; al bajar la mirada vi un gato negro, flaco y sucio. Lo acaricié con cierta cautela hasta que se fue.

—¿Cuál era ese? —desafié a Jess.

—Negrito —contestó.

Me era imposible saber si bromeaba.

—Mi papá era alérgico al pelaje, a la caspa o algo así. Nunca pudimos tener animales en casa —dije—. Ni siquiera un gato. No es que yo quiera tener uno.

—A mí me gustan.

—Los tuyos son buenos. —Tenía diez o doce, grandes y pequeños; vivían fuera, en los graneros, y su misión era cazar ratones—. Pero por lo general son traicioneros. Una vez tuve un conejillo de Indias durante un par de días, pero papá dijo que debía deshacerme de él. Entonces traje peces dorados, pero no hacían más que morirse. Era horrible. Por la mañana, al levantarme encontraba el pez dorado pegado a la madera de mi cómoda.

Jess se inclinó para frotar el rosado hocico de un ternero. Me llegó el olor alimonado de su colonia para después del afeitado. Mi papá usaba Old Spice, que es más dulce, más intensa que la que utiliza Jess.

—Cuando perdí a mi padre era poco mayor que tú —dijo con seriedad, como si comenzara a narrar un cuento—. Se llamaba Wayne. Mi madre, Ora.

—Wayne y Ora Deeping. —Sonaba tan campesino...

—Él era bajito y delgado; apenas pasaba del metro sesenta. Empezó a quedarse calvo antes de cumplir los treinta.

—No te pareces a él, ¿verdad?

—En ese sentido no, pero sí en otros.

—¿De qué murió? —Últimamente me interesa mucho saber de qué muere la gente.

—Un accidente con la trilladora.

No supe qué decir.

—Hace diecinueve años. Todavía le echo de menos. Creo que me quedé aquí por él. Quería que la granja prosperara por él. Y creo que lo he conseguido.

—Desde luego que sí. Seguro que eres rico.

Él rió. Fue un alivio, pues solo después de haberlo dicho me percaté de lo mal que sonaba.

—Nunca he conocido a nadie que trabajara tanto como mi padre. Él me enseñó que había que aplicarse a fondo en lo que se hace, dar lo mejor de uno. Era muy callado. Y se movía así. —Dejó de acariciar al ternero para levantarse muy despacio—. Lento como una tortuga, para no asustar al ganado. Y resultaba; nunca se han visto vacas tan felices. El médico solía decirle que apenas tenía presión arterial.

Qué extraña es la muerte. Yo, con mi padre muerto; mi amigo Jess, con su padre muerto, y su madre también. Todo el mundo muere. Han muerto millones y millones, todos los que han vivido desde el principio del tiempo, desde que comenzó el mundo. Los imagino apilados, como un gigantesco montón de leña que alcanza un billón de kilómetros de altura. ¿Cómo pudo Dios, si acaso existe, pensar que esto era un buen plan? ¿Puede haber algo peor, algo más horrible?

—A mi papá le falló el corazón —dije. Jess ya lo sabía, pero ahora era yo quien contaba mi historia—. Era viernes por la noche y él y mamá regresaban a casa en coche. Conducía él. Habían cenado con mis abuelos, pero no estaba borracho ni nada de eso. Se reclinó contra la puerta y el corazón se le detuvo. Tal vez antes de que el coche se estrellara. Hasta entonces nunca había tenido nada; ni siquiera se resfriaba. A veces... —Me puse un dedo sobre los labios y susurré—: A veces pienso que habría sido preferible que le tocara a ella, no a él. Y enseguida... me alegro de que fuera él, porque de otro modo esto sería aún peor. Y luego me siento mal porque sé que no estoy pensando en mi papá, sino solo en mí. Mamá sigue destrozada. Y no hay nada que yo pueda hacer; no puedo cambiar las cosas. No entiendo siquiera por qué murió. ¿Por qué murió? ¿Lo sabe alguien? ¿Lo saben los sacerdotes, los filósofos? Tú no lo sabes, ¿verdad?

Jess dijo que no, por supuesto. Lo asombroso era que hubiera dicho todo eso, el discurso completo, sin echarme a llorar. Eso me animó; era señal de que estaba creciendo.

Empecé a pensar: si a mamá le sucedía algo, por ejemplo, si consiguiera trabajo en otra ciudad o algo así, seguramente Jess me permitiría vivir en la granja con él. Quizá al principio no le haría gracia la idea, pero pronto cambiaría de opinión. Yo podría cocinar y encargarme de la limpieza, y echarle una mano. Por la noche nos haríamos compañía sentados a la mesa de la cocina o en el porche delantero, en verano. Él tenía un columpio. Debe de ser triste vivir solo. Yo sería su mano derecha. Cuervo podría venir de vez en cuando; quizá Jess lo empleara para que le ayudara por las tardes. Estoy segura de que simpatizarían. Tienen más en común de lo que parece. Mamá podría visitarnos los fines de semana. Al principio tendría sus dudas, pero luego comprendería que yo estaba haciendo un buen trabajo.

Oí el golpe de una portezuela y el motor de un coche que se ponía en marcha. Cuando salimos, Landy ya se alejaba en su Ford Taurus; mamá, de pie en el patio, lo despedía agitando la mano. Supuse que ya se habían hecho amigos.

—¿Tenéis hambre? —preguntó Jess.

Entramos en la casa para tomar el té.

La casa no tiene aire de granja, y me quedo corta. Es moderna, de dos plantas, casi toda de ladrillo y pintada de blanco; hay un salón, un comedor, etcétera, y la decoración es como la de una vivienda de una zona residencial de clase media. En cierto modo decepciona. Las mejores habitaciones son la cocina y el despacho, probablemente porque parecen las únicas que se utilizan. Las otras son grandes y están limpias, pero vacías; resultan un poco deprimentes.

Jess había preparado la mesa de la cocina para tres, con manteles individuales de cuadros blancos y azules, y servilletas a juego, platos, tazas, platillos y una tetera.

—Tomad asiento —indicó, y puso a calentar un cazo de leche.

—¿Te ayudo? —preguntó mamá. Parecía complacida, pero algo nerviosa.

—No. ¿Os gusta el pastel de café?

—¿Es eso lo que huele así? ¡Qué bueno! —De pronto me moría de hambre. Él sacó un molde del horno y lo puso en la mesa—. ¡Vaya! ¿Lo has hecho tú? Fantástico. Mamá ya casi nunca hace pasteles.

—Anda, corta un trozo. Come. También tengo bocadillos.

—No, te esperaremos —dijo mamá.

—Comenzad a comer.

—De acuerdo —dije yo—, si insistes...

Estaba delicioso, todavía caliente, con mucho azúcar moreno y canela por fuera, suave y tierno por dentro.

—La nata —explicó Jess cuando le pedí el secreto—. ¿Por qué has dejado de hacer pasteles? —preguntó a mamá.

—Está mal, ya lo sé, pero cocino solo para nosotras dos... y ahora que trabajo...

—Es porque no quiere engordar —expliqué—. Iba por buen camino pero últimamente el descenso de peso se ha... —No encontré la palabra justa.

—Ralentizado —apuntó mamá, tranquilamente—. Gracias.

—A ti —repuse mientras Jess me llenaba la taza de chocolate caliente y agregaba un poco de merengue—. Krystal no prueba el azúcar, pero yo sí. Algún día lo dejaré; por ahora no estoy dispuesta.

—Esto está delicioso, Jess, de veras. No sabía que fueras tan buen cocinero.

—Gracias. ¿Té o café?

—Té, por favor. Gracias.

Se trataban con cierta formalidad y rigidez. Con cordialidad, pero también... en guardia.

—¿De modo que todos fuisteis juntos a la escuela? —pregunté—. ¿Vosotros y Landy?

Comenzaron a responder al unísono. Ella se interrumpió. Fue Jess quien dijo:

—Landy es mayor; estaba algunos cursos por delante de nosotros. Compró la granja vecina hace unos quince años, poco después de morir su esposa. Ha sido buen vecino. Nos ayudamos mutuamente.

—¿O sea que vosotros dos estabais en la misma clase? ¿Sois de la misma edad? —Ellos asintieron con la cabeza—. Pues Landy parece muchísimo mayor que vosotros. ¿Acaso tuvo que repetir?

—No; no creo. Tiene artritis en las manos, Jess.

—Ya lo sé. Por eso no puede usar mis sierras eléctricas. Tengo miedo de que se corte un brazo.

—Pero no puede hacer todo eso con un serrucho de mano.

—No.

—¿Qué hará?

Él meneó la cabeza. Al cabo de un minuto dijo:

—Tendré que ayudarle a construir el arca.

Estuve a punto de atragantarme con el chocolate caliente.

—¡No puede ser! ¿De verdad?

Él sonrió. Luego miró a mamá, que no decía nada.

—Solo cuenta con cuatro meses para hacerlo todo. No está completamente solo; algunos miembros de la congregación lo ayudan cuando pueden, pero son viejos y muchas veces (hoy, por ejemplo) no aparecen.

—Él ni siquiera pertenece a la congregación —observó mamá—. Cuando me lo dijo me costó creerle.

—No. Es metodista.

—¡Hostia! —exclamé—. ¿Conque Landy no es arquista? ¿Y cómo se ha metido en esto?

—Por su padre. Porque lo ha prometido.

—Vaya, de modo que ni siquiera cree en eso. —Todo resultaba cada vez más raro—. ¿Y por qué cuenta solo con cuatro meses?

Jess puso una cara extraña, como si estuviera avergonzado o algo así. Luego se frotó las mejillas con las manos; el sonido áspero de las patillas me hizo pensar en mi padre.

—Según Eldon, la Biblia dice que el Diluvio se produjo en el sexcentésimo año de la vida de Noé, el segundo mes, el decimoséptimo día. Al parecer eso cae en diecisiete de mayo.

—Bien —dijo mamá tras limpiarse la boca con la servilleta—. Al menos hará buen tiempo.

—Esto es una locura —les recordé—. ¿Sabéis cuántos animales existen? ¿En todo el mundo?

—Eldon tuvo un sueño en el que veía representaciones de los animales —explicó mamá con seriedad—. Por suerte no es necesario hacerlos todos.

—Qué sueño tan conveniente. Aun así tendrá que hacer dos de cada especie, lo cual duplica automáticamente el...

—Para eso se me ha ocurrido una solución —me interrumpió ella—. Landy puede pintar las dos caras de la madera, con distintos matices y hasta distintas texturas, de modo que un lado represente el macho y el otro, la hembra. En el caso de los ojos, un lado podría ser marrón, el otro negro... o marrón más claro, más oscuro, algo así. Macho y hembra. —Se echó a reír—. Hasta podrían hacerse distintas expresiones faciales a ambos lados: feroz y manso, salvaje y soñoliento... no sé. —Hizo una mueca—. De acuerdo, me he dejado llevar. El caso es que a Landy le ha parecido una gran idea.

Me asaltó una sospecha horrible.

—No pensarás ayudarle, ¿verdad?

—No. No, no. No; no puedo. Ya tengo empleo.

—¿Ni siquiera como asesora? —preguntó Jess—. ¿Si necesita consultarte? —Sonreía, pero no creo que bromeara.

—Oye —le dije—, ¿sabes que yo también he conseguido empleo?

—Me he enterado, sí. ¿Quién me lo ha dicho? Debió de ser Bonnie.

Bonnie Driver, su ex esposa. Su hija Becky está en mi clase y somos amigas. Yo tenía mucho que preguntar sobre Jess y su ex, pero no sabía cómo. Al parecer todavía se tratan, no se odian ni nada eso. Becky no es hija de Jess, sino del señor Driver, así que debieron de divorciarse hace quince años por lo menos, porque esa es la edad de Becky. Jess tendría entonces unos veintisiete. ¿Cuándo se casó? ¿Por qué rompieron?

—Muy bien. ¿Quieres saber cómo es mi nuevo empleo?

—Por supuesto. —Apartó su plato, puso los codos en la mesa y apoyó el mentón en las manos.

Mamá se levantó para echar agua sobre los platos sucios.

—¿Cómo dices que se llama esa tienda? La he visto, pero nunca he entrado.

—Palacio de la Madre Tierra y Salón de Curación Natural. Es mucho más que una tienda de productos dietéticos. Ofrecemos muchos otros servicios.

—¿Por ejemplo?

—Por ejemplo, efectuamos evaluaciones de terreno biológico; es decir, puedes hacerte análisis de saliva, sangre y orina para saber cuál es tu terreno, tu línea de base, biológicamente hablando. También hacemos análisis de cabellos e iriología, que es el estudio del ojo, del iris, para saber si tienes alguna enfermedad. Eso lo hace Krystal, que es irióloga diplomada. Y también reflexóloga. Y ahora está a punto de terminar un curso de craneosacro.

—De modo que te gusta ese trabajo.

—Me encanta. Aprendo muchísimo. Krystal me ha permitido montar una especie de sala de aromaterapia en el fondo del local, donde el cliente puede tenderse y oler esencias relajantes, que pueden cambiar por completo su enfoque de las cosas. De esa manera no necesita comprar los diferentes aromas; basta con que pida un tratamiento cuando lo necesita. Deberías probarlo.

—Esa Krystal ¿es tu jefa?

—La propietaria. ¿No la conoces? ¿Krystal Bukowski?

—No creo.

—Nació aquí; por eso pensé que la conocerías. Es más joven que tú. Es estupenda. Vive en un apartamento sobre la tienda. La caldea con una estufa de leña. Tiene tres gatos, y novios que a veces se pasan por allí. Es vegetariana, pero ahora quiere ser una vegetariana estricta, es decir, no comer ningún producto animal, ni siquiera leche o mantequilla. Me enseña a practicar la respiración transformativa, porque a veces me pongo muy nerviosa y eso te calma, respirar correctamente. Lo que me gusta de ella es que va derecha al grano, sin andarse con rodeos, directamente a lo importante. Que no es el cole, ni estudiar, ni los exámenes.

—¿No?

—No, es vivir el momento. Llevar una vida amable, que no hiera a nadie. Avanzar por un sendero espiritual como una mariposa, sin perturbar nada de lo creado, sin destruir nada a tu paso. Y tratar el universo de Dios con el mayor respeto, amor y delicadeza.

Jess asintió, caviloso.

—Son buenos objetivos. No puedo disentir de ninguno.

—Desde luego, todo comienza por uno mismo, por cuidar el cuerpo. Si te pones a pensarlo, es lo único sobre lo que tienes control. Por ejemplo, podrías tomar ADETA, un quelato que purifica el torrente sanguíneo eliminando el plomo y el mercurio que probablemente tienes sin saberlo. Se llama quelación oral. Yo llevo un mes tomándolo y ya noto la diferencia. Ya ves, son muchas las cosas que se pueden hacer. Todo el mundo debería hacerlo para sentirse bien.

Caramba, estaba hablando mucho. No sé por qué, Jess me tocó la mano. Sonreí.

—Sería bonito —dijo.

—¿Qué?

—Que pudiéramos controlar las cosas. Tomar una pastilla para que todo en la vida nos saliera bien.

Aparté la mano.

—No es eso lo que quiero decir. Ya sé que eso no es posible. —¿Acaso me tomaba por estúpida?—. Hay productos para curar cualquier cosa, si sabes buscarlos. Deberías venir a la tienda un día de estos.

—Iré.

—Porque tenemos de todo. No tienes por qué soportar todas las cosas que te suceden. Por ejemplo, tú tienes seca la piel de las manos, y las uñas dañadas. —Él se las miró—. Esto es solo un ejemplo, lo primero que me viene a la mente. En la tienda vendemos Milagro 2000, hecho de colágeno y extracto de pepitas de uva; sirve para evitar y reparar el envejecimiento de la piel, la pérdida del pelo y las uñas quebradizas, además de aumentar la fuerza, la resistencia y la flexibilidad articular. Muchos clientes han dejado testimonios escritos. No es un invento mío.

—No. Ya lo sé.

—Solo digo que podemos actuar. No hay por qué permanecer pasivo.

—¿Quieres más chocolate caliente?

—No, gracias. Puedes adelgazar mientras duermes; tenemos Silueta Nocturna, mezcla de cromo, lipotrópicos y aminoácidos especiales, que descomponen las grasas mientras duermes. A ti no te hace falta, pero ¿qué me dices del moco? ¿Sabías que la muerte se inicia en el colon?

—Ruth —me llamó mamá desde el fregadero—, ¿no quieres conducir un ratito?

—¿Sola? —Arrastré la silla para levantarme.

—¿Te parece bien, Jess? No quiero que salga a las carreteras públicas. Solo por caminos sin tráfico y dentro de tu finca. Y en algún lugar donde no haya baches.

¡Así pues salí a conducir sola! Por primera vez. Y fue estupendo, aunque hacía mucho viento y el camino era desigual, de manera que no podía ir muy deprisa. Sin embargo valió la pena, porque estaba sola, sin nadie que vigilara todos mis movimientos y me recordara que debía aminorar la marcha, encender los intermitentes, hacer esto o aquello. ¡Estoy deseando sacarme el carnet! No sé si podré esperar siete meses más antes de iniciar mi verdadera vida.

Al regresar noté algo raro. Mamá y Jess estaban en el porche delantero, con los abrigos puestos. Antes de que me apeara ella vino a sentarse en el asiento del copiloto.

—¿Qué pasa?

—Nada. Nos iremos en cuanto hayas dado las gracias a Jess, cariño. Se hace tarde. Él tiene que ordeñar las vacas.

—¿Habéis discutido?

—No, no, todo está bien.

No era cierto. Mamá estaba alterada por algo. Jess se acercó por mi lado, puso las manos en la portezuela y se inclinó hacia la ventanilla. También parecía triste. Los dejo durante quince minutos, pensé, y mira cómo acaba la cosa. Los perros daban vueltas en torno del coche, con aire desconcertado.

—Bueno —dijo ella—, adiós, Jess. Gracias. Lo he pasado muy bien.

—Yo también. Volved pronto. —Y miró a mamá.

—Jess... lo siento.

—¿Por qué, Carrie?

Ella agitó los dedos en el aire, con una risa medio ahogada.

—Porque soy un desastre. Es culpa mía. Hasta pronto. Vamos, Ruth.

—De acuerdo.

El motor aún estaba en marcha. Jess se enderezó y dio un paso hacia atrás. A una palmada suya todos los perros se apartaron del coche y corrieron hacia él. Quité el freno de mano y pisé el acelerador. El coche se sacudió hacia delante con un chirrido, de modo que pisé el freno. Mamá se aferró de la guantera. Hubo una sacudida.

Me volví para mirar a Jess, que trataba de no reír. Eso me dio risa. ¡Entonces mamá también se echó a reír! De pronto me sentí alegre y feliz. Todo era estupendo. ¡Estuve en un tris de hacer a Jess una seña obscena! En cambio me toqué la nariz con el pulgar. Él agitó la mano; mientras nos alejábamos me dedicó una enorme sonrisa.

—¡Ha sido estupendo! ¡Me lo he pasado muy bien!

—Yo también. —Hablaba con la nariz tapada, como si estuviera resfriada.

—Dime, ¿qué ha pasado?

—Nada.

—Venga, dímelo.

—Nada, de verdad. Es que me he puesto triste, no sé por qué.

—¿Jess te ha dicho algo?

—¡No! Bueno... me ha preguntado cómo me iba. Y ha bastado con eso. —Rió otra vez, pero la vi sacar con disimulo un pañuelo del bolsillo para secarse la cara.

—Coño... ¿Estás llorando?

—No. Y no digas «coño» delante de mí.

—Perdón. ¿Mamá?

—Te digo que estoy bien. —Agitó la mano. Luego sepultó la cara en el pañuelo y así se quedó.

El campo, las colinas, los sembrados pardos y el cielo blancuzco, tan bonitos antes, ahora parecían fríos y muertos. Conté los postes de teléfono, los puntos de las líneas amarillas de la carretera, los árboles desnudos... Coño, coño, coño... no creo que esto acabe jamás. ¿Es posible que el duelo dure toda una vida? Yo creía que mamá estaba mejor, que tener un empleo la animaba.

—No sé qué hacer —musité para mí—. Oye, mamá —añadí en voz alta.

Se incorporó. Se sonó la nariz. Se secó los ojos.

—¿Qué?

Yo tenía mi walkman en la mochila de nailon que últimamente uso como bolso. Rebusqué en ella con una mano hasta encontrarlo.

—Ponte los auriculares. —Bien, la cinta estaba rebobinada—. Escucha la primera canción. Pulsa PLAY y escucha la letra.

—¿Qué es?

—Tú escucha. Es una canción.

¡Increíble! Tardó una eternidad en descubrir cómo se colocaban los auriculares en las orejas, qué botón pulsar, cómo graduar el volumen. ¡Ni que estuvieras operando un cerebro!, habría querido decirle, pero en ese momento no habría conseguido más que ofenderla.

—¿Quién es?

—Belle. Antes cantaba con los Storm Sewer Troupers. Este es su primer álbum como solista.

—¿Belle?

—Chist. Escucha.

—No llego a oír la letra.

—Sube el volumen.

Más manoteos tontos. Por fin oí el ruido agudo y metálico de la música por encima del zumbido del motor. La mejor parte es el estribillo:

Soy agua, soy piedra.
Toma mi corazón, te llevo a casa.
No te has ido, estás aquí, amor.
Los adioses no existen.

Y luego esas armonizaciones que hace la cantante: «Ah-iiiii, oh, no te vayas, oh-iiiii, quédate en mi alma...», una y otra vez, con esa voz doliente que se te clava en el corazón, hasta la médula de los huesos. Me pone la carne de gallina.

—Es sobre el dolor de perder a alguien —expliqué—. Dice que nadie se va mientras lo recuerdes.

Mamá asintió lentamente. Había cerrado otra vez los ojos, pero ahora sonreía. En realidad parecía a punto de reír.

Belle es magnífica. Mejor que cualquier terapia.

8

La decencia de sentirse mal

Stephen y yo nos conocimos en un bar. No es muy romántico, pero me intrigaba tanto eso que tomé por soledad intensa y triste que cargué nuestro primer encuentro con el oscuro romanticismo de una novela de Brontë. Fue en Washington, en el verano de 1981. Yo tenía veintitrés años, vivía en Logan Circle y comenzaba a perder las esperanzas de llegar a ser artista, lo cual resultó profético. Él cursaba el doctorado en Georgetown; estudiaba matemáticas. Si lo hubiera sabido cuando lo vi en Rainy's, aquella sucia y sofocante taberna de la calle M, tal vez su melancolía no me habría resultado tan irresistible. Creí que era artista o escritor, por motivos infantiles: su apasionamiento, la manera de sujetar el cigarrillo, el hecho de que me mirara constantemente, sin decir nada.

Yo estaba con unas amigas, con las que compartía un dúplex infestado de cucarachas en la calle Quince. Las miradas ardientes, finalmente mutuas, prosiguieron hasta que tomé la iniciativa, algo que no acostumbraba hacer, mucho menos con hombres desconocidos y en bares. No fumaba, pero sí bebía, y esa noche había bebido chardonnay en cantidad suficiente para que me resultara inevitable (ya que no natural) escamotear un cigarrillo a una de mis amigas y dirigirme a la barra, donde Stephen ocupaba un taburete, para pedirle fuego.

Recuerdo lo primero que me dijo: «¿Puedes escaparte?». ¡Qué franqueza tan apasionante! Me encantó la insinuación de que estábamos predestinados a conocernos, de que no habíamos hecho otra cosa que esperar. Solo fuimos a tomar un café en un local cercano, pero yo habría hecho más, probablemente todo lo que él hubiera querido. Fue mucho antes de descubrir que su apasionada concentración en mí, su mirada absorta y halagadora, era tan ilusoria como mi cigarrillo.

A veces pienso que si tolero a Cuervo, el amigo de Ruth, es porque sé perfectamente lo que la atrae de él. Es la misma fascinación por el otro, la personalidad solitaria y romántica, que me atrajo de Stephen. Y anteriormente de Jess, por supuesto. ¡Qué hábiles somos las mujeres para engañarnos! Nos tragamos sin masticar los cuentos que nosotras mismas hemos inventado.

Stephen me atraía también por lo diferente de sus conocimientos. Leía libros que se titulaban, por ejemplo, *Soluciones P de las singularidades del cociente cíclico*. Cuando me hablaba de ellos, yo no entendía una palabra. Me gustaba escucharle, aunque lo mismo habría podido explicar un concierto a una sorda. En nuestras relaciones yo le cedía la mayor parte del poder, pues le consideraba un genio. Tomaba sus silencios y su abstracción por profundidad, prueba de un conocimiento al que yo no podría acercarme jamás, mucho menos comprender. En esos tiempos mi desasosiego era tal que me distraía con facilidad; no lograba concentrarme en mis diversos proyectos artísticos, probablemente porque no tenía idea de lo que hacía. No creo que él amara las matemáticas más de lo que yo amaba el arte, pero él era capaz de concentrarse apasionadamente; yo no. Lo envidiaba.

Era un hombre formal, quizá algo pacato. Descubrí que me encantaba seducirlo en los lugares menos adecuados. Una tarde, le sorprendí en su cubículo de la biblioteca universitaria; él comenzó a explicarme la fórmula en la que estaba trabajando. Como de costumbre, no tenía sentido, pero me excitó su atención absoluta y apasionada. O tal vez sentí celos. Recuerdo que me escurrí por el borde del escritorio, utilizando como escudo su cuerpo y el tabique del compartimiento, y me desabotoné la blusa; luego el sostén. Se enfadó, escandalizado, decidido a no responder. Pero yo lo obligué. Podía arrancarlo de sí mismo y eso me hacía sentir fuerte; de esa manera creía recuperar algo de poder. Ese día, hicimos el amor de pie tras las estanterías, y no fue la única vez. Yo disfrutaba haciéndole perder el dominio de sí. Estaba sinceramente convencida de que así nos poníamos a la par.

He estado recordando cómo era el sexo más adelante, una vez casados. Y por qué no lo echo demasiado de menos. Sé que una gran parte de mí se ha muerto por dentro, pero hay mucho más. Hacia el final era solo sexo, sin mucha intimidad; por lo general no nos besábamos siquiera. ¿Hacia el final? No; no es cierto. Comenzó antes. Cuando Ruth era pequeña. Por eso no me hace mucha falta. Es decir... no más que antes.

Algo extraño sobre Stephen: siempre se me acercaba por detrás para abrazarme o tocarme. Casi nunca me estrechaba de frente, pero en las muestras cotidianas de afecto, los dos de pie y vestidos, literalmente nunca se ponía frente a mí.

Aquella tarde en casa de Jess, lo que dije a Ruth era cierto. Francamente no estaba segura de por qué tenía otra vez los ojos enrojecidos y lacrimosos. Lo de costumbre, supongo: demasiada emoción mal dominada, a la que se sumaba la excesiva sensibilidad en lo que a Jess concernía. Yo era como una manguera cerrada por la boca; él, como el sol ardiente: una exposición prolongada provocaba perforaciones.

Hasta entonces lo había pasado muy bien. Tomar el té en su cocina escuchando a medias los monólogos desordenados de Ruth. Reencontrarme con el tímido y desgarbado Landy después de tantos años y recordar por qué siempre le había tenido cariño. El mero hecho de estar en la granja de Jess, en la serenidad del invierno, cuando todo está en barbecho, gris, totalmente silencioso. El olor a humo de leña en el aire. Por una vez me sentía tranquila a su lado, sin atracciones prohibidas, sin tiras y aflojas. Sin culpa.

Entonces Ruth salió a conducir y nos dejó solos. Cuando acabé de fregar los platos me quedé mirando por la ventana; a lo lejos se divisaba la línea blanca y ondulada de una cerca.

—¿Está nevando? —pregunté.

Jess se acercó. Yo creía ver copos de nieve, pero él dijo que no, que era ceniza; el señor Green estaba quemando maleza detrás de un establo. Durante un rato contemplamos las motas que caían, muy juntos, sin hablar. Por fin él dijo:

—¿Recuerdas la primera vez que me hablaste, Carrie? Nevaba. Estábamos en undécimo curso, ¿lo recuerdas?

Asentí y entonces caí en la cuenta de que nunca habíamos hecho eso: recordar juntos. Las circunstancias de nuestra separación habían cortado cualquier posibilidad de nostalgia, al menos de la mutua. Lo cierto era que me moría por explicarle lo que más recordaba, lo que me acompañaba desde siempre, y oírle decir qué había sido lo más importante para él.

—Me acuerdo de cómo ibas vestida —agregó apartándose un poco; lo hizo deliberadamente, para que la conversación pareciera más despreocupada—. Un abrigo rojo con capucha de cuadros. Y botas de piel. Me hiciste pensar en las canciones tradicionales.

—Yo creía que eras medio salvaje —comenté—. Tenía miedo de hablarte. Se contaban tantas cosas...

Sonrió, pero era cierto. En el undécimo curso Jess ya era famoso por haber trepado al depósito de agua para impresionar a una chica, por haber estado a punto de ahogarse al intentar cruzar el río a nado, solo por ganar una apuesta. Mejor aún era aquello de que había ejecutado una ceremonia que los indios celebraban para expulsar los demonios, desnudo bajo la lluvia, a fin de curar a su madre loca. Un chico salvaje.

—Pero me hablaste —dijo—. Recuerdo lo que dijiste.

—No fue mucho, si no me equivoco.

No me equivocaba, en efecto. Durante las vacaciones de Navidad su madre había muerto en un incendio, en la clínica psiquiátrica de Culpeper, donde la internaban periódicamente desde hacía años. La noticia me llegó en la sala de estudio, junto con rumores nerviosos de que había «circunstancias sospechosas». ¿Acaso ella misma había provocado el incendio? ¿Había querido hacer arder toda la clínica o solo suicidarse? De la noche a la mañana Jess Deeping se convirtió en un personaje aún más interesante. Con conocimiento de causa, la sensacional muerte de su madre parecía apropiada y quizá previsible. Era el tipo de cosas que la gente esperaba de él.

Los niños que lo conocían lo trataron con tímida amabilidad, algo incómodos; los que no, lo miraban disimuladamente, fascinados. Yo era de estos. Lo vi fuera, esperando el autobús, solo en un banco del camino que llevaba al aparcamiento de la escuela. Todos los demás estábamos en el vestíbulo, apiñados contra los cristales empañados de las puertas, o bajo los estrechos aleros, encorvados contra el viento para fumar cigarrillos prohibidos. Yo era reservada y tímida, sobre todo con chicos solitarios a los que no conocía; no sabría decir qué me indujo a separarme de mis rientes amigas para salir y acercarme a Jess. El hecho de que estuviera tan solo, supongo. La tristeza que lo rodeaba como un abrigo. Me acerqué llena de temores, asustada por mi propia osadía, pero con la vaga sensación de que estaba a punto de suceder lo inevitable. Lo recuerdo bien; no es romanticismo retrospectivo. Mientras caminaba haciendo crujir la nieve bajo mis botas nuevas, pensaba: Ya era hora.

Él me vio llegar con una profunda arruga en la frente; hasta miró por encima del hombro para ver qué otra cosa podía buscar yo. Tenía los hombros, el pelo y los muslos blancos de nieve. Debe de estar congelado, pensé; solo tiene esa cazadora con capucha y no ha cerrado la cremallera. Me detuve frente a él. «Hola», dijimos los dos. Él irguió la espalda, pues ya era evidente que yo no iba a pasar de largo, que tenía intenciones de quedarme a hablar con él. Sus rodillas puntiagudas se marcaban en la tela gastada de sus tejanos. En mis dieciséis años de vida no había visto nada tan viril como las largas piernas de Jess Deeping.

«Lamento lo de tu madre»; ese era mi único mensaje, el único propósito de esa nerviosa caminata por la nieve. Sin embargo ahora no podía decirlo. Cerré la mano en torno de un paquete de chicles que guardaba en el bolsillo del abrigo, lo saqué y le ofrecí uno. Vista desde cerca, su cara no era tan suave y hermosa como yo pensaba; descubrí defectos: granos en el mentón, un parche de barba que había pasado por alto al afeitarse. Tenía una ceja algo más arqueada que la otra, lo cual daba a su expresión un aire escéptico o temerario. En las manos grandes, secas, enrojecidas por el frío, vi que se roía las uñas hasta la carne viva. Oh, no es para mí, pensé con alivio y desencanto a la vez. Es solo un chico. Entonces estiró la boca en una sonrisa triste y sorprendida. No hizo falta más. Un clic en el cerebro. Sí.

—Gracias. —Extrajo delicadamente una tableta plateada del paquete. Después de mirarla por un momento se la guardó en el bolsillo de la cazadora. Estos recuerdos permanecen tan vívidos que aún siento la humedad de la nieve en las mejillas. Casi me parece percibir el olor de la menta.

Me sacudió una ráfaga de viento.

—Hace frío —comenté.

Él miró por encima de mi hombro.

—Aquí viene tu autobús.

¡Caramba!, pensé al ver el vehículo que se acercaba pesadamente por la estrecha senda. En mi aturdimiento el corazón se me detuvo por un segundo. Sabe qué autobús cojo.

—Lamento que hayas perdido a tu madre —dije precipitadamente.

A Jess se le llenaron los ojos de lágrimas. Me sentí azorada, febril; luego helada. Clavé la vista en mis pies, descompuesta por el desasosiego; me había metido en aguas muy hondas.

—No se mató —aseguró. No ocultó la cara; llorar no le avergonzaba en absoluto. Cuando las lágrimas le cayeron por las mejillas, las enjugó con el borde de la mano.

—¿No?

—No. Estaba mejor. Estaba casi lista para volver a casa. Fumaba en la cama.

—Ah.

—Así fue como sucedió.

—Ah.

Eché un vistazo al grupo de estudiantes que hacían cola para subir al autobús, calculando de cuántos segundos disponía antes de tener que echar a correr hacia allí.

—Si mi madre muriera... —Pero no lograba imaginarlo—. No sé... No sé qué haría.

Su sonrisa vino en dos etapas. La primera fue de dolor y valentía, una mueca de héroe; precedió en unos segundos a la verdadera, amable y natural. Como si supiera que el mundo era un lugar triste, complicado, y lo quisiera a pesar de todo.

—Se hace lo de siempre —repuso—. Solo que ya no sirve de mucho.

—Sí. Escucha, Jess... —Con solo decir su nombre me sentía mareada—. Tengo que irme.

Su cara seguía teniendo una expresión alerta, animada, pero pensé que en cuanto me fuera volvería a hundirse en la tristeza de la que lo había apartado. No quería alejarme. Los dos últimos chicos desaparecieron dentro del autobús escolar.

—No puedo —dije, aunque él no me había pedido nada. Y eché a correr.

Ya entonces era cobarde. «¿Por qué has perdido el autobús?», habría inquirido mi madre, y yo tenía el presentimiento de que sería imposible explicarle nada relacionado con Jess. No era un destello de intuición sagaz; más bien lo entendía como se entiende una sencilla ley de física o química: el aceite y el agua no se mezclan.

—Ese día me rescataste por segunda vez, Carrie —dijo Jess, y yo sonreí al recordar la primera, aquella pelea en sexto curso—. Nadie más se atrevió a hablarme de mi madre. Como si no hubiera sucedido, como si ella no hubiera muerto. Me pareció valiente de tu parte.

—¿Sí? —Qué risa. Jess era más de lo que yo podía afrontar; ya entonces lo presentía. Era muy joven y no podía sino verlo con los ojos de mi madre. Me asustaba. Miedo y entusiasmo, miedo y deseo, miedo y amor... Pasé los dos años siguientes debatiéndome, vacilando, yendo de un sentimiento a otro. Por fin perdí la valentía por completo y escapé.

—Me salvaste dos veces, Carrie, y no me conocías siquiera.

—Precisamente eso lo explica. Fue solo después de conocerte cuando... —Tragué saliva. Había comenzado con tono de broma, pero lo que iba a decir era la pura verdad—. Cuando me acobardé —me obligué a terminar. Me acerqué al banco de la ventana opuesta, apoyé la rodilla en él, paseando una mirada ostentosa por la cocina.

—Tu casa está muy cambiada. Apenas reconozco en ella la de los viejos tiempos.

—La he estropeado.

Sonreí sin saber qué pensar.

—Qué dices.

—Es la verdad. He tardado bastante, pero al fin he descubierto por qué lo hice. Te lo diré, pero solo si prometes no burlarte.

—¿Qué quieres decir, Jess?

—¿Lo prometes?

—No... Sí, no me burlaré.

—Trataba de convertirla en una casa que tu madre no detestara. Te reproché que cedieras ante ella, pero en cierto modo yo también lo hice. Creo que tu madre resultó ser más fuerte que tú y yo juntos.

No pude hacer otra cosa que mirar esa cara doliente, divertida. Qué típico en él compartir la culpa de mi peor equivocación.

—Cuando murió mi padre ya no había esperanzas para lo nuestro —prosiguió—, porque los dos estábamos casados con otras personas. Entonces comencé a cambiar esta casa. No comprendí por qué hasta que estuvo terminada. Lo comprendí súbitamente un día, al mirar en derredor. Le había quitado todo cuanto tenía de rústico para convertirla en una lugar donde la señora Danziger pudiera vivir sin avergonzarse. Es una mierda, Carrie, ¿verdad?

Me cubrí la boca con una mano.

—No te rías —me advirtió con la más triste de las sonrisas—. He triplicado las cabezas de ganado que me dejó mi padre, tengo tierras arrendadas en Oakpark y Locust Dale. Soy un hombre próspero y respetable, todo un señor. Hasta soy concejal de la ciudad. Y todo eso se lo debo a tu madre.

—Jess.

—Quería demostrarle algo. Y a ti también. Y no hice más que estropear la bonita casa de campo de mi madre. ¿No te parece divertido? —Se acercó más—. Carrie, no llores. No pretendía entristecerte.

¿Dónde estaba el rencor? ¿Por qué no se enfadaba?

—Perdona... lloro por cualquier cosa. Aquí está Ruth —susurré al oír el coche en la colina—. No sé qué decirte. Dame algún tiempo, Jess. Para pensar en otra cosa que no sea «lo siento». Estoy harta de decirte que lo siento.

Recogí mi abrigo y salí al encuentro de Ruth.

¿Qué haría con ese nuevo descubrimiento? Jess tenía razón;

era divertido. Y muy triste. Lamenté que me lo hubiera dicho... no obstante, yo lo sabía desde siempre. Ya en el coche, Ruth supuso que lloraba por Stephen e hizo lo posible por consolarme. El doble absurdo estuvo a punto de acabar conmigo: Jess, que había estropeado su casa por mi madre; yo, que me consolaba con los versos de Belle, ex integrante de los Storm Sewer Troupers. Ah, en ocasiones el corazón se me fundía de ternura. Aun cuando me estaba ahogando, hundiéndome por última vez, mis seres queridos me salvaban de tocar fondo. Y en los últimos tiempos comenzaban a aparecer finas bandas de felicidad, que surcaban la penumbra a largos intervalos, serpenteos de esperanza en el cielo negro, para recordarme que empezaba a mejorar. Y así era.

He aquí lo que sucedió.

Ruth acababa de cumplir los cinco años; era una criatura muy dulce e inteligente, la razón de ser de mi vida. Entre Stephen y yo terminaba ya lo mejor, si por mejor se entiende el tiempo en que crees que tu vida va en línea ascendente, que todo mejora y crece poco a poco, como en un gráfico de cotizaciones en una época de prosperidad económica. Mis expectativas habían comenzado a disminuir tras el nacimiento de Ruth. Sus primeros años coincidieron con el retraimiento de Stephen; se iniciaba su metamorfosis en el hombre callado e insociable que sería hasta su muerte. Resulta irónico que cuanto me atrajo de él en un principio fuera lo que me repelía al final. Y la culpa no era más que mía. Con él me equivoqué profundamente. El caso es que lo mejor había terminado, pero yo no sabía cómo. Pasaba por esa etapa de aflicción y esperanza en que aún parece posible salvar el matrimonio, aunque solo sea porque la alternativa es inconcebible. ¿Dejar a mi hija sin padre? No, si podía evitarlo. Por entonces aún tenía fuerzas, aún me sentía capaz de actuar, de hacer. Una persona que podía cambiar.

El mismo año en que nació Ruth, nos mudamos de Washington a Chicago, donde Stephen había conseguido una cátedra. Por aquella época comenzaba a quedar claro que no revolucionaría el mundo de las matemáticas, ni como teórico ni como profesor.

Cuando comprendí hasta qué punto le desmoralizaban sus fracasos profesionales, ya era demasiado tarde. Debería haberme percatado, pero vivía con otra suposición errónea: que la esposa y los hijos eran los ingredientes principales en la vida de todo hombre feliz. En la de Stephen, no. Su niñez había sido horrible: una pérdida tras otra; era natural que fuese un hombre melancólico, reservado y hosco.

Llevábamos semanas planeando pasar un fin de semana largo en mi casa (mi hogar de Clayborne) para visitar a mis padres y asistir a la decimoquinta reunión de ex alumnos. Un par de días antes reñimos. No recuerdo por qué, pero fue peor que de costumbre, pues por una vez Stephen participó. Pronto empezamos a culparnos mutuamente de nuestra desdicha, a desenterrar viejos resentimientos y develar otros nuevos; nos dijimos cosas hirientes sin más motivos que porque eran ciertas. Cuando eso acabó, parecíamos haber llegado a algo, para variar, un sitio donde el camino se bifurcaba. Apenas nos dirigíamos la palabra. Él se negó a acompañarme a Clayborne... y más adelante se me ocurrió que tal vez era su objetivo desde el principio, pues le repugnaban esas obligaciones sociales en las que, en su papel de consorte, era aún más periférico de lo que deseaba. Al final fui sola con Ruth y me alojé en casa de mis padres, en mi antiguo dormitorio, ya convertido en habitación de huéspedes (mi madre había borrado cualquier rastro de la joven Carrie en uno de sus ataques de renovación). Dije a mamá que Stephen había debido asistir a un congreso al que le habían invitado en el último momento y ella me creyó.

La reunión se celebró en el Madison Hotel, el más elegante de Clayborne. Lo que sucedió ahora me parece inevitable, pero por entonces cada minuto se desplegó como una lenta sorpresa, como la revelación de un secreto complicado. Jess y yo no nos habíamos mantenido en contacto: ni postales navideñas ni enhorabuenas para las bodas. Cuando él y Bonnie se divorciaron le escribí una nota muy breve para expresarle mi pesar, pero luego la rompí. No nos veíamos desde el año después de acabar el instituto.

Nos estrechamos cordialmente la mano, entre un grupo de gente que hacía lo mismo, camaleones que pasaban inadvertidos.

Lo hicimos tan bien que yo misma no sospeché de nosotros. Durante la mitad de la noche ejecutamos una danza en la que nos alejábamos para volver a acercarnos, nos separábamos y nos uníamos, hasta que al fin nos quedamos juntos; para mí significó dejar de fingir que deseaba estar en cualquier otro sitio.

No puedo decir que reanudáramos lo que habíamos dejado, como si los quince años intermedios no hubieran transcurrido. Para empezar, Jess había cambiado. Obviamente, ya no tenía dieciocho años, sino treinta y tres, pero había más que eso. No era su casa lo único que había adecentado, ahora lo comprendo; lo mismo hizo consigo. Se moderó, se volvió más convencional... No encuentro las palabras adecuadas para describir ese nuevo fenómeno. De cualquier manera, lo importante es que no dio resultado. Aquella noche no me dejé engañar por su traje oscuro y su corbata escocesa, el pelo peinado con la raya a un lado y su actitud sobria, tímida; aún no me engañan.

Conversamos. Le hablé de mi vida; le conté lo que podía, salvo que no era feliz. Eso significa que omití gran parte. Él hizo lo mismo, evitando escrupulosamente toda referencia a su ex esposa, salvo las más generales. No bailamos, no nos tocamos siquiera. Nos quedamos hasta el final, hasta después de los brindis, los chistes, los discursos y los premios. Entonces me acompañó hasta mi coche y nos despedimos: «Adiós, Jess». «Buenas noches, Carrie.» Luego nos tocamos la mano y él dijo: «O podrías venir a casa». Y yo repuse: «De acuerdo». Subimos a su coche y él condujo hacia su casa.

Era una noche templada, de principios de verano. Recuerdo que a lo lejos se veían los relámpagos de una tormenta seca; no había luna, pero el cielo estaba lleno de estrellas. Por si eso tiene importancia. Al recordar lo ocurrido una busca villanos a los que culpar, aunque sean inanimados; cualquier cosa con tal de diluir la culpa. Cuando aquello acabó, según recuerdo, habría querido poder añadir el alcohol a mi letanía de motivo, pero no podía: estaba sobria y con la cabeza despejada; cuanto hice fue deliberado. Listo, no hay mea culpa más ecuménica.

Espero no haber transmitido mis remordimientos sexuales a Ruth. No sé siquiera de dónde vienen. Letanía, mea culpa, ecuménica... ¡y ni siquiera soy católica! Más aún, tras haberme acostado con Jess solo encontré un consuelo, y fue pensar que al menos no había disfrutado, que no fue una experiencia trascendente para ninguno de los dos. La noche terminó en incomodidad y pesar; pagué por ella durante mucho tiempo con arrepentimiento y depresión. Esto no me lo enseñó mi madre, ¿verdad? Estoy habituada a achacarle la mayor parte de mis defectos, en especial mi falta de valor; pero si está involucrada en esto no es como imponente figura moral. Quizá en lo social sí. La diosa del esnobismo observando un vulgar polvo ocasional.

No llegamos al piso de arriba. Al recordarlo me pregunto si Jess temió desde un principio que no funcionara, si me hizo el amor en el sofá de su salón para darme menos tiempo de pensar. En ese caso me destrozó el corazón, porque él no era de esos. Ninguno de los dos fingió que estábamos allí para conversar. Empezamos a besarnos en el mismo umbral, con pasión, como si el pasado y el presente se unieran, como si los años intermedios no hubieran existido. Apenas dijimos alguna palabra; ¿cómo hablar? Todo dependía de que no se dijera nada. Al final fue ese silencio culpable, antinatural, lo que ayudó a romper el hechizo. Me enfrié. No fue un regreso a la cordura; más bien una desesperanza creciente, como si una bruma oscura y sucia opacara la perspectiva que tan brillante y nítida parecía segundos atrás. Eso no podía ser; haría sufrir a demasiada gente. Cuanto más avanzábamos, más irredimible parecía. Antes de que acabara me eché a llorar.

Jess se detuvo, se vistió y dijo que me llevaría hasta mi coche. No tengo ni idea de lo que había sentido hasta ese momento. ¿Disfrutó, pensó que hacíamos una buena pareja? No lo creo. Aquello estaba demasiado lleno de tinieblas; fue demasiado frenético hacia el final. Recuerdo más los besos que el sexo. Creo que al sentirlo dentro de mí se me cerró el cerebro, que fue demasiado. Demasiado. Ahora puedo decir que sucedió demasiado pronto, que todavía me importaba mi matrimonio, que de ningún modo había cortado mis vínculos emocionales con Stephen, que no estaba lista para otro hombre, aunque fuera Jess; para Jess, mucho menos. Pero en ese momento solo me pareció una calamidad.

Siguió una escena bochornosa. Yo no dejaba de disculparme; él había enmudecido. Prometí no volver a herirle; él dijo que no era posible. Lloré un poco más. Como es comprensible, él no quería prolongar la conversación. Me pidió que me apeara de su coche y subiera al mío, pero yo me demoraba. Quería reconfortarlo, quería que me perdonara. Estúpido, egoísta, imposible.

Pasé años pensando: Qué idiota fui, qué idiota. Habría querido que Jess se enfadara, que demostrara su enojo, pues al menos eso habría realzado esos bordes blandamente sentimentales; así nos habría quedado algo sustancioso para recordar, algo a lo que hincar el diente. En realidad quería todo al mismo tiempo: que no hubiera ocurrido, que hubiera sido estupendo, que hubiera sido horrible pero digno. En cambio me veía con la peor de todas las posibilidades.

Nunca se lo conté a Stephen. Él ya sabía lo de Jess, «mi noviete del instituto», como había dicho yo. Cierta vez llegué al extremo de decir: «Creo que estaba enamorada de él». Stephen tomó mi indiferencia por sincera y nunca intentó interrogarme ni ahondar en el asunto. Yo lo habría hecho. Si él hubiera amado a otra antes que a mí, habría querido saberlo todo. Cómo era, por qué le gustaba, cómo terminó. Su falta de interés por todo lo referente a Jess era algo muy propio de él; hasta emblemático, se podría decir.

En el viaje de regreso a casa tomé la decisión de consagrarme nuevamente a hacer que mi matrimonio funcionara. De ese desastre con Jess podía surgir algo bueno, me decía; además Ruth se lo merecía. Un tesoro de niña; volvía las páginas de un libro, parloteando para sí, con las piernas estiradas, calzada con los zapatos de charol que su abuela le había comprado. Me horrorizaba pensar que podía haber puesto en peligro la seguridad de mi pequeña. Todo cuanto hiciera para mantener unida a la familia valdría la pena. Ningún pecador ha aceptado jamás la penitencia con mejor voluntad.

Consulté con un psicólogo, quien afirmó que estaba deprimida y me recetó unas pastillas. Empecé a sentirme mejor. Cuando Ruth tenía ocho años, poco más o menos, Stephen hizo el supremo sacrificio de acompañarme a unas sesiones de terapia para parejas. Cuatro meses después declaró que nuestro matrimonio estaba «curado» y me regaló un anillo de esmeraldas en nuestro aniversario. Y ese fue el final.

Aquello con Jess ha sido mi único... cómo se dice... mi único desliz. Detestaba haber sido infiel, no poder ya sentirme virtuosa y sincera. Sin embargo, con el correr de los años esa severa condena se fue aplacando, como suele suceder, y me perdoné casi por completo. Entonces solo quedó el sentimiento de pérdida.

No obstante, en el fondo siempre me alegré de que hubiera sucedido con él. En ocasiones me han atraído otros hombres, pero nunca cedí a la tentación. Aunque parezca egoísta, en verdad opino que, si vas a engañar a tu esposo, cuando menos deberías tener la decencia de hacerlo con alguien a quien hayas amado toda tu vida.

9

¿No es mejor reír?

Si tienes que internarte en un geriátrico, Dios no lo permita, Cedar Hill es uno de los mejores. Cuando menos es nuevo; no necesito preocuparme por tener que encerrar a George (o que él me encierre a mí) en Pacific Acres, ese asilo deprimente, horrible, venido a menos, lo mejor que había en Clayborne hace unos cuarenta años. Cedar Hill era como una funeraria; tenía mucho mejor aspecto que sus vecinas. Creo que pusieron toda esa piedra gris y esa madera con la intención de proporcionar al edificio un aire de mansión lujosa, pero no dio resultado. Lo afeaban las rampas para sillas de ruedas, las esterillas de goma negra y las puertas deslizantes automáticas. Y todo ese mantillo. ¡Quién tuviera la concesión para proveer de mantillo a Cedar Hill! En seis meses podrías retirarte y mudarte a Florida.

La habitación de Helen Mintz estaba en el tercer piso del ala A. Birdie y yo firmamos en el mostrador de la recepción, como siempre; allí había una chica nueva que no nos conocía.

—¿Por qué querría trabajar aquí una muchacha como esa, tan joven y bonita? —se extrañó Birdie mientras recorríamos el pasillo alfombrado en malva, con amplitud suficiente para dos sillas de ruedas.

—Por qué querría nadie —corregí en voz baja. Estábamos ante la hilera de ascensores, donde cuatro o cinco ancianas en sillas de ruedas o andadores esperaban en silencio. Como vacas, pensé sin ninguna amabilidad; pacientes y tontas—. Pero es una suerte que alguien quiera —añadí, hablándole al oído—. Yo no podría. Soy demasiado malvada. Ellas son mejores que nosotras, Bird; no hay más que decir.

—Oh, sí —convino automáticamente.

No obstante, si lo piensas bien, Birdie sería bastante buena para atender a los ancianos y los locos; sus necesidades no pueden ser tan complicadas: ayudarlos con el baño y la comida, cambiarles de ropa, darles la medicación. La imaginé haciendo todo eso con muchos movimientos rápidos y gran gasto de energía nerviosa. Y entretanto no dejaría de hablar.

Por fin llegó el ascensor. Pasó una eternidad antes de que todas las ancianas estuvieran a bordo, y fue un milagro que nadie enganchara su silla de ruedas con alguna otra, pero hubo varios roces. Cuando ambas logramos introducirnos entre todos los bastones, las caderas quebradizas y las sillas motorizadas, intercambié una mirada con Birdie y ambas tuvimos que desviar la vista. Lo que da risa es el mismo horror. Lo siento, pero ¿no es mejor reír?

La puerta de Helen estaba entornada.

—Hola, ¿hay alguien aquí?

Nadie respondió, pero eso no significaba nada. Birdie abrió la puerta que daba a la salita; estaba llena de muebles y apestaba a ambientador. El televisor estaba encendido, pero sin volumen.

—¿Helen? ¡Hola!

En el dormitorio una voz débil dijo:

—¿Hola?

Entramos. Birdie exclamó:

—¡Mira qué elegante estás!

—Hola, Helen, ¿cómo estás? —saludé con una gran sonrisa—. Bien, ya veo que él no está —agregué en un murmullo, en tanto me quitaba los guantes y me desabotonaba la chaqueta. Qué calor. En esa habitación debía de hacer unos veintisiete grados.

—Gracias a Dios —comentó Birdie, también en un susurro, y se acercó a la cama para dar un abrazo a Helen—. Hola, cariño, ¿cómo va todo? Oye, estás preciosa. ¿Ese peinador es nuevo? Siempre hemos dicho que el rosa es tu color. Se te ve estupenda; seguro que acabas de salir de la peluquería. Qué bonitos son esos reflejos que te has puesto.

Me incliné desde el otro lado de la cama.

—Hola, Helen. Soy Dana.

—Dana...

Agitó las tenues pestañas en un parpadeo. Era imposible saber si nos reconocía.

—Bird y yo hemos venido a verte. Han pasado tres semanas desde nuestra última visita, ¿lo recuerdas?

—Claro que sí, claro que sí. ¿Cómo estáis?

Era como una muñeca de porcelana, frágil y quebradiza, contra las grandes almohadas sobre las que se recostaba. El pelo azulado era una peluca; desde cerca se notaba: grandes ondas repipis amontonadas a cada lado, que daban un aspecto estrafalario a la lona llena de manchas y arrugas en que se había convertido el rostro de Helen.

Antes tenía el pelo castaño, largo y ondulado; lo llevó suelto y largo hasta que cumplió los cincuenta. Un día, en el club de bridge anunció: «Ya soy muy vieja para llevar el pelo largo». Y a la semana siguiente apareció con el cabello bien corto. Se la veía tan bonita, tan juvenil, que una tras otra seguimos su ejemplo. En el club de bridge era Helen quien marcaba las modas. Una verdadera señora. El otoño pasado ofició de anfitriona desde su silla de ruedas; cuidó de que todas tuviéramos asiento, bombones de menta y latas de Coca-Cola, y fue ella quien condujo la alegre conversación.

Ahora, en cambio, Birdie y yo buscamos asiento por cuenta propia y nos ocupamos de iniciar la conversación. Lo único que Helen podía decir era: «Oh, qué bien» o «¿De veras?», con una dulce sonrisa.

Birdie atacó con todas sus noticias; luego añadió las de todos nuestros conocidos. Se olvidó de Eunice. En cuanto hizo una pausa para respirar, añadí:

—A Eunice le han hecho una histerectomía. —Helen y Eunice Shavers habían sido compañeras de bridge durante treinta años, igual que Birdie y yo—. Dice que eso no ha cambiado nada, que Henry sigue sin tener el menor interés.

Birdie rió entre dientes. Helen asintió con una sonrisa.

—Oh, qué bien.

—Dana va a postularse para presidenta del club femenino —informó Birdie a continuación—. No hay quien pueda disuadirla.

—La mayoría no quiere disuadirme.

—La gente sensata no puede disuadirla —corrigió ella.

—Hay gente que tiene envidia.

—Hay gente que prefiere ser sorda y ciega para no ver lo que está escrito en la pared. El orgullo precede a la caída.

—Oh, cierra la boca.

Helen sonreía, paseando tranquilamente la vista entre Birdie y yo. Creo que en ese momento nos reconoció. En el club de bridge éramos famosas por nuestros enfrentamientos verbales. Creo que este agitó la mente de Helen, que al fin nos identificó: Ah, sois vosotras.

Antes era vivaz como una ardilla. Siempre era la primera en ofrecerse como voluntaria para el hospital, la subasta contra el cáncer, el hospicio, la Cruz Roja. Una verdadera dinamo, aunque solo fuera para escapar de su casa. Hace años las cuatro (Helen, Eunice Shavers, Birdie y yo) fuimos a Richmond y pasamos un par de días en el hotel Jefferson; salimos de compras, asistimos a un espectáculo... Fue un verdadero fin de semana para señoras. El sábado por la noche nos sentamos en el bar del hotel. Hablábamos por los codos y nos divertíamos sin problemas. Un hombre se acercó para charlar a solas con Eunice. Por lo habitual Eunice es una mujer centrada, pero esa vez estaba más loca que ninguna de nosotras. Continuaron conversando en privado hasta que llegó la hora de irnos. Lo negará hasta el día de su muerte, pero estaba dispuesta a irse con ese tío. «Nos vamos», le repetíamos, pero ella no nos hacía ni caso.

Fue Helen quien salvó la situación. Aún la veo apartando a ese hombre de Eunice; se metió entre ambos como un perro pastor, sacando pecho y con el mentón alzado. Él era un tipo relamido, de cabello plateado, con una chaqueta informal de cachemir verde; recuerdo que vendía equipos de golf. Él y Helen intercambiaron unas palabras; jamás supimos qué dijo ella; más adelante solo explicaría: «Apelé a sus buenos sentimientos». El caso es que funcionó; el hombre de la chaqueta verde pagó la cuenta de todas, besó la mano a Eunice y nos dio las buenas noches. Así era Helen, eficiente como la que más, pero toda una señora. Siempre he lamentado no tener la misma combinación.

Ya se estaba deslizando de nuevo hacia su propio mundo.

—Ahora Carrie trabaja para Brian Wright —le dije en voz alta—. ¿Te acuerdas de él? Dirige la escuela de educación para adultos donde asistimos a esas clases de cocina. Tú, Maxine Stubbs y yo, hace unos dos años...

—Sí, ah, sí.

—El sueldo no es muy bueno pero, como Brian es tan emprendedor, tengo grandes esperanzas de que Carrie progrese. Con ese empleo podría llegar a cualquier parte. Ya sabes que ha perdido a su esposo —le recordé.

Helen sonrió y dijo:

—Oh, qué bien.

—Y Ruth trabaja en una tienda de productos dietéticos —proseguí con determinación—, ese Palacio de no sé qué, el de la avenida Remington. Le encanta. Y está aprendiendo a conducir. Carrie se muere de preocupación. Todo se repite, ¿no? Cuando ella tenía quince años y comenzó a conducir, yo era un manojo de nervios. Pero Ruth es buena. Y cuando menos no fuma.

—Que tú sepas —acotó Birdie.

—Que yo sepa.

Jason, el hijo mayor de la hija de Birdie, se había dado a las drogas y ve a saber a qué más, hasta que lo expulsaron de ese instituto para niños ricos al que iba en Mineápolis, hace ya tres o cuatro años. Creo que ahora se ha enderezado, pero Birdie se muestra quisquillosa cuando otras comentan los logros de sus nietos. Yo trato de ser comprensiva, pero de vez en cuando no resisto la tentación de jactarme de Ruth. Es la adolescente perfecta. Para mí es un misterio que haya salido tan buena con una madre tan permisiva como Carrie, pero como todo va bien, no quiero analizarlo demasiado. A caballo regalado no se le miran los dientes.

Birdie preguntó:

—¿Qué sabes de Raymond, Helen?

—¡Oh, por Dios! —Debí haberlo visto venir; si hubiera seguido el hilo de sus pensamientos podría haberlo evitado.

—¿Qué? ¿Qué he dicho? Ay...

Birdie advirtió que a Helen se le llenaban los ojos de lágrimas y me dirigió una mirada de inquietud. ¡Vieja tonta! Todo el mundo sabe que la manera más segura de hacer llorar a Helen es mencionar a Raymond, su hijo. Ahora vive en Florida, en Cayo Hueso o algún otro lugar de esos donde se congregan los gays; nunca la visita y, por lo que sé, no la llama siquiera. Si alguna vez lo había hecho, su pobre madre no estaba en condiciones de recordarlo.

—Helen, querida. —Birdie se levantó para darle palmaditas en las manos, que se movían nerviosas—. Ya, ya, cálmate, cariño.

Las lágrimas seguían manando, pero por entonces Helen ya no debía de saber por qué lloraba; solo recordaba que estaba triste. Dios mío, pensé, dame fuerzas para matarme. No me dejes llegar a esto; juro que antes me volaré los sesos. No era una oración muy cristiana, pero de cualquier modo no lo decía en serio. Siempre digo cosas así: «Prefiero tomarme un herbicida antes que acabar senil y usando pañales». Lo curioso es que, cuanto más envejeces, menos ganas tienes de desaparecer. Debería ser al revés.

—¿Qué diablos pasa aquí?

Calvin Mintz llenaba el vano de la puerta con la ancha mole de su camisa de cuadros. A esa edad debería haber empezado a encogerse pero, si Cal ha perdido un centímetro o un kilo en los últimos veinte años, no se nota. La ancianidad tampoco le ha dulcificado en absoluto el carácter. Parecía más encolerizado que un oso.

—Hola, Calvin —gorjeó Birdie—. Helen está bien, no le ha pasado nada. ¿Verdad, cariño? Mira quién ha venido a verte. Es Calvin.

Helen parpadeó con una sonrisa cansada, mientras Birdie le secaba las mejillas con un pañuelo. Yo me levanté para ceder a Cal mi orilla de la cama. Él no tocó ni besó a su esposa. Se detuvo junto a ella, corpulento, carnosa la cara, invisibles los labios, los ojos pequeños, oscuros y veloces como los de Birdie, pero mucho más decididos. Cara de malo, he pensado siempre. Todos los días visita a Helen y se sienta a su lado de la mañana a la noche. Cuánta abnegación, cuánta fidelidad. Lástima que no exhibiera ninguna de esas virtudes cuando ella estaba en condiciones de apreciarlas. Lo desprecio, como a cualquier otro hombre tan cerrado, tan limitado que solo puede ser bueno con su esposa cuando ella ya no es capaz siquiera de reconocerlo.

—Es hora de ir a la clase de artes y manualidades, Helen —dijo. Su voz me impresionó; era tan suave y solícita que apenas la reconocí—. Son las dos. ¡A levantarse, mi niña!

Chasqueó los gruesos dedos, con el brazo estirado hacia atrás, y Birdie pió un «¡Ah!» al comprender que pedía la bata de Helen, que estaba a los pies de la cama. ¡Cretino! Eso era más propio de él. Birdie se la entregó y fue hacia el otro lado para ayudar, pero Cal le volvió la espalda. Verlo maniobrar solo con los brazos inquietos y huesudos de Helen era como ver a un padre que vistiera a su hijita.

Busqué con la vista la silla de ruedas plegable y la abrí sin preguntar. Cal levantó a su mujer y la instaló allí con mucho cuidado; luego le acomodó el cuello de la bata, que se había torcido.

—Muévase —me dijo.

Yo le bloqueaba el paso hacia la puerta, no cabía duda. Su maldad me ayudó a tomar una decisión.

—Iremos contigo —dije alegremente en tanto me inclinaba para mirar a Helen a los ojos—. ¿Verdad que será divertido? Birdie y yo iremos contigo, bonita, y jugaremos todas.

—Jugar —dijo Helen, sorprendida y complacida a la vez, y sonrió de oreja a oreja—. Juguemos todos.

Calvin llegó al extremo de lanzar un juramento. ¡Qué hombre más maleducado! Birdie parecía desconcertada. Giré en redondo y salí la primera.

La clase de artes y manualidades era tan patética y deprimente como yo esperaba. Mátame, Señor, recé con renovada energía; pon fin a mis miserias antes de que llegue a esto. Ocho ancianas, siete de ellas en sillas de ruedas y una animosa muchacha con andador, estaban sentadas ante varias mesas de juego. Una animadora de dieciocho años les enseñaba a hacer tarjetas de San Valentín con papel rojo y pañitos de adorno. Bueno, quizá la chica tuviera veintidós, pero ni uno más. Y exagero al decir que les enseñaba. Debbie, la animadora, iba de mesa en mesa haciendo personalmente las tarjetas. Se inclinaba sobre esos hombros artríticos y encorvados canturreando: «Pero ¡qué bonito! ¿Para quién será tu tarjeta? Seguro que tienes muchos novios, Margaret, ¿verdad que sí? ¡Pero si debes de ser toda una rompecorazones!». Y Margaret reía como una niñita, mientras Nancy Jo seguía con la mirada perdida y Rebecca castañeteaba la prótesis.

Calvin no permitió que Debbie hiciera la tarjeta de Helen, por supuesto; tenía que hacerla él. Recortó en forma de corazón los pañitos de encaje blanco y los pegó sobre otro más grande confeccionado con papel rojo sangre. Había resultado conmovedor verlo tan paciente y tierno de no haber sabido cómo eran las cosas, de no haber oído a lo largo de treinta y cinco años cien historias sobre lo frío, desconsiderado y perverso que era Calvin Mintz. Si echaba de menos a su esposa era porque ya no quedaba en la casa nadie a quien intimidar. Que no contara conmigo para compadecerlo. Muérete, hijo de puta. Calvin y los hombres dominantes y déspotas como él sacan a relucir lo peor de mí.

Fue una idea estúpida ir a la clase de artes y manualidades. Helen no sabía siquiera que estábamos allí.

—Vamos, Bird —dije. Solo había querido apretar las clavijas a Calvin. Misión cumplida, aunque no había resultado demasiado satisfactorio—. ¿Bird?

Ella levantó la vista; estaba absorta en la tarea de pegar cinco o seis corazones rojos en otro grande de encaje blanco. El abrigo de lana gris la hacía parecer más menuda, como una pordiosera. Parecía una demente.

—Se me ocurrió hacer uno para Kenny.

Era el menor de sus nietos. Me guiñó el ojo... y el escalofrío que empezaba a correrme por el pecho se derritió. Solo por un segundo... Pero no; Birdie estaba bien; tenía todas sus facultades, o al menos las de siempre. A menudo era más molesta que un grano en el... pero no podías dejar de quererla. No obstante, no me gustó cómo miraba hacia la mesa, bizqueando, haciendo girar los corazones entre los dedos tiesos mientras lo recortaba con un par de tijeras para niño. Encajaba demasiado bien en ese ambiente. Como si estuviera en casa.

Yo no, pensé con vehemencia. Yo, jamás. Lo juro por Dios. Antes saltaré desde el puente al río Leap.

Comenzaba el frío atardecer de febrero; el color del cielo, a través de las puertas correderas que daban a un patio con el suelo de ladrillos, me hizo temblar. Detesto el invierno. Detesto que termine el horario de ahorro de energía. Fuera, unos gansos grises marchaban en torno de un lago artificial congelado, al pie del prado inclinado. Ese lugar no debía de ser tan malo en verano. Al menos se podría salir. Oí el ruido de un venado que corría a través del césped; el animal se detuvo a doce metros escasos. Qué bonito animal. Una hembra. Olfateó el aire con su delicado hocico, se estremeció y se dirigió hacia el patio como un rayo.

Ese venado viene directamente hacia mí, pensó una parte petrificada de mi mente. De ninguna manera, saltó mi parte racional. ¿Cómo que no?

Tuve tiempo de gritar: «¡Cuidado!» y arranqué a la asombrada Birdie de la silla tirando del cuello de su abrigo, antes de que todo estallara.

¡Crash! La impresión de ver que el cristal se hacía trizas y volaba súbitamente hacia mí no fue nada comparada con la imagen del animal que entraba tras él. Un animal grande, pardo, con la lengua colgando y los ojos en blanco por el pánico. Hacía ruidos, y esa fue otra impresión; yo siempre había creído que los venados eran mudos, pero emitía duros relinchos por las fosas nasales ensanchadas. Corrió en una dirección y saltó por encima de una mesa, luego otra, hasta estrellar la cabeza sin cuernos contra una pared. Nadie gritaba, salvo Birdie y Debbie, la animadora. Los demás estábamos petrificados, completamente atónitos. Cuando el animal giró hacia la silla de Helen, Calvin se arrojó delante de ella, con los brazos extendidos, para escudarla con su cuerpo.

Nadie hacía nada. Aparté a Birdie de un empellón.

—¡Braaaaaah! —chillé—. ¡Roooooh!

El despavorido venado se detuvo patinando frente a mí y se alzó sobre los cuartos traseros. Yo agité las manos por encima de la cabeza.

—¡Braaaaaah! —Seguí chillando en tanto avanzaba con paso lento, temeroso, para evitar que escapara y conducirlo cada vez más cerca de la puerta rota. De la frente y el pecho le manaba sangre. Embistió otra vez y derribó una silla plegable, y yo corrí directamente hacia él. Entonces giró con torpeza (sangraba también por las elegantes patas delanteras) y se estampó contra la puerta cerrada que conducía al pasillo.

Debbie dejó de gritar y salió de su rincón para correr hacia una lámpara de pie que el animal había volcado. La cogió con ambas manos, como si fuera una lanza. Era metálica y tenía una pantalla barata, abierta por la parte superior; ella la apuntó hacia el venado, que jadeaba. El animal miró... la lámpara. Entonces comprendí: Debbie creía poder aturdirlo al apuntar una luz a sus ojos.

La idea era tan estúpida que me dio valor. Caminé en torno del venado, ahora inmóvil, para acercarme a un bastón, caído bajo una de las mesas que seguían en pie. Una vez que estuve lo bastante cerca, me incliné para cogerlo.

—¡Ya! ¡Fuera! ¡Fuera! —Apuñalé el aire con el bastón—. ¡Lárgate!

Debbie, que estaba a mi lado, repitió:

—¡Lárgate!

Juntas dimos algunos pasos espasmódicos hacia el venado, hasta que la lámpara se apagó; el cable se había desenchufado. El animal parecía confuso y exhausto; movía la cabeza de lado a lado.

—¡Braaaaah! —grité otra vez agitando el bastón.

Súbitamente giró y, en un brinco enorme, saltó a través de la puerta destrozada, los fragmentos de vidrio y las tarjetas de San Valentín. Huyó al galope; el rabo blanco parecía una bandera de rendición.

Permanecí inmóvil, con el pecho palpitante y el corazón acelerado. Birdie, desde su rincón, llamó con voz quebrada:

—¿Dana?

Todos parecían aturdidos.

—¿Hay alguien herido? —preguntó Debbie.

Un milagro: nadie. Una mujer envuelta en chales tejidos a mano lloraba por lo bajo; otras dos ancianas trataban de consolarla.

—Si todo el mundo está bien, llamaré a seguridad —anunció la chica—. ¿De acuerdo? Vuelvo enseguida.

Calvin estaba inclinado hacia Helen y le daba palmaditas en las manos aferradas a la silla de ruedas.

—Qué espectáculo, ¿verdad, Helen? —dijo con tono alegre, como si acabáramos de presenciar algo agradable y estimulante, un lanzamiento de globos o una estrella fugaz—. Me he llevado un buen susto, debo reconocerlo, pero ya ha pasado, ¿verdad? Estamos...

—Obligaste a Raymond a ir de cacería. —Helen estiró el cuello flaco en un gesto acusador; sus ojos empañados llameaban—. ¿Recuerdas? Le obligaste a ir a Bear Lake contigo y ese amigo tuyo tan vulgar, cómo se llamaba... Bobby Mahr. Ray tenía once años. Y dijiste que era un marica porque no quería cazar.

Calvin la miraba como un estúpido, abriendo y cerrando la boca.

—¿Te acuerdas? —insistió ella, impaciente.

—Sí.

—¡Y le obligaste a disparar contra una gacela, cabrón! Falló. ¡A quién se le ocurre! Un niño como él... disparar contra una gacela. ¡A quién se le ocurre! —Golpeó con el puño el brazo acolchado de la silla.

—Helen. —Calvin apoyó las manos en las rodillas y bajó la cabeza.

—¡Ay, por Dios! —murmuró Birdie con voz trémula al advertir que Cal lloraba.

Yo habría debido apartar la vista, pero no podía.

Helen se apoyó contra el respaldo. La mirada penetrante había desaparecido; tendió una mano temblorosa para dar una palmadita triste a aquella cabeza caída.

—Lo perdimos —dijo—. Así fue como comenzó. Nuestro pequeño. ¿Dónde está, Cal? ¿Ha muerto?

—No, mujer, no. Vive en Miami.

—Pero ¿dónde está, dónde?

—En Miami.

Helen se marchitó; se apagó como una bombilla. Cal Mintz sacó un pañuelo arrugado del bolsillo trasero y hundió la cara en él.

En el trayecto de regreso yo solo quería reflexionar, pero Birdie no podía encontrar un silencio sin colmarlo.

—¿Hay algún hijo que salga bueno? —inquirió.

Una pregunta imbécil que me impacientó.

—La mía ha salido muy buena —aseguré.

—Oh, ya sé que en tu familia no hay drogadictos, alcohólicos, ladrones ni nada de eso. Lo que pregunto es si algún hijo se preocupa por su madre cuando ya es adulto.

—¿De qué hablas? ¡Por supuesto que sí!

—Eso no basta, Dana. ¿No te parece? No basta. Todo cuanto hacemos por ellos, ¿en qué acaba? Yo me habría dejado matar por Mattie y Martha. Por ellos habría hecho cualquier cosa. Mis niños. Y mira ahora; no visitan a su madre ni por Navidades. Aquí estoy, viuda, y en dieciocho meses no he visto a mis nietos.

Habría querido decirle algo tranquilizador, reconfortante, pero sabía cómo era Birdie con sus hijos. No podía cerrar la boca, no escuchaba, y ese incesante parloteo nervioso hacía que los chicos pusieran los ojos en blanco. Como no dejaba de hablar, no tenía ni idea de la vida que ellos llevaban, de la clase de adultos en que se habían convertido. Ella los exasperaba; ellos le destrozaban el corazón.

Y yo ¿qué hago mal? Carrie solo regresó a Clayborne porque no tuvo más remedio, por el trabajo de Stephen. No creo ser demasiado habladora. Ha de ser otra cosa. Lo peor es que quiere intimar otra vez, pero ninguna de las dos puede atravesar el muro. Es triste, está mal; madre e hija deberían estar más unidas que nadie.

No obstante creo que las hijas piden demasiado. Carrie pretende que apruebe todo cuanto hace, todo. «Amor incondicional», se llama eso. Pero ¿qué madre no trata de guiar a su hijo en la dirección debida cuando lo ve desviarse del camino? No pido siquiera que me lo agradezca; solo quiero tolerancia, comprensión y un trato decente.

—En verdad, no sé por qué tenemos hijos —continuó Birdie—. Quedamos embarazadas y listo, supongo. ¿Tú y George buscasteis a Carrie?

—No.

—No, casi nadie los busca. ¿Qué hacen los hijos por nosotros?

—Estás de mal humor, Bird. Es eso. —Tendí una mano para darle una palmadita en su flaco hombro.

—Crees que te alegrarán la vida. Que te harán feliz.

Crees que darán sentido a tu vida, corregí para mis adentros.

Y por un tiempo así es; pero luego crecen, se van y no hay nadie que te alivie el golpe de descubrir que no hay sentido alguno. Tu esposo no, desde luego.

—Las familias felices solo existen en la televisión —decía Birdie—. En la vida real los hijos no ven la hora de abandonarte. ¡Qué injusticia! —Sorbió por la nariz y parpadeó muy deprisa—. Solo pedimos a cambio un poquito de afecto. Y tratar de hacerlos felices.

Tal vez no se puedan hacer las dos cosas, se me ocurrió. En realidad quizá la segunda anula a la primera.

10

Desarrollo interrumpido

En el instituto de Clayborne las reuniones de padres y profesores se llevaban a cabo al anochecer, entre las siete y las nueve, para comodidad de los padres que trabajaban. Muy considerado, pero yo llevaba retraso desde un principio. Tenía pensado salir de Otra Escuela a la hora de siempre, ir a casa por un bocadillo y cambiarme de ropa, si tenía tiempo. A las seis y cuarto recogería a Ruth ante la tienda de productos dietéticos para llevarla a cenar a casa de sus abuelos. Llegaría a la escuela a las siete, a lo sumo, y podría terminar en una hora y media, recoger a Ruth, volver a casa y desplomarme.

Nada resultó así. A mediodía Brian cayó en la cuenta de que necesitaba la lista de cursos para otoño ese mismo día, a fin de incluirla en una solicitud de subvención que debía despachar por correo antes de las seis de la tarde. La terminamos justo a tiempo, pero por entonces ya era demasiado tarde para ir a casa. Como no había comido, me detuve en un bar para tomar un bocado; me tocó la camarera más lenta y torpe del mundo. Salí con indigestión y dolor de cabeza. Cuando estacioné el coche en doble fila frente al Palacio de la Madre Tierra y Salón de Curación Natural, Ruth no estaba esperándome fuera, como debía, y ya eran las siete menos cuarto.

Había visto a Krystal una sola vez, poco después de que Ruth comenzara a trabajar para ella. No costaba comprender por qué mi hija la quería tanto. Era joven y vital, serena y nada exigente;

decía «mierda» con gran desenvoltura. Sin embargo parecía salida de otra década, ¿no? ¿O acaso los hippies volvían a estar de moda? Ante mi pregunta de si era posible que se fumara droga en el local, la respuesta de Ruth fue previsible: «¡Venga, mamá! ¡Nada de eso!».

—Hola, Krystal —saludé. Estaba en la acogedora zona posterior, acurrucada en un sillón, junto a la estufa canturreante—. ¿Ruth está aquí? He venido a buscarla.

—Hola, Carrie. —Su voz era grave, sensual, muy relajante. Habría sido una buena hipnotizadora—. ¿Ruth? No, ya se ha ido.

—¿Se ha ido? —Me acerqué al calor sofocante—. ¿Cuándo?

—Pues... —Echó un vistazo al fuego a través de la portezuela, como si allí dentro hubiera un reloj—. ¿Hace una hora? Fue a las seis, cuando cerramos. ¿Qué hora es?

—Debía esperarme. ¿Dices que se fue a las seis?

—Sí. Supongo que lo ha olvidado. —Sonrió con aire consolador. Tenía el pelo seco, rizado y rojizo; ese día llevaba el flequillo aplastado bajo una diadema de piel, y alborotado detrás como un halo eléctrico.

—¿Sabes adónde iba? ¿Ha ido a casa?

—No lo sé. No me lo ha dicho. Simplemente ha salido como siempre. —Levantó al gato blanco de su regazo y lo depositó suavemente en el suelo. Luego se puso en pie—. ¿Ocurre algo?

—¿Me permites usar el teléfono?

—Cómo no.

Ruth no estaba en casa. Salió el contestador; pensé dejarle un mensaje sarcástico, pero Krystal estaba escuchando y eso podía abochornar a mi hija. Llamé a mi madre.

—Hola, mamá. Ruth no está ahí, ¿verdad? —Tal vez se había confundido, tal vez había pedido a algún amigo que la llevara hasta allí.

—¿Ruth? No. ¿No decías que la traerías tú? ¿Viene en coche? Pero si aún no puede conducir, no tiene...

—Es muy largo de explicar. Nos hemos hecho un lío. Te llamaré más tarde. En cuanto descubra dónde está.

—¿Crees que le ha sucedido algo?

—No. Es solo una confusión. Te llamo luego. No te preocupes. —¡Hostia!—. ¿Tienes una guía de teléfonos? —pregunté a Krystal.

Revolvió hasta encontrar una bajo un pequeño mostrador cubierto de frascos: Aloe-Dent, Astragalus y Vitamol. ¿Cuál era el apellido de Caitlin? Lo tenía en la punta de la lengua. En casa el teléfono de sus amigas estaba grabado en la memoria del aparato, de modo que yo no tenía ni idea de sus números. Caitlin, Caitlin... No conseguí recordarlo. Jamie... Jamie Markus.

No estaba allí. La señora Markus dijo que tal vez la encontraría en casa de Caitlin y me dio el número. Caitlin McReynolds.

La señora McReynolds dijo que Caitlin estaba en casa de Becky Driver. Jamie también; sobre Ruth no estaba segura. Telefoneé a casa de los Driver.

—Oh, mamá, hola.

—¿Por qué no estás aquí?

—¿Dónde es aquí?

El intenso alivio por hallarla sana y salva se evaporó muy pronto. Y ahora solo quedaba irritación.

—Estoy en la tienda de Krystal —dije entre dientes—. ¿Y tú?

—Vaya, lo había olvidado. Debía ir a casa de la abuela, ¿verdad?

—En efecto.

—Pues lo olvidé.

—¿También has olvidado ir a casa?

—No, porque sabía que tú tenías que salir.

—Y si sabías que yo debía salir, ¿cómo has podido olvidar que debías ir a casa de tu abuela?

—No lo sé, pero así ha sido.

A base de pellizcos tracé un surco blanco en el puente de mi nariz.

—Ahora no tengo tiempo de ir por ti.

—No importa. De todos modos estábamos a punto de comer algo.

—Tampoco tengo tiempo para llamar a tu abuela y pedirle disculpas. Tendrás que hacerlo tú.

—¡Anda, no!

—Ruth, hablo muy en serio.

—De acuerdo, de acuerdo.

—En cuanto cortemos. Y ahora dime, ¿cómo piensas volver a casa?

—Me llevará Jamie.

Jamie había cumplido dieciséis años un mes y medio atrás.

—No —dije—. Pasaré por ti camino de casa. Alrededor de las ocho y media.

—¡Venga, mamá! Jamie puede llevarme. ¿Y a las ocho y media? A esa hora todavía no habremos terminado de hacer los deberes.

—Ah, con que has ido a casa de Becky para hacer los deberes.

—¡Sí! Bueno, en parte. Sí.

Yo estaba demasiado cansada para seguir discutiendo. Stephen siempre decía que cedía con excesiva facilidad, que era demasiado permisiva. Todo cierto. Probablemente estaba malcriando a nuestra hija. Si debía ir a las reuniones de padres y profesores era justamente porque las calificaciones de Ruth habían empeonado. Y eso también debía de ser culpa mía. Me sentía inválida, como amputada. Ya no tenía el menor control; todo se iba al garete.

—Di a Jamie que conduzca con mucho cuidado, ¿me oyes? Y te quiero en casa a las nueve y media.

—¿A las nueve y media? ¡Mujer! A las diez, ¿sí? Jamie no tiene obligación de volver a su casa hasta las once.

—Lo dudo mucho.

—A las diez, mamá.

—A las diez menos cuarto. Ni un minuto más tarde, ¿me oyes?

—De acuerdo.

—¿Qué harás cuando cortemos?

—¿Cenar?

—Ruth...

—Bromeaba, mamá. Es una broma. ¿Te acuerdas de las bromas? ¿Ja, ja?

—Nos veremos a las diez menos cuarto. Y creo que tendremos mucho de que hablar.

Al oír eso recobró la seriedad. Se despidió sin más bromas.

—¿Tomas linaza?

—¿Qué?

—Aceite de linaza —explicó Krystal devolviendo la guía de

teléfonos al estante—. Es muy útil para mantener una buena presión arterial. Viene en cápsulas. Conviene tomarla con té de salvia, que fortifica el sistema nervioso.

—Sí, es... es buena idea, no lo dudo. ¿No tendrás aspirinas por casualidad?

Ella rió con suavidad.

—No. ¿Te duele la cabeza?

—Comienza a dolerme. ¿Tylenol?

—Ah, Carrie... Belladona, jazmín amarillo, crisantemo, corteza de sauce...

—Oh, comprendo.

—Autogénicos, acupuntura, aromaterapia, masajes, terapia de zumos. Puedo ofrecerte todo eso.

—Ja, ja. ¿Nada de Tylenol?

—¿Has oído hablar del Ayurveda? Si tienes un dolor de cabeza *vata*, podrías probar con una simple lavativa de agua caliente. O frotarte el cuero cabelludo y la planta de los pies con aceite de sésamo y concluir con una ducha caliente.

—Bueno, gracias, es que...

—Si es un dolor penetrante, del tipo *pitta*, lograrás maravillas con una pasta de sándalo aplicada a la frente y las sienes. Para el dolor *kapha*... ¿empeora cuando te agachas? Agua salada en las fosas nasales.

—Qué interesante. Lo tendré en cuenta, pero ahora voy con cierto retraso y he estacionado en doble fila. Tengo que darme prisa.

—Pues yo no te lo aconsejaría. Lo que te conviene hacer ahora, antes de que se intensifique, es imaginar que tu dolor de cabeza es otra cosa. Un duende, por ejemplo. Entabla conversación con él, traba amistad. Proponle un trato; prométele comer mejor y dormir más, y que él te prometa dejarte en paz por esta vez.

Dijo todo eso muy seria y con total seguridad. Busqué alguna contracción de los labios, una chispa de humor en los ojos, pero fue en vano. Krystal Bukowski era muy auténtica.

—Lo haré, sí. Lo intentaré en el coche —aseguré mientras escapaba.

Lo que intenté en el coche fue volar. Iba por Cemetery Road, por esos ochocientos metros de limbo entre lo residencial y lo rural, donde se terminan las casas sin que comiencen todavía los maizales, cuando de pronto apareció una luz azul en el espejo retrovisor. La policía.

Aminoré la marcha, pero no me detuve; tal vez pasara de largo, persiguiendo a algún criminal. Di un respingo al oír que sonaba la sirena. No, era a mí a quien buscaban. El pie comenzó a temblarme en el pedal del freno; sentí las manos húmedas sobre el volante. Tenía que calmarme; no había asaltado ningún banco; simplemente circulaba a excesiva velocidad. No obstante estaba asustada, y bajo el miedo había cólera, y por encima de todo eso, una frustración intensa que me escocía en la piel.

—Buenas noches, oficial. —Intenté que mi voz sonara alegre y seductora—. ¿Ocurre algo?

—Buenas noches, señora. ¿Tiene prisa?

No se acercó mucho a mí, se quedó detrás de mi hombro. Tuve que volver la cabeza para mirarlo. Buena táctica; así impedía que algún loco armado le disparara a la cara.

—Enséñeme su carnet de conducir y la documentación del vehículo, por favor.

Los saqué de la guantera para entregárselos.

—¿Adónde va, señora?

—Al instituto. Hay reunión de padres y profesores. —¿Te das cuenta ahora de lo buena e inocente que soy?

—Ya. ¿Hay algún motivo para que fuera a ochenta kilómetros por hora en una zona donde solo se permite circular a cincuenta?

Me quedé en blanco. ¿Debía decirle la verdad, que llegaba tarde? ¿Negarlo todo?

—¿A ochenta? —repetí con extrañeza—. ¿Está seguro? —Aún no le veía la cara, pero su voz sonaba joven e inflexible—. Nunca excedo el límite de velocidad, de verdad. Ha sido sin querer. Como estoy enseñando a mi hija a conducir, suelo ir muy despacio.

—¿Le importaría encender las luces de emergencia, señora?

Lo hice. Él regresó al coche patrulla y subió. Le oí hablar por radio. Rompí a llorar.

¿Qué me pasaba? Quería llorar sin parar durante días enteros.

Era una locura; no podía explicarlo. Apenas logré dominarme antes de que se acercara para entregarme un papel rosado por la ventanilla.

—Por esta vez le daré solo una advertencia, señora Van Allen.

—Oh, gracias... —Las lágrimas de mortificación me corrían a raudales por la cara—. Lo siento. —Busqué un pañuelo para secarme los ojos—. Gracias. Yo... No... No se repetirá.

Por fin se inclinó hacia la ventanilla; tal vez para ver si estaba bebida. Le vi la cara a la luz del salpicadero. Joven, sí; apenas un chaval.

—Eso espero, pues la próxima vez, si la detengo yo, no seré tan permisivo.

—No, ya lo sé. No se preocupe.

—No vaya usted a estropear sus buenos antecedentes como conductora.

—No.

—Además, debe dar un buen ejemplo a su hija.

—Lo sé. Sí.

—Bien, señora. Ahora tómese las cosas con calma.

—De acuerdo. Gracias, oficial... —Eché un vistazo a su chapa de identificación—. Sherman.

Me siguió hasta el instituto. Yo conducía con exagerada cautela, ocho, diez kilómetros por debajo del límite, cuidando de mantenerme en el centro exacto de mi carril. No volví a llorar, pero aún me sentía al borde de las lágrimas. Qué reacción tan desmesurada y extraña. ¿Por qué tanta humillación infantil, tanta ira? No recordaba haberme sentido nunca así, al menos por algo tan trivial. Mi aspecto era normal; vestía un traje pantalón, trabajaba con un ordenador y podía pasar días enteros sin llorar. Mi madre comenzaba a decir a sus amigas: «Por fin Carrie empieza a recuperarse». Incluso Ruth parecía menos preocupada. Sin embargo bastaba muy poco para que me desmoronara. ¡Pero si el oficial Sherman ni siquiera me había multado!

Mi antigua escuela se sometió a un proceso de rejuvenecimiento hacia 1990; cristales ahumados, fachada de ladrillo rosado y hasta un edificio anejo armonioso, de buen gusto. Ahora parecía tener la mitad de su verdadera edad: treinta y cinco años. Con todo, la mayor parte de los cambios interiores eran solo cosméticos; cada vez que asistía a algún acto, concierto o exposición de ciencias, era casi como retroceder en el tiempo. Y todo por el olor, siempre igual, siempre esa mezcla húmeda y dulzona de tiza, moho, lana mojada y sudor. En cuanto lo percibía volvía a tener diecisiete años y me bombardeaba un millar de recuerdos maduros, como fruta que cayera de un árbol dentro de mi cabeza.

Esa noche no quería que me asaltaran los recuerdos, por favor. No era la de siempre; me dolía la cabeza y estaba cansadísima; solo deseaba volver a casa, meterme en la cama y taparme con la manta hasta la nariz. Además me sentía débil y vulnerable, y los recuerdos del instituto siempre incluían recuerdos de Jess. Necesitaba concentrarme, no en lo que había sido, sino en lo que era en la actualidad: una viuda entrada en años, que debía atender los problemas de su hija adolescente. Piensa en Ruth y en el regreso a casa, me aconsejé. En Ruth y el regreso a casa. De ese modo podría aplastar la nostalgia.

Había largas colas ante las aulas de los profesores que impartían las materias en las que Ruth había empeorado: biología, historia y, lo más asombroso, matemáticas. Hasta cierto punto era consolador que mi hija no fuera la única. Tal vez los profesores eran unos incompetentes, puesto que eran tantos los chicos cuyas calificaciones habían bajado

Pero no. Lamentablemente en esos diez minutos de entrevistas tanto la señora Reedy, de biología, como el señor Von Bretzel, de historia, me dieron la impresión de ser sumamente capaces. Además se mostraron benévolos y comprensivos. Ambos mencionaron la muerte de Stephen aun antes de que yo lo hiciera. Allí no encontraría chivos expiatorios. Yo había ido con la esperanza (lo comprendí al ver que no resultaría) de achacar toda la culpa a la insensibilidad de los maestros.

Así deben de sentirse los que esperan al cura ante el confesionario, pensé mientras guardaba cola tras otras dos madres ante el aula del señor Tambor. ¿Se sentirían mis compañeras tan culpables como yo, personalmente responsables de las deficiencias académicas de sus hijos? Por otro lado, ¿cómo era posible que Ruth fracasara en álgebra? Debía de haber un error; las matemáticas siempre había sido la asignatura que mejor se le daba. Ahora era lengua, lo cual no tenía ningún sentido. No, debía de haber un error.

Por fin el señor Tambor asomó la cabeza por la puerta:

—El siguiente, por favor.

La gran pizarra de la pared de frente estaba cubierta de fórmulas y ecuaciones; me bastó verlas para sentirme nerviosa. A diferencia de Ruth, las matemáticas siempre habían sido mi punto más débil. El señor Tambor, regordete y moreno, tenía una franja de pelo negro que le circundaba la coronilla y exactamente tres cabellos, muy largos, peinados a través del cráneo. Qué fácil sería burlarse de un profesor así. Sin embargo sus ojos de gacela eran bondadosos y, cuando sonreía, parecía un profeta indio; Meher Baba quizá. Me gustó inmediatamente. En vez de sentarse tras su escritorio de metal me señaló un pupitre de la primera fila y ocupó el de enfrente, pero solo cuando yo me hube acomodado:

Cuando me presenté dijo con tono apesadumbrado.

—Ah, la madre de Ruth. La acompaño en el sentimiento por la pérdida de su esposo.

—Gracias. —El señor Tambor hablaba con mucha formalidad, pero sin duda era yo quien imaginaba un acento oriental; no podía ser realmente de la India—. Me preocupan las últimas calificaciones de Ruth, señor Tambor. Siempre ha sido muy buena en matemáticas; piensa estudiarlas en la universidad. No me explico qué ha sucedido —dije con absoluta franqueza—. Pasar de nueve y diez a cuatro y cinco en solo tres meses... es como para preocuparse.

—Es preocupante, sí. —Unió los dedos en un gesto de reflexión, o tal vez de oración—. ¿Ha preguntado usted a Ruth cuál podría ser el problema?

—Dice que últimamente la asignatura le resulta más difícil. También admite que no estudia tanto como antes.

El señor Tambor frunció los labios.

—El señor Van Allen enseñaba matemáticas en la universidad —apuntó.

—En efecto.

—Cursos avanzados: topología, métodos numéricos, teoría de los números, etcétera.

—Sí.

—¿Y Ruth estaba muy unida a su padre?

La pregunta no me sorprendió; la veía venir.

—En realidad no. No tanto como ella quería.

El hecho de haber revelado la verdad a un perfecto desconocido sí me sorprendió.

—Ah... —Sus labios formaron un pequeño círculo carnoso—. A veces hablaba de él en clase, siempre con gran orgullo.

—¿De verdad? —Oh, ¿por qué me entristecía eso?

—Sin embargo Ruth no tiene una mente matemática. Ojalá fuera así... inteligente como es. Ya no estudiará matemáticas en la universidad. Es obvio.

—¿No? ¿Por qué?

Él sonrió sin responder.

—¿Por qué no? —insistí—. ¿Quiere usted decir que solo se esmeraba en matemáticas para complacer a su padre? Y ahora que él se ha ido...

—Eso creo, sí. ¿No le parece?

—Yo... Pues no tengo idea.

Sí, era evidente, por supuesto. Aun así me resistía a aceptarlo. Detestaba la idea de que Ruth se hubiera esforzado tanto en llamar la atención de Stephen, hasta el punto de ir contra su propia naturaleza para obtener su amor.

—No es tan triste —dijo el señor Tambor inclinándose hacia mí; los hombros regordetes tensaron las costuras de la camisa barata—. La ayudaremos. Obtendrá siete y ocho, como debe ser. Todo saldrá bien. ¿Sí? ¡Vamos! ¡Todo saldrá bien!

Cogí el pañuelo inmaculado que me ofrecía, con el calor de su bolsillo trasero. ¿Por qué avergonzarme? Esa noche ya había llorado delante de un policía. ¿Por qué no hacerlo también ante el profesor de álgebra de mi hija?

—Gracias. —Le devolví el pañuelo después de secarme las mejillas, pero tuve la consideración de no sonarme la nariz—. Es usted muy amable. Ahora sé por qué Ruth le aprecia tanto.

Él hizo una pequeña reverencia de gratitud, con las palmas unidas.

—¿Es usted de la India? —pregunté. El hombre me había inducido a una insólita familiaridad—. ¿O... de Pakistán?

El señor Tambor puso cara de sorpresa.

—No, no. De Italia.

—¡Vaya!

—Mi apellido era Tamborini. Lo dejamos en Tambor cuando ametrallaron a tío Guido en la barbería.

—¡No!

—No. —Su sonrisa se estiró de oreja a oreja—. Soy de Ahmadabad. Era una broma.

Me eché a reír. Y me ruboricé. Y decidí que estaba enamorada.

Al principio no reconocí a Bonnie Driver, tal vez porque pensaba que estaría en su casa, vigilando a tres adolescentes, entre las cuales se contaba mi hija. Caminaba por el pasillo delante de mí. Y pensé: Ese parece el bonito trasero de Bonnie Driver. Es el tipo de cosas que te llaman la atención de la ex esposa de tu ex novio. También la melena oscilante, larga hasta el mentón, me resultaba familiar. Pero solo la reconocí cuando volvió un poco la cabeza y la vi de perfil. Nariz larga, inteligente; dulces ojos pardos, boca cordial... Era encantadora y amable; todo el mundo la quería. Yo también. Era una pena que nunca hubiera simpatizado conmigo.

Cuando la llamé se volvió hacia mí.

—¡Carrie! ¡Hola! Ruth dijo que vendrías. Dejé a las niñas con Dan para venir corriendo en cuanto acabamos de cenar. ¿No detestas estas reuniones? ¿Cómo estás?

—No sabía que Ruth iría a tu casa. Si ha sido una molestia, lo lamento. Hubo una confusión.

—Oh, en absoluto. Ruth es encantadora. Me encanta tenerla en casa, y también a Becky. Dime, ¿cómo va tu nuevo empleo?

Era tan simpática... Cuando Stephen murió me envió una nota dulce y gentil, que me hizo llorar. Ni siquiera nos conocíamos...

pero en realidad sí. Es la clase de personas que te mandan una agradable nota de pésame aunque no les caigas bien, solo porque es lo que corresponde hacer.

—Es un buen empleo... aunque no exactamente lo que yo esperaba —dije con sinceridad, no sé por qué—. Pero es bueno. El sueldo cubre nuestros gastos. —Apenas.

—Tal vez mejore. —Me sonrió para darme aliento—. A veces un empleo nuevo necesita que lo domes.

Quizá no me tuviera antipatía después de todo. ¿Qué motivos tendría? Celos por Jess, no, desde luego. Al fin y al cabo ella ganó: se casó con él y luego se divorció, todo mucho después de que yo abandonara la escena. No obstante, siempre notaba cierta frialdad bajo su actitud cordial, como si me estuviera observando, como si reuniera datos y se reservara las conclusiones. Se esforzaba por simpatizar conmigo, pero no lo conseguía del todo. Sentíamos una mutua fascinación. Desde luego, teníamos mucho en común. En realidad una sola cosa.

—Me han dicho que Jess te ha pedido que colabores en lo del arca. —Sonrió con menos naturalidad, no tan divertida como trataba de fingir—. Qué disparate, ¿no? Ese pobre Landy... Es él quien me da pena.

Había olvidado que conocía a Landy; él debió de mudarse a la finca vecina cuando ella y Jess aún estaban casados.

—Un disparate, sí —convine—. En cierto sentido me gustaría poder ayudar.

—Pues a mí me parece algo demasiado extraño, en lo que es mejor no meterse. Si no te andas con cuidado puede tragarte. —Debía de estar hablando en general; sin duda no se refería personalmente a mí—. Y ahora que todo es de conocimiento público se hará más grande. Yo no querría participar en semejante cosa. Pero esa es mi manera de pensar, claro.

—¿Por qué dices que es de conocimiento público?

—¿No has leído el periódico de ayer?

—No. ¿El *Record*?

—Primera plana. Eldon Pletcher ha prometido comprar columpios para el Point Park si le permiten construir el arca en los muelles de pesca, en el agua misma, luego hacerla navegar por el río durante cuarenta días. El ayuntamiento tratará el asunto en la próxima reunión. Hablo en serio.

Y Jess estaba en el ayuntamiento.

—¡Caramba! —fue todo lo que se me ocurrió decir.

Conversamos un rato más sobre nuestras hijas y sus amigos comunes; luego utilizamos las reuniones con los profesores como excusa para separarnos. «Me alegro de haberte visto», dijimos, y «Hasta pronto», pero ninguna de las dos fue tan hipócrita como para proponer «Llámame» o «Podríamos quedar un día». No sé qué hizo fracasar ese matrimonio; probablemente Jess me lo habría dicho, pero nunca pregunté, por mucho que me hubiera gustado saberlo. Si Bonnie y yo manteníamos cierta distancia era por ese matrimonio o, mejor dicho, por el hecho de que se hubiera terminado. Lo cual debía de significar que... Bueno, no lo sé. Al menos parecía significar que yo estaba involucrada de alguna manera. Y no sabía qué pensar de eso. Por lo tanto, no pensaba en eso. Mucho.

Tres madres y un padre esperaban en fila para ver a la señora Fitzgerald, la profesora de lengua. El corazón me dio un vuelco. Unirme a ellos significaría media hora de espera, quizá más. No, decidí; al diablo con todo. De cualquier manera Ruth iba bien en lengua; justamente por eso habría querido hablar con la señora Fitzgerald, para oír alguna buena noticia, para variar. Pero ya estaba demasiado cansada.

Para salir del edificio había que pasar junto a una puerta cerrada que daba a una escalera. Ahora estaría cerrada con llave, sin duda, pero en mis tiempos se la dejaba abierta de par en par. Una estupidez, pues la escalera descendía a la habitación del conserje, la sala de calderas y el cuarto trastero, número B-45, de pésima fama, también conocido por el nombre de Folladero. Han pasado muchos años, pero aún recuerdo el estrépito sordo de las calderas y los calentadores de agua a través de las paredes, el olor a aceite, electricidad y desinfectante, la luz tenue y granulosa del único fluorescente, que parpadeaba en el techo surcado de tubos. Durante el último año, en los meses de invierno me encontraba allí con Jess todos los días a las 12.35, durante esos preciosos quince minutos en que coincidían nuestras pausas para el almuerzo. Nunca estábamos solos, pues había otras parejas retozando en los rincones oscuros, a poca distancia, pero el cuarto trastero, para ser un sitio público, resultaba notablemente íntimo.

Más adelante tuve un puñado de amantes y un esposo durante mucho tiempo; con uno u otro creo haber probado casi todo lo que hacen las personas sanas y razonablemente inventivas en el aspecto sexual. Sin embargo, besarme con Jess seguía siendo el recuerdo más erótico de mi vida, la piedra de toque, la línea de base de toda pasión física. Desarrollo interrumpido, lo denominé después de la ruptura. Intenté desmitificar la experiencia comentándola con mis amigas de la universidad; la describía y me reía de ella. «De pie contra la pared, en ese cuarto maloliente, besándonos hasta que nos dolía la boca. ¡Qué cómico!» Mentía. Y aun entonces sabía que lo estaba traicionando. Pero no había remedio; debía salvarme. Era joven, estúpida y miope; un exceso de conocimiento propio habría sido como una fuerte luz blanca dirigida a los ojos.

Caí en la cuenta de que estaba excitada. Me abotoné el abrigo tratando de recordar dónde había aparcado el coche. Qué ridiculez. Pero era cierto; sentía el vientre tenso y pesado, como si la fuerza de la gravedad tironeara de él hacia abajo. Era el ambiente, las circunstancias, el poder del entorno. Si quieres sentirte como una colegiala llena de hormonas, ¿hay un lugar más lógico que tu antigua escuela?

¿Acaso Ruth sentiría lo mismo? Una idea desconcertante. Debía de ser así, por supuesto. De vez en cuando hablábamos de sexo (la importancia de esperar, de protegerse, ese tipo de cosas), pero nunca de lo que significaba eso para la mujer, cuál podía ser su lugar en la vida. Nunca poníamos el sexo en su contexto. Yo me decía que ella era todavía demasiado joven, pero no era más que una excusa.

Mi madre era bastante abierta con respecto al sexo, aun cuando yo era pequeña; por «abierta» no quiero decir que fuera permisiva o liberal, sino que estaba dispuesta a decir lo que pensaba. Desde los seis años en adelante el mensaje que recibí era bien claro: NO.

Las chicas de buena familia esperan, las vulgares no. En el código de mamá ser vulgar era lo más bajo que podía caer un ser humano. Peor que ser amoral, pervertido o asesino en serie. Era su prejuicio más fuerte. En cierto sentido la definía; era el motivo oculto tras todas las decisiones de su vida, grandes o pequeñas.

Bueno, todo el mundo necesita tener su código, un modelo de conducta. No ser vulgar; a su modo era una norma, no peor que tantas otras de las que rigen la conducta humana civilizada. Sus limitaciones (esnobismo, intolerancia, racismo, clasismo) me han enfurecido a lo largo de casi toda mi vida. Sin embargo lo que me convirtió en una seguidora confundida e involuntaria durante la mayor parte de mi niñez no fue tanto la filosofía como la fuerte convicción de mi madre y el poder de su personalidad. Creo que fue el motivo principal (aunque no el único) de que nunca llegara a acostarme con Jess. Pese a lo mucho que lo amaba y deseaba. Asombroso, ahora que lo pienso.

O quizá no. Probablemente no. Puedes culpar a tu madre, pero solo hasta cierto punto. Él me intimidaba con su pasión, con su ardor desmesurado, excesivo; al menos así lo veía yo. No ceder a él era la única manera en que podía controlarlo. Instintivamente temía que ceder me llevara al caos, a cierto tipo de aniquilación.

Otra manera de decir que me eché atrás.

Cuántos arrepentimientos... Me estremecí al sentir el aire frío de la calefacción del coche contra las pantorrillas. Al llegar al sitio donde el policía me había detenido aminoré la marcha, un tanto cohibida. Allí, justamente. Si hubiera salido del trabajo a tiempo, si Ruth hubiera estado donde debía, si se hubiera marchado de la tienda algo más tarde o más temprano...

Si tal cosa, si tal otra... ¿Y si me hubiera casado con Jess? Él me lo pidió. Durante el día de Acción de Gracias, en mi primer año de universidad. Estuve en un tris de aceptar. Él no intentó imponerse; dijo que esperaría a que yo me licenciara; pero quería que viviéramos en Clayborne, en la granja.

Al principio la perspectiva me tentó. Me encantaban su casa y las tierras. ¿Vivir allí con Jess? Un paraíso. Sin embargo hacia Navidad tenía mis dudas. La universidad era increíble; todo lo que yo esperaba y aún más. Sentía cómo me transformaba en la clase de persona para la que me habían preparado mi niñez, mi familia... mi madre. Recibía invitaciones de hombres que serían abogados, artistas, científicos. Comencé a aceptarlas. Con el correr del tiempo la idea de pasar el resto de mi vida cuidando de las vacas en una pequeña granja de Virginia empezó a parecerme cada vez menos plausible, hasta que al final me resultó ridícula.

Entonces dije a Jess que no. Nos estábamos distanciando, ¿acaso no se daba cuenta? Ya no teníamos tanto en común; queríamos cosas diferentes. Lo que me duele ahora, después de tanto tiempo, es que sinceramente no creía hacerlo sufrir con eso; estaba segura de que él lo reconocería, pues era evidente. Qué chica más superficial y egoísta era. Cuando vi que lo había herido... ¡me ofrecí a acostarme con él! ¡Por fin! Oh, un gesto magnánimo, el perfecto regalo de despedida. Aún me horrorizo al recordarlo. Para honra de Jess y eterna vergüenza mía, él rehusó. En los quince años siguientes no volví a verlo.

Abrí la puerta principal de la casa, oscura y fría, con un estremecimiento que era casi de miedo. Estoy tan vacía como esta casa, tan fría como este salón. Eran poco más de las nueve. Ruth no llegaría hasta al cabo de media hora, cuando menos. A veces la soledad es como el pánico: una sensación grave y palpitante en el diafragma. ¿Y si tomaba una copa? No; bien podía acabar llorando. Otra vez. Y un café me desvelaría. Colgué el abrigo en el armario del vestíbulo y subí por las escaleras. Tal vez un baño, para quitarme el frío de los huesos. Quizá estaba incubando algo.

En el dormitorio el contestador parpadeaba, lo que indicaba que tenía un mensaje. La cinta tardó una eternidad en rebobinarse. Eso significaba que era de mamá. Me tendí en la cama para escucharlo.

«Hola, soy yo —dijo su voz autoritaria, segura, atronadora en el silencio—. Suponía que ya estarías en casa. Llámame cuando te parezca. Tengo una idea... Ya te contaré cuando hablemos. —Pero no; no podía esperar—. ¿Qué te parece si hacemos una escapada? Los tres. Un fin de semana en algún lugar interesante. —¿Los tres? ¿Mamá, papá y yo? Qué extraño—. Creo que nos sentaría bien, de veras. Quizá a fin de mes, cuando haya pasado un poco el frío. Podríamos ir a Richmond. O a Washington, a Baltimore, a donde se nos ocurra. Ya sé que Ruth trabaja los sábados, pero por una vez podría pedir permiso.»

Ah, había dicho «las tres». Una escapada de mujeres solas. Era mucho menos extraño.

«Claro que las ventas de limpiadores intestinales podrían caer en picado, pero la homeopatía, tal como la conocemos, sobrevivirá. —Prorrumpió en alegres carcajadas—. Borra inmediatamente esta cinta, ¿me oyes, Carrie? Bueno, llámame cuando llegues, si no es demasiado tarde. A propósito, ha llamado Ruth. Parece que esta noche hubo una confusión, un malentendido. La echamos de menos, pero no importa. Es un encanto de niña, me la comería viva. Vayamos a Washington; ella se divertirá más allí, ¿no te parece? Bueno, llámame. Recuerdos. Adiós.»

Me cubrí las piernas con la manta y crucé las manos sobre el pecho. Un fin de semana fuera de la ciudad, con Ruth y mi madre... Qué buena idea. En teoría. Tres generaciones de mujeres Danziger, las tres en edades y etapas difíciles, sueltas en la capital de la nación. Podía ser divertido. Podía ser un desastre. Era una de esas ideas tan atractivas e irrefutables en lo abstracto que, en cuanto las piensas, parecen prácticamente inevitables. Predestinadas. Aunque solo sea porque cualquier argumento contrario parece neurótico.

Noté que me adormilaba. Levántate; debes desvestirte. Ya lo haría, en un minuto.

Estaba en el asiento trasero del coche familiar, el Ford azul que teníamos cuando comencé a ir al instituto. Al principio pensé que era mamá quien conducía, pero ahora veía que era Ruth. Los árboles y el cielo pasaban raudamente junto a las ventanillas abiertas, en vívidas bandas de acuarela, azul-verde-azul-verde-azul-verde, y el viento perfumado de pinos me daba en la cara. «No tan deprisa», advertí. Pero Ruth no me prestó atención; ni siquiera volvió la cabeza. Entonces vi que Stephen estaba a mi lado; su muslo rozaba el mío. Yo quería que Ruth nos mirara, que nos viera juntos. La llamé, pero ella tenía los auriculares puestos y movía los hombros al ritmo de la música. Yo no veía la cara ni el torso de Stephen, solo la pernera de sus viejos pantalones de pana verde. Puse la mano sobre su muslo, y observé el contorno de mis dedos, claros contra oscuro. De pronto era la pierna de Jess.

Él apoyó el mentón sobre mi hombro (mi hombro desnudo; de repente estaba desnuda) y me besó bajo la barbilla. «Espera», susurré. Aunque tenía los ojos cerrados, seguía viendo el torrente verde-azul-verde-azul, que pasaba cada vez más deprisa. Ruth conducía a demasiada velocidad; iba a suceder algo horrible. Jess me apretaba contra el asiento; teníamos las piernas enredadas; el vello rubio de las suyas me hacía cosquillas. Sentí deseos de acariciarle el muslo y alborotar ese fino vello rozándolo con la palma. Abrí la boca para ordenar a Ruth que redujera la velocidad, pero Jess deslizó la lengua dentro. Hicimos el amor hasta que el gemido de una sirena convirtió mi sangre ardiente en légamo helado.

Ruth seguía acelerando, pero a cámara lenta. Jess no entendía nada, no disimulaba, no dejaba de tocarme. Y yo no podía gritarle; no quería que Ruth me oyera. Aunque el coche aún estaba en movimiento, el oficial Sherman asomó la cabeza por la ventanilla del conductor y le entregó una multa. Que no se vuelva, rogué para mis adentros, frenética; oh, que no nos vea. Empujé a Jess por los hombros resbaladizos. El oficial Sherman se disolvió hasta transformarse en el señor Tambor. «Es culpa suya —dijo con tono apesadumbrado, agitando un dedo frente a mi cara—. Su hija está fracasando en todas las asignaturas, y es usted la única culpable.»

—¿Mamá?

—Hola. —A duras penas logré incorporarme sobre los codos, carraspeando—. Ya has llegado. ¿Qué hora es? —Esbocé una sonrisa de buen humor, por si todavía estaba soñando.

—Cerca de las diez. —Hizo un vago gesto con la mano. Apretaba ostentosamente un montón de libros contra el pecho. Di una palmada a la cama y ella se dejó caer a mi lado y los esparció sobre la manta—. ¿Dormías? ¿Vestida?

—No, no. Solo estaba pensando con los ojos cerrados. —Una broma de Stephen. Sonreímos con tristeza—. ¿Te has divertido en casa de Becky?

—Más o menos. En el cole te has encontrado con su madre.

—Sí, hemos conversado un rato. ¿Qué os ha puesto para cenar?

—Carne guisada. Y pastel que sobró del cumpleaños de la hermana menor de Becky; ya tiene doce. Estaba bastante rico.

Bajo las mangas cortas del suéter marrón, sus brazos estaban desnudos. Brazos largos, pálidos, brazos de niña, tan tierna e indefensa la curva de la muñeca...

—¿No tienes frío? —pregunté pellizcando el pliegue de la piel en el codo.

—Sí, aquí hace un frío polar. ¿Acabas de llegar?

Un bostezo indiferente; un vistazo aburrido a la línea donde la pared se unía al techo. Se me oprimió el corazón, inundado de indefenso amor. No cambies, no hagas nada, no crezcas.

—He hablado con todos tus profesores, con excepción de la señora Fitzgerald.

—¡Jolines, mamá! ¡Pero si ella es la mejor!

«Jolines.» Qué consideradas éramos la una con la otra. Yo llevaba años cuidando mi vocabulario por el bien de Ruth; ahora ella cuidaba el suyo por mi bien.

—Mañana hablaremos de eso —dije—. Ahora es demasiado tarde. Tienes cara de cansada; quiero que te acuestes. Pero te adelantaré algo: nadie me ha dicho nada que no supiera.

Ella inclinó la cabeza, aliviada.

—De cualquier manera habrá que hacer algunos cambios. Pronto. En el apartado de los estudios.

—Bueno.

—Bueno. No bromeo.

—Ya lo sé.

Recordé lo que había dicho el señor Tambor, que probablemente no estudiara matemáticas en la universidad puesto que Stephen ya no estaba. Ya no necesitaba complacerle. Mi caso era diferente; había renunciado a mi padre cuando era aún más joven que Ruth, a los trece años (podía decir la fecha con bastante precisión; la descubrí hace nueve años, en Chicago, con ayuda de un psicoanalista muy minucioso). No dejé de quererlo, pero sí de esperar que se comportara como un padre. Ruth, en cambio, no había renunciado todavía a Stephen. Me dolía el corazón al ver cómo había insistido, prácticamente hasta la noche en que él murió, en llamar su atención y buscar su amor. Eso era lo que más me asustaba de ella: su constancia de cachorro, su actitud esperanzada. A los quince años comenzaba a condimentar su lenguaje, su actitud de adolescente malcriada, con una fina capa de escepticismo; pero por debajo había una cara dulce y sonriente. Faltaba poco para que alguien, con inconsciencia cruel (Dios mío, que no sea yo), se la borrara y matara su inocencia.

—Acuéstate, cariño —dije—, pero antes dame un beso de buenas noches. —La luz roja del contestador me sirvió de recordatorio—. Ah, ha llamado la abuela. Quiere que pasemos un fin de semana en algún lugar, las tres solas. En Richmond, en la capital o algo así.

—¡Hostia! Digo... qué raro. ¿Tenemos que ir?

—¿No quieres? Me ha parecido que sería divertido.

Ella hizo una mueca de incredulidad y repulsión. ¿Acaso las practicaba ante el espejo? ¿O existía algún curso, algo así como «Expresiones despectivas que siempre ofenderán a tu madre»?

—Bueno —dije un tanto amoscada—, de eso también hablaremos mañana. Ahora vete a la cama, que pareces agotada.

—Sí, estoy fatal. ¿Puedo faltar mañana al cole?

—No. Ya has faltado hoy.

—Sí, pero era fiesta. Estoy hecha polvo.

—Pues deberías haber descansado hoy.

—Hoy no estaba cansada. Ahora sí.

—Pues vete a la cama.

—¿Cómo sabes que no tengo mononucleosis? ¿O fatiga crónica? En este momento puedo tener un trastorno hepático.

—Buenas noches, Ruth.

—¡Joder! —Recogió a toda prisa sus libros, con el gesto torcido, y salió. Ya en el pasillo se volvió para añadir—: A Becky le dejan quedarse mañana en casa.

—¿De verdad? Ahora comienzo a...

Ella no escuchaba.

—La señora Driver tiene mucha más compasión que tú —concluyó, cortante.

A continuación cerró la puerta de su dormitorio con fuerza suficiente para expresar su enfado y resentimiento, pero no tanta como para que la castigara por dar portazos. Había perfeccionado la diferencia hasta convertirla en arte.

Me dejé caer sobre la almohada. Bonnie Driver tenía muchas otras cosas que yo no tenía. En esos momentos un buen ataque de autocompasión me habría reconfortado mucho. En ausencia de Stephen debería haberme sentido menos despreciada que antes, pero no hay nada como una hija adolescente para hacerte saber a cada rato lo que vales. No se permiten entusiasmos prolongados. Yo no recordaba haberme mostrado tan insolente con mi madre durante períodos prolongados, aunque era probable que lo hubiera hecho. La diferencia estaba en que mamá era fuerte, dura y resistente; si la ofendías, en vez de deprimirse montaba en cólera.

Un fin de semana fuera de la ciudad con mamá y Ruth. Bueno, tal vez. Tal vez era justo lo que Ruth necesitaba. Quizá su abuela le enseñara algunas cosas importantes sobre la vida. Cosas que su madre no lograría enseñarle ni en un millón de años.

11

Texas two-step

Podría haber llamado a Landy para preguntarle por el artículo que el periódico publicaba sobre el Arca de Noé. Era lo más lógico; después de todo era su proyecto. Sin embargo llamé a Jess. Quería saber de primera mano qué votaría el concejo de la ciudad, me dije, pasando por alto el hecho evidente de que, como Landy sin duda había participado en la reunión, su informe también habría sido de primera mano.

Jess había salido, como de costumbre. Se diría que los granjeros no pasan mucho tiempo en casa. Dejé un mensaje. Me devolvió la llamada mientras yo estaba en otra línea, tratando de contratar a alguien que diera un curso de rafting durante el trimestre de verano. Alrededor de las tres de la tarde por fin pudimos hablar.

—Hola. ¿Qué es eso de los columpios para el parque? —pregunté con tono muy profesional—. ¿Ahora Pletcher quiere sobornar al concejo?

—Él lo considera un aliciente. ¿Cómo estás, Carrie?

—¿Crees que dará resultado?

—Anoche el tesorero hizo algunos cálculos. Reemplazar todos los columpios del parque costaría poco menos de treinta y nueve mil.

—¿Treinta y nueve mil dólares?

—Y eso si no son de los más modernos. La mayoría de los concejales se opone al arca, de eso no hay duda, pero creo que esa suma acabará con muchas sensibilidades estéticas.

—No me sorprendería. —Ya verás cuando mi madre se entere, pensé. Aun a mí me parecía vulgar botar un arca llena en el Leap.

—Mientras tanto, Carrie, a Landy le salen cada vez más feos los animales.

—Cuánto lo siento.

—La semana próxima el *Morning Record* enviará un periodista a tomar fotos. Para un artículo.

—¡Hala!

—En poco tiempo más, Eldon y todos los arquistas quedarán en ridículo. Y Landy también.

—Lo siento —repetí—. No hay nada que yo pueda hacer.

—Podrías venir a ayudar.

—Jess... ¿cómo has acabado metido en esto?

Él suspiró.

—Comenzó de la forma más normal. Landy tenía que hacer un trabajo en madera (así lo expresó) y me preguntó si podía usar mi sierra. Y de buenas a primeras me encontré recortando rinocerontes.

—¿Tú también estás haciendo animales?

—Sí, y no tengo tiempo. Debo construir un arca. El original era de madera de gófer. ¿Se te ocurre dónde podríamos conseguir madera de gófer?

—¿En el aserradero de la calle Ochenta y cuatro?

—Qué gracia.

—¿Cuándo ordeñas las vacas?

—¡Ya me parecía que había olvidado algo!

Me eché a reír.

—Todo es culpa tuya. Podrías haber dicho que no.

—Pues sí, pero me gusta. Me gusta la idea.

—¡Pero si es una locura!

—Eso es lo que me gusta.

Sonreí para mis adentros. Ese era el Jess que yo conocía.

—Y tú lo necesitas, Carrie.

—¿Que yo lo necesito? Te aseguro que no.

—De acuerdo. Soy yo el que te necesito. —Silencio por un segundo—. Ven el sábado; ¿podrás? Trae a Ruth.

—No; no puedo. Y Ruth debe trabajar.

—Ven tú sola.

—No puedo, Jess. De verdad.

—Piénsalo. Trata de venir.

—Andy va a dejar el violín —anunció Chris Fledergast ante mi escritorio mientras se ponía el abrigo y una bufanda de lana al cuello—. Quizá el piano también, pero esa decisión queda aplazada hasta el verano.

Apagué el ordenador. ¿Cómo era posible que ya fueran las cinco?

—¿Que Andy va a dejar el violín? ¿Por qué?

—Porque lo detesta.

—Ya, pero...

—Lo sé. Créeme, si de mí dependiera esto no habría sucedido. —Se encasquetó una gorra de lana castaña hasta cubrirse las cejas. Tan torpe y desmañada por fuera, tan elegante por dentro: una persona verdaderamente amable—. Todo es obra de Oz —añadió en tanto doblaba los extremos de la bufanda contra el pecho para abotonarse el abrigo acolchado.

—¿Oz no quiere que Andy toque el violín?

—No es eso. —Sonrió a Brian, que salía de su oficina—. Decía a Carrie que Andy va a abandonar el violín y quizá también el piano.

—Vaya, ¿y por qué? —Brian cruzó un grueso muslo sobre la esquina de mi escritorio y se sentó encima.

—Es que no le gusta practicar. Ni los recitales. Ha llegado a decir que odia la música.

—Es solo una fase —dijo él—. ¿Cuántos años tiene? ¿Diez?

—Nueve. Dice que quiere jugar al béisbol.

—Y Oz está de acuerdo con eso —adiviné. Había visto al esposo de Chris solo una vez, cuando la trajo hasta la oficina y entró un segundo para conocerme. Era simpático, pero grande y recio, bastante machote. Si su hijo dejaba de estudiar piano, probablemente no le disgustaría mucho.

—No se trata de eso —dijo Chris—. No es cosa de hombres, de que quiera tener un hijo recio o algo así.

—Oh. —Por lo visto estaba equivocada.

—Dice que Andy debe decidir por sí solo. —Clavó el borde de una mano enguantada entre dedo y dedo, con expresión ceñuda—. No lo creo. A los nueve años, ¿cómo puede saber lo que le conviene?

—Ya —dijo Brian—, pero si lo detesta...

—Ya lo sé. No lo sé. Oz y yo no paramos de discutir.

—A mí me obligaron a estudiar piano —comenté—. Cuatro años. Y no sé tocar una sola canción.

No era del todo cierto. Sé tocar «Para Elisa» y «Country Gardens».

—Siempre quise estudiar piano —reconoció Brian—, pero mis padres no podían pagarme las clases. Y habría sido bueno. Ahora es demasiado tarde.

—Andy tiene mucho oído. Su profesora dice que tiene muchísimo talento. Es lógico que quiera jugar al béisbol. También preferiría tomar helados en vez de comer espinacas, pero no se lo permitimos. Pero Oz dice que ya tiene edad de decidir por sí solo.

—Oye, creo que si está destinado a tocar el violín...

—Volverá a eso. Es lo que dice Oz. —Chris meneó la cabeza, preocupada—. Ya veremos.

Traté de imaginar qué haría yo si Ruth quisiera renunciar a algo para lo que tuviera aptitudes; leer, quizá. No, el ejemplo no servía; en eso no podría apoyarla, naturalmente. Pero si quisiera dejar los dos deportes de equipo que practicaba, el fútbol y el voleibol, y dedicar su tiempo a... dibujar figurines para diseñadores de ropa, por ejemplo, ¿se lo permitiría, sabiendo que no tiene talento para el dibujo ni el diseño y que es excelente en fútbol y voleibol?

No estaba segura. Probablemente sí.

En todo caso había alguien que desaprobaría rotundamente esa decisión. Mamá. Si creía saber lo que te convenía, no tenías nada que hacer. Te asediaría hasta reducirte a una piltrafa y lograr que cedieras.

—Oye, Chris, ¿has impreso la hoja de los sueldos antes de apagar el ordenador?

—La tienes en tu mesa.

—Estupendo. ¿Ya te vas a casa?

—Eso pensaba. —Ella me mostró los brazos extendidos con una gran sonrisa dándome a entender: «¿Para qué cree que me he puesto el abrigo?». A veces nos reíamos de Brian a sus espaldas, pero sin mala intención, con tolerancia y afecto, como nos reímos las mujeres de los hombres que nos caen bien. No obstante, Brian se aprovechaba de Chris. Ella era muy inteligente, pero no daba todo lo que podía. Hacía con eficiencia lo que él le indicaba, porque creía que la habían contratado por su lealtad y su aplicación al trabajo. Por desgracia él no la apreciaba; no le hacía ningún caso.

Brian hizo crujir los nudillos (uno de sus hábitos juveniles), al tiempo que balanceaba la pierna por el costado del escritorio.

—Necesito a alguien con quien comentar unas ideas —dijo arrugando las cejas. Se volvió hacia mí—. ¿Tienes que regresar inmediatamente a casa?

—Pues...

—Porque podríamos hacerlo mientras cenamos. Temprano, si estás libre. Tengo que hablar con Carmichael sobre ese asunto de Remington y no sé qué decirle.

Recientemente la Universidad de Remington le había hecho una oferta muy interesante. Sin pedir nada a cambio, por pura buena voluntad y relaciones comunitarias, permitirían que Brian impartiera algunos cursos en el recinto; se lo cederían gratuitamente, sobre todo por la noche, y hasta ofrecían poner anuncios en el interior e incluir Otra Escuela en el catálogo anual, entre los servicios comunitarios relacionados con la universidad. A mí me parecía estupendo, pero Brian tenía ciertos reparos.

—Bien, sí puedo —reconocí—. Ruth irá a casa de una amiga y no volverá hasta tarde, de modo que puedo disponer de la noche.

—¡Perfecto! —Se levantó de un salto haciendo que el monitor se meneara—. Necesito diez minutos. Iremos en mi coche.

—Oye —comentó Chris, cuando él hubo desaparecido en su oficina—, a mí nunca me invita a cenar. Creo que es necesario ser guapa y soltera.

Era una broma. La miré para asegurarme. Sonreía de oreja a oreja.

—¿Demasiado aire? —Brian tocó un botón discretamente oculto a un lado del salpicadero de su Lincoln Continental y la ventanilla subió sin hacer el menor ruido—. Solo digo que esto podría enturbiar nuestra imagen. ¿Es Otra Escuela o es la Universidad de Remington? Para algunas personas la diferencia no quedará muy clara.

—¿Adónde vamos, Brian? —Llevábamos veinte minutos circulando entre campos.

—A un lugar estupendo. Ya verás. —Cruzó el brazo derecho sobre el respaldo de mi asiento y se reclinó hacia atrás mientras conducía con la mano izquierda—. Te preguntarás qué importa si la diferencia queda clara o no, si de ese modo se inscribe más gente.

—No me lo he preguntado.

—Y comprendo que pienses así. Tal vez soy demasiado posesivo.

—No, me parece una preocupación justificada. Una de las grandes ventajas de la escuela es su independencia. Es LA OTRA escuela. Muchos tienen la sensación de que es alternativa.

—En efecto, está fuera, un poco al margen. Si la pones en el recinto de la universidad se convierte en uno de tantos programas de enseñanza superior. La gente relaciona: educación continuada, educación del adulto, cursos de posgrado, Otra Escuela. Y no es así. No somos eso. —Golpeó el volante con la mano para recalcar sus palabras. Si el olor de su colonia era fuerte en la oficina, en un coche cerrado resultaba penetrante. Y aunque el Lincoln era muy grande, la mole de Brian hacía que el asiento delantero pareciera casi íntimo.

—Por otra parte —dije—, no puedes pasar por alto los beneficios. Piensa en los problemas que te ahorrarías; ya no tendrías que pelear por obtener aulas, para empezar. La inscripción. No sé cuánto podría aumentar.

—Mucho. Eso está lleno de chicos que batallan con las ciencias políticas, la trigonometría, la historia del período rococó en Bélgica... De pronto ven un letrero donde se anuncia que la semana próxima habrá un curso nocturno sobre cómo follar en la primera cita; es barato y se imparte allí mismo, al otro lado del vestíbulo. El número de alumnos matriculados crecerá de golpe.

—Eso es una broma, ¿verdad? —Con Brian nunca puedes estar segura.

—Más o menos. Sin duda, tendríamos que idear muchos cursos para atraer a los estudiantes, muchos más que ahora. Es cuestión de sentido común. Debemos aprovechar la ventaja de tener un público prácticamente cautivo.

—Pero cómo follar en la primera cita... eso ya es...

—¡Un ejemplo! No lo llamaríamos así, desde luego. —Me dio un golpecito juguetón en el hombro—. Cuento contigo para que inventes algo de buen gusto: «Superación de la timidez en las relaciones interpersonales». Algo así, ¿eh? —Rió con ganas; siempre festejaba sus propios chistes—. «Cómo acabar con pudores innecesarios»: ¿te gusta este? ¡Ja, ja, ja, ja!

Había encendido el intermitente. Comenzó a reducir la velocidad y se desvió hacia el aparcamiento de un restaurante largo, con las paredes estucadas y luces de neón.

—Hemos llegado —anunció ocupando un espacio entre dos relucientes rancheras—. ¿Has venido alguna vez, Car?

CACTUS FLATS, rezaba el letrero parpadeante, en verde y amarillo. Cócteles, cerveza, bistecs y chuletas. Actuaciones en directo de viernes a domingo.

—No –dije—. Es la primera vez.

—Te encantará. ¿Te gustan las costillas? Las mejores del Piedmont. Si aguantas la música country, tanto mejor.

Cactus Flats era un restaurante de carretera a la antigua, bajo y polvoriento, que apestaba a cerveza; su amplitud le permitía mantener en sectores separados sus tres actividades principales: comer, beber y bailar. ¿Y Brian pensaba comentar ideas allí? Esa noche, por ser jueves, no había música en directo, pero la gramola sonaba tan fuerte como una banda y no se tomaba tiempo para descansar. Al cabo de un rato las gangosas melodías de George Jones, George Strait y Vince Gill se me metieron en la cabeza. Era cierto que con el correr de los años me gustaba más el country, y no solo por abochornar a Ruth, como ella sostenía. Podía escuchar la letra y tararear las melodías, ¿era demasiado pedir? «Qué poco intelectual», solía decir Stephen para provocarme. Y su manera de decirlo no era muy agradable.

Nos sentamos en un reservado cuyos tabiques de pino nudoso estaban adornados con sillas de montar, espuelas, sombreros Stetson y astas de vaca. Sentí pena por las camareras, que vestían tejanos ajustados con los bajos metidos en botas de vaquero de tacón alto.

—¿Vienes aquí con frecuencia? —pregunté a Brian por encima de una animada canción de Patty Loveless que hablaba de no hundirse del todo. Tuve que repetir la pregunta a gritos, no tanto para hacerme oír como para llamar la atención de Brian. Porque estaba ausente. En cuanto hubo pedido nuestras copas (un par de cervezas, por supuesto) se fue a otro mundo; parecía perdido en la música y el... Ambiente no era la palabra adecuada para Cactus Flats. La experiencia. Hasta acompañaba la canción entonando perfectamente en falsete por debajo de la voz de Patty. Alguna vez había visto a Ruth con los auriculares puestos y la misma expresión apasionada, absorta, extasiada, gimoteando al compás de lo que tocaban bandas con nombres tales como Agujero o Ántrax.

Brian esbozó una sonrisa igual; ignoro si su gesto fue una respuesta afirmativa a mi pregunta o si continuaba marcando el ritmo con la cabeza. Cuando llegó la cerveza chocó su vaso helado contra el mío con tal entusiasmo que temí que rompiera el cristal.

—¿No es estupendo, Carrie? ¿No es la manera perfecta de relajarse?

Asentí sonriendo también. Era verdad, pero me habría gustado ir un poco más prevenida; de ese modo habría podido relajarme con mayor eficacia. En cualquier caso me asombraba ver en Brian una faceta nueva que nunca había imaginado. Se había quitado la americana; tenía la camisa remangada y la corbata suelta. Se le veía más joven, despreocupado, no tan apasionado como siempre. Estaba reclinado contra la pared, con un pie apoyado en el asiento, y marcaba el ritmo con el puño contra el tabique de madera.

Cambió la música. De pronto exclamó:

—¡Un *two-step*! —Y me asió del brazo para arrancarme del reservado.

Traté de resistirme, pero era ridículo. Oliva, la de Popeye, luchando contra Bruto.

—¡No sé bailar esto! —vociferé, trotando para seguirlo, en tanto él me arrastraba hacia una amplia pista de baile medio vacía—. ¡Espera, Brian! ¡No puedo!

—¡Por supuesto que puedes! —Me agarró con firmeza, ciñéndome la cintura con un fornido brazo, en tanto me sujetaba la mano derecha con el otro—. Solo tienes que caminar hacia atrás. Yo camino hacia delante; tú, hacia atrás.

A modo de demostración echó a andar hacia mí. Cuando tropecé se limitó a levantarme dos o tres centímetros del suelo y continuó caminando. Era como bailar con un oso.

Un oso grande, masculino y sudoroso. A medida que se me pasaba la sorpresa y los misterios del *two-step* se me hacían más claros, traté de identificar lo que sentía. ¿Me gustaba estar apretada al cuerpo fuerte y duro de Brian, el levantador de pesas? Sí y no. Era imposible determinarlo en una situación tan ambigua; no podía separar el hecho del contexto. Y el contexto era que se trataba del cuerpo de Brian, mi colega, el que me firmaba un cheque cada dos semanas. ¿Cómo saber lo que sentía? ¿Era solo pura y simple diversión? ¿Él solo quería hacer un poco de ejercicio?

Cuando la pieza terminó ambos jadeábamos. Me llevó de la mano hasta la mesa, balanceando el brazo con musculosa exuberancia. Vamos, pensé, que no es nada. La franqueza, la falta de cálculo, la naturalidad con que me tocaba... por fin comprendí que se mostraba tal como era: Brian, amistoso, imponente y divertido. Y si yo me preocupaba era una idiota; siempre lo complico todo en demasía.

La camarera vino para tomar nota de lo que queríamos cenar. Brian se impuso con las costillas, tal como lo había hecho con el *two-step*, pero en este caso no me molestó.

—Eso sí, no se lo digas a Ruth —bromeé—. Trata de convertirme en vegetariana.

—¿Cómo marchan las cosas en tu casa? —preguntó inclinándose, con los codos apoyados sobre la mesa—. ¿Cómo se las arregla Ruth sin su padre? Ha de ser muy difícil para vosotras.

—Le echamos mucho de menos. A veces siento que comienza

a ser más fácil, pero enseguida sucede algo que vuelve a hacerlo penoso. Pero vamos bien. No sé qué haría sin Ruth; ella es mi salvavidas.

—Ella ha de pensar lo mismo de ti.

Puse cara de duda.

—No lo sé. Ya sabes cómo son los chicos.

—¡Que si lo sé! —Él tenía dos varones de doce y nueve años. Los veía los fines de semana, en días festivos alternos y un mes en el verano—. Craig quiere ir al campamento de informática este verano. Es lo último.

—¿No quería ir al campamento de baloncesto?

—Eso fue la semana pasada. Es el polo opuesto de Gordon, que jamás cambia de objetivo.

—Vaya. —Gordon, el de doce años, quería tocar la guitarra en una banda de heavy metal—. No sé qué es más difícil de criar, si un varón o una niña.

—El varón —apuntó Brian inmediatamente.

Me contó que una noche Gordon había prendido fuego a su colchón, al esconder bajo la cama una vela con la que tenía prohibido jugar. Eso me trajo a la memoria aquella vez en que Ruth puso tantos periódicos en el hogar que incendió la chimenea y luego el tejado.

—Si no se quemó toda la casa fue porque los vecinos vieron el fuego y llamaron a los bomberos.

—Oh, eso no es nada —dijo Brian, y me explicó que cierta vez Craig y Gordon decidieron «conducir» dejando que el coche avanzara en punto muerto, calzada abajo, hasta salir a una calle de mucho tráfico, donde solo por milagro se detuvo sin destrozar la franja de césped que separaba los dos carriles—. No quieres bailar, ¿o sí?

—¿Qué?

—Tienes una expresión extraña. Como si estuvieras absorta en la música.

—Qué va. —Me eché a reír—. Pero si te estoy escuchando. Continúa.

No era cierto. Estaba escuchando a Neil Young, que cantaba «Helpless». En un tiempo fue mi canción favorita. La pasé tantas veces que el disco se estropeó. Jess pidió prestada una grabadora y grabó «Helpless» veintisiete veces seguidas, en ambos lados de una cinta virgen, para regalármela el día en que cumplí dieciocho años. Hasta el día de hoy ha sido el regalo más bonito y curioso que me hayan hecho.

Mientras comíamos las costillas, Brian me contó la historia de su vida. Era el mayor de tres hermanos y se crió en Carolina del Norte; vino a Clayborne para estudiar en Remington, se licenció en administración de empresas y se casó con una chica de la zona. Como primera ocupación montó una empresa de asesoramiento laboral y trabajo temporal, pero en Clayborne no había suficientes candidatos a los que asesorar ni trabajos temporales que conseguir, de modo que eso falló. Entonces Norma quedó embarazada y el pobre Brian tuvo que decidirse a buscar un empleo de verdad: encargado de archivos en la universidad. Lo detestaba.

—No soporto trabajar para otros, ese es mi problema. No tengo paciencia. Les falta celeridad, les falta visión —afirmó con vehemencia en tanto ensartaba un trozo de carne con el tenedor—. Cuando algo sale mal, no quiero tener a nadie a quien culpar, aparte de mí mismo.

—Me alegra saberlo.

—No es que necesite controlarlo todo. Al menos no creo. ¿Dirías tú que soy uno de esos fanáticos del control?

—No. —Pero sí.

—Bien, porque yo no lo creo. Escojo bien a mis empleados, les digo lo que espero de ellos y luego no me entrometo en su trabajo. ¿Cierto?

—Cierto, jefe.

—Bien. Porque no me hace falta. Tú eres buena en lo tuyo, Carrie. Yo soy bueno en lo mío. Formamos un buen equipo.

—Y Chris también es buena en lo suyo.

—Desde luego. —Levantó en un brindis el vaso de cerveza que estaba medio vacío, e hizo una seña a la camarera para pedir más bebida.

—Para mí no —indiqué.

—¿No? ¿Estás segura? Bueno, para mí es la última. Nunca bebo más de dos copas cuando debo conducir.

Con la segunda cerveza se relajó hasta el punto de hablarme

de su ex esposa. Hasta entonces no la había mencionado, ni siquiera en broma. Yo sabía por Chris que la ruptura había sido enconada, que solo se hablaban cuando era indispensable, que Brian estaba profundamente resentido por el hecho de que Norma hubiera obtenido la custodia de los niños. Esa noche, me tocó enterarme de que Norma era una bruja. No llegó a usar esta palabra, pero tampoco hacía falta; toda mujer manipuladora, superficial, infantil, pasiva-agresiva, irrazonable, mezquina, criticona e intelectualmente nula es, por definición, una bruja.

Escuché tanto como pude, pero al fin me disculpé para ir al servicio. De camino usé el teléfono público del pasillo para llamar a Ruth. Estaba en casa de Jamie, y esta vez yo llevaba el número.

—Mamá —dijo inmediatamente—, ¿dónde te has metido?

Me había habituado al ruido; tardé un segundo en comprender que la niña oía la música de la gramola, en ese momento llena de violines y pellizcos de banjo. Me eché a reír.

—Pues en un lugar llamado Cactus Flats. Es una especie de bar de carretera...

—¿El de la carretera 29? ¡¿Esa?!

—¿Has venido alguna vez?

—¡No, pero lo he oído nombrar! ¿Qué haces tú ahí?

—Brian quería hablar de negocios y... y ya era la hora de cenar, así que hemos venido. A él le gusta, creo que viene con regularidad.

—¿De negocios?

Era típico de Ruth, ir derecha al único punto débil de una explicación.

—Pues sí. Hemos intercambiado ideas sobre el nuevo rumbo que la escuela podría tomar. —En el coche, durante el viaje, pero eso contaba—. ¿Cómo estás? ¿Has hecho los deberes? Solo quería decirte dónde estoy, por si llegas a casa antes que yo, aunque...

—Bueno, has hecho bien, pues ya vuelvo a casa.

—¿Tan temprano? Qué...

—No es tan temprano, mamá. Son las ocho. Ocho y diez, para ser exacta.

—¿De verdad? Pues no es tan tarde. Bueno, conque ya vuelves a casa... ¿Tienes la llave? Ya sabes, cierra con llave todas las puertas, no...

—Ya lo sé.

—Pide a Jamie que no se vaya hasta que hayas entrado sana y salva. Házselo saber apagando y encendiendo la luz del porche.

—Ya lo sé, mamá.

—De acuerdo.

—Y tú ¿a qué hora vendrás a casa?

—Pronto. Ya vamos a pedir el café.

—Has bebido.

—¿Qué?

—¿No es así? Me doy cuenta. Se te nota en la voz.

—Ruth... —Iba a reír, pero ella podía pensar que estaba borracha—. He bebido una sola cerveza, cariño. Hace una hora.

—Ya. ¿Y él?

—¿Él?

—¿Estás de ligue?

—No; no estoy de ligue. Ya te he dicho...

—Vale, estáis intercambiando ideas. Es una cena de negocios en Cactus Flats. Esa sí es buena, mamá.

—Escucha. En realidad... ahora estamos hablando de otras cosas, y es cierto que bebimos una copa antes de la cena, pero eso es todo. No estamos...

—De cualquier modo me importa un bledo.

—Muy bien, pero no estoy de ligue.

—De acuerdo. Entendido.

—Ruth.

—Y aunque lo estés, no me importa.

—¡Pero si no lo estoy!

—De acuerdo.

Apoyé la frente contra el borde metálico del teléfono, con un leve golpe.

—Ya hablaremos de esto cuando llegue a casa.

—Me encontrarás dormida.

—Mañana, pues.

—¿Para qué? Según dices no hay nada que comentar. Debo colgar. Que te diviertas.

—Ruth...

Cortó.

Me incliné sobre el lavabo para mirarme a los ojos. ¿Estoy de ligue? Francamente no lo sabía. Me retoqué los labios con timidez pensando: Siempre hago esto, aun cuando salgo con otras mujeres; no significa nada.

Al final no salimos de Cactus Flats hasta pasadas las nueve. Esa noche, se permitía actuar a los clientes, y Brian dijo que debíamos quedarnos siquiera para el comienzo. Yo estaba preocupada por Ruth (no porque corriera algún peligro, sino por sus sospechas), pero él insistió hasta que no pude negarme. Luego me vi obligada a admitir que era muy divertido.

—¿No te lo decía? —graznó él mientras aplaudía y silbaba a un muchacho que había provocado grandes carcajadas con una canción procaz—. Esto es lo mejor después del karaoke.

En el trayecto de regreso reconocí:

—Me he divertido. Me alegra mucho haberte acompañado.

—Bien. Se me ocurrió que te iría bien salir.

—Gracias, Brian. —Le sonreí con calidez. Las cosas cambiaban al pensar que por mí había escogido un sitio como Cactus Flats—. Has sido muy amable.

—Es que a veces estamos empantanados, necesitamos un cambio y no lo sabemos. Nos dejamos llevar por la rutina.

—Es cierto.

—Has perdido a Stephen, pero estás viva. Tienes que recordarlo siempre. Además, no es bueno para Ruth verte constantemente deprimida.

—No... pero no creo estar constantemente deprimida.

—Necesitas salir más.

—Probablemente.

—Sin duda. Han pasado ya seis meses.

Seis meses. Eso me sonaba. «Fue a un local de música country... y su esposo apenas llevaba cinco meses en la tumba.» Sonaba cruel, casi despreciable. En cambio, a los seis meses comienzas a adentrarte en un territorio aceptable. A los seis meses puedes ir a un restaurante de carretera sin dejar de ser respetable. Pero con un hombre... ¡hum! Eso enturbia las aguas. Ahora bien, si el hombre es tu jefe, la cosa suena distinta, sin duda.

Aun así, ¿para quién imaginaba yo el sonido de esas cifras?

No era para mí; tampoco para mis amigos, a quienes les importaba muy poco que yo saliera a cenar con un hombre, fuera mi jefe o no. Era para mi madre. Tenía cuarenta y dos años, y aún mantenía diálogos mentales, debates imaginarios con ella. En algunos me representaba a mí misma; en otros era mi madre. Una forma de autocensura. ¿Acaso todas las hijas hacían lo mismo? ¿Lo hacía Ruth? ¿Éramos todas esquizofrénicas en busca de la opinión ajena, condenadas desde el principio a ser a un tiempo el sonido y su eco distorsionado, el personaje principal y también el crítico en la historia de nuestra vida? Así controla y equilibra la madre naturaleza. Un sistema muy eficiente; lo que se pierde en espontaneidad se gana en prudencia. Por ser madre e hija podía ver los pros con tanta facilidad como los contras. La influencia emocional de mamá sobre mí era fastidiosa, agotadora y malsana; la mía sobre Ruth era protectora, generosa, sensible y benigna. A mi avanzada edad apenas comenzaba a entrever que ninguno de esos extremos podía ser verdad.

Frente a la oficina subí a mi coche; Brian insistió en seguirme hasta mi casa. Yo pensaba despedirme ante la puerta, quizá en la acera, junto al automóvil, pero él se apeó y entró conmigo. No sé con certeza cómo sucedió; estábamos en el porche y yo revolvía el contenido de mi bolso en busca de la llave; un momento después me encontré en el zaguán, quitándome el abrigo con su ayuda.

—Bueno —dije—, gracias otra vez. —La luz del salón estaba encendida, pero no se veía a Ruth. Debía de estar arriba—. Me he divertido mucho. Era justo lo que necesitaba.

—Esto también —dijo, me estrechó entre sus brazos para besarme.

Ahí estaba la respuesta. Él sí estaba de ligue.

—Brian... —Su boca era grande y blanda, peluda abajo... la barbilla. Abrió los labios y me envolvió, me succionó. Tras los ojos cerrados tuve una visión: una cueva oscura, honda y pavorosa, húmeda—. No, Brian —logré decir.

—¿Por qué?

Ante la exigencia de una respuesta vacilé. Él interpretó que le daba permiso para levantarme en vilo y apretarme contra su pecho. Otra vez la maniobra del oso. Me sostuvo con un brazo y usó la otra mano para acariciarme la piel desnuda de la espalda, por debajo del jersey. Y continuaba besándome, atacándome con los labios y la lengua.

—Basta, basta —siseé.

Habría sido mejor gritar, pero no quería que Ruth me oyera. Moví el mentón para poner la boca fuera de su alcance.

—¡Hostia, bájame! —Me tenía como en un torno, apretada entre su cuerpo y la puerta de calle. Su expresión era amistosa e interesada; estaba excitado, pero en el buen sentido. Con expectación—. ¡Basta, Brian!

Apoyó la boca ardiente contra mi cuello y chupó.

¿Qué era todo aquello? Tal vez una broma. Le gustaba hacer bromas pesadas, sobre todo a Chris. Tal vez solo...

Una mano pesada reptó entre los dos, se apoderó de mi pecho izquierdo y lo apretó.

Me convertí en una mujer llena de articulaciones, sobre todo de codos y rodillas. Con ninguna de ellas logré hacer daño (ese hombre era como una caja fuerte), pero sí llamarle la atención. Apartó las manos y dio un paso atrás.

Mis pies por fin volvieron a tocar el suelo. El corazón me palpitaba muy deprisa, sentía las rodillas flojas.

—¿Estás loco? —Me limpié la boca con el dorso de la mano.

Él no dejaba de alisarse una solapa con la palma de la mano, como solía hacer cuando no se sentía seguro de sí mismo.

—He elegido un mal momento, ya veo. Perdona, Car. Suponía que ya estarías dispuesta.

¿Dispuesta a qué? ¿A que me atacaran? Busqué el picaporte a mi espalda y abrí la puerta de un tirón.

—Buenas noches. —Di un paso atrás, dejando entrar el frío.

—Espero que no te hayas ofendido. —Sonreía de oreja a oreja, amistoso y esperanzado. Como un gigantesco oso de peluche. La duda hizo que le clavara una mirada ceñuda. ¿Acaso mi reacción era exagerada? No, pero... Era solo Brian. Brian, no Jekyll y Hyde. La vívida imagen nueva que tenía de él empezaba ya a esfumarse, fundiéndose con la antigua: el tío jovial, despreocupado y de buen corazón, que llegaba a la oficina trayendo bollos con uvas pasas, los preferidos de Chris. Solo que ahora sabía algo más de él. Mantendría la distancia.

—Quizá te he dado una impresión equivocada —reconocí de mala gana—. No me interesa ninguna relación romántica.

—Es demasiado pronto —asintió, comprensivo.

—No. Jamás. No me interesa. Lo siento. —Habría podido agregar algo para suavizar el golpe, cargar yo misma con la culpa (el arte de la ruptura volvía deprisa a mí), pero estaba aún tan furiosa que hasta el «lo siento» me salió entre dientes.

Algo pasó por su cara, una expresión demasiado fugaz para que la interpretara. ¿Enfado? ¿Dolor?

—De acuerdo —dijo, y sonrió un poco más en tanto se abotonaba la chaqueta. Había recobrado el aplomo—. He comprendido. No necesitas aporrearme dos veces.

Me habría gustado aporrearlo siquiera una vez.

—Es tarde. Lamento el malentendido.

—Oh, no importa —repuso. Me perdonaba—. Salir en pareja se ha vuelto complicado, ¿no? ¿Sabes qué se me ocurre? Deberíamos impartir un curso sobre la guerra entre los sexos. ¿Eh?

Me puse rígida mientras él me apretaba cordialmente el brazo al cruzar el umbral. Ya en el porche se volvió hacia mí.

—Oye, Car...

—... noches —dije.

Y le cerré la puerta en la amistosa cara.

Ya en la cama lo repasé todo otra vez, acosada por el insomnio tras las dos tazas de café que estúpidamente había bebido después de cenar. De la manera en que había terminado la velada lo único bueno era que Ruth no hubiese visto ese final. Al menos eso esperaba yo. En cuanto Brian se fue subí de puntillas para echar un vistazo a su habitación; estaba a oscuras y en silencio, exceptuando un suave ronquido. Que podía ser falso, pero no lo parecía. Recé porque no lo fuera. Literalmente: «Dios mío, por favor, por favor, que esté dormida de verdad». Muy inclinada hacia la cama revuelta, estudié el lento subir y bajar de la manta sobre sus hombros.

—¿Estás despierta? —susurré.

Sus delicados párpados quizá temblaron, pero en la oscuridad era difícil saberlo. Le di un blando beso en el pómulo.

—Te quiero —murmuré, y salí con sigilo.

De cualquier modo, pensaba para consolarme, lo peor que podía suceder era que fingiera estar dormida y lo hubiera visto todo. ¿Y eso era tan terrible? Bochornoso, indigno, repugnante, todo eso sí. Sin embargo, si lo había visto, sabría de una vez por todas que Brian Wright no me interesaba. Eso no sería un trauma, sino un alivio. En realidad, si lo miraba por el mejor de sus lados, tal vez había sucedido para bien. Una pequeña humillación por la paz interior de Ruth, cambio que toda buena madre aceptaría con gusto.

No parecía gran consuelo a las dos de la madrugada, mientras seguía dando vueltas y vueltas en la cama. ¿En qué momento se había echado a perder la velada? Brian se había comportado como un perfecto idiota y eso era inexcusable, pero si había pensado que comportándose así ganaría algo debía de ser porque yo había hecho algo, inconscientemente o no. ¿Qué era? No lo había invitado a entrar, de modo que no era eso. Algo en mi lenguaje corporal quizá, cuando me ayudó a quitarme el abrigo. Sin embargo no me venía nada a la mente, ninguna exhibición accidental de piel, ningún contacto íntimo inadvertido. No, debía de ser simplemente que yo era irresistible. Enloquecía a los hombres.

Cuando menos conocía la causa de ese momento de vacilación ante Brian, el segundo en que no pude responder a su pregunta, «¿Por qué?». Por curiosidad. Había querido experimentar, descubrir qué sentía con un hombre que no fuera Jess ni Stephen. Por eso resultaba tan difícil poner a Brian en el papel de villano, por mucho que lo mereciera, porque en distintos momentos de la noche lo había comparado con los otros hombres de mi vida. Mis dos pasiones. ¿Y si Brian me hubiera quitado el aliento? Eso habría podido cambiarlo todo. Ese era el curso de mi razonamiento.

Bien, ahora sabía la respuesta. Imagínate, hacer el amor con Brian... No, no. No quería; habría sido como irse a la cama con un San Bernardo, un gran danés, una de esas razas que te babean toda. Acostarme con Stephen había sido como... hacerlo con un ordenador. Un ordenador muy solícito y eficiente, eso sí, programado para satisfacer. En lo físico. No tenía motivos para quejarme, tal como él me aseguraba con frecuencia, pero de algún modo nuestra vida sexual se había separado de la vida cotidiana. Al final ya no era una extensión de nada ni una expresión de intimidad o amor; era solo eso. Me aburría hasta las lágrimas. Literalmente.

Me levanté a tomar una píldora para dormir. Aún me quedaban unas cuantas de las que el médico me había recetado tras la muerte de Stephen. Las había reservado.

Cuando volví a la cama, por fin se me ocurrió algo divertido: en el trayecto a Cactus Flats había tomado una decisión. Si la velada marchaba bien, reuniría valor para hacer algo que postergaba desde hacía demasiado tiempo. Pedir a Brian que me aumentara el sueldo.

12

Creciendo ante tu vista

—¿Quieres ir a algún lado? —Cuervo se deslizó hasta el suelo, con la espalda apoyada contra el armario vecino al mío, y se quedó acurrucado allí, balanceando las manos entre las rodillas. Vestía unos pantalones negros muy ceñidos, camisa blanca de estilo romántico y botas acordonadas de piel negra. Parecía deprimido. Menuda novedad.

—¿A la cafetería, por ejemplo? —Eran las once y media, hora de comer. Revolví dentro de mi armario para cambiar el libro de matemáticas por el de lengua; retiré otro cuaderno.

—A un lugar que no está aquí.

—Hombre... —Observé la parte superior de su cabeza. Ese día llevaba toda la mitad izquierda teñida de un rojo metálico brillante. Me gustaba más el verde amarillento de la semana anterior. Y se había hecho más perforaciones; su oreja izquierda parecía el costado de una libreta de espiral—. Bueno, supongo que sí. ¿Has traído el coche?

Asintió lentamente, mirándose los dedos.

—En la quinta hora tengo examen de álgebra. —Al mencionarlo me sentí como una tonta.

Él levantó la cabeza con muchísima lentitud, hasta golpearla contra el armario de atrás. Y con idéntica lentitud sus ojos entornados buscaron los míos.

—¿Examen... de... álgebra?

—Nada importante. No me importa faltar. ¿Adónde quieres ir?

«Con Cuervo en el cementerio.» Parecía el título de una canción. O un juego de ordenador. Cuervo, en el cementerio, con un porro. Fumamos el porro antes de comer lo que habíamos llevado, porque según él era la única manera de hacer comestibles los platos de la cafetería. Pero era viernes, día de hamburguesas con patatas fritas, mi plato favorito antes de hacerme vegetariana, de modo que tenía hambre sin necesidad de fumar. Di unas cuantas caladas, solo para ser amable y que Cuervo no tuviera que fumar solo. Y para no quedar como una idiota.

—Esto es rarísimo.

Se tomó un largo minuto para dejar de contemplar las nubes, volver la cabeza hacia un costado y mirarme.

—¿Qué es rarísimo?

—Colocarse aquí. Junto a su tumba. ¿Qué diría él?

—No diría nada. Está muerto.

—Sí. —Me tendí de espaldas junto a Cuervo, con las manos detrás de la nuca—. Ha muerto, sí.

En tu visión podías mirar un trozo de cielo, solo esa parte, y bloquear todo lo demás, salvo tu mente y eso. Como meditar. Hasta que no quedaba en el universo nada más que tus ojos, el azul vacío y las nubes blancas. Podías llegar al extremo de eliminar el espacio intermedio, hasta quedar en el cielo mismo.

—¿Llegas a ser el cielo? —pregunté a Cuervo. No respondió—. ¿Tienes la impresión de estar allí arriba? Yo no siento siquiera el suelo debajo de mí.

Después de un largo rato dijo, con la voz cascada por la marihuana:

—No estoy haciendo eso. Estoy con las nubes. Aquella. —La señaló—. Es un tío sin cabeza. Lo han ejecutado. Era un asesino múltiple. Mató... a todos los profesores de álgebra.

Bufé.

—¡Pero si es una carretilla! Y aquella otra, un caballo. ¿Ves la cabeza? ¿Las crines, allí?

—No es un caballo. Una azuela. Un hacha. El hacha que cortó la cabeza al asesino.

—No, te digo que es un caballo. Viene a salvar al asesino, que no ha muerto. Es inocente. Lo amañaron todo para incriminarle.

—No tiene cabeza.

—No, está conchabado con el verdugo. Parece decapitado, pero es un truco.

Cuervo lanzó un suspiro y cerró los ojos. Rara vez sonríe. Yo solía tratar de hacerlo sonreír, pero era como provocar a los guardias del palacio de Buckingham.

—He leído algo en el periódico —comentó, con los ojos cerrados—. Una familia, madre, padre, dos niños pequeños, volvían a su casa en una vieja furgoneta desvencijada; los dos críos dormían atrás. Cuando llegan a casa, ya avanzada la noche, los padres levantan a los niños para llevarlos dentro. Entonces caen en la cuenta de que no están dormidos, sino muertos. Ambos asfixiados por el monóxido de carbono.

—¡Dios mío!

—No hay Dios. Eso lo demuestra.

—Dios mío. No lo sé.

—No quieres saberlo. Igual que todos.

Me incorporé y me rodeé las pantorrillas con los brazos. La hierba marchita aún estaba húmeda por la lluvia del día anterior; lo notaba a través del abrigo sobre el que me había sentado. Allí no hacía frío; la colina que había detrás nos protegía del viento.

—A mi madre nunca se le había muerto nadie, a pesar de lo mayor que es. Puedes llegar a los cuarenta y hasta a los cincuenta, y si tienes suerte no se te muere nadie.

—Mi tía murió.

—Pero yo no tendré esa suerte. Durante el resto de mi vida seré alguien que perdió al padre siendo joven.

Cuervo alzó los brazos y formó un marco cuadrado con las manos para mirar al cielo a través de él. Las mangas de la camisa se deslizaron hacia atrás y dejaron ver los brazos blancos y flacos.

—La pusieron en uno de esos ataúdes de aluminio. Como cápsulas espaciales. Tienen veinte años de garantía, pero ¿quién va a inspeccionarlos? Ya hace tres años; el forro debe de estar destrozado. Terciopelo azul oscuro. Estará mojado, mohoso y podrido. Y si no queda más que el vestido, ¿qué importa?

—Los huesos. Todavía quedarán los huesos.

—Le pusieron un traje rojo. Y mucho maquillaje en la cara. Como si fuera a una fiesta. —Se incorporó para encender lo que quedaba del porro. Luego se llenó los pulmones de humo y me lo pasó añadiendo con voz estrangulada—: ¿Quieres el resto?

Negué con la cabeza.

—Puse una nota en el ataúd de mi padre —expliqué—. En el velatorio. La escondí junto a su hombro.

—¿Qué decía?

—Hombre, ya se sabe. Adiós y cosas así. —Cuánto le quería, cuánto le echaría de menos. Cosas que no pude decirle en vida.

Cuervo dio algunas caladas más al porro, que no medía más de un milímetro, y lo apagó en el césped.

—Esa verja me recuerda algo —dijo tendiéndose otra vez. Eché un vistazo a la puntiaguda verja de hierro forjado; llegaba hasta el camino y separaba la parte en que estábamos, en las colinas, de la zona más baja del cementerio—. Un día, un borracho resbaló por un tejado y cayó sobre el poste de una cerca. Lo atravesó verticalmente. Desde la ingle hacia arriba, y se detuvo a dos centímetros del corazón. Quedó de pie, con una estaca dentro.

—¿Murió?

—No, quedó allí, gimiendo y llorando. La gente creía que estaba borracho, como de costumbre, y nadie le ayudó. Así estuvo un par de horas. Al final murió.

Apoyé la cara en las rodillas.

—¿Eso pasó de verdad?

—Desde luego.

—¿Cómo consigues enterarte de esas cosas?

—Y tú ¿cómo consigues no enterarte? —Rodó sobre un costado—. Oye, ¿quieres comer?

Todo estaba frío, grasiento y soso. Él dio cuenta de todas las patatas fritas y la mayor parte de mi hamburguesa. Yo mordisqueé una manzana mientras quitaba la maleza en torno de la placa de bronce de la tumba de mi padre. Ese cementerio no es de los que tienen lápidas, solo placas hundidas en la tierra, para que sea más fácil cortar el césped, supongo. En el coche Cuervo había propuesto: «Vayamos al cementerio», pero se refería al antiguo, el de la calle Hickory, que es más bonito. Yo dije: «Vamos a Hill Haven, el que está en el camino a Culpeper.» Él no quería, y lo comprendo; no era espectral, no tenía ambiente ni nada de eso, casi parecía un campo de golf. Sin embargo, cuando expliqué que allí estaba enterrado mi padre, aceptó.

—No es que me importe ese examen de álgebra —comenté. Me limpié las manos en los tejanos, arrodillada sobre mi abrigo—. No me importa suspender álgebra.

—Ál... ge... bra. ¿Para qué sirve? ¿Qué significa?

—Nada.

—Nada. —Cuervo fumaba cigarrillos de clavo, que sientan diez veces peor que el tabaco. Sacó uno del bolsillo y lo encendió. Luego lanzó un anillo de humo contra el cielo—. Todo es nada.

—¿Es verdad que este semestre catearás lengua?

—Por desgracia.

—¡Pero si se te da muy bien! Podrías sacar un diez sin mover un dedo.

Abrió un ojo para mirarme.

—A la mierda con eso —susurró—. A la mierda con todo, Ruth. Con todo.

—Venga —me apresuré a decir tratando de borrar eso.

Nadie sabe qué te pasa, todo es posible, y cabía la posibilidad de que mi padre nos oyera. Es tonto, ya lo sé, pero aun así. No puedes decir «mierda» sentado junto a la tumba de tu padre; incluso es posible que estés sentado encima de él, según a qué dirección apunte su ataúd con respecto a la placa. Por esa misma razón no conté a Cuervo lo de la cita de mamá y Brian Wright. Papá se moriría si se enterara.

—¿Sabes cuánta importancia tiene sacar un diez en lengua? —preguntó Cuervo. Hizo lentos aros en el aire con el humo de su cigarrillo. Tenía las uñas pintadas de negro y tan roídas que era como si le sangraran los dedos.

—¿Ninguna? —adiviné.

—Nada tiene importancia. Todo es nada. He aquí cómo acabamos todos. En este momento estoy tendido aquí. Dentro de un tiempo estaré tendido aquí, pero un metro ochenta más abajo. Esa es la importancia de nuestra preciosa vida. Respiramos durante unos pocos años; luego dejamos de hacerlo.

—¿Y la reencarnación? —Krystal estaba muy metida en eso, la canalización, las vidas anteriores y la terapia de regresión.

Él me miró con expresión de lástima.

—No conozco mejor ejemplo de autoengaño. Es aún mejor que Dios.

—¿No crees que existe algo, algún ser, alguna fuerza exterior, que es como una conciencia, como energía, electricidad o algo así?

—¿Por qué?

—Porque sí.

—Porque tú quieres que exista.

—¡Sí! Además, de otro modo, ¿cómo se creó el mundo? Es decir, ¿qué lo mantiene en funcionamiento?

—La química. Oxígeno, hidrógeno, dióxido de ca...

—¿No tienes la impresión de que hay algo más, superior a nosotros? Algo divino, no sé qué, pero...

—En New Jersey había una mujer que tenía a su hija encerrada en un armario, debajo del fregadero.

—No, pero...

—Desde que cumplió un año de edad esa niñita tuvo que vivir en un armario con candado. Cuando al fin la encontraron tenía unos catorce años; sus huesos se habían atrofiado y tenía el cuerpo doblado en dos, para siempre; la espalda se le había curvado. Jamás pudo ponerse de pie.

—Oh, basta.

—Háblame de la fuerza divina que ideó eso. Para mí eso es Dios.

—No digo que no haya...

—¿Sabes cuántas personas han sido asesinadas en los Balcanes hasta la fecha?

—Si ya lo sé, es que...

—¿O en Argelia? ¿Ruanda, Irlanda, Camboya? ¿Cuántas mujeres violadas, cuántos niños asesinados? ¿Generalmente en nombre de la religión?

Escondí la cabeza entre las rodillas y me presioné las sienes con fuerza.

—Esto no es el Jardín del Edén. Somos peores que bestias; los animales jamás harían lo que nosotros hacemos. Somos monstruos. En el norte de California hubo un tío que secuestró a una mujer y la encadenó en su sótano. Primero le cortó un brazo; cuando lo tuvo curado, le cortó... ¿Ruth? ¿Qué pasa, dime? ¿Qué haces? ¿Lloras?

Yo no podía hablar.

—Vamos, mujer. —Me dio una palmadita suave e insegura en el brazo—. No llores, ¿me oyes? Todo está bien.

—No; no es cierto. Todo da asco, todo es horrible.

Desenterré de los tejanos un pañuelo de papel arrugado para sonarme la nariz, sin levantar la cabeza. Qué vergüenza.

—Las cosas no son tan horribles. Venga, que la primavera está cerca; dentro de tres meses acabará el cole. Eso no da asco.

—Todo el mundo muere, tienes razón, ¿qué sentido tiene nada? Todo es tan estúpido... —Y no lloraba por eso siquiera—. Mi papá, él... —Comencé a hipar, dejando escapar sollozos cortos, como un crío.

Cuervo me rodeó con un brazo. Cuando recuperé el aliento apoyé la cabeza en su hombro. Lo sentí duro y huesudo a través de la camisa; el hombro de un chico, no de un hombre. El polvo blanco de la cara se le corrió en la mejilla, donde lo habían mojado mis lágrimas. Llevaba al cuello una cruz que colgaba de una cinta de terciopelo negro. La toqué con la punta de los dedos en vez de tocarlo a él.

—La reencarnación podría existir —afirmó al cabo de un rato—. No lo sabemos a ciencia cierta. Todo es posible.

Asentí con gratitud.

—Y es posible que haya un Dios. Joder, hasta es posible que exista el cielo.

Era tan dulce que rompí a llorar otra vez; solo lágrimas, sin sollozos.

—No; no lo creo, pero no me importa. Lo que quiero no es que esté en el cielo, sino que no esté muerto. Me parece imposible no verlo nunca más. Estaba vivo. ¿Y ahora está muerto?

Cuervo me rodeaba con un brazo y me mecía. Entonces (fue como en las pelis) me besó. Solo que no acertó en la boca y me dio en el costado, en la mejilla. Yo pensé: Bueno, hagámoslo y ya fliparé luego. Volví la cabeza y nuestros labios se encontraron. Los de él todavía estaban pintados de negro. Abrí los ojos para ver qué hacía. Él también los tenía abiertos, pero al ver que lo miraba los cerró. Tenía las manos sobre mis hombros y las bajaba; no faltaba mucho para que me tocara los pechos. Decidí permitírselo. Una vez Barry Levine me tocó uno por el costado mientras bailábamos. Fingí no percatarme y nunca más he bailado con él. Esa sería la primera vez que me dejaba tocar por alguien. Y que ese alguien fuera Cuervo... No, lo pensaría después; si lo pensaba ahora lo echaría todo a perder.

Nos besamos usando la lengua. Ya lo había probado una vez, pero esto fue mejor. Temía tener mal aliento; Cuervo lo tenía malo, por la hierba y el cigarrillo de clavo, pero no me molestó. Al principio no me di cuenta de que me estaba acariciando, por lo leve que era. Tener los ojos cerrados me mareaba; solo cobré conciencia de que caía lentamente hacia atrás cuando toqué el suelo con los omóplatos. Me daba miedo, pero también me excitaba estar tendida de espaldas, con Cuervo prácticamente sobre mí. Su pelo era mucho más sedoso y limpio de lo que parecía, salvo donde lo había rociado de rojo; en el otro lado, allí donde se lo rapaba, resultaba agradable deslizar los dedos por esas púas suaves y oír el sonido susurrante. ¿No debíamos hablar, decir algo? No se me ocurría nada que no sonara estúpido, pero el silencio, salvo por nuestra respiración agitada, era espectral.

Él metió la mano bajo el jersey y la blusa. Dejé de pensar. Luego caí en la cuenta de que no estaba pensando; de inmediato lo olvidé otra vez. Luego recordé: Me estoy morreando sobre la tumba de mi padre. Me incorporé tan deprisa que di un cabezazo a Cuervo en la nariz. Los dos dijimos «¡Ay!» y nos inclinamos, con las manos en la cara.

—Perdona —dije—. Lo siento de verdad, pero no puedo hacer esto aquí. Había olvidado dónde estábamos. ¡Hostia! ¿Eso es sangre?

Le había reventado la nariz. Se levantó para alejarse un poco, de espaldas a mí, con los hombros encorvados. Era el Cuervo de siempre, flaco, alto y lúgubre. ¡Pensar que acabábamos de besarnos! Parecía un sueño. A veces pensaba en él, fantaseaba con que éramos pareja, pero más bien... como esos matrimonios viejos que ya no follan. O como una monja y un cura que fueran grandes amigos. Un día, en el otoño, fue al cole con una falda; solo durante la primera hora; después lo mandaron a su casa. Dijo que era un gesto, que todos debíamos desafiar los estereotipos sexuales, que la androginia era el único papel sexual que no explotaba a la gente. A partir de entonces algunos chicos pensaron que era gay o algo así. Yo no sabía qué pensar. Bueno, ahora sí.

—¿Te sangra de verdad? —Me levanté para acercarme. Él se volvió a medias para decir que no, pero sí. Y yo no tenía más que ese pañuelo de papel arrugado. Se lo pasé por encima del hombro—. Lo siento muchísimo, de verdad. Es que de pronto... ya me entiendes. He recordado.

—Podríamos ir allí —dijo con voz nasal señalando unos árboles.

—Es que... creo que debo regresar.

—De acuerdo.

—Por ese examen, ¿comprendes?

—Como quieras.

—Pero esto ha sido... —Me quedé en blanco. Fui a recoger nuestras cosas fingiendo que no había dicho nada. ¿Quién habría podido terminar esa frase? ¿Quién habría sido lo bastante estúpido para comenzarla? ¿Esto ha sido agradable? ¿Divertido? ¿Gracias por manosearme, podemos hacerlo de nuevo cualquier día de estos? A veces pienso que mi vida sería mucho más fácil si fuera muda.

El vehículo de Cuervo es una vieja furgoneta Plymouth que ha pintado de negro para que parezca un coche fúnebre. La matrícula personalizada reza VVR T MTA, cosa que solo entienden los que le conocen. Dentro huele a piel podrida, plátanos viejos y humo. No conduce como los otros chicos que conozco, sino con lentitud, con cuidado. Yo lo miraba de soslayo, tratando de adivinar qué sentía. Temía que se hubiera ofendido, que estuviera enfadado conmigo. Me habría disculpado otra vez, pero él podía pensar que yo estaba dispuesta a comenzar otra vez, como si solo el golpe en la nariz nos hubiera impedido iniciar un apasionado amorío, y no era necesariamente así. Pero en realidad tampoco creía que él pensara eso.

—Oye, ¿te acuerdas de mi amigo Jess? Jess Deeping, ese tío del que te he hablado, el del arca. Pues por aquí se va a su casa. Si giras allí a la derecha llegaremos a su granja.

Cuervo asintió con la cabeza, pero no aminoró la marcha.

—¡Gira! Gira, ¿vale?

Redujo la velocidad y enfiló el camino de grava, entre los dos postes del portón.

—Es que... Podríamos saludarlo, si no te molesta. Lo más probable es que no esté siquiera en casa. Mira, esas vacas son suyas. Es el dueño de toda esta tierra, de toda la colina. ¿Verdad que es bonita? Una parte llega hasta el río.

Cuervo mantenía la vista fija en la calzada, sin volverse a mirarme.

—No hace falta que nos quedemos si no quieres. Podemos saludarle.

Tras pasar el último recodo apareció la casa; luego los establos. Cuervo debía de pensar que las granjas eran sentimentales, retro, explotadoras o algo así, pero a mi modo de ver la de Jess era preciosa.

—Allí está el señor Green, el empleado —señalé—. Mira, está pintando ese establo de rojo otra vez. En realidad no hace falta. ¿Verdad que esto es bonito?

Los perros ya corrían hacia el coche, ladrando y gruñendo como si fueran feroces.

—Esa es Tracer. ¡Hola, muchacha!

En cuanto Cuervo se detuvo, me apeé de un salto y caí de rodillas en la grava. Los perros retrocedieron sin dejar de ladrar, pero los llamé por sus nombres y se acercaron poco a poco (todos menos Tough Guy) para olfatearme las manos y la ropa.

—Hola, Mouse. Hola, Red. Hola, muchachos. ¿Me habéis echado de menos?

Al ver que la furgoneta seguía en punto muerto y Cuervo no se apeaba, me levanté. El señor Green se aproximó, secándose las manos con un trapo manchado de pintura.

—Hola, ¿qué tal? —preguntó. Mientras metía el trapo en el bolsillo del sucio mono, entornó los ojos para ver quién iba al volante del Plymouth. Era un viejo de unos sesenta años, de cara morena, regordeta y arrugada. Nunca tenía mucho que decir, pero sonreía siempre, mostrando dos dientes de oro—. Has venido a ver a Jess, ¿no?

—Sí. —Le devolví la sonrisa—. ¿Está aquí?

—Arriba, en la casa. Ve si quieres.

—Gracias. ¿Cómo está usted? —pregunté por cortesía.

—Bien, ¿y tú?

—Muy bien, gracias.

El señor Green se llevó los dedos a la sien y volvió a su trabajo. Yo me incliné hacia la ventanilla de mi lado. Cuervo, encorvado en el asiento, encendía un cigarrillo. El pelo le cubría el costado de la cara.

—Pues...

—Oye, ¿ese tío podrá llevarte a tu casa?

Di un paso atrás.

—Supongo que sí. ¿No quieres venir?

—Tengo cosas que hacer.

—Ah. —Debía ir con él. Debía volver al cole. Me estaba buscando problemas. Además estaba plantando a Cuervo sin motivo alguno. Y tal vez Jess no quería recibir visitas en pleno trabajo—. De acuerdo —dije—. Hasta luego.

—Sí.

—Oye.

—Dime.

—¿Estás enfadado conmigo?

—No.

—¿Seguro?

—Sí.

—De acuerdo. —No me moví. Por fin él tuvo que mirarme. Tenía los ojos bonitos, azul claro con pestañas oscuras y rizadas. Puse toda mi fuerza de voluntad en hacer que sonriera. Y resultó. Lo miré a los ojos con todo mi encanto femenino y resultó—. Hasta luego.

—Sí, hasta luego.

Esperó un segundo. Luego se alejó muy lentamente.

Bueno, todo estaba bien. Ese día podía haber sido uno de esos que no puedes recordar sin retorcerte en la cama, cuando tratas de dormir. Bien pudo haber integrado mi lista de Momentos Muy Bochornosos, pero estaba arreglado. Al menos al final había cogido el timón para salvarlo, aunque no sabía exactamente cómo. Espero que esté apuntado en mi código genético, en la memoria del ADN o algo así, para casos futuros, pues ese tipo de poder femenino no dejará de serme útil alguna otra vez.

La puerta principal de la casa estaba cerrada, pero sin llave. Entré directamente. Cuando estaba a punto de decir «hola» o algo así, oí su voz, que venía desde la oficina. Crucé el salón que nadie usa, pasé junto a la cocina y el comedor. Luego asomé la cabeza en su estudio. Estaba sentado a su escritorio, hablando por teléfono.

Al verme puso cara de sorpresa. ¡Y de alegría! Se levantó, pero no podía cortar; me saludó con la mano y señaló una silla, sin dejar de hablar:

—¿De manera que esto es un IPO? Me interesa, desde luego, pero necesito un prospecto. ¿Conque todavía no hay beneficios? ¿Siguen perdiendo dinero? —Se echó a reír—. Se diría que es mi tipo de... No, envíame el prospecto; no puedo decirte nada hasta que lo vea. Vale. Vale. No, pero si estoy de acuerdo contigo. Es lo que yo digo, quiero ver las internacionales. Oye, tendré que volver a llamarte... —Me sonrió como pidiéndome disculpas—. Bien, envíalo, estupendo. De acuerdo. Hablaremos la semana entrante. Sí. De acuerdo, Bob. Gracias. Adiós. —Y colgó—. Hola —dijo rodeando el escritorio para sentarse en el borde, frente a mí—. ¡Qué sorpresa! ¿Cómo has llegado hasta aquí? ¿Todo bien? —Llevaba tejanos agujereados, un viejo jersey verde y botas de trabajo enlodadas, que parecían vetustas. Tenía buen aspecto, aspecto de realidad. Le sonreí con toda la cara, feliz de estar allí, aunque interrumpiera su trabajo.

—Todo bien, sí —confirmé—. Solo he venido a saludarte. Me ha traído un amigo. Oye, ¿podrías llevarme a la tienda de Krystal dentro de una hora y media?

Echó la cabeza atrás para mirarme por encima de la nariz.

—¿Es que hoy no hay clases?

—No. Cursos de perfeccionamiento docente.

Enarcó una ceja y se cruzó de brazos.

—De acuerdo. He hecho novillos. —Lo miré con aire pícaro, riendo—. No se lo dirás a mamá, ¿verdad?

Estaba segura de que no se lo chivaría. Era demasiado bueno. Y yo, demasiado mona; ya lo estaba conquistando.

—Depende. ¿Lo haces a menudo? —No me sonreía.

—No. De veras que no. En realidad, no lo hago nunca. ¡De verdad! —Prácticamente era verdad—. Solo que... hoy se estaba tan bien al aire libre... Y a mi amigo se le ocurrió que podíamos ir de picnic. Y lo hicimos. —Bien. Parecía que había ido en grupo, no sola con un tío. Ensayé una sonrisa conquistadora, me encogí de hombros, abrí las manos—. ¿Nunca hiciste novillos cuando ibas al cole?

—Eso no viene al caso. —Meneó la cabeza, pero ya lo había hecho sonreír—. Debería decírselo a Carrie —agregó, con aire amenazador—. Y si vuelves a hacerlo se lo diré.

—Nunca más —aseguré con una mano en el corazón.

—¿Quieres un refresco?

—Sí.

Lo seguí a la cocina. Él bajó un paquete de rosquillas y abrió una Coca-Cola.

—Me quedan algunas llamadas telefónicas por hacer —explicó—. ¿Puedes arreglarte sola por un rato?

—Desde luego, no te preocupes por mí. No sabrás siquiera que estoy aquí.

Parecía divertido y desconfiado, pero no dijo nada. Cuando volvimos a su despacho me senté en el sofá, al otro lado de la habitación, para no molestarle con el crujido de las rosquillas mientras hablaba por teléfono. Llamó a un tal Bill para pedirle aceite de hígado de pescado y TMR, fuera lo que fuese. Luego habló con otra persona, probablemente el veterinario, por una pobre vaca que tenía el útero inflamado; le preguntó si debía darle antibióticos, electrólitos o dextrosa y estrógeno. Llamó a dos empresas diferentes para preguntar el precio aproximado de cintas móviles, bombas y reguladores de vacío para sus máquinas de ordeño.

Mientras tanto yo lo observaba y pensaba en lo eficiente que era, además de amable. Puedes descubrir mucho sobre una persona si la escuchas hablar por teléfono. Mi mamá es formal con los desconocidos, casi demasiado cortés a veces, al punto de parecer fría. Mi papá solía ser grosero, sobre todo con los vendedores o quienes le pedían alguna contribución para obras de caridad. Jess tiene una voz serena, grave y sin altibajos. Me costaba imaginarlo gritando a alguien. No obstante, para mí era una especie de misterio. Aunque parece tan pacífico y tratable, estoy segura de que dentro de él pasan muchas cosas. Si yo fuera mayor, ¿me gustaría ese tipo de hombre? ¿Alguien que sintiera mucho las cosas en vez de pensarlas? Jess es callado, pero creo que me diría todo lo que yo quisiera saber si supiera hacer las preguntas adecuadas.

Me levanté para caminar por la habitación. Todos los estantes estaban atestados de publicaciones sobre la raza Holstein, catálogos de venta, libros de contabilidad y un millón de tomos sobre granjas lecheras. En un tablero de corcho, junto a la puerta, había fotos de vacas con cintas. No quería molestar a Jess, pero detrás de su escritorio estaban las fotos más interesantes, de personas. Me deslicé por detrás de su silla, tratando de no hacer ruido.

¡Caramba, cómo se parecía a su madre! Se llamaba Ora, recordé. Tenía una gran mata de pelo castaño claro, lustroso, que llevaba recogido hacia arriba en un moño anticuado; por lo demás no parecía anticuada en absoluto. Era guapa, muy alta y esbelta, de grandes ojos oscuros y boca suave. En la foto reía, de pie junto a un rosal trepador, con un bonito vestido de andar por casa y la mano tendida (los brazos eran largos y blancos), como si ofreciera ayuda a alguien. A Jess probablemente; si era él quien había tomado la foto, debía de ser pequeño. La semejanza con su madre se apreciaba con mucha claridad: las mismas pestañas largas, la misma nariz recta y sobre todo la misma expresión en los ojos. Era difícil describirla. En realidad no era tristeza, ¿o sí? Sin embargo Ora parecía triste, y a veces también Jess, como si supiera algo doloroso que habría podido hacerte llorar si te lo contara.

También había una foto de su padre, una instantánea tomada en su habitación, sentado al mismo escritorio que Jess usaba en esos momentos. Parecía mucho mayor que su esposa, más menudo; era un hombre bajito, de aspecto serio, con el entrecejo arrugado y líneas de sonrisa alrededor de los labios. Parecía preocupado y bondadoso.

La mejor era una foto de toda la familia: Jess en el medio, rodeando con los brazos la cintura de sus padres, sonriendo a la cámara. ¡Qué esmirriado era! No debía de tener más de dieciséis años. El pelo largo y veteado, como de estrella del rock, era mucho más claro que ahora. Lo habría reconocido en cualquier parte, pero tenía un aspecto muy diferente: relajado y medio loco, temerario. Le observé tratando de ver en las facciones del chico al hombre que conocía. En esa foto su madre no reía; miraba a Jess, y su bonito perfil era vago y melancólico. No estaban en su casa, sino de pie frente a un moderno edificio de ladrillos con ventanas de aluminio. Entre dos arbustos había narcisos en flor; tal vez era Pascua. El padre de Jess vestía un traje que no le sentaba bien.

Ahora los dos estaban muertos y Jess vivía sin nadie que lo acompañara. ¿Se sentiría solo? Tenía al señor Green y algunos otros empleados, pero no parecían gran compañía. Tenía a todas sus vacas, a las que conocía por su nombre (eso decía él). Probablemente tenía amigos, y una ex esposa, pero hijos no, y era miembro del ayuntamiento. ¿Tendría novia? Quizá convendría preguntárselo.

—Voy al lavabo —dije en silencio, formando las palabras con los labios.

Él asintió con la cabeza y señaló hacia dónde se encontraba sin dejar de hablar.

Salí al pasillo. El cuarto de baño estaba junto a la cocina. Jess había dejado la cubierta del retrete levantada. ¿Y por qué no? Mamá solía regañar constantemente a papá por no bajarla, pero ¿por qué debía ser tarea del hombre antes que de la mujer? Allí, como Jess vivía solo, eso no era ningún problema.

Después de orinar me miré al espejo. Los labios sobre todo. ¿Cuántas veces me besarían en toda mi vida? Hasta el momento cuatro, pero la de ese día había sido la más seria con diferencia. Con lengua era solo la segunda vez. Demasiado raro. Pero podría acostumbrarme. Caitlin lo hacía siempre; al menos eso decía. De hecho creo que se acostaba con Donny Hartman, que era su novio desde noveno curso, pero no estoy segura. Jamie lo sabía, pero había jurado no decir nada, de manera que apenas soltaba alguna insinuación.

Saqué la lengua para examinar sus bultos rosados. No me daba asco porque era la mía, pero pensar en la de Cuervo era diferente. Lenguas. ¿Quién habría inventado eso? ¿Quién fue la primera persona que metió la lengua en la boca de otro y decidió que era buena idea? ¿Y qué pensó la otra persona esa primera vez? Como... como el pesto, por ejemplo. ¿A quién pudo ocurrírsele que triturar hojas y ponerlas sobre los espaguetis era una buena idea?

Por añadidura, los pechos. ¿Qué tenían de extraordinario? Me levanté la blusa para observarlos; usaba un sostén 32-A; Caitlin usaba el 34-A; Jamie no lo necesitaba, pero se lo ponía, solo que nunca decía la talla. Mis pechos parecían estar bien, pero no me obsesionaban como a otras chicas. Leslie Weber, por ejemplo, se pasaba el tiempo mirándoselos. En la clase de lengua se sentaba frente a mí y eso era lo que hacía: mirarse los pechos, como si estuvieran creciendo ante su vista.

«Los chicos querrán tocarte ahí», me dijo mamá una vez, en la conversación más horrible y penosa que jamás hemos tenido. No era por lo del sexo; de eso ya habíamos hablado cuando yo tenía ocho años. Ahora se trataba de quedar con chicos, y el tema salió a relucir porque el verano pasado Brad Donnelly me invitó al cine, no en grupo, sino solos él y yo. Vaya cosa. Solo porque Brad era un par de años mayor, mamá decidió que había llegado el momento de hablar sobre cómo comportarse en una cita, condones, sida, sífilis, pechos, besos de lengua y todo eso. Un asco. Como si yo no lo supiera. «Acariciar», dijo, nada menos. Fue como una de esas experiencias en las que te ves fuera de tu cuerpo. Y yo pensaba: ¿Esto es real? ¿Mi madre diciendo estas cosas? Ella creía que eso podía aplicarse a mi vida, pero eso no era lo más horrible; por el contrario, era casi un halago. Lo horrible era pensar cómo sabía ella todo eso; lo sabía porque ella también lo había hecho. Evidente, claro, pero aun así repulsivo y extraño.

Oí que Jess pasaba junto a la puerta, luego el grifo de la cocina; al parecer había terminado con las llamadas telefónicas. Resultaba curioso verlo como hombre de negocios, no solo ordeñando vacas, pescando o adiestrando a sus perros. Recuerdo que en el entierro de papá me sorprendió verlo con traje y corbata. ¡Como si tuviera que vestir siempre tejanos y prendas de franela solo porque era granjero! Qué tontería. Me descubrí una mancha de hierba en el hombro de la blusa. Pero no quería pensar en Cuervo hasta más tarde. Me peiné con los dedos y fui en busca de Jess.

Salimos juntos y bajamos al río, hasta el muelle que se extendía por la ribera, que era mitad árboles, mitad hierba. La altura del muelle te permitía sentarte en el borde, con las piernas colgando, sin mojarte los pies. Salvo en primavera, después de una lluvia fuerte; entonces el río crecía y el muelle desaparecía hasta que las aguas se retiraban. Jess era experto en la pesca con mosca, pero allí, desde el muelle, solo usaba lombrices y lo que hubiera para pescar cachos, percas y escarchos. El verano pasado me enseñó a cebar un anzuelo con larvas de avispa, a arrojar el sedal y a cobrar una carpa grande y gorda. Tal vez algún día me lleve a pescar con mosca.

Nos sentamos en el extremo del muelle y pasamos un rato hablando de peces; también dijimos que estábamos hartos del invierno y deseábamos que la primavera se diera prisa. Él debía de pensar que tenía algo que decirle, que estaba allí por algún motivo en particular, pues muy pronto preguntó:

—¿Va todo bien? —No me miraba a mí, sino al agua, por si me daba vergüenza hablar.

En realidad yo no tenía ningún motivo para visitarle, que yo supiera, pero llevaba un tiempo sin verlo y pasábamos junto a su casa. Fue una decisión del momento. Sin embargo, lo que me brotó de la boca fue:

—Todo estupendo, salvo que anoche mi madre salió con alguien. Es increíble. Hace apenas seis meses que murió mi padre y ella sale con ese culturista.

Jess no dijo nada; contemplaba un águila ratonera que volaba alto en el cielo.

—Dijo que era por cuestión de trabajo, por supuesto —añadí—, porque el tío es su jefe, pero ¿desde cuándo se habla de trabajo en una bar? —Como Jess no se apresuraba a solidarizarse conmigo, agregué—: A mí no me importa con quién salga. No es asunto mío. Por lo que a mí concierne, puede salir con todos los tíos de Clayborne. Pero no me gusta que mienta. Además, no me parece muy buena idea salir con tu jefe. Mucho menos con ese tío, que es un perfecto idiota. ¡Si hasta usa perilla! —Di un codazo a

Jess tratando de que reaccionara—. Una perilla, imagínate. Además, no tiene cuello.

Por fin él hizo una mueca.

—Te refieres a Brian Wright.

—Sí. ¿Lo conoces?

—Apenas. Di un curso en su escuela.

—Ah, sí. De pesca —recordé—. ¿Qué opinas de él?

—No lo conozco tanto como para opinar nada.

No esperaba que se mostrara tan discreto. Ahora me arrepentía de habérselo contado.

—No es nada importante. En realidad me da igual lo que haga mi madre.

—Tal vez no salieron para enrollarse —dijo él al cabo de un rato—. ¿Has hablado de eso con Carrie?

—No necesito hablar con ella de eso. Me llama desde un bar, ha bebido y está con un tío. Yo digo que eso es ligar. Además, llegó a casa después que yo. Fingí estar dormida; no quería hablar con ella siquiera. —Jess iba a decir algo, pero yo me apresuré a agregar—: No es que me importe. Es su vida y puede hacer lo que quiera. Pero... —Miré río abajo, donde se formaba un meandro y los sicomoros se inclinaban hacia el agua a ambos lados. Desde allí era casi como si se tocaran—. Me dijo que nadie podría ocupar el lugar de papá. Eso es lo que me dijo, exactamente: «Nadie va a ocupar su lugar». Dijo que no estaba disponible.

—Ruth.

—¿Qué? No tienes por qué defenderla.

—No la defiendo.

—Ya sé lo que vas a decirme. Que soy egoísta, que tiene derecho a divertirse un poco, que si dijo eso no fue realmente una promesa... Todo eso lo sé. Pero no me gusta. —Me incliné por encima de mis rodillas para contemplar la corriente verde y pardusca; siempre hablo demasiado cuando estoy con Jess, pensaba; ¿por qué? No podía ser una figura paternal porque no se parecía en nada a mi padre. Y tampoco un amigo, porque no lo conocía tanto—. ¿Tienes novia? —pregunté.

—¿Qué? —Pero sí me había oído.

—¿Sales con alguien?

—No. Actualmente no.

Parecía muy incómodo. Por algún motivo eso me alegró.

—Oye, Jess, ¿sabías que Becky Driver está en mi clase? Conozco a su madre; he cenado en su casa. —Él sonrió con amabilidad—. Es simpática la señora Driver —añadí para tirarle de la lengua—. Muy simpática, de verdad.

—Sí, es cierto.

—Becky no es hija tuya, ¿verdad?

—No.

—Pues... —¿Qué sucedió? ¿Por qué os separasteis? Son preguntas que no se pueden formular directamente; tienes que dar algún rodeo.

Mientras buscaba un enfoque más sutil, Jess preguntó:

—¿Tienes novio?

—Ja. —Esa fue buena. *Touché*. Nos miramos con una gran sonrisa—. Pues hay un tío. Cuervo.

—El vampiro.

Me eché a reír; ¡lo recordaba!

—Sí. No estoy segura de que sea mi novio —dije, haciendo una mueca. Qué palabra tan estúpida—. Él me ha traído aquí.

—Ah, conque habéis hecho novillos juntos.

—Solo hoy, solo esta vez. De verdad, no suelo hacerlo. No es mi estilo de vida. —Decidí contárselo—. Hemos ido a la tumba de mi padre. Una especie de picnic. Ha sido bonito. Es decir, respetuoso y todo eso. —Sin contar el porro y los besos, claro—. Siempre me pregunto... cómo serían las cosas si no hubiera muerto, ¿entiendes? O si hubiera vivido cinco años más, digamos. Creo que habríamos intimado mucho más si yo hubiera tenido veinte años. A veces pienso que estaba esperando a que yo creciera para que fuéramos realmente amigos. Y ahora... él jamás sabrá qué clase de persona seré.

Logré decirlo todo antes de echarme a llorar. ¡Coño! Aparté la cara y la apoyé sobre las rodillas, para que Jess no me viera. Él me rodeó con un brazo. Pensé que intentaría animarme, decirme que mi padre me había querido mucho y bla bla bla, pero se limitó a decir:

—Es triste.

Eso me llegó muy hondo.

—Sí —dije con alegría—, es muy triste. Creo que esforzarse por no estar triste es peor que la tristeza.

—Yo también lo creo.

—Por eso me alegro de haber ido a su tumba. —Me incorporé—. No creo que mi madre vaya. No lo sé, tal vez sí. Fuimos juntas en Navidad y el nueve de enero, porque era el cumpleaños de papá. Si ella va, no deja flores, porque no había ninguna.

—Creo que trata de ser fuerte por tu bien. Intenta hacer lo correcto, ser lo que cree que tú necesitas. Probablemente siente lo mismo que tú por lo de tu padre; le echa de menos y lamenta no haber disfrutado de más tiempo con él. De una cosa estoy seguro: el centro de su vida eres tú.

—Si es así, ¿por qué sale con un hombre? —Me eché a reír para que pareciera una broma más que una queja.

Él parecía dolido.

—¿Y tú? ¿Por qué? —Fue lo único que se le ocurrió.

—No es lo mismo. Él no era mi marido, sino mi padre. Habría querido que yo tuviera novio, pero no ella.

—Creo que deberías hablar de esto con tu madre.

—No, ¡no! No quiero oír explicaciones estúpidas. ¡Hostia, qué vergüenza!

—¿Vergüenza? —Jess me miró con una sonrisa torcida—. Cuando tenía tu edad, más o menos quince años... —Se recostó hacia atrás, sobre los codos, con la vista fija en la hebilla de su cinturón—. ¿Has visto la foto de mi madre?

—¿La que está en la casa? Sí —respondí—. Era muy guapa.

—Era esquizofrénica.

—Uf. —Tragué saliva.

—Comenzó cuando yo tenía diez años. Hasta entonces estuvo bien, sufrió un aborto y a partir de ese momento todo cambió.

—Lo siento mucho.

—Cuando empeoraba tenía que ingresar en el hospital. Mi padre y yo estábamos unidos, pero cuando ella no estaba nos sentíamos perdidos, como huérfanos. Cuando volvía a casa yo no la dejaba en paz, no me cansaba de estar a su lado. Trataba de curarla con regalos y cosas que le hacía, comidas, hechizos, trucos.

—Rió—. A veces algo parecía funcionar: alguna bebida inventada por mí, una oración especial, pero no duraba mucho tiempo. Y nada resultaba dos veces.

Eso era bastante feo, pero aún faltaba lo peor. En cierto modo, ya lo imaginaba.

—Hacía muchas locuras. Se extraviaba; se alejaba hasta perderse. Entonces teníamos que llamar a la policía. Un día, fuimos a unos grandes almacenes a comprar la ropa que yo necesitaba para la escuela. Fue hacia finales de verano. Ella estaba bien desde hacía meses, pero la cosa empezaba otra vez. Yo siempre lo percibía. En la tienda la noté rara; decía cosas que no tenían sentido. Se quejaba de que tenía mucho calor, por qué no encendían el aire acondicionado... Tuve miedo de que se quejara a la vendedora. Si lo hacía, yo no quería estar cerca, de modo que me alejé lo bastante para fingir que no sucedía nada.

—Pobre Jess.

—Oí bullicio, voces. La conmoción se percibía en el ambiente. Alguien llamó a seguridad por el sistema de megafonía. Yo no quería, pero tuve que ir a ver. —Tendió una mano para darme una palmadita muy leve en el brazo, un gesto de consuelo, con una sonrisa forzada, indefensa—. Se había quitado la ropa. Toda. Estaba en cueros, en el sector de ropa para hombres.

Aparté la mano de la boca lo suficiente para susurrar:

—¿Qué hiciste?

—Huí.

—¡No!

—Sí, pero solo hasta el ascensor. Si hubiera llegado de inmediato, habría bajado hasta la calle para huir, pero el ascensor tardó una eternidad. Entonces...

—Tuviste que regresar.

—Todavía me avergüenzo al pensar lo cerca que estuve de abandonarla. La quería con pasión, más que a nadie, pero ella...

—Te abochornaba.

Sonrió.

Me ruboricé. Sin embargo, no me sentía como si me hubieran soltado un sermón o me hubieran pillado cometiendo algún pecado. Jess había dejado las cosas claras, sin duda, pero no machacaba; por el contrario, me calmaba admitiendo que en una ocasión él había hecho lo mismo, solo que peor. Con más motivos, pero peor.

¡Hostia! Imagínate, tener por madre a una loca. Loca de verdad, de manicomio, no solo pirada o borde, como mamá. Eso sí ponía las cosas en perspectiva.

—Qué horror —dije, y apoyé un dedo en la manga de su jersey. Era la primera vez que me tocaba consolarlo por algo—. Y qué triste. En la foto se la ve tan hermosa... Creo que te pareces a ella. ¿Crees en el cielo? Tal vez está velando por ti. Ha de sentirse muy orgullosa al ver cómo has salido adelante y todo eso. ¡Jo...!

—¿Qué?

—Que eso es lo que todos me dicen. Los viejos por lo general, ¿sabes? Que probablemente mi papá sigue conmigo, que está orgulloso de mí y todo eso. ¿A ti te consuela? A mí no, nunca. Pero ahora al menos sé por qué lo dicen.

—¿Por qué?

—Para ser amables. Para demostrarte que se interesan y no quieren que sufras.

—Sí.

—Pues ya es algo, ¿no? Aunque sea una lata, la persona que lo dice tiene buenas intenciones.

—Es algo, sí. Lo único que tenemos, creo.

Nos tendimos de espaldas para contemplar el cielo, las nubes y las aves, tranquilos como dos viejos amigos. Me sentía tan a gusto que estuve a punto de contarle lo de Cuervo. Tal vez lo habría hecho, pero de pronto él se incorporó diciendo:

—Las cuatro.

—¿Cómo lo sabes?

—Escucha.

—No oigo nada.

—Escucha.

—Ah, las vacas. —Se oían mugidos a lo lejos—. ¿Ya tienes que ordeñarlas?

—Muy pronto. Comenzará el señor Green.

Me levanté del muelle.

—No sabía que fuera tan tarde —dije, imitando los largos pasos de Jess colina arriba—. Supongo que te he estropeado la tarde, ¿no?

Él se limitó a sonreír y me sentí bien.

—Oye, Jess, ¿podemos ir en la ranchera?

—Si tú quieres.

—Otra cosa, Jess.

—¿Sí?

—¿Me dejas conducir?

—¿Has traído tu autorización de principiante?

—Sí.

—Entonces de acuerdo

—¡Estupendo! —Di palmas y bailé un poquito. La ranchera de Jess tiene palanca de cambios; así es muy divertido conducir—. Y algo más, Jess.

—¿Qué más?

Me eché a reír.

—¿Podemos llevar a Tracer? ¿En el medio, entre los dos? Siempre he querido hacer eso: conducir una ranchera con un perro y... un tío, ¿entiendes?

Él meneó la cabeza.

—Estilo vaquera.

—Eso creo.

—Sorprendente. Creía que te dedicabas a los vampiros.

—Pues sí.

—O a los alimentos dietéticos y las vitaminas.

—A eso también.

—Eres una persona muy versátil.

—Gracias.

Versátil. Yo era muy versátil. ¡Magnífico! Y yo que creía que era pura confusión.

13

Bailes de salón

—No te aflijas, Dana. De cualquier manera no te habrías divertido tanto. El club femenino ya no es como en nuestros tiempos; es una mierda. Estás mejor así.

—Pero si no me aflijo. —Ya lo había dicho tres veces desde que Birdie y yo subimos al coche—. No importa. No voy a perder un minuto de sueño por esto, créeme.

—Eso espero, porque sería malgastar energías sin ninguna necesidad. ¿Qué sucede en tu casa, que está tan a oscuras?

—¿Qué? Pues que se ha olvidado otra vez de encender la luz del porche. Es como vivir con un topo.

—¿Estás segura de que está en casa?

—Claro que sí. Debe de estar trabajando en su escritorio o viendo la televisión en la salita de estar. ¿Quieres pasar? —La invité sin mucho entusiasmo—. ¿Una taza de café antes de seguir viaje a tu casa?

—No, que si tomo café ahora no podré dormir en toda la noche.

—Tengo descafeinado.

—Dejémoslo para otro día.

—Claro.

—A menos que necesites hablar.

—No necesito hablar —aseguré entre risas—. Lo que necesito es dormir. Estoy la mar de bien, Bird. Esto significa muy poco para mí.

—Ya lo sé.

—Mañana ya no me acordaré siquiera.

—Por supuesto. Eres demasiado inteligente para ellas, ese es el problema. No saben reconocer lo bueno cuando lo ven.

—Gracias. Y gracias por traerme.

—Te llamaré mañana. ¿Quieres que vayamos al cine o algo así? Hay rebajas en...

—Mañana no podré. Quizá la semana que viene. —La solidaridad de Birdie comenzaba a irritarme. Habría sido preferible que me dijera «Te lo advertí» y acabar de una vez.

—Buenas noches, Dana —se despidió, levantando la voz—. De verdad, no pierdas el tiempo pensando en eso, no vale la...

—Ve con cuidado —dije, y di un portazo.

La casa no estaba solo oscura, sino fría. Más que vivir con un topo, era como vivir con un oso o alguno de esos animales que hibernan, siempre torpes y pesados. Eso pensaba mientras encendía las luces de la sala y la cocina; luego subí el termostato. En la salita de estar se oían risas enlatadas. George tiene dos pasiones, si pueden llamarse así: su libro y ver viejos programas de televisión. Cuanto más viejos, tanto mejor; llega al extremo de comprarlos en vídeo. Tiene episodios de *Lassie*, *Bonanza*, *77 Sunset Strip*, del *Show de Loretta Young*. No sé qué significa eso. ¿Quizá que su vida era mucho mejor en los años cincuenta que ahora? ¿Habría entonces algún tono, algo a lo que él reaccionaba, algún sabor o estilo que ahora echa de menos? Me gustaría saber qué es. De veras que me encantaría, pero cuando le pregunto por qué le gustan esos programas viejos, solo responde: «Son divertidos».

Esa noche, tocaba *Yo amo a Lucy*. Cuando entré en la salita de estar, Lucy estaba abriendo la boca en un grito, «¡Buaaaaaaa!», porque Rickie no quería llevarla de vacaciones. George levantó la mirada y me sonrió con ojos afectuosos, risueños. Sonreí a mi vez antes de percatarme de que no era yo quien lo hacía tan feliz. Tal vez debería haber intentado ser así, una mujer tonta, ridícula y estrafalaria. ¿Era eso lo que él habría querido?

—Has regresado —dijo, moviéndose para hacerme lugar en el sofá.

Estuve a punto de preguntarle: «¿Adónde he ido?», solo para

ponerlo a prueba, pero esa noche me sentía melancólica; si él fallaba me sentiría aún peor.

—Del club femenino —dije para ayudarlo—. Noche de elecciones.

Apareció la publicidad; él quitó el volumen con el mando a distancia.

—¿Cómo te ha ido?

—He perdido.

—Qué pena. —Parpadeó con conmiseración a través de la zona media de sus trifocales. Estaba elegante, pantalones de tweed y el jersey azul de cuello alto que Carrie le regaló hace dos Navidades, pero tenía caspa en los hombros y una mancha amarillenta en el pecho; zumo de naranja seco, tal vez. Y olía a pipa. En nuestros tiempos éramos una pareja muy guapa; tengo fotos que lo demuestran. Ahora nos hemos convertido en esa clase de personas que nadie se vuelve a mirar. ¿Cuál de nosotros acabará primero en Cedar Hill? Últimamente me lo pregunto demasiado a menudo. Me resulta muy fácil imaginarme visitando a George en una habitación como la de Helen. Llevándolo en su silla de ruedas a la clase de arte y manualidades, inclinada sobre sus hombros encorvados para enseñarle a hacer agarraderos.

—Sí —dije—. La nueva presidente del Club Femenino de Clayborne es Vera Holland. Que tiene diecisiete años.

—¿De verdad?

—O veintisiete, qué importa. Una mujer más joven. Su lema fue «diversidad», lo cual significa reclutar a más de sus amigas vulgares.

Chasqueó la lengua. Desvió brevemente la vista al televisor. Un anuncio de champú.

—En realidad yo no quería ese cargo, pero tampoco quería que se lo llevara ella. —En realidad eso no era cierto—. Bueno, en cierto modo lo quería. Para renovar las cosas. Quería sentirme... activa, ¿me entiendes? —Mejor dicho, viva—. Ser socia de un club no significa nada; cualquiera puede serlo. Lo que buscaba... creo que necesitaba ponerme a prueba antes de que fuera demasiado tarde.

Me sentía algo sofocada por tanta franqueza. Abrirme tanto a

George, revelarle mis sentimientos más profundos... es algo que dejé de hacer hace años. No servía de nada. Un ejercicio unilateral que por lo general me hacía sentir tonta. A decir verdad no franquearme con él tampoco servía de nada. De un modo u otro siempre sales perdiendo.

—Bueno —dijo él.

—¿Bueno qué?

—Que tal vez sea para mejor. Demasiado trabajo. Para qué.

—Tal vez. —Me levanté—. Y con una vida tan rica y plena como la que llevo. No sé en qué he estado pensando. —Recogí mi abrigo y mi bolso.

—Dana.

—¿Dime?

—Habrías sido una estupenda presidenta.

—Eso no lo sé, pero me habría gustado ganar. Quería ganar, sí.

Él se encogió de hombros y meneó la cabeza. Frunció los labios. Parpadeó. Intentos de gestos conmiserativos. Palabras, George, quiero palabras. En el televisor Fred y Ethel entraban en el apartamento de Lucy. Fred hablaba por el costado de la boca, con rostro inexpresivo, y Ethel ponía los ojos en blanco.

—Bueno —dije—, no te importuno más.

—Subiré en dos segundos —aseguró George.

Un vendaval de risas me siguió escaleras arriba.

En la planta alta hacía aún más frío. Mientras me desvestía frente a mi armario oí el chasquido de los interruptores abajo. A continuación, el golpe de los zapatos de George en cada peldaño, lento y pesado, casi como si subiera de mala gana. ¿Me compadecía? Al diablo con eso. Pero al agacharme para quitarme las medias le eché un vistazo; parecía simplemente cansado.

Qué horrible visión, mi cara en el espejo del lavabo. Ya en 1979 comencé a pedir a George que reemplazara el tubo fluorescente por una bombilla de tungsteno. No lo hará jamás. Cuando se lo comento a Carrie, ella me dice: «Pues si logras parecer más o menos humana con esa luz, imagina lo guapa que estarás en el mundo real». Bonita lógica, pero ya no resulta. Hace por lo menos veinte años que no resulta.

Me lavé los dientes, me cepillé el pelo. Que empieza a ralear.

Tomé la píldora para la tensión. Inclinada hasta el espejo bajé el escote del camisón para estudiar las nuevas arrugas que me habían aparecido en el cuello. Cuello de tortuga. Papada de pavo. Debería abandonar ese rito nocturno. Es curioso, pero con los años mi vanidad no disminuye: aumenta. No, vanidad no es la palabra correcta. Horror. Eso es.

Si yo fuera más guapa, ¿querría George hacerme el amor? ¿Si adelgazara diez kilos? Difícil. En verdad no creo que lo excitara siquiera la perspectiva de acostarse con Sophia Loren. Con June Allyson tal vez; siempre le ha gustado. Por desgracia para él la mujer con quien se casó se parece más a Ethel Merman. O a Joan Crawford. Una morena tosca, sin una pizca de porte.

Cuando me metí en la cama, a su lado, apartó brevemente la vista del periódico.

—¿Cansada? —preguntó.

—¿Por qué? ¿Tengo cara de cansada?

Se encogió de hombros y reanudó la lectura.

—Al menos esta noche he logrado una cosa —agregué, interrumpiéndolo a propósito.

—¿Qué?

—Han aprobado mi moción de presentar una petición para que se pare esa tontería del arca.

—¿El arca del río?

—No, el arca de la autovía interestatal. —Estaba de muy mal humor, sí—. ¡El arca del río, sí, hombre!

—¿Y por qué?

—¿Por qué? Eso es propiedad pública, George. Hay gente que amarra sus embarcaciones en ese muelle.

—Ya, pero no son tantos.

—¿Y qué me dices del factor estupidez?

—Ah.

—¿Y la separación de la Iglesia y el Estado? Te diré lo que ha sucedido: Jess Deeping pilló al concejo desprevenido y manipuló la votación. Imagina qué pasaría si los informativos nacionales se enteraran de esto. ¡Como descubrir que un lunático está construyendo un altar a la Virgen María con chapas de botella!

—¿Dónde?

—No, es solo un ejemplo. Quedaremos todos en ridículo. Eso será un adefesio, una molestia pública. No podemos permitirlo.

Se quitó las gafas para frotarlas con el rebozo de la sábana.

—¿Y Carrie?

—¿Qué pasa con ella?

—¿No participa en eso? Tengo entendido que está...

—Es puro aburrimiento. Otro de sus proyectos supuestamente artísticos. Carrie debe concentrarse en su empleo en vez de aliarse con esa estupidez religiosa fundamentalista. ¡Jamás se ha visto semejante locura! Y desde luego, Jess Deeping tenía que estar metido en eso. Típico; la sangre tira.

—¿De qué hablas?

—De su madre. Era demente, ¿no lo recuerdas?

—No.

—Pues sí. Murió en un manicomio. Y él es astilla del mismo palo.

George meneó la cabeza, en señal de desaprobación, e hizo ruido con las páginas del periódico. Fin de la conversación.

Eso también es típico de él, pasar de un problema fingiendo que no existe. Lo más probable era que Carrie tampoco apreciara mi moción. Hasta era posible que pusiera mis motivos en tela de juicio. Y con toda seguridad no me daría las gracias. De cualquier modo era posible que la petición no sirviera de nada; tal vez era ya demasiado tarde. Bonita maniobra evasiva la de Jess Deeping; menudo caradura. Tal vez envíe una carta al periódico.

—¿Sabes qué ha dicho Birdie?

George suspiró.

—Dime.

—Que yo solo quería ser presidenta para mandar a todo el mundo.

Al oír eso levantó la vista. Yo esperaba que hiciera algún comentario desdeñoso, pero se limitó a mirarme.

—Ha dicho que era una broma, pero no me ha gustado.

—No, claro.

—¿Tú crees que soy autoritaria?

—De ninguna manera, querida.

Inclinó la cabeza calva para echarme una mirada por debajo de las cejas. En sus ojos había una chispa esperanzada. Me eché a reír. Y él también rió; por unos segundos fue grato.

Luego él dobló el periódico, lo dejó a un lado y apagó su lámpara. Todas las noches se queda dormido sobre el costado derecho, de espaldas a mí; pasados unos cuarenta minutos se tumba de espaldas y ronca. Comenzó a acomodar la colcha, aflojando la sábana a los pies para no sentirse constreñido. Todas las mañanas vuelvo a ajustarla.

—¿George?

—¿Hum?

—Nada. No importa. —Me atacó una sensación opresiva, como un torno, como si una esperanza pujara desde abajo por subir, en tanto otra cosa, vieja y sapiente, presionaba desde arriba—. ¿No te gustaría aprender bailes de salón?

Él volvió la cabeza y estiró el cuello para mirarme por encima del hombro.

—Los viernes por la noche, en el Ramada Inn. Seis semanas. Comienza la semana próxima. Podríamos cenar antes. Una salida nocturna para los dos. Algo distinto.

—Pues... hum. —Frunció mucho las cejas—. El problema es que los viernes por la noche me reúno con Albert por el libro. Creo que él no tiene otro momento libre.

—¿Solo puede reunirse contigo los viernes por la noche? ¿Ningún otro día de la semana?

—Eso ha dicho.

—Bueno, no importa.

—Lo lamento. Habría sido divertido —mintió—. Quizá el año que viene.

—Buena idea. —Cogí la novela que tenía sobre la mesilla—. Esperemos a ser aún más viejos.

—Dana.

—Quizá el año que viene enseñen bailes de salón en silla de ruedas. —Abrí el libro con brusquedad, busqué la página donde me había quedado la noche anterior—. Quita. —Estaba tan enfadada que le aparté la mano de mi cadera y me di la vuelta—. Quiero leer.

Él suspiró como un mártir, agitó las mantas y se acomodó sobre el costado derecho.

—Buenas noches.

Cuando conocí a George tenía dieciocho años y trabajaba en el taller de reparación de Willie, en atención al cliente. Fue mi primer empleo. Escribía a máquina, archivaba los papeles y atendía a los clientes. No sé adónde pensaba llegar con ese empleo; a ninguna parte, supongo. En esos tiempos una no buscaba tener una profesión, simplemente, se casaba. Al menos las chicas de mi clase. Un día, George trajo su viejo y ruinoso Plymouth; yo lo atendí, llené el breve formulario, apunté su nombre y su dirección, pregunté qué le pasaba al coche. Llevaba puesto un jersey de lana con un estampado de rombos; lo recuerdo como si fuera hoy. Universitario. Coqueteé con él porque era amable y tímido, pero no hice nada por conquistarlo; sabía cuál era mi lugar. Cuando me preguntó si podía llamarme alguna vez, casi dije que no. Sin embargo pensé que, por ser de Richmond, quizá ignoraba las normas: los muchachos de Remington nunca salían con chicas de Clayborne, al menos con buenas intenciones.

Un viernes por la noche me llevó a escuchar una orquesta en el campus de la universidad. Si hubiera sido Casanova, si hubiera sido Don Juan, no habría podido idear una cita más seductora. Yo estaba emocionadísima y totalmente aterrorizada. Esa noche puse la mira en él. Esto es lo que quiero, me dije. Universidad... ¡pero si bastaba esa palabra para que me diera vértigo! Universidad representaba paz, quietud, seguridad. Y sobre todo, respetabilidad.

Fue fácil hacer que se enamorara de mí. En esos tiempos yo era bonita; me bastó con fingir que él era el centro del mundo. Eliminé de mi mente cualquier cosa que no fuera George, enfoqué todas mis luces en él hasta cegarlo. Supongo que hoy en día habría tenido que acostarme con él, pero por entonces bastaba con lograr que te desearan. George es el único hombre con quien he estado. Él dice que yo he sido su única mujer, pero eso ya es más dudoso. Prefiero no investigar demasiado. La única en muchísimos años, eso sí, no lo pongo en duda.

Creo que si quería ser presidenta del club femenino era para ver si mi disfraz funciona, antes de que llegue a los cien años y ya sea demasiado tarde. Provengo de una pobre familia. Mi padre era un borracho. Actúo como si esta casa y esta ciudad fueran el ambiente que me corresponde, como si las fiestas de la universidad no me asustaran, pero nunca tengo la certeza de que me crean. Por desgracia el hecho de que Vera Holland haya ganado las elecciones no prueba nada. Solo confirma que voy de capa caída.

A veces me pregunto si no habría debido casarme con alguien como Calvin Mintz, el esposo de la pobre Helen. Es más de mi clase. ¿Cuál de los dos es más perverso, Cal o yo? ¿Cuál de nosotros habría ganado? Al menos habría sido interesante, si hubiéramos sobrevivido.

Cuando me pareció que ya podría dormir, apagué la luz y me tendí de costado, de espaldas a George. Mi trasero chocó contra el suyo. Me alejé dos o tres centímetros, todavía enfadada; no quería que me tocara.

Últimamente me he vuelto morbosa. Imagino que despierto en mitad de la noche y lo encuentro frío y rígido en la cama, a mi lado. Tengo miedo de tocarlo. Aviso a Carrie o a urgencias, no estoy segura. A Carrie, supongo; ella puede ocuparse de telefonear a urgencias. Viene la ambulancia. Llaman a la puerta, luces blancas y azules lanzan destellos al jardín, a la calle; yo los acompaño al piso alto, con bata y pantuflas. Hacen algo... aquí la fantasía se torna menos realista. Tal como los sueños, que suelen comenzar nítidos, luego se tornan vagos y al fin terminan en tonterías. Nunca imagino a los de la ambulancia diciendo: «Ha muerto, señora». No, nunca llego a tanto.

El tiempo me está convirtiendo en alguien que no acaba de parecerme real: en una anciana. Los otros viejos ¿se sienten viejos? Siempre pensé que sí, que debía de ser así, pero aquí me tienes: pronto cumpliré los setenta y no soy más inteligente, más sabia ni más feliz; no me siento más satisfecha, contenta ni lúcida que a los cuarenta. Todo lo contrario.

Podría vivir hasta los cien años, pensé cerrando los ojos, pues la luz de la luna se filtraba por entre las cortinas. Seguramente mencionarían mi nombre por televisión. Quién sabe, tal vez George llegaría a los noventa y ocho en la otra ala de la residencia geriátrica. El *Morning Record* podría publicar nuestra foto en la sección «Estilos de vida»: los dos marchitos en nuestras sillas de rueda, sosteniéndonos mutuamente la mano nudosa para cortar el pastel.

Tonterías. ¿Por qué prolongar el matrimonio con George durante otros treinta años? ¿Acaso no había aprendido nada en los últimos cincuenta?

No creo en la desesperanza. Eso va contra mi educación. Pero el problema de la esperanza es que surge eterna. Las ancianas locas creen que los milagros siguen siendo posibles.

George se dio la vuelta en sueños y plantó la rodilla sobre mi trasero. Su calor me gustó, de manera que me estuve quieta en vez de aguijarlo para que se moviera. ¿Lo ves? Para algo sirve el hombre. Eso es esperanza.

14

El día del elefante

Alla prima. En pintura significa «de una vez»: aplicar los pigmentos en una sola sesión, en lugar de uno cada vez. Es probable que Van Gogh pintara *alla prima* su *Habitación de Arlés*, según dicen. Se supone que la ventaja que esta técnica tiene sobre los enfoques más minuciosos y estudiados es el entusiasmo, la pasión y la fluidez. Solo puedo decir que debo de estar haciendo una obra muy apasionante en estos días. Además, me gusta poder darle un nombre artístico extranjero: *alla prima*. Mucho más bonito que «al descuido».

Piel mojada de nutria marina. ¿Cómo se pinta la piel mojada de una nutria marina? Si estuviera utilizando óleo o acrílico sobre una tela bien estirada, comenzaría con una base neutra de azul de ultramar, gris de Payne, tal vez algo de ocre natural, un poco de blanco de titanio. Si pudiera permitirme el gasto, usaría un pincel Richeson número 10, serie 9.050; aplicaría primero las luces y sombras básicas, tratando de imaginar el cuerpo de la nutria como si fuera un paisaje: piel, músculo y huesos como colinas, valles y cumbres. La compondría en un ambiente adecuado, quizá trepando por un tronco después de haber nadado en un arroyo. Los elementos de la composición ofrecerían perspectiva y proporción; podríamos apreciar el tamaño de la nutria comparándolo con el de los objetos circundantes. Sería básicamente gris, pero no descolorida, pues contrastaría contra las hojas otoñales (tierra de Siena natural, bermellón, rojo veneciano, pardo de Van Dyck) y el tronco mojado (siena quemada, azul de ultramar, negro de humo). Pasaría a un pincel Richeson número 3, serie 9.000, para el trabajo fino: los detalles y el refinamiento del pelaje, los bigotes, los ojos, las pestañas, las uñas.

Sin embargo no hacía nada de eso. Usaba una pintura semimate para exteriores True Value (20,99 dólares los cuatro litros) de un tono pardo grisáceo llamado «Adiós». La aplicaba con un pincel de tres pulgadas, de nailon y poliéster, sobre lo que, con un poco de suerte, era una silueta de nutria marina recortada de una lámina aislante de espuma de poliestireno 1,20 por 2,40 centímetros. Era una desventaja.

Pero no insuperable. Y de cualquier modo tampoco trabajaba por entero *alla prima*; una vez que el látex gris estuviera seco, agregaría realces blancos y negros con un pequeño pincel de marta, el único capricho que me había concedido, para destacar las marcadas V laterales que debían formarse en el pelo mojado de la nutria. El truco consistía en levantar rápidamente el pincel cuando llegabas al final del pelo; de otro modo la punta no quedaba lo bastante fina. Si disponía de tiempo, retocaría los ojos con acrílico; me habría gustado reforzar el borde de la pupila y aclarar el fondo del iris con amarillo de Turner y un poco más de blanco. Pues había decidido que la luz sería cenital.

Pero no habría tiempo. Dios concedió a Noé ciento veinte años para construir el arca y le cedió todos los animales sin pagar nada. Eldon Pletcher había dado a Landy (y este a Jess, quien a su vez nos concedió a mí y a mis «colaboradores») unos tres meses para poblar un arca de tres plantas con unas setenta y ocho especies animales distintas, incluidos peces, reptiles e insectos.

Landy aseguró que no había sido fácil conseguir que el viejo se limitara a setenta y ocho, y no me costó creerle. Al principio sus decisiones me parecieron arbitrarias. Por ejemplo, insistió en que pusiéramos el antílope en vez del caribú; lobo sí, coyote no; el alce americano en lugar del europeo; el topo sí, la musaraña no. El leopardo en vez del puma; el perro sí, pero el dingo no; el burro y no la mula... y así sucesivamente. Bien pensado, tenía sentido; entre los animales parecidos, había escogido siempre el que era más fácil de reconocer o más... simpático, a falta de una palabra mejor. A la gente le gustaban los ratoncitos, pero no las ratas.

En general yo estaba muy de acuerdo con la lista de Eldon. Ansiaba especialmente hacer un chimpancé. Y un pulpo, que no solo sería un desafío artístico, sino también mecánico. Landy preguntaría a su padre si se me permitía alguna licencia, porque me gustaban los animales lentos y pesados, pero su lista no incluía manatíes ni zarigüeyas. De cualquier modo, aunque él lo autorizara, no había tiempo.

No estaba tan mal esa absurda fecha límite del 17 de mayo, que no teníamos ninguna posibilidad de respetar. No permitía correcciones. Mi cerebro izquierdo, si acaso existía, había quedado reducido prácticamente al silencio: por necesidad me dejaba llevar por un instinto desinhibido. Era la primera vez que trabajaba así, como los periodistas que deben terminar el artículo a tiempo para que aparezca en la primera edición del periódico. Era más veloz, obviamente, pero ¿resultaría bueno? Yo lo ignoraba. Temía hacerme ilusiones; creía que sí. De un modo u otro lo estaba pasando en grande.

La tarea me seducía, pese a todas las restricciones y los condicionamientos excéntricos que Eldon había impuesto. Me tragaba, tal como la boa constrictor se traga un conejo (había estado leyendo sobre esas boas; Eldon las quería para representar la categoría de las serpientes, por ser fácilmente reconocibles, claro). Trabajaba casi en trance. No como el trance de los diminutos arreglos florales; eso era como caer en coma, mientras que esto se parecía más a la hipnosis. Tenía conciencia de lo que me rodeaba: el frío del ambiente, el mugir de alguna vaca fuera, los olores a aceite, gasolina y pienso, el zumbido de los fluorescentes que Jess había instalado en el techo, junto con un insuficiente calefactor de gas propano en la pared, allí donde el establo se convertía oficialmente en zona de reunión para los que colaboraban en la construcción del arca. Sin embargo nada me distraía, nada se interponía entre mi persona y aquello en lo que estaba trabajando. Era como si me diluyera en la pintura, y la pintura se diluyera en la superficie, y la superficie en el objeto; en este caso, una nutria marina. ¡Extraordinario! Era la recompensa, el premio, la mejor parte de la actividad artística. La había sentido en otros tiempos, pero ya apenas la recordaba. Nunca pensé que la recobraría.

Landy interrumpió mi concentración al decir:

—Lo siento, pero hoy tendré que irme temprano.

Di un respingo. La línea suave de mi pincel se torció hacia arriba, como si un detector de mentiras me hubiera sorprendido en una patraña.

—Oh, disculpa. Pensé que me habías oído.

Me eché a reír. Estábamos trabajando en el establo de Jess desde la hora de comer; aunque la zona que corresponde a Landy estaba bastante cerca de la mía, a menudo olvidaba su presencia. No era solo por mi propia concentración; era un hombre silencioso, al que le gustaba trabajar indefinidamente sin decir palabra.

—Bien —dijo inclinándose para echar un vistazo a mi nutria—. Se la reconoce bien.

—Todavía no he terminado el pelaje. ¿Lo ves demasiado gris? ¿Crees que necesita más marrón?

—Pues... tal vez.

—Me guío por estas fotos y estos dibujos. —Señalé mi material de referencia: calendarios de vida silvestre y un par de publicaciones naturalistas—. Sí, más marrón, creo. Así como está parece una cría de foca.

—No, no; no se parece en nada a una foca.

Como le creía, deseché esa preocupación. Landy era mi crítico de confianza, siempre cortés, pero sincero. Si mi cerdo parecía un armadillo, buscaría una manera amable de decírmelo.

—¿Vas a visitar a tu padre? —pregunté.

Asintió con la cabeza.

—Discúlpame por retirarme tan temprano y con tanto por hacer todavía, pero le gusta que vaya a esta hora.

—No te preocupes. —Eldon estaba nuevamente hospitalizado, por los dolores de pecho y el líquido que se le acumulaba en los pulmones—. ¿Cómo se encuentra?

—Mejor. Dicen que probablemente pueda volver a casa en un par de días. El martes, han dicho.

—Me alegro mucho. Es un anciano fuerte. —Aún no lo conocía, pero me pareció que podía decirlo sin miedo a equivocarme.

—He hecho seis pares de ruedas; las he dejado allí. Lamento que no sean más. —Tendió las manos para flexionar los dedos nudosos y artríticos—. Hoy no tengo un buen día.

—Es por el frío. —Yo trabajaba con mitones, pero Landy decía que se sentía torpe con ellos.

Se abotonó la chaqueta de cuadros hasta el mentón y se encasquetó la sucia gorra de cazador.

—He hecho dos juegos para el elefante, como dijiste. Para delante y detrás. —Había pasado la tarde fijando ruedas a fuertes bases de madera, pues Eldon quería llevar los animales hasta el arca rodando por una rampa. Lo tenía ante los ojos, había dicho.

—Estupendo. ¿Funcionarán los frenos? —pregunté. Habíamos comprado juegos de ruedas con pequeños frenos activados a pedal; eran ridículamente caros, pero nos hicieron descuento por comprar una gran cantidad.

—Creo que sí. ¿Qué harás cuando termines con la nutria?

—Oh, voy a divertirme un poco —respondí—. Hoy es el día de los elefantes.

Cuando sonreía los ojos se le arrugaban hasta casi cerrarse.

—Ojalá pudiera quedarme a ver. Lo estás pasando muy bien, ¿eh?

—Creo que sí.

—¿Por qué has decidido ayudar? Esto no tiene nada que ver contigo, Carrie.

Era lo que todos me preguntaban; a esas alturas habría debido tener una respuesta mejor para dar.

—Me pilló por sorpresa. —Era lo mejor que podía decir—. No pensé que me implicaría tanto. Solo pensaba venir un par de veces para ayudaros a poner todo en marcha.

Él soltó una risa tímida, jadeante.

—¡Lo mismo me sucedió a mí, jo...! Y también a Jess. Somos demasiado fáciles de convencer. ¿Te arrepientes?

—No, pero no quieras saber si estoy cansada.

—¡Oh, si lo sabré yo! Oye, las Finch me han dicho que pueden volver una noche de la semana próxima, y también el sábado. Si eso te sirve de algo.

Murmuré algo sin comprometerme. Las Finch, dos ancianas hermanas arquistas, ambas solteronas, tenían una sincera voluntad de ayudar, pero eran inútiles... en tantos sentidos que enumerarlos sería una maldad. Baste decir que no distinguían un color de otro; a eso se sumaba la decrepitud. Con todo, lo peor era que tenían ideas; daban consejos. La semana anterior me había percatado de lo dominante que me sentía cuando la señorita Sara Finch dijo que la vaca debería ser una suiza castaña y la señorita Edna Finch estuvo de acuerdo. No, no y no. La vaca era una Holstein blanca y negra. Punto. No estábamos en democracia.

—Ojalá pudiera pagarte —murmuró Landy con la cabeza gacha—. Es domingo; podrías estar en tu casa, con tu fam... tu hija. Ojalá pudiera pagarte de algún modo.

Eso le preocupaba de verdad. Lo decía con frecuencia.

—Tal vez puedas, Landy. Cuando esto termine, tal vez puedas ayudarme en casa con un par de proyectos. Cosas que no puedo hacer sola.

Sonrió de oreja a oreja.

—Con muchísimo gusto. Será un placer. Lo que quieras. Cuenta conmigo.

—Gracias.

Nadie, ni siquiera Landy, sabía cuánto dinero había reunido el viejo Eldon. Debía de tener bastante, pues de lo contrario no habría ofrecido equipar el parque de columpios. (¿O sí? Era una posibilidad. Bien podía estar tomando el pelo a toda la ciudad. Me pregunté si Jess lo habría tenido en cuenta. Se lo preguntaría.) De cualquier modo Landy quería que el arca fuera muy frugal, dentro de lo posible, pues afirmaba que se estaba tragando la herencia de su madre. La suya también, pero no parecía tenerlo en cuenta. Decía que no quería que la obsesión del viejo empobreciera a su madre, una vez que él se hubiera ido. Por eso utilizaba la pintura más barata de cuantas podía comprar y la aplicaba, no sobre madera, sino sobre poliestireno. Por eso Landy y Jess, que no habrían podido llenar una caja de fósforos con su experiencia naviera, estaban dedicados a diseñar un arca de treinta y cinco metros en su tiempo libre, sin asesoramiento profesional y sin más ayuda que la prestada por los arquistas.

En cuanto me hube despedido de Landy me concentré en los elefantes.

A todo el mundo le gustaban, despertaban ternura. Para mi generación habían sido lo que los dinosaurios para la de Ruth. Pero si los niños, al crecer, se olvidaban de los dinosaurios, nadie perdía la fascinación por los elefantes. Tal vez los traficantes de marfil, pero nadie que tuviera alma. Tenían algo especial y yo quería captarlo. Su dulzura, su lenta inteligencia, el hecho de ser pacientes e infatigables. La sinceridad.

Como a todos los animales, lo hice de tamaño natural. Pequeño, sí, pero de tamaño natural. La idea de que cada lado representara un sexo parecía dar resultado, aunque aún no había logrado hacer dos poses diferentes para cada costado de las siluetas. Solo podría variar las dos imágenes mediante el color, pero seguía intentándolo. Hasta entonces las láminas aislantes habían sido más que adecuadas; en realidad, a menudo obtenía ambas partes de dos animales pequeños de una sola hoja. Sin embargo, como el tamaño no bastaría para un elefante, había pegado dos láminas por los bordes laterales, con cola caliente; luego, una a cada lado sobre la costura, para fortalecer la unión, y por último cuatro mitades de 2,40 por 60 centímetros, arriba y abajo, para llenar los vacíos. Así obtuve un cuadrado de espuma de 2,40 de lado y 6 centímetros de grosor. Más tarde recortaría las orejas, la trompa y el rabo, y los pegaría por separado.

Fue Chris quien tuvo la brillante idea de utilizar láminas de poliestireno. En el pasado había diseñado escenografías para producciones teatrales de aficionados. La madera contrachapada, explicó, era más pesada y cara, resultaba menos dúctil y se curvaba con la humedad. Las láminas de poliestireno, en cambio, se pegaban estupendamente, se podían cortar con cuchilla en vez de serrucho y la pintura de látex se fijaba en ellas de maravilla. Chris solo conocía a Landy a través de lo que yo le había contado, pero le gustaba pensar que su consejo le había ahorrado ya mucho dinero.

Generalmente dibujaba el contorno del animal con la plancha en el suelo, pero con el elefante no podría hacerlo así; era demasiado grande. Habría tenido que gatear sobre ella y podía estropear el material, que era fuerte, pero no indestructible. Después de apoyar la enorme lámina contra la pared, miré en derredor en busca de un cajón sobre el que encaramarme para alcanzar la parte superior. Tras varias docenas de bocetos me había decidido por un escorzo, de modo que el animal sería casi todo cabeza, trompa y flanco izquierdo; con la cara al frente, nos clavaría la mirada de un solo ojillo, bondadoso y arrugado. En vez de dibujar libremente, transponía secciones proporcionales del dibujo final al poliestireno.

Las patas. Tened en cuenta la función, me habían enseñado en la academia de arte, un millón de años atrás. La función de las patas del elefante era sostener varias toneladas de elefante. Pies grandes, redondos, como plataformas, en el extremo de las patas correosas e informes; la piel caía abolsada sobre lo que sería el tobillo en cualquier otro animal. Grandes pliegues en las paletas también, como barbas de ave. Ojalá correspondiera con la realidad; ¿podía tener la piel abolsada un elefante tan pequeño? Pues sí, era pequeño, pero viejo; había nacido menudo. Sus padres eran menudos y él era astilla del mismo palo. Me aferraría a esa explicación.

La trompa, de casi metro y medio de lado, tenía el extremo curvado hacia la primorosa boca. Como era un elefante indio, el lomo era el punto más alto, más que las paletas, y se arqueaba un poco. Las orejas eran grandes, pero no gigantescas y flameantes, como las del africano... que por desgracia no abordaría esta arca. Ese tipo de exclusiones me daban que pensar. Lamentaba haber elegido el oso pardo, por ejemplo (siempre por facilitar la identificación), antes que al negro, el panda, el de Ceilán, el de Malaya o el polar. Quería pensar que el viejo Pletcher también había lamentado escoger la morsa antes que la foca, o decidir que todo el reino de los peces estuviera representado por el tiburón. Ojalá hubiera pensado: «Pobre carpa, pobre salmón, pobre trucha».

La silueta esbozada no estaba mal. Al darle la vuelta observé que la hembra quedaría bien. La haría algo más clara, aunque para eso tuviera que comprar otra lata de pintura. Quizá «Musgo ahumado», de True Value; según la muestra era el tono más adecuado. La cabeza no estaba lo bastante plana arriba, pero el músculo que levantaba la pesada trompa, en medio de la frente, me había salido muy bien. Y me gustaba así, con una oreja hacia dentro y la otra hacia fuera, pero ¿no parecería un error? Me gustaba también el abultamiento del anca, una masa de músculo en movimiento; era obvio que acababa de apoyar todo el peso en la pata trasera izquierda y estaba a punto de levantar la delantera derecha. Lo encontré muy logrado.

Mientras sombreaba las líneas horizontales paralelas de la trompa, haciendo algo parecido a un plano acotado, tuve una idea genial. Podía hacer algo mejor que sombrear y realzar; podía grabar. Lo descubrí por casualidad cuando, al aplicar demasiada presión al lápiz de dibujo, hundí la espuma. ¿Y si labraba las arrugas más marcadas de la trompa y la cara, esas líneas tristes en torno de los ojos vetustos, y luego pintaba de oscuro las partes hundidas, con una capa más clara arriba? ¡Textura! Estaba casi segura de que resultaría. Por muy bien que pintara los animales, desde el principio me había preocupado el aspecto plano que tenían; parecían plataformas verticales móviles, decorados teatrales sobre ruedas. Esa no era la solución perfecta (ya empezaba a prever las deficiencias), pero sí un comienzo. Un comienzo muy bueno. Me sentía interiormente iluminada, llena de energía renovada. Primero experimentaría con un trozo de espuma, desde luego. ¿Con un bolígrafo? ¿Un cuchillo? Usaría una cuchilla con hoja nueva. Quería algo más que una pequeña depresión: quería verdaderas grietas, espectaculares fisuras negras, pero sin romper la espuma. Y el látex gris ¿cubriría bien el negro?

La rigidez de los dedos y el dolor de cintura me despertaron de otro trance. Había olvidado ponerme el reloj, pero por las ventanas altas y polvorientas brillaba el filo de la luna temprana. Ya era tarde.

Metí en bolsas de plástico los recortes de espuma y madera que habíamos dejado; limpié mis pinceles, puse orden en el lugar de trabajo. No podía irme sin echar un vistazo a lo que había hecho por la tarde: los toques finales de un conejo, una nutria marina casi completa y el boceto de un elefante. No estaba mal, nada mal, pero ¡cuántos faltaban todavía! Landy necesitaba más ayudantes; yo no podría terminarlos todos en mi tiempo libre. Nadie parecía reparar en ese hecho.

Llevaba algún tiempo esperando que Jess bajara a conversar

conmigo, a ver qué estaba haciendo. Probablemente aún estaba ocupado con el ordeño. Apagué el calefactor y las luces; cerré las grandes puertas del establo y parpadeé en el atardecer helado, como un topo. No sé si los topos parpadean. Sus ojos tienen el tamaño aproximado de la cabeza de un alfiler; como pasan toda la vida bajo tierra, probablemente apenas distinguen la luz de la oscuridad. Pronto tendría que hacer un topo y había estado informándome.

El zumbido de la ordeñadora me guió a través del patio hacia las puertas abiertas e iluminadas del lugar de ordeño. Dentro las vacas subían en grupos de ocho a dos plataformas elevadas sobre un foso de escasa profundidad, donde Jess y sus ayudantes, el señor Green y dos chavales vecinos, iban de una a otra colocándoles los aparatos de ordeño. Aún no me había habituado a la docilidad de esos animales; subían por sí mismas a sus cubículos individuales, se detenían y esperaban con paciencia a que las ordeñaran. ¿Por qué nunca escapaban en estampida? Jess se había reído ante esa pregunta mía. «Son apacibles por naturaleza —explicó—; además no hay nada que les guste tanto como ser ordeñadas, salvo comer.»

Me detuve junto al umbral para disfrutar del calor en tanto observaba el procedimiento mecánico, pero todavía rudimentario, del ordeño. Jess, con botas y guantes de goma, lavaba la ubre de una Holstein completamente negra con toallas de papel y desinfectante. A continuación extrajo a mano un poquito de leche de cada una y cuando fijó las ventosas, revestidas de goma, la máquina emitió cuatro sonidos claros y distintos. Eché un vistazo a la ancha cara negra del animal esperando ver una expresión de bienaventuranza, pero no le noté cambio alguno.

Les faltaba poco para terminar; eso era evidente por el olor a orina y boñiga. Cuando comenzaban el lugar se veía pulcro, pero poco a poco todo se iba al diablo. Al terminar descargaban contra todas las superficies chorros de manguera, hasta dejarlo limpio otra vez. Qué trabajo.

Y qué vida. No era la que había imaginado para mi rebelde y romántico chico, aunque por lo que sabía Jess nunca habría querido otra. Una vez me dijo que esperaba ser una mezcla de su padre y de su madre, tener un poco de cada uno, no todo del mismo. Eso me indujo a pensar que tal vez temía sufrir la enfermedad de su madre. Quizá el duro trabajo físico, los ciclos tranquilos, la rutina lenta y sin sorpresas de sus días eran como un tótem, una empalizada contra... la locura. En ese caso, yo no sabía qué pensar. Daba resultado, pero ¿era triste o divertido? En realidad ignoraba si Jess era feliz o no. Para mí se había convertido en un misterio. Otra cosa que tampoco esperaba.

El señor Green pulsó un botón en la pared alicatada del foso; se abrió un portón metálico y una línea de vacas ya ordeñadas salió al trote del cobertizo, rumbo a un corral al aire libre donde los esperaban varios fardos de heno. Se abrió otra puerta, que dio paso a otra hilera de vacas. Jess levantó la cabeza y me vio. De inmediato cambió de cara. Se alegraba.

No podía guardar ningún misterio. Yo lo conocía demasiado bien. Tenía una cicatriz en forma de media luna sobre el omóplato derecho. Se la había hecho mientras observaba el motor de una ranchera, cuando el capó le cayó en la espalda; por entonces tenía trece años, era la ranchera de su padre, una Ford 1962. A los catorce aprendió por su cuenta a tocar la guitarra. Su músico favorito era James Taylor. A los dieciséis me enseñó a apoyar la frente contra el costado blando de una vaca, para ordeñarla con tirones suaves y rítmicos. «Procura que tu pelo no le haga cosquillas en la piel, Carrie; es muy sensible y puede sentirlo todo.» Al enseñarme a ordeñar ese chaval larguirucho, de dedos largos y fuertes, me dio la primera lección de sensualidad adulta. Y me enseñó a tratar con respeto al sexo opuesto. Yo quería que me acariciara con la misma firmeza y solicitud con que tocaba a aquellas grandes señoras bovinas, que tanto exhibían su propia feminidad. No debería haberme sorprendido tanto que hubiera un componente sexual en el ordeño, pero en la edad adulta lo atribuí a la agitación de hormonas adolescentes. Ahora sé que me equivocaba. No era cuestión de edad, sino de susceptibilidad.

Se quitó los guantes y dijo algo al señor Green, que me saludó con la mano. Green era un buen hombre, pero comenzaba a envejecer. Quería jubilarse para vivir con su hija en Carolina del Norte; Jess siempre lo disuadía. Por egoísmo, según era el primero en admitir. Para el señor Green eso de construir un arca era lo más divertido que había oído en la vida.

—Hola —dijo Jess. Tenía un montón interminable de ropa harapienta. Atender a las vacas era un trabajo sucio; ¿qué sentido tenía acicalarse? Sin embargo siempre me impresionaba un poco verlo con su ropa de faena, por el contraste con su atuendo de concejal o de hombre de ciudad. Como si llevara una doble vida. Esa noche vestía pantalones caqui desgarrados a la altura de la rodilla, una camisa raída, una chaqueta de punto gris bastante sucia y una cazadora deformada, con la cremallera rota y los dos bolsillos arrancados.

—Hola —repuse.

Salimos y nos apoyamos contra el costado del edificio, para contemplar las bandas lívidas del cielo.

—Huele a primavera —comentó Jess.

Inhalé, pero solo distinguí el olor a vaca.

—Vamos a la casa —propuso—. Tomaremos un café o una copa.

—No puedo. Debo volver a casa. ¿Qué hora es?

—Cerca de las seis.

—He dicho a Ruth que estaría de vuelta a las seis.

—¿En qué anda metida hoy?

—Está estudiando para el examen de francés en casa de una amiga.

—Suponía que vendría contigo. Como es domingo...

—No ha querido —admití—. Opina que esto es una locura, Jess. Cree que estamos todos completamente locos.

Esa mañana, Ruth me había dicho, con mucho desdén: «¡Hostia, mamá, qué rara te has vuelto!» y yo repliqué: «¿De verdad? Pues tú serás diez veces más rara que yo». «De ninguna manera, ¿Cómo se te ocurre?» «Es que a ti no te detiene nadie», espeté pensando en mi madre.

Jess sonrió con aire de comprensión.

—Lo sé, se avergüenza de nosotros. No puedes reprochárselo. —Me encantaba que se entendiera bien con Ruth, y no solo por mí—. Oye, ¿qué has hecho hoy? —preguntó.

—He dibujado el elefante. Creo que va a quedar muy bien, Jess.

—Vamos a verlo.

—No puedo. Debo irme. —Sin embargo ninguno de los dos se movió—. ¿Qué diría Eldon si el tigre estuviera volando por el aire? En pleno salto, en vez de estar detenido o caminando. —No podía quitarme esa imagen de la cabeza: las cuatro grandes zarpas estiradas hacia delante, el rabo musculoso volando hacia atrás, la boca bien abierta, las orejas aplanadas y todo en un ángulo de unos setenta grados. Un enorme salto en el aire.

—¿Y cómo lo sostendrías?

—Con clavijas sujetas a la base de madera; desde lejos no se verían. Serían solo nueve o diez metros de altura. ¿Crees que parecería demasiado... salvaje?

—Creo que sería estupendo, pero tal vez Eldon no piense así.

—Pues ha dicho que quiere realismo. No quiere caricaturas ni caras sonrientes; no quiere animales antropomorfos. Es lo que dijo.

Por eso había aceptado ayudar, porque Eldon y yo compartíamos la misma estética para el arca.

—Es cierto —convino Jess—, pero tal vez no quiera que la gente se pregunte qué comerá el tigre en el arca durante los cuarenta días. —Se pasó la lengua por los labios—. Pollos sabrosos, bonitas gacelas, tiernos y jugosos conejos.

—Eso no se me había ocurrido. Ratas... que por fortuna no debo hacer. ¡Si vieras el elefante, Jess!

—Muéstramelo.

—No puedo. Además, no has terminado con tu trabajo.

—Pero si ya está acabado.

—No es cierto. Tienes que limpiar. —Después de ordeñar venía la limpieza; otra media hora lavando, enjuagando y fregando hasta que el lugar de ordeño quedaba reluciente y la sala de refrigeración brillaba. Y aún quedaban por hacer las anotaciones; Jess debía llevar la cuenta de cuántos litros de leche había dado cada vaca—. No sé cómo puedes construir un arca con tanto trabajo como tienes. —Y de inmediato añadí—: Oh, Dios mío.

—¿Qué ocurre?

—He hablado como mi madre.

—Pues tu madre tendría razón. Necesito contratar a otro hombre para que ayude a ordeñar hasta que el arca esté lista. —Se frotó los ojos y me di cuenta de que estaba muy fatigado—. Sé que es solo una plataforma, pero debe flotar. Y yo no sé construir embarcaciones.

—Lo conseguirás. Básicamente es una balsa, ¿no? —Él y Landy me habían explicado el último diseño ideado—. Con una especie de casco falso y dos falsas cubiertas arriba.

—En teoría sí, pero debe flotar —repitió con tono lúgubre—. Y soportar el peso de un hombre para que podamos cargarla de animales.

—He estado pensando... ¿Habéis puesto ojos de buey?

—¿Ojos de buey?

—Podríais hacerlos falsos, solo círculos pintados, y yo les pintaría caras de animales, como si estuvieran mirando por ellos. Sería una manera de agregar animales a bordo.

—Agregar animales a bordo.

Son pocas las personas a las que puedo decir algo así. Tal vez solo a Jess.

—¿No es triste que el coyote no vaya? O el puma. El cuervo. El pingüino. Todos esos animales morirán en el diluvio. Se extinguirán. Solo me preocupa la diferenciación de las especies, la proliferación, como se llame.

No levantó la cabeza, pero vi que sus labios se curvaban en una sonrisa. Estaba apoyada contra el edificio, con las palmas contra el tabique de madera, contemplando la condensación de mi aliento en el aire. Jess me cogió una mano para mirarme la palma, todavía sonriente, en tanto pasaba el pulgar por los leves callos que comenzaban a salirme en la base de los dedos anular y medio. Sentí deseos de tocarlo; no habría sido chocante en absoluto. Como caminar por la nieve con botas nuevas de piel. Ya era hora.

Sin embargo, cuando me pareció que se disponía a levantarme la mano para besármela, la retiré. La recuperé. Es mía. No te la presto.

Hundimos las manos en los bolsillos y nos quedamos callados. ¿Qué quería yo? ¿Qué diablos quería? Hay cosas que no cambian nunca. Una de ellas es mi continua capacidad de desilusionar a Jess.

—Dice Ruth que ahora sales con Brian.

Tardé un segundo en procesar la información.

—No es cierto. ¿Ruth te ha dicho eso? No es verdad.

—Bueno —dijo él sin comprometerse.

—Una noche fuimos a cenar. Pero no salgo con él, créeme.

—De acuerdo.

—¿Cuándo te lo dijo?

—Hace un par de semanas.

La mataría. En cuando llegara a casa. Había comenzado a olvidar aquella noche. En la oficina Brian actuaba como si no hubiera sucedido nada. Yo trataba de imitar su actitud, pues parecía la única manera de trabajar juntos, pero no me funcionaba como a él. Habría querido contárselo a Chris, pero no podía. Ella le tenía afecto, llevaba más tiempo trabajando para él y era leal. No podía decepcionarla para sentirme mejor. De manera que actuaba como Brian, fingiendo que no había ocurrido nada.

Jess me observaba.

—No podré venir hasta el miércoles —expliqué—. Ese día saldré de la oficina temprano y estaré aquí hacia las cuatro. ¿De acuerdo?

—Sí.

—¿Estarás aquí?

—Aquí o en el promontorio.

—De acuerdo. —Me rodeé el cuerpo con los brazos. De pronto tenía frío—. Bueno, será mejor que me vaya y te deje volver al trabajo. Oye, el próximo fin de semana tampoco podré venir.

Él asintió con lentitud, como si esperara algo así.

—Ojalá pudiera, pero me es imposible.

—No tiene importancia.

—Pasaremos el fin de semana en Washington. Mi madre, Ruth y yo.

—Ah.

—Sí, será interesante. —Di algunos pasos hacia atrás, rumbo a mi coche. Como él no me seguía, me detuve—. Reunión de mujeres. Espero que no nos matemos mutuamente.

—¿Cómo va la petición de tu madre?

Hice una mueca. Tema doloroso. Mamá había logrado que su club femenino presentara una petición contra el arca, basándose en que no se puede utilizar la propiedad pública con fines religiosos. En lugar de responder, pregunté:

—¿Qué opina Eldon de la publicidad que están recibiendo los arquistas?

—¿Sabe tu madre que vienes aquí, Carrie?

—No... Sí... Pues no. —Me interrumpí, melancólica y a la defensiva—. Sabe que quiero colaborar.

Él sonrió.

—Se lo contaré esta noche —aseguré, temeraria—. De cualquier modo tengo que llamarla por lo del fin de semana. Le diré que vengo tan a menudo como puedo, lo cual no es mucho.

—¿Por qué?

—¿Por qué qué?

—¿Por qué se lo dirás?

Alcé los brazos y los dejé caer.

—¿Por qué lo preguntas?

—Por simple curiosidad.

Nos miramos; yo, nerviosa; él, divertido. Tal vez... En realidad no sabía qué significaba esa sonrisa, pero no me gustaba.

—No me preocupa lo que piense mi madre. Ya no tengo dieciocho años, ¿sabes? —Solo decirlo me hizo sentir como una criatura.

—Eso está bien —repuso, pero ya no podría decir nada que no sonara tolerante, sarcástico o condescendiente. O como si me estuviera ofreciendo un cebo. Él también lo sabía. Se limitó a sonreír.

—Bueno, me voy. Adiós.

—Buenas noches —dijo mientras me alejaba—. El miércoles estaré aquí, Carrie. Haré todo lo posible.

¿Conque ahora se burlaba de mí? Subí al coche con espasmódicos movimientos de frustración y me alejé demasiado deprisa por la calzada desigual y polvorienta. ¿Qué podía importarle lo que yo dijera a mi madre? ¿Y a qué se debía mi enfado? Lo ignoraba, pero me sentaba bien. Por inadecuado e injustificado que fuese, me sentaba bien. Justo lo que necesitaba. Ojalá él también estuviera enfadado. Ya era hora.

Juntos habíamos pasado por muchas cosas, pero lo único que

nunca hicimos fue pelearnos. ¿Por qué? A los dieciséis años, cuando no quise acostarme con él, se mostró comprensivo y yo me sentí culpable. Cuando rechacé la idea de casarnos, él se entristeció y yo me sentí culpable. Después de la reunión, cuando hicimos el amor y volví a fallarle, él quedó aturdido y yo me sentí culpable.

Detestaba ese patrón. Habría preferido una buena pelea, unos cuantos chillidos, tal vez algunos empujones. «¡Me haces sufrir!», podría haber dicho él. Y yo habría exclamado: «¡Ya lo sé! ¿Acaso crees que me gusta?».

Ya no era la de siempre. Me sentía como si hubiera tomado alguna droga. Una droga benéfica, para variar, pero desconocida. No soportaba los enfrentamientos, no me gustaba mezclarlos con la gente, pero en verdad habría disfrutado de una buena pelea con Jess. Me pareció buena señal. Quizá estábamos doblando algún recodo.

O quizá yo estaba entrando en la perimenopausia.

15

Bla, bla, etc.

Ha llegado la primavera. El viernes, mamá me dejó faltar a la escuela y las tres (ella, la abuela y yo) subimos al coche para pasar el fin de semana en la capital. Me dejaron conducir, pero solo hasta Gainesville, porque después viene la I-66 y más adelante ¡la Beltway! Si yo hubiera conducido por la Beltway nos habríamos matado las tres, ¡qué horror! Así pues, mamá y yo tuvimos que cambiar de asiento, mientras la abuela iba al baño para orinar por cuarta vez desde que salimos. Para mí que tiene algo malo, pero ella dice que no, que siempre le ha ocurrido.

De cualquier modo, conducir fue divertido. He hecho muchas cosas con mamá y la abuela, pero esta era la primera vez que no era una niña entre adultas, sino como una de ellas. Tres mujeres que salieran juntas a la aventura. En parte fue porque la abuela contó en el coche cosas que habitualmente no dice cuando estoy cerca, cosas que no siempre quiero escuchar, como que ese viaje era el más largo que había hecho en dos años, porque el abuelo nunca quiere ir a ninguna parte. Y que por lo visto eso de viajar y hacer cosas juntos cuando él se jubilara era solo un sueño, algo que no sucedería jamás. No reía ni lo decía con tono de broma, como siempre. Su voz se hizo aguda y chillona, y nadie dijo nada durante largo rato. Luego oí que se sonaba la nariz y ese fue el final.

La cara de mamá daba pena. No sé qué habría dicho si yo no hubiera estado presente. ¡La abuela estaba criticando a su propio padre! Es cierto que el abuelo suele ser muy aburrido, y comprendo que estar casada con él resulte a veces deprimente, sobre todo si te apetece conversar. Pero nunca me gustó que mamá dijera cosas feas de papá. No lo hacía muy a menudo (y ahora nunca, todo lo contrario, yo no sospechaba que lo quisiera tanto). Hasta cuando eran pequeñeces, como que dejaba pelos en el lavabo, que era demasiado negativo, que no se esforzaba por ser sociable, yo lo detestaba. Salía de la habitación apenas comenzaba, nada de quedarme para hacer causa común con ella, aunque la comprendía. Es que no sabía a cuál de los dos debía ser leal. Cuando ellos reñían, yo me asustaba. ¿Qué pasa si esta discusión sigue y sigue?, pensaba; ¿qué pasa si llega a su conclusión natural y deciden romper porque no se quieren? Por eso salía pitando y trataba de pensar en otra cosa. Cuando regresaba todo estaba normal otra vez; en silencio, pero normal. Ella, deprimida; él, en su escritorio, con la puerta cerrada. Pero al menos la pelea había terminado.

El caso es que el viaje fue bastante agradable, sobre todo cuando conducía yo, y el hotel en que nos alojamos, ¡increíble! Estaba en la avenida Massachusetts; si mirabas hacia abajo veías Dupont Circle desde las ventanas del octavo piso. Ocupábamos una suite; mamá y yo dormíamos en la enorme cama de la habitación, y la abuela, en el sofá cama de la sala. Yo rogaba que no roncara.

Pasamos toda la tarde del viernes viendo obras de arte. Fuimos en metro hasta el Mall y entramos en la Galería Nacional. Primero visitamos el Edificio del Este, que es todo arte moderno; después, el del Oeste, que tiene arte antiguo. Los dos me gustaron, pero mamá prefiere lo moderno y a la abuela no le gusta más que lo clásico. De todo lo que vi lo mejor fue esa exposición especial de Monet, que es mi pintor favorito; hacía unos cuadros preciosos de jardines, trigales, paisajes marinos... y las victorias regias, por supuesto. También pintaba a Camille, su esposa. En el catálogo se explicaba que la engañaba y que, dos años antes de que ella muriera, tuvo un hijo con otra mujer, para colmo casada. Cuando descubres algo así es difícil saber lo que sientes por la misma persona que antes te gustaba. Por un rato, algo así como diez minutos, las pinturas de Monet dejaron de gustarme tanto, pero luego se me pasó. «Licencia artística —comentó la abuela—. Los hombres siempre son hombres.» No sé si el abuelo la ha engañado alguna vez. Lo dudo. Con otra persona no, no creo. Tal vez con un libro.

Ahora que mamá se siente artista otra vez se ha vuelto bastante pesada. Estábamos mirando una obra de Monet, esa que se titula *El puente de Argenteuil*, que es básicamente un río con un bote de vela a la izquierda y un puente a la derecha. Pues imagínate mi sorpresa cuando soltó en voz alta, como para que la oyeran los que estaban cerca, que el vínculo dominante entre las cuatro formas básicas era el puente, y que el palo del bote unía el agua, el cielo y la costa opuesta, de modo que la vista se deslizaba sin esfuerzo (¡«sin esfuerzo», dijo!) a través de la tela adentrándose en el cuadro para volver a la superficie, en un constante juego de líneas y formas. Lo dijo así, de verdad.

Entonces comenté:

—Oye, decir «forma» es como tener acento inglés; la gente piensa automáticamente que eres inteligente, ¿verdad, mamá? En cuanto dices «forma», parece que supieras de qué estás hablando, cuando en realidad no significa nada. Cosa, significa cosa. ¿Por qué no dices la cosa del cuadro? ¿Por qué tienes que decir forma?

Puso cara de sorpresa. Debí de usar un tono algo hostil. Empezó a apartarme el pelo de la cara, pero yo retrocedí para ponerme fuera de su alcance. Detesto que haga eso. Ella repuso:

—Bueno, pero «forma» se refiere más a una relación que a una cosa. Es lo que organiza las cosas. Dicta el contenido, como un soneto, un ballet o... una canción de rock. —Venga, gracias por ponerte a mi altura—. En realidad la forma es cada cosa en relación con las demás, y el arte es la búsqueda de forma. Lo cual, si te paras a pensarlo, es otra manera de decir que es la búsqueda de uno mismo. El arte crea forma en el caos... o la encuentra. Eso es el arte, convertir lo informe en forma...

Me alejé.

Más tarde, mientras veíamos esos estupendos paisajes de Turner en el Edificio del Oeste, no pude contenerme. Pensando que esto le irritaría (debería haber sabido que así sería) dije:

—No entiendo por qué la gente sigue pintando. Si ya está inventada la fotografía, ¿qué sentido tiene? ¿Para qué molestarse?

Trató de armarse de paciencia, como si no fuera lo más estúpido que hubiera oído en la vida.

—Mira, piensa en esto. Si cincuenta personas pintaran el mismo paisaje, obtendrías cincuenta paisajes diferentes. Lo mismo con un desnudo o una naturaleza muerta. No se pinta para hacer una réplica del objeto.

—¡Anda que no!

—No, se pinta para compartir con el resto del mundo tu manera especial de ver el objeto. Es una expresión.

—De ti misma.

—Sí.

—Eso parece bastante egocéntrico.

—¿La expresión de una misma? No, es lo natural. Es... es imperativo. Es lo que...

—Pues me parece bastante egoísta. Mira lo que he pintado, mira cómo he hecho este edificio, tan abstracto que tú, grandísima estúpida, no te das cuenta siquiera de que es un edificio. —En realidad no pensaba nada de eso. Es que no podía contenerme.

—No hay nada egoísta en la expresión de uno mismo —repuso ella, ahora un tanto impaciente—. En todo caso el arte te acerca más a las otras personas. Cuando pintas... o lo que sea, cuando escribes un soneto... tienes la sensación de formar parte de las cosas. Eres parte de un todo, participas. Es como... casi como la euforia. Lo opuesto a estar sola. Rollo May dice que la creatividad mitiga nuestra alienación, y creo que es cierto. Al menos para mí es...

—Es decir, que cuando haces un enorme calamar con espuma de estireno en el granero de Jess, para ese montón de chalados, ¿estás en éxtasis? Qué maravilla, mamá, me parece estupendo que no te sientas sola cuando pintas osos hormigueros. Personalmente es un gran alivio.

Y me alejé para contemplar la obra de Courbet. No sé siquiera por qué estaba tan enfadada, pero así era.

Al salir del museo volvimos al hotel para cambiarnos y cenamos temprano en una cafetería de Foggy Bottom a fin de estar cerca del Kennedy Center cuando comenzara la función. Fue la abuela quien escogió la obra; probablemente parecía buena en la crítica, de una sola línea, que el *Times Dispatch* publicó un domingo. Tal vez decía algo así como: «Una madre y su hija descubren el verdadero significado de la familia en este sentido drama de dolor y redención». Solo olvidaron mencionar que el sentido drama sucede en Bosnia y que madre e hija descubren el verdadero significado de la familia cuando la primera mata a la segunda para que los soldados malos no puedan violarla y mutilarla. ¡Joder! Salimos como zombis, todos. Y si hubo alguna redención, debí perdérmela al parpadear, porque no vi más que dolor.

Ya en el taxi mamá soltó: «Bueno, ha sido una obra de lo más alegre», la abuela se enfurruñó, fingió que le había gustado y dijo que la vida no es siempre como en *Sonrisas y lágrimas*, que de vez en cuando conviene ver lo bien que vivimos comparados con la gente de otros países, bla, bla, etc. En la obra había una escena espantosa en que las dos protagonistas estaban medio muertas de hambre y tenían que comer una rata, ¡una rata de verdad! Así que comenté a la abuela: «Sí, y por mi parte ahora aprecio mucho más la comida que prepara mamá». Mamá dejó escapar un bufido de risa. La abuela trató de contenerse, pero no pudo. Terminamos riendo entre dientes, culpables y avergonzadas, pero tomando a broma las peores cosas de la obra. Yo temía que el taxista nos tomara por desalmadas, idiotas o algo así, pero no nos miró siquiera.

Después no pude dormir. Mamá se quedó conversando con la abuela en el salón hasta tarde. Y se acabó lo de ser una adulta más. No; no podía quedarme levantada para ver a Conan O'Brien. No; no podíamos utilizar el servicio de habitaciones, no podía comer las nueces de macadamia que había en el bar. Tampoco podíamos comprar una cachucha, y no podía comprar una chaqueta de piel, y no, no podíamos ir a Georgetown. Era el único lugar que de veras quería conocer, pero no; no se podía. No hay parada de metro; además, hoy día está lleno de chusma.

Este podría ser un viaje estupendo si hubiera venido con cualquiera, menos mi madre y mi abuela.

Me equivocaba. ¡El sábado fue un día estupendo! Para empezar, al fin mamá logró hablar con su antigua amiga de la universidad, que vive en Maryland, y esta dijo que sí, que podían comer juntas en el Lord & Taylor de Chevy Chase. De manera que las tres pasamos la mañana haciendo compras en la avenida Connecticut; me compraron dos pares de pantalones, un jersey muy chulo, azul con una banda roja en la pechera (me lo puse en cuanto salimos de la tienda) y algo de ropa interior. Luego mamá se fue para reunirse con su amiga. Quedamos solo la abuela y yo. El plan era caminar por el centro, comer por allí, quizá recorrer la Casa Blanca, ver Lafayette Square, el Corcoran, etc. Aburrido a más no poder, pero lo haces porque estás con tu abuela y es ella quien te invita.

Estábamos sentadas en un banco de la calle K, organizando todo y orientándonos, cuando la abuela va y pregunta:

—¿De verdad quieres ir a Georgetown?

Me pongo loca, pero le digo con mucha calma:

—No lo sé, creo que está muy lejos. No sé siquiera cómo llegar. Y tú no quieres ir, ¿verdad? —A veces la abuela es muy estricta y me da un poco de miedo.

Frunce el entrecejo, me mira a los ojos y dice:

—Oye, Ruth, ¿quieres o no quieres ir a Georgetown conmigo? Sí o no. Ahora.

Trago saliva.

—Ay, abuela, sería estupendo.

Se levanta, estira un brazo, un taxi frena y allá vamos, ¡a Georgetown!

¡Es lo más magnífico del mundo! Aunque no pueda estudiar allí, me encantaría vivir en Georgetown. Sobre una tienda o una galería. Viviría en un primer o segundo piso sobre una de esas viejísimas galerías de arte. Usaría zapatos Steve Maddens, una larga falda negra y un jersey negro. La galería tendría paredes altas, blancas o beiges, y sería silenciosa como una biblioteca. Y yo explicaría los cuadros a gente rica y guapa, ganaría comisiones enormes, viviría en un ático y tendría amantes. Es un sueño, pero no imposible.

Georgetown... Caminábamos a paso bastante lento porque los zapatos de la abuela no eran adecuados en esas calles de adoquines toscos y disparejos. Aún no habíamos bajado del taxi cuando me dijo: «Ponte la correa del bolso alrededor del cuello y sujétalo bien en todo momento», como si todo el mundo fuera un asaltante. Es ridículo; cuando sea vieja no pienso ser así, desconfiada, llena de sospechas y siempre con miedo. Prefiero que me asalten antes que vivir con esa actitud. En general nos limitamos a caminar por la calle M y la avenida Wisconsin, mirando tiendas y observando a la gente. Lo curioso de Georgetown es que al principio resulta casi deprimente, pues te dices: yo jamás podré ser así de guay, así de rica; jamás tendré tanto dinero como para llevar una vida tan estupenda. Sientes vergüenza de ser como eres. Luego eso va pasando y te acostumbras, ya no molesta tanto, aunque te queda esa especie de anhelo dentro, esas tremendas ganas de pertenecer a ese ambiente, y sabes que no puedes. A veces pienso que me estallará la cabeza si no crezco pronto, si no salgo pronto de esta vida. Esta vida horrible, que es como estar en prisión o encerrada en una habitación pequeña y oscura, donde no sucede nada, NADA, salvo que soy ridícula y todos se ríen de mí, o se reirían si pudieran ver lo que pasa dentro de mi cabeza.

Entramos en una tienda donde solo vendían cometas. Entramos en una tienda donde solo vendían mapas. ¡Qué patético es Clayborne! Hay unos cuantos comercios bonitos cerca de la universidad, como el Book Stop, Pearl's Jewels y la tienda de velas, pero comparados con los de Georgetown son solo imitaciones baratas. Decididamente, necesito una chaqueta de piel. Negra o marrón, no estoy segura. Negra. (A Krystal no le gustaría; ella no usa piel ni en los zapatos, no prueba siquiera la leche o el requesón, porque provienen de la vaca.) Entramos en una tienda donde solo vendían sombreros, y la abuela me dijo que eligiera uno. ¡Y compramos uno de punto para mí! Nunca se me habría ocurrido querer un sombrero hasta que lo vi. Es beige («granito», según la vendedora), está confeccionado con una lana muy, pero que muy suave, y parece hecho para mí, todo el mundo lo dijo. Pero no me explico cómo es posible, pues es muy sofisticado. Hace que parezca mucho mayor, de diecinueve o veinte años, sobre todo si me lo pongo con gafas oscuras. ME ENCANTA. En Clayborne nadie tiene un sombrero así, no hace falta decirlo.

Mientras comíamos en un restaurante llamado El Perro Granate (pizza de queso de cabra para mí, bocadillo de pavo para la abuela), en el reservado de enfrente había una señora. Sola. Tendría unos veintiocho años, calculé, no más. Pelo negro, largo y lustroso, más o menos hasta media espalda, recogido detrás con un pasador; todo hacia atrás, simplemente, sin flequillo ni nada. Lucía unos pequeños pendientes de plata en forma de racimo y, en el dedo medio de la mano izquierda, un anillo que era una fina banda de plata; ninguna otra joya. Llevaba pantalones grises holgados, como para usar con botas, y un suéter negro, quizá de cachemir. Zapatos negros, con cinco centímetros de plataforma, pero no de piel, sino de esos que están hechos de una tela elástica. Leía un libro, pero no logré ver el título. Un libro en rústica, con una portada de muy buen gusto, nada de esas novelas románticas. En una oportunidad se recogió la manga del jersey y le vi un tatuaje en forma de brazalete. Muy pequeño, como si fueran eslabones azules que formaban una delicada cadena alrededor de la muñeca. Y cuando se levantó no se puso un abrigo, sino una capa, con una capucha blanda atrás, muy elegante. Y no llevaba bolso; pagó sacando el dinero del bolsillo.

Cuando salió, la abuela me preguntó: «¿Qué te ocurre, niña?», y yo respondí: «Nada», pero, tenía una sensación rara. Peor que pensar en lo patética que es mi vida, peor que pensar que estaba allí, en Georgetown, en un restaurante elegantísimo, con mi abuela. Era como pensar que lo mismo daría estar muerta. Jamás tendré lo que quiero porque no sé siquiera lo que quiero. Miro pasar a la gente por la acera y pienso: ¿Soy como ella? ¿Como ella? ¿Como quién soy y cuándo lo sabré? ¿Cuándo me convertiré en mí misma? ¿Llegará ese momento alguna vez? El sombrero nuevo me encanta, pero no basta con eso. Si tuviera todo lo que tiene esa señora de pelo negro, tampoco sería suficiente. Para comenzar a decorarte tienes que saber quién eres por dentro. Y en mi caso no hay nadie allí, solo fantasmas que dicen: «¿Hola?, ¿alguna novedad?». Nadie me ve siquiera.

—¿Cómo anda ese chico que te gusta? Ese tal Cuervo —dijo la abuela con toda deliberación, tratando de compensar aquella vez que lo llamó Águila—. ¿Todavía sales con él?

—Es solo un amigo, abuela. Nunca he dicho que me gustara.

—No mencioné que la semana anterior había estado tres días expulsado, por llevar al cole a Rocky Horror, su culebra. Dijo que era para demostrar que el vasto reino de las mascotas no se limita a gatos y perros serviles y obsequiosos, pero yo creo que era solo para asustar a las chicas.

—Ah, ya. —Puso cara de no creerme.

No sé si yo había dicho la verdad, pues aún no he conseguido aclarar qué pienso de Cuervo. Creo que, si quisiera tener algo conmigo, a estas horas ya debería haberme invitado a salir. ¿Acaso cree que me dedico a besarme con los tíos en los cementerios? Desde que sucedió aquello actúa como si no hubiera pasado nada. Por mí está bien, no es que se estremeciera la tierra ni nada de eso. Pero me parece tonto fingir que algo no sucedió. Eso te ofende. Te hace sentir como si no existieras.

—¿Quieres postre? —preguntó la abuela.

Yo vacilé, dije entre dientes: «Eh... no lo sé, ¿y tú?», hasta que ella llamó a la camarera y pidió dos pasteles de chocolate con helado de vainilla y una taza de café.

Yo estudiaba a la abuela, tratando de verla con los ojos de cualquier desconocido. ¿Podría parecer mi tutora universitaria? Yo era estudiante de Georgetown y ella, mi profesora de historia del arte o de literatura victoriana. Quería conocerme mejor, porque yo prometía mucho a pesar de ser tan joven. No era frecuente que comiera con alumnos en sábado, muy por el contrario, pero en mi caso había hecho una excepción. Quería que escribiéramos juntas un artículo erudito muy importante y estaba tratando de cautivarme por miedo a que yo prefiriera pasar a un departamento superior de la Universidad de Columbia.

Si no fuera por la ropa, que es demasiado formal, colorida y pacata, demasiado club femenino de Clayborne, la abuela podría pasar por profesora universitaria. Lleva el pelo gris peinado hacia atrás, en un moño flojo, sin raya ni flequillo, pero no es tan horrible; en realidad le sienta bien. Empieza a tener la cara flácida, pero todavía es bonita. Bueno, «guapa», que suena mejor. Me recuerda a un retrato de Gertrude Stein que vi en el museo, creo que de Picasso, solo que la abuela es más delgada y tiene más canas. Pero conserva esa especie de solidez pétrea o algo así, como si no se la pudiera mover. Y aún tiene bonitas las piernas. Siempre dice que las tres mujeres Danziger, ella, mamá y yo, tenemos unas piernas estupendas. Una especie de dicho familiar.

Llamó por señas a la camarera para pedir la cuenta.

—Dice tu madre que va de vez en cuando a casa de Jess Deeping —comentó.

—¿De vez en cuando? ¡Pero si se pasa los días enteros allí!

—¡Hala! ¿Tanto?

—Por lo menos una noche a la semana, y siempre un día del fin de semana; medio día, mejor dicho. Por la mañana o por la tarde. —Dicho así no parecía tanto, pero yo creía que era mucho más.

La abuela apretó los labios y meneó la cabeza.

—Qué ridículo.

—¿Verdad que sí? ¡Muy ridículo!

—No sé en qué cabeza cabe.

—¡Ya lo sé! Que hiciera esos tontos arreglos florales no importaba, pues al menos estaba en casa. Pero ahora no está nunca.

—Es una falta de responsabilidad. —Se limpió los labios con la servilleta y agregó, como si no tuviera importancia—: ¿Ha vuelto a salir con Brian?

—No. —Estábamos completamente de acuerdo con respecto al arca, lo tonta y bochornosa que era esa historia, pero no en cuanto al señor Wright. La abuela se alegró cuando le conté que mamá había salido con él. ¡Me costaba creerlo!

—¿Habla de él? ¿Qué dice?

—Nada, abuela, no dice nada. Antes sí, pero ya no. —Desde aquella cita. Probablemente está enamorada de él y no quiere que yo lo sepa. No, eso no, pero debe de haber un motivo para que ya apenas lo mencione—. Se lleva muy bien con Chris —comenté—. Se han hecho muy buenas amigas.

—Hum —dijo la abuela, sin el menor interés.

Volví al tema que nos unía.

—No entiendo eso de los animales, ¿y tú? Hay tanto que hacer en casa... Como el lavabo pequeño de la planta baja; lleva siglos diciendo que será su próximo proyecto. Y después pensaba remozar el porche lateral. ¿Acaso la caridad bien entendida no empieza por casa?

La abuela rió, como si yo hubiera dicho algo divertido, como si yo fuera un crío y hubiera dicho algo incorrecto, pero casi adulto. ¿Acaso no es cierto que la caridad comienza por uno mismo? No me parece irrazonable esperar que tu madre viuda siga siendo la de siempre por un tiempo decente. La de siempre. Considero que es cuestión de sentido común, de simple decencia humana. Nada de agitar las aguas, nada de salir a cambiar toda tu vida; lo que haces es tratar de ofrecer estabilidad a tus seres amados. Es decir, a mí.

¿Y qué hizo mamá esa tarde, cuando salió con su antigua compañera de universidad? ¡Cortarse el pelo! Le quedaba bien; lo cierto es que me gustó, una vez que se me pasó la impresión de verlo tan corto, pero no pude dejar de preguntarme si lo había hecho por el señor Wright. No pretendo que se pase el resto de la vida soltera. No es tan vieja. No me molesta que algún día se case otra vez, dentro de cinco o diez años, por ejemplo. Todo el mundo necesita compañía. Además para entonces ya me habré ido.

Esa noche cenamos en un restaurante vietnamita, cerca del hotel. Me pareció un buen momento para preguntar a la abuela de qué habían muerto nuestros parientes. Para empezar, cuando vas al doctor tienes que apuntarlo en los formularios médicos; además, conviene conocer las predisposiciones genéticas. Krystal asegura que se da demasiada importancia a la herencia, y no dudo que sea cierto. Aun así es conveniente saber qué hay detrás de ti; de esa manera puedes prepararte para lo que tengas por delante.

Resulta que estamos plagados de enfermedades y trastornos, sobre todo por el lado de los Danziger. Por lo que respecta a los Van Allen, el padre de papá falleció de un infarto, cosa que ignoraba, y su madre murió en un accidente de tráfico cuando él tenía ocho años, de modo que ahí hay una sola enfermedad. A partir de entonces él vivió con sus abuelos, que ya eran muy ancianos y murieron de viejos cuando él tenía alrededor de veinte años. Así pues, esa rama no está mal. En cambio la de mamá, ¡por Dios, tuvieron de todo! El padre de la abuela, mi bisabuelo O'Hara, a quien no conocí, sufría de diabetes y cirrosis hepática. La abuela O'Hara tuvo un derrame cerebral; Ralph, el hermano de la abuela, tenía flebitis, glaucoma, gota y ciática, y ella cree que falleció de septicemia. Y Walter, el otro hermano, tenía eczema y úlcera, y murió de neumonía. Además, el padre de mi abuelo tuvo cáncer de próstata, y su madre, cáncer de pulmón, por haber fumado desde los trece años. Su hermano, mi tío abuelo Edgar, era epiléptico y tuvo un derrame cerebral; su hermana Fan aún vive, pero está anémica y con cataratas.

¡Hostia! ¡No me explico dónde encuentran los que quedan el valor para salir! En este momento a mí me duele una rodilla, por ejemplo, y veo motas. (No siempre, solo a veces.) No digo que sea artritis reumatoide ni degeneración macular, pero podría ser, cabe esa posibilidad, y estoy convencida de que conviene andar con cautela y tomar precauciones. A veces el corazón me late con demasiada lentitud, tanto que apenas me encuentro el pulso, como si desapareciera. ¿Y qué hago yo? Pues tomo arjuna, 500 miligramos dos veces al día (Krystal me hace un descuento), y todas las noches «camino con el pulgar» por la parte delantera de mi pie izquierdo, donde está el punto reflejo de la dolencia cardíaca. Así me quedo más tranquila. Puede suceder que pienses que todo está bien, que esa pequeña tos es solo un resfriado, y de pronto resulta que tu sistema inmunológico se está derrumbando. Tienes sida o leucemia. Mi papá se sentía bien, hasta que de repente... Porque no tenía ni idea. No pensaba. Podemos controlar con la mente muchas cosas, pero para eso debemos saber. Ahí está la clave: en estar informado.

Y eso es lo que trato de hacer, estar informada de todo. Por ejemplo, a veces se me contrae un músculo debajo del ojo. Podría ser una señal temprana de un tumor cerebral o de la enfermedad de Parkinson. O nada. El tiempo lo dirá. Lo importante es que yo estoy informada, que no me pillará desprevenida. Porque estoy alerta.

16

Al diablo con la sinceridad

—Tu hija quiere hacerse un tatuaje.

—Ya lo sé. ¿Está dormida?

—Casi. —Mamá cerró la puerta exterior del dormitorio y se acercó en pantuflas—. Con los ojos abiertos. ¿Qué escribe en ese diario? Cuando fui a darle las buenas noches lo cubrió como si fuera la fórmula de la bomba atómica.

¿Qué fue lo que dije el otro día, que tanto disgustó a Ruth? No recordaba, pero era una expresión anticuada, como «fórmula de la bomba atómica». Su desdén no tuvo límites. Percibí su odio; en verdad no había otra palabra. Me dolió, probablemente demasiado. Comprendía muy bien que, para Ruth, en estos momentos yo era el blanco designado para descargarse, aunque solo fuera porque no había nadie más con quien hacerlo. Aun así me dolió. ¿Yo había hecho sufrir así a mi madre? Probablemente, aunque no de ese modo, con una dureza tan indisimulada. Había sido más hábil que Ruth para disimular mi desprecio adolescente. ¿Porque era más caritativa? Probablemente solo porque tenía más miedo.

Mamá gruñó por lo bajo al sentarse en el sofá. Luego apoyó los pies en la mesa de café.

—También ha decidido que quiere un anillo de plata y una capa. Quiere comenzar a tomar café. ¿Cuándo comenzaste tú?

—No lo recuerdo. En la universidad, creo. Está encantada con su sombrero nuevo. Gracias por comprárselo, mamá.

—Está preciosa con él puesto. Pero vas a tener problemas con lo del tatuaje. —Se inclinó para masajearse los dedos del pie derecho—. Hasta ha tratado de que yo la apoye. De ninguna manera. ¡Qué moda tan vulgar!

—Solo quiero que termine la secundaria sin nada perforado, quemado o marcado a fuego.

—Necesitarás mucha suerte. Mira si hay zumo en el frigorífico, por favor. No sé por qué, pero me siento algo débil.

—No deberías haber permitido que te llevara de un lado a otro —dije; me sentía culpable. Encontré una botella de zumo de naranja y la vacié en una copa—. Aquí tienes. ¿Quieres cacahuetes?

—No me ha llevado de un lado a otro, en absoluto. Se ha comportado como un verdadero ángel, Carrie. No me acostumbro a verte con ese pelo. Creo que te sienta bien, pero es tan diferente...

—Ya lo sé. —Me incliné para mirarme al espejo que había detrás del sofá—. No sé por qué lo he hecho. No lo pensé. Fue un impulso.

—Y con un perfecto desconocido. Eso es lo que no entiendo. ¡Podría haberte arrancado el cuero cabelludo!

Era verdad, pero el señor Harold me había atendido bien... eso creía yo. «Ya soy demasiado mayor para llevar el pelo largo», le había dicho con la esperanza de que disintiera. Lo hizo, pero solo por cortesía. Luego procedió a cortarme el pelo, que yo llevaba trenzado a la espalda, a la altura del cuello de la camisa. «Volumen —decía—, necesita más volumen. Más extensión espacial.» Y ahora no podía dejar de mirarme. Me sentía desnuda y fascinante. Voluminosa.

—¿Cómo se te ocurrió? Nunca habías hablado de cortártelo.

—¿No te gusta?

—Te queda muy bien, de veras. Te rejuvenece.

Eso mismo había dicho Ruth, solo que con un brillo suspicaz en los ojos.

—Creo que fue por haber visto a Barbara —expliqué a mamá mientras volvía a sentarme y apoyaba los pies junto a los suyos—. Es unos meses mayor que yo, pero tiene un aspecto estupendo. ¡Si la vieras!

—¿La conozco?

—La llevé a casa en el primer año, durante las vacaciones de primavera. Una rubia muy atractiva... Tenía un novio que llamaba todas las noches, ya muy tarde.

—Ah, ya la recuerdo. Él estudiaba derecho en Georgetown. ¿Se casaron?

—No.

—Qué pena.

—Barbara se casó con un médico.

—Eso está bien.

—Pero rompieron. Entonces sí se casó con un abogado.

—Ah. —Doctores y abogados estaban bien; el divorcio estaba mal. Mamá se dio unos golpecitos en los labios con el dedo, pensativa.

—Ahora tiene un marido rico, tres hijos, una casa en Chevy Chase y asistenta. Y es adicta al golf.

—La envidias.

—Por ser adicta al golf, no. Tal vez le envidie la asistenta. —Reí. Mamá seguía mirándome—. Bueno, en cierto modo sí, mamá, claro. Su esposo está vivo. El menor de sus niños tiene cuatro años y medio, de modo que aún la necesita. Hasta la quiere.

Ella me dio una palmadita en la mano.

—Lo único malo de tu vida es que aún estás de duelo por Stephen. Las cosas mejorarán. Es cuestión de tiempo. Y es verdad, aunque sea una frase manida. Además, ahora tienes un buen empleo, un trabajo interesante, amigos nuevos.

—Ya lo sé. Estoy bien, sí. No era mi intención dar lástima.

—Todavía no has llegado al fin del proceso. Cuando vives un duelo no puedes saltarte ninguna etapa, por mucho que quieras.

Extraño consejo en boca de mi madre, aunque lo hubiera leído en alguna revista femenina. ¿Qué motivos tenía para decirme que aún no había terminado mi duelo por Stephen?

—El otro día Ruth dijo algo que me llamó la atención —comenté, deliberadamente—. Dijo que la vida sin su padre no es muy diferente de como era antes de perderlo.

—No creo que lo hablara en serio. ¿Qué le dijiste?

—No lo recuerdo. Nada quizá.

—Pero no es cierto, desde luego.

—En realidad es cierto, sí. —Por una vez no le permitiría que me dijera cómo era mi vida—. En cierto sentido es verdad. Nuestra familia... Stephen era una sombra. Apenas lo veíamos, mamá. La familia éramos solo Ruth y yo. Nosotras éramos las... las que armábamos bulla. Nosotras lo hacíamos todo; él... observaba y criticaba. Eso es todo. Observaba y criticaba.

—Ya, pero os quería muchísimo a las dos.

—Pues... —Otra cosa que había llegado la hora de aclarar—. Nos quería tanto como podía.

—Sí. Sí, eso es. —Dejó el vaso sobre la mesa con un fuerte tintineo.

—Es cierto. A veces lo echo de menos; me siento abandonada, dolida y sola. Pero lo cierto es que también me sentía así antes de perderlo, mamá.

Se levantó.

—Todo el mundo se siente solo —afirmó secamente. Y salió de la habitación.

Al diablo con la sinceridad. Pulsa el botón equivocado y el franco diálogo entre madre e hija sale volando por la ventana. Sin embargo estaba segura de que uno de los motivos por los que había propuesto esa escapada de fin de semana era para que pudiéramos conversar, hacer el intento de recuperar nuestra intimidad. Yo también lo deseaba, pero mis expectativas eran más modestas. Conocía a mi madre; quería recuperar nuestra antigua y fácil amistad, pero solo según sus propias condiciones. Quería que todo fuera como había sido veinticinco años atrás. Cuando yo era su mejor amiga. Antes de que en la universidad me metieran en la cabeza todas esas ideas que no concordaban con las suyas. Los buenos tiempos.

Esa tarde, Barbara había hablado mucho sobre su madre. Yo recordaba bien a la señora Cavanaugh, una viuda pelirroja y vivaz, apasionada por el golf, juvenil, llena de vida. A los veinte años envidiaba a Barbara por tener una madre tan joven, tan fresca. «He perdido a mi mejor amiga —me explicó aquel día con los ojos llorosos mientras tomaba su segunda copa de vino—. No pasa un día sin que la eche de menos, Carrie. Podía contarle cosas que no le diría a nadie más.» Me costaba imaginar algo así. «Y no porque no me pusiera de los nervios —continuó ella—. Eso lo hacía mejor que nadie. Lo curioso es que cada día me parezco más a ella. ¡Qué broma! Si vivimos lo suficiente, nos convertimos en la persona que más nos hizo sufrir, aquella de la que más nos costó separarnos. Es gracioso.»

Pues sí, una deliciosa ironía. Mientras nos estremecíamos de horror, nos acercábamos cada vez más al objeto de nuestra revulsión, finalmente condenados a comprenderla. A ser ella. El castigo y la recompensa, todo en una sola cosa.

Corrió el agua en el cuarto de baño. Mamá salió de allí y se acercó a su maleta, que estaba abierta en el suelo, junto al sofá. Se agachó a un lado para retirar el camisón. Yo hice ademán de levantarme.

—No sabía que fuera tan tarde. Debes de estar exhaus...

—Siéntate, mujer, siéntate. No estoy cansada. Solo quiero quitarme el vestido.

Había olvidado su maña para ponerse o quitarse la ropa sin mostrar parte alguna de su piel. El vestido fue abierto y bajado desde los hombros; el sostén, pudorosamente desabrochado de espaldas. Luego se puso el camisón de franela por la cabeza y retiró el vestido, la enagua, la faja y las medias por debajo de él. La breve aparición de su espalda, pálida y carnosa, ya blanda y floja allí donde antes era firme, me provocó una ligera sensación de ternura. Un ansia protectora. No quería que la vida le diera más lecciones duras. Quería que siguiera siendo caprichosa, autoritaria y dominante como en ese momento, si eso la hacía feliz. Pero ¿cuánto tiempo duraría esa decisión? ¿Otros cinco minutos?

Se sentó a mi lado para abrir un bote de crema limpiadora (Jergens, el perfume floral parecía tan viejo como el tiempo) y comenzó a untarse las mejillas.

—Creo que no debería haber dicho nada a Ruth sobre su bisabuelo —comentó.

Aun sabiendo a qué se refería, pregunté:

—¿Su bisabuelo? ¿Cuál?

—Mi padre.

—Ah, ¿te refieres a la cirrosis?

—Es probable que todavía no sepa relacionar las cosas, pero

tarde o temprano lo hará. Entre la enfermedad y el alcoholismo —explicó algo irritada al ver que yo parecía no entender—. Sabes que tu abuelo era bebedor, ¿no?

—Pues...

Lo sabía y no lo sabía. Mamá nunca lo había dicho así: bebedor. Sin embargo había sacado mis conclusiones. Sabía que algo andaba mal con el abuelo O'Hara; nunca lo visitábamos, aunque vivía a una hora escasa de distancia. En una granja. Una granja arrendada, al parecer, que ella mencionaba solo muy rara vez, sin poder evitar un visible estremecimiento de disgusto. El solo hecho de que lo dijera me llamó la atención.

—Y no era el único. Ralph también bebía. Y Walter, cuando murió, iba por el mismo camino.

—No lo sabía. ¿Llegué a conocer al tío Ralph?

—Eras demasiado pequeña para recordarlo. Solo una vez te llevamos a verlos. —Lo dijo con el tono con que siempre hablaba de su familia: frío y duro—. Yo no veía la hora de salir de esa casa.

—La dejaste a los dieciocho años. —Conocía la historia. Mamá había conseguido empleo en un taller de reparación de automóviles, en la calle Ridge de Clayborne. Papá estudiaba en Remington. Fueron novios durante dos años y se casaron una semana después de que él obtuviera su nombramiento de profesor auxiliar a tiempo parcial.

—Diecisiete. Siempre he dicho dieciocho, que no suena tan vulgar. —Extrajo del bolsillo un puñado de pañuelos de papel para quitarse la crema de la cara. Su cutis comenzaba a ablandarse y arrugarse; la piel se abolsaba en las fuertes mandíbulas. Ya no parecía tan segura de todo como antes. Lo que más me disgustaba de mi madre era su autoritarismo, pero si lo perdiera no se convertiría en una mujer nueva, sino en una empequeñecida. No era eso lo que yo quería. Ignoraba qué era.

—¿Diecisiete? —repetí—. No me lo habías dicho.

—Tampoco te he dicho nunca que mi padre y mis hermanos elaboraban whisky ilegal. Y si se lo cuentas a alguien te despellejo.

—¡Mamá!

—Chist. Despertarás a Ruth.

La miré fijamente.

—Whisky ilegal —repetí en un susurro emocionado.

—Y de los malos. Se bebían la mayor parte de la producción antes de poder venderlo. Éramos más pobres que las ratas. Yo detestaba esa vida. Nadie me maltrataba, no, nada de eso, pero esos hombres eran horribles: gritones, sucios, salvajes. Y mi mamá lo soportaba todo. No tenía ni una pizca de amor propio. Me largué. Me largué y logré salir adelante.

Estuve a punto de sonreír, por asombrosas que fueran esas revelaciones. Así, sin maquillaje y con su vieja bata rosada, no se la veía muy feroz ni muy emprendedora. Habría preferido morir antes que decírselo, pero me recordó a las viejas fotografías de la abuela O'Hara.

—¿Hombres salvajes? ¿Qué quieres decir?

—No digo que nos maltrataran —insistió—. Físicamente, no. Pero chillaban sin parar, sobrios o borrachos. Todo giraba en torno de ellos. Eran los reyes, y mi mamá, su servidora. Yo también, hasta que me largué. Y te aseguro que nunca volví la vista atrás.

—Llegaste a la gran ciudad y papá te cautivó.

—Me cautivó. —Con un bufido sarcástico, cerró el bote de crema, se limpió las manos con el último pañuelo de papel y dejó todo en la mesa de café—. Yo quería un marido que no pudiera cambiarme ni hacerme sufrir. Quería casarme porque era el modo de mantenerme a salvo, pero lo último que deseaba era un hombre con iniciativa.

¿Iniciativa? No había dicho nada que yo no supiera, pero me sentí obligada a defender a papá.

—¿Insinúas que nunca le has querido? —Deseaba que lo negara de forma tajante y vehemente. Poco me importaba que fuera verdad.

—Le admiraba. Me gustaba que no fuera un simple campesino. Era universitario; fue eso lo que me cautivó. En aquellos tiempos debía de ser más pobre que yo, pero siempre vestía traje y corbata. Jamás podrás entender lo que significaba eso para mí.

—Y nunca...

—Aprendí a quererle, sí. Tu padre es buen hombre y tiene muchas virtudes, no cabe duda. Un matrimonio es sólido cuando ambas partes saben lo que quieren y no se dejan cegar por... —Movió la mano en un gesto despectivo—. Cosas extrañas.

—¿Cuáles, por ejemplo?

—Detalles sin importancia. Cosas que no perduran.

Entusiasmo, sexo, atracción física... ¿A eso se refería? ¿Y si se refería al amor? Tuve la sospecha de que esa conversación, en realidad, giraba en torno a otra persona. A Jess.

—Dices que te sentías sola —prosiguió mientras se abrochaba el primer botón de la bata—. Eso no me parece tan raro, tan notable. Todo el mundo se siente solo. Los hombres no pueden hacerte feliz.

—Ya lo sé.

—Tú misma tienes que crear tu felicidad después de haber escogido con toda la prudencia posible. Debes sopesar cosas tales como la compatibilidad, una herencia sana, metas comunes...

—¿Herencia sana?

—No hay matrimonios perfectos, cariño. El tuyo fue mejor que muchos.

—¿Cómo lo sabes?

—A base de observar. Y una madre lo sabe todo. —De inmediato se echó a reír para convertir aquello en broma—. No lo olvides jamás.

Forcé una sonrisa.

—¿Sabes que en Chicago iba a un psicoanalista? —No lo sabía, desde luego; nunca se lo había contado—. Cierta vez me dijo: «Todas mis pacientes vienen a hablar de su madre, pero al cabo de un tiempo casi siempre resulta que el problema no está en ella. Está en el padre».

Nos miramos.

—Hace más o menos un año Ruth dijo algo —añadí—. Fue solo un comentario casual, pero me llamó la atención. Stephen estaba en su escritorio, con la puerta cerrada... como de costumbre. Ella quería decirle o mostrarle algo, no lo recuerdo, y se quejó de que él no estaba disponible. Dijo que su padre era «el hombre invisible». Entonces recordé que así llamaba yo a papá cuando era niña. Para mis adentros. Supongo que había visto la película. Y comencé a llamarlo «el hombre invisible».

Mamá meneó lentamente la cabeza.

—No; yo no lo veo así. Stephen no se parecía en nada a George, si eso es lo que quieres decir.

Eso era exactamente.

—Yo tampoco lo creía. —Sin embargo aquella noche, antes de que Stephen muriera, al ver a ambos de pie fuera fue como armar un rompecabezas. La última pieza cayó en su lugar. Clic—. Es cierto, mamá. Me casé con mi padre.

Qué sagacidad la mía. De dos hombres diferentes había obtenido idéntica desatención, la misma actitud cerebral irónica, distante y minuciosa. Aunque comprenderlo fuera deprimente, no era nada nuevo. Sin embargo, al decírselo a mi madre adquirió una fea frescura, como algo fétido que no hubiera tenido tiempo de volverse rancio.

—No —repuso con tono burlón—. No, de ningún modo. ¿Para qué harías algo así?

—Pues quizá... para corregirlo. Dicen que por eso hacemos cosas así. Ya se sabe: repites en la edad adulta la experiencia que no te satisfizo en la niñez para tratar de que funcione.

—No; no lo creo. Los dos son académicos. Eso es todo. Piensa un poco, mujer: Stephen tenía opiniones, ideas, cosas que le gustaban y cosas que le disgustaban. George... —Exhaló un suspiro y, para mi alivio, dejó la frase inconclusa. Por esa noche ya había hablado demasiado de las deficiencias de mi padre.

—Stephen tenía carácter —reconocí—. Le gustaba salirse con la suya. —También a papá, pero él lo hacía por medios pacíficos, pasivos, probablemente aún más irritantes—. En realidad nos casamos sin conocernos muy bien. Diez meses. Él era universitario, muy inteligente, responsable y ambicioso... como papá —susurré—. Creo que es verdad, mamá. Creo que me casé con mi padre.

Mamá parecía no saber si llorar o reír.

—Creo que pasé la primera mitad de mi matrimonio tratando de arreglarlo —continué—, y la segunda mitad tratando de ser feliz, aun a sabiendas de que ya se había roto. Intentaba sacar el mejor partido de las cosas. ¿Recuerdas aquella vez que te llamé en medio de la noche? ¿Desde Chicago, cuando Ruth era pequeña?

Comencé a contarte... apenas un poquito de lo que iba mal. Y tú dijiste... ahora no lo recuerdo, pero después... —Lo recordaba, sí. Lo recordaba muy bien; básicamente me había aconsejado que apretara los dientes, abriera los ojos y me enfrentara a la vida real—. A partir de entonces renuncié a tratar de cambiar las cosas entre Stephen y yo, y ahora que se ha ido temo haberme equivocado. Quizá debería haberme esforzado más en vez de darme por vencida. ¿Recuerdas esa noche? —pregunté al ver que guardaba silencio.

—Recuerdo que habías bebido. —Apretó los labios con fuerza—. Y yo nunca tomo en serio las cosas que dice una persona bebida.

¿Había bebido? No era imposible, pero...

—¡Venga, mamá, no estaba borracha!

Ella se encogió de hombros, como diciendo: «Quién sabe».

—Mira, Carrie, yo no sabía que fueras tan desdichada —dijo con tono de desaprobación—. De verdad.

—No era desdichada —reconocí, decidida a ser sincera, aunque ya no sabía para qué. La intimidad que ambas buscábamos en ese franco diálogo parecía eludirnos cada vez más a medida que la prolongábamos—. Si lo era, no lo sabía. Creo que pasaba gran parte del tiempo en una especie de aturdimiento, ni desdichada ni feliz. Sonámbula.

Aparté la vista, cegada por la nostalgia, por una súbita cascada de posibilidades. Podría llamar a Jess. Podría marcar su número y oír su voz. Podría llamarlo ahora mismo.

—Sonámbula —repitió mi madre con tono inexpresivo—. Solo sé que tu suerte podría haber sido mucho peor. Aun si Stephen se parecía un poquito a George, ¿qué tiene eso de malo?

—No es...

—Si algo he aprendido es que la vida es demasiado breve para pasarla durmiendo. —Se levantó para recoger bruscamente los pañuelos de papel que había dejado sobre la mesa de café.

—Estoy de acuerdo contigo, solo que...

—Sería mejor que te espabilaras de una vez. Tuviste un buen esposo, tienes una hija preciosa... En realidad, tu vida ha sido privilegiada en muchos sentidos. Espero que no pienses malograrla por algo que no es digno de ti. Deberías agradecer lo que has recibido. Levántate, Carrie. Tengo que desplegar la cama.

—¿De qué estás hablando, mamá? —pregunté sin moverme—. ¿Qué es lo que estoy malogrando? ¿Qué no es digno de mí?

—Has tenido la suerte de conseguir un buen empleo. Tienes un jefe sensato, en quien puedes confiar, que se interesa por ti. ¿Qué ves de gracioso en eso?

—Nada.

Me moría por contarle cuán digno de confianza y sensato era mi jefe. Se lo había ocultado por una maraña de motivos miserables: por vergüenza, por ahorrarle una desilusión, por no saber cómo reaccionaría (tanto podía no creerme como aporrear a Brian en cuanto lo viera). Pero decírselo ahora me parecía horrible; el momento era demasiado perfecto.

No le gustó mi sonrisa, que debía de ser bastante sarcástica.

—¿Qué? ¿Acaso Brian Wright es poca cosa para ti? ¿No te interesan los hombres con proyectos?

—Hombres con traje y corbata, quieres decir.

—¿Y eso qué tiene de malo?

—Absolutamente nada. ¿Quieres que hablemos de esto, mamá?

Enrojeció.

—¿Qué significa eso? ¡Si estamos hablando! Voy a decirte qué quiero. Quiero que te levantes para poder hacer la cama y acostarme. Estoy cansada. Soy una anciana.

—Supongo que eso significa «no». —Yo estaba tan enfadada como ella. Me levanté, porque estaba habituada a obedecer, pero no había terminado—. No me gusta lo que dices de los arquistas —manifesté mientras apartaba la mesa de café. Ella dejó de arrojar cojines a un lado para mirarme con fijeza—. ¿Por qué lo haces? Puedes oponerte al proyecto, estás en tu derecho, pero ¿por qué ponerte a la cabeza, mamá? ¿Por qué formar una comisión y escribir una carta al periódico?

—¿Y por qué no? Formo parte de la comunidad. Puedo expresar mi opinión.

—Bien sabes por qué no. Porque esto significa algo para mí.

Ella chasqueó la lengua y reanudó su tarea.

—Tonterías. Tu propia hija dice que la descuidas. ¿Y por qué?

Por los animales del arca. —Habló con voz dura y burlona. Lo habría dicho a gritos de no ser porque Ruth estaba en la habitación contigua—. En un establo, con un granjero. Con DOS granjeros.

—Ahora comenzamos a entendernos. Esto no tiene nada que ver con el deber cívico, la Iglesia y el Estado, el buen gusto ni... ¿cómo era?... la estética rural. Debería haber recortado eso del periódico, porque en realidad te superaste.

—No lo escribí yo. Fue la comisión.

—Pero es tu comisión.

—No entiendo tu actitud.

—Te la estoy explicando.

—No estás explicando nada. Quiero acostarme. De verdad, Carrie. Estoy cansada.

La miré desde el otro extremo del sofá cama, cubierto por una manta beige, sopesando los pros y los contras de prolongar la discusión. No estaba habituada a iniciar una pelea con mi madre, y aun menos a que ella se batiera en retirada. Parecía perverso, anormal; sentí otra vez el impulso de protegerla. Aun así todo era un rito: ella decidía sobre qué reñir, yo trataba de calmarla hasta que ya no podía soportarlo, discutíamos, ella ganaba o yo retrocedía, y así terminaba todo. Cómodo como un jersey viejo. Y a esto nos había llevado.

Ella fue la primera en apartar la mirada; se dirigió hacia el armario en busca de otra almohada.

—Oye, ¿qué diría Ruth si mañana fuéramos al jardín botánico después de visitar la catedral? Me gustaría verlo, pero no quiero que se muera de aburrimiento.

Era hábil para eso. Un oportuno cambio de tema y un sutil recordatorio de quién era la anfitriona de ese viaje. Un invitado cortés siempre cede ante el generoso anfitrión; nunca inicia una pelea familiar a la una de la noche.

Mensaje recibido, mamá. Nos dimos un beso en la mejilla, nos deseamos buenas noches y nos retiramos a nuestros respectivos campamentos.

Me di una ducha para calmarme y quitarme la discusión de la cabeza. «En un establo, con un granjero», eso era lo que seguía resonándome en los oídos. No obstante, al cabo de un rato se esfumó la aspereza con que mi madre lo había dicho; en su lugar quedó una connotación más suave. Yo echaba de menos a mi granjero, su establo. Ya en camisón, miré en el espejo empañado mi pelo alarmantemente corto y me pregunté si a Jess le gustaría. Los hombres preferían las mujeres con una larga melena. Todo el mundo lo decía. ¿Habría cometido un terrible error?

La última vez que estuvimos juntos, él me tocó el pelo. Fue el miércoles por la tarde y estábamos en el establo del arca. Pedí medio día de permiso en la oficina para ir a casa de Jess a pintar animales. Landy no estaba allí; había tenido que marcharse temprano para ver a su padre.

Jess no hablaba, pero no porque se mostrara altanero o frío; simplemente no decía nada. El domingo anterior, me había cogido la mano; tres días después, no me hablaba. No podía reprochárselo, pues yo me había apartado y quebrado así el proceso natural, el tácito proceso natural. Ambos sabíamos que nos acercábamos, pero lentamente y de acuerdo con mis condiciones, por supuesto. A mi ritmo.

—Ven a ver esto. Dime si las orejas resultan extrañas —pedí en el granero penumbroso, surcado por corrientes de aire, en tanto me apartaba del elefante casi terminado. En secreto lo consideraba mi obra maestra. Jess dejó su taladro para acercarse.

—No, están bien.

—¿Seguro?

—Sí. —E hizo ademán de volver a sus ruedas.

—Perdóname por lo del otro día —me apresuré a decir—. Por ponerme a la defensiva con respecto a mi madre. Fue una estupidez. —Era de esperar que él supiera por qué me estaba disculpando—. No sé siquiera por qué me enfadé. Quería reñir contigo. Pero me equivocaba. No es eso lo que quiero.

Él bajó las pestañas para ocultar la expresión de sus ojos. La trenza larga, desaliñada (ahora desaparecida), me cruzaba el hombro. Jess alzó una mano para acariciarla con los dedos. Sentí el peso leve de su muñeca en la clavícula, fuerte como una quemadura. A través de la chaqueta, dos jerséis y una camiseta.

—¿Qué quieres, Carrie?

Pues lo quería todo. En especial a él. Pero aún le tenía miedo.

Quería honrar la memoria de mi esposo. Quería la aprobación de mi madre.

—Si te lo dijera —pregunté, dando a mi voz un tono juguetón—, ¿me lo darías? ¿Todo?

—No. —Él deslizó los dedos por debajo del cuello del jersey para acariciarme la piel—. Pero lo intentaría.

Tuve que cerrar los ojos.

—No conozco a nadie como tú —susurré—. A nadie. Necesito más tiempo. —Lo miré, casi temiendo tener que arrepentirme de mis palabras, pero él asintió—. Esta vez no huiré, te lo juro. Pero estoy inmóvil. Por favor, Jess, hazlo tú también. Espera. Sería tan fácil...

—Tan fácil...

—Apresurarnos demasiado.

Inclinó la cabeza para apoyar la cara contra la mía.

—Cuando te decidas, házmelo saber de viva voz. —Su aliento me hizo cosquillas en la piel junto al oído—. Escríbelo en un gran letrero, Carrie, y luego golpéame en la cabeza con él. Porque no quiero pasarlo por alto.

Creo que a continuación me besó, pero esa presión rápida y tibia contra la mejilla fue tan fugaz que no estoy segura. Se apartó con una sonrisa y continuó atornillando ruedas a las bases de madera, pero solo por unos minutos. Luego fue a ordeñar las vacas y me dejó en ascuas. No pude siquiera terminar el elefante.

Me dije otra vez que podía llamarlo. Marcar su número y oír su voz soñolienta. ¿Y decirle qué? «Te echo de menos. No renuncies a mí. Lamento que esto necesite tanto tiempo.» Él lo merecía. Pero ¿acaso no lo sabía ya? Si no, yo calculaba mal desde hacía semanas. Meses. «Házmelo saber de viva voz», había dicho. Pues bien, lo haría, lo haría. En cuanto llegara el momento.

Ruth había dejado encendida la lámpara de mi lado. Dormía profundamente, de espaldas en la gran cama, con un puño junto a la cabeza y la otra mano abierta contra las costillas. Bajo la fina manta la leve curva de los pechos, pequeños pero definidos, subía y bajaba con la silenciosa respiración. A veces apenas reconocía ese cuerpo nuevo, extraño. Hasta su olor había cambiado. Yo habría querido preguntarle: «¿Quién eres?». Si hubiera tenido la facultad de detener el tiempo en ese momento, ¿lo habría hecho? Sí, en un abrir y cerrar de ojos. Solo que me arrepentiría al poco tiempo.

¿A quién escogería al final?, me pregunté al acostarme a su lado con sumo cuidado, tratando de no despertarla; ninguna de las dos estaba habituada a dormir en compañía últimamente. ¿Elegiría a un hombre como su padre o al hombre más diferente que pudiera hallar? En otros tiempos yo había tenido que tomar esa decisión. ¡Señor, Señor! Por una vez, que todo ese problema se saltara una generación. Si pudiéramos volver a los matrimonios concertados... o prohibir por completo la institución para los menores de treinta años. De cuarenta. Gracias a Dios, Ruth aún no tenía novio; salía siempre en grupo. La única cara familiar y recurrente era la de Cuervo, pero él no me preocupaba. Indudablemente eso significaba que era quien habría debido preocuparme.

Me incliné para besar el aire por encima de su mejilla. Ella chasqueó los labios y se dio la vuelta, llevándose la mayor parte de la sábana bajo el brazo.

Si pudiéramos construir jaulas en torno de ellos... Grandes cajas rodantes de plexiglás donde pudieran moverse y estar muy cómodos, pero sin salir jamás. Seguridad involuntaria. Ya era bastante malo que Ruth obtuviera su carnet de conducir en el verano; la idea de que se fuera a la universidad, al cabo de apenas dos años, era tan horrible que no podía siquiera pensar en ella. La aparté de mi mente. Yo tenía algo de fobia a los cuchillos; como no soportaba pensar en nada afilado, a veces los nervios me jugaban malas pasadas y enviaban a mi cerebro imágenes de cuchillas, navajas, etc.; una pequeña tortura. Lo mismo sucedía con Ruth y la universidad; mis nervios me atacaban con imágenes de pesadilla en las que veía alojamientos para estudiantes, bibliotecas, birretes y togas. Me removí para rechazarlas. Fatal.

Después de apagar la lámpara traté de ponerme cómoda. Nunca conseguía dormir en los hoteles. Dentro de veinte años, ¿saldríamos ambas algunos fines de semana para compartir nuestros secretos? ¿Vería en mí el tipo de madre a la que se puede confiar todo? De todas formas no quería que tuviera problemas que confesar. Errores, arrepentimientos, derrotas, oportunidades perdidas... que no conociera nada de eso, que esas cosas no la rozaran por algún golpe de suerte increíble. La vida de Ruth debía ser perfecta.

Me tendí de lado, con las rodillas flexionadas y las manos cerradas bajo el mentón, la posición que me proporcionaba consuelo. Y me dispuse a llevarme una terrible desilusión.

17

Fiesta para una persona

Aún no eran las ocho y la gente ya empezaba a retirarse.

—¡Viejas carcamales! —espeté a mis amigas a la cara; fingía bromear, pero hablaba en serio.

La noche era perfecta: tibia, casi cálida, con un bellísimo crepúsculo sobre el tejado de la cochera; los murciélagos empezaban a cruzar el cielo purpúreo. Era la primera noche del horario de verano; eso para mí es un motivo de celebración por sí solo.

—¡George! —exclamé a través del patio—. ¡Prepárame otro whisky *sour*!

Entré en busca del estéreo portátil. Música, eso era lo que hacía falta en esa fiesta. ¿Dónde diablos estaba Carrie? Ya llevaba dos horas de retraso. Birdie comenzó a poner las copas sucias en el lavavajillas.

—Deja eso —ordené mientras estiraba el brazo a su lado para desenchufar el estéreo, que estaba sobre el frigorífico—. Déjalo y sal ahora mismo.

Agitó las manos.

—Espera, que quiero ponerlas aquí antes de que se rompan.

—¿En esta fiesta? No hay peligro. —Le rodeé la cintura con un brazo para sacarla a la fuerza de la cocina—. Quiero que la gente baile. Tengo una cinta nueva, con canciones de los años cincuenta. —De pronto caí en la cuenta—. ¡Hala, Bird! Hace exactamente cincuenta años yo cumplía veinte.

—Yo tenía diecisiete —se ufanó; no pierde oportunidad de recordarme que es más joven—. Oye, Dana, no creo que nadie quiera bailar. Además, ya no queda nadie, salvo los Hooper y los Dodge.

Y los Dodge ya se iban.

—¡No! —exclamé, cruzando los brazos para cerrarles la salida del patio—. ¡No podéis marcharos! ¿Por qué no os quedáis?

Al percibir la nota de fingida desesperación de mi voz me pregunté si estaría borracha. No sería porque no lo hubiera intentado.

—Perdona —dijo Sylvia con cara de pena. Enlazó un brazo al del callado Harvey y se apoyó contra él—. Mañana debemos levantarnos temprano. Vendrán Susie y Earl con los niños. —Puso los ojos en blanco, como para dar a entender que era un abuso, hijos y nietos, pero ella era tan buena persona... Sylvia es otra esposa de la universidad, como yo; si somos amigas es solo porque su marido y el mío enseñan en el mismo departamento desde hace treinta años. Nos vemos mucho en las reuniones de la cátedra, nos mostramos cordiales, llegamos al mismo grado de intimidad verbal... y siempre retrocedemos. No tenemos nada en común—. Gracias por invitarnos —añadió. Me besó en las dos mejillas—. Y feliz cumpleaños.

—Feliz cumpleaños —repitió ese viejo aguafiestas de Harvey. Aunque cueste creerlo, habla aún menos que George—. Buenas noches.

—Que se vayan a la porra —murmuré mientras me dejaba caer en una silla, cerca de donde George me había puesto la bebida. Luego le indiqué a voz en grito a través del patio—: Prepara otro para Birdie. ¿Dónde se ha metido Carrie? ¿Qué crees tú, Bird?

—Que no, que no quiero otra copa. Ya estoy...

—¡Y échale un poco de alcohol, por favor! Virgen santa, este hombre no sabe preparar una copa. En cincuenta y un años de casados aún no ha hecho una buena. Las echa a perder con la proporción hielo-bebida. ¿Tan difícil es, dime?

—¿Por qué no te las preparas tú misma?

—Porque eso le corresponde a él. Yo hago todo lo demás; no voy a permitir que se zafe también de esto. —Bebí un sorbo de whisky *sour*—. ¡Puaj! Demasiado agrio. —Lo dejé para que el hielo se fundiera un poco—. Ya nadie bebe; todos están demasiado viejos, joder. Antes nos divertíamos en las fiestas, ¿verdad?

—Desde luego que sí. Qué desmadre.

—Nos desmadrábamos, sí. Nadie se iba a casa a las ocho, qué va. Claro, eso fue antes de que todos los alcohólicos murieran o se volvieran abstemios.

Birdie bostezó detrás de la mano. Entonces me acordé de la música.

—Voy a poner esa cinta —decidí.

Me levanté. Llevaba un vestido largo, rojo; había pensado que sería más propio para una fiesta que los pantalones. Al cruzar el patio hacia el enchufe del porche me pisé el bajo y tuve que aferrarme a la mesa de jardín para no perder el equilibrio.

—Estos condenados zapatos —murmuré quitándomelos a puntapiés. Uno voló hacia arriba y aterrizó en la mesa; allí quedó. Después de algún tanteo logré enchufar el equipo portátil y poner la cinta.

Alguien había subido demasiado el volumen. «Come on-a my house» surgió como una sirena policial. Birdie lanzó un chillido; George y los Hooper se volvieron con cara de alarma e irritación. ¿Dónde diablos estaba el botón del volumen? Lo encontré, lo bajé. Birdie se quitó las manos de los oídos.

—Ven a bailar —dije tirando de ella para que se levantara.

—¡Ay, Dana, no quiero bailar!

—Estás obligada. Es mi cumpleaños. *I'm gonna give you candy* —canté, tambaleándome al ritmo de un fox-trot. O tal vez era un bugui-bugui—. ¿Desde cuándo no bailas? Yo no recuerdo ya cuándo fue la última vez. En la boda de la hija de Margaret Whiteman, creo. Con un hombre, quiero decir. —Hice girar a Birdie—. ¿Quieres que te diga algo?

—¿Qué? —Tenía el rostro enrojecido y respiraba con la boca abierta. No tiene aguante.

—Es muy posible que ésta sea la última vez que bailamos tú y yo. Por el resto de la vida. Piénsalo, Bird.

—Estás borracha, cariño. —Dejó de bailar. No quería moverse—. Ven a sentarte. Te prepararé una taza de café.

Su cara se arrugó en un gesto compasivo. La aparté de un empellón.

—No estoy ebria. Y no me compadezco de mí misma. Si me preparas una taza de café, te la derramaré por el vestido.

—Eso demuestra que tengo razón. —Fue a sentarse, ofendida—. ¡Derramármela por el vestido! ¡Nada menos! Alguien que yo sé va a levantarse mañana con un buen dolor de cabeza.

Me vino a la mente una frase muy vulgar, de las que mi generación no podía decir. La de Carrie, sí; la de Ruth se usa tanto que ya no significa nada. Me asombró lo mucho que deseaba soltársela a Birdie, borrarle esa expresión pacata.

—Mierda —dije en cambio. Pero lo he dicho tantas veces que solo apretó los labios un poco más.

Los Hooper tenían que marcharse. El día siguiente era muy importante; algo relacionado con un torneo de ajedrez en Richmond, y Edward había llegado a las finales. Me desconecté para no oír los detalles. Edward, como el señor Dodge, era colega de George; Esther, otra falsa amiga mía. Nos veíamos en las fiestas del personal docente, pero en ningún otro lugar, porque no existía una verdadera amistad.

—Muchas gracias por venir —dije a Esther mientras nos abrazábamos. Y pensaba que era divertido que los Hooper fueran los últimos y los Dodge, los penúltimos, cuando me importaban una higa tanto los unos como los otros—. ¿Dónde están mis amigos? —pregunté cuando la pareja ya no podía oírme—. ¿Han muerto todos? Aparte de ti —agregué al ver que Birdie se mostraba dolida—. Aparte de ti, por supuesto. —Me dejé caer en el brazo de su silla para estrujarle un hombro escuálido—. ¿No te parece curioso que los amigos de George hayan sido los que más tiempo se han quedado en mi fiesta de cumpleaños? ¿Esos amigos viejos y aburridos?

—Aquí había amigos tuyos: Roberta y Don, Kathryn, Binnie, los Stroud. Pero tenían que volver a casa.

—A eso me refiero. ¿Cómo es posible que mis amigos sean más aguafiestas que los de él?

Birdie no lo sabía. George me oyó, pero no levantó la vista de lo que estaba haciendo ante la barbacoa: retiraba las brochetas chamuscadas o algo así. Doris Day comenzó a cantar: «Once I had a secret love», y yo canté con ella.

—¿De qué película es esta? ¿De esa con James Cagney? Me encantó. Ella llevaba una ropa divina.

—Adoro a Doris Day —afirmó Birdie—. Ahora se dedica a salvar a los animales, ¿lo sabías? Es una mujer encantadora.

—En esa película tenía una estola de pieles. A mí se me antojó una en el peor momento. No había manera, porque entonces George ganaba una miseria. Y yo me moría por esa estola de pieles.

—Yo siempre quise ser rubia —comentó Birdie.

—Yo quería ser baja y menuda.

—Y llevar el pelo recogido en una cola de caballo. Pero Chester decía que era vulgar.

Bebí un sorbo de mi cóctel, que ahora estaba perfecto.

—Lástima que no exista la reencarnación. Lástima que todo acabe aquí. Es una pena.

—Oh, yo creo en la reencarnación. Creo que volvemos una y otra vez, hasta que nos corregimos.

—Nada de eso. Es ridículo. Nos plantan y nos pudrimos, eso es todo.

—Oh, no, no lo creo. —Birdie cruzó las manos y apartó la cara.

Vieja tonta. Sin embargo me invadió una oleada de afecto que barrió la irritación. Birdie es como una de esas viejas canciones que detestas de tanto haberlas oído, como «Luces del puerto» o «Luna azul». Pero sigue siendo una buena canción. Y a veces, cuando alguien la canta bien, recuerdas por qué es clásica y vuelve a gustarte.

—Tal vez tengas razón —acepté, magnánima—. Y como nadie lo sabe con certeza hasta que muere, da igual. Si quieres creer que vuelves convertida en gato, cariño, date el gusto.

La puerta del porche se abrió bruscamente.

—¡En gato! ¿Piensas volver como gato, abuela?

—¡Por fin! —Me levanté para tenderle los brazos. Ruth vino a abrazarme. Era tan grato sentirla así, joven, inquieta y vivaz, que me costó soltarla—. ¿Dónde os habíais metido? La fiesta ha terminado y ha sido un fracaso desde el principio. Tú podrías haberla animado. ¡Hum, estás como para comerte! ¿Qué ha pasado?

—Hemos tenido un compromiso —respondió Carrie, detrás de la gigantesca azalea rosa que traía en los brazos—. ¿Dónde están los otros? Ruth, sostén esto. —Pero abrió la puerta mosquitera con el pie y pasó de costado antes de que se cerrara—. Feliz cumpleaños.

Y plantó la pesada azalea en la mesa. Parecía aliviada, como si hubiera eliminado una tarea de su lista.

—¡Qué bonita! —exclamó Birdie, al levantarse para dar a Ruth un tímido abrazo—. ¿Verdad que es preciosa, Dana?

—La he escogido yo —anunció Ruth—. Mamá quería traer una blanca.

—¿Blanca? No, no —dije—. Me gusta mucho más la rosa. Oye, es preciosa. Y ya sé dónde ponerla.

—Para la noche, decía yo —explicó Carrie—. Por la noche, en un jardín, el blanco destaca mucho más.

Se ahuecó el pelo de la nuca. Parecía cansada, distraída y muerta de calor. Cuando su cara de felicidad es una máscara me doy cuenta siempre, porque no puede sonreír con naturalidad; la boca no se le ablanda.

—Pues bien, feliz cumpleaños, mamá. —Hasta sus brazos estaban tiesos—. Es una pena que nos hayamos perdido la fiesta. Pensaba que la gente estaría aún aquí —añadió en un susurro, y se apartó—. Hola, papá. No te había visto. —Después de abrazar a George, dio un paso atrás para que Ruth hiciera lo mismo—. ¿Cómo estás? Te has puesto muy elegante esta noche.

George sonrió tímidamente bajando la mirada hacia su jersey y sus arrugados pantalones de hilo. Era verdad que estaba más atildado que de costumbre, pero solo porque Carrie le había regalado ese conjunto para su cumpleaños. El año anterior, cuando tenía dinero.

—Gracias. —Le guiñó un ojo.

—¿Te gusta mi vestido? —pregunté a Ruth, ya que Carrie no me prestaba atención—. Ya sé que es demasiado juvenil para mí.

—Oh, no, abuela, es estupendo. Muy bonito, de verdad.

—No, las ancianas no deberíamos vestir de rojo. Así parecemos madamas. —Ruth soltó una risita aguda—. Sentaos, sentaos todos. George, pon esa planta en el suelo, para que nos veamos las caras. Debéis de estar muertas de hambre. Carrie, toma una copa. Yo quiero otra. Aún queda mucha comida.

Birdie ya se encaminaba hacia la cocina para traerla. Se lo permití. Al fin y al cabo la fiesta era en mi honor.

—George, trae una Coca-Cola o algo así para Ruth. ¿Qué te apetece, cariño? ¿Un Sprite, té helado? También hay limonada. Carrie, ¿quieres un whisky *sour*?

No, no quería nada y no tenía hambre; levantó la voz para indicar a Birdie que no le trajera nada. Y tampoco podían quedarse mucho tiempo, porque Ruth tenía un partido de fútbol por la mañana temprano. Solo habían venido a darme el regalo y a desearme feliz cumpleaños. ¡Yo no podía creerlo! ¡De ningún modo permitiría que se fueran nada más llegar! Insistí e insistí, hasta que Carrie cedió y dijo que tomaría una cerveza.

—No esperaba menos —dije con un bufido—. Es mi cumpleaños, mujer; cumplo setenta años, ¿y no ibas a tomar una copa a mi salud?

Ante eso enarcó las cejas, pero al fin sonrió con naturalidad.

—Y tú, ¿cuántas has bebido? —me preguntó.

—Menos de las que querría. —Apreté el brazo a Ruth—. Haz lo que yo digo, no lo que yo hago, ¿me has oído?

—Sí, abuela.

—Y lo que te digo es que no bebas nunca.

—Sí, abuela.

Ella y su madre intercambiaron una mirada divertida, pero no me importó. Había animado a todos. Quizá eso acabara siendo una fiesta, a pesar de todo.

—Bien, ¿por qué habéis llegado tan tarde? —pregunté—. ¿Qué os entretuvo? Hicimos salmón a la parrilla y brochetas de hortalizas. Birdie preparó un pastel. ¿Qué pasó? —repetí al ver que Carrie no respondía. Se la notaba incómoda.

—Nada. Es que... no supimos organizarnos. Luego surgió algo... y he supuesto que no te importaría, con tanta gente como tendrías aquí.

Ruth prácticamente brincaba en la silla.

—Es que la han despedido —soltó muy deprisa; después dejó caer los hombros.

—¿Qué? ¿Que te han despedido?

Carrie disparó a Ruth una mirada tenebrosa, por debajo de la mano con que se masajeaba la frente.

—Sí —confirmó con aire cansado—. Me han despedido, sí.

—¿Por qué?

Fue Ruth quien contestó:

—¡Por no querer acostarse con el señor Wright! ¡Ja, con esa cara de gilipollas!

Carrie echó la cabeza hacia atrás y cerró los ojos.

—¿Es cierto? No; no puedo creerlo.

—Es verdad, mamá.

—Hemos ido a su oficina para recoger todas sus cosas. Por eso hemos llegado tarde. Bajó Chris, la señora Fledergast, y estuvieron hablando durante horas.

—¿Brian Wright? —preguntó George, incrédulo.

—Sí, papá, Brian Wright. —Carrie abrió los ojos para dirigirle una mirada fría.

—La noche de la cita —intervino Ruth otra vez—, mamá no quiso despedirse con un beso. De manera que él esperó un tiempo para no quedar tan mal y ahora la ha despedido.

—Ya te he dicho que no fue una cita, niña. No fue una cita.

—Ocurrió ayer por la tarde. Le ha dicho que el lunes no vaya, que le pagará dos semanas. ¡Qué basura!

—Dios mío —declaró Birdie mientras depositaba un plato de comida frente a Ruth—. Deberías demandarle.

—Es lo que yo digo —apoyó Ruth.

—Por acoso sexual —añadió Birdie.

—No pienso demandar a nadie —afirmó Carrie, como si lo hubiera repetido cien veces.

—Pues no entiendo por qué no. Haces mal en permitir que se salga con la suya.

—No lo entiendo —logré decir por fin—. ¿Cómo sabes... por qué piensas...? —No me salían ni las palabras más sencillas. Represalias, eso era—. ¿Por qué piensas...? Para empezar, ¿qué es eso de despedirse con un beso?

—Te lo contaré después —espetó Carrie echando un vistazo a Ruth.

—¡Venga, mamá! —exclamó la niña—. ¿Qué crees, que tengo ocho años? Te diré lo que sucedió, abuela. Ella no quiso despedirse con un beso...

—Bueno... hubo algo más que eso —aclaró Carrie. Todos la miramos—. Pero menos de lo que pensáis —agregó entre risas—. Algo intermedio; los detalles no importan. —Eso era lo que ella creía—. El hecho es que por eso me ha despedido y yo lo sé.

Meneé la cabeza. Inmediatamente ella me fulminó con la mirada.

—Yo cumplía bien con mi trabajo, mamá. No hay ningún otro motivo. Si no me crees, pregunta a Chris.

—Te creo. —Aunque no me gustara nada, la creía. Me había hecho ilusiones con respecto a Brian Wright. Creía haber descubierto en él a un diamante en bruto. Pensaba utilizarlo para hacer feliz a mi hija. Sentía ganas de vomitar—. Menudo hijo de puta. Si estuviera aquí delante le daría una patada en la... la entrepierna.

Carrie apoyó el mentón sobre las manos cruzadas.

—Cuánto te quiero, mamá. Eres tan previsible... —Vete a saber qué significaba eso.

Birdie preguntó:

—¿Qué piensas hacer ahora?

Carrie se encogió de hombros. Evitaba mirarme. Supe cuál era la respuesta: iría a casa de Jess Deeping, a hacer animales para el arca. A tiempo completo.

Lo único que se podía hacer era beber otra copa.

—Bueno —dijo Carrie—, dejemos el tema. ¿Podríamos hablar de otra cosa?

Parecía cansada, hambrienta y nerviosa, pero no muy deprimida. Considerando que acababa de perder su medio de vida, se la veía bastante animosa. Cogió la copa de cerveza que su padre le entregaba y la levantó en un brindis.

—A tu salud, mamá. Por muchos años más.

Apenas pude sonreír. Era evidente que se avecinaba el final. Birdie comenzó a hablar de la primavera, del buen tiempo que hacía y de la suerte que teníamos al poder estar al aire libre apenas iniciada la estación. Como George no me traía otra copa, me levanté para prepararla yo misma. En el proceso di un golpe a la mesa; fue solo una pequeña sacudida, pero Carrie tuvo que decir:

—¿Te encuentras bien?

—Estoy bien, estoy perfectamente. ¿No se nota lo bien que estoy?

Y estaba enamorada de Ruth. Me encaramé en el brazo de su silla para apartarle de la cara ese pelo rizado tan bonito, le acaricié la nuca, la abracé y apreté su mejilla contra mi seno.

—Te comería. Te comería viva.

Me gustaba hasta su olor a sudor, dulce, auténtico. Inhalé con la nariz sepultada en su pelo.

—Dana, mujer —protestó Birdie—, deja en paz a la niña.

—No puedo. Es demasiado dulce. —Le di un beso húmedo y ruidoso en la sien; ella bajó la vista, abochornada. Un segundo después se la frotó con los nudillos.

Al otro lado de la mesa George buscó mi mirada, ceñudo. Miró mi copa, a mí, nuevamente la copa. ¿A qué venía todo eso?

—Disculpadme —dije—, pero hoy he iniciado mi octava década y tengo derecho a ahogar mis penas. ¿Cuántos años tienes tú, mi querida Ruth? ¿Diecisiete?

—Quince, abuela.

—Es cierto. Ya lo sabía. Ya verás cuando tengas mi edad y te des cuenta de lo que te espera.

—Tú tienes muchas cosas buenas por delante, mamá —observó Carrie.

—¿Cuáles? Nombra algunas. Hija mía, a los setenta años la vida no se ve de color rosa. ¿Qué puede sucederte que sea bueno? ¿Bueno de verdad? Nada. Cada mañana, cuando te levantas, las articulaciones te duelen un poco más. El control de la vejiga... tal vez tengas que usar pañales, como June Allyson. Luego pierdes la cabeza y no te acuerdas de nada. Ahí tienes a Helen Mintz, convertida en un vegetal.

—No es cierto —protestó Birdie, horrorizada.

—También puedes sufrir un derrame cerebral. Puede ser el corazón, las arterias, un cáncer de pulmón o de mama... tal vez tengan que extirparte el colon...

—¡Abuela! —exclamó Ruth con una risita burlona—. Estás hablando como Cuervo.

—Un amigo de Ruth, que es morboso —explicó Carrie a Birdie.

—¿Que es hermoso?

—Os digo que no es un buen panorama. Ya veréis cuando tengáis mis años. ¿Qué se os ocurre que podría hacer ahora? ¿Iniciar una carrera? ¿Comenzar a pintar acuarelas? ¿Dedicarme a criar abejas? ¡Se ha acabado!

—Por el amor de Dios, mamá...

—¡Abuela, que no eres centenaria!

—La reina del drama —comentó Birdie, muy ufana.

George empujó la silla hacia atrás y murmuró algo dándose una palmada en el bolsillo.

—¿Adónde vas?

—A fumar un rato. Vuelvo enseguida. Disculpadme...

Y se encaminó hacia la cochera arrastrando los pies. Yo me arrellané en el asiento.

—Así son las cosas, ¿verdad? Así son las cosas. —Alcé mi copa hacia su espalda, que se alejaba entre las sombras. Pero mi bebida sabía amarga. Agité un índice ante la cara de Ruth—. Y no creas tampoco que puedes envejecer con alguien solo porque es tu marido. No cometas ese error.

—Mamá —espetó Carrie con tono seco.

—No me importa. Hay que decir estas cosas.

—No; no hay que decirlas.

—Mira bien a quién escoges, Ruth. Cuando eres joven parecen buenos y se portan bien. Y crees que jamás volverás a sentirte sola. Pero luego se esfuman. No te das cuenta hasta que se han ido, y entonces es demasiado tarde. Te has casado con un fantasma. ¿No es verdad, Carrie? Eres tú quien...

Mi hija se levantó.

—Bien, nos vamos. Despídete de tu abuela, Ruth, que se hace tarde.

No me moví, salvo por un rápido parpadeo. Mientras esperaba a que se me pasara la impresión, repasé lo que acababa de decir. Si querían irse, allá ellas, yo había hablado muy en serio y no pensaba retirar una sola palabra. Carrie acercó su mejilla a la mía susurrando: «Buenas noches, mamá. Feliz cumpleaños». No dije nada; me limité a quedarme quieta, la cara pétrea, sin arrepentirme. El día de tu cumpleaños tienes derecho a decir la verdad.

—Buenas noches, señora Costello —dijo Carrie a Birdie.

—Buenas noches, tesoro. Cuídate.

No las miré; tampoco hacía falta. Por encima de mi cabeza pasaban miradas secretas de todo tipo. Carrie comentó que saldría por la parte trasera para despedirse de su padre. Pues bien, por lo que a mí concernía, podían hacer una fiesta allí atrás.

Luego esperé a que Birdie comenzara a hablar. No tardaría mucho; el silencio es su peor enemigo. Al ver que mantenía la boca cerrada pregunté:

—¿Y bien? ¿No tienes nada que decir a la reina del drama?

Se levantó sin prisa, apoyándose en la mesa.

—Has bebido tanto que de nada sirve hablar contigo.

—Bien.

—Pero te diré una cosa.

—Suéltalo.

—Mi Chester no era ningún ángel. Tenía algunas cosas que no he contado a nadie, ni siquiera a ti, pero mucho menos se las habría contado a mis hijos. Nunca denigré al padre delante de Matt y de Martha solo para que me tuvieran lástima.

—¡Oh, qué maravillosa eres!

—No; no soy maravillosa, pero sé que hay normas. Y no tienes derecho a olvidarlas solo porque has bebido mucho y te compadeces de ti misma por tener setenta años. Los hijos no tienen por qué saber que el padre es un fracasado, a ninguna edad. Así lo indica la simple decencia.

—Chorradas. Madre e hijo son las dos personas más unidas del mundo. Si no puedes decir a los de tu propia sangre cómo es tu vida, ¿qué sentido tiene nada? Yo no me he saltado ninguna norma.

—Claro que sí, y lo sabes. Además has usado como excusa a Ruth, por añadidura. «Mira bien a quién escoges, Ruth» —me imitó—. ¡Deberías estar avergonzada!

—Anda, vete a tu casa.

—Ya iré.

—¿Cuándo?

—Cuando acabe con lo que tengo que decir. Si tienes problemas con George, deberías contárselos a un psicólogo o a un consejero matrimonial. —Yo bufé—. Pues cuéntaselos al reverendo Thomasson.

Tendí la mano hacia la copa de cerveza que Carrie había dejado por la mitad.

—¡Pues sí, eso haré, Bird! Visitaré al pastor. Qué estupenda idea. Es precisamente el tipo de cosas que yo hago. Nadie me conoce como tú. —Birdie no entiende el sarcasmo, a menos que se lo arrojes a la cabeza—. ¿No te ibas?

—Muy bien, no hagas nada. Quédate en tu casa y sigue así. —Se inclinó para agregar con tono severo—: Perdona, pero cada día estás más amargada, y no soy la única que lo dice. Solo quería... creo que necesitas ayuda, y no de tu propia hija, que ya tiene bastante con sus propios problemas.

—Gracias. —La cerveza caliente se me atragantó. Estuve a punto de escupirla en la copa—. Nada de portazos al salir.

Birdie suspiró. A continuación rodeó la mesa, ceñuda y sonriente a la vez.

—Eres la más difícil de mis amigas. Te quiero, Dana, pero a veces eres peor que una patada en el cuello. Feliz cumpleaños, querida.

Cuando se inclinó para darme un beso me eché hacia atrás, pero ella siguió hasta plantarme uno en la mejilla.

—¡Hum! —musité sin sonreír—. Podrías escribir una de esas columnas de consejos. Así te pagarían por tu sabiduría.

Ella rió mientras cruzaba el patio. Llevaba un vestido estampado, rosa sobre blanco, demasiado veraniego. El color blanco relumbraba en la oscuridad del crepúsculo; en eso Carrie tenía razón.

—Me corrijo —anunció desde la puerta—; eres peor que una patada en el culo.

¡Qué traviesa! En boca de Birdie eso era una blasfemia. Sin embargo, como pronunció la palabra «culo» en un susurro teatral, al estilo de las niñitas, estropeó el efecto. Eso sí, dio un portazo.

Paseé una mirada inexpresiva en derredor, atenta a los ruidos nocturnos, tratando de dilucidar qué sentía. ¿Remordimientos? ¿Ira? Las dos cosas, pero sobre todo cansancio, cansancio mental. Me sentía demasiado cansada para distinguir lo que estaba bien de lo que estaba mal. No importaba. Por la mañana despertaría arrepentida y abochornada por haber dado un paso en falso en familia, por haber alejado a mis seres queridos, pero esa noche solo me sentía mohína.

La luna estaba exactamente por la mitad; el aire, frío y perfumado, tierra removida y fertilizante, un olor verdaderamente primaveral. Sentí nostalgia de un tiempo que no podía recordar, que quizá no había vivido siquiera. Me levanté para ir en busca de George.

La luz del costado de la casa se filtraba por entre las ramas recién brotadas del algarrobo, detrás de la cochera, y moteaba la cabeza calva, que se mecía apenas. Estaba sentado en uno de los columpios del par herrumbroso que instalamos hace años; nunca llamamos a nadie para que los retirara. Estaba de espaldas a mí, con la cabeza inclinada hacia un costado, apoyada contra la cadena. Sus hombros caídos tenían un aspecto soñador; contemplaba el humo de su pipa, que se elevaba por entre las ramas del árbol, y reflexionaba en paz. Me bastó mirarlo para sentirme nerviosa, desequilibrada, torpe. Al oírme se giró retorciendo las cadenas del columpio por encima de la cabeza.

—Hola —saludó con cautela.

Me acerqué con las manos en los bolsillos del vestido rojo, atenta a donde ponía los pies. Allí hay muchas raíces. Si tropezaba con alguna él diría que estaba ebria.

—Hola —dije, y me instalé en el otro columpio—. Dejaré los platos sin fregar hasta mañana.

—Eso está sucio. Vas a mancharte el vestido.

—No importa.

Me echó un vistazo tratando de evaluar mi estado de ánimo. Sus gafas reflejaron la luz de la calle y me deslumbraron. No podía verle los ojos. Al fin dijo:

—Mal asunto eso de Carrie.

—Qué locura. Increíble.

—Conozco a Brian desde que trabajaba en los archivos de Remington. Nunca me ha caído bien, pero tampoco lo habría creído capaz de algo así. Ni en un millón de años. —Meneó la cabeza, desconcertado—. No estaría mal que ella le demandara.

—Las demandas son vulgares. ¡Hijo de puta!

Lo dije en serio, pero me arrepentí. Aunque George no se queja, detesta que yo use palabras sucias. De cualquier modo, me sentía atrevida y furiosa. Y tonta. Una vieja tonta y burlada. Me sentía como esas ancianas a las que un estafador con labia quita los ahorros de toda la vida con una llamada telefónica.

—Supongo que Carrie tendrá que buscar otro empleo. Puede ayudarme con la investigación. Ya se lo he dicho. No sería para siempre, pero mientras tanto...

—No creo que quiera —observé con tono inexpresivo.

Se le había apagado la pipa. Volvió a encenderla, haciendo refulgir la cazoleta.

—No, yo tampoco lo creo —musitó con una sonrisa melancólica y fugaz.

Lo miré con curiosidad. Él dio una chupada a la pipa, con la mirada perdida.

Se oyó el grito de un búho. No fue el hogareño «jujú», sino ese sonido áspero, espectral, como un siseo, que te eriza la piel de los brazos. Me concentré en el ruido distante del tráfico, tanto más agradable, y en los ladridos casi histéricos de Maisie, la perra del vecino.

—¿Te parece que somos como George y Martha?

—¿Qué George y Martha?

—Los de *Quién teme a Virginia Woolf*. George y Martha, el matrimonio viejo. Él era profesor universitario.

Pero ella era hija del decano de la universidad, de modo que ahí terminaba el paralelismo. Yo me casé con George para salir de mi antigua vida y luego no supe cómo adecuarme a la nueva.

Él gruñó.

—Se odiaban —continué—, pero también se amaban. —Dejé eso en el aire; las palabras flotaron en el silencio como una invitación. Una propuesta.

George no dijo nada. Me invadió una gran tristeza.

—Quién sabe qué pasará ahora.

Él acercó su columpio al mío y me dio una palmada ligera en el costado del muslo. Le cogí la mano para estudiarla a la luz escasa. Una mano vieja, arrugada y venosa. Las uñas amarillas olían a nicotina. Habría querido apoyar la mejilla contra ella, pero tenía un aspecto extraño; no parecía de carne, sino una máquina, un artefacto. Cuanto más la observaba, menos se parecía a una mano.

La dejé sobre mi rodilla.

—¿Has sido feliz?

—¿Qué quieres decir?

—En una escala de uno a diez, ¿cómo calificarías la felicidad de tu vida, George?

—Ah. —Se echó a reír.

—En serio. ¿Qué dirías? ¿Qué responderías?

Suspiró.

—Siete.

—¿De verdad? Yo también. ¡Y yo, tan convencida de que no teníamos nada en común!

Sonreímos sin mirarnos. Apoyamos la sien contra la cadena fría y mohosa de los columpios. Si nos acercábamos un poco más nos tocaríamos.

—Pero esta noche no pasa de cuatro, George. No me siento nada bien esta noche.

—Has bebido demasiado.

—Tal vez, pero... quería algo. Sentir algo. No me gusta esto de envejecer. —Fingí un estremecimiento—. Cuesta creer que antes celebrábamos los cumpleaños.

Me dio otra palmadita en la pierna y retiró la mano para frotarse el costado del cuello rígido. Luego volvió a encender la pipa.

No pretendía siquiera que me hablara. Eso se me pasó hace tiempo, tal como los niños dejan de esperar que el perro de peluche les responda. Solo quería... algo. Esa noche. Algún tipo de vínculo.

—George.

—¿Hum?

—Mira, no tienes por qué fumar fuera. Puedes fumar en casa si quieres. Ya no me molesta.

Asintió, pensativo.

—Creo que seguiré haciéndolo aquí —dijo lentamente—. No está mal. Me he habituado.

En la calle, la puerta de una cochera gimió antes de cerrarse con un ruido de metal contra cemento. Un sonido bonito, definitivo.

—Me duele el trasero. Voy adentro.

—Yo iré dentro de un minuto.

—Como quieras.

—Feliz cumpleaños —dijo.

—Gracias.

Entré sola en la casa desierta. Algo que he hecho un millón de veces, pero esa noche fue como practicar para el futuro.

18

Bien, bien

—Con cuidado, vigile la cabeza. ¡Cuidado con la puerta!

—Ya está, ya está. No le ha pasado nada.

Fue la nota de exasperación en la voz del señor Green lo que me reveló la posibilidad de que me estuviera convirtiendo en un verdadero incordio. Ese hombre era la persona más apacible que yo conocía.

—Creo que podré sola con los demás —dije—. Necesitaba ayuda solo para los grandes. Bueno... si es usted tan amable de ayudarme con el oso polar... Luego podrá irse. Ha de tener mil cosas que hacer.

Recuperado el buen humor, el señor Green dio un paso atrás para admirar el modo en que había colocado la jirafa, de casi tres metros y medio de altura: al sol, contra el costado del establo. Estábamos trasladando los animales al exterior, para que Eldon Pletcher los viera con luz natural. Esa mañana Landy y Jess lo llevarían al río y le mostrarían el arca, ya casi terminada; luego vendría a ver los animales. Llegaría en cualquier momento.

—Queda muy bien —afirmó el señor Green. Era toda una alabanza, pues todo el proyecto del arca le parecía ridículo. Sin embargo, acudía regularmente a una iglesia llamada Solemnes Hermanos del Cordero Sangrante. Yo no estaba segura de cuál era la diferencia y se lo dije a la cara. Manteníamos discusiones muy acaloradas, verdaderos debates. A él le gustaba aún más que a mí hacer de abogado del diablo.

—¿Cree usted que al señor Pletcher le gustará? —pregunté observando mi colorida exposición animal a lo largo de la pared.

—Claro que sí. —Debí de poner cara de duda, pues añadió con gentileza—: Quedará encantado. No tiene por qué preocuparse, señora.

Me dio una palmadita alentadora en la espalda; en ese momento caí en la cuenta de que estaba retorciéndome las manos.

—¿Cuál le gusta más? —preguntó.

—¿A mí? —Me gustaban todos. Los amaba. A pesar de eso, me habría encantado tener la oportunidad de rehacerlos, uno a uno—. No lo sé. ¿Y a usted?

Recorrió con la vista la doble hilera: canguro, guepardo, puerco espín, llama, panda, hurón, cabra...

—Y eso ¿qué es? —inquirió, señalando una silueta.

¡Madre mía!

—¿No lo reconoce?

Arrugó su rostro curtido y miró con atención.

—¿Un oso hormiguero?

—¡Sí! —Alivio—. ¿Es su favorito?

—No. Me gusta más este, creo. El asno.

—¿De verdad? ¿Por qué?

—Por la cara. Se parece a uno que teníamos cuando yo era pequeño. Se llamaba Larry; tenía paciencia de santo. Es algo en los ojos —comentó acercándose más—. Tiene una mirada tranquila. ¿Cuántos quedan por hacer hasta el día D? —El señor Green llamaba día D al 17 de mayo.

—No muchos. Creo que terminaremos a tiempo. Siempre que nada salga mal. —Siempre que Eldon Pletcher no me ordenara comenzar de nuevo.

—Suerte que la despidieran, ¿eh?

Lo había dicho en broma, pero yo me lo repetía unas tres veces al día. Muchísimas gracias, Brian, por demostrar que eres un gilipollas.

—¿Está segura de poder con el resto? Si no me necesita, tengo trabajo. —Y se tocó la gorra.

—Vaya... y gracias. De cualquier manera no los sacaré todos. Solo algunos. Después Jess podrá ayudarme a llevarlos otra vez adentro. Usted no tendrá que tocar otro animal en toda su vida.

Se alejó con una carcajada y dijo:

—¡Hasta el día D querrá decir!

Ese día, alquilaríamos un camión de mudanzas para transportar los animales hasta el río. El señor Green ayudaría a llevarlos sobre ruedas hasta el muelle y luego rampa arriba, para cargarlos en el arca. Mi tarea consistiría en distribuirlos en torno de las barandillas de la primera y la segunda cubiertas para que se vieran bien. Podía parecer una tarea sencilla: los más altos atrás, los más pequeños delante. Sin embargo ningún director de museo habría tomado su misión más en serio que yo. Después de tanto trabajo, quería que la exposición fuera perfecta.

Esperábamos que acudiera mucha gente, pero nadie podía prever cuánta. Varios periódicos habían reproducido el artículo sobre el arca, hasta en Charlotte y Baltimore. Yo recibía llamadas de periodistas que querían entrevistarme. También telefoneaban a Jess y Landy, por supuesto. Con la autorización de Eldon, finalmente concedí una entrevista a la emisora de la Universidad de Remington. El único momento difícil se presentó cuando la periodista, una vivaz jovencita llamada Marcy, me preguntó si yo era creacionista. Pasé a explicar la pureza de la expresión del yo y que mi arte era apolítico y no religioso. Marcy me interrumpió para inquirir, con una inflexión nada halagüeña: «¿Dice usted que lo que está haciendo es arte?». Me replegué; dije que tal vez no fuera una de las bellas artes, pero sí arte gráfico, una especie de arte ilustrativo, y que la gente podía llamarlo como quisiera.

Sin duda pensaba que volvía a terreno seguro cuando mencionó lo esencialmente tonta que resultaba la idea de construir un arca en tiempos modernos. Me declaré de acuerdo, por supuesto, pero también me descubrí defendiendo a Eldon y especialmente a Landy. Le conté que el año anterior un equipo de exploradores marítimos había encontrado, a gran profundidad, una playa antigua e intacta en el fondo del mar Negro, y que los geólogos de la Universidad de Columbia consideraban que constituía una prueba de que, siete mil años atrás, se había producido una inundación súbita y catastrófica. La inundación de Noé. «Ah», dijo Marcy, cortés pero con aire de suficiencia, y puso fin a la entrevista.

Resultaba extraño que me encontrara tan firme y claramente en el lado desfavorable de una polémica pública. Al menos, el lado que jamás habría apoyado en otras circunstancias que no fueran estas, tan insuperablemente peculiares. Yo no era una portavoz muy efectiva para la fe religiosa y podía asegurar con toda franqueza que no esperaba arrepentirme de eso.

Jess, por el contrario, disfrutaba de todas las ambigüedades raras y retorcidas de la situación; lo llamaba «síndrome de la extraña pareja». Botar un arca era un fenómeno, decía, una maravilla, un espectáculo, algo que uno hacía porque era capaz. Yo debía esforzarme más en no dividir a la gente en categorías, recomendaba. ¿Landy es un buen amigo? ¿Su padre se muere? ¿Hacemos daño a alguien? Y la pregunta más importante, ¿te sientes mejor haciendo esto?

Si no hubiera sido por la oposición de mi familia más cercana, yo habría respondido que sí a eso, sin ningún reparo. Sin embargo Ruth había pasado de ridiculizarme a mostrarse hostil, y mi madre aún fomentaba la resistencia en aras del buen gusto. A pesar de eso, por algún motivo yo era feliz mientras me dedicaba a ese trabajo. No tenía tiempo para preguntarme por qué; no tenía tiempo para nada, aparte de hacer animales. Y tal vez esa era la respuesta. Así de simple.

Al menos mi madre no podía acusarme de irresponsabilidad. Eldon se portaba bien, me pagaba casi tanto como Brian en Otra Escuela. Ruth decía que yo trabajaba el doble, pero era una burda exageración. Si aquello me llenaba de vigor y entusiasmo, decía yo, ¿dónde estaba el mal negocio? Ella no lo veía así. De modo que yo sofocaba mi entusiasmo y trataba de disimular mis horarios prolongados; salía rumbo a la casa de Jess cuando ella ya estaba en la escuela y regresaba antes de que saliera de la tienda de Krystal. Ahora que lo pienso, así también había tratado de ocultarle, tras la muerte de Stephen, lo mucho que dormía. Me daba cuenta de que no era sano, pero no tenía «tiempo» para arreglarlo. Si hubiera tenido tiempo, habría insistido en que nos habláramos con mutua franqueza; habría organizado largas sesiones de verdad sin enfrentamientos; me habría esforzado más por explicar mi posición, por buscar un acuerdo. En menos de tres semanas zarparía el arca, se acabaría todo aquel jaleo y la vida volvería a la normalidad. Sin duda no entrañaba ningún peligro que Ruth y yo continuáramos sin entendernos tres semanas más. Y yo planeaba una gran descarga de emociones para el final. Eso la reanimaría.

Cerca del mediodía llegó Landy, al volante de una furgoneta blanca que yo no conocía. De inmediato los perros la rodearon, ladrando. Jess y Landy se apearon por costados opuestos para abrir las dos portezuelas de los pasajeros. Por el lado de Landy bajó una mujer alta, oronda, de pelo blanco, que vestía un vestido estival violeta; miró en derredor protegiéndose los ojos del sol. Mientras rodeaba el vehículo, Landy abrió la puerta posterior para sacar una silla de ruedas plegable. Jess hizo que sus perros dejaran de ladrar. Para sorpresa mía, no fue su compañero sino él quien sacó al anciano del vehículo, sosteniéndolo en brazos como a una criatura y lo depositó suavemente en la silla de ruedas, ya desplegada. Fue la señora Pletcher, Viola, quien lo llevó a lo largo de la calzada pedregosa y el escarpado camino de tierra hacia el establo que Jess señalaba. Y también hacia mí, que aguardaba a la sombra de un árbol, junto al camino. Me pareció más adecuado saludarlos allí; era más discreto, más sencillo... no sé. Insinuaba menos que yo era la señora de la casa.

Landy hizo las presentaciones. Llamaba «reverendo» a su padre. La señora Pletcher y yo nos estrechamos la mano. La suya era recia y fuerte; de ella había heredado Landy esa sonrisa tímida.

—Reverendo Pletcher —saludé inclinándome hacia el anciano caballero—, tenía muchos deseos de conocerlo.

Tenía boca de tortuga; los labios finos se encontraban en el medio formando un punto. Cuando sonreía sus dientes postizos, grandes y muy blancos, refulgían.

—Carrie —susurró.

Yo estaba a punto de retirar la mano, mortificada por el hecho de que él no me la estrechara, pero al fin descruzó los dedos morados, de piel tensa, y tendió lentamente la diestra. Estaba fría; parecía suave y frágil, delgada como un manojo de ramillas. Se la estreché con mucha delicadeza.

Esperaba encontrarme con alguien más rudo, un vejestorio decrépito que trataba de cerrar un trato con la muerte, años después de haber reemplazado su depravación por fanatismo. No había imaginado a ese pálido caballero de ojos dulces, espalda erguida y piel de pergamino. Era como si la enfermedad hubiera consumido todo lo que no fuera esencial dejando solo el núcleo de su dignidad y su gran corazón obsesionado. Al contemplar el dolor y la paciencia de su cara comprendí por qué Landy estaba atado a él y a su última y enorme locura.

Yo tampoco era como él esperaba.

—La imaginaba mayor —me dijo. Movió débilmente una mano, con el pulgar hacia arriba, para señalar a Landy—. Como él.

Padre e hijo sonrieron, para mi alivio. Era una broma.

—Ah, los has sacado —comentó Landy al ver la grupa de un reno que sobresalía por el costado del establo.

—No todos, solo algunos —expliqué—. Se me ocurrió que le gustaría ver cómo quedan a la luz del día.

La piel que cubría el cráneo de Eldon tenía un brillo rosado; solo quedaba una franja de pelo blanco en la parte posterior. La señora Pletcher se inclinó hacia él.

—¿Listo para ir a verlos?

Él asintió. Mientras su esposa empujaba la silla, caí en la cuenta de lo que significaba la luz en los ojos del anciano y la celeridad con que aferró los apoyabrazos: entusiasmo.

Al principio me fue imposible quedarme cerca de él. Tuve que alejarme un poco, como el director de cine que debe salir a fumar mientras se estrena su película. Jess se acercó para cogerme por las muñecas. Su mirada de comprensión me conmovió.

—Ven, mujer —dijo tirando de mí—. Habla con él. ¿Acaso quieres que confunda el koala con el yak?

Hice una mueca fingiendo que me sentía insultada. Él subió las manos por mis brazos hasta apoyar los pulgares en el hueco del codo.

—Ven a recibir tu recompensa, Carrie.

—¿Cómo sabes que le gustarán? ¿Y si los encuentra horribles?

—Ven a averiguarlo.

Pero yo solo quería quedarme allí, con las manos de Jess en los brazos. Por encima de su hombro vi que los tres Pletcher se habían detenido frente al tigre rampante. El reverendo tenía un aspecto casi universitario; chaqueta de punto, pantalones anchos bien planchados y grandes zapatos de color azul; no parecía un tabacalero, sino un profesor retirado. Lo imaginé conversando con mi padre. Probablemente se caerían bien.

La señora Pletcher lo llevó hasta el animal siguiente.

—De acuerdo —dije, y Jess me soltó los brazos. No había más remedio que ir a escuchar el veredicto.

El reverendo Pletcher sonreía. Ojalá fuera porque el topo le gustaba, no porque le daba risa. Solo se le veía de cintura hacia arriba (si se puede hablar de cintura tratándose de un topo); la cabeza y las patas asomaban por encima del borde de una madriguera hecha de cartón piedra, pintada de marrón.

—Bien —dijo. Y ante el canguro—: Bien.

Le mostré la cría en la bolsa.

—Si usted cree que no debería haber tres, la taparé con pintura —dije—. No es nada; se arregla en dos segundos. Es que no estaba segura, desde el punto de vista bíblico.

Él apretó los labios de tortuga.

—¿Madre? —dijo después de contemplar la figura por un par de minutos con aire pensativo.

—Ella lo habría introducido subrepticiamente —respondió de inmediato la esposa—. Si el Señor la escogió cuando ella tenía un bebé, seguramente lo habría escondido. Así.

—Pues sí, pero...

—El Señor lo sabría, por supuesto, pero haría la vista gorda.

Eldon sonrió. Listo. El canguro estaba aceptado.

—Bien —dijo frente al alce americano y la mofeta—. Bien —repitió ante el lince y el hurón.

Para ser predicador era hombre de muy pocas palabras. Por entonces yo me había enviciado; ansiaba algo más que «bien». Él tendió la mano para acariciar al búho. Lo había confeccionado con plumas de pavo pegadas a la espuma de poliestireno esculpida y cables negros de teléfono, pegados con cinta a dos perchas en forma de L, a manera de patas; un trozo de madera tallada le servía de pico; había pintado los ojos en dos piedras planas, de forma oval, que encontré en la calzada de Jess.

—Bien —dijo el reverendo Pletcher manteniendo la mano allí—. Es muy...

Su cabeza se bamboleó sobre el cuello. Cerró los ojos. Su esposa le acarició el hombro para calmarlo.

—¿Te encuentras bien? —preguntó.

Él chasqueó los labios y asintió con la cabeza.

¡Qué débil estaba! Yo no lo sabía. Landy me dedicó una sonrisa alentadora a espaldas de su padre. Yo me sacudí la impresión, pues me daba cuenta de que debía de parecer alelada. A partir de entonces cobré morbosa conciencia del tiempo que pasaba, del calor, del sol. Eldon no llevaba sombrero. ¿Por qué no le habían puesto uno? Habría querido cubrir con las manos esa cabeza desprotegida para hacerle sombra. Sufría cada vez que la silla de ruedas se bamboleaba en un desnivel. Cuando acabó de ver todos los animales que estaban fuera, dije:

—En el establo hay más, pero tal vez ya esté conforme. Sin embargo el interior es más fresco. Como usted quiera.

—Todos —afirmó él.

Creo que era la dentadura la que le hacía hablar como si tuviera algo en la lengua, una pastilla para el corazón. Era demasiado grande para su boca.

—¿Tiene sed? —se me ocurrió preguntar.

—¿Sed? —repitió la señora Pletcher inclinándose por encima del hombro de su esposo.

Me disponía a correr hacia la casa por un vaso de agua cuando ella dijo:

—Tenemos un poco aquí. —Y cogió una botella de plástico, como la que suelen llevar los ciclistas, de un soporte instalado en el respaldo de la silla. Eldon le cubrió las manos con las suyas mientras ella le sostenía la pajilla de plástico entre los labios. Después de cada sorbo decía con dulce apreciación «Ahhhh», como un bebé.

Cuando terminamos el recorrido por el establo, Eldon estaba

pálido y transpiraba. Ya no se mantenía erguido en la silla, tenía el pecho hundido y los hombros encorvados.

—Será mejor que volvamos a casa —propuso la esposa, que también parecía cansada. No protestó cuando Landy ocupó su lugar para empujar la silla de ruedas hasta el vehículo.

Una vez más fue Jess quien lo levantó para depositarlo cuidadosamente en el asiento trasero de la furgoneta. Yo esperaba para despedirme, pero Jess dijo:

—Quiere hablar contigo, Carrie.

Me acerqué. El anciano me sonrió y dio una palmada en el asiento, al otro lado. Rodeé el vehículo para sentarme junto a él.

—Primero... —Se interrumpió para tomar aliento. En torno de la nariz y la boca su piel tenía un matiz blanco azulado, perlado, casi translúcido—. Buen trabajo. Estoy muy contento.

—Gracias, gracias.

—¿Usted no tiene fe?

Landy debía de habérselo dicho. Era verdad pero, para no ofenderlo, respondí:

—No tengo religión.

—¿Por qué lo ha hecho, pues?

—¿Por qué he hecho los animales?

—No ha sido por dinero.

—No. Bueno, por eso también. No sé muy bien por qué lo he hecho. Pero lo deseaba desde un principio, desde que Jess me lo contó. Nunca me ha parecido una locura.

Él asintió con la cabeza, como si ya lo supiera.

—¿Sabe qué significa?

—¿El arca? Creo que sí.

—Dígamelo.

Habría preferido que lo dijera él.

—Renacimiento —me lancé—. Comenzar desde cero. Que te salven. Ser escogido. —No pensaba tocar el tema de la destrucción de la tierra por sus pecados y su corrupción; eso le correspondía a él—. Creo que es un símbolo de rejuvenecimiento. Un nuevo comienzo. Todo límpido y puro.

—Una vida nueva.

—Sí.

Suspiró apenas y se arrellanó en el asiento; las manos quedaron laxas a los costados.

—Es lo que yo pensaba.

Parpadeé al darme cuenta de que eso no había sido una prueba, sino una pregunta, y que mi torpe respuesta lo tranquilizaba.

—¿Cuántos más? —preguntó.

—¿Cuántos más debo hacer? Unos seis. Terminaremos a tiempo —contesté con seguridad.

—Una cosa. La vaca.

—¿La vaca? ¿Está mal? ¿Mi bonita Holstein?

—Si tiene tiempo. Por mí.

—¿Qué? Lo que sea.

—Siempre me han... gustado las Guernsey. Pero solo si hay tiempo.

—¿Quiere usted... que la agregue? —Él asintió con la cabeza—. Claro que puedo. De acuerdo, una Guernsey. Cómo no. Con manchas pardas, más pequeña que la Holstein. A mí también me gustan.

—Son bonitas de cara. Tenía una. Cuando era muchacho.

Pensé en el burro del señor Green. Larry.

—Comenzaré de inmediato —prometí.

Él lanzó una risa divertida y me guiñó el ojo.

—No. Déjela para el final.

—Muy bien. Estará hecha a tiempo, lo prometo.

Él levantó los frágiles brazos para rodearme el cuello.

Me quedé tan sorprendida que tardé un par de segundos en devolverle el abrazo. Olía a limpio, a talco, igual que los bebés, pero bajo el áspero jersey sentí su cuerpo tan quebradizo como una brazada de ramitas secas. Varias veces pensé que nos soltaríamos, pero no fue así. Le di un beso en la mejilla, tratando de no llorar, y él me lo devolvió. Nos apartamos. Me estrechó las manos con asombrosa fuerza.

—Nos veremos el día diecisiete —dije.

Y sonrió.

Esperaba que me dijera «Dios la bendiga»; lo deseaba. Landy abrió la portezuela del conductor para subir; se terminaba la intimidad. Fui yo quien susurró: «Dios lo bendiga», presa del pánico. Nunca lo había dicho en toda mi vida. Su cara expresó asombro, diversión y triunfo. «Te he pillado», parecía decir, pero con amor.

Jess no tenía tiempo para comer.

—Ve tú, Carrie. Prepárate algo. Yo tengo que trabajar.

—Te prepararé el almuerzo —ofrecí—. Puedo llevártelo. ¿Dónde estarás?

—En el establo pequeño. Haciendo cosas desagradables. Bastaría con que me dejaras un bocadillo en la encimera.

¿Cosas desagradables? ¿Castrar un toro, por ejemplo? Solo cabía hacer conjeturas. Le preparé dos bocadillos, uno de pavo y otro de queso, y los puse en una bolsa de papel, junto con una manzana, un plátano y cuatro galletas. Luego busqué un termo en el armario y lo llené de agua helada. Como Ruth decía que era una vergüenza llevar el almuerzo al cole, no practicaba ese rito desde la mudanza a Clayborne. Y en realidad no lo echaba de menos.

Cosas desagradables, ciertamente. Al principio no supe con certeza qué hacía Jess. En el establo pequeño él y el señor Green tenían a una vaca (probablemente una novilla, a juzgar por su tamaño) en una especie de yugo doble, por delante y por detrás. Qué estaban haciendo... no habría podido decirlo. Algo relacionado con la reproducción, la eliminación o ambas cosas a la vez.

—Aquí está tu bocadillo —dije dejando la bolsa en el suelo cubierto de paja. Dos gatos se acercaron para investigar. La recogí para ponerla sobre un poste—. No he traído nada para usted, señor Green.

—Ya he comido —repuso él tapando un recipiente de metal que humeaba a sus pies—. Gracias de todos modos. Nitrógeno líquido —explicó. Debí de poner cara de curiosidad—. Para conservar el esperma de toro congelado.

—Ah, comprendo. ¿La estáis... eh... fecundando?

—Sí.

—Ah, pero... —Habría jurado que el brazo enguantado de Jess estaba metido en la parte posterior de la pobre vaca.

El señor Green cruzó una mirada con él y guiñó un ojo. A continuación le entregó un tubo largo y delgado, con una perilla de goma en el extremo.

—Listo —dijo, y sujetó el rabo del animal a fin de que no siguiera golpeando a Jess en el pecho.

Deprisa pero con cuidado, Jess insertó el tubo en lo que debía de ser la vagina de la vaca, en tanto hacía algo con la mano introducida; movió apenas el hombro con una expresión aún más concentrada. Acto seguido apretó lentamente el bulbo de goma. Por fin todo salió, el tubo, el brazo y la vaca de sus ataduras. Jess la condujo a un pesebre, hacia donde se encaminó con bastante docilidad, pero me pareció que su cara vacuna expresaba indignación.

—Solo quiero preguntar una cosa —dije con voz débil—. ¿Cuál es la finalidad de...? Hum... ¿Para qué hay que usar las dos manos?

El señor Green, que parecía estar disfrutando, contestó:

—Hay que entrar primero por el otro lado para sujetar el cuello del útero. Tienes que cogerlo bien a través de la pared rectal e inclinarlo. El amigo Jess es un experto en eso.

—¿Sí? —Qué interesante—. ¿Conque ahora está preñada?

—No lo sabremos hasta dentro de algunas semanas —respondió Jess frunciendo el entrecejo en tanto apuntaba algo en una libreta.

—Para ella es la primera vez —explicó el señor Green—. Es posible que no prenda.

—¿Conoce ella al padre de su hijo? —pregunté.

—No. Se supone que es un pequeño Angus. Para las primerizas conviene un muchacho menudo; así el ternero resulta pequeño. Ahora veremos, ¿verdad, Sophie? Ya veremos qué sucede. —El señor Green pasó una mano por encima de la barandilla para dar a Sophie una palmada afectuosa en el trasero—. ¿Quién sigue?

—La dos cuarenta y uno —anunció Jess—. Carlene.

—¡Carlene! —El señor Green fue por ella. Nunca lo había visto tan animado. No sé si le gustaba inseminar vacas o si se estaba divirtiendo a mi costa.

—Estás algo pálida —observó Jess mientras derretía un tubo de algo, presumiblemente semen de toro, en un cubo de agua helada.

—¿Yo? Pero si estoy muy bien.

—¿Quieres quedarte un rato?

—Será mejor que vuelva al trabajo. Eldon quiere una Guernsey.

—Sí, lo he oído. —Nos sonreímos.

—¿Le ha gustado el arca, Jess?

—Sí. Muchísimo.

—También le gustaron los animales.

—Lo sé.

El señor Green volvió con Carlene, que era enorme. Esa no era primeriza, con toda seguridad. Dije un par de frases sobre lo mucho que debía hacer en el otro establo y escapé.

Sin embargo no lograba concentrarme. Mientras hojeaba mis libros sobre vacas en busca de la Guernsey adecuada, recordé lo que había dicho Eldon: que esperara hasta el final. Buena idea; por ese día ya estaba harta de vacas. No obstante, tampoco conseguí concentrarme en la silueta del jabalí. Me sentía inquieta y nerviosa. Me sorprendí caminando de un lado a otro. Quería entristecerme por Eldon y alegrarme por el arca, pero en compañía de alguien. Y no había nadie. Además, me sentía incómoda con la falda recta que me había puesto para la visita de los Pletcher. Y la tarde primaveral, fuera, era perfecta. Lo que en verdad quería era estar con Jess, pero él tenía el brazo metido en el trasero de una vaca.

No había remedio. Al fin me di por vencida y salí. Si no podía trabajar, era mejor volver a casa. Le hacía falta una buena limpieza; podía preparar una buena comida a Ruth, para variar, en vez de improvisar un guisado o calentar unas sobras en el último minuto. Podía visitar a mi madre. Últimamente la evitaba, porque no se mostraba demasiado afectuosa. Estaba enfadada conmigo por algo que yo aún no había hecho.

¿Aún?

Salí a pasear. Uno de los perros de Jess me siguió; era Tracer, la inteligente. Enfilamos un camino de tierra que serpenteaba colina arriba, a lo largo de unos ochocientos metros, para terminar en una pradera alta y desierta. A lo largo florecían los manzanos silvestres, enmarañados; busqué uno que tuviera el tronco suave y la base libre de piedras y raíces, y me senté. A mis pies un arroyuelo profundo, donde el cielo se reflejaba en azul y castaño, ondulaba entre la granja de Jess y la de Landy, demarcando el linde en algunas partes. Era un afluente del Leap; en veranos muy cálidos llegaba a secarse, pero ese día casi desbordaba las riberas. Bajo los sauces, que se arqueaban hacia el arroyo como toldos color chartreuse, se habían tendido unas cuantas vacas, que a esa distancia podían confundirse con cantos rodados. Piaban los pájaros, zumbaban las abejas, saltaban los saltamontes. Tracer se alejó a la carrera en busca de aventuras más interesantes. ¿Sería prejuicio mío o en verdad la granja de Jess era más bonita que la de Landy? Los campos pedregosos del vecino no se curvaban con tanta gracia; sus vacas no parecían tan contentas, hasta el color de las praderas de Jess era más vivo: un verde amarillento más maduro, ocre dorado y óxido de cromo. Me dije que Jess tenía la Italia de todas las granjas; Landy, la Ucrania.

Esa tarde, todo era Jess. No podía quitármelo de la mente. La primavera pujante, revivida, henchida, tampoco me ayudaba a hacerlo. Ruth me había enseñado una técnica de meditación de Krystal que consistía en repetir la frase «¿Quién soy?», con espiraciones lentas, sedantes. Se suponía que debías contestar: «Soy una mujer» o «Soy una madre»; luego analizaba las respuestas de un modo relajado y sin juzgar. Cuando lo intenté quedé estancada en «Estoy cansada», «Es tarde», «Estoy perdiendo un tiempo valioso». Aun así, tal vez valiera la pena intentarlo de nuevo para serenar la mente. Para librarla de Jess. Me deslicé hacia abajo contra el tronco del árbol y crucé las manos sobre el diafragma, con los ojos cerrados. Aspirar, espirar. «¿Quién soy? ¿Quién diablos soy?»

Me quedé dormida.

Solo por unos minutos, pero bastó para que despertara inquieta, confundida por un sueño de palmeras que se agitaban en una selva. Me levanté. Me sacudí el polvo y la hierba de la falda. Moví la cabeza para hacer crujir el cuello. Era mejor volver a casa.

Primero fui a casa de Jess por un vaso de agua. En la encimera de la cocina había café filtrándose en la máquina. Salí al vestíbulo y, aguzando el oído, percibí la voz de Jess que salía de su oficina. Mientras lo esperaba bebí media taza de café mirando por la ventana de la cocina. El jardín necesitaba cuidados; de lo contrario ese año la maleza sería más alta que las flores. En casa, lo mismo; mi jardín parecía el rincón más abandonado de un erial. Pero al menos haríamos navegar un arca; eso era lo que importaba.

Cansada de esperar, llené otra taza de café y la llevé a la oficina. Él estaba sentado en el borde del escritorio, hablando por teléfono con alguien; sobre fertilizantes, al parecer, pues oí «contenido de nitrógeno» y «porcentaje de potasio». Cuando le entregué la taza sonrió. Me quedé frente a él y nos miramos a los ojos.

—Sí, pero lo necesito ahora mismo —dijo—. No puedo esperar hasta el viernes que viene... Sí, eso sería estupendo. Si puedes... Bien. Te lo agradezco.

Aún vestía la ropa de trabajo, pero tenía el pelo y la cara mojados y la camisa remangada hasta los codos, como si acabara de lavarse. Percibí olor a jabón, heno, vaca, café. Me pregunté qué haría si le ponía la mano en la mandíbula, si le tocaba el cuello, si le tiraba de la oreja.

Mantuve las manos quietas, pero cuando me senté en el brazo del sillón, frente a su escritorio, crucé las piernas con lentitud para ver si me las miraba. Las miró.

Después de colgar pasó un rato bebiendo el café sin despegar los labios. Yo no habría sabido decir si el silencio era cómodo o no.

—¿Qué pasa? —preguntó al fin—. Pensaba que estabas trabajando.

—Al parecer no puedo avanzar. Estoy inquieta, no sé por qué. Y tú ¿qué haces?

—Llamadas telefónicas. Por negocios.

—Tienes un trabajo extraño —comenté.

—¿Sí?

—Quizá no. En parte es práctico, en parte no.

—La mayor parte sí.

—Estoy triste, Jess —reconocí—. No esperaba que Eldon me cayera tan bien.

—Lo sé.

—Está muy débil. ¿Y si no llega al diecisiete? Pobre Landy.

Inclinó la cabeza en un gesto de asentimiento, en tanto se frotaba el largo muslo con el canto de la mano.

—De cualquier modo el arca navegará, dice Landy. Pase lo que pase.

—Me alegro. —Pero ¿no creía Eldon que su salvación dependía de botarla en vida? ¿Y si estaba convencido de que, al no haber cumplido a tiempo su promesa a Dios, se condenaba?—. La gente buena es demasiado dura consigo misma.

Jess sonrió.

—A veces. Landy dice que su padre tiene mucho de que arrepentirse.

Me resistía a creerlo. No quería imaginar a Eldon como un gran pecador, alguien capaz de hacer sufrir a su familia por egoísmo, falta de consideración o algo peor. ¿Ese viejecito tan dulce?

Jess echó un vistazo al reloj del escritorio.

—¿Cómo está Sophie? —pregunté por retenerlo.

—Descansa cómodamente.

—¿Nunca las haces criar de manera natural?

—A veces. Landy tiene un semental que ha engendrado unos cuarenta de mis animales, de una manera u otra.

—Él me comentó que no soporta embarcar su ganado. —«Embarcar», eufemismo por enviarlo al mercado, eufemismo por matar—. Recuerdo que tú también lo detestabas. ¿Sigues sintiendo lo mismo?

—Sí.

—Pero lo haces.

—Sí. Bueno... por lo general. Sin contar a Martha.

—¿Martha?

—Tiene veintiséis años.

—¡No!

—Hace unos trece que ya no da leche, pero no pude embarcarla. Habría sido como matar a una tía vieja.

—Y la enviaste a pastar. ¿Conozco a Martha?

—No recuerdo. En esa época no era famosa; solo una vaca más.

—¿Cuántos años pueden vivir?

—Veintiocho, treinta. Siempre que las trates como a diosas. —Levantó la taza, pero volvió a dejarla al recordar que estaba vacía.

—¿Quieres que te traiga más café?

Cruzó los brazos y me miró con curiosidad.

—¿A qué se debe que hoy te haya dado por atenderme?

—Disculpa. No era mi intención estorbar. —Me levanté, algo ofendida. Quería que Jess dijera «Pero si me gusta» o algo así, pero él se limitó a mirarme—. ¿A qué hora debes ir a ordeñar? —pregunté.

—A las cuatro, como todos los días.

El reloj marcaba las dos y veinte. ¿Cómo te insinúas a un hombre después de haberle dicho «no» tantas veces que ya no te lo pide? «No» se había convertido en nuestro tema musical; con el correr de los años habíamos aprendido a bailarlo con cierta elegancia. ¿Cómo decirle ahora, de buenas a primeras, que quería otra canción?

Imposible, desde luego. A algo así se llega poco a poco; se dejan caer insinuaciones juveniles, se coquetea. Se cambia la temperatura gradualmente para que el organismo no acuse la impresión.

—¿Qué pasaría si en este momento surgiera un imprevisto? —pregunté—. Algo que te impidiera hacer llamadas telefónicas o atender tus negocios. ¿Sería muy terrible?

—No. ¿Por qué?

—No sé... Se me ha ocurrido que tal vez... necesitas relajarte. —Madre mía, estaba usando frases de prostituta. Aquello iba muy mal; me quité la idea de la cabeza para cambiar de táctica—. Un día de estos, cuando no estés tan ocupado, ¿te gustaría salir a cenar? ¿Conmigo?

¿Qué estaría pensando? Su contorno pareció definirse mejor, diferenciarse más del escritorio y la pared de atrás, como un bajorrelieve. Unió las puntas de los dedos frente a la cara, ocultando la boca y la nariz.

—Sí.

—Qué bien. Tendríamos que hacerlo alguna vez. —Me puse de pie. Había dicho las últimas palabras de mi parlamento. Sin embargo, en vez de hacer mutis le pregunté—: ¿Echas de menos el matrimonio? No me refiero a Bonnie. Te pregunto si echas de menos la compañía de alguien.

—Sí.

—Nunca he sabido por qué rompisteis.

—Sí lo sabes.

—¿Yo? No; no lo sé.

—Dime, Carrie, ¿qué ocurre?

—¿Eh?

—¿Por qué me has traído el almuerzo? ¿Y el café? ¿Por qué me has mostrado las piernas?

Enrojecí. Por un momento pensé enfadarme («No sé de qué me hablas»), pero dije la verdad:

—No sé qué pasa. —No cabía en mi piel de tanto como le deseaba y no tenía ni idea de cómo decírselo.

—¿Te sientes... sola? ¿Es eso? —¡Y lo dijo con amabilidad!

—¡Que si es eso! —repetí entre risas. Ahora sí me sentía insultada—. ¿Si la viuda necesita que la consuelen, preguntas? Pues no. —Me alejé—. No me siento sola, en absoluto, pero gracias por interesarte. En realidad no recuerdo haberme sentido menos sola en mi vida. No necesito nada.

Me detuve ante la puerta que daba al vestíbulo, de espaldas a él.

—Hostia, qué mala soy para estas cosas.

—¿Qué?

—No tengo práctica, ese es el problema.

—¿Mala para qué? —Parecía perplejo. Pero esperanzado.

—Para decirte que estoy dispuesta —respondí volviéndome hacia él—. Pero no me siento sola, de veras, ya no. Ignoro por qué. No es que te necesite; te deseo, simplemente. Ya está; me pediste que te lo hiciera saber

De pronto sentí pánico. Tenía miedo de que me tocara; tenía miedo de que no lo hiciera.

Él no hizo ni lo uno ni lo otro.

—¡Has mirado el reloj!

Se echó a reír; fue un sonido alegre, auténtico.

—Perdona. —Sin dejar de reír se acercó para abrazarme. Me besó. Me apretó contra la pared, me puso las manos encima. Final feliz.

¿Era como en el instituto, en ese cuarto oscuro, que olía a electricidad? Tal vez, porque pensé en eso, asocié esas ideas. Y en su contacto había una familiaridad para la que no estaba preparada. Esperaba que todo fuera nuevo, desconocido. Desde el punto de vista molecular, ¿no cambia el cuerpo humano por completo cada... tantos años? No esperaba que nuestros cuerpos se reconocieran mutuamente.

—Es igual, ¿no? —dije entre besos largos, cada vez más profundos.

—No, es totalmente distinto —afirmó.

De manera que no lo sé.

Algo más tarde lo sorprendí echando otro vistazo al reloj, detrás de mi hombro.

—Oye, si tienes algo que hacer...

—Debo hacer una llamada. Dos segundos.

Me dejó para preguntar a un tal señor Becerra si podía posponer su visita hasta la tarde siguiente, a la misma hora. El hombre debió de decir que sí, pues Jess se lo agradeció profusamente.

—¿Quién era?

—Técnico en inseminación artificial.

—¿Y se llama Becerra?

Todo era muy divertido. Entre risas subimos por la escalera hasta la habitación de Jess. Fue un alivio comprobar que no era su antiguo dormitorio, donde solíamos hacer los deberes. También me alegró que no fuera la habitación de sus padres, grande y sombría, siempre atestada de muebles oscuros y anticuados. Jess ocupaba la antigua galería trasera; la había cerrado con anchos ventanales de suelo a techo. Desde allí se veía la cinta de plata del Leap, entre el follaje de los árboles, al pie de la extensa planicie.

—Este cuarto no es feo —comenté fingiendo sorpresa, en tanto recorría con la mirada las sencillas cómodas de roble, la robusta cama (sin hacer; las sábanas azul marino, tan masculinas, eran una maraña), las mesillas cubiertas de libros y revistas—. ¿Qué falló?

—Hum, quizá pensé que tu madre jamás entraría aquí.

Nos desvestimos mutuamente como amantes nuevos, sonriendo, reverentes, casi radiantes de alegría. Por debajo del entusiasmo era como llegar al hogar. No sé por qué no me sentía más tímida, por qué no me paralizaban los nervios. También por la familiaridad, supongo. No era como si aquello hubiera sucedido antes; más bien como si hubiera debido suceder. Me preocupaba que mi cuerpo desnudo fuera doce años más viejo que cuando Jess lo había visto por última vez. Pero a él no. Me dijo que era hermosa, con tal fervor que le creí. No tardé en recordar cómo era estar con él. Y lo mejor era que a su lado yo tenía la sensación de que fuera incapaz de hacer algo equivocado, torpe, vacilante o tonto. Con Jess era encantadora, un bonito pez deslizándose por el agua, toda seguridad y gracia.

Él era como yo esperaba, apasionado y tierno, sin disfraces. Perdido.

—Prometo no abandonarte a la mitad esta vez —susurré... a la mitad. Dudoso momento para una broma, pero se me ocurrió que si los dos estábamos recordando aquella última vez era mejor hablar de eso. Desenterrarlo, desarmarlo.

Tardó un momento en reaccionar; advertí que sus ojos se aclaraban, pasaban de la ausencia a lo presente. Y recordé que esa abstracción, esa inconsciente partida hacia la nada de las sensaciones, era una de las cosas que me habían asustado tanto tiempo atrás, hasta hacerme huir de él. Entonces era una niña, no podía perderme como él; eso era un objetivo que debías buscar durante toda tu vida. Al menos ya no me inspiraba miedo.

—Esta vez no te dejaría —repuso, tendido sobre mí, con el pelo iluminado desde atrás, como un halo cobrizo—. Ese es el problema, que te dejé escapar.

No sonreía; no era una broma. ¿Acaso la verdad, el «problema», era tan sencillo? Yo sentía tantos deseos de hablar con él como de hacer el amor. Y también de pintarlo.

En parches de nostalgia recordé la emoción de acostarme con un hombre, de ver un techo ajeno, percibir un olor diferente en la almohada, otra inclinación de la luz desde ventanas desconocidas. Mi mente derivó hacia antiguos amantes; no hacia Stephen, sino hacia los que había conocido antes que a él. Nadie en especial, solo la sensación de novedad, de estímulo, cómo era estar desnuda por primera vez con un hombre desnudo, el contacto liberador, sin leyes, de la piel contra la piel, las ilimitadas posibilidades físicas.

Así fue con Jess, y aún más. Todo entre nosotros se multiplicaba como en espejos que nos reflejaran en el presente y en infinitas imágenes de nuestro pasado, que iban disminuyendo de tamaño.

Teníamos el ahora y todo cuanto había sucedido antes entre nosotros. Una combinación extraordinaria. Lo mismo exactamente, pero también algo distinto. Los dos teníamos razón.

Después quedé tendida con la cabeza en su pecho, escuchando el latir de su corazón, con su mano en mi pelo. El silencio denso, sin palabras, pareció por un tiempo la única reacción adecuada a lo que acababa de ocurrir, pero me sentía impaciente. Quería respuestas a todos esos mortificantes porqués. Por qué me amaba, por qué le gustaba acostarse conmigo, por qué me había escogido a mí y a nadie más. Y cómo podía quererme nuevamente, después de la última vez, de todas las veces que lo había decepcionado.

—Si no llueve durante doce años, no maldices a la lluvia cuando al fin viene —dijo—. Maldices la sequía.

Una analogía. Mi granjero, mi vaquero, había creado una metáfora sobre mí. Me hundí un poco más, sembrada de amor, plantada.

—Pero ¿por qué te fijaste en mí? —Recordaba a la virgen de dieciocho años, la chica ambiciosa, la niña de mamá.

Él dijo las cosas más bonitas: que yo era valiente, de corazón generoso, que lo trataba bien. Que lo quería aun sin entenderlo. Al final me dejé dominar por la «cautela» (ese fue el término que utilizó), pero por entonces ya era demasiado tarde, aseguró, porque ya estaba enamorado de mí.

—No es malo que quieras complacer a todo el mundo, Carrie. No da resultado, pero eso no significa que seas mala persona.

No, solo significa que eres débil. Pero en ese momento lo que menos deseaba era hablar de mi madre.

—Siempre supe que me amabas —afirmé—. Era un secreto que trataba de ocultarme a mí misma, pero no podía. Me ha acompañado durante todos estos años. Ahora no puedo imaginar mi vida sin ti. ¡Qué don del cielo!

Quería que me hablara de su esposa, pero no me atrevía a preguntar. En realidad quería que me hablara de todas las mujeres de su vida, que me situara entre ellas. Me habría gustado que hiciera un gráfico detallado de todas sus mujeres por orden de jerarquía, conmigo en la cima. No porque me sintiera tan necesitada e insegura, sino porque sentía deseos de celebrarlo, de bailar en lo alto de la pirámide.

—¿Recuerdas cuando me dijiste que necesitaba hacer los animales para el arca? No te creí. «Necesitas esto», dijiste, y yo no hice más que reír. ¿Cómo pudiste adivinarlo, Jess? Porque es verdad. —Me sentía a gusto revelándole aquello—. Lo necesitaba y me ha salvado. Antes solo vivía por Ruth, igual que...

Igual que mi madre solo vivía por mí. Que Dios la ayudara.

—Las personas son como perros pastores —dijo. Su seriedad se quebró cuando me incorporé sobre un codo para mirarlo, boquiabierta—. Es verdad. El perro pastor no es feliz si no tiene ovejas de las que cuidar. Es su trabajo, su única misión. Tú no estabas haciendo tu trabajo, pero ahora sí y te sientes mejor. Por eso estás ahora conmigo.

—¿Cuál es mi trabajo? ¿Hacer jirafas?

—Hacer algo. Quizá no importe qué.

—Sí... No —me corregí—, claro que importa. No puede ser solo para mí. Debe de ser algo más que pintar paredes o restaurar muebles. —O tejer alfombras. Me estremecí—. Pero no sé qué es. Y tampoco sé qué haré cuando esto termine.

—Ya lo descubrirás.

—¿Qué me ha ocurrido? He perdido el ojo de artista; he olvidado cómo mirar. Una vez... hice un autorretrato con todos los números que me definían: el de la Seguridad Social, el de teléfono, la dirección, la fecha de nacimiento. Sin motivo alguno, solo para mí. Solía hacer *collages*, dibujos lineales, arte conceptual. Mezclaba texturas, aceras y corteza de árbol, ladrillos. Trataba de pintar emociones. Creaba vínculos entre las cosas; veía esculturas en las ramas de un árbol, madonas renacentistas en una fruta. Podía ver. Después perdí esa facultad, me quedé dormida. Nunca pensé que la recuperaría.

—Tus ovejas.

—Mi rebaño. He recuperado mi trabajo. —Me acerqué a él para besarlo apasionadamente—. No digo que sea buena; eso es otro tema. —Aunque le deseaba, no podía dejar de hablar—. Pero sé qué debo hacer ahora. No específicamente, sino en general. Jess, Jess, eres tan... hum... ¿Tienes otras mujeres? ¿Te gusta cómo me queda el pelo corto? No me lo has dicho.

Pues bien, hablaríamos después. Esos eran recordatorios; los pegué como si fueran notas adhesivas antes de que me acallara con un beso. Hicimos otra vez el amor, lentamente, con tanta dulzura que llegué al llanto. Y esta vez resultó; no me trajo ningún recuerdo.

Ya era hora de partir.

—Las cuatro. Tienes que ordeñar las vacas. —Obviamente sería un amor complicado, un amor diurno—. Cuando menos es primavera —añadí mientras él se vestía. Caramba, era estupendo observarlo—. Hace calor. Espero que retocemos a menudo al aire libre, que nos revolquemos en el heno. —Intenté un guiño lascivo; no resultó difícil, dado que estaba tendida de espaldas, tal como él me había dejado: desnuda y destapada.

—Me gusta tu pelo —dijo en tanto se pasaba la camiseta por la cabeza. Me pareció que había cambiado; lo veía más sólido o algo así. Su cuerpo no era ya un rumor, sino algo real.

—Como no habías dicho nada, suponía que no te gustaba.

—No sabía qué me permitirías decir. Ignoraba cuáles eran las nuevas reglas.

—Antes no tenías reglas.

—He cambiado. —Sonrió.

—¿Es culpa mía? ¿Me lo reprochas?

—Antes sí. Ahora trato de no culpar a nadie por lo que me incumbe.

Un modelo que yo debía tratar de seguir más a menudo.

—Aun así —dije poniéndome secretamente a la defensiva—, no creo que hayas cambiado tanto. Más bien te has adaptado. De verdad. No eres como tu casa, Jess.

—No importa. Todo el mundo cambia.

El caso es que se le veía más triste, más silencioso; se había vuelto más discreto. Algunos habrían dicho que no le venía mal un poco de discreción, que refrenar la impulsividad era parte del proceso de madurar. Yo disentía, tal como había disentido veinte años antes. Jess había cambiado por mí, y eso no era vanidad, sino algo muy cierto. Sin embargo no podía desesperarme, aunque hubiera perdido parte de él, porque por debajo de todo eso, seguía siendo Jess, ahora mayor, más sabio, más triste, dulce y fuerte. Mío.

—Tal vez me quede dormida —dije desperezándome para

exhibirme. Llevaba mucho tiempo sin sentirme sexualmente poderosa. No sabes lo que has perdido hasta que lo recuperas.

—No por mucho tiempo. —Sus calcetines estaban agujereados a la altura del talón. Se puso las botas de trabajo y ató los cordones con nudos en vez de lazos, porque los dos estaban rotos. Necesitaba de alguien que lo cuidara. Eso se ponía cada vez mejor.

—¿No por mucho tiempo?

—Solo una siestecilla.

—¿Por qué? ¿Me estás echando? ¿Tienes otra chica a las cinco?

—Je, je. —Se inclinó hacia mí y me puso una mano en el vientre. Sus patillas me hicieron cosquillas entre los pechos—. A las cinco vienes tú. Juega bien tus cartas.

—Oh, quieres otra mano —exclamé emocionada. Ya comenzaban los juegos verbales, los encantadores chistes sexuales. Podría haber muerto de felicidad.

—Necesito unos minutos para hablar con el señor Green y hacer que los muchachos inicien el ordeño. No te vayas.

—No te preocupes. —Me incorporé; él se volvió a mirarme desde la puerta—. El señor Green se enterará, ¿verdad?

—Probablemente, a menos que invente algo. ¿Quieres que lo haga?

—No; no me importa. En absoluto. Solo que...

—Otras personas.

—Algunas otras, sí. Ruth sobre todo. —No hacía falta mencionar a mi madre; se sobreentendía.

—¿Le sentará muy mal?

—Francamente, no lo sé. Ruth te quiere, Jess, pero no creo que esté preparada para aceptar esto.

—Es leal a Stephen.

—Sí. Mucho. Pero hay más que eso. Está en una edad difícil —traté de explicar—. Te está usando para crecer. Unas veces eres su padre; otras, su amigo, y en ocasiones algo más que un amigo.

—Lo sé. He tratado de ser cauteloso.

Claro que lo sabía. En ese momento quise decirle que lo amaba. El sentimiento estaba en mí, potente como un alud. ¿Cuál era la barrera? La costumbre, decidí mientras oía sus pisadas en la escalera, el ruido de la puerta al abrirse y cerrarse. La costumbre y la cautela. Jess no era el único que se había vuelto discreto al madurar. Pero nuestra vida había tomado un desvío. Por algún milagro estábamos de nuevo en el difícil lugar donde nos... donde me había confundido años antes. Había que ser idiota para dejar pasar una segunda oportunidad.

19

No es que me importe

Se supone que debemos llevar un diario para la clase de lengua. La señora Fitzgerald ha dicho que escribamos todos los días, preferiblemente nada más levantarnos, antes de que despierte el cerebro censor; de ese modo lo que escribamos será más libre, como una prolongación del yo que sueña; si eso no puede ser, hay que escribir inmediatamente antes de dormir, porque a veces la mente cansada es tan desinhibida como la que acaba de despertar, de modo que es lo mismo.

De acuerdo, muy bien. Por la mañana no tengo tiempo ni para desayunar. Imagínate anotar pensamientos profundos. Y por la noche tal vez llegara a escribir dos frases antes de quedarme dormida. Creo que padezco la enfermedad del sueño. Es lo opuesto al insomnio. ¿Qué es somnio? Se lo preguntaré a Krystal. El caso es que me gusta escribir mi diario, pero el único momento en que puedo hacerlo (y tenemos que mostrárselo a la señora Fitzgerald, los viernes pasa por entre las filas de pupitres para ver si el cuaderno se va llenando; no lo lee, pero mira para ver si hay páginas escritas; supongo que podrías copiar el periódico, un libro, cualquier cosa para engañarla) es cuando estoy en clase. Conque en vez de prestar atención en matemáticas o biología, por ejemplo, lo que hago es escribir mi diario, y el señor Tambor o la señora Reedy creen que estoy tomando nota. Es estupendo.

Lo difícil de llevar un diario es que en el fondo siempre piensas que otra persona puede leerlo. (Podría suceder. Brad Leavitt se dejó el suyo en el autobús; lo encontró Linda Morrissy, del último curso, y al día siguiente se lo llevó a la señora Fitzgerald, quien se lo devolvió a Brad. Conque hay dos personas, como mínimo, que pudieron leer el diario de Brad, por no mencionar a toda la familia de Linda Morrissy y a sus amigos, además de los amigos de la señora Fitzgerald, su esposo, su hijo universitario y todos los amigos de su hijo. Como se ve, el único factor limitador es el tiempo.) Pues bien, la señora Fitzgerald dice que la única manera de superar la timidez es escribir algo vergonzoso sobre uno mismo. No embellecer las cosas, no presentarte como el héroe o la víctima inocente; soltarlo sin más, alguna tontería que hayas dicho o hecho, sin censura. (En ese caso tienes que cuidarte mucho de olvidar tu cuaderno en el autobús.)

He estado practicando. Lo más difícil es escoger entre tantas posibilidades humillantes. Hay tanto para elegir... Una vez escribí: «Solía plantarme delante del espejo del lavabo, con la puerta abierta y la tele encendida en la planta baja, y fingía que las risas y los aplausos del programa eran por mí. Yo era una actriz famosa, muy querida, y el público aplaudía y reía estruendosamente solo por mis gestos faciales, por lo cómicos que eran. Durante los aplausos más largos practicaba expresiones de sorpresa y humildad».

Es el tipo de cosas que te hacen entrar en calor. Cuando superas la paranoia de confesar algo así, puedes comenzar a escribir lo más serio. Como: «Odio a mi madre. Que ya no es mi madre, se ha convertido en una persona completamente distinta. Es como si la hubieran secuestrado unos alienígenas, le hubieran implantado un chip en el cerebro y la hubieran enviado de regreso, y ahora no hace más que imitarse a sí misma. Y mal, por añadidura».

La escuela apesta. Ahora Caitlin se lo monta con Donny Hartman, con toda seguridad, así que ella y Jamie han cerrado el círculo y no me permiten entrar, como si fuera algo demasiado importante para compartirlo entre tres. De cualquier modo no me interesa. Siempre he sabido que se entienden mejor entre sí que conmigo. Pero cuando llegué de Chicago estaban peleadas; conocí primero a Jamie y luego a Caitlin, cuando se reconciliaron. Conque siempre fui la tercera rueda, y nunca me importó, solo que ahora ya no soy una rueda. Me estoy haciendo bastante amiga de Becky Driver, pero hasta ella tiene gente a la que conoce desde hace cien años más que a mí.

Por lo menos Cuervo ha vuelto a hablarme. Solo que me habla de suicidio, de modo que no es muy alegre. De suicidio en general, no el suyo. No tengo miedo de que se arroje por un puente ni nada de eso. Una vez fuimos al cine, pero no sé si fue una cita, porque nos encontramos un viernes en la entrada, al salir del trabajo, y nos sentamos con otros chicos del cole. Durante toda la película estuvimos cogidos de la mano, pero después Mark Terry y Sharon Waxman me llevaron a casa, porque viven más cerca. Imagínate. No es que me importe.

Así que el cole es un páramo y hasta el trabajo se ha vuelto aburrido. Y a las seis y media, cuando llego a casa después de un día largo y difícil, cansada y muerta de hambre, con ganas de reír y charlar un rato, de tener un poco de contacto humano, tanto como para fingir que en mi casa aún vive una familia, ¿qué encuentro? Nada, porque no hay nadie. La casa parece cerrada, como si ya nadie viviera en ella. He comentado a mamá que deberíamos alquilarla a los drogadictos durante el día; así al menos le sacaríamos algún dinero, y ellos no la dejarían más sucia de lo que está. Y ella solo sabe decir: «Es temporal». Se supone que todo volverá a la normalidad dentro de una semana, cuando boten esa tonta arca.

Ojalá fuera mañana mismo. Cada vez es peor; mamá ya no sabe hablar de otra cosa: que si el caballo debe ser ruano o castaño, que si no sería genial que el diecisiete lloviera, que si Jess debería pintar el arca de blanco, de algún color o no pintarla, y dale que dale, como si a mí me importara. No le gustó cuando le dije que lo primero que hizo Noé al desembarcar (eso está en la Biblia) fue construir un altar y sacrificar algunos animales. ¡Mala suerte para esa especie! ¡Extinción instantánea! Ella dice que todo está casi terminado, pero cada vez llega a casa más tarde. Y está muy extraña; a veces, muy callada y perdida en su pequeño mundo, o riendo y hablando como si estuviera colocada, y trata de animarme con chistes tontos o cosquillas o invitándome a tomar un helado. Y eso es casi peor, porque es como si no tuviera nada que ver conmigo; solo que yo estoy aquí y me toca aguantar su estado de ánimo, el que sea.

¿Y si me muriera? ¿Y si la casa se incendiara estando yo y ella no? ¿Y si yo estuviera dormida y ella, la única que podía salvarme, estuviera en casa de Jess, haciendo osos hormigueros? Al volver y doblar la esquina se preguntaría qué hacían ahí todos esos coches de bomberos, por qué tantos focos, para quién era esa ambulancia. A medida que se acercara se asustaría cada vez más. Entonces vería la camilla en el patio delantero, con el cuerpo cubierto por una sábana hasta la cara. Los policías tratarían de detenerla, pero ella se arrojaría encima del cuerpo. «¡Mi niña!» Yo habría muerto por inhalación de humo, sin quemaduras, así que mi cara estaría bien. Más aún, se me vería hermosa y en paz. Mamá se derrumbaría. Quedaría destrozada.

A veces, al salir del trabajo voy a casa de Modean para jugar con el bebé. Es mejor que hacer los deberes o adivinar qué cenaremos cuando mamá no me deja ninguna pista. Modean siempre charla conmigo; me pregunta por el cole, el trabajo, cómo me va todo. Ha comprado un equipo de aromaterapia en la tienda de Krystal y una vez me permitió que le hiciera un tratamiento de aceites esenciales. Dijo que era estupendo y quiere otro un día de estos. Es una madre estupenda. Harry crecerá sin ningún complejo, será como el símbolo de la buena crianza. No como yo, que soy el símbolo del descuido.

A veces llamo a la abuela y hablamos de lo tonto que es eso del arca. Ella está de mi lado, es evidente. «¿Tu madre ya ha regresado?», pregunta. Cuando le digo que no, exclama: «¡Voy ahora mismo a prepararte la cena! ¡Ya son las siete!». Pero mamá siempre llega más o menos a esa hora, así que la abuela hasta ahora no ha venido. Ojalá viniera. ¡Mamá se moriría de vergüenza!

Si tuviera el carnet de conducir las cosas serían distintas. No me sentiría encerrara aquí, porque podría salir cuando se me antojara, como si estuviera en la cárcel, pero con la puerta abierta. El otro día dije a la abuela que tengo la impresión de que el tiempo se ha detenido, de que jamás tendré más de quince años y nueve meses. Ella dijo que esperara a tener su edad y ya veríamos qué pensaba del tiempo.

Lo que debería hacer es denunciar a mamá. Se está haciendo famosa en Clayborne, ja, ja, por el arca; en el *Morning Record* publicaron un artículo sobre ella y Jess, en primera plana, y también en el periódico de Richmond, sobre lo original y loco que es ese maravilloso proyecto, qué les inspiró y bla, bla; daban ganas de vomitar, apenas pude leerlos. Lo que debería hacer es llamar al defensor del niño y denunciarla por descuido. ¡Ya veríamos los titulares! «Dama del arca cruel con su hija», «Artista del arca implora se le permita conservar hija y pierde». Me entregarían a una familia adoptiva, amable y afectuosa, y a ella no le permitirían siquiera visitarme. No, podría visitarme, pero solo una hora por semana, y se la pasaría llorando. Yo la trataría bien, pero al fin sería hora de volver con mi familia adoptiva. Ella prometería cambiar, ser la mejor de las madres, pero el juez diría que debía permanecer con la familia adoptiva hasta los dieciocho años. Entonces iría a la universidad, ella se habría perdido los mejores años de mi vida y no podría culpar a nadie más que a sí misma.

Esto es mejor que la fantasía del incendio. Más adulta, y además termino viva. Creo que la escribiré en mi diario.

20

Intimidades reveladoras

Cuando Chris telefoneó, el sábado por la tarde, yo estaba cuidando a Harry en mi casa.

—¡Hola, Carrie! ¿Cómo estás?

—Cuánto me alegra que hayas llamado —dije pasando al bebé a la otra cadera, para sujetar mejor el teléfono—. Llevo semanas enteras pensando en llamarte. —En su fuerte carcajada percibí alivio; así supe que había dicho lo correcto—. En realidad pensaba en llamarte hoy o mañana, Chris. De verdad...

—Ya.

—¡De verdad! Porque lo peor ya ha pasado y tengo algún tiempo para respirar. Ha sido una locura, créeme. No imaginas cómo hemos trabajado.

—Te creo. He leído sobre ti en el periódico.

—Ay, madre mía.

—Eres una persona famosa.

—Una lunática famosa. Ya solo falta botar el arca, y eso será pasado mañana.

—Sí. Y nosotros estaremos allí. Toda la familia.

—¡Es una broma!

—¡De ningún modo! No nos lo perderíamos por nada del mundo.

Ese era el peor de mis miedos y mi secreta esperanza; que el lunes se presentara mucha gente en Point Park para presenciar la botadura. Una verdadera multitud.

—Bueno, te buscaré entre las hordas —bromeé. El sarcasmo iba bien para protegerse del desencanto.

—Por tu voz pareces estar muy bien, Carrie. Mucho mejor que la última vez que hablamos.

—¿Sí? Lo cierto es que me siento muy bien.

—Me alegro. Es un alivio, porque yo aún me siento fatal por lo que sucedió.

El bebé aferró un puñado de mi pelo. Para distraerlo busqué su taza en la encimera, aún llena hasta la mitad de zumo de naranja.

—¿Por qué te sientes mal?

—Qué sé yo. Me siento como Betty Currie, la secretaria de Clinton durante el caso Lewinsky.

Reímos. Era como en los viejos tiempos.

—Lo cierto es que te echo de menos —afirmó Chris—. Ahora que estoy sola en la oficina, me aburro. Supongo que también me aburría antes de que vinieras, pero no me daba cuenta.

—Yo también te echo de menos.

—Ahora miro a Brian y... Lo que me contaste me merece toda la credibilidad, pero cuando lo miro no puedo imaginarlo. Me cuesta creer que hiciera algo así. Lo creo, desde luego, no es que...

—Lo entiendo perfectamente, mujer. Yo tampoco podía creerlo y me estaba sucediendo.

No me refería a la noche en que Brian se me echó encima en el vestíbulo de mi casa, sino al día en que me llamó a su despacho para despedirme. Lo hizo en viernes y esperó al último momento, cuando Chris ya se había marchado. Al principio no entendí lo que decía. Pensé que bromeaba. Reí. Luego dejé de reír. «Hablas en serio —observé mirándolo con total incredulidad—, me despides.» Él repuso: «No me gusta hacerlo. Ojalá pudieras quedarte». Se frotaba las manos con fingido nerviosismo infantil. Tenía la frente rosada y arrugada de preocupación, los ojos desbordantes de compasión. Esto es lo más difícil que he hecho en mi vida, daba a entender con su expresión. Y por medio minuto le creí, pensé que había algo de verdad en su entrecortada explicación: que las cosas no marchaban bien conmigo, que necesitaba a alguien con más iniciativa personal, alguien a quien no tuviera que dar ningún tipo de instrucciones. La verdad saltó cuando dijo con las manos tendidas: «Casi como una socia, al mismo nivel». Entonces supe que mentía.

«En primer lugar, no me pagas como si fuera una socia —apunté. Desde entonces he pensado diez o doce maneras más cortantes en que pude haberlo dicho—. ¿Por qué no lo admites, Brian? Es por lo de aquella noche, ¿no?»

«¿Qué noche?» ¡Qué desconcierto, qué incomprensión total la suya! Me entraron ganas de gritarle, pero comprendí que solo serviría para sentirme después más humillada, y él se saldría con la suya. Lo único que pude hacer fue espetarle un insulto inadecuado. «¡Eres un perfecto idiota!» Y salí de su oficina como una tromba.

—¿Qué pasa con los hombres? —gimió Chris—. ¿Cómo pudo ser tan tonto? ¿Y después tan malvado?

—Contigo nunca ha intentado nada, no ha tratado de...

—Nunca, nada. Oz también me lo preguntó, por supuesto. Pero nunca ha habido nada, ni la menor insinuación.

—Qué extraño.

—Sí. Y lo que quiso hacer no es lo peor, por miserable que sea, sino que después te despidiera. No acabo de digerirlo. Si pudiera dejaría mi puesto, pero no puedo.

—No; no debes hacerlo. No tendría ningún sentido.

—Es lo que dice Oz, pero te aseguro que me gustaría. Ahora veo a Brian bajo una luz muy diferente. Ya no confío en él. Y eso lo cambia todo.

—Lo siento, Chris.

—No es culpa tuya. Si tuviera algún otro empleo en perspectiva, ¿comprendes? Necesitamos el dinero. Me siento atrapada.

Harry arrojó la taza al suelo y me chilló en el oído.

—Modean ha tenido que salir y me ha dejado a Harry por un par de horas. Como puedes imaginar, es la hora de su almuerzo.

—De acuerdo. Nos vemos el lunes, pues. En la botadura.

—¿Vendrás de verdad?

—¡Por supuesto!

—Qué buena amiga.

—Escucha, ahora que estás de nuevo sin empleo, ¿quieres que comamos juntas o algo así? Podríamos encontrarnos lejos de la oficina. Así no tendrías que verlo.

—Me encantaría. ¿La semana que viene?

Nos pusimos de acuerdo. Estupendo, pensé después de colgar. Algo bueno había surgido de Otra Escuela: mi amistad con Chris. Ni siquiera Brian podía separarnos.

—¿En tu casa o en la mía, muchachote? —En la tuya, decidí recordando que acababa de fregar el suelo de mi cocina. Si el crío comía allí, después tendría que volver a fregarlo—. ¿Quieres ir a casa?

—¿Mamá?

—No, mamá todavía no está en casa. Vendrá pronto. ¡Vamos a comer!

—¡A comé!

Ya en la cocina de Modean, senté a Harry en su silla alta y le di medio plátano para que se entretuviera mientras yo calentaba unos espaguetis en el microondas. Era un bebé perezoso, de buen carácter y tan divertido que bastaban sus gestos para hacerme reír. Pasar la tarde con él era como ver dibujos animados o una película de los hermanos Marx, como enfrascarse en un juego.

—Qué niño tan guapo —arrullé mientras le ponía el plato delante. Le entregué también la cuchara, pero solo como gesto de cortesía; él solo utilizaba las manos—. ¿Quieres que te dé de comer en la boca? —ofrecí agitando la cuchara.

No. El babero era de plástico y tenía una especie de bolsillo para recoger lo que caía; al terminar la comida, la mitad de los espaguetis estaba allí; la otra mitad, en la cabeza de Harry.

—¿Has comido algo?

Entre risas golpeó la taza contra la mesa, en tanto seguía el compás con las piernas. Sabía decir frases bastante largas; hasta se podía detectar la puntuación. Solo que no entendías las palabras. Yo no. Modean juraba que ella entendía todo.

Lo lavé en el fregadero de la cocina, saqué un trocito de pudín del frigorífico y llevé al pequeño al patio delantero. ¿Convendría aplicarle un protector solar? Nos quedaríamos bajo el arce que crecía junto al porche; sin duda la sombra moteada bastaría por media hora. No recordaba haber estado pendiente de los protectores solares cuando Ruth era pequeña, pero tal vez lo había olvidado. ¡Qué diferente había sido ella! Harry se estaba sentado en la hierba como un Buda, callado y absorto en el diente de león que destrozaba. Ruth, a esa edad, habría ido calle abajo, tres puertas más allá, balanceándose con ese encantador andar de borracho que te hacía reír hasta que caías en la cuenta de que se iba, de que se había ido.

Harry dijo «Bbbbbb», y eso me dio la idea de hacer burbujas; posiblemente fuera lo que él quería; nunca se sabe. Lo llevé dentro, busqué el frasco de líquido para burbujas en su caja de juguetes y salimos de nuevo a los peldaños del porche. A Ruth, de pequeña, le encantaban las burbujas. A mí también. Harry me cedió el primer turno. Soplé un torrente perfecto de globos aéreos, iridiscentes, preciosos, que desaparecían en segundos, como los fuegos artificiales.

—Bbbbbb —balbuceó el bebé.

Pegué la mejilla a la suya y solté un «Bbbbb», con un poco más de aire. Así despedimos una gran pompa flotante que solo reventó cuando una brizna de césped la atravesó: ¡puf!

Un coche aminoró la marcha frente a mi casa y comenzó a aparcar. No era un coche, sino una ranchera. La ranchera de Jess. El parabrisas ondulado, veteado de sol, no me permitía ver el interior, pero él me vio. Retrocedió diez o doce metros y se detuvo frente a la casa de Modean. Llevábamos tres días sin vernos.

—Mión —exclamó Harry, que estaba sentado entre mis piernas, reclinado contra mi pecho, y señalaba el vehículo. Habría debido levantarme, pero me retenía otro tipo de peso aparte del de Harry. Jess calzaba zapatillas blancas que parecían para correr. ¿Acostumbraba a hacer footing? Lo ignoraba. El granjero que hacía footing. Tejanos negros y una camiseta azul. Y se acercaba a paso largo, balanceando los brazos. Jess. Subía por el sendero. Harry dejó de señalar y retrocedió, asombrado. Jess se detuvo junto a nosotros y se acuclilló junto a mi pierna izquierda. Le vi en la mandíbula un corte que se había hecho al afeitarse; no sé por qué, eso me enterneció. Apoyé el mentón en la cabeza del niño. Jess desplegó esa lenta sonrisa suya en dos etapas.

—Hola —saludó—. ¿Quién es este?

—Es Harry. Él es Jess —susurré al oído del niño, a quien los desconocidos solían poner nervioso—. ¿Sabes decir «Hola, Jess»?

—Mión —dijo Harry.

—Le gusta tu camión.

—¡Mión!

Hubo de levantarse para ver y tocar la ranchera. Jess le permitió sentarse delante y jugar con el volante. Me pregunté qué impresión dábamos cuando estábamos juntos. ¿Se notaría que éramos amantes? Yo debía estar alerta para mantener la distancia, no reclinarme contra él ni meter distraídamente los dedos en la cintura de su pantalón ni en el bolsillo trasero, intimidades reveladoras a las que ya creía tener derecho.

—Te he echado de menos —murmuré con disimulo, la cadera con el dorso de la mano—. Hoy quería ir a verte, pero mi vecina me pidió que cuidara de Harry. No he podido negarme.

Sobre todo porque Modean había sido muy amable al cuidar de Ruth mientras yo estaba tan atareada con los animales del arca.

—He estado fuera todo el día —explicó—. Yo también te he echado de menos. ¿Hay algún lugar donde podamos besarnos?

Me reí, enternecida otra vez.

—Quizá. ¿Qué has estado haciendo?

—Ultimando algunos detalles en el río. Adivina qué soñé anoche.

—¿Qué?

—Que el arca se hundía.

—¡Madre mía, no!

—Se partía por la mitad y se iba al fondo.

—Como el *Titanic*. Y los animales ¿flotaban?

Eso lo hizo reír.

—Vamos, responde.

—No lo sé. Desperté. —Por tercera vez retiró la mano de Harry de la palanca de cambios—. Los ojos de buey han quedado perfectos.

—¿De verdad? ¿Se destacan? —Eldon me había permitido pintar algunas caras de animales en círculos de noventa centímetros de diámetro que Jess cortó de madera ligera. Yo aún no los había visto colocados—. ¿Los has puesto en los tres niveles o solo en el casco?

—En los tres. Los chimpancés quedan estupendos colgados de la cubierta inferior. Fue una gran idea.

—Quizá vaya esta tarde a echar un vistazo. Ya sé que dije que no lo haría, pero no puedo resistirme.

Para evitar seguir retocando a los animales, que aún estaban en el granero de Jess, había tenido que llevar todos los pinceles y las latas de pintura a casa de Landy y guardarlos en su sótano. Fin. Se acabó.

—¿Qué has estado haciendo? —preguntó Jess.

—Un millón de cosas. Todo lo que postergaba desde que esto comenzó. Ayer limpié la casa, me llevó todo el día. He llamado a algunas personas para recordarles que existo. Y trato de pensar en un empleo, pero eso no funciona; no veo más allá del lunes. Y tú ¿qué sentirás cuando esto termine? ¿Alegría o tristeza?

—Las dos cosas.

—Yo también.

Harry se estaba poniendo díscolo; quería quitar el freno de mano.

—Es la hora de su siesta —expliqué a Jess mientras alzaba al crío—. Entra conmigo. No tienes prisa, ¿o sí?

Harry lanzó un gemido amargo. Su cuerpo regordete se convirtió en puro músculo, todo él forcejeando por trepar a mi hombro, con los brazos estirados en una súplica:

—¡Mión! ¡Mión!

Se calmó con abrazos, zumo de manzana y más burbujas. Luego lo dejé en el suelo para que jugara con las ollas y los botes de «su» armario (los otros estaban cerrados con candados) mientras yo calentaba agua para prepararle el biberón.

—Modean llegará en cualquier momento, pero antes debo acostarlo.

Jess me hizo girar para darme un beso largo y ardiente.

—Oh, cuánto te he echado de menos —murmuré abrazándolo con fuerza—. No esperaba que fuera tanto.

—Tú eres lo único que tengo en la cabeza. Antes también, pero eso no era nada.

—¿Puedes quedarte? Cuando venga Modean podríamos ir a mi casa.

—¿Dónde está Ruth?

—En la tienda de Krystal; los sábados trabaja todo el día.

Volvimos a besarnos, pero eso asustó a Harry por algún motivo, de modo que no volvimos a hacerlo.

Cuando llegó Modean, los tres pasamos un rato charlando en la cocina. Modean sabía conversar, una vez que se sentía a gusto, y Jess le caía bien; me lo había dicho aun antes de que yo comenzara a mencionar su nombre porque necesitaba hablar de él con alguien. Una de las frustraciones de los amores secretos, según había descubierto. En la cocina pasaron unos minutos preciosos. Al fin Jess dijo:

—Oye, Carrie, deberíamos ir a ver qué pasa con esa ardilla voladora.

Modean no parpadeó siquiera.

—Entonces, hasta luego. Gracias otra vez, Carrie.

Nos despidió agitando con la mano mientras cruzábamos la calzada actuando como quien tiene algo que hacer. Eso era fácil.

Ahora hacer el amor era distinto. Con Jess sentía los orgasmos (no desde el principio, pero sí últimamente) como si se produjeran en el centro exacto de mi persona. Como si antes todos hubieran resultado algo torcidos, descentrados, y ahora estuvieran precisamente donde debían estar. ¿Realmente sería así? Lo dudo. Lo más probable era que el cuerpo tratara de decirme algo. Crear una analogía.

Yo tenía una foto de Stephen en la mesilla del lado opuesto, donde estaba Jess. Cuando regresé del cuarto de baño él la tenía en el pecho. Allí Stephen estaba favorecido, parecía relajado y divertido, se protegía los ojos del fuerte sol y mostraba los dientes en una de sus raras sonrisas. Jess apartó la vista de la foto para mirarme. Esperé a que hablara. Estaba tendido con la sábana retorcida entre las piernas, despeinado y fuerte, a sus anchas. Pensé en lo diferentes que eran esos dos hombres de mi vida. Cierta vez Ruth regresó de una visita a casa de Jess preguntándose con qué tipo de hombre preferiría casarse, con uno que sintiera cosas o con uno que pensara cosas. Aunque simplificaba demasiado la diferencia, comprendí a quiénes comparaba. Las mujeres queremos ambas cosas, por supuesto, pero por lo general nos atrae más una que la otra. Mi madre escogió a un hombre intelectual porque lo creía más seguro. Y supongo que lo era.

Me acosté junto a Jess. Él dejó la foto en su sitio y me cogió la mano sin decir nada. Yo hablé más que él. Con Stephen sucedía lo mismo, pero era diferente. Los silencios de Jess no ofrecían peligro; no eran indiferentes, sino intrigantes, nunca peligrosos. Él era como... un termómetro, algo con mercurio dentro; el símbolo con que me lo representaba mentalmente era una alta columna azul, bien erguida, que lo atravesaba de extremo a extremo. Y toda para mí. Jess era noble.

—Nunca me has preguntado por Stephen —comenté cruzando un brazo sobre su vientre.

—Dime lo que quieras.

—¿No hay algo que desees saber?

Reflexionó.

—El hecho de que yo esté aquí ¿cómo es? Tengo la cabeza en su almohada.

—Lo sé. Lo sé. Me siento culpable porque no me siento culpable. Basta. Muchos dirán que no he esperado lo suficiente. En cierto sentido he sido infiel a Stephen por dos veces. Contigo. Una vez, en vida. Y ahora.

Jess se rozó los labios con el dorso de mi mano sin dejar de observarme.

—¿Quieres saber por qué me casé con él? ¿Uno de los motivos?

Él asintió con la cabeza, pero no sentía la misma necesidad que yo de confesar, debatirse, buscar sentido a aquello.

—Sabía en qué me metía. Él iba a ser profesor universitario, una vida que conozco bien, desde luego. Con Stephen yo estaría en mi ambiente, sería su igual. —No como mi madre, que nunca se había sentido en su ambiente—. Yo sería artista; él, un genio. Y tendríamos hijos perfectos.

—¿Por eso te enamoraste de él?

—Por eso me casé con él. Me enamoré porque creí que era otra cosa. O tal vez era otra cosa, sí, y después cambió. O fui yo quien cambió.

—¿Cómo creías que era?

—Parecido a ti, pero menos peligroso. —Era una confesión dura de hacer—. Cuando nos conocimos yo tenía veintitrés años y vivía en Washington. Trataba de ser artista, pero fracasaba. Estaba sin blanca y me quedaban dos opciones: buscar empleo o volver a la escuela. Allí acababa mi vida, pensaba yo. Y ambas significaban ceder a la voluntad de mi madre, quien siempre había dicho que yo debía estudiar para ser profesora y enseñar arte en las escuelas públicas. Stephen y yo no salíamos con nadie, pero lo nuestro todavía no era tan serio. Cuando al fin comprendió mi apuro y lo que eso significaba para mí, dijo... Dijo: «Ven a vivir conmigo y sé mi amante». Con esas mismas palabras. Sé que resulta tonto, pero a mí me pareció importantísimo. Su primera y última frase poética. Ofrecía salvarme, sin más motivo que la generosidad. Supuse que sería así. Supuse... ignoraba que eso no era... su manera normal de ser. Y me enamoré de él.

—¿Luego?

—Vivimos juntos, pero eso no me salvó. Nos casamos demasiado pronto. Después nació Ruth y la vida se volvió muy práctica. No más poesía ni arte. Artesanías para vender. Comencé a hacer guirnaldas. Luego hice equipos para armar guirnaldas; se vendieron bastante bien hasta que me harté de ellos. Fue mi primer período depresivo. ¿Te estoy contando mucho más de lo que querrías saber?

—No creo que podamos salvarnos mutuamente —afirmó Jess.

—No, pero ¿no crees que me has salvado? —Él sonrió—. No, ya lo sé —reconocí—, pero a mí me da esa impresión.

Comenzó a introducir la lengua entre mis dedos.

—Si yo no existiera, si desapareciera, te las arreglarías muy bien.

—Oh, no. —Decía que no, pero se me ocurrió que yo había cambiado, que si perdiera a Jess sería más fuerte que al perder a Stephen. ¿Qué sentido tenía eso?—. El factor perro pastor —comprendí—. Dices que es por el trabajo. No lo sé. Sigo pensando que es por ti. —Me froté contra él mientras le besaba el cuello bajo la oreja. Dos meses de trabajo en el arca le habían dejado las manos aún más ásperas y rugosas; me gustaba sentirlas recorriendo mi piel, sonrosándola, excitándome—. No hablemos más de nuestros cónyuges —añadí—. Propongo una moratoria.

—De acuerdo.

—No lo digas de tan mala gana.

Volvimos a hacer el amor. Esa vez con lentitud, no tan frenéticos. En el momento en que yo empezaba a estremecerme y ascender en espiral, Jess se detuvo. Yo también lo oí: un ruido familiar. El chirrido de una pisada en la escalera.

Me retorcí para levantarme, veloz como una serpiente, y corrí hacia la puerta cerrada, que no tenía cerradura.

—¿Hola? —dijo Ruth, desde el pasillo.

—No entres. —Giró el pomo de la puerta—. No abras, Ruth.

—¿Por qué? Mamá, ¿quién está ahí?

Mi albornoz estaba en el suelo, al pie de la cama, pero yo tenía miedo de moverme. Jess rodó hasta recogerlo y me lo arrojó.

—Ya salgo —dije en tanto metía los brazos por las mangas y tironeaba del cinturón.

Jess había rodeado la cama hacia el otro lado, donde no se lo veía desde la puerta. Traté de sonreír (Perdona, ¿no es increíble?), pero fue solo una mueca. Él se echó el pelo hacia atrás con las manos y mostró los dientes en un gesto de cómica solidaridad. Por un segundo logró calmarme. Solo por un segundo no hubo arrepentimiento. Abrí la puerta.

Ruth estaba pálida y descompuesta.

—¿Te encuentras mal? —Tendí la mano en un acto reflejo, pero ella la esquivó y se puso fuera de mi alcance.

—¿Quién es? —susurró.

El miedo hacía que sus angulosas facciones parecieran rígidas, como cera tallada. ¡Madre mía, creía que era Stephen! Lo comprendí por el anhelo atemorizado e irracional que expresaban sus ojos.

—Vamos a tu habitación, cariño —propuse.

—¿Quién es?

—Jess.

Incomprensión. Luego, por una fracción de segundo, alivio. Ah, Jess, entonces... Y por último entendimiento.

Me dolía el pecho.

—Oh, pequeña...

Vi con claridad, por primera vez, que había escogido la peor manera de herirla, la más desalmada. Retrocedió con la boca abierta, pero sin decir nada. La seguí pensando que huiría hacia la escalera, pero ella pasó como rayo y entró en su habitación. Me cerró la puerta en la cara.

Jess, a medio vestir, me cogió las manos heladas para llevarme de nuevo al dormitorio. Apenas sentía sus brazos en torno a mi cuerpo.

—Deja que me quede —pidió.

Le dije que no, que debía marcharse. Me estrechó con más fuerza, aun cuando yo trataba de apartarlo. Contra mi voluntad comenzaba a sentir cierto calor. Apoyé la cabeza sobre su hombro.

—¿Qué he hecho? No es que esté arrepentida... pero si le hubieras visto la cara, Jess. Oh, madre mía, no creo que pueda arreglar esto. Tienes que marcharte, por favor. Mientras estés aquí no podré hablar con ella, no podré hacer nada.

Sin embargo, cuando se hubo ido fue peor. ¿Y si eso no tenía arreglo? Me temblaban los dedos al abotonarme la blusa; me puse encima un jersey y me calcé los zapatos. Trataba de parecer vestida. Tenía miedo de mirarme al espejo. Basta, pensé; pero lo sentía venir: el antiguo desprecio por mí misma. ¡Dios mío, si eso no era más que una situación de película barata! Explicaría todo a Ruth y... le partiría el corazón. Pero se recobraría. Y en adelante no habría más secretos. Claro que ese era un buen final para mí; quedaba por ver si esa horrible situación podía ser buena para ella.

La encontré acurrucada en la cama, con los brazos cruzados contra el vientre.

—¿Te encuentras mal?

Cuando la toqué en el hombro se escabulló. Luego se incorporó, con la espalda apoyada contra la cabecera. Sus ojos parecían negros en la cara pálida, demacrada, implacable.

—¿Cuánto tiempo lleváis así?

—Lamento mucho que lo hayas descubierto de este modo. Pensaba...

—Sin duda. ¿Cuánto hace que follas con él?

—Basta. Basta.

—¿No te gusta mi vocabulario? Oh, lo siento muchísimo. Mis

más sentidas disculpas. —Los hombros se le movían espasmódicamente—. ¿Cuánto tiempo llevas manteniendo relaciones sexuales con Jess Deeping?

—Quería decírtelo, pero todavía no, porque...

—Porque te daba vergüenza.

—Porque sabía que te ofenderías.

—Porque es vergonzoso.

—Ruth... le he querido toda mi vida.

En cuanto lo dije comprendí que era un error. Retrocedió; saltó de la cama.

—¿Es que... te acostabas con él en vida de papá?

—No. —Mi respuesta no fue lo bastante rápida.

—Lo hacías. ¡Hostia! ¡Hostia!

—No es eso. No tenía relaciones con Jess. Quería a tu padre. Tú lo sabes.

—¿Sí? Pues dime cómo es posible que estés tan feliz ahora que ha muerto. Además, estás mintiendo.

—Ruth...

—Sois tal para cual. Os odio a los dos. No os soporto.

—Espera. ¡Espera!

Se detuvo en el vano de la puerta. Irradiaba odio e insolencia, pero tenía los ojos anegados de lágrimas.

—No te vayas cuando te hablo. Vuelve aquí.

—No. Háblame desde allí.

¿Qué podía decir? No conocía palabra alguna que pudiera solucionar eso. Y no podía dejar de interiorizar su disgusto. Había perdido de vista mi posición en la discusión. Solo veía la suya.

—¿Lo engañabas o no? Dime solo eso, mamá. Sé sincera solo por una vez. ¿Lo engañabas?

De nuevo dejé pasar demasiado tiempo.

—Una vez. —Ella hizo una mueca de dolor—. Y fue hace mucho tiempo.

—¡Hace mucho tiempo!

—¡No sé cómo explicártelo! Cualquier cosa que diga te hará sufrir. Si al menos fueras...

—¡Perfecto! Pues no digas nada, ¿vale? No quiero oír una palabra más de ti.

No había visto temblar su labio inferior desde que tenía diez años. Solo sucedía cuando se esforzaba por no llorar.

—Escúchame, cariño, por favor. Si fueras mayor...

—No soy tan pequeña como para no saber qué eres. ¡Una cualquiera! No te acerques a mí, ¿has oído? Tal vez podamos hablar cuando sea mayor. ¡Dentro de cinco años!

Salió corriendo. Se me paró el corazón; pensé que Ruth caería por las escaleras, por lo torpes que sonaban sus estruendosas pisadas. Esperaba oír el golpe de la puerta principal, pero un momento después se oyó un portazo en la cocina. ¿Iría a casa de la vecina? Ojalá... aunque yo no quería que Modean se enterara aún de lo de Jess. Peor para mí. La vergüenza pública era el precio que debíamos pagar las cualquieras.

En mi habitación, de pie junto a la cama revuelta, me retorcí las manos. El escenario del crimen. ¿Cómo podía haber sido tan descuidada? ¿Qué clase de madre hace semejante cosa, corre semejante riesgo en su propia casa? ¿Y por qué era tan fácil sentirme culpable por mi propia felicidad? ¿Quién me había enseñado eso? ¿Mi madre? No, durante toda mi vida ella me había servido de cómodo chivo expiatorio. Esta vez sabía que era yo, solamente yo.

Vagué de habitación en habitación, incapaz de estarme quieta. En la cocina eché un vistazo a través de las persianas en busca de alguna señal de Ruth en la casa vecina. ¿Sería conveniente ir allá? Tal vez no estuviera allí; podía haber salido a caminar.

Me di una ducha... no por neuróticos motivos freudianos, me dije, sino porque la necesitaba. Más tarde me senté en el peldaño del porche frontal. Algo estaba fuera de lugar allí. El sol, demasiado alto... no podían ser apenas las cuatro de la tarde. Hora de ordeñar; Jess estaría pensando en mí, preocupado por mí. Me habría gustado llamarlo, decirle que estaba bien. Acababa de destrozar mi relación con Ruth. Pero sobreviviríamos.

Tardé unos segundos más en descubrir qué era lo que estaba mal. Qué faltaba en el paisaje.

Mi coche.

21

Menuda putada

Cuervo no estaba en casa. Su madre parecía salida de una vieja comedia de situación, como Florence Henderson o alguien así, y su casa tampoco era la que correspondía. Cualquiera habría esperado algo así como la mansión de la familia Addams, no un chalet moderno, grande y de una sola planta, con persianas blancas y paneles de aluminio verde.

—No, lo siento, Martin no está aquí —dijo la señora Black en la puerta mientras se secaba las manos con una toalla de papel—. Ha ido a pasar el fin de semana en Richmond. En casa de su padre —añadió, como si creyera que yo estaba descompuesta, perdida o algo así, y quisiera ayudarme con una explicación más larga.

—Vaya —dije. Los padres de Cuervo estaban divorciados. Él vivía con su madre, pero veía a su papá con bastante frecuencia—. Vaya... Gracias.

—¿Quién le diré que ha venido a verlo?

—Pues... Ruth van Allen. Eh... simplemente pasaba por aquí. No tiene importancia. Lo veré el lunes.

Sonreí y bajé por el sendero enlosado, con aire indiferente. Subí al coche y lo puse en marcha como si no sucediera nada raro, como si conducir sola por allí fuera algo habitual. El espejo retrovisor reflejó mi cara gris, demacrada, y el sudor de mi frente. Tenía ganas de vomitar. Por si acaso, dejé bajada la ventanilla mientras conducía.

¿Adónde ir? Ni a casa de Jamie ni a la de Caitlin. Tampoco a la de Becky Driver. Solo me quedaba Krystal. Podía aparcar en el callejón, donde nadie viera el coche, por si alguien pasaba buscándome. Eran apenas las cuatro; el Palacio seguiría abierto dos horas más, pero Krystal me permitiría acostarme arriba, en su apartamento. Tal vez tuviera Midol o algo así. No, probablemente no. Al menos un poco más de Menstru-Care, aunque hasta ese momento su especial combinación de vitamina B_{12}, calambuco negro y kava-kava no me había servido de nada.

Estacioné detrás de la tienda de tal modo que bloqueaba la cochera de Krystal, pero eso no importaba. Era preferible a tratar de poner el vehículo paralelo al bordillo en la callejuela. Entré por la puerta trasera usando la llave que ella me había dado.

Krystal estaba en el almacén, encaramada a la escalerilla para sacar una caja del último estante.

—¡Ruth! —Se llevó tal sorpresa que estuvo a punto de perder el equilibrio—. Qué susto me has dado. Creía que estabas en cama con una almohadilla caliente. No tenías por qué regresar; no hay tanto trabajo. —En la tienda sonó el teléfono—. ¡Hostia! ¿Puedes cogerlo?

Hice ademán de ir, pero me lo pensé mejor.

—Eh... es que podría ser mi madre.

Me miró con expresión de extrañeza.

—Bueno —dijo mientras bajaba de la escalerilla—. Lo cogeré yo. ¿Y debo decir...?

—Que no estoy aquí. Me fui temprano porque tenía calambres; eso es todo lo que sabes.

Enarcó las cejas y proyectó los labios como los peces. Qué interesante, parecía pensar. A continuación corrió hacia el teléfono. Nunca le había pedido que hiciera algo así, que mintiera por mí pero no me sorprendió que lo hiciera. Krystal es alguien en quien se puede confiar.

No llegaba a oír lo que decía por teléfono y no quería pasar a la tienda. Después de colgar tuvo que atender a un cliente. Me senté en una caja de cartón meciéndome con las manos apretadas contra el vientre. Cuando tienes calambres es como si todo anduviera mal dentro, como si hubiera una guerra en tus entrañas. Estaba a punto de vomitar. Y cuanto más lo pensaba, peor me sentía. El cuarto de baño estaba a seis o siete pasos; podía llegar a tiempo. Pero en ese momento volvió Krystal y me distraje.

—¿Qué ha sucedido?

—Era tu madre, en efecto. Ha preguntado si estabas aquí y le he dicho que no, que habías vuelto temprano a casa porque te encontrabas mal. —Arrugó la frente—. ¿El Menstru-Care no te ha aliviado el dolor?

Negué con la cabeza.

—Eso ha sido todo —añadió—. Solo ha preguntado si estabas aquí y le he dicho que no. ¿Qué pasa?

—¿Puedo acostarme arriba un rato?

—Claro. ¿Te has escapado de casa? —preguntó con una gran sonrisa. Se oyó el tintineo de la campanilla sobre la puerta—. Anda, sube. En cuanto pueda te llevaré una infusión de corteza para los calambres. Te hará bien.

—¿Infusión de corteza para los calambres?

—Por supuesto. Fortalece los músculos durante los cambios cíclicos. Anda, sube.

El apartamento de Krystal era impresionante, propio de una película de los años sesenta, pero mucho más chulo; nada kitsch, más bien retro. Tenía en las paredes grandes esculturas pardas y anaranjadas que parecían pasteles de barro, tapices gruesos, obras de arte que parecían pintadas con los dedos y alfombras que ella misma tejía con cuerdas e hilo. El mobiliario era tosco y primitivo: sillas de anea, armarios rústicos con clavos a la vista, un diván hecho con grandes cojines apilados. Y todo en tonos tierra. Las cortinas estaban corridas, no sé por qué. Tenía una fuente eléctrica con forma de gruta, y se oía el goteo del agua. Estar en su apartamento era como encontrarse en una cueva amueblada, tibia y penumbrosa.

Tenía ganas de hacer pipí; además necesitaba cambiarme el tampón. ¡Hostia! ¿Y si Krystal no usaba esas cosas? ¿Y si usaba... hojas, musgo, paño reciclado hecho con... hilo o...?

Tampax. Allí estaba, detrás del retrete, una pequeña caja azul. ¡Bien! Luego se me antojó revisar el botiquín, solo para ver si tenías aspirinas, Listerine y pasta dental, como todo el mundo. Espiar me daba un poco de miedo, de manera que apenas abrí la portezuela espejada y eché solo un vistazo. Bueno, una mezcla. Tenía Aspergum y un tubo de Ben-Gay, pero también una botella de isoflavonas de soja y la antigua fórmula china para la vejiga. Estupendo.

Lo único malo del diván de cojines era que estaba lleno de pelos de gato. En el apartamento hacía calor; debía de dar al oeste, pues el sol quemaba tras el visillo pintado a mano que cubría la ventana grande. De todos modos el calor me hacía bien; me había pasado el día muerta de frío y temblando. Me cubrí las piernas con una manta de punto y me acurruqué en posición fetal. En lugar de pensar en mamá y Jess en la cama de mi padre, me quedé dormida.

La infusión de corteza sabía a tierra. Krystal me hizo beber un cuarto de taza cada quince minutos. Le dije que surtía efecto, pues de otro modo el siguiente remedio consistiría en dos grandes vasos de zumo de manzana, apio e hinojo.

—Fitoestrógenos —explicó—. Pero lo que necesitas es un poco de reflexología.

La reflexología no estaba nada mal. Era cuestión de tenderme en el sofá y dejar que Krystal me frotara los pies. La parte superior del arco controlaba las trompas de Falopio; detrás del tobillo interior y exterior estaban el útero y los ovarios, respectivamente. Como cabía esperar, tras diez minutos de masaje estimulante los calambres empezaron a ceder.

—Oye, esto funciona —comenté a Krystal, que estaba bebiendo una taza de infusión de corteza sin que le doliera nada. Moví suavemente a Charmian, la gata blanca, para acercarla un poco más a la pelvis. Su calor me gustaba, pero después de un rato la presión no era tan agradable.

—Por supuesto —repuso Krystal. Tenía los ojos cerrados; tal vez meditaba mientras practicaba la reflexología. Por entonces seguía un curso por correspondencia de sanación por contacto. Al cabo de dos meses recibiría su certificado y estaría en condiciones de ofrecerla en la tienda. Cuarenta dólares la hora, que era muchísimo, pero no pensaba garantizar los resultados. Su lema sería: «Nadie sale insatisfecho».

Yo seguía esperando que me hiciera preguntas: por qué estaba allí y por qué no podía volver a mi casa. Sin embargo, ella no decía nada. Eso era genial, lo que más me gustaba de Krystal, su costumbre de vivir y dejar vivir. Por otra parte, si querías hablar de algo tenías que decirlo tú misma. Y eso era difícil.

—Venga —dije—. Adivina.

—Hum... —musitó con aire soñador. Hacía caminar los dedos por la parte superior de mi pie izquierdo, con pequeños chasquidos en la articulación del dedo índice.

—Hoy he vuelto a casa temprano, ¿verdad? Porque me encontraba mal. No hay nadie. Al ver la ranchera de Jess frente a la casa de los Harmon supongo que está allí, conversando con mamá, que esta tarde debía cuidar a Harry.

—Ajá.

—Conque me sirvo un vaso de leche y...

—¿Leche? ¡Ruth! —Arrugó la cara—. Lo peor que podías hacer. Leche de almendras tal vez, pero ¡leche! Ahora me lo explico. —Meneó la cabeza y aplicó más presión a los dedos.

—No lo sabía. Bueno da igual. El caso es que me sentía fatal, pero quería ver a Jess, ¿sabes? Porque es... era como... —Un amigo—. Pensé subir primero a mi habitación para peinarme, quería tener mejor aspecto, ¿comprendes? Me pondría un poco de colorete o algo así. Llego a lo alto de la escalera y ¿qué crees que oigo en el dormitorio de mi madre? ¿Detrás de la puerta cerrada, que ella no cierra nunca?

—Dime.

—Su voz y la de un tío. —Solo que no eran voces, porque no estaban conversando. Eran ruidos.

—Ay, madre mía...

—Y ella me dice: «¡No entres, no abras!». Así que me quedo quieta allí. Entonces abre y... aparece en albornoz, con todo el pelo revuelto y la cara roja. Era raro. Apenas la reconocí, como si fuera su propia hermana o algo así. Y estaba como alelada, como si alguien le hubiera disparado.

—¿Quién era el tío?

—Jess. Mi amigo Jess.

Krystal dejó de frotarme el pie. Abrió los ojos como platos.

—Vaya lío —susurró.

—Divertido, ¿no? —Me eché a reír, y de inmediato me entraron ganas de llorar, pero tragué saliva hasta que pasó. Nada de llorar. Ellos no merecían una sola lágrima—. Pues sí, y resulta que la cosa viene de antiguo, aun antes de que muriera mi padre.

—¡Qué dices! ¿Tu madre? ¡No puede ser!

—Pues sí. Ella misma lo ha dicho. Lo ha admitido.

—Oh, Ruth, qué mierda. Es horrible. ¿Estás bien? Eso es una pasada. ¡Hostia! ¿Cómo ha podido hacer algo así? Oye, ¿ese tío es muy guapo o qué?

—No lo sé. ¿Cómo quieres que lo sepa? —Qué pregunta tan tonta—. Yo creía que era nuestro amigo. Solía... ir a su casa... Ay... —Fingí que me dolía el vientre para no hablar hasta que pude dominar la voz. No quería portarme como un bebé delante de Krystal.

—¿Has hablado con él?

—No. Se largó. Mi madre trató de justificarse.

—¿Qué ha dicho?

—Gilipolleces. Que siempre le ha querido. Siempre, ¿oyes? Pero que también quería a mi padre.

—Pues sí, cómo no.

—¿No te lo he dicho? Gilipolleces. En resumidas cuentas, lo que me ha dicho es que no fuera tan cría. De modo que me largué. Con su coche.

—Qué puta.

Parpadeé pensando que se refería a mí. Luego comprendí que hablaba de mamá.

—Pues sí, una verdadera puta. —Sonaba feo y malo. Me sentó de maravilla.

—Engañar a tu marido... no se puede caer más bajo.

—¿Verdad que no?

—Aunque esté enamorada de otro tío, sigue siendo un engaño.

—Es lo que yo digo.

—Debes de sentirte fatal.

—No hago más que pensar en mi padre. Él nunca le habría hecho algo así, jamás. Era tan bueno... y nos quería mucho. Era estupendo. Una vez, cuando yo tenía ocho años, ella pilló la gripe y él lo hizo todo: limpió la casa entera, preparó la comida, me llevó a la escuela, todo. —Krystal no parecía lo bastante impresionada—. Bueno, es lo primero que me ha venido a la memoria. Nunca olvidaba el cumpleaños de ella, ni la Navidad, y siempre me daba dinero para que pudiera comprarle algo a mamá. Era considerado. Y sé que nunca la engañó. Lo sé. ¿Cómo pudo ella herirle de ese modo, si él nunca le hizo nada?

—¿Crees que él lo sabía?

—No, estoy... —De pronto me sentí congelada otra vez—. ¿Y si lo sabía? ¿Y si lo vio? Oh, Dios mío. Y así murió; se le partió el corazón.

—Decías que había muerto de un infarto.

Quité los pies de su regazo para rodearme las rodillas con los brazos.

—¿Y si lo hizo ella? ¿Y si él murió por culpa de mamá? —Me mordí una rodilla hasta que me dolió.

—¡Vaya! —Krystal seguía meneando la cabeza—. Es demasiado.

—Tal vez papá no sabía nada. Simplemente sucedió.

—Sí, tal vez. Aun así, qué coincidencia...

Se me llenaba la boca de agua; no llegaba a tragar lo bastante deprisa. Me levanté precipitadamente y corrí conteniendo las náuseas a fuerza de voluntad; no la dejé escapar hasta el segundo exacto en que levanté el asiento del retrete y centré la cabeza encima de la taza.

Luego... una explosión. Basura, bilis y baba, yo misma me di asco, me di náuseas. Aquello no cesó hasta que tan solo quedaron hilos de saliva.

Krystal estaba en el vano de la puerta, pero no entró. Mamá habría entrado. Me habría puesto una mano en el brazo o en la espalda mientras vomitaba, y después habría hablado con mucha calma para que yo no sintiera vergüenza, miedo o desconcierto. Al pensarlo experimenté una sensación desesperada, una mezcla de enfado y ofensa. En parte era algo viejo, infantil; en parte, algo nuevo y adulto. No quería volver a sentir esa combinación.

Esa noche, Krystal tenía una cita con Kenny, que por esos días era su novio. Propuso cancelarla, ya que me encontraba tan mal, pero le dije que no, «es sábado, vete, que estoy bien». Antes de que saliera le pregunté si podía guardar el Chevy en su cochera durante la noche, «por si acaso alguien me busca». La policía, pensaba, pero no quise decirlo en voz alta para no asustarla. Lo estaba tomando todo muy bien, pero yo temía que cambiara de idea si se paraba a pensarlo. Dijo que sí, que entrara el coche inmediatamente, de modo que bajé con ella.

A las nueve vino Kenny, pero no lo vi. Krystal dijo que lo esperaría abajo, en la tienda, para no molestarme. Eso me decepcionó un poco, pues él me cae bien. Kenny es simpático; charla conmigo y hace chistes divertidos. Trabaja en una compañía de teléfonos. Krystal le aprecia, pero no está enamorada; una vez me dijo que el problema es que Kenny fuma demasiada maría.

Cuando se fueron sentí hambre. Krystal me había dicho que me sirviera lo que deseara, pero nada de lo que había en el frigorífico parecía comida, aparte de la leche. Hasta las hortalizas eran misterios, por no mencionar las cosas que había en envases de plástico. Todo era beige y tenía aspecto de cereal. En la caja del pan encontré algo que parecían cereales para el desayuno; los puse en un cuenco y agregué leche. En efecto eran cereales, sí. Luego corté y añadí unos trozos de una fruta entre rosada y amarillenta; la conocía por haberla visto en la verdulería, pero nunca la había probado, pues no figuraba en la aburrida lista de la compra de mamá. Deliciosa, pero ¿qué era? ¿Caqui, granada, papaya? El solo hecho de que no tuviera la menor idea era revelador, ¿verdad? Como si viviera en una cárcel. Clayborne, qué risa. Si quieres saber o hacer algo, si quieres cambiar algo, será mejor que lo hagas tú misma, porque aquí nadie hará nada.

Volví a tenderme en el diván maloliente, con Charmian en el pecho.

—Voy a inflar este saco de pulgas —dije. Al reír mi vientre sacudió a la gata hacia arriba y hacia abajo—. El saco de pulgas eres tú. —La acaricié entre los ojos. Sonó el teléfono.

El contestador saltó después de cuatro timbrazos. Al terminar el mensaje de Krystal, mamá dijo: «Hola, soy Carrie van

Allen. Solo quiero... asegurarme. Krystal, si estás ahí, contesta, por favor».

Me incorporé. La gata cayó al suelo con un bufido. Quedé petrificada, pero de inmediato recordé que mamá no podía oír lo que pasaba donde yo estaba.

Su voz sonaba aguda y débil, realmente nerviosa.

«Ruth aún no ha vuelto a casa —dijo deprisa; las palabras se atropellaban—. No sé dónde puede estar. No logro encontrarla. Si ha estado ahí, si sabes de ella, por favor, llámame. Cuanto antes. —Y dio el número. ¡Como si Krystal no lo supiera!—. Si no puedes comunicarte conmigo, si la línea está ocupada o... no sé... si no me localizas telefonea a mi madre. —Y dio ese otro número—. Bueno, gracias. Llámame si te enteras de algo. Adiós.»

Me acosté lentamente, con los dedos apretados contra los dientes. ¡Hostia, hostia! Las axilas me escocían de sudor. Era como si todas las terminales nerviosas fueran circuitos eléctricos y estuvieran emitiendo chispas. ¡Hostia!

Podía levantarme y volver a casa en el acto. Cuando mamá me preguntara dónde había estado, diría: «Conduciendo». Se pondría furiosa, ¿y qué? Tarde o temprano el hecho de que le hubiera robado el coche quedaría olvidado sin que pasara nada.

Fue eso lo que hizo que me decidiera. ¡Joder, quería consecuencias, quería un buen follón! Cuanto más terrible, tanto mejor. Para estar bien hecho tenía que ser espantoso.

Krystal llegó a casa a la 1.37; vi la hora en la esfera luminosa de mi reloj. Yo no dormía. De hecho, acababa de apagar la tele después de ver un millón de vídeos. La había apagado antes un par de veces, pero cuando me disponía a dormir oía la voz de mi madre, tal como sonaba en el contestador; era como si me estuviera persiguiendo o algo así. Un incordio.

Oí el golpe de la puerta trasera al cerrarse, unas fuertes pisadas abajo, la risa de Kenny y a Krystal, que le chistaba. ¿Le permitiría subir? Yo deseaba que lo hiciera, aunque estaba cansada. Sería divertido sentarme con él y conversar sobre lo que habían hecho esa noche. Tal vez estuvieran bebiendo. Tal vez me dieran un poco.

Se hizo el silencio. Aparte de la lluvia contra la ventana, no se oía absolutamente nada.

Me levanté del diván para acercarme a la puerta. Confiaba en que no subieran en ese momento, o Kenny me vería en bragas. Abrí un poquito la puerta que daba a las escaleras. Nada. No... un susurro. La voz sensual de Krystal, que decía una sola palabra, pero no pude distinguir cuál era. El silencio se hizo más pesado, más significativo. Seguro que están haciéndolo; apostaría cualquier cosa. Quería cerrar la puerta, que reinara otra vez un silencio simple, libre de complicaciones, pero también quería permanecer allí hasta que me llegara algo definitivo, algún ruido clave que lo demostrara. Un gemido, algo así. Me quedé allí hasta que me dolió el cuello, la muñeca en la que me apoyaba comenzó a cosquillearme y se me durmió el pie derecho. Ahora el mayor de mis miedos era que me oyeran cerrar la puerta y caminar de puntillas hasta el diván; entonces sabrían que había estado escuchando subrepticiamente, pero debía elegir entre eso y pasarme la noche de pie, de manera que cerré la puerta con tanta suavidad como pude y crucé el suelo alfombrado a pasos lentos, muy largos. Cuando llegué al diván tosí con fuerza en tanto me hundía en los cojines susurrantes. A continuación me cubrí con las mantas y me estuve quieta. Me sentía infantil y tonta.

Nadie parece tener problemas con el sexo, excepto yo. Jamie y Caitlin se pasan el rato bromeando sobre el tema, y por debajo de las bromas se nota que lo saben todo y que ni siquiera les interesa mucho, salvo para hacer chistes. Pero ¿cómo puedes tomarte a broma algo que es un misterio total? ¿Acaso no hacían más que mentir? ¿Mentían todos? Por mi parte, no me atrevo a hacer chistes sobre el sexo, pues podría meter la pata, decir algo que no tuviera sentido y pusiera al descubierto mi total ignorancia. No me refiero al acto en sí, que ya sé de qué va, sino a... a la cultura, el clima. La historia y la política, lo que se debe y no se debe hacer, las reglas. Prácticamente todo.

Por ejemplo, ¿por qué es tan estupendo? La gente construye su vida en torno de él. Y no solo los tíos. ¿De qué se trata en realidad? A veces pienso que si quiero hacerlo es solo porque no está permitido. Si no lo hiciera jamás, si me metiera a monja o algo así,

¿lo echaría de menos? ¿Cuántas veces llegas a hacerlo si vives hasta los ochenta años, digamos, y eres lo que se considera normal? ¿Y cómo es posible que puedas cansarte de eso (ahí está el mayor misterio) solo porque estás casada o eres mayor? Aun así es sexo y estás desnuda; ¿cómo puede resultar aburrido algo así? ¿Y cómo es que todo el mundo conoce las respuestas a estas preguntas y yo no?

Mamá haciendo el amor con Jess. No es necesario que me esfuerce por no imaginarlo, pues no podría aunque quisiera. Y no quiero. Tampoco consigo imaginar a mamá con papá, aunque creo que una vez los oí. Fue hace mucho tiempo y yo no sabía lo que estaba oyendo, solo unos ruidos extraños detrás de la puerta cerrada, ya tarde en la noche, pero debí de entender más de lo que creía, pues en vez de ir al cuarto de baño giré en redondo y volví a mi habitación con sumo sigilo. Y sin haber hecho pis.

Mamá y Jess. ¡Hostia! ¿Por qué? ¿Es que no habían podido resistirse? Como en las películas, donde los protagonistas sienten tal pasión que comienzan a arrancarse la ropa. Qué asco. Casi lo imaginé; solo por un segundo lo vi con los ojos de la mente. Situé la escena en el establo de Jess, donde hicieron los animales para el arca, e imaginé a mamá desnuda, a Jess desnudo, ambos retorciéndose sobre un montón de serrín.

—Mis, mis, mis... —Alargué el brazo hacia abajo y chasqueé los dedos para llamar a la gata; quería distraer la mente, no pensar en eso, de ningún modo.

Traicionada, así me sentía. Por mi propia madre, que se había revelado como una hipócrita mentirosa, una mujer de dos caras. El verano anterior, mamá había alquilado *Siempre queda el amor*; la vimos juntas, solas las dos porque a papá no le interesaba. Pobre Sandra Bullock, dijimos, engañada por el gusano de su marido. ¿Tan bajo se puede caer? Mamá, allí sentada, pontificó sobre la fidelidad y la importancia de los votos matrimoniales, bla, bla, bla, como si fuéramos dos mujeres hechas y derechas que charlaran sobre temas mundanos: lo inconstantes que son los hombres y la superioridad de las mujeres, que comparadas con ellos casi nunca engañan. (Con quién engañan los hombres, es lo que yo me pregunto. Si ellos lo hacen a cada instante y las mujeres casi nunca, ¿quiénes son las amantes de los hombres? ¿El mismo puñado de mujeres una y otra vez? Menudas pendonas.) Pero lo que me dejaba estupefacta era la hipocresía de esa conversación. Demostraba que una persona en quien confiabas podía mirarte a los ojos y mentir hasta por los codos, y tú no te enterabas. Si recordaba que Jess me había enseñado a pescar, que dialogaba conmigo, que me escuchaba cuando le hablaba de papá... si pensaba en eso estallaría, me haría daño. Era como si tuviera gasolina en las manos y Jess fuera una fogata o un infiernillo caliente. Si lo tocaba, explotaría y todo en derredor quedaría convertido en cenizas.

Así que no pensé en eso. Cuando de pronto la gata saltó desde la nada a mi vientre, la dejé escurrirse bajo las mantas, le hablé, escuché su ronroneo y le conté un cuento sobre ratones, queso y un agujero en la pared. Me quedé dormida antes de que Krystal subiera, de modo que nunca supe cuánto tiempo estuvo abajo haciendo el amor con Kenny.

22

No hay pecado sin castigo

La policía no demostró el menor interés. Era increíble, yo trataba de fingir calma, pero el pánico se expandía bajo mi piel como un virus.

—¿No pueden transmitir un aviso o algo así? Es una persona desaparecida. Y mi hija no es así, no se fugaría, esto no es normal.

—Sí, señora. ¿Dice usted que ha cogido su coche?

Indiferencia cortés, era lo único que se percibía en la voz del oficial Springer. Tuve que apretar el teléfono con fuerza para no chillar.

—¡Sí! Mi hija no está, el coche no está, las llaves no están. Y han pasado más de cinco horas.

—Bien, tenemos la marca y el número de matrícula del coche; nos mantendremos alerta, pero en su lugar no me preocuparía, señora. Sé que esto es...

—¡Es que usted no lo comprende! Le ha sucedido algo. Algo malo.

—Pero usted dice que no ha recibido ninguna nota y que había reñido con su hija.

—Tuvimos... un intercambio de palabras, sí. Y ella estaba alterada.

—A los quince años suelen hacer estas cosas, señora Van Allen. Se fugan.

—Ruth no. No sería capaz.

—Para todo hay una primera vez. Si usted supiera... Lo más probable es que aparezca en cualquier momento, con la esperanza de que usted no haya notado la falta del coche. Y cuando...

—Escuche... ¿eso significa que no piensa hacer nada?

—¿Hay alguien a quien pueda usted llamar, señora?

—Hace cinco horas que estoy al teléfono, llamando a un montón de gente. ¿Qué quiere...?

—Me refiero a alguna amiga, un pariente, alguien que le haga compañía mientras espera. Es una situación muy tensa, lo sé.

—Muy tensa, sí. Podría haberle sucedido cualquier cosa. Creo que está sola. He llamado a todo el mundo y nadie la ha visto...

El oficial Springer, que por su voz debía de ser muy joven, guardó un silencio cortés e incómodo mientras yo trataba de dominarme.

—De acuerdo —añadí, cuando lo logré—. Ustedes me llamarán en cuanto sepan algo.

—Sí, señora. Por supuesto.

—Y yo volveré a llamar.

—Cuando guste, señora. Si le sirve de consuelo, no pasa día sin que recibamos llamadas como la suya, y nueve de cada diez veces los chicos aparecen sanos y salvos.

—Bien.

—Y no olvide llamarnos cuando la niña regrese, por favor.

—No lo olvidaré. Gracias.

Me dolía la oreja izquierda de tanto tener el auricular apretado contra ella. De pie en el vano de la puerta oí el zumbido del frigorífico, el tictac del reloj sobre el horno. Ruth quería un reloj de perros; cada hora sonaba el ladrido de una raza diferente. Le había dicho que no, que ese dinero nos hacía falta para cien cosas más importantes. Todos los días chocábamos diez o doce veces por cosas tan insignificantes como esa. Quiero esto, no se puede. Sí, no. Interna, carcelera. Mi misión en la tierra era pinchar los sueños de mi hija. Hasta era posible que una vez de cada dos lo hiciera por mera costumbre. El sistema padre-hijo funcionaba bien hasta la adolescencia; entonces se rompía. Fallaba en lo fundamental a partir de los doce años, cuando dejaba de consistir en un adulto guiando a un niño para ser una persona tiranizando a otra.

Ambas partes lo detestaban, pero nadie había inventado nada mejor.

El tictac del reloj me resultaba odioso. El olor a pescado era vagamente nauseabundo; no había podido probar el guisado de atún que Modean me había traído para la cena. Que lo comiera Ruth si llegaba con hambre. No; por lo que a mí concernía, podía irse a la cama sin cenar. Si no le había sucedido nada malo, si no la habían secuestrado, golpeado o violado, si estaba bien, sana y salva... la aferraría por esos hombros escuálidos para zarandearla hasta que le repiquetearan los dientes. Qué interesante; la única manera de que recibiera una cálida acogida en casa era que llegase con huellas de maltrato.

Aún podía pensar cosas así, secas y sardónicas; asustada como estaba, todavía no me decidía a creer que en verdad hubiera sucedido nada fatal. Debía confiar en ese presentimiento, pensar que no era cobardía ni negación, sino una intuición superior. Mi mente oscilaba entre imágenes de catástrofe y otras de seguridad, inocentes y prosaicas explicaciones para el hecho de que Ruth se hubiera fugado con el coche. Las escenas de catástrofe me aceleraban el corazón y me enrojecían la piel, pero en el fondo sabía que el oficial Springer tenía razón. En cualquier momento entraría como si tal cosa, mohína y con alguna explicación malhumorada. Y yo la mataría.

Sonó el teléfono.

—¿Carrie? —Me hundí en el sofá—. Oh, Jess.

—Acabo de enterarme por Bonnie.

—La llamé para preguntar si Ruth estaba con Becky, pero no está allí.

—¿Por qué no me has avisado? Bonnie dice que falta desde esta tarde.

—Esperaba que volviera en cualquier momento. Estaba segura de que a estas horas estaría aquí. Debería haberte llamado. Perdona. Lo siento.

—No importa.

—Ya ha oscurecido. No está acostumbrada a conducir de noche.

—¿Has llamado a la policía?

—Sí, pero no le dan importancia. Me han dicho que espere.

—¿Qué sucedió después de que me marchara?

—Metí la pata hasta el fondo. Aún no sé qué debería haberle dicho. Ruth estaba furiosa y no conseguí tranquilizarla. Solo empeoraba las cosas.

—Seguro que está bien.

—¿Por qué? —Que me lo dijera yo misma era una cosa, pero no consentía que los demás me siguieran la corriente—. Es sábado por la noche. Son casi las diez. Se ha llevado el coche y está fuera, sola, conduciendo vete a saber por dónde. ¿Cómo puedes decir que seguro que está bien?

—Porque es inteligente. No hará ninguna locura.

Sin embargo su voz no sonaba serena. Eso me asustó más que ninguna otra cosa. La voz de Jess siempre sonaba serena.

—Huir ha sido una locura —repuse—, pero no es su propia locura la que me preocupa, sino la de otra gente. Ay, madre mía —susurré cubriéndome la cara con las manos—. No, si ya sé que tienes razón. Seguro que está bien, que no ha sucedido nada. Pero podría estar con alguien. Y no sé quién.

—¿Has llamado a todos sus amigos?

—A todos los que me han venido a la mente. Hay un chaval... Los padres están divorciados. He hecho que su madre telefoneara al padre para asegurarme de que el chico estaba allí, no con Ruth. Y allí está, en Richmond. Y todas las amigas... Nadie sabe nada.

—¿Y Krystal?

—Nada. Ruth salió temprano de la tienda porque no se encontraba bien; eso es todo lo que Krystal sabe. La policía no se interesa; dicen que cosas como esta ocurren todos los días, que no me aflija. —Reí con un sonido confuso—. Creo que no harán nada. Dicen que no hay por qué preocuparse, que ya aparecerá.

—¿Estás sola?

—Hace un rato vino Modean.

—¿Quieres que vaya?

—No. Sí, pero no servirá de nada.

—¿Y si salgo a dar una vuelta, a buscar el coche?

—¿Harías eso por mí, Jess?

—Iré ahora mismo. Te llamaré dentro de un rato.

—Gracias, mil gracias.

—Trata de no preocuparte.

Yo intenté reír. Él agregó:

—Ya lo sé. Pero no olvides lo despierta que es.

—Pues yo la dormiré a coscorrones en cuanto llegue a casa.

—Bonito chascarrillo.

Colgué enseguida; habíamos ocupado la línea durante demasiado tiempo. Ruth podía estar intentando ponerse en contacto conmigo. Treinta segundos después sonó el teléfono.

—¿Alguna noticia? —La voz de mi madre tronó en mi oído.

—No. —La había llamado antes con la vaga esperanza de que Ruth hubiera acudido a su casa.

—Ay, cariño...

Le conté lo de la policía y su falta de interés.

—Voy hacia allí.

—No, mamá.

—Tu padre estará en casa por si Ruth viene o llama. Iré a hacerte compañía.

—No; no vengas. De veras. No hay nada que puedas hacer aquí.

Discutimos un rato más mientras yo intentaba dilucidar qué era lo que en verdad deseaba. Le había dicho que no sin pensar. ¿Sería mejor esperar en compañía de alguien? Mamá se haría cargo de todo, sin duda. ¿Sería para bien o para mal?

—De acuerdo, pero llámame en cuanto sepas algo, ¿me has oído?

—Te lo prometo.

—No importa a qué hora. De cualquier modo no podré dormir.

—Pues será mejor que te vayas a la cama. No tiene sentido que estemos las dos levantadas.

Con eso todo volvió a comenzar.

—Y si no vamos a dormir, ¿por qué no voy a tu casa y esperamos juntas?

—Porque es demasiado... Preferiría que no... Solo quiero...

—Está bien, no importa —dijo con tono seco. Ofendida.

¡Coño!

—Estoy fatal, mamá. No es agradable tenerme cerca. —Ella chasqueó la lengua, disgustada—. De cualquier manera, lo más probable es que aparezca en cualquier momento. No estoy tan preocupada, de veras. Oye, será mejor que colguemos, por si trata de llamar, ¿comprendes? O la policía, o alguien.

—Muy bien, Carrie. —Aún estaba ofendida, pero lo sobrellevaba—. ¿Me llamarás cuando tengas noticias?

—Ya te he dicho que sí. Buenas noches, mamá. Gracias, es...

Pero mamá ya había colgado. «Es un gran consuelo saber que estás ahí», había querido decirle, y no por ablandarla. Era verdad.

No podía estarme quieta. Llamé otra vez a Krystal y me atendió el contestador. Dejé un mensaje y colgué, consciente de lo irracional de mi enfado. ¡Cabeza hueca! ¿Cómo podía salir sabiendo que Ruth había desaparecido? Pero eso no era justo; Ruth quería con locura a Krystal, cuyo único defecto era la falta de consistencia. Había defectos mucho peores para transmitir a una quinceañera impresionable. Aun así, era posible que Ruth hubiera ido a la tienda en busca de consejo, ayuda o amistad; ¿qué pasaría si no encontraba a nadie, solo un edificio vacío? Me estremecí. Se me abría un agujero en la boca del estómago cuando la imaginaba en el coche, conduciendo en la oscuridad, dolida y confusa, furiosa por la injusticia que yo había cometido con ella.

Arriba, en su habitación, me saludaron el habitual olor a vestuario y el exasperante caos que yo odiaba y amaba. Por mucho que lo intentara, no lograba recordar cómo era yo a los quince años, no con la claridad suficiente para que me resultara útil. Me recordaba confundida e impaciente, pero los detalles eran borrosos. Mis recuerdos más intensos eran de Jess y de mi madre. ¿Cuáles serían los de Ruth? La pérdida de su padre. Haberme sorprendido con Jess.

Vi su diario medio escondido bajo una almohada mal puesta. Puse una mano sobre el borde y la dejé allí, sin pensar en nada. Hice que mis ojos enceguecieran y saqué el cuaderno para deslizar el pulgar por la esquina; busqué la última página que había escrito. Vi la fecha: el día anterior. Parpadeando, parpadeando, aún medio ciega, absorbí la última frase: «Así que si saco más de 75 en el examen final, que podría hacer con los ojos cerrados, mi promedio del año sería ocho; para una francófoba, no está mal».

Me derrumbé hasta apoyar la cabeza en la almohada. Me calmó el olor fuerte y dulce de su pelo. Oh, pequeña, ¿dónde estás? Si llegara en ese instante. En ese mismo instante. Cada vez que oía un coche en la calle quedaba petrificada, con el oído aguzado como un animal. Si la puerta principal se abriera en ese momento... No dejaba de hacer promesas a Dios. La tentación de leer el diario de Ruth era tan fuerte que me levanté para cruzar el dormitorio. Habría debido ponerlo exactamente donde lo había encontrado, pero temía abrirlo si lo tocaba otra vez.

Vi mi cara ojerosa en el espejo que colgaba sobre el escritorio; es decir, en el pequeño cuadrado del centro, que no estaba cubierto de fotografías, entradas de espectáculos, invitaciones, titulares curiosos o recortes de revistas. Una de las fotos era un primer plano de Ruth, Jamie y Caitlin, tomada antes de Navidad por el hermano de Jamie, que era fotógrafo aficionado. Estaban abrazadas por los hombros; Ruth, la más alta, en el medio. Sonreían a la cámara como niñas felices, exhibiendo su dulce amistad. El hermano de Jamie había captado en los ojos de Ruth una expresión que yo conocía bien, una inquietud medio oculta, un desconcierto que no concordaba con la sonrisa audaz. Esa expresión decía: «¿Qué hago aquí? Creo que preferiría estar allí».

Stephen solía sentir esa misma impaciencia apenas velada con el aquí y el ahora. No lo había hecho feliz. Era una herencia infortunada, pero tal vez Ruth la superara al crecer; a su edad ya contaba con más recursos de los que su padre había tenido nunca. Su vida interior era más serena. Era una chica sana; yo lo sentía en los huesos, aunque últimamente los detalles de su vida interior me resultaran más que misteriosos. ¿Era posible que no volviéramos a estar tan unidas como antes? Ese era uno de mis terrores, que los senderos de nuestra vida se hubieran dividido por última vez, que en adelante empezáramos a separarnos progresivamente, o al menos a no aproximarnos más, hasta el día de mi muerte.

Pero tal vez no fuera así. De vez en cuando en las tinieblas asomaban destellos de un nuevo tipo de intimidad con mi madre. No había faros refulgentes, solo destellos. El amor propio de cada una seguía chocando con el de la otra; había demasiadas cosas que no se podían decir, que estaban veladas. ¿Por qué no bastaba con el amor? ¿Por qué nunca bastaba?

Regresé a la planta baja. Fuera las nubes se amontonaban en torno de una luna endeble, detrás del algarrobo. Hacia el oeste destellaban los relámpagos del calor; el aire tenía un olor húmedo y metálico. Me senté en los peldaños del porche, en la oscuridad, con la puerta entornada por si sonaba el teléfono. Habría debido permitir que Jess viniera. En la casa de Modean no se veían luces; tampoco en la de los Kilkenny; en la calle, solo la farola de la esquina. Silencio. No se oían perros, ni aves nocturnas, ni siquiera un grillo. Debería haber permitido que viniera Jess. O mamá.

Este es el dolor que debería haber sentido cuando murió Stephen. No hay pecado que quede indefinidamente sin castigo. Y yo había cometido tantos... Acostarme con Jess no era el peor, sino solo el que me ocupaba esa noche. Stephen siempre decía que era demasiado blanda con Ruth; allí estaba la horrible prueba de que tenía razón. Si yo hubiera sido mejor madre no se le habría ocurrido escapar. Esa noche, en un momento de debilidad se lo había contado a Modean, que lo negó con vehemencia: «¡Pero si eres una madre estupenda! —aseguró con firmeza—. ¿Qué dices? Tú no eres blanda. Yo sí. Este niño está perdido. —Puso los labios bajo el mentón de Harry y sopló para hacerlo chillar—. Tú no eres demasiado blanda con Ruth, Carrie. No lo creo, de veras».

Sí lo era. Mi excusa era siempre que tenía miedo de ser como mi madre. Por ese motivo terminaba por no imponer mi voluntad a mi hija, ya que eso habría significado imponerle también mis reglas morales, mis puntos de vista, mis principios, mis gustos y mis fobias... todo aquello con lo que mamá me había asfixiado a la edad de Ruth y también después. ¿Y en qué había acabado aquello? En resentimiento, distancia, formalidad. Yo ansiaba la intimidad y la temía al mismo tiempo, pues con ella venía el riesgo de ser devorada. Por tu propio bien; esa frase disculpaba una infinidad de pequeñas invasiones. Usurpaba la voluntad del ser que amabas y lo llevaba a cometer errores fatales, de consecuencias duraderas.

Para salvar a Ruth de eso yo me había ido al otro extremo hasta dejarla sin timón, quizá sin valores. No; eso no era cierto, pero... era una madre muy blanda, un verdadero estropajo, salvo cuando me dominaba. Entonces trataba de compensar mi actitud anterior con algún acto de tiranía maternal desmedido e impropio de mí, con el que solo conseguía irritar a Ruth.

Mis propios pensamientos me llevaban la contraria. Solo quiero su bien, solo quiero que sea feliz, que sea lo que ella quiera, que lleve una vida plena... Todo eso era cierto, palabra por palabra, pero yo sabía lo peligrosas que eran, pues mi madre me las había dicho todas con igual convicción. Era otra vez culpa del amor. Simplemente el amor no bastaba. ¿Cómo hallar el equilibrio? ¿Cómo dejas a un hijo en libertad y lo mantienes a salvo? ¿Cómo haces para matar tu propio yo? El amor incondicional... ¿existe acaso algo así, salvo en los perros? Pensé en Modean, que llevaba a Harry apoyado en su cadera, reía con él, escuchaba atentamente sus balbuceos, lo mecía para dormirlo, se preocupaba por él, lo adoraba... Nada de eso era garantía de nada. Al crecer la abandonaría, por mucho que ella lo hubiera querido. Y ella detestaría que la dejara, a menos que fuera una santa. Pasaría el resto de su vida tratando de aceptar que lo había perdido.

Me cubrí la cabeza con los brazos y apreté los ojos contra el hueso de las rodillas. Sentía la angustia como un agua negra que me fuera llenando hasta ahogarme. No siempre creía en Dios, pero en ese momento le pedí que acabara conmigo, si eso era lo que hacía falta: mi vida por la de Ruth. ¿Dónde estaba mi niña? Por favor, Dios mío, por favor, Dios mío. Echaba de menos a Stephen por primera vez desde su muerte. Lo extrañaba de verdad. He perdido a nuestra pequeña, dije para mis adentros sofocando los sollozos contra los muslos.

En la casa sonó el teléfono.

Corrí.

—¿Diga?

—¿Carrie? —dijo Jess con tono de sorpresa.

—Soy yo. —Mi voz sonaba extraña. Era como si tuviera cola en la boca; las palabras se pegaban unas a otras—. ¿La has encontrado?

—No. He recorrido toda la ciudad, he ido a todos los lugares que se me han ocurrido. Te llamo desde una cabina de la calle Madison. Seguiré intentándolo.

—De acuerdo. —Se oía el ruido del tráfico, como un zumbido.

—¿Cómo estás? ¿Sigues sola?

—Jess...

—Dime.

—Ojalá pudiera comenzar de nuevo. Me arrepiento de haber echado a perder lo nuestro. Si tuviera otra oportunidad lo cambiaría todo. No me separaría de ti.

—Deja que vaya a tu casa, Carrie. Quiero verte.

—No. Prefiero que sigas buscándola. No hay nadie que lo haga, salvo tú. La policía...

—Les llamaré yo mismo. De inmediato.

—Bien. Te lo agradezco.

—Telefonea a tu madre, a alguna vecina. No conviene que estés sola.

—Bueno. Sí, quizá lo haga. Te quiero, Jess. —Y colgué.

Comenzaba a caer una lluvia brumosa. Me quedé en el peldaño del porche, con la cara inclinada hacia arriba, en tanto la llovizna fría me picaba en la piel. Una ráfaga me empujó hacia atrás. Giré en redondo para apoyarme contra la puerta mosquitera; la tela metálica, mojada, olía como todos los días de lluvia en los veranos de mi infancia. Saqué la lengua para probar el metal amargo y salado. Un recuerdo emergió de pronto; en brazos de mi madre, contemplaba con ella una tormenta verdosa a través de la tela metálica. Debía de tener tres o cuatro años, era lo bastante pequeña para estar en brazos, pero no tanto que no lo recordara. Sentía cómo los brazos de mamá me estrechaban la cintura; veía cómo el cornejo se inclinaba en el patio delantero, en nuestra vieja casa de la avenida Pioneer. Las tormentas me encantaban, probablemente desde aquella tarde en que vimos una juntas, con la mejilla de mamá apoyada en mi oreja.

A Ruth también le encantaban las tormentas. Absorbí eso como un pequeño consuelo; al fin y al cabo no lo había hecho todo mal.

La mañana.

Apenas pasadas las ocho se presentaron dos policías. No parecían inteligentes, eran demasiado jóvenes. Uno tenía una mancha blancuzca en la solapa, el otro se tocaba constantemente un pequeño corte en la mandíbula. No me gustaron, pero los traté con excesiva amabilidad porque quería caerles simpática para que se esforzaran más en hallar a Ruth. Me había pasado la noche rogando que la policía se interesara, que hiciera algo, que comenzara a preocuparse y actuar. Ahora que lo hacían yo estaba petrificada.

—Ya los he llamado a todos —expliqué al oficial Fitz, el de la solapa manchada, que me había pedido el nombre y la dirección de los amigos de Ruth—, pero está bien —me apresuré a añadir, temiendo haberlo ofendido—, conviene que ustedes también los llamen.

Después de que se marcharon caí en la cuenta de que ninguno de los dos me había aconsejado que no me preocupara.

Me preparé otra taza de café y cogí el periódico. Estaba tan cansada que me derrumbé en una silla, ante la mesa de la cocina, pero los nervios me impidieron hacer otra cosa que beber el café y mirar las paredes. La noche anterior, a las tres, había pensado que me vendría bien una copa. Me serví un vaso de vino blanco, bebí la mitad y arrojé el resto en el fregadero. Era demasiado efectivo; me hacía sentir floja y soñolienta. Y eso no era posible. Tenía que permanecer alerta. Podía mantener a Ruth a salvo con la mente... casi llegaba a creerlo. Si bajaba la guardia, si me quedaba dormida (Dios no lo permitiera), el caos podía imponerse. No, el poder de la preocupación era mi mejor arma; en realidad la única.

Cuando sonó el teléfono supe que era mi madre.

—Hola. No; todavía no. Ya lo sé. Pues acaban de marcharse. Están... Sí. En realidad no han dicho nada, pero ahora empiezan a tomarse la cosa en serio. Ya lo sé. Claro que podrías, pero... No; es que no hay nada que... Desde luego que sí, mujer. De acuerdo. De acuerdo. No; no traigas nada, solo... Muy bien. Adiós.

«Se acabó la diversión», dije a mi imagen reflejada en la ventanilla del horno. Se había acabado eso de debatirme sola en la angustia y la desolación, de resistir al caos sin ayuda alguna. Venía mamá.

Antes de que llegara, un vehículo se detuvo frente a la casa, cargado con todos los Fledergast. Yo estaba sentada en mi puesto habitual, el escalón del porche, atenta al ruido de cualquier motor mucho antes de que girara hacia la calle Leap. Esperaba oír el sonido de mi propio coche. No capté el de la ranchera de Chris hasta que se paró y ella se apeó por el lado del pasajero. Era la primera vez que la veía con un vestido y zapatos de tacón alto; parecía altísima. Al verme su gesto ceñudo se diluyó, y agitó una mano sonriendo. Nunca se había presentado en mi casa de ese modo. ¿Acaso...?

Me levanté de un brinco.

—Hola. Vamos camino a...

Bajé por los peldaños a toda prisa y pasé a su lado a fin de mirar dentro del vehículo. Oz iba al volante; en el asiento trasero, Andy y Karen, la pequeña. Ruth no estaba allí. La desilusión fue como una bofetada en la cara.

—¿Qué pasa? —preguntó Chris mirándome con fijeza—. ¿Te encuentras bien? No tienes buena...

—¿Ruth no está contigo?

—¿Ruth?

Curvé la espalda.

—¿Qué pasa? ¿Dónde está Ruth?

—Ha desaparecido. Pensé que tal vez la traías.

—¿Cómo que ha desaparecido?

—Ayer por la tarde.

Chris lanzó una exclamación ahogada. Le volví la espalda, pero ella me cogió para darme un abrazo largo y fuerte. Cuando empecé a sentirme mejor me aparté.

—¿Qué tal estáis? —pregunté—, ¿qué pasa con vosotros? ¿Vais a la iglesia?

—¿Has llamado a la policía?

—La están buscando; aseguran que la encontrarán. Se ha llevado el coche.

—Ay, madre mía. Seguro que está de parranda. Nosotros solíamos hacerlo. ¿Tú no?

—¿Toda la noche?

Hizo un breve gesto de pánico.

—Regresará en cualquier momento, Carrie. Ya lo verás.

—Sí.

—¿Quién está contigo? ¿Quieres que me quede?

—No, gracias. Mi madre viene hacia aquí.

—¿Estás segura? Vamos camino a la iglesia, pero ellos pueden ir sin mí.

Señaló el vehículo con un gesto. Oz, que tamborileaba con los dedos sobre el volante, me saludó agitando una mano al ver que lo miraba.

—No, ve también. Aquí no hay nada que hacer, salvo esperar.

Parecía indecisa.

—Como quieras, pero te llamaré más tarde. Ah, lo que me traía por aquí. Ahora parece tonto, pero te lo diré: he dimitido.

—¿Qué? ¿Que has dimitido?

—Anoche Brian me llamó para darme una noticia. Parecía en la gloria. Acababa de contratar a tu sustituta. Adivina quién es.

Yo apenas recordaba ese empleo.

—¿Quién?

—Lois Burkhard.

—Lois... ¿la del banco?

—¡Lois, la del banco! ¿No es increíble?

—Sí. Pero... ella es contable, ¿no?

—Brian ya tiene contable, Carrie. No es para eso que la ha contratado.

—¿Para qué?

—¡Sale con ella!

—¿Sí? Pero ¿no está casada?

Chris arqueó las cejas.

—La semana pasada, Oz los vio juntos en el Ramada Inn; estaban desayunando.

—¡Vaya!

—De manera que he dimitido. Eso no me gusta. Me he pasado la noche hablando con Oz. Él no quería que dejara el empleo ahora, pero yo no podía continuar después de lo que te hizo... y para colmo esto. Le he perdido todo respeto, Carrie. Esta mañana lo he llamado para decírselo.

—¡Mujer!

—No ha discutido siquiera. Tres años trabajando para ese hombre. Fundamos juntos la escuela. No digo que no hubiera podido crearla sin mí, pero...

—¡Desde luego que no habría podido!

—No, pero yo pensaba que la lealtad valía más que esto. —Parpadeó, con los ojos húmedos—. Creo que soy muy ingenua. He sido una tonta.

—El tonto es Brian.

Agitó una mano en tanto retrocedía un paso.

—Solo quería que lo supieras. No necesito que me levantes el ánimo. Además, ya tienes demasiadas preocupaciones. Te llamaré en cuanto llegue a casa, pero estoy segura de que Ruth se encuentra bien.

—Lo siento mucho, Chris.

—No es culpa tuya.

Sin embargo me sentía culpable.

—¿Tienes algo planeado, alguna idea de lo que harás?

—¡No! —Su risa fue algo nerviosa—. Ya surgirá algo. Eso no me preocupa. —Obviamente no era cierto—. Andy dice que debemos rezar para pedir un milagro, y eso es lo que vamos a hacer. —Se atusó el pelo erizado, rubio ceniza. Luego se inclinó hacia mí para agregar—: No sé de dónde saca esas ideas. No vamos a la iglesia tan a menudo. Me aterra pensar que se meta a cura. —A continuación me dio otro abrazo—. Mira, tengo que irme, pero te llamaré. Trata de no preocuparte, ¿me oyes?

—De acuerdo.

—Andy incluirá a Ruth en sus oraciones.

—Estupendo.

Se alejó, tiesas las piernas sobre los tacones blancos, que repiqueteaban con fuerza. Tenía las piernas bonitas. De pie en el bordillo era dos veces más alta que su coche. Se inclinó para acomodarse en el asiento del pasajero, torpe, con las rodillas apretadas. Toda la familia se despidió agitando la mano.

—Me cuesta creer que haya hecho esto por su propia voluntad. —Mamá ahuecó un cojín del sofá golpeándolo con el puño y se lo colocó contra el vientre—. Ruth no es así. Jamás nos causaría semejante preocupación a propósito. Estoy segura.

—Pues todo apunta a que así es.

—No; no lo creo. La policía no ha dado a esto el enfoque debido. Esa niña no se ha fugado. Algo le ha sucedido. No sé qué puede ser —añadió alejándose otra vez de sus peores suposiciones; en el último momento recordaba que debía reconfortarme en vez de alimentar mi nerviosismo—. Si aún creen que anda de juerga por ahí, ¡diecinueve horas!, están muy errados. ¿Cuándo hablaste con ellos por última vez?

—Ya te lo he dicho. Han venido esta mañana. Y...

—¿Esa ha sido la última vez? ¡Pues los llamaré yo! Esto es una maniobra evasiva, pura y simplemente.

Pues bien, llama tú, pensé; verme libre de esa pequeña responsabilidad, por inútil que fuera telefonear de nuevo a la policía, era como si me quitaran un saco de piedras de los hombros. Y en el fondo, bajo la irritación, la fatiga y la desesperanza aún subsistía alguna fe infantil en que, por mal que estuvieran las cosas, mamá podía arreglarlas.

En lugar de tender la mano hacia el teléfono, se dejó caer en el sofá. Era coqueta; jamás se le ocurriría salir de casa sin pintarse los ojos y las pestañas. Aun ese día se había tomado la molestia de combinar la sombra de ojos con la blusa gris. Sin embargo nunca la había visto tan vieja. No era tanto por las arrugas como por el color de su tez, amarilla por la falta de sueño, y la carne flácida por la preocupación y el cansancio. Impulsada por la necesidad de protegerla, decidí sentarme a su lado, pero ella se levantó para añadir:

—Te digo que sucede algo raro. —Era al menos la cuarta vez que lo repetía desde su llegada. Me desvié para sentarme en una silla—. ¿Cómo sabes que no falta nada en su habitación? ¡Pero si parece la Tercera Guerra Mundial! Eso te pasa por dejar que la niña tenga el dominio de su propio espacio.

—¿Qué? —Seguramente lo había oído en algún programa de entrevistas—. ¿Qué tiene que ver su habitación con todo lo demás, mamá?

—Alguien podría haber entrado para robarle sus cosas, algo valioso, y tú ni siquiera te enterarías.

—Ella no tiene nada valioso.

—Tiene un estéreo, ¿no?

—Sí, pero...

—¿Y una cámara?

Me encogí de hombros.

—¿Una alcancía? Un teléfono, un jersey de cachemir, botas de piel...

—No tiene ningún jersey de cachemir. Yo tampoco. Además, ¿qué tiene eso que ver...?

—Alguien pudo haberle robado. Solo digo que no imagino a Ruth escapando de casa porque sí. Ha sucedido algo más.

—No ha sucedido nada más, mamá.

—¿Cómo lo sabes?

—Lo sé.

—No sabes nada.

—Claro que sí.

—Claro que no.

Cerré los ojos con fuerza.

—¿Quieres callarte? Nadie la ha secuestrado.

—¡No se te ocurra usar esa palabra!

—Vamos, ¿no es eso lo que insinúas?

—Yo no insinúo nada.

—Claro que sí. —Me levanté, irritada hasta el punto de dejar de lado la prudencia—. Lo que dices es que alguien entró en la casa, le robó el equipo estéreo, que tiene cuatro años y sigue en su dormitorio (lo he visto), y ya que estaba se llevó también a Ruth.

—Hay tíos raros por todas partes, Carrie. No pienses que trato de asustarte, cariño, pero ese chaval que está siempre con la niña, ese vampiro...

—Está en Richmond con su padre. Lo he comprobado.

Ella descartó el argumento con un gesto de la mano.

—Hay montones de degenerados como él; en el instituto pululan. Habría que obligarles a llevar un uniforme que los identificara o algo así. Pero eso no viene al caso.

—No, desde luego.

—El caso es que no pudo robarte el coche sin motivo. Eso es lo que la policía debe tener en cuenta.

—Tienes razón. Hubo un motivo.

—Tiene que haber un motivo. Ruth no... —Me miró con severidad—. ¿Qué?

Ya no había manera de echarse atrás, pero tampoco de avanzar. Cuando abrí la boca para continuar no surgió ninguna explicación brillante.

—Reñisteis —adivinó mi madre—. ¡Ay, Carrie! —Dio una palmada en el brazo del sofá—. ¿Por qué no lo has dicho desde el principio? ¡Santo cielo, sabías lo que yo estaba pensando, lo que estaba sufriendo! Anda, dime, ¿qué pasó? ¿Por qué discutisteis?

Contárselo suponía pasar un momento tan difícil como cuando Ruth me sorprendió en la cama con Jess. Peor aún, porque mi madre había conseguido hacerme retroceder hacia la niñez con toda facilidad. Tomé aliento. El sonido del teléfono me hizo dar un respingo.

Rodeé precipitadamente la silla, pero mamá estaba más cerca y llegó antes.

—¿Diga? Sí... No, pero habla su madre.

—Dame eso, mamá.

—¿Quién?

—¡Mamá!

—Es la policía —dijo, entregándome bruscamente el auricular.

Le volví la espalda.

—¿Diga?

—¿La señora Van Allen?

—¿Sí?

—Aquí el oficial Springer. Tenemos noticias.

—La han encontrado. —Todo se tornó gris y borroso; delante de mis ojos bailaban pequeñas motas. Los duros dedos de mi madre, que me apretaban el brazo desde atrás, me mantuvieron en pie—. ¿Dónde está?

—Pues... no, señora. No es que la hayamos encontrado... pero al menos sabemos dónde ha pasado la noche.

—Espere. Basta, mamá. —Me desasí de ella, que trataba de abrazarme por detrás. Al verme la cara quedó petrificada. Dije al teléfono—: Disculpe, ¿decía usted...?

—Hemos interrogado a los amigos de su hija, de la lista que usted nos dio. Y también a la señorita Bukowski, la del... eh... el Palacio de la Madre Tierra y Salón de Curación Natural. De pronto la señorita Bukowski ha recordado que Ruth pasó la noche con ella.

—¿Que Ruth estuvo en casa de Krystal?

—Sí, señora, eso parece. El oficial Fitz dice que respondió con evasivas hasta que le recordó que ocultar o albergar a un menor está prohibido por la ley. Entonces cayó en la cuenta de que su hija durmió en su casa anoche, pero dice que se marchó temprano por la mañana.

—¿Adónde fue?

—Aún no lo sabemos. El oficial Fitz dice que la señora Bukowski también se ha mostrado evasiva al respecto.

—¿Evasiva?

—Sí, señora. Puede que no lo sepa, tal como afirma. O bien se lo reserva. Por una especie de lealtad.

—¡De lealtad! —Mi madre seguía tirándome del brazo y siseando: «¿Qué pasa? ¿Qué dice?»—. ¿No pueden obligarla a decirlo? ¿No pueden arrestarla?

—Volveremos a hablar con ella, señora, por supuesto, pero lo más probable es que su hija aparezca pronto, de un modo u otro. Es lo que suele suceder; pasan una noche fuera, solo para llamar la atención, y luego vuelven a casa. No deje usted de llamarnos cuando aparezca. Algunos padres lo olvidan, y para nosotros es una pérdida de tiempo, porque continuamos buscando.

Aseguré que les avisaría y colgamos.

—¿Quién es la de las evasivas? —inquirió mamá soltándome por fin.

—Ruth pasó la noche en casa de Krystal.

—Eso ya lo he entendido.

—Dice que no sabe dónde ha ido la niña, pero la policía cree que miente.

—¿Dónde está el coche?

—No lo sé. No creo que esté allí. El oficial me lo habría dicho.

—Así que lo cogió y se largó. ¿Adónde?

—No lo sé.

—¿Qué número tiene?

—¿Quién? ¿Krystal? No lo sé. Está en... la memoria del teléfono. Presiona...

—Ya sé cómo funciona.

Me quitó el aparato, verificó el nombre impreso en el auricular y marcó. Tenía los pies separados, la cabeza en alto, el busto proyectado y el puño libre plantado en la cadera. En su cuerpo firme y recio no se veían rastros de cansancio. El Club Femenino de Clayborne había cometido un grave error.

—¿Krystal Bukowski? Soy Dana Danziger, la abuela de Ruth van Allen. ¿Dónde está la niña? ¿Qué? Yo creo que sí lo sabe. Oh, lo dudo. Escuche muy bien, señorita; si a mi nieta le sucede algo, si llega a aparecer con una uña rota siquiera y me entero de que usted sabía dónde estaba... ¿Cómo dice? A mí no me importa; la policía puede hacer lo que quiera. Le diré lo que pienso hacer yo. La demandaré. No, en el tribunal de lo civil, por no respetar los derechos civiles de mi nieta. ¡Claro que puedo! Se lo aseguro. Cuando acabe con usted no le quedará una semilla de soja en el bolsillo. ¿Le parece gracioso? Pues hablo muy en serio. No le quedará una píldora de vitamina, ni una pizca de germen de trigo...

—Mamá...

—¿Qué dice? Mire, puede decir lo que quiera, pero ya sabe lo que pienso hacer. Se lo preguntaré por última vez: ¿adónde ha ido Ruth? —Me miró a los ojos; los suyos echaban fuego. De pronto me aferró la mano, flexionó las rodillas y se apoyó sobre la punta de los pies. Su voz subió una octava—. ¿Y se lo ha permitido usted? ¡Grandísima idiota... cabeza hueca! ¡Claro que podía! ¡Podría haber llamado a su madre, a la policía...!

—¿Dónde está Ruth? ¿Qué dice?

—Estoy tan furiosa que no puedo seguir hablando, pero esto no terminará así, se lo prometo. ¿Cómo...? ¿Qué dice? —Apartó el auricular del oído para mirarlo con los ojos como platos. Luego lo colgó con tanta fuerza que podría haberlo roto.

—¿Qué ocurre? —pregunté.

—¿Sabes lo que acaba de decirme?

—¿Qué?

—«Que tenga usted un buen día.»

—¿Dónde está Ruth, mamá?

—Ha ido a Georgetown.

—¿A Georgetown, en Washington? ¡Madre mía! ¿Sola? ¿Por qué?

—Para que le hagan un tatuaje. —Se marchitó. Cayó en el sofá, con la mandíbula floja, meneando la cabeza. Cerró los ojos—. Un tatuaje. Dios mío, qué cosa tan vulgar.

23

Al instante

El autostopista se parecía al actor Billy Zane. La chica no era tonta; lo recogió solo porque llovía torrencialmente. Y hacía mucho frío. Él tenía un aspecto peligroso, algo salvaje y temerario en los acerados ojos azules, pero su boca era suave. El agua que goteaba de su pelo negro, lustroso, se colaba por el cuello de la camisa Tommy Hilfiger... No, de la chaqueta de piel negra, vieja y ajada. Viajaron largo rato sin hablar; solo el golpeteo de los limpiaparabrisas y el siseo de los neumáticos en el pavimento mojado quebraban el silencio, cargado de energía sexual. Por fin, en las afueras de Tulsa... no... al comenzar las tierras yermas, en medio de la nada, él se volvió a mirarla y dijo con voz grave, cálida, ronca: «Me ayudarás; estoy seguro». Pues huía de la justicia. Pero no hacía falta que lo dijera, ella ya lo sabía. Y ambos sabían que ella lo sabía.

Continuaron el viaje. Ella puso algo de Lauryn Hill en el estéreo del coche; así supo él lo guay que era la chica y lo bien que se llevarían. Esa noche, ocuparon dos habitaciones en un motel de mala muerte, como los que frecuentan Mulder y Scully. Él entró en la habitación de la chica cuando ella estaba en ropa interior: bragas color crema y sostén del mismo color, como Nikita, la de la película. No podía quitarle los ojos de encima. Entonces le dijo la verdad: trabajaba para el gobierno y su misión consistía en fingir que huía de la justicia. Y ella debía trabajar para él. La chica tenía el pelo rubio, largo y lacio; vestía siempre de negro. Sabía kárate. Aunque bella y femenina, era capaz de arrojar a un hombre por el aire como si fuera un osito de peluche. Se llamaba Jade. Jada. Se llamaba Kara. Se llamaba... Ally. No te metas con Ally porque te matará. Ally tiene piernas largas, se repantiga en las sillas y, cuando se levanta, se mueve como los gatos mientras se desperezan después de dormir la siesta. Viste pantalones ceñidos de piel negra. Adondequiera que vaya la gente la mira con atención. Eso dificulta sus misiones secretas, pero... como es maestra en el arte del disfraz...

Había tres tíos en un Pontiac rojo que no me adelantaba; circulaba a la misma velocidad que yo (noventa) y se mantenía a mi lado en el carril izquierdo. Después del primer vistazo no volví a mirarlos, pues estaban sucios y tenían cara de tontos; probablemente eran de la zona, granjeros de Fredericksburg o Stafford. Yo había cogido la I-95 en dirección a Washington, en vez de ir por carreteras secundarias, pues quería llegar pronto; sin embargo era la única que no circulaba a ciento treinta. Lo habría hecho, pero no quería llamar la atención. Si me detenían, ¡desastre!

Con el rabillo del ojo izquierdo vi que los tíos del Pontiac saludaban con la mano o hacían señas. Debían de pensar que tenía dieciséis años por lo menos. Desde el día anterior llevaba un jersey nuevo, de manga larga y rayas blancas y negras; me había recogido el pelo detrás de la oreja izquierda para exhibir los aros de oro y el pendiente de plata. El reloj era normal; debería habérmelo puesto en la muñeca derecha, pero el anillo de plata y ónice era muy chulo y lo compensaba. De lo que no estaba nada segura era de la gorra de béisbol. Hay dos maneras de ver las gorras; una, que están anticuadas y, pensándolo bien, siempre quedaban fatal, sobre todo puestas con la visera hacia atrás; la otra, que son algo básico, como las camisetas, y jamás pasarán de moda, y si eres realmente guay en lo demás (eso es fundamental) puedes ponértelas hacia atrás y quedas bien, con un aire pícaro, al estilo de Cameron Diaz, como si no te importara su aspecto. Y eso es lo que se lleva, por supuesto.

Un enorme camión se puso detrás del Pontiac e hizo una señal con las luces. Levanté un poco el pie del acelerador. Los tíos del Pontiac hicieron algo que no miré, un saludo o un corte de mangas, y se alejaron con un rugido. Allá se pudrieran. Ahora todo era perfecto. Encendí la radio y traté de hallar una emisora que no transmitiera música country. Apoyé el codo en la ventanilla. Descansé la sien sobre la punta de los dedos. Una mujer con pensamientos serios e interesantes. Después de un rato la fina llovizna que caía se convirtió en gotas y tuve que subir el cristal. Coño, ¿iba a llover? En el asiento trasero había un paraguas de mamá, pero era feísimo, uno de esos plegables, pequeños y de color pastel, que solo llevan las ancianas y los locos.

Tal vez fuera mejor detenerme en una gasolinera a comprar cigarrillos. Solo que no tenía ningún documento de identidad. Caitlin compraba cigarrillos a veces, pero en realidad no fumaba, ni Jamie, de manera que yo tampoco. Hasta ahora. Pero si planeaba fumar algún día, ese era buen momento para comenzar. No lograba entender por qué no estaba preocupada, cuando habría debido ser un manojo de nervios. Era como si me rodeara un escudo. La que había roto las reglas era mamá, no yo. Si me pillaban, ¿qué? Nadie podía tocarme. Era inmune.

No conseguía sintonizar bien ninguna emisora, pero oí «Take it Easy», la vieja canción de los Eagles. Mientras cantaba con ellos me deslicé hacia el segundo de mis sueños favoritos. Viajaba sola al volante de mi descapotable, por una carretera larga y recta del Medio Oeste, con Tracer a mi lado en el asiento delantero. Una chica y su perra. Los hombres se enamoraban de mí, pero yo nunca estaba mucho tiempo en un mismo sitio. Siempre los abandonaba; éramos solo mi perra y yo. A veces buscaba un empleo por capricho, pero después desaparecía. Y la gente del pueblo se preguntaba: «¿Quién era, de dónde vino? ¿Crees que regresará algún día?».

¡Vaya forma de llover! ¡Y ese trasto de coche! Los limpiaparabrisas solo tenían dos velocidades: normal y maníaca. Esta última era tan rápida que no se veían más que las bandas de goma; además, en dos minutos el wac wac wac te volvía loca. Así me sería más difícil ver el desvío, sobre todo considerando que no sabía con certeza dónde estaba. Tal vez habría sido mejor ir por la carretera secundaria. Conocía el camino más o menos; se coge la 66 y sin saber cómo se llega a la capital. Pero sin duda cuando me aproximara habría letreros. Y si me mantenía en el carril de vehículos lentos no podría sucederme nada. En teoría. Es mucho más fácil circular por una gran autovía que en la ciudad o por carreteras angostas y expuestas al viento; lo único que debes hacer es conducir.

Vi una salida hacia una gasolinera, con anuncios de restaurantes de comida rápida: Burger King, McDonald's. Me había marchado de casa de Krystal a las ocho, sin molestarme en desayunar. ¿Me convendría detenerme? No, era mejor esperar. Tenía hambre, pero sería más divertido comer en Georgetown.

El tráfico había aumentado de buenas a primeras. ¿Adónde iría toda esa gente en una mañana de domingo? Seguro que a la iglesia no. Ahora un montón de letreros me preparaban para hacer algo. Backlick Road, Franconia u Old Keene Mill Road. Pero como todavía estaba en Virginia, aún no debía hacer nada. Sin embargo se acercaba la carretera de circunvalación. La abuela la detestaba; no la cogía por nada del mundo. «Son todos unos locos asesinos, preferirían asesinarte antes que reducir la velocidad.» ¡Bien, allí estaba! ¿Y ahora? Yo estaba en la 95, ¡y la 95 se convertía en la carretera de circunvalación! La 95 se convertía en la 495 si ibas a Alexandria, y la 495 era la carretera de circunvalación. ¿Quería ir a Alexandria? ¿A Baltimore? No, pero estaba en el carril equivocado; tenía que coger el de la izquierda.

¡Hostia, no había manera! Encendí el intermitente, pero pasaba un millón de coches, parachoques contra parachoques, y ni uno solo me cedió el paso. Pisé el acelerador, pero se acercaba la salida, se acercaba... Aminoré la marcha y pisé el freno; el tío de atrás hizo sonar el claxon y estuvo a punto de chocar conmigo.

—¡Coño! —exclamé. Entonces lo hice; dirigí bruscamente el Chevy hacia el carril contiguo, aun sabiendo que no había suficiente espacio. Pero dio resultado. Conseguí entrar y dejé atrás la salida a la carretera de circunvalación. Estaba a salvo.

Me sudaban las manos y mi pie derecho se agitaba sobre el acelerador, de tanto como me temblaba la pierna, pero estaba en el carril correcto, a salvo, invisible, y así conducía todo el mundo. Todos iban a donde se les antojaba, sin mirar si había peligro, si tenían suficiente espacio o si el vehículo de atrás circulaba a 160 kilómetros por hora. ¿Conducir a la defensiva? ¡Pues sí, claro!

—¡A tomar por el culo! —exclamé. El corazón aún me latía como un tambor.

Vamos, cálmate. Tres noventa y cinco, me encontraba en la 395, y ahí estaba el Pentágono, no, el cementerio de Arlington, no, el Memorial Bridge, no. O tal vez sí. Conocía ese puente; conducía directamente hacia el Monumento a Lincoln, que desde luego se hallaba en la capital. Para ir en esa dirección había que salir de la 395 y yo no quería, nada de eso. Nada de giros. Por allí también se iba a la capital; así lo indicaba el letrero.

Rosslyn no, aeropuerto no, Crystal City no... Hala, otra salida al Memorial Bridge. No; no pensaba abandonar la 395... Y allí estaba el puente George Mason; la 395 pasaba directamente por allí. ¡Ja! Estaba cruzando el Potomac, allí estaba, y más adelante se hallaba Washington. Y el Monumento a Jefferson, el segundo entre mis favoritos, directamente delante. ¡Estupendo! En pocos minutos estaría en Georgetown. No veía la hora de aparcar el coche y apearme de una vez. Tierra firme.

Sin embargo nada me resultaba conocido. ¿Quería salir a la calle Catorce? Demasiado tarde, estaba en el carril equivocado, pasando debajo de otro puente. ¡Ay, la Autovía del Sudeste! No, nada de autovías. ¿La calle Nueve? Demasiado tarde. Era como si tuviera las manos congeladas sobre el volante; no podía hacer otra cosa que seguir recto. ¿Quería ir al Capitolio? No. Ni a la calle Capitolio Sur, ni a Navy Yard. ¿Dónde diablos estaba? Me había equivocado; estaba en una parte de la ciudad que no conocía.

Bueno, ¿el puente de la calle Once? ¡Joder, salgamos de aquí! Estaba pasando por encima del río otra vez, pero no importaba, aunque no fuese siquiera el Potomac, sino el Anacostia. Al sur, bien; significaba ir hacia atrás, pero así podría comenzar de nuevo. Dos noventa y cinco, y el letrero indicaba que por allí saldría a la carretera de circunvalación. De manera que, si iba hacia el sur o el oeste, llegaría nuevamente a la 95. No había por qué asustarse. Solo tardaría un poco más.

Compré un mapa en la gasolinera de Annandale (salida 6), pues el tío de la Mobil de Braddock Road (salida 5) era indio o algo así y no entendí sus indicaciones. Por miedo a ofenderlo me dediqué a asentir con la cabeza y decir: «Ajá, sí». Luego busqué la salida siguiente. De cualquier modo era mejor consultar un mapa; tienes más control de la situación. Nunca se ha visto a Nikita pedir indicaciones a nadie.

Bien, ahora veía dónde estaba el problema. Habría debido entrar por la 66, que iba recto hacia el centro; se cruzaba el Memorial Bridge y se giraba a la izquierda o algo así, y allí estaba Georgetown. ¿O era el puente Roosevelt? Lo que necesitaba era un mapa de la capital, pero allí solo tenían el de Virginia. De cualquier manera, servía. Sesenta y seis, eso era. Y el seis siempre me trae suerte.

Bien, no era el Memorial, sino el puente Theodore Roosevelt. Y ahora... ¿Calle E? Eso me olió mal. Mantente en el carril correcto, es siempre lo más seguro. La calle era bonita, pero ¿dónde estaba? Avenida Constitución. ¡Coño, me había equivocado! Allí estaba el Monumento a Washington, lleno de turistas por todas partes. ¿Tanta gente sin nada mejor que hacer? Al menos la matrícula de mi coche era de Virginia. Esa gente venía de Minnesota, Carolina del Norte, Oregón... ¡Debían de estar aún más perdidos que yo!

En el asiento del pasajero del coche vecino, también parado ante el semáforo, había una señora de cara simpática. Bajé la ventanilla.

—¡Disculpe! —La señora me oyó y bajó el vidrio—. ¿Sabe usted cómo se llega a Georgetown?

Cambió el color. La señora se volvió hacia el tío que conducía, probablemente su esposo. El coche que los seguía y el que estaba detrás de mí tocaron el claxon al mismo tiempo.

—¡Gira aquí! —exclamó la mujer y se alejaron.

¿Aquí? ¿En la calle Veintitrés? De acuerdo.

¡Coño! Era la rotonda que rodeaba el Monumento a Lincoln y yo no podía salir del carril derecho. ¿Convendría seguir girando? ¿Comenzar de nuevo? Pero si el tipo del coche sabía algo, tal vez allí estaba...

¡No! Memorial Bridge. Y tenía que cruzarlo, pues no me permitían desviarme. Iba a atravesar otra vez el río hacia Virginia.

—Coño, mierda, joder, hijo de puta...

Qué putada haberme quedado en el carril de la derecha. ¿Y ahora? El cementerio de Arlington no, la 50 tampoco... ¿El paseo del monumento a George Washington? No, pero ya iba por allí.

—¡Dios mío! —Mierda y más mierda. Traté de consultar el mapa, mantenerme en el carril, no acelerar y tampoco disminuir la velocidad para que el camión gigantesco que tenía en el espejo retrovisor no se metiera en mi maletero—. ¡Odio a los que conducen pegados! —exclamé, descargando el puño contra el volante. Allí estaba Georgetown, allí mismo; reconocí los edificios de ladrillos rojos de la universidad. Tan cerca—. Y tan lejos. —Dejé escapar una risa histérica.

¿El puente Chain? Demasiado tarde, no estaba en el carril correcto. No era de extrañar, pues nadie iba a sesenta, la velocidad límite, salvo yo. Ahora se extendía ante mí un tramo largo, largo, largo, sin salida alguna. Pues sí, hacia la CIA, pero yo no pensaba ir a la CIA, de ninguna manera. Por fin... 495, Maryland. Maryland, qué bien. Si Virginia insistía en joderme, ¿por qué no probar con Maryland? Me temblaban las manos, no sé si por hambre o por nervios. Una vez en la carretera de circunvalación tomaría la primera salida y buscaría una gasolinera donde comprar alguna golosina. Y consultar el maldito mapa.

Era la primera vez que utilizaba un aparcamiento subterráneo. Al pasar debajo de algunas tuberías bajas casi sufro un infarto, pensando que arrancarían la parte superior del coche, pero no tocaron siquiera la antena. Busqué un espacio a unos tres kilómetros del ascensor a fin de avanzar y retroceder, sin que nadie me viera, tantas veces como hicieran falta para alinear bien el Chevy entre dos gigantescas columnas de cemento. Cuando hice girar la llave, cuando el motor murió entre toses y carraspeos, fue como llegar a una isla después del naufragio, tras haber pasado una semana nadando en un océano infestado de tiburones.

Al menos ya sabía cómo llegar a Georgetown. Se cogía la carretera de circunvalación hasta River Road, luego la avenida Wisconsin y se seguía recto. El trayecto era más largo, sobre todo si por error cogías el carril izquierdo, que lleva a la avenida Massachusetts, y tienes que girar a la altura del Observatorio Naval, cosa que no está permitida. Pero en teoría era un camino recto. Después no tenías más que entrar en el aparcamiento de Georgetown Park. Listo. Y apenas eran las cuatro de la tarde.

Ahora sabía más o menos adónde ir. En marzo, en la visita que había hecho con la abuela, pasamos frente a un salón de tatuajes precioso, en una de las calles laterales que desembocan en la calle M. Yo estaba casi segura de hallarlo. Al menos iba a pie. Era domingo por la tarde. La lluvia había cesado y parecía que toda la ciudad había salido a pasear por la calle M. Caminar sola por Georgetown, sin tu abuela, es un nueve y medio en la escala de cosas estupendas. Quizá diez. No, diez sería pasear con tu novio.

Quizá debería comer algo antes de ir a hacerme el tatuaje. Pero no había ningún restaurante barato. El Perro Granate, donde había comido con la abuela... a menos que me fallara la memoria, había desaparecido. Ahora se llamaba Posada del Manto Negro, y la carta pegada fuera tenía unos precios absurdos. ¡Ocho dólares por un poco de ensalada! En Wisconsin me detuve en una frutería al aire libre para comprar una manzana y una naranja, que comí en el trayecto hacia el salón de tatuajes.

Karma Camaleón. Aún estaba allí, gracias a Dios. La fachada estaba pintada de verde neón y amarillo; parecía un lugar alegre, más psicodélico que agresivo. Quería mirar las ilustraciones y leer los letreros del escaparate para absorber el ambiente y estudiar el terreno, pero una pareja me vio al salir y el tío me aguantó la puerta; no tuve más remedio que entrar.

¡Era un lugar impresionante! Como una galería de arte. Hasta había unos cuantos sofás y sillones en torno de una mesa baja, repleta de revistas y álbumes de foto con tatuajes. Paredes grises, de buen gusto, y alfombra del mismo color. Así es Georgetown. Solo podías saber que estabas en un salón de tatuajes por el empleado que atendía el mostrador y por las fotos que estaban detrás de él: grandes ampliaciones enmarcadas de los tatuajes más asombrosos que yo había visto. Ocupaba los sillones un grupo de chicos de la universidad (los identifiqué por las cazadoras), que charlaban y reían mientras miraban los álbumes de fotos. Me dirigí hacia un lado, donde había una mesa baja cubierta de grandes carpetas encadenadas a la pared, como las Páginas Amarillas en las cabinas telefónicas. Abrí una llamada *Tatootek* y comencé a hojearla. ¡Hala! No eran como los tatuajes que había visto hasta entonces. Todos los colores del arco iris, los rojos y los verdes más vívidos. No sospechaba que se pudiera hacer algo así en la piel. Cada página era como una explosión de colores en la cara. Y formas locas, audaces; a veces no sabías siquiera qué representaba el dibujo. Eran diseños de alta tecnología, como en el museo de arte, como los de ese tal Léger. Yo no quería eso, prefería una flor o algo parecido. Y más pequeño; no quería que me cubriera toda la espalda. Tampoco habría podido pagarlo.

El libro siguiente estaba completamente dedicado a calaveras y esqueletos. Aunque parezca increíble, algunos eran preciosos, exquisitos, hasta que te percatabas de que representaban básicamente la muerte. ¿Quién querría llevar la muerte pintada en el brazo? O en el trasero; había una foto de un tío con un pequeño ataúd en un glúteo, y en el otro dos esqueletos abrazados por los hombros. Raro.

Mucha cosa medieval, todo lo de mazmorras y dragones, y también diablos, demonios, vampiros, brujas, muchas espadas de fuego. Dos libros enteros de tatuajes religiosos, incluido Jesús en un brazo, tan real que parecía una foto en blanco y negro.

Elementos de la naturaleza... algunos de esos tatuajes me gustaban. Sobre todo un arrendajo muy bien dibujado, rodeado de flores rosas y verdes, y la imagen de la luna y el sol sobre una clavícula. Ese sí era elegante. ¡Madre mía, había una mujer con gruesas letras chinas tatuados en ambos pechos! Y por añadidura, púas que le atravesaban los pezones. No eran aros pequeños y finos, sino púas gruesas, como de medio centímetro de espesor.

—Eso debe de doler —comenté a una mujer que estaba de pie a mi lado.

Ella sonrió con un costado de la boca, el que no tenía perforado por un clip de plata.

—Yo me he hecho la lengua y el ombligo, el tabique nasal y esto. —Señaló el clip—. Pero tengo mis límites. De pezones, nada.

—Sí, lo entiendo —repuse.

—Pero eso es lo que pienso yo.

—Yo también.

—Lo que hagan los demás no me importa. Por lo que a mí concierne puedes perforarte el cerebro.

—Yo preferiría un tatuaje —expliqué.

—Aquí no se hace otra cosa. Perforaciones no. A mí me han hecho esto.

Como tenía el pelo negro cortado casi al rape, resultaba difícil calcular su edad; lo mismo podía tener veinte que treinta. Se recogió la manga de la camiseta por encima del hombro para mostrar una egipcia, como una diosa, en gloriosos tonos rosa y naranja.

—¡Qué chulo! ¡Fabuloso! ¿Te lo han hecho aquí?

—¿Te gusta? Si quieres algo de este tipo, pregunta por Stella. Es un genio. También me hizo este. —Se levantó la camiseta.

—¡Madre mía! —Era como un dibujo de anatomía a pluma y tinta que le cubría todo el torso, con los órganos internos dibujados a escala en los sitios correspondientes y rotulados con letras antiguas: HÍGADO, VEJIGA, BAZO...—. Es asombroso —susurré.

—Estupendo, ¿verdad?

—¿Te costó muy caro?

—Imagínate. Aquí cobran por hora y esto es complicado. No se trata de cualquier chapuza, ¿comprendes?

—Desde luego.

—Ahora estoy pensando hacerme los bíceps. Un ave fénix, Pegaso, alguno de esos mitos. O algo del zodíaco. Pero no estoy segura de querer llevar un cangrejo en el brazo por toda la eternidad, ¿comprendes?

—Sí.

—Y tú, ¿qué vas a hacerte? —Cruzó los brazos, con la cadera apoyada contra el mostrador. Su cabeza parecía azulada bajo las púas del pelo. No sé por qué, pero tenía un aspecto frágil; se le veían las venas por encima de las orejas y los huesos del cráneo. Tal vez algún día se hiciera tatuar la cabeza, con pequeños dibujos rotulados de la corteza cerebral y la médula—. ¿Es tu primer tatuaje? —preguntó observando mis brazos desnudos.

—Sí. Aún no he decidido qué hacerme. Oye, ¿qué pasa si te haces algo y luego no te gusta?

—Láser.

—Ah, bien.

—Pero es muy caro. Unos mil dólares hasta para el tatuaje más pequeño. Y la compañía de seguros no querrá saber nada.

—Ah.

—Por eso tienes que estar bien segura.

—Sí.

—Debes escoger algo que exprese tu yo interior, tu espiritualidad personal. Tu cuerpo es un templo; debes decorarlo según su propia naturaleza.

—Es verdad.

—El tatuaje es una manera artística de declarar quién eres, ¿comprendes? En qué crees. De ese modo la gente puede ver desde fuera lo que eres por dentro.

—Claro.

Me volví hacia el libro que había dejado abierto en el mostrador. Mi mano aleteó sobre una imagen de dos caballitos de mar, otra de un coyote aullando, un jefe indio, un unicornio, abejorros. ¿Alguno de ellos expresaba mi yo interior?

—Es como escoger papel pintado. —La mujer enarcó las cejas, sin sonreír.

—Por los muestrarios —dije enseguida—. Son grandes y pesados, ¿no? Como los de papel pintado.

—Sí. Oye, ¿has traído tu documento de identidad?

—¿Cómo?

—Aquí no atienden a menores. —Señaló por encima del hombro.

—Ah... —En el mostrador grande, detrás del ordenador había un letrero pequeño donde se leía: SOLO A MAYORES DE 18, PEDIMOS CARNET—. Ah, ya veo.

Coño.

—Creo que a veces lo hacen si vienes con un adulto. Tu madre o algo así.

Sonreí débilmente.

—Imposible.

La mujer se encogió de hombros, comprensiva.

—Preguntemos a Tony. —Se acercó al mostrador. Yo la seguí—. Oye, Ton.

—¡Fay! ¿Qué sucede?

—He estado viendo vuestros motivos celtas; tenéis cosas muy perversas. Mira, esta señorita...

—Ruth —me presenté, educada.

—Ruth quizá tenga un pequeño problema con su edad.

—Si no ha cumplido los dieciocho tiene un problema, sí. —Tony tenía toda la cara y el cuello perforados; aros de plata, púas y clips le atravesaban las fosas nasales, las cejas, las mejillas, los labios, las orejas, la mandíbula, la frente y el cuello. No quería mirarlo tanto, pero ¿cómo evitarlo?—. ¿Qué edad tienes? —me preguntó.

—Hum, casi dieciocho, pero todavía no.

—¿Tienes carnet de conducir?

—Lo he dejado en casa.

Tony y Fay sonrieron. Después de un segundo yo también tuve que sonreír para demostrar que sabía que ellos sabían que yo mentía. Ahí acabó la cosa.

El hombre tenía gruesos aros de plata insertados en el pellejo entre el pulgar y el índice. En el brazo izquierdo, veinte o treinta borlas pequeñas le perforaban la piel en línea recta, desde la muñeca al codo, como si fueran flecos de cuero en una manga, solo que eran flecos de plata.

—¿Cómo lo quieres? —preguntó—. ¿Al instante o exclusivo?

—Hum...

—¿Cuánto dinero tienes?

—Pues... unos cien dólares. —Todos los ahorros que no había depositado en el banco, más un adelanto sobre el próximo sueldo que me había hecho Krystal.

—Al instante —dijo Tony.

—Sí. —De acuerdo, yo buscaba algo rápido.

—Podría ir al sudeste —propuso Fay.

—Sí, al Navy Yard. En Good Hope Road hay gente que hace bocetos. Es posible que te atiendan —aventuró Tony.

—¿El sudeste?

—O Anacostia.

—Sí, en esa zona encontrarás alguien que te lo haga si solo quieres algo rápido.

—Podrías probar en Tex —insinuó Tony con tono de duda—. Pero ten cuidado con las agujas; no dejes que te metan una usada.

Eso no me gustó nada. Además, tendría que regresar a la 295 y cruzar de nuevo el río.

—¿No hay algún otro lugar en la capital?

Tony y Fay entornaron los ojos, pensativos. Luego menearon la cabeza.

—No. En la capital te pedirán el carnet.

—Bien, gracias. Supongo que probaré en el sudeste.

—Oye, procura escoger una imagen que refleje tu yo interior —me recordó Fay—. Algo que represente tu verdadero ser, ¿comprendes?

—De acuerdo —dije.

Mi verdadero ser, reflexioné en la acera. Algunos de los tatuajes religiosos eran preciosos, pero yo no era tan religiosa. Un animal, quizá; la vida salvaje me gustaba. O flores; pero las flores eran algo tonto. En noveno curso Karen Angleman se hizo tatuar una rosa y ya era algo pasado de moda. Hum, la verdadera Ruth... ¿Un gigantesco signo de interrogación en la frente?

—Disculpa. Oye, disculpa.

Me volví. Un hombre caminaba deprisa detrás de mí por la acera de ladrillo. Su cara parecía tan amistosa que me pregunté de dónde lo conocía. Cuando se detuvo ante mí, los dos dijimos «Hola» al mismo tiempo.

—Hola —repitió él—, ¿cómo estás?

—Bien, gracias. —No; no lo conocía. Estaba segura.

—Así que te gustaría hacerte un bonito tatuaje, ¿eh?

Sin duda salía de la tienda; me extrañó no haberlo visto.

—Sí.

Parecía viejo, como de cuarenta, y por su atuendo se habría dicho que era un papanatas: camisa de vestir amarilla, de manga corta, remetida en los pantalones verdes demasiado estrechos, y un cinturón negro muy ceñido.

—Yo podría ayudarte —murmuró con una sonrisa—. Hay un lugar adonde podrías ir. No está lejos y yo lo conozco bien. Seguro que te lo harían.

—Hum, es que pensaba ir a Good Hope Road.

—Mira, Ruth, no deberías ir allí —aconsejó con un mohín de tristeza; no era fácil, porque su cara era de las que siempre parecen risueñas. Mientras yo hablaba echó a andar, de modo que tuve que seguirlo—. Good Hope Road no es buen lugar para las jovencitas. Para las jovencitas blancas —aclaró bajando la voz—. No es un buen barrio, Ruth, créeme. No deberías ir sola allí. Yo podría llevarte a un lugar de la avenida Georgia. Allí me conocen. Podría ayudarte.

—Hum... —Yo trataba de pensar deprisa. Me daba un poco de miedo que supiera mi nombre—. ¿La avenida Georgia está cerca?

—Bastante, pero hay que ir en coche.

—Yo tengo coche.

Pareció sorprendido. Cuando enarcó las cejas, toda su frente subió un par de centímetros. Tenía el pelo rizado, del color del tabaco. No parecía del todo natural.

—Yo tengo el coche aquí mismo. —Señaló la calle con la mano.

—Hum...

—Si eres menor de edad no puedes hacerte un tatuaje a menos que vayas con un tutor. —Entre risas dibujó en el aire dos pares de comillas con los dedos—. Podríamos decir que soy tu hermano.

Más bien mi padre. Él seguía sonriendo. No me miraba el cuerpo, sino la cara; eso me tranquilizó. Nos habíamos detenido junto a un coche gris, un sedán nada llamativo. Observé al tipo con disimulo; las mejillas sonrosadas se destacaban en su cara pálida y pecosa. En los brazos no se le veía ningún tatuaje. Eran brazos regordetes; toda su ropa parecía a punto de reventar.

—Oye, no estoy tratando de ligar —aseguró—. A decir verdad, los dueños de esa tienda que te digo son amigos míos y les gusta el oficio.

—Ah.

—Sí, solo pretendo hacerles un favor. Y de paso a ti también.

—Ah, comprendo. —Tuve que devolverle la sonrisa. No podía evitarlo. Era imposible no devolver una sonrisa tan insistente—. Bueno... ¿y en qué parte de la avenida Georgia está ese lugar?

—¿Eh? Pues... hacia Silver Spring, pero no tan lejos. En los alrededores de avenida Missouri.

Tendría que consultar el mapa.

—Pues...

—Mira, no es que trabajen mal. Ese tío es un artista, un genio, pero acaba de empezar con el negocio y aún no tiene muchos clientes. Creo que podría hacerte un precio especial.

—¿De veras?

—Pues sí, un buen trabajo con descuento. Podrías elegir algo grande. ¡Y si vieras los colores con que trabajan! Increíbles. En cambio estos... —Señaló el Karma Camaleón agitando el pulgar por encima del hombro, en tanto meneaba la cabeza con una gran sonrisa.

Hombre, eso sí estaría bien. Si el tío decía la verdad, ¿no sería estupendo? Un tatuaje grande y bonito, algo especial, y a un precio que yo pudiera pagar.

Extrajo una llave del bolsillo y la metió en la cerradura de la portezuela del coche gris, por el lado del pasajero.

—Dime, ¿qué has decidido? ¿Quieres probar? —Tenía la mano apoyada en la cerradura de la portezuela, pero no abrió—. ¿Eh? Nada se pierde con probar, ¿verdad?

Crucé los brazos, apretando el bolso contra el vientre, y miré por encima de su hombro. Me molestaba que siguiera sonriendo.

—Podría ir detrás de usted. Saldré del aparcamiento donde tengo el coche y me pondré detrás para seguirlo. Así no tendrá usted que traerme de regreso.

No dejaba de sonreír, pero sus ojos se habían puesto oscuros, casi como si ya no me vieran. Se pasó la lengua por los labios.

—De acuerdo, sí, está bien. ¿Qué coche tienes?

—Un LeBaron blanco. Descapotable, pero tengo la capota subida.

Asintió con la cabeza, observándome.

—Buen coche.

—Sí, me lo regaló mi padre. Al cumplir los dieciséis. —Le devolví la sonrisa. Me encantaba mentirle con tanto descaro. Experimenté una súbita sensación de poder. No me había sentido tan bien en todo el día—. Entonces espéreme aquí —indiqué—. En cinco minutos estaré detrás de usted. Tocaré el claxon, por si se queda dormido.

Me eché a reír. El hombre me miró fijamente y al final dejó escapar una risa breve e insegura.

—Oiga —añadí—, muchísimas gracias por tanta amabilidad. —Y comencé a caminar hacia atrás.

—No es nada.

—Hombre, un tatuaje bueno y barato... Ya quisiera estar allí. ¡Hasta ahora!

Agité la mano y giré en redondo para descender a grandes pasos por la acera. No me volví a mirarlo, ni siquiera al llegar al cruce de Wisconsin; de otro modo él se habría percatado. La sensación de poder ya había desaparecido. Me sentía sofocada, despavorida, como aquella vez en Chicago, cuando mi mejor amiga y yo creímos que un tío raro nos seguía desde la bolera hacia casa. Ya en el oscuro aparcamiento subterráneo seguí caminando deprisa; trataba de parecer inocente, decidida y despreocupada, pero ante el ascensor no pude menos que volverme para mirar atrás. No había nadie.

A menos que estuviera escondido detrás de algún coche, mirándome a través del parabrisas. Una señora apareció tras una esquina empujando un carrito de niño. Cuando llegó el ascensor le aguanté la puerta. Descendimos en silencio; el bebé dormía profundamente, con la boca abierta y las piernas desnudas curvadas como dos comas. Por unos segundos me sentí a salvo, hasta que se abrieron las puertas y la señora se fue en dirección opuesta a mi coche.

Allí estaba, solo en medio del cemento polvoriento. Los últimos treinta metros fueron como caminar por un campo minado, como esperar a que un francotirador te dispare por la espalda. Saqué la llave antes de llegar a él, pero tenía las manos sudorosas y trémulas, de modo que hicieron falta dos intentos para introducirla en la cerradura. Luego la portezuela no quiso cerrarse; tuve que golpearla tres veces. Por fin bajé el seguro con tanta fuerza que me desgarré la uña del pulgar. El coche no arrancaba. Al cuarto intento volvió a la vida con un gruñido; entonces apoyé la frente contra el volante, con el corazón desbocado. Puse marcha atrás, pisé el acelerador y choqué contra la columna de la derecha.

Ni siquiera pude balbucear un juramento. Ninguna de las palabrotas que conocía servía para expresar mi frustración. Con el escozor de las lágrimas en los ojos avancé un poco y volví a retroceder, esa vez no choqué con nada. De todas maneras aún no había señales de aquel tío. Cuando pagué a la señora de la cabina (¡cinco dólares!), no había ningún coche gris esperando en esa manzana. Giré a la derecha, hacia el río, y luego a la derecha otra vez, por la calle K. No sabía adónde iba; solo quería alejarme de él.

Hasta el momento no me había divertido ni un poquito.

24

Cuando ella era yo

—Ruth estuvo allí todo ese tiempo. Estaba en la tienda. Y esa zorra me mintió con todo descaro.

Nunca había visto a Carrie tan enfadada. Estaba rígida de furia, con los dientes apretados y la cara roja. Tenía los puños cerrados y los codos apuntados hacia fuera; entrechocaba los nudillos al ritmo de su voz indignada.

—Estaba allí. Y Krystal me mintió. ¿Y ahora la ha dejado ir?

—Seguro que est...

—¡Mamá! ¡Ruth va camino a Washington, sola al volante!

—Pero conduce bien —observé con tanta calma como pude—. No le pasará nada.

—No conduce tan bien. ¿Completamente sola en la capital? Podría sucederle cualquier cosa. ¡Solo tiene quince años!

—Oye, cariño...

—Y está fuera de sí. La conozco. Es capaz de cualquier temeridad. Podría hacer algo... ¡Oh, esa mujer! —Giró en redondo mirando el suelo, la puerta, el sofá, cualquier cosa que pudiera atacar a puntapiés—. Si la tuviera aquí la estrangularía, te lo juro. ¿Cómo ha podido ser tan estúpida?

—¿Por qué está Ruth fuera de sí? —La cogí del brazo para tratar de que se sentara en el sofá, pero ella dio media vuelta y se situó junto a la ventana, de espaldas a la lluvia. Al ver su expresión decidí sentarme sola. Ya no estaba segura de querer saber, pero repetí—: ¿Por qué está fuera de sí? ¿Por qué reñisteis?

Carrie llevaba la misma ropa que el día anterior, pantalones cortos y anchos, de color blanco, y una vieja camiseta de Ruth con un dibujo del Correcaminos en la pechera. Debía de haber dormido con ella puesta... si acaso había dormido. Se la veía pálida y débil, mucho peor que exhausta.

—Te lo diré —respondió cruzando los brazos sobre el vientre, y abrió mucho los ojos, como si se dispusiera a saltar desde un acantilado—. Reñimos por Jess.

—¿Jess Deeping?

Ella bajó súbitamente un brazo para dar una palmada contra la pared, lo que me provocó un respingo.

—Jess Deeping, sí, mamá. Ayer por la tarde Ruth llegó a casa y nos descubrió. En mi habitación.

Dejé que la noticia me golpeara, como un puñetazo directo al estómago. Dolió. Y cambió de lugar las cosas de dentro. Sin embargo no puedo decir que fuera una gran sorpresa. Lo veía venir. Cuando me hice demasiado vieja para pelear, él ganó.

—Bien —dije—. Me atrevería a decir que no estabais haciendo dromedarios allí dentro.

—No.

—¿Qué vio Ruth?

—Si te refieres a... nosotros en la cama.

—A eso me refiero, sí.

—No vio nada.

—Menos mal. —Noté que comenzaba a sudar y experimenté una súbita debilidad, como si necesitara comer algo—. Bueno, bueno, bueno. ¿Estás orgullosa? Buen ejemplo para dar a una jovencita. Yo diría que esto pone fin a la niñez de Ruth, ¿no crees? —Carrie volvió la cara; entonces perdí interés en seguir por ese rumbo. No hace falta castigar a quien ya se ha ocupado de hacerlo—. Vamos —añadí—, a lo hecho, pecho. De nada sirve darle vueltas. Ya ha pasado. Ven, siéntate aquí. No tienes buena cara.

—Hay algo peor.

—¿Qué podría ser peor? Madre mía, no me digas que te has casado con él, ¿o sí?

Me clavó una mirada larga, firme, escrutadora. Estuvo en un tris de sonreír, pero lo cierto es que parecía amargada.

—¿Recuerdas, mamá, cuando vine desde Chicago para la reunión de ex alumnos? ¿La decimoquinta?

—¿Sola con Ruth? Sí, lo recuerdo.

—Esa noche, Jess y yo nos reencontramos. Me acosté con él. Es curioso, pero eso tampoco me sorprendió mucho. Tal vez en el fondo lo sabía desde siempre.

—Fue la primera vez —prosiguió—. Tal vez eso te sorprenda. Probablemente creías que ya en el instituto teníamos relaciones íntimas, pero no es cierto. Fui virgen hasta el final.

Se humedecía los labios una y otra vez. Me miraba a los ojos, pero yo tenía la sensación de que, si le gritaba «¡bu!», saltaría hasta el techo. Parecía una niña, asustada pero decidida, como veinticinco años atrás. Parpadeé; la imagen de la mujer madura se hizo nítida.

—Al menos, cuando sucedió por fin, no lo disfrutamos —añadió con una sonrisa amarga—. Eso debería alegrarte. —Bajó la vista—. Perdona. El hecho es que... Ruth...

—¿Ruth? ¿Qué pasa con Ruth? ¡Tenía cinco años!

—Se lo he contado.

—¡Madre mía! ¿Por qué?

—Podría haber mentido. Quizá debí hacerlo, pero ella me lo preguntó sin rodeos. —Se pasó los dedos por el pelo hasta alborotárselo—. ¿No te he dicho que había algo peor?

—Pues era cierto.

—¿Crees que debería haber mentido?

—¿Qué sé yo? Oh, Dios mío, Dios mío, qué lío.

Carrie se sentó en el otro extremo del sofá.

—No es un lío, mamá. No es una situación doméstica lamentable. Quiero a Jess.

—Ya ni siquiera sabes cómo es.

—Tú no sabes qué sé yo. Ni ahora ni antes. No tienes ni idea.

—¿Antes?

—Antes también le quería, pero eso no te importó en absoluto.

Me erguí contra el respaldo.

—¡Ya decía yo que esto acabaría siendo culpa mía!

—No hablo de culpas. Solo trato de que comprendas.

—Lo comprendo, sí. No creo que sea tan complicado. Tienes

una aventura con tu antiguo novio del instituto y prefieres decir que es amor para no sentirte culpable. Está bien, pero no me metas en eso.

Ella seguía mirándome. Se percató al mismo tiempo que yo de que solo intentaba enfurecerla. ¿Por qué? ¿Para que dejara el tema y lo olvidáramos? Ni pensarlo.

—Bien sabes que no era un mero enamoramiento pasajero, mamá. Y también lo sabías entonces.

—Entonces, entonces... Nunca te dije que rompieras con él. No me culpes de eso. Reconozco que me alegré mucho cuando lo dejaste, pero lo hiciste tú solita.

Inesperadamente sonrió.

—A veces me sorprendo haciendo eso mismo con Ruth. Fingiendo que ha hecho algo por sí sola, cuando sé que es por mí. Por mi influencia.

—No tengo idea de lo que quieres decir.

—Lo sabes, mamá. —Se estiró para tocarme el brazo con un dedo—. Siempre has sido muy fuerte. Demasiado fuerte para mí. En cierto modo te aprovechaste de mí, aunque no lo hicieras a propósito. Yo necesitaba sobre todo de tu aprobación y tú lo sabías. Soy demasiado mayor para culparte por haberme casado con quien no debía, pero...

—Pero me culpas —le interrumpí, herida.

—No. No, de verdad. Es decir... en todo caso sé que no debería. Pero... me inculcaste tus miedos.

—¿Qué dices?

—Hiciste que tuviera miedo de Jess. Fue así. Porque no era... fácil de dominar. Te molestaba algo más que su historia familiar. Te molestaba él mismo. Lo considerabas rebelde...

—¿Acaso no lo era?

—Sí, pero no era malo. Y tú sabías que nos amábamos.

—¡Tenías dieciocho años!

—Es suficiente.

—Repíteme eso cuando le suceda a tu hija.

Carrie descruzó las piernas para levantarse.

—Perdona. He dicho que no te culparía.

—Pero es evidente que me culpas.

—Ojalá me hubieras concedido más libertad, mamá. No es a ti a quien culpo, sino a mí misma, por dejarme retener con tanta facilidad.

—Ah, comprendo. Mi amor no fue perfecto. Pues bien, disculpa, te pido mil perdones. Veo que tú sí sabes dar libertad a Ruth.

Injusto. Carrie palideció.

—No es buen momento para esta conversación —repuso, con voz ahogada.

—Estoy de acuerdo. —Tenía muy mala cara, como si todo lo malo le hubiera caído encima otra vez. Tuve que poner mucha voluntad para no acercarme a abrazarla—. Voy a lavar los platos —añadí, y la dejé sola.

Preparé el café golpeando los cacharros, haciendo mucho ruido. ¿Que yo le había inculcado mis miedos? Qué tontería. Tenía muy buenos motivos para rechazar a Jess Deeping; sólidos motivos maternales. En vez de culparme debería estarme agradecida. De no haber sido por mí, se habría casado con ese muchacho, ahora tendría ocho hijos y viviría en una granja. Dios nos ampare. Deeping... ¿qué apellido era ese? Siempre lo he detestado; suena provinciano, vulgar, siniestro. Van Allen, en cambio, es un apellido del que puedes enorgullecerte.

Recordé la primera vez que Jess Deeping vino a casa, hace años. Era un día de invierno, de árboles deshojados y ramas cubiertas de hielo. Por la ventana de la cocina vi que él y Carrie caminaban por el patio trasero, muy abrigados; preferían estar allí antes que en la casa caldeada, donde yo pudiera oírlos. En algún momento, junto al viejo cajón de arena, él la cogió por la espalda y la separó del suelo para hacerla girar en redondo, a toda velocidad. Carrie chillaba, aferrada a sus brazos, y reía tanto que quedó sin aliento. Yo apenas podía mirarlos, especialmente a él; se le veía entusiasmado y satisfecho, lleno de gozoso poder, como si dijera: «Eres mía, puedo poseerte cuando se me antoje». Me apoyé contra el cristal, con frío y repugnancia. Esa clase de hombres, hombres «apasionados», con una pasión que no saben siquiera ocultar, siempre me han asustado. No me arrepiento de nada. Si salvé a Carrie de tipos como Jess Deeping, me alegro.

—El café está listo —exclamé.

Carrie vino a sentarse y sopló el contenido de la taza, con los codos en la mesa y la espalda encorvada. Ha heredado mis hombros; las O'Hara tenemos los hombros bonitos. Pero yo nunca había visto tantas hebras de plata en su cabello veteado, color de miel. Últimamente todo el mundo envejece.

—Ya no llueve —observó—. Apenas unas gotas, pero por lo visto volverá a comenzar. Dicen que mañana lloverá todo el día.

—¿Y tus animales? ¿No se mojarán?

—No importa; el material es resistente al agua. Es decir... no estoy segura del búho. —Se frotó la frente, cansada.

Mañana botan el arca. Supongo que ya puedo dejar de oponerme, puesto que ya ha cumplido su propósito. Ya ha hecho su mal.

—¿Irás a la botadura? —pregunté.

—Ahora no puedo pensar en eso.

—No, supongo que no.

Bebimos el café en silencio.

—Yo no culpo de nada a mi madre —comenté—. Y tendría motivos, si quisiera. Influencia negativa, eso fue lo que ejerció sobre mí. Me indujo a no parecerme en nada a ella.

Carrie asintió con aire fatigado.

—Por Dios que nunca he deseado otra cosa que tu felicidad.

—Lo sé, mamá.

—Y no sabes lo que dices. Te di libertad, claro que sí. ¿No lo recuerdas? Cuando quisiste estudiar en otra ciudad, fui yo quien dijo que sí. Tu padre quería que fueras a Remington.

—Lo recuerdo.

Después no regresó, desde luego. Se mudaba de un lado a otro con Stephen. Probablemente no habría retornado jamás de no haber sido porque él necesitaba tanto ese empleo. A mi modo de ver, allí no había una influencia materna perjudicial; lo que había era una mujer independiente que se abre camino en el mundo, lejos de su madre, bien lejos de su madre.

Tan lejos de su madre como le era posible.

Bien, ya estaba dicho. Dábamos vueltas y vueltas fingiendo que eso no existía, que nada había cambiado desde los viejos tiempos en que nos queríamos. Un amor puro, eso es lo que existía entre nosotros cuando yo era joven y Carrie, apenas una niña. Estoy segura de eso. Comprendo que no es realista pensar que podrás conservarlo siempre, pero es lo que ansío, sí, ese amor puro de cuando Carrie era toda mía. Cuando ella era yo.

No, no quería decir eso; da una idea equivocada. «Eras demasiado fuerte para mí, mamá.» Pero ¿cómo se puede ser demasiado fuerte? Cualquiera pensaría que yo quería someterla. Ser ella.

—Otra cosa —añadí—, ¿acaso no es bueno ser fuerte? Todas las madres quieren enseñar a sus hijos a ser fuertes, ¿no? Y la mejor manera es mediante el ejemplo, ¿no? Claro que sí —confirmé yo misma, puesto que ella no lo hacía—. De todos modos no soy tan fuerte. No hago más que gritar. Hay un millón de cosas que me asustan.

—Nombra una.

—No.

Por fin sonrió.

—Nunca he hecho otra cosa que tratar de salvarte de todo peligro —afirmé.

—Peligro.

—Pero nunca me lo has agradecido. Qué va. Tenías que averiguar por tu cuenta qué cosas te asustan. No podías aceptar lo que te dijera mi sentido común.

—Mira, eso no tiene ningún sentido.

—¿Qué hay de malo en que me gustara Stephen como marido tuyo, dime? ¿Por qué no? Si no tuvisteis una felicidad perfecta, no creo que fuera culpa mía. Y si de ahí nació Ruth, no puedes decir que haya sido un fracaso.

—No.

—Y si Stephen se parecía demasiado a tu padre, eso tampoco es culpa mía, ¿no es cierto?

—Tienes razón.

Así que ya no quería discutir, pero pensaba que yo había empleado mi influencia (mi fuerza, ja, ja) para lograr que se casara con una especie de doble del hombre que yo había escogido para mí. A fin de no estar sola en la desgracia, supongo, de sentirme reivindicada o algo así. Exonerada.

Me estremecí. Tuve que escupir el último sorbo de café frío. No recordaba haberme sentido nunca tan vieja. Demasiado vieja para cambiar. Si era una mala madre, lo sería hasta la muerte. Deslicé la mano por la superficie suave de la mesa de roble, que Carrie había lijado, pulido y barnizado. ¿De quién ha heredado esta habilidad manual?, me pregunté. De mí no. De George tampoco, desde luego. En todo caso es una bendición. Los hijos tienen dones, defectos, rarezas, tendencias, perfiles enteros que no guardan la menor relación con sus padres. Es un gran alivio, ¿verdad? Al menos no tienes que cargar con la culpa de todo, hasta el último detalle.

Cuando sonó el timbre, Carrie saltó como si la hubieran electrocutado.

—Iré yo. —Y salió corriendo, descalza.

En el porche frontal se oyó una voz masculina. Me levanté con lentitud para ir a la sala y espié tras una esquina, esperando ver a un policía. Reconocí a Jess Deeping un momento antes de que ella le echara los brazos al cuello.

No podía apartar la vista de ellos. Él no me veía; tenía los ojos cerrados y la cara medio escondida en el pelo de Carrie. Parecía una escena de película. Estaban tan lejos, eran tan intocables como los actores de la pantalla. No sé cuánto tiempo permanecieron así, en silencio, sin moverse, abrazados como si... No sé..., como si estuvieran haciéndose una transfusión de sangre. Al final no pude seguir mirando. Regresé a la cocina caminando hacia atrás, un paso quedo cada vez.

Abrí el grifo del fregadero y me lavé las manos con jabón líquido. Luego arranqué una toalla de papel del rollo; por encima del ruido susurrante del papel oí la voz nerviosa de Carrie, aguda, directa, desprovista de cautela, sobrepuesta a la reconfortante voz de barítono de Jess Deeping. Conmigo no utilizaba ese tono; nunca la había oído hablar así. Conmigo se contenía. Se protegía.

Al oír el golpe de la puerta mosquitera volví apresuradamente a la sala. Estaba desierta. Pegué la cara a la malla metálica. Jess Deeping conducía una ranchera. No podía ser de otra manera. Ya no se permite hablar de «clase baja», pero se los reconoce a simple vista. Y eso era lo que había sido toda la familia Deeping: el granjero, la loca de su esposa y ese muchacho desgarbado y pelilargo. Yo los detestaba; en eso Carrie tenía razón. Se parecían demasiado a la clase de gente que he tratado de rehuir durante toda mi vida adulta.

Los dos estaban de pie junto a la ranchera, ajenos a la lluvia fina. Él le tenía cogida la mano, con la vista clavada en ella mientras decía algo; Carrie, con la cabeza erguida, lo miraba a la cara. Le llegaba al pómulo. Jess no era mal parecido. Había engordado desde los tiempos en que solía acecharla como un cuervo hambriento, con ese aspecto chamuscado, herido, siempre escuálido como una escoba. Y siempre con esa expresión en los ojos, como si quisiera asirla con el pico, las garras, y levantar el vuelo con ella hacia su escondrijo. Ese muchacho nunca había querido más que a Carrie. Lo reconocí como enemigo la primera vez que le vi.

Se inclinó para apoyar su mejilla contra la de ella. Se despedían. Cuando pensé que iban a besarse, se enderezaron sin hacerlo. Él rodeó la ranchera por la parte trasera... y se detuvo al ver que un pequeño Honda plateado se detenía más atrás. George.

Le había dicho que se estuviera en casa, que no tenía nada que hacer allí, pero allí estaba. ¿Era mi caballero andante o el de Carrie? No parecía justo que ella tuviera dos y yo, ninguno. Se apeó del coche. Parecía un anciano: los holgados pantalones de tweed sucios de ceniza, las gafas golpeándole contra el pecho, colgadas de una cadena. Carrie se acercó para abrazarlo, pero no recibió mucho a cambio; una sonrisa preocupada y unas palmaditas en la espalda, como para hacer eructar a un bebé. George le dejó la mano sobre el hombro y los tres se enfrascaron en una seria conversación. Por lo que sabía, George llevaba veinticinco años sin ver a Jess Deeping, pero no parecía extrañarse de encontrarlo en casa de Carrie.

Ya cansada de observarlos desde lejos, di un codazo a la puerta de malla, decidida a unirme al grupo.

Cuando me acerqué Carrie me miró como si yo fuera el general Sherman marchando sobre Atlanta durante la guerra civil. Advertí que respiraba hondo y levantaba el mentón, como armándose de fuerza. ¿Tan formidable era yo? ¡Si supiera! Si supiera que en esos momentos no me habría molestado que alguien, preferiblemente mi esposo, me estrechara entre sus brazos y me dijera que todo saldría bien.

Me detuve junto a George.

—¿Qué pasa? —lo interrumpí.

No me tocó, lo que para mí no fue ninguna sorpresa. Para variar vi la escena con sus ojos. Cuando una mujer abre las puertas a codazos, camina hacia ti y te interrumpe, no la abrazas; te apartas de su camino.

Jess Deeping me saludó con una inclinación de la cabeza.

—Señora Danziger —dijo con voz grave y compasiva.

Quien no nos conociera habría pensado que no me despreciaba. Siempre había sido así, recordé, hablaba en voz baja y con respeto. Más aún, solía tratarme con una curiosa amabilidad, y también a George. Eso siempre me ponía en guardia.

—Hola —repuse. Por un momento me ablandé ante él; fue algo en su tamaño, en la inclinación protectora de su cuerpo hacia Carrie. Luego pensé en la pobre Ruth, que lo había encontrado con su madre en la cama, y volví a enfriarme. Ave de presa, pensé. Cuervo hambriento.

—Jess y papá irán a la capital, mamá, para buscar a Ruth.

—¿Qué?

—Jess pensaba ir solo, pero le he dicho que yo lo acompañaría.

—Y me alegra que me acompañe.

—Podemos ir en mi coche. Es más pequeño.

—Perfecto.

Lo tenían todo decidido. No me gustó el tono con que George dijo «Jess», como si lo conociera desde siempre, como si fueran compañeros de pesca. Pensé decirlo, solo para alborotar. Las cosas marchaban demasiado deprisa; demasiada acción; todo el mundo tomaba decisiones, menos yo.

—Conduce con cuidado, papá —dijo Carrie mientras acompañaba a Jess hasta su lado del coche.

Vi que le daba un beso fugaz y subrepticio en los labios antes de que él se agachara para acomodarse en el asiento del Honda. Contra mi voluntad, tuve que sonreír. De inmediato el corazón me dio un vuelco.

—¿Tienes dinero suficiente? ¿La tarjeta de crédito para gasolina? Abróchate el cinturón de seguridad —recomendé a George, sosteniendo la portezuela, en tanto él se acomodaba y escarbaba en los bolsillos en busca de las llaves—. Cuando vayas por la carretera de circunvalación, ten cuidado con los maníacos. Son capaces de matarte.

—Tendremos cuidado —dijo—. Y llamaremos al llegar.

—Y si la encontráis —añadí.

—La policía de la capital tiene el número de la matrícula —señaló Carrie inclinándose hacia la otra ventanilla—. No sé si la buscan con mucho ahínco, pero lo tienen. Os agradezco tanto que vayáis... Gracias, papá. —Y dijo a Jess Deeping algo que no logré oír.

—Llama de vez en cuando, por si Ruth aparece por aquí. —Retrocedí un paso—. Estoy segura de que vendrá en cualquier momento.

—De acuerdo. —George puso el coche en marcha, quitó el freno, agitó la mano y se alejó muy despacio.

—Conduce como una tortuga el pobre —murmuré en tanto agitaba también la mano. Me habría gustado darle un beso. En esa mejilla vieja y erizada de pelos. No me habría muerto por hacerlo. Deseé haberlo hecho.

Las mujeres entramos nuevamente. Me gustaba la idea de que los hombres se marcharan a poner las cosas en orden mientras las mujeres manteníamos encendido el fuego del hogar. Si funcionaba sería un milagro. Yo no habría podido probar siquiera otro café, pero Carrie se sirvió uno y se sentó a beberlo, muy erguida.

—Me alegra mucho teneros aquí a ti y a papá. Y a Jess —añadió con deliberación—. No sé qué haría sin vosotros.

—Sin ellos, tal vez. Yo no he hecho nada.

—No es cierto. Si sabemos dónde está Ruth es solo porque tú arrancaste el dato a Krystal. —Sonrió de oreja a oreja—. Estuviste estupenda, mamá. Esa mujer no podía contra ti.

—Qué imbécil es.

—Todavía estoy tan enfadada que podría partirle la cabeza. Me gustaría ir a pegarle.

—Yo le sujetaré los brazos, ¿quieres?

Por un minuto nos apoyamos la una contra la otra. Sentí algo denso en la garganta.

—No quiero que volvamos a discutir —dije.

—Yo tampoco.

—Pero hay algo que quiero decir. No pienso aceptar ninguna culpa por la vida que has llevado.

—De acuerdo. Y yo no...

—No obstante en algo tienes razón; escogí a tu padre deliberadamente. Es un hombre excelente, pero me casé con él porque era blando e insulso. Esa es la verdad.

—Oh, mamá...

—Todo está bien. Nada cambiará. Jamás nos separaremos. A lo hecho, pecho. De cualquier manera, no tengo ningún interés por salir a la búsqueda de un Ricardo Montalbán. Encontré lo que creía estar buscando. Eso es todo.

Carrie me miró con ojos turbios, preocupados.

—Te digo que está bien. No me puedo quejar. Tengo una hija estupenda y una nieta perfecta. Generalmente perfecta. Yo sola me metí en esto hace ya cincuenta años. Y juro por Dios que no volveré a quejarme.

Carrie apoyó el antebrazo contra el mío.

—¿Qué me dices de Jess?

—¿Qué pasa con él? A propósito, ¿qué nombre es ese, dime? Jess. —Ni hablar de Deeping—. ¿Se llama Jesse o qué? ¿De dónde ha salido ese hombre?

—Se llama Jesse Holmes Deeping. Holmes era el apellido de soltera de su madre.

—Holmes. No está tan mal.

—No sabes lo contento que se pondrá, mamá.

Pasé eso por alto.

—Si tú lo has escogido...

—¿Qué?

—Siempre pensé que, si acababas liándote con ese muchacho...

—¿Qué, mamá?

—Significaría que yo me había equivocado, tantos años atrás. Significaría que toda mi vida, todo lo que yo escogí... Creo que pensaba algo así.

Carrie enrojeció. Aunque bajó la cabeza, vi caer una lágrima sobre su brazo. Le acaricié la espalda entre los hombros.

—Por mucho que me duela, debo admitir que el señor Jesse

Holmes Deeping ha resultado ser un pilar de la comunidad. Por lo que eso pueda valer.

—Me hace feliz.

—Lo he notado. Supongo que algo bueno debe de haber en el asunto.

Carrie dejó escapar una risa.

—Bien, demos esto por terminado. Tú no eres yo y yo no soy tú. Ahora tienes una segunda oportunidad de escoger a alguien que pueda hacerte feliz. Haz lo que quieras, porque no eres yo.

—Eso ya lo sé.

—Lo digo por mí.

—Ah. —Me miró como si me viera por primera vez.

—Mientras tanto, no creas que voy a dejar en paz a George. Nada de eso. Tengo mis planes.

—¿Qué harás?

—Torturarlo. Obligarlo a tomar lecciones de baile, para empezar. Y ahora saldremos de vacaciones; podría ser una segunda luna de miel. —Carrie sonrió sin mirarme; se me había ido la mano—. Tal vez lo lleve a la tienda de Krystal. Esa mujer nos debe una. Podríamos seguir un tratamiento de aromaterapia. Mejor aún, una limpieza de colon.

Carrie exhaló un gran suspiro.

—Le quieres, ¿verdad?

Por un segundo se abrió en mi mente una imagen del futuro, estrecho, encogido.

—Por supuesto —aseguré, y la aparté de mi mente. Sentí que Carrie se relajaba pegada a mí—. Por supuesto. Y viceversa. A su modo.

Ambas guardamos silencio. Supuse que ella estaba pensando en eso último, sopesándolo contra las apariencias. Contra la evidencia. Dentro de sus límites, era la verdad.

¡Esa sí era una frase miserable, tacaña! «Dentro de sus límites.» En casi todos los aspectos he vivido así durante setenta años. He llevado una vida discreta y callada, como si tuviera miedo de llamar la atención de alguien. Pero yo no estaba hecha para eso; habría debido ser más grande, más estentórea. En resumidas cuentas, no casaba con mi propia vida.

—¿Cómo te sientes? —pregunté, al cabo de un rato.

—Mejor. No sé por qué. Tal vez porque ellos han ido a buscarla. Jess y papá.

—Alguien hace algo.

—Ya no me siento tan desesperada.

—Quizá la encuentren —aventuré.

—Quizá.

—Preferiría que fueran ellos, no la policía.

—Yo también. —Carrie se inclinó para besarme en la mejilla—. Te quiero, mamá.

—Yo también te quiero.

Apoyó la cabeza en los brazos cruzados y cerró los ojos. Se durmió casi al instante. Yo seguí allí, inmóvil como una estatua, casi sin respirar. Me apenó que despertara con un respingo al cabo de apenas cinco minutos.

«Sube a echarte una siesta —propuse—, que yo atenderé el teléfono si suena.» Pero no quiso. Pasamos todo el día deambulando juntas por la casa, arrastrándonos de habitación en habitación solo por cambiar de escenario. Después la policía llamó dos veces; no había novedades. Alrededor de las cinco, mientras Carrie contemplaba la lluvia de pie junto a la puerta mosquitera, el teléfono volvió a sonar. Atendí yo.

—Hola —saludó la voz suave e insegura de George—. ¿Eres tú, Dana? ¿Está Carrie ahí?

Ella se acercó deprisa, susurrando:

—¿Quién es?

—Tu padre. ¿Qué pasa, George?

—Pues lamento decir que hasta ahora no hemos tenido suerte.

Carrie me acechaba como un gato, con las pupilas dilatadas y todos los músculos tensos. Al verme menear la cabeza sus miembros se aflojaron y se sentó a mi lado en el sofá para apoyar la oreja contra el teléfono.

—Hemos recorrido las calles en coche y a pie —continuó George—. Creo que hemos entrado en todas las tiendas de Georgetown.

—¿Y los salones de tatuaje? Era lo que ella buscaba. ¿Los habéis recorrido todos?

—Pues sí, fue lo primero que hicimos. En realidad fue más o menos fructífero, pero también inquietante.

—¿Qué quieres decir? —pregunté. Carrie me aferraba por la muñeca con tanta fuerza que me estaba cortando la circulación de la mano.

—En una tienda bastante pintoresca hablamos con un tipo que recordaba haber visto a una niña como Ruth, al menos según su descripción.

—¿Y...?

—No quiso tatuarla porque era demasiado joven. Como no llevaba carnet de identidad, la despidió.

—¿Y luego?

—Lo preocupante es que ese tipo dice que, cuando salió la niña... que bien pudo no ser Ruth... dice ese tipo que tal vez uno de sus clientes la siguió. En todo caso fue tras ella. Probablemente no sea nada, pero no me gusta. Será mejor que no se lo comentes a Carrie, ¿me oyes?

Demasiado tarde. Ya estaba hecha un ovillo en el sofá, cubriéndose los oídos con las manos.

25

Desquite

Pasé cuatro veces frente a El Grosero, Perforaciones y Tatuajes Industriales, sin ver el coche gris del depravado pero, como empezaba a oscurecer, todos los coches parecían grises. De cualquier modo no parecía estar allí. Probablemente pensaba que me había escapado. Si acaso me buscaba, lo cual era difícil, lo haría en Anacostia o en el sudeste, no en el mismo lugar de la avenida Georgia donde había propuesto llevarme. No, lo había engañado del todo.

De ningún modo habría subido al coche de ese tipo. ¡Ni loca! No habría subido al coche de ningún desconocido, pero al de ese tipo, mucho menos. En primer lugar su cuerpo me daba un poco de asco. Esa barriga dura y redonda, que parecía apuntarme, y la línea larga de la bragueta. Quizá era inofensivo; que yo sepa, no se secuestra a nadie en pleno Georgetown un domingo por la tarde. Aun así algo en ese hombre me asustaba. Algo relacionado con su barriga.

Al pasar por quinta vez divisé un sitio para estacionar a dos puertas de El Grosero, frente a una tienda de pelucas que tenía la puerta cerrada con listones de madera. Por desgracia no sabía aparcar en paralelo; casi siempre terminaba a dos metros del bordillo y tenía que comenzar de nuevo, mientras los vehículos se amontonaban detrás y todos me miraban como estúpidos. Prefería no hacerlo, sobre todo ese día, puesto que trataba de no llamar la atención.

El barrio daba un poco de miedo. La avenida Georgia comenzaba bien, pero empeoraba a medida que avanzaba por ella. Y esa era la peor zona, las manzanas que rodeaban a El Grosero. En las esquinas y en los portales rondaban tipos que parecían traficantes de drogas. Vi a dos mujeres que bien podían ser prostitutas. Una era negra, pero llevaba el pelo teñido de platino, botas de plástico transparente con tacones altos, falda ceñida de piel de leopardo y corpiño púrpura. Pero también podía ser una cantante, actriz o algo así que trabajara en uno de esos clubes venidos a menos. Tal vez cantaba blues y estaba en los comienzos, como Diana Ross en aquella peli. Pero resultaba difícil creerlo. Tenía pinta de prostituta.

Detrás de la avenida Georgia había un callejón maloliente y lleno de baches, con lugares para aparcar detrás de todas las tiendas. Unos letreros descoloridos, con agujeros que parecían de bala indicaban: APARCAMIENTO SOLO PARA CLIENTES DE BINGO EXCEDENTES MILITARES Y EXCLUSIVO LICORES RAY. OTROS VEHÍCULOS SERÁN RETIRADOS POR LA GRÚA. Detrás de Licores Ray todos los lugares estaban ocupados, aunque era domingo. El espacio de El Grosero también estaba completo. Encontré un pequeño hueco, posiblemente ilegal, junto al contenedor de basuras instalado detrás de Gloria, Pelucas y Belleza, que al parecer ya no existía. Me llevó apenas cinco minutos introducir el Chevy allí. El motor tardó casi lo mismo en apagarse, una vez que hube retirado la llave de contacto. ¡Qué vergüenza! No hay como la bronquitis crónica para que tu coche se distinga entre la multitud.

Bien, había llegado el momento de la verdad. Si me tatuaba, cosa que mi madre no aprobaba y me había semiprohibido hacer antes de los dieciocho años, lo haría solo por desquitarme. Era mejor tenerlo claro. Desde ese punto de vista parecía una actitud inmadura.

¿Y qué? Nunca me había sentido así. Era una pequeña muestra de cómo sería llegar a adulta. Hasta entonces había podido imaginarme a los veintiuno o a los veinticinco, pero eso era todo; más allá la imagen se volvía borrosa y poco interesante. En cambio ahora, debido a mamá y a Jess, mi edad imaginable se había elevado más o menos a los treinta. Lo que me proponía hacer era algo completamente adulto, me ponía enferma; era como para vomitar. Antes las cosas tenían un orden, pero se había roto y mi vida estaba partida. Esa era la parte adulta: tenía la sensación de haber cruzado un límite, de haber ingresado en otra fase. Al parecer, cuanto mayor eres, menos sentido le encuentras a todo. ¡Y para llegar a eso teníamos tanta prisa! Jamie, Cuervo, Caitlin y yo, todo el mundo en la escuela. ¡Qué putada! Era como en esa peli donde un tío de una secta tiene una experiencia de muerte clínica, horrible, grotesca; entonces regresa para decir a sus amigos de culto que no lo hagan, que no se suiciden, que no hay luz blanca ni nada de todas esas chorradas; pero ellos no le creen, se matan y todo termina en un repugnante baño de sangre.

Tuve que apearme por el lado del pasajero, pues la portezuela del conductor estaba demasiado pegada al contenedor de basura. Desde algún lugar llegaba música rap; desde un coche, pues se iba apagando. Si Clayborne era húmedo, esto llegaba a lo ridículo; el aire parecía espeso y olía a sucio, cargado de humos de escape, basura y sudor y no había árboles. Por lo menos en ese momento no llovía. Solo tuve que caminar tres calles para llegar a El Grosero, pero en el trayecto me abordaron dos tipos.

—Eh, pequeña, ¿cómo estás? —dijo uno.

El otro hizo ruido de besos. Traté de no prestarles atención sin poner cara de mala. Dio resultado, pues ninguno de los dos me siguió.

En El Grosero hacía un frío glacial. Era estupendo; sentí que se me secaba la transpiración en la piel. Cuando abrí la puerta sonó una campanilla instalada encima, pero esperé todo un minuto de pie en el salón desierto sin que nadie acudiera. No vi ningún letrero donde se indicara que había que presentar documentos de identidad, solo NO SE ACEPTAN CHEQUES, NO SE FÍA y LA PROPINA NO OFENDE. El lugar olía a productos químicos, alcohol y algo más, algo así como pegamento de avión. Tal vez era buena señal, pues significaba que mantenían el lugar bien limpio, pero me dio una impresión fea, como estar en el consultorio del doctor. También contribuía a ello el ruido que brotaba de una habitación abierta en la parte trasera, como el del torno de un dentista. La pistola de tatuar.

El corazón me dio un vuelco. Nadie me había visto; aún podía marcharme.

¡Al diablo! Me acerqué a la pared de la derecha, que estaba cubierta de arriba abajo con ilustraciones de tatuajes. Descarté inmediatamente la mayor parte: mujeres desnudas, esqueletos, diablos, motocicletas incendiadas, parcas, serpientes, tiburones, escorpiones, gusanos, banderas de la Confederación. Tampoco me entusiasmaba mucho el material femenino: arco iris, mariposas, primorosos corazones y capullos de rosa. Allí debía de haber algo que expresara mi yo interior, y que estuviera a mi alcance, por añadidura. El Grosero había tenido la gentileza de poner los precios junto a los dibujos. Marvin, el Marciano, costaba setenta y cinco dólares y requería cincuenta minutos; Demon Skull, el doble, pero ya se veía por qué: muchos detalles en los ojos huecos, espeluznantes, y la sonrisa maligna. Tras pagar el aparcamiento y llenar el depósito del Chevy me quedaban ochenta dólares.

Un hombre se acercó desde la trastienda y se detuvo a mirarme, sin decir nada.

—Hola —dije.

Me saludó con la cabeza. Supuse que era negro por el pelo, que llevaba en gruesos rizos estilo rasta, recogidos en un enorme gorro de lana, pero tenía la piel muy clara y los ojos no eran pardos, sino azul plateado. Era delgado y no más alto que yo; usaba una perilla larga y fina, trenzada y con las puntas sujetas por cuentas.

Como no decía nada, yo no estaba segura de que trabajara allí.

—Cuántos tatuajes —comenté señalando las paredes.

—Sí —susurró con una sonrisa adormilada. Tal vez había estado fumando marihuana.

—Tengo setenta dólares —mentí—. Buscaba algo rápido.

Él asintió con la cabeza.

—Bien. Eso sería...

Levantó el brazo derecho con un movimiento, soñador, para señalar todas las obras de arte que nos rodeaban.

—Ah, ¿cualquiera de estos?

—Hum. ¿Ya has cumplido los dieciocho?

—Oh, sí. Hoy justamente. Es mi cumpleaños. —Basta de hablar—. Quiero hacerme un regalo. Feliz cumpleaños para mí.

No dijo nada, pero sonrió. Entonces supe que me aceptaba.

Vale, ¡vale! Y ahora, ¿qué podía escoger? Resultaba difícil concentrarme si el tipo no dejaba de mirarme.

—Me gustaría algo sencillo. Y barato —añadí entre risas.

Él no rió ni me sugirió nada; no señaló ninguna sección sencilla y barata. No hacía más que mirarme. Raro. Me ponía nerviosa.

Vi algunos diseños negros, simples: crucifijos, el símbolo masculino, una cruz egipcia. ¿Una cruz egipcia? Cuervo llevaba una colgada del cuello. Era el emblema egipcio de la vida. Era sencilla, desde luego, y la de ese dibujo costaba solo cincuenta y cinco dólares. La vida... yo creía en la vida, era una gran partidaria de la vida. Resumía una de mis creencias interiores fundamentales, sin duda. En verdad era una especie de creencia básica; no eran muchos los que estaban en contra de la vida. Ja, ja. Qué va, piensa en todos los que se hacen tatuar calaveras, ataúdes o cadáveres; esa gente está o finge estar contra la vida. Desde ese punto de vista la cruz egipcia era una clara declaración positiva. Con ella me diferenciaba de los morbosos antivida, de los que preferirían lo macabro, espeluznante y negativo. Y sería solo mi primer tatuaje; quizá más adelante me hiciera otros. La cruz egipcia era como el símbolo básico sobre el que construiría el resto. Primero la vida; luego... lo que fuera.

—Este —dije señalándola.

El hombre se acercó.

—¡No! ¿Este?

Parecía no creerme. Sus ojos eran hermosos cuando los abría mucho. Me miró con gran interés, como si no hubiera esperado en ningún momento que yo escogiera ese tatuaje. Me asaltaron dudas y arrepentimientos. ¿Ese no? ¿No estaba bien?

—De acuerdo —dijo con tono ligero—. Por setenta dólares puedo rellenarlo de color.

—¿De qué color?

—Uno solo. Si quieres.

Hablaba con acento. Cuando decía varias palabras juntas se le notaba. Su voz era muy musical.

—Hum... ¿rojo?

—¿Dónde lo quieres? —preguntó después de un largo silencio.

Había reflexionado mucho al respeto. Lo quería bien visible, como para arrojártelo a la cara. Nada de hacérmelo en el tobillo, en el pecho o en el omóplato; tampoco en el brazo, que estaría cubierto por la ropa la mayor parte del tiempo.

—Aquí. Lo quiero aquí. —Marqué con el dedo la parte más alta de la mano derecha—. La mitad en la mano; la otra mitad, en la muñeca, como superpuesto. Bien pegado al hueso. Y tan grande como pueda.

Después de pensar por un momento, asintió con lentitud.

—De acuerdo —dijo—. Vamos.

El corazón volvió a darme un vuelco. ¡Iba a hacerlo! Lo seguí al otro lado de la puerta, a lo largo de un pasillo con cubículos ocultos tras cortinas para ducha; las voces, la música rap y el zumbido de las máquinas, apenas audibles en la habitación exterior, eran allí fuertes, activos y apasionantes. ¡Aquello vibraba! En ese mismo instante había otras personas haciéndose tatuajes detrás de las cortinas, lo cual constituía un alivio, me hacía sentir muy bien, más entusiasmada, menos temerosa. El hombre se detuvo junto a la última puerta de la derecha, ante la salida de incendios de la parte trasera, se apartó a un lado y sostuvo la raída cortina de plástico azul para que yo pasara.

—Gracias —dije, y entré.

Era solo una habitación. Eso me decepcionó un poco.

—Siéntate —indicó.

Tomé asiento en una de las dos sillas, simples sillas de madera. No sé qué esperaba, tal vez un sillón de barbería, de dentista, algo reclinable. Miré en derredor, pero no había mucho que ver, aparte de los dibujos clavados en las paredes; eran tatuajes bastante vistosos, al parecer creaciones que el tipo había hecho por encargo. Ah, se llamaba Julian; me enteré porque algunos de los diseños estaban firmados.

De espaldas a mí, el tipo hacía algo en una mesa del rincón. Llevaba pantalones de pana holgados y un jersey grueso, de color indefinido, que le marcaba los omóplatos, las caderas y la curva huesuda del trasero. Parecía muy buena persona. Imaginé que, al terminar su trabajo, me invitaba a su casa. Viviría encima de la tienda. Me prepararía un plato con muchas especias, arroz al curry o algo así, y me lo llevaría a un diván lleno de bultos. Después haríamos el amor, y sería una experiencia terrenal y auténtica, porque él era extranjero y mayor que yo. De él aprendería mucho. Viviríamos encima del local, cuidándonos mutuamente hasta que llegara el momento de que yo siguiera mi camino. Lo cual sería muy triste y muy dulce, pero inevitable.

Se volvió hacia mí con un frasco de alcohol y algunos trozos de algodón. De pronto me sentí congelada; se explicaba que él usara jersey, pues allí la temperatura no debía de superar los diez grados. Acercó la otra silla a la mía y me cogió la mano derecha, que yo tenía en el regazo. Mientras me la limpiaba con alcohol y trozos de algodón, yo le miraba la coronilla, donde el pelo crecía en líneas pulcras, denso y lanudo; el cuero cabelludo estaba limpio. Cuando viviéramos juntos yo se lo trenzaría. De pie detrás de él, que estaría sentado en una silla de la cocina, con un gato en el regazo, bebiendo a sorbos la infusión de hierbas que yo le habría preparado.

Después de haberme limpiado la mano repitió la operación por segunda vez, frotando bien; a continuación me la roció con el contenido de una lata; debía de ser un antiséptico. Eso estaba bien, era un lugar limpio. Pensé en lo que había dicho el tío de Karma Camaleón sobre las agujas, pero no sabía bien qué decir a Julian, cómo preguntar. «A propósito, ¿usas agujas limpias?» Qué grosería. De cualquier manera ya había decidido que confiaba en él.

Volvió a la mesa. Me habría gustado que me hablara, que tratara de tranquilizarme, como hacía el doctor Lane antes de empastarme un diente. Allí estaba la pistola de tatuar, plateada, brillante y más pequeña de lo que esperaba. Julian ponía algo en unos agujeros: tinta roja y negra. Aparté la cara. No podía mirar.

¡Madre mía! Yo no soportaba siquiera una inyección, y esto sería como un millón de inyecciones. ¿Y si me desmayaba? No tenía mucha resistencia al dolor. Tonta, me dije, la gente hace esto todo el tiempo. Es como el sexo; aunque parezca increíble que todos lo hagan, basta con mirar las pruebas: el mundo tiene seis mil millones de habitantes, o algo así, de manera que alguien debe de hacer esas cosas. Con los tatuajes sucede lo mismo; ahí están los jugadores de baloncesto, Dennis Rodman, Madonna, los Red Hot Chili Peppers. No son criaturas de pecho, y yo tampoco. Si ellos podían, yo también. Además, según Cuervo, se sentía más una especie de vibración que dolor, no era nada; te acostumbrabas y luego resultaba casi agradable, como una droga o...

—Voy a comenzar. —Julian acercó una pequeña plataforma acolchada sobre ruedas y en ella me apoyó el antebrazo. Al ver que me temblaba la mano levantó la vista—. ¿Tienes miedo?

Traté de sonreír, pero tenía los labios demasiado tiesos.

—No; no mucho. ¿Duele? —Solté una risa aguda, infantil, y enrojecí. En ese momento habría podido huir, levantarme de un salto, coger el bolso y correr. Tal vez vomitara. Estaba tan asustada que el cuerpo entero me temblaba con cada latido del corazón.

Julian murmuró por lo bajo:

—No será nada. —Traté de creerle—. No trabajaré sobre el hueso, sino aquí. —Señaló con el índice el hueso de mi muñeca, sin tocarlo—. Lo peor es el hueso, pero no lo rozaré siquiera.

—Muy bien. —Respiré hondo y me pasé la lengua por los labios—. Comencemos. Pega.

Puso la máquina en funcionamiento. El chillido entró en mí, hasta el fondo de la boca, entre los dientes apretados. Con el rabillo del ojo vi que sumergía unas agujas en tinta.

—Ahora comenzaré a hacer una línea —dijo con su voz cantarina.

Cerré los ojos con fuerza. ¡Aaaaaaay! Dolía mucho, mucho. ¡Aaaaaah! No podría soportarlo.

—No te olvides de respirar —recomendó Julian, pero no dejó de agujerearme.

Le mostré los dientes y aparté la cara. Respirar. La la la la la, canté para mis adentros. Bien, no era tan terrible. Dolía, para qué negarlo, pero era soportable. En cuanto supe que podría aguantarlo, el dolor se redujo. Un poquito. La la la la.

Me habría gustado que Julian hablara. Podía hablarle yo, pero no quería distraerlo y que le saliera mal la línea o algo así. Eché un vistazo a mi muñeca. Hala, ya había hecho el círculo en la mano; sangraba un poco, no mucho. Sentí náuseas y tuve que apartar la vista.

—Tranquila. Aquí dolerá un poco.

Sentí que se acercaba más al hueso para hacer el travesaño de la cruz. No estaba preparada para un dolor tan intenso y mordiente. Las lágrimas me llenaban los ojos más y más. Parpadeé a fin de deshacerme de ellas; para distraerme apretaba y aflojaba el puño izquierdo. Pensé en todas las películas en que pegan un tiro a un tipo y alguien debe extraerle la bala; el herido suele morder un trozo de madera o algo así, que siempre se quiebra, crac, justo antes de que cambie la escena. Si tuviera un palo en la boca se rompería, sí... justo... ahora.

—Ahora es más fácil —indicó Julian, y empezó a trabajar en el brazo.

Era más fácil. Era factible. Decidí hablar.

—¿Tú eres el verdadero Grosero? —No, era mejor no hablar. Qué imbécil parecía en cuanto abría la boca.

Julian negó con la cabeza, sin levantar la vista.

Crucé las piernas. Ya no hacía frío. Sentía calor en el punto donde él estaba trabajando, y ese calor se extendía por todo mi cuerpo.

—¿Siempre te has dedicado a los tatuajes?

Se acabó. Él negó otra vez con la cabeza, como antes, y yo cerré el pico. Dos personas pasaron hablando por el pasillo, un hombre y una mujer. Sus voces se apagaron pronto; debían de haber salido al vestíbulo. Me habría gustado verlos. El rap que venía de no sé dónde se convirtió en música de cuernos y tambores, algo así como música del Tercer Mundo. Julian no tenía siquiera una radio en su habitación. Le gustaba trabajar en silencio.

Volvió a dolerme mucho cuando empezó con el otro travesaño, que estaba cerca del otro hueso de la muñeca, pero como esta vez lo esperaba no me impresionó tanto.

—Bien. Solo falta rellenar. Lo peor ha pasado.

Sí. Eso debía de ser lo que Cuervo decía; no tanto dolor como un calor eléctrico, un zumbido. Además, el rojo que Julian usaba era realmente bonito, tenía algo de rosado, era un color definido, pero también suave. Fuerte pero femenino. Me enamoré de él.

Cuando terminó, también me había enamorado de Julian. Fantaseaba que estábamos desnudos mientras me hacía el tatuaje. Sus manos eran tan limpias, tan finas... Quería tocarle la perilla trenzada, tirar de ella. Acercar su boca a la mía para besarlo. Me sentía algo ebria. Muchas endorfinas.

—Listo. —Apagó la máquina, se levantó y fue hacia su mesa—. ¿Te gusta?

Mi brazo flotó hacia arriba, ingrávido.

—Es precioso. Muchísimas gracias. —De las venas superficiales de la mano manaban pequeños puntos de sangre. No dolía. Era un tatuaje muy bonito—. Eres un verdadero artista.

Él sonrió, no por humildad ni por gratitud, sino como si eso le hiciera gracia. Me sentí algo insultada.

—¿Cuánto te debo? —Me incliné para recoger mi bolso.

—Setenta.

Saqué tres billetes de veinte, uno de diez y cinco de uno. La propina no ofende. Me quedaba uno de cinco dólares y algo de calderilla para regresar a casa, pero con eso alcanzaría. El depósito de combustible estaba lleno.

Antes de que pudiera darle el dinero volvió a colocarme el brazo en la pequeña plataforma para pegar sobre el tatuaje unas gasas con esparadrapo.

—Déjate esto durante un par de horas —indicó—. Luego lo lavas con agua fría y jabón, lo enjuagas y lo secas. Durante tres días rocíalo un poco con Neosporin cada cinco horas.

—De acuerdo.

—Nada de sol directo durante dos semanas.

—¿De verdad? ¿Por qué?

—Porque se decolora. Cinco minutos bajo el sol y comenzará a esfumarse.

—¡Vaya!

—Puede escocer. No lo rasques; dale palmaditas.

—¿Palmaditas?

—Si se infecta, aplica Listerine.

—¿Listerine?

—Tres veces al día.

—De acuerdo.

—Es todo.

Me levanté. No estaba mareada ni nada de eso; por el contrario, me sentía estupendamente.

—Muchísimas gracias. Me encanta, de verdad.

—Bien. —Me apartó la cortina de ducha y salió detrás de mí. Me sorprendió que me acompañara hasta la luminosa habitación del frente. Ya en la puerta, susurró mirándose las zapatillas sucias y desatadas—: Nunca habría imaginado que eras lesbiana.

Me eché a reír.

Él levantó la vista, sonriendo.

—Por lo general me doy cuenta. Pero contigo... —Se encogió de hombros sin dejar de sonreír—. No lo habría adivinado. De todos modos no tiene importancia. Cuídate.

Julian esperaba que saliera, pero yo, inmóvil, lo miraba con la boca abierta. Como no me movía dio un paso atrás.

—Bueno... —dijo, y volvió al pasillo.

Entró en un cubículo que no era el suyo. Una de las máquinas de tatuar dejó de zumbar. Oí voces de hombre, graves e indiferentes. Una risa.

La piel me escocía, ardiente por dentro y helada por fuera. Abrí la puerta. El aire caliente y húmedo me golpeó y me puso todo en su sitio. Mis sistemas empezaron a funcionar otra vez. La impresión pasó.

Habría querido morir. Allí mismo. ¡Madre mía, cómo deseaba morir!

Caminé las tres calles hasta el coche sin que nadie me molestara. Lo último que deseaba era volver a casa, pero tal vez tuviera la suerte de matarme en un accidente antes de llegar. Podía despeñarme por un puente o un barranco, estrellarme contra un muro de piedra. El coche estallaría en llamas y yo quedaría incinerada. Nadie sabría lo de mi tatuaje, salvo Julian.

El coche no arrancaba.

Bien, ahora todo era perfecto. Un día perfecto, desde el principio hasta el fin. ¿Cómo te lo montas para suicidarte en Washington DC? Podía cruzar la avenida Georgia a la carrera y hacerme atropellar por un coche; pero con mi suerte, solo conseguiría quedar lisiada. Podía esperar a que me asaltaran en cualquier esquina con la esperanza de que la herida resultara fatal. Pero no quería que me violaran. Siempre había rogado que, si me violaban, fuera después de perder la virginidad.

Recordé haber visto un bar dos calles más allá. Aunque parezca increíble, tenía hambre. Ocupé el único asiento vacío frente al mostrador, entre un gordo y un flaco, los dos negros. Allí casi todos eran negros. Pedí un bocadillo de queso y una Sprite pequeña, consciente de que en Clayborne nunca era la única persona blanca en un local. Probablemente los asustábamos, pues siempre estaban en minoría. Yo me sentía asustada, pero disimulé; para empezar, demostrarlo hubiera sido una falta de educación.

Me vi en el espejo lleno de manchas que había detrás del mostrador. Tenía la piel gris y el pelo sucio; estaba fatal. Con esas ojeras parecía un mapache. Me dolía la mano; mejor así, tal vez estuviera infectada. No aparentaba dieciocho años, de ninguna manera, parecía de catorce. Ojalá hubiera una inspección policial en El Grosero y Julian fuera a la cárcel.

Qué idiota había sido. Qué imbécil estúpida lela. Hasta los retrasados conocían la diferencia entre la cruz egipcia y el símbolo femenino. Pero... Julian había hecho que me precipitara al mirarme fijamente, sin decir nada. Me había puesto muy nerviosa. «Ese», dije yo, y él abrió de par en par sus preciosos ojos, muy sorprendido. ¡Oh, por qué no me moría de una vez!

El bocadillo solo sirvió para que me entrara más hambre. Pedí la cuenta para no ver al gordo con su postre, una porción de pastel de cereza con helado de vainilla. Si dejaba una propina del 15 por ciento, me quedarían exactamente dos dólares con noventa centavos. Era más que suficiente. Deposité junto al plato una moneda de veinticinco y otra de cinco, di las gracias a la camarera y salí.

Cuando pasé junto a la maltrecha cabina telefónica, una muchacha estaba colgando el auricular. Fue como una señal.

Entre los coches que pasaban y los niños que saltaban a la cuerda en medio de la calle lateral, aunque a esas horas habrían debido estar acostados, tuve que clavarme el dedo al oído para oír la voz de la operadora.

—Quiero hacer una llamada a cobro revertido —dije. Y le di el número—. De Ruth. A quienquiera que atienda.

Respondió mamá.

—¿Diga?

—Hola.

—¿Ru... uth? —Su voz se quebró. A mi garganta también le ocurría algo; por un segundo no pude hablar. Luego mamá exclamó—: ¿Dónde diablos estás?

—No te lo diré. De todas maneras, ¿qué te importa?

—Jess ha salido a buscarte con el abuelo. Han ido junt...

—¿Jess y el abuelo? —Increíble.

—¡Dime dónde estás!

—De acuerdo. En la capital.

—Eso ya lo sé.

—¿Cómo lo sabes?

—Por tu amiga. Al fin nos lo ha dicho.

—¿Quién? ¿Krystal?

—¿Estás cerca de alguna comisaría? Quiero que...

—No, no hay ninguna cerca. El coche se ha averiado, así que esta noche dormiré en la calle. Este es un barrio miserable, mamá. ¿Oyes? Llueve otra vez. En vez de dormir en la acera, tal vez busque a alguien que me lleve a su casa.

—Ruth...

—Podría irme con algún vagabundo. Los hay por todas partes. Ya me he topado con un pedófilo. Quería que subiera a su coche. Estuve tentada de hacerlo. Quería ocuparse de mí.

—Escucha, escúchame.

—Después me he dicho que debería de haberle acompañado, ser su niñita. —Mamá dejó escapar un sonido agudo, un gemido—. Podría compartir una aguja con algunos de los tipos de esta calle. Podría acostarme con alguno, contagiarme de sida y morir. —Me había echado a llorar, pero seguía hablando—. ¿Por qué no, si resulta que soy lesbiana?

—Ruth, cariño, por favor, por el amor de Dios...

—¿Qué podría importarte? Si yo muriera tendrías a tu amante todo para ti. Tú y Jess viviríais felices por siempre jamás.

—¡Ruth!

Colgué. Temblaba; me sentía vacía, como si fuera una pajita, con solo aire dentro de mí. Sentí miedo de mí misma; ignoraba que estuviera tan enfadada.

Me encaminé hacia el coche con las piernas rígidas. Estuvo en un tris de arrancar, pero lo ahogué y se apagó.

Pasé por encima del respaldo para tenderme en el asiento trasero y me cubrí los ojos con el brazo sano para no ver el fulgor del alumbrado público. En la oscuridad el olor del contenedor de basura se hacía más fuerte. Aunque el calor era sofocante y me hacía sudar, tenía miedo de bajar la ventanilla. Me dolía la mano. Ya era casi la hora de quitar el vendaje, pero no quería ver el tatuaje. Solo quería que el brazo se me engangrenara y se desprendiera durante la noche.

Oí música, siseo de neumáticos, gritos de niños y los sonidos peligrosos, interesantes, de hombres y mujeres que reían. Traté de calcular cuántos minutos había restado nuestra conversación telefónica a la vida de mamá. ¿Serían más o menos que los que yo le había sumado con buenos actos cuando era pequeña? Pensé volver a llamarla para decirle que estaba bien. Poco después de la medianoche me quedé dormida.

26

La botadura del arca

El lunes por la mañana, la policía salió de casa algo después de las diez. Mientras hacía correr el agua sobre las tazas de café a medio vaciar, me dije que empezaban a mostrarse incómodos, pero aún no estaban preocupados. ¿Qué hacía falta para preocuparlos? ¿Que nos llegara un trozo de cadáver? Acodada sobre el fregadero, dejé vagar la vista. Mi cerebro era como esos anillos de agua que se arremolinaban sobre el desagüe, sin objetivo, impulsados solo por las leyes de la física. No puedes mantener la cabeza en su sitio cuando pasas horas y horas viviendo con el peor de tus miedos, el que has empujado al fondo de tu mente desde el día en que nació tu hijo. Sentía que la mente se me nublaba, no por la fatiga, sino para protegerse.

¿Qué estaba haciendo? Ah, sí. Eso me ocurría con frecuencia creciente, episodios de amnesia en que no recordaba lo que terminaba de decir o pensar, a qué había entrado en determinada habitación, de qué iba la conversación. Llevaba dos días sin dormir, con excepción de una hora de aturdimiento y desorientación, temprano por la mañana. ¿A cuánto equivalía eso, a cuántas horas? Traté de calcular, pero me hice un lío con los números. De cualquier modo, qué importaba.

Mi madre se acercó por detrás y me puso las manos en los hombros, di un respingo.

—Dura como una piedra —dijo clavándome los pulgares. Ella creía que eso era un masaje—. Escúchame, hoy es el día clave. Regresará por sí sola o la encontrarán. Estoy segura.

Asentí con la cabeza, era más fácil que hablar. Aparte de todo lo demás estaba perdiendo la voz, no sé por qué.

—Y está bien. Toda esa mie... Puras tonterías de malcriada. Anoche no durmió en la calle. Lo dijo para vengarse de ti.

Me dolía la garganta. De lo contrario habría objetado: «Tú no oíste los ruidos de fondo; estaba en la calle, sí». Ruidos de pesadilla, que me habían mantenido asustada toda la noche. Mi pequeña estaba en un infierno y yo no podía encontrarla.

—Está perfectamente, Carrie. Venga, no puedes seguir así.

—Estoy bien.

—Ya... Deja eso, lo haré yo.

—Ya he terminado. ¿Jess aún está aquí?

Él y papá habían pasado la última hora conversando en voz baja en el sofá de la sala de estar, intercambiando secciones del periódico. Yo sabía que aún estaba allí; solo quería que mamá me hablara de él.

—Está aquí, sí. —Abruptamente interrumpió ese duro masaje digital—. Le he dicho que se vaya, pero no ha querido.

Me volví hacia ella, horrorizada.

—¿Le has dicho que se vaya? —La noche anterior lo había tratado con cortesía; esa mañana, casi con amabilidad. Le había llevado café, llamado por su nombre de pila y planteado alguna pregunta educada, bastante astuta, sobre la posición del concejo municipal con respecto a la propuesta del impuesto escolar. Parecía estar haciendo un esfuerzo sincero.

—A la botadura. Le he dicho que vaya a ver la botadura del arca.

—Ah...

—Pero no ha querido.

—No.

—Prefiere estar aquí. —Lanzó un resoplido, no sé si de aprobación o censura—. Es una pena que os la perdáis los dos después de tanto como habéis trabajado.

Una concesión asombrosa. Yo no estaba segura de haber oído bien.

—Estará allí por un tiempo —repuse. Eso molestaba a mamá: que el ayuntamiento permitiera a Eldon mantener el arca amarrada en el río hasta el 26 de junio, cuarenta días y cuarenta noches.

—Estará allí por un tiempo, sí —repitió con expresión ceñuda—. Aun así. Sé que deseabas estar presente cuando pusieran los animales. Lo siento, pero tu hija tiene mucho que pagar.

—Solo quiero que vuelva a casa. Ya no me importa lo que haya hecho.

—Lo sé. —Me rodeó los hombros con un brazo—. Tú nunca me diste estas preocupaciones. Y nunca se me ocurrió darte las gracias.

Oh, no quería volver a llorar.

—No hay por qué —repuse, tratando de reír—. Nunca es demasiado tarde para que te reconozcan como hija perfecta.

—No abuses de tu suerte —me advirtió. Y me dio un abrazo.

Sonó el teléfono. Ella se apartó; había aprendido a no tratar de atender las llamadas.

—Hola, ¿Carrie?

—¿Diga...? ¿Landy?

—Soy yo, sí. Te llamo desde el Point. La gente ya se está marchando.

—¿Cómo estás? ¿Ha salido todo bien? Jess está aquí. Lamento que no hayamos podido ir. No sé si te has enterado de lo de Ruth...

—Me he enterado, sí. Me lo dijo Jess anoche. ¿Conque todavía no ha regresado?

—No.

—No estaba seguro. No quería llamarte por una tontería. Por otra parte, si hubieras sabido que ella estaba aquí habrías venido. A propósito, todo ha salido muy bien. Papá no pudo quedarse mucho tiempo, pero estaba feliz.

—Me alegro, pero ¿qué decías de Ruth...?

—Que la he visto en mitad del acto, cuando estábamos poniendo los animales de tamaño mediano.

—¿Qué? ¿Qué dices?

—No podía interrumpir lo que estaba haciendo. Después la perdí de vista. Había toda una multitud. Ha venido hasta la tele. Estábamos muy contentos...

—¿Que Ruth ha estado allí? ¿Estás seguro, Landy?

—Era ella, sí. Aún llovía y ella no tenía paraguas, de manera que estaba...

—¿Está todavía allí?

—No podría asegurarlo. Desde entonces no la he visto, y ha pasado quizá una hora, pero puede que aún esté aquí. Ojalá hubiera podido acercarme y hablarle, pero no sabía si ya había estado contigo. Perdóname por no haber...

—No importa. Gracias. Iré inmediatamente.

—¿Ruth está allí? —Mamá salió de la cocina detrás de mí.

Atravesé el comedor en dirección a la sala de estar anunciando a lo largo del trayecto:

—¡Ha vuelto! ¡La hemos encontrado!

Los hombres se levantaron de un brinco.

—Está en Point Park. Al menos Landy la vio allí hace un rato —añadí.

Jess meneó la cabeza, asombrado.

—¿Quién es Landy? —preguntó papá, radiante, mientras daba unas palmaditas al hombro de mamá.

—Landy Pletcher, el hijo de Eldon —informó Jess—. ¿Qué hace la niña en el Point?

—No tengo ni idea. ¿Me prestas tu coche, papá? Ha dicho que la botadura ha sido perfecta —expliqué a Jess—. Y que ha estado la tele.

Mi padre desenterró las llaves del bolsillo de sus pantalones y me las entregó.

—¿Quieres que te acompañe?

—Iré yo también —dijo mamá buscando su bolso.

—No, mamá. No, papá, gracias. Iré sola.

En el vestíbulo cogí un paraguas del perchero. Me disponía a cruzar el umbral cuando recordé:

—Ah, Jess... ¿puedes llevar a mis padres a su casa? —Todos me habían seguido hasta allí.

—Con gusto —respondió. Intercambiamos una mirada secreta. Comprendí que ambos disfrutábamos de la misma imagen mental: mamá dentro de la ranchera, sentada entre él y papá.

El río Leap era un arroyo con pretensiones que nacía en Culpeper y corría hacia el sur atravesando el condado de Greene. Su parte más profunda estaba en el Point y se prolongaba hacia el este unos cuantos kilómetros, frente a la granja de Jess; luego volvía a convertirse en un arroyo, que desembocaba en el Rapidan reducido a un hilillo de agua. Point Park, la principal área recreativa de Clayborne, comenzaba en el puente y se prolongaba por unos ochocientos metros a lo largo del río. Tenía senderos para caminatas, merenderos, un parque con columpios para los niños, que pronto sería restaurado con el dinero de Eldon Pletcher, bonitos panoramas, una senda para correr, un quiosco para la banda, campos para jugar a la pelota. La atracción principal eran los dos anchos muelles de pesca construidos con piedras del río, que se extendían juntos hacia la otra orilla, hasta la mitad del Leap. Jess, Landy y los arquistas habían construido el arca entre esos dos muelles, que estaban separados por ocho o nueve metros, la distancia perfecta para una embarcación de diecinueve pies de anchura. Ni en un astillero habrían encontrado un sitio más conveniente.

Desde el aparcamiento no se la veía con claridad; demasiada distancia, demasiados árboles interpuestos. Pero lo que se atisbaba me provocó una carcajada rápida y nerviosa; ver un arca, nada menos, cabecear en el río color caqui. La habían pintado de gris claro para simular el color de la madera maltratada por la intemperie, con el alegre contraste de las puertas, los ojos de buey y los rebordes en blanco y negro. Era un arca bonita, muy impresionante, nadie habría adivinado que era un mero escenario flotante, hueco por dentro. Lo que me arrancó aquella risa fue ver la cabeza de mi encantadora jirafa asomada por encima del techo plano de la tercera cubierta, tan llamativa y tonta, y al pasar, su compañera en el lado opuesto, tan coqueta, agitando las largas pestañas hechas con limpiapipas negro. ¡Funcionaba! Gracias a Dios, funcionaba. Habría podido ser un verdadero desastre.

El cielo comenzaba a despejarse, pero aún caían pesadas gotas de los árboles que sombreaban la senda pavimentada, entre un aparcamiento y otro. Puse los limpiaparabrisas en marcha y me incliné hacia el volante para acercar la cara al cristal empañado. La calzada aún estaba llena de coches y gente; si la multitud ya se estaba marchando, como había dicho Landy, una hora atrás debía de haber sido enorme. Los vendedores de globos y comida cerraban ya sus puestos. Pasé junto a un camión blanco que tenía una antena parabólica arriba; ¿un equipo de televisión? Aminoré la marcha para permitir el paso a una madre con su hijo. Una frase en letras rojas cruzando el pecho de la camiseta de los niños: YO HE VISTO EL ARCA DE NOÉ, y la fecha. ¿Qué avispado empresario las estaría vendiendo? No podían ser los arquistas, eso seguro. Menos mal que mamá no estaba allí.

Allí donde terminaba el camino di media vuelta sin haber visto el Chevrolet. ¿Tal vez Ruth había ido a casa? En ese caso nos habríamos cruzado, y yo estaba muy atenta. Quizá estaba al otro lado del río.

Salí del parque muy despacio, crucé el puente y entré por la calzada de grava, por encima del camino de sirga. Más gente, más coches.

Allí estaba. No... ese Chevy Cavalier tenía una enorme abolladura en el guardabarros. Me detuve junto a él bloqueando el paso al coche que me seguía y bajé la ventanilla legañosa. ¡Ja! Allí estaba la pegatina que permitía a Stephen aparcar en la universidad, ya expirada, bajo el espejo retrovisor. No vi a Ruth por ninguna parte.

Una senda de cemento descendía en empinada pendiente detrás del río, rumbo a Ridge Road, donde había otra zona de aparcamiento, más pequeña. Un millón de años atrás Jess y yo solíamos aparcar allí. Encontré sitio para el Honda cerca del mirador. Cuando estaba a punto de apearme se desató otro aguacero. Después de abrir el paraguas inicié el descenso hacia el río por el resbaladizo camino. Como iba atenta a mis pies, no vi a Ruth hasta que casi chocamos.

—Ay —dijo ella involuntariamente. Su cara sorprendida se cerró en una expresión pétrea. Mi impulso de abrirle los brazos murió con la misma celeridad... pero aquella cosa oscura, el profundo miedo interior, se escurrió finalmente hasta perderse de vista.

Parecía medio ahogada.

—¿Estás bien?

Asintió con aire indiferente.

—Anda, vamos —añadí, y giré en redondo. Traté de acercarle el paraguas, pero ella se empeñaba en caminar encorvada a mi lado, bajo el aguacero. Pues ahógate si quieres, pensé. El enfado se esforzaba por imponerse al alivio; nunca había sentido tantos deseos de abofetear la cara mohína de mi hija, pero tampoco tanta necesidad de aferrarla con fuerza y no soltarla nunca más.

Ya dentro del coche de papá, revolví en la guantera hasta hallar un pañuelo limpio.

—Toma, sécate el pelo. Cuando menos sécate la cara.

Ella se volvió para obedecer, con la acritud pintada en cada movimiento, en cada línea del cuerpo. Por un segundo me embriagué con esa familiar maldad burlona, algo íntimo y querido que me corría por la garganta como miel, como lágrimas. Pasaremos por esto y será fatal, pero cómo te quiero, hija, cómo te quiero.

La lluvia amainó otra vez, reducida a gotas que se deslizaban por las ventanillas. Entre la bruma y los árboles, lo poco que se veía del río era una turbia mancha borrosa en movimiento.

—¿Tienes frío?

Meneó la cabeza, con la vista fija al frente. Se la veía exhausta, desaliñada y con los ojos enrojecidos; la camisa arrugada se le pegaba a los pechos infantiles. No me miraba. Y yo no podía dejar de mirarla.

—¿Por qué has venido aquí? ¿Por qué no has ido a casa?

—He pasado por allí. Había un millón de coches. Incluido el de la policía.

Sin duda había visto también la ranchera de Jess.

—¿Estás bien? —insistí.

Ella encogió un hombro mientras miraba por la ventanilla.

—¿Te has hecho tatuar?

Las ventanas de su nariz se dilataron.

—No tengo por qué decirte nada.

A pesar de todo yo no estaba preparada para enfrentarme a otra muestra de hostilidad. Se inclinó para limpiar el vaho de su lado; luego puso en marcha el limpiaparabrisas y lo apagó después de una sola pasada. El mensaje: cualquier cosa que pudiera verse por allí era más interesante que lo que ocurría en el coche.

—Lamento lo que sucedió —dije—. Lamento que las cosas hayan sido así. Sé que estás dolida. Pero si esperas que te pida perdón por haberme enamorado de Jess, no lo haré.

—A quién le importa, mamá. Me importa un rábano.

Y cruzó los brazos sobre el pecho. Suspiré al verla: reforzaba la empalizada. No me quedaba sino comenzar más atrás.

—Ya sabes que Jess y yo fuimos compañeros de escuela. Nos enamoramos en el instituto. A los diecisiete años.

—¿Y por qué no me lo contaste nunca? —Dio a su voz un tono sarcástico, como si la respuesta fuera obvia hasta para un niño—. ¿Por qué lo has mantenido en secreto?

—Se lo dije a tu padre —me evadí—. No era ningún secreto.

—¿Sí? ¿Y qué dijo él?

—Nada. No... no le daba importancia.

—Pobre idiota.

Me puse pálida, no porque lo hubiera llamado «idiota», sino por su cinismo indiferente. No quería verla tan adulta.

—Sé lo que sientes, Ruth.

—Gilipolleces. No sabes nada.

—Dímelo, pues.

—No.

Aferré el volante y lo moví hasta oír el chasquido del seguro.

—Pues te diré lo que siento yo. Lamento haberte hecho sufrir. Habría preferido sufrir yo misma. Si querías castigarme, no pudiste elegir un modo mejor. Y eso me ha disgustado. Estoy furiosa contigo, Ruth.

Seguía mirando hacia delante, ceñuda.

—Sé lo que sientes, sí. Crees que he deshonrado a tu padre. Crees que las dos personas en las que más confiabas te han traicionado, te han mentido. Estás furiosa y dolida. —Sus mejillas se encendieron. Apartó la vista hacia la ventanilla lateral para ocultar la cara—. ¿Cómo habría podido decírtelo? —continué—. ¿Crees acaso que lo hice a propósito? Yo no quería enamorarme otra vez de Jess.

Habló con la nariz tapada:

—¿Por qué no te casaste con él en un principio?

—Es lo que debería haber hecho.

Se volvió hacia mí con los ojos ardientes.

—Qué estupendo, mamá. En ese caso yo no existiría. Así tú y Jess podríais tenerlo todo.

—¡Basta ya! Debería haberme casado con él porque era el hombre que me convenía. Me enamoré de Jess a los diecisiete años. No... a los once, la primera vez que hablamos. —No pude menos que sonreír, pero eso hizo que apartara la cara, disgustada—. Si no me casé con él fue por cobardía. Él era... un muchacho alocado. Tu abuela no lo soportaba —expliqué con una risa cautelosa. Ruth no me miraba, pero era evidente que me escuchaba con atención—. Pero no estaba loco, nada de eso. Dudo que alguna vez haya cometido algún delito; exceso de velocidad, quizá. Solo era diferente. Y eso inquietaba a algunos.

—A la abuela, por ejemplo.

—Sí.

—Quizá temía... —Se interrumpió al recordar que no quería hablar conmigo, pero luego tuvo que terminar—. Quizá temía que fuera contagioso. La enfermedad de la madre de Jess. Lo que fuera.

¿Conque él le había contado lo de su madre? Disimulé la sorpresa.

—Creo que tienes razón. En parte fue por eso. Y creo que por eso mismo él cambió con los años. En parte. Se volvió más sereno. Más tranquilo.

—Eso les pasa a todos los adultos.

—Supongo que sí. —Me di por vencida. No podía explicar cómo era Jess. Mucho menos a Ruth en esos momentos. Además, era una tarea peligrosa aclarar a mi hija por qué no amaba a su padre, sino a otro hombre. De cualquier manera que lo expresara solo conseguiría hacerle daño.

—¿Mamá? —Jugaba con los mandos de la radio y de la calefacción, encorvada hacia delante, ofreciéndome su perfil—. Cuando... cómo se dice... cuando cometiste adulterio, ¿papá se enteró? ¿Fue por eso que... estrelló el coche?

—¡No!

—¿Cómo lo sabes?

—Porque aquello... sucedió hace muchos años, cuando eras

muy pequeña. —Se volvió para mirarme, boquiabierta; por fin estaba más asombrada que furiosa—. Pero no quiero... no es tema que deba hablar contigo. Ya te he dicho que ocurrió una sola vez y nunca más. Fue un error y lo pagué con sufrimiento.

—Claro que sí, no lo dudo.

—Escucha, Ruth, no siempre podemos decidir de quién nos enamoramos. A veces sucede. A veces...

—¡Pero podemos decidir con quién nos acostamos!

Ah, la puñalada al corazón. Como no me miraba, dejé que mi cara se descompusiera; respiré por la boca para reprimir el llanto.

—Es cierto —convine con voz trémula—. Tienes razón.

—Y tú te equivocaste. —Implacable.

—Es lo que trato de decirte.

El pañuelo de papá pasó por el parabrisas y volvió a encender los limpiadores. No era necesario: el sol ya asomaba en parches. Un viento racheado agitaba la superficie del río y opacaba su brillo. El aire del coche era húmedo y pegajoso; bajé la ventanilla unos centímetros. Por fin no tuve más remedio que sacar un pañuelo de papel para sonarme la nariz. Entonces Ruth me miró.

—¡Venga, mamá!

No percibí la menor compasión. Me limpié la cara y sorbí el resto de las lágrimas. Era asombroso lo mal que realizaba mi trabajo.

—Me equivoqué, lo admito, pero no solo por lo que sucedió con Jess. También soy culpable de cierto tipo de cobardía. —¿Tenía Ruth edad suficiente para semejante revelación? Decidí que no y me eché atrás. Que Stephen siguiera siendo la parte inocente y ofendida por algún tiempo más. Para siempre quizá. Sí—. Lo importante es que tu padre nunca se enteró de lo nuestro.

—¿Cómo lo sabes?

—Porque lo sé. Lo juro. Puedes estar tranquila a ese respecto.

Me miró fijamente por un largo minuto.

—De acuerdo —aceptó, y las dos nos relajamos un poco. Un pequeño rayo de luz atravesó la bruma en diagonal.

—Las cosas son así —continué—. Tarde o temprano tienes que perdonarte. Sé que me consideras hipócrita, mentirosa, una... una Jezabel.

—¿Qué es una Jezabel?

—Una especie de...

—¿De zorra? —Pero se ruborizó al decirlo. Compuso una mueca burlona, tratando de hacer que pareciera una broma.

—Los errores que crees que he cometido... los cometí por amor y por eso me perdono. —Torció la boca. Casi podía oír sus pensamientos: «Qué cómodo»—. No es una excusa. Es decir... es la única excusa. Escúchame. Si Stephen hubiera vivido, creo que nos habríamos separado. No por Jess, te lo aseguro. Sé que no quieres escuchar esto, pero no puedo explicártelo hasta que seas algo mayor.

—¿Por qué?

—Porque no sería justo con tu padre. El caso es que Jess es el hombre de mi vida, Ruth; eso no tiene remedio. ¿Crees que eso resta algo de lo mucho que te quiero? Pues no; no es así. Eres lo mejor de mi vida, siempre lo has sido y eso no puede cambiar. Aunque te... aunque te tatuaras el cuerpo entero.

Lanzó un bufido, volvió a enrojecer y a bajar la vista hacia su regazo. Casi sonreía.

—Sé que a veces he sido demasiado blanda contigo. Ese ha sido mi mayor defecto como madre, pero...

—No es cierto.

—Pero... voy a decírtelo aunque me cueste... Se debe a que siempre me he esforzado por no ser como mi madre. Francamente, ella quería controlar mi vida. Te lo digo en confianza, de mujer a mujer. Solo que lo hacía por amor (otra vez el amor) y por eso la he perdonado. —La realidad no era tan pulcra y nítida como daban a entender estas revelaciones simétricas y vinculadas, pero yo no trataba de darle una lección de moral, sino de contar la verdad. Al fin—. Pero eso no viene al caso —continué—. Ahora no estamos hablando de mi madre, sino de la tuya. —Suspiré, repentinamente exhausta. Eché la cabeza hacia atrás—. He tratado de ser una buena madre. Y ya sé que eso parece poca cosa. Te pido perdón si he sido demasiado permisiva o blanda...

—Mamá...

—... o si te he parecido despreocupada. Créeme que no podría ser más...

—No eres blanda, mamá. No sé quién te ha dicho eso.

—¿Que no? —Me lo había dicho Stephen.

—¡Desde luego que no! Tienes muchas cosas que no son precisamente estupendas, pero de permisiva, nada.

—Venga... —Eso hizo vacilar mi determinación—. Yo creía que sí. Como reacción.

—¡Pues no, nada de eso!

—Está bien.

¿Lo decía para hacerme sentir mejor? ¿Peor? Cuando estaba pensando qué decir a continuación, Ruth añadió:

—Eso no quita que tengas muchas cosas... Ya me entiendes, nada estupendas. Unas cuantas. Algunas.

El corazón se me ensanchó ante esa apertura.

—Vaya, qué bien —dije disimulando—. Algunas. Eso es mejor que muchas. En ti no hay casi nada que no sea estupendo. Para mí. Bueno, en este momento se me ocurre una, pero eso es todo.

Un silencio cargado de suspense.

—¿Cuál? Lo del coche, ¿verdad? Fue un accidente. Quise retroceder...

—No; no me refería al coche. Las cosas que dijiste anoche por teléfono. Cuando yo no sabía dónde estabas, no podía hallarte y no sabía qué hacer. —El peor momento de mi vida. Como si me hubieran enterrado viva.

—Sí, lo sé. —Su cara, hasta entonces pálida, enrojeció—. Es que lo estaba pasando muy mal. Fatal.

—Lo comprendo —repuse, deseosa de perdonar.

—Lo siento —murmuró ella toqueteando el tirador de la portezuela—. Pensé volver a llamarte. Sabía que era terrible, pero... aun así lo dije.

Meneó la cabeza con aire de desconcierto, como si ese ejemplo de crueldad adulta no concordara con la idea que tenía de sí misma. Tendí la mano para colocarle tras la oreja una hebra de pelo mojado, algo que deseaba hacer desde hacía quince minutos.

—Está bien, no importa. —Al parecer, no tenía que preocuparme por ser demasiado blanda. Claro que tal vez la perspectiva de Ruth no fuera del todo objetiva.

—Qué cansada estoy. Te contaré todo lo que ha sucedido, pero ahora no, ¿de acuerdo? —Su cara, apagada y resignada a mis caricias, cada vez más afectuosas, se animó de pronto—. ¡Vaya, se me olvidaba!

—Dime.

—El coche ha muerto. Me parece. Lo aparqué allí abajo.

—Sí, ya lo he visto.

—No arranca ni a la de tres. Creo que esta vez ha muerto de verdad.

¿Habíamos terminado? ¿Por el momento? Ruth tenía muchas explicaciones que dar; yo tenía mucha disciplina que imponer. Ninguna de nosotras estaba de humor para hacer lo uno ni lo otro.

—Vamos a ver si arranca —propuse—. Si no, más tarde volveremos por él.

—De acuerdo. Mira, ha salido el sol.

Puse el coche en marcha para bajar por la colina. Estacioné en doble fila; Ruth se apeó para tratar de arrancar el Chevy. No tuvo suerte.

—No —informó al regresar—. Solo se oye un chasquido.

—Podría ser la batería.

—O el motor de arranque.

Salimos a la autovía y cruzamos el río por el puente.

—Reconozco, mamá, que ha quedado muy bien. —Se refería al arca. Le eché una mirada suspicaz. Su expresión no era sarcástica—. Lástima que te perdieras la diversión —continuó, con asombrosa desenvoltura—. Para aquí un segundo. Así podrás verla.

Me detuve tras una línea de vehículos aparcados en la orilla, a la cabeza del puente; desde allí contemplamos el arca, que cabeceaba en el agua, amarrada con múltiples cabos tensos entre los dos largos muelles.

—Bajemos —propuso Ruth.

De pie en el césped, con la espalda apoyada contra el coche, contemplamos la embarcación.

—¿Verdad que es hueca por dentro? Los tipos que cargaron los animales caminaban por ella. ¿No te parece estupendo que lloviera justo cuando embarcaban los animales? Como un símbolo.

—Tiene una cubierta sólida, pero abajo no hay casco, nada —expliqué—. Básicamente es una balsa.

—¡Pero si se ven los costados bajo el agua!

—Pues sí, pero detrás no hay nada; es solo madera contrachapada pintada, que se hunde apenas medio metro en el agua. Una ilusión.

—Qué chulo.

—Es una balsa con dos cajas huecas arriba. Puedes caminar por la cubierta principal, pero las otras dos son falsas. Seguramente no has visto a nadie andar por ellas.

—No. Entraron con los animales y los metieron a través de las ventanillas de los dos pisos superiores. Supuse que dentro había escaleras.

—No. Una escalerilla de mano.

—¡Vaya! A todo el mundo le ha gustado mucho.

—¿De verdad?

—Había un millón de personas por lo menos. Era casi como el día de la Independencia. Si hubieras... —Se tironeó del pelo, esa costumbre infantil con que solía expresar su incertidumbre moral—. Llegué alrededor de las nueve y media —recomenzó. Hablaba con lentitud, como en los informativos—. Apenas comenzaban a cargar los animales. Había algunas cámaras de la tele y gente que hacía entrevistas; supongo que eran de la radio, pues traían grabadores y micrófono. Vi a Landy, que estaba con cinco o seis tipos (arquistas, supongo), subiendo los animales por la planchada o como se llame. Ahora no está; la retiraron al terminar. Todo el mundo opinaba que los animales eran estupendos. Por un rato estuve cerca de una familia, una pareja con dos niñitas y un varón. Estaban muy entusiasmados, sobre todo por los monos, mamá, pero también por ese felino volador y el elefante. Y el búho. Y a todo el mundo le gustó el oso polar. Creo que los animales grandes eran más... gustaban a todo el mundo, pero eso es porque la mayoría estaba muy atrás; en cambio los que estaban en los muelles veían perfectamente a los animales pequeños. A mí me encantó el perro de las praderas. Y el pollo. El ratón... qué buena idea, hacerlo subir por la cadena.

»Cerca de mí un tipo se extrañó de que hubiera un solo animal de cada especie, y se preguntaba por qué no había dos. Entonces le expliqué lo de los lados diferentes. Le pareció buena idea. No le dije que era pariente de la persona que los había hecho. Estaba tentada de hacerlo, pero me eché atrás no sé por qué.

»Vi al señor Pletcher. Y a su esposa. Él vestía un traje negro; ella, un traje azul marino y un sombrero con flores. En realidad las arquistas se distinguían entre las otras mujeres porque todas llevaban sombrero. Había cámaras que enfocaban al señor Pletcher; creo que dio una entrevista. Parecía estar como en las nubes, ¿sabes? Drogado quizá. Cuando terminaron con los animales Landy se puso a su lado y pronunció un discurso.

—¿Landy, un discurso?

—Sí, y no estuvo mal, aunque se notaba que estaba nervioso. Se colocó allí, sobre esa especie de caja junto al agua. Dio las gracias a todos por haber venido y mencionó a la gente que había colaborado. A ti. Y... a Jess. Y a algunos otros. Luego leyó de la Biblia la historia del arca. Y llevó el micrófono a su padre, que estaba detrás. El sistema de megafonía debía de ser muy barato; al principio solo se oían chirridos. Landy cubrió al viejo con un paraguas y dijo algo que no se oyó. Todos guardaron silencio. La voz del viejo era muy débil y tardó una eternidad en decir lo suyo. No era mucho, pero no puedo repetirte una palabra. Algo acerca de que el arca no representa la ira de Dios sino el perdón, algo así como comenzar de nuevo desde cero. La purificación. Y luego algo sobre lo bien que lo trataba la gente, sus queridos amigos y su familia. Y todo el amor que sentía. Lo generosos que habían sido con él. Que lo habían salvado. Luego se despidió y... Algunos lloraban; eso fue raro, pues hasta entonces había sido casi como un carnaval. Los arquistas cantaron una canción, un himno, y les salió... cómo decirlo... fatal. Cuando terminó la ceremonia la gente se agolpó alrededor del arca tratando de acercarse lo más posible para mirarla. Todo el que tenía cámara tomó un millón de fotos. Les gustó, de verdad que les gustó. —Hizo una pausa, pensativa. Luego se arrellanó en el asiento y añadió—: Creo que eso es todo.

Bajé la vista. Gracias a Ruth imaginaba con facilidad una multitud armada de paraguas en torno de una plataforma improvisada bajo la lluvia. Landy murmurando ante un micrófono chillón, reuniendo valor para leer la historia de Noé a cientos de desconocidos. Y Eldon esforzándose por decir lo suyo en el poco tiempo que le restaba. Agradecido por un singular acto de amor, cuya expresión flotaba ahora en el río, frente a él. Un arca.

—Oye, mamá, ¿quieres ver mi tatuaje?

—Ah... —Traté de expresar entusiasmo—. Sí, por supuesto. Ha de ser estupendo, ¿no?

Ella rió.

—Tal vez debería hacerme uno —escapó de mi boca—. ¿O ya soy demasiado mayor?

—De ningún modo. Creo que deberías hacerte uno exactamente igual al mío.

—¿De verdad?

—Por supuesto. Tatuajes madre-hija.

Me desconcertaba la chispa que veía en sus ojos. Oh, Dios mío, ¿qué se habría hecho? ¿Una esvástica? ¿Serpientes entrelazadas? Mientras volvíamos la espalda al río apoyé una mano vacilante contra su columna, apenas la punta de los dedos. Inmediatamente me rodeó la cintura con el brazo.

—¿Quieres conducir?

Me lanzó una mirada de sorpresa.

—Claro —murmuró enrojeciendo de placer—. Gracias.

Nos separamos con desenfado.

—Mañana vendremos por el coche.

—De acuerdo.

Ya en el Honda, Ruth me mostró el tatuaje. Luego volvimos a casa.

27

La última gota

Por fin han terminado las clases. En lengua, como última tarea, la señora Fitzgerald nos dijo que hiciéramos en nuestro diario una lista de las dos o tres cosas que más pesarán en nuestra mente al despedirnos de este ciclo para ingresar en el próximo, y luego que tratáramos de idear estrategias para resolver esas cuestiones durante las vacaciones de verano. La mayoría de los chicos no se tomó la molestia, puesto que ella jamás comprobaría que lo hubiéramos hecho, pero yo acabé con una larga lista, una lista enorme. El primer punto era.

1. Mi tatuaje

La experiencia aún resulta dolorosa, tan podrida y humillante como antes. Comencé por cubrirlo con un vendaje para ir al cole y dije que me había quemado. Luego conté la verdad a Jamie, después de hacerle jurar que no se lo contaría absolutamente a nadie, ni siquiera a Caitlin. ¿Y qué ocurrió? En veinticuatro horas lo sabía toda la escuela.

Como la abuela detesta el tatuaje, ha dicho que pagará para que me lo borren con láser, de modo que ella y mamá me llevaron al dermatólogo. El doctor Ewing explicó que borrarlo todo sería difícil; ¿y si mejor quitaba las líneas transversales y la parte superior del círculo? Así, una vez que eso cicatrizara, podría ir a un sitio decente para que me tatuaran los brazos de la cruz más abajo e hicieran el círculo más ovalado, como una cruz egipcia de verdad superpuesta al otro símbolo.

La única que estuvo de acuerdo fui yo. Por suerte se ha impuesto el factor económico, de manera que probablemente se haga así. Estoy muy ansiosa, pero no será hasta agosto. Mientras tanto tengo esta especie de chupachup en la mano. Por no mencionar las estúpidas bromas sobre los gays que debo soportar.

Entretanto he estado pensando. ¿Por qué el símbolo femenino tiene que ser cosa de lesbianas? Los hombres usan tontos símbolos masculinos: espadas, pistolas, motocicletas en llamas y todo eso, y nadie piensa que son gays. Todo lo contrario. No sé, estoy muy indecisa. A veces me digo: joder, me quedaré con este, es el signo de mi poder femenino. Soy fuerte por mí misma, sé quién soy, y al diablo con lo que piensen los demás. Bien, y luego pienso: pero ¿por qué tiene que ser tan difícil? ¿He de llevar un tatuaje que deberé refutar con mis actos constantemente? Además, lo que en verdad quiero es una cruz egipcia. Porque estoy a favor de la vida.

De modo que no sé... Aún me quedan algunos días para decidirme.

2. *Cuervo*

Creo que ya no somos novios. En realidad nunca lo fuimos, salvo una vez, durante cinco minutos. Ya había notado que estaba menos amistoso y ahora he descubierto por qué: la Otra. Cindy. Está en segundo curso y es una gótica total, de verdad que parece un cadáver. Por lo que sé la han enviado a casa en dos ocasiones por maquillarse como un fantasma. La he visto con él en la biblioteca dos veces, y una más en el coche de Cuervo. Son la pareja perfecta. No lo echo de menos. En realidad es un alivio no tener que seguir escuchando sus relatos de atrocidades.

No puedo creer que antes me afligiera por mi nombre, porque no es lo bastante siniestro y debía cambiarlo por Hécuba... y ahora esto. ¡Cindy!

3. *Krystal*

Mamá me obligó a dejar mi empleo en el Palacio. Hostia, todavía está furiosa. Mucho más con Krystal que conmigo, lo cual no tiene demasiado sentido. Lo único que dice es: «Ella es adulta, tú no». Una noche, me encontré a Krystal en el videoclub; por suerte mamá no estaba conmigo. Al principio fue raro, pero después de charlar unos minutos fue como en los viejos tiempos. Había roto con Kenny. Ahora sale con Walt, el cartero; lo he visto muchas veces. «Es un carnívoro muy dulce», dice ella. Cuando terminamos de ponernos al día me dijo: «Quiero saber de ti, no dejes de venir». Prometí que iría y le di las gracias por haberme ayudado, por dejarme dormir en su diván y todo eso. «Cuando quieras», repuso. Yo estaba tentada de agradecerle el resto, pero oí en mi cabeza cómo sonaría: «Gracias por mentir a mi madre y por no decir a la policía que me llevé el coche y conduje sola hasta la capital contraviniendo la ley». No podía decirlo. Sonaba sarcástico o algo así.

No digo que mamá tenga razón en lo que se refiere a Krystal. Estoy convencida de que sus intenciones eran buenas y que se comportó como una amiga de verdad cuando hizo falta. Sin embargo, hay distintas maneras de demostrar la amistad, y tal vez ayudar a un amigo y seguirle la corriente, haga lo que haga, no siempre es lo mejor. Eso es todo.

4. Castigo

Me han prohibido salir durante tres semanas, y eso incluye todas las fiestas de fin de curso a las que estaba invitada. Además debo pagar de mi asignación la reparación de la abolladura que hice al coche. Creo que esto acaba definitivamente con la teoría de que mamá es demasiado blanda. Ja, ja, ja, ja, ja, ja, ja.

Lo peor fue que la policía quería privarme del derecho a obtener el carnet de conducir durante todo un año. Eso habría sido el fin, como si me hubiera suicidado, pero alguien intervino. ¿A que no sabes quién? Jess, que es muy importante en el ayuntamiento. Y eso se acabó. Gracias a Dios.

5. Mi nuevo empleo

El abuelo me ha contratado para que pase al disco duro todas las correcciones y revisiones del libro que está escribiendo con su colega. Por ahora no son muchas, de modo que es evidente que lo ha hecho por lástima Me paga el salario mínimo, lo mismo que Krystal, pero esto es muchísimo más aburrido. Durante las primeras semanas debo trabajar en el despacho de su casa, hasta que sepa lo que hago. Es más o menos un empleo a tiempo parcial.

Ahora he descubierto (aparte de aprender más de lo que me

interesa sobre la poesía inglesa del siglo XVIII) que el abuelo no es tan callado como yo pensaba. En realidad no logro que cierre la boca. ¿De qué habla? Del tiempo sobre todo; escucha los pronósticos por radio y le gusta ver el canal meteorológico en la tele. Ayer me habló de un excelente negocio que hizo por cuatro neumáticos radiales para su Honda. Largamente. Y de otras cosas: cómo anda su césped, su cosecha de tomates, que si los abogados están arruinando el país, que por qué los Falcons de Atlanta no se pueden comparar con los no sé cuánto de Carolina. Es aburrido. Pero también me gusta, porque me relaja; puedo escuchar o no. Me doy cuenta de que me tiene cariño. Nos estamos haciendo casi amigos. Es buena persona. He llegado a la conclusión de que, si no conversa con la abuela, es porque ella habla sin cesar. Eso es muy curioso, pues ella se queja a mamá de que no puede arrancarle una palabra, de que es como estar casada con un mudo. Me entran ganas de enviarle un anónimo: «¿Por qué no te callas por un rato? ¡Ponte un corcho!». De todos modos no creo que se diera por aludida; con toda seguridad pensaría que el mensaje estaba destinado a otra persona.

6. *El arca*

El anciano señor Pletcher ha muerto. El día de la botadura, ya avanzada la tarde, hubo que llevarlo deprisa al hospital en ambulancia, a causa de su corazón. Pasó allí cuatro días; luego dijo que quería morir en su casa. Y es exactamente lo que hizo, dos días después. El periódico de Clayborne publicó otro largo artículo. Al funeral asistió más gente de la que cabía esperar, incluida mamá. Desde entonces el arca es todavía más popular. El periódico de Richmond publicó un artículo zumbón, tomando a risa toda la situación, pero sin maldad. Decía que «las figuras de animales son imaginativas y deliciosas», que «inesperadamente conmueven». Mamá daba brincos de alegría. Lo único malo fue que una noche unos chavales venidos de fuera (eso dice el periódico, pero si no los atraparon, ¿cómo pueden saber que no eran de aquí?) arrojaron una tea encendida desde el muelle y provocaron un incendio. Sufrieron daños el búho, el pelícano, la pantera y el oso pardo. Eso alborotó a la gente y atrajo a más visitantes que nunca. El arca se convirtió en una auténtica atracción turística.

Al fin terminaron los cuarenta días y las cuarenta noches. Entonces la desmantelaron y la vendieron como leña en beneficio de los arquistas. Hasta ese momento a nadie se le había ocurrido pensar qué se haría con los animales. (Yo pensaba que los desecharían, pero eso fue antes de notar lo «imaginativos» y «deliciosos» que eran.) Una noche llamó la señora Pletcher, que es su verdadera propietaria, y dijo a mamá que un gran zoológico de Pensilvania, de esos donde puedes tocar a los animales, ofrecía comprarlos todos por tres mil dólares, para ponerlos en el edificio de recepción. Se llama justamente El Arca de Noé. Ella no estaba segura de lo que debía hacer: si venderlos al zoológico y entregar los tres mil dólares a mamá, menos los gastos por materiales (quedarían dos mil), o conservarlos para exponerlos en la nueva Iglesia de los Hijos de Noé que está haciendo construir junto a la carretera 634, en memoria de su esposo. Esos dos mil dólares nos vendrían muy bien, pero mamá le dijo que debía dárselos a la iglesia, sobre todo porque el zoológico no podría albergarlos todos y acabaría desechando algunos. Además le gusta la idea de que decoren los pasillos del templo. Como si fueran las estaciones del vía crucis, dice.

7. *El empleo de mamá*

Todavía no tiene un empleo de verdad, pero hay muchas esperanzas. A su amiga Chris, que también está en paro, se le ocurrió que mamá podía ilustrar los libros para niños que ella había escrito. Al principio fue solo un experimento, para ver si la cosa funcionaba; mamá solo hizo algunos dibujos a pluma y tinta. Pero resultaron tan buenos, a Chris le gustaron tanto, que probó con acuarelas. Fueron un éxito y ahora las dos han formado equipo. Nadie sabe qué sucederá, pero al menos por ahora quieren ver si pueden escribir e ilustrar libros para niños de entre cuatro y siete años. He leído el que terminaron; no está mal.

Esa es una. Otra es que la esposa de un profesor de Clayborne quiere que mamá le pinte un mural en el comedor, gente sentada a una mesa grande, comiendo. Quiere que ocupe dos paredes enteras y que parezca antiguo y francés, como Renoir, Toulouse-Lautrec o algo así, con mucho pan francés, botellas de vino, velas y la gente vestida como en el siglo XIX, ¡solo que cuatro de los comensales deben parecerse a ella, su esposo y sus dos hijos! Mamá dice que es para mondarse de risa. Es probable que lo haga, pues la señora paga muy bien, más de lo que habría pagado el zoológico, de manera que probará suerte.

Lo tercero es que... ¡el señor Wright le ha pedido que imparta un curso de arte en Otra Escuela el próximo semestre! Nadie puede creer el morro que tiene ese tipo. Ella dijo que no, desde luego, sobre todo porque cobraría una miseria, pero ahora lo está reconsiderando. Dice que podría hacerlo «a modo de práctica», pues quizá la abuela tenía razón desde un principio y debería seguir estudiando hasta licenciarse y después enseñar arte. ¡Hostia! Por suerte, por entonces ya habré terminado el cole; no hay peligro de que sea mi profesora. No sé si lo hará o no. Por lo que he creído entender, es un último recurso, por si los otros trabajos no resultan. «Para tener algo de lo que echar mano», dice la abuela. Mamá dice que la idea no le parece tan terrible como antes. Eso ya es algo. Por mi parte... no sé qué acabaré haciendo, pero con toda seguridad no será lo que menos me disguste. Será lo que me guste más, sea lo que fuere. La otra noche, se lo dije a mamá, como si tal cosa, pero ella no lo tomó a mal, no se defendió ni nada de eso. Solo dijo: «Buena idea». Eso me hizo pensar. Es fácil decirlo, porque yo no tengo una hija que enviar a la universidad dentro de dos años.

8. Jess

Como estoy castigada, anoche estaba en mi habitación, contestando mi correo electrónico, cuando de pronto entra mamá y se sienta en la cama, muy seria. Eso me indica que vamos a hablar, y hasta sé de qué, pero no digo nada, para ponérselo difícil. No resulta, pues ella pregunta de inmediato:

—¿Qué piensas hacer con respecto a Jess?

Ya no estoy enfadada; es como si ya no me importara. Es decir, trato de que no me importe, de vivir mi vida sin pensar en eso, y hasta ahora a ella le ha parecido bien. No sé si se va a la casa de Jess cada dos por tres, si tienen sexo telefónico todas las noches... no lo sé y no me interesa. (Aún me cuesta creer que él fuera a la capital con el abuelo. ¡Cuánto me habría gustado ser mosca para oírles posada sobre el parabrisas!)

Pues bien, para abreviar la conversación, le digo que no tengo nada que hacer con Jess, que si quiere traerlo a casa como novio, no hay problema. Él no necesita que yo lo autorice a cortejarla, ¿verdad? A mamá no le parece divertido. Después de varias vueltas finalmente admite que en realidad quiere que hable con él.

En resumidas cuentas, hoy ha llamado Jess para invitarme a dar un paseo con él y Tracer en su ranchera, que me permitirá conducir. ¡Gran cosa! Ya soy demasiado mayor para esa tonta fantasía de la chica vaquera. Pero no se lo digo; por el contrario, me muestro increíblemente cortés. Fría como los peces. En este tipo de situaciones es mucho mejor mantener la calma y actuar como si no sucediera nada, como si la mente no estuviera representando dramas alternativos. Cuando te mantienes fría tienes mucho más poder que cuando te pones mohína, discutes o muestras el juego. Esto lo he aprendido a lo largo de años y con un tremendo coste personal.

Pero Jess me ha dejado de una pieza. Íbamos hacia el sur por carreteras secundarias, hacia Orange, que es una ciudad pequeña y bonita, y yo cuidaba muchísimo la velocidad para que él no pudiera reprocharme nada. Hacía calor, pero no encendimos el aire acondicionado; el aire olía tan bien... hasta el fertilizante, cuando pasamos por los sembrados nuevos. Había vacas por todas partes. Antes yo le preguntaba por las diferentes razas y él me explicaba: Hereford, Guernsey, Jersey, etc., pero hoy no le he preguntado nada, pues ya veía lo fácil que sería caer de nuevo en nuestra antigua amistad, como si nada hubiera pasado. Creo que es en parte por los silencios, que con otras personas son raros, fuera de tus padres o tu mejor amiga. Pero con Jess nunca son raros. ¿Por qué?

Pues bien, el día es precioso, estamos en el coche sin hablar mucho, porque yo quiero mostrarme fría, cuando de pronto suelta: «Si tú quieres, me largaré». Yo digo algo genial, como «¿Eh?», y él: «Tú decides».

¡Coño!, pienso. No sabía qué decir. Al fin dije que mi madre difícilmente estaría de acuerdo, que no le parecería bien que decidiera yo. Jess explicó que ella confiaba demasiado en que se me pasara con el tiempo, que tarde o temprano aceptaría su relación, pero en realidad se estaba dejando engañar por sus propios deseos. Él veía con más claridad.

—Ruth —añadió—, haré lo que tú quieras.

¡Qué bien!

—Mira, lo que vosotros hagáis no es asunto mío. Sois dos personas adultas y en edad de merecer.

Él sonrió al oír eso de «en edad de merecer», y no sé, pero me ablandé por dentro. Lo quise otra vez, como antes. Fue muy fastidioso. ¡Ni que yo fuera el juguete de cualquiera que me crea divertida, encantadora o lo que sea! Que en verdad lo soy. Juguete, digo.

Paseamos un rato por Orange, y cuando él me preguntó si quería comer algo en la cafetería le dije que no, gracias. No teníamos nada que celebrar. Giré en redondo para iniciar el regreso a casa por la carretera 15, que es la más rápida.

—He estado pensando —dice.

Tracer estaba despatarrada en su regazo, con medio cuerpo fuera de la ventanilla, la lengua fuera y las orejas al vuelo. Yo no quería saber qué había estado pensando Jess. Estuve a punto de encender el radio, lo cual habría sido una grosería increíble, pero no tuve valor.

—Me preguntaba —añadió— cómo me habría sentido si mi padre se hubiera enamorado de alguien al morir mi madre. —O antes, pensé, pero mantuve el pico cerrado. Dijo que hubiera fingido alegrarse por su padre, pero por dentro no le habría encontrado sentido, pues su madre era el centro de la vida para los dos, el motor de la familia.

Afirmé que no era lo mismo, que mi padre no era así.

Me costó admitirlo ante él, pero Jess trataba de trazar una especie de círculo, una historia paralela sobre su vida, y no servía. Es extraño, pero últimamente, cuando trato de pensar en papá, solo consigo imaginarlo en su estudio de la casa de Chicago, trabajando. No lo veo en ningún otro lugar de la casa; no puedo ponerlo en la cocina, en el baño ni en el patio. Solamente lo veo sentado ante su escritorio. Lleva su camisa verde claro, con la corbata desatada, y no levanta la vista cuando entra alguien. Está ocupado. Apoya la mano izquierda en la frente para protegerse los ojos y sigue escribiendo.

Cambié de tema. Empecé a hablar del libro que estaban haciendo mamá y Chris, sobre un patito llamado Schwartz; como nunca ordena su habitación, Schwartz no puede encontrar el boleto con que ha ganado la lotería. No me interesaba hablar de mi padre con Jess. Eso es algo privado. Durante todo el trayecto de regreso él trató de volver a ese punto, pero yo no colaboré. Admito que me gustaba verlo cada vez más frustrado. De todos modos no insistió demasiado.

Cuando llegamos a casa apagué el motor y me quedé sentada, en vez de apearme de un salto y echar a correr. Sabía que él no había terminado. Y tal como esperaba, empieza a hablar de aquellos tiempos en que íbamos a pescar o a caminar juntos, cuando yo le visitaba, momentos que disfrutaba de verdad, no porque tuviera alguna intención. «Es que me gustaba estar contigo», dice, y yo pienso: Ahora yo debería decir que a mí también me gustaba estar contigo, así nos reconciliaríamos. En realidad quería decirlo, pero no pude. No hice más que estarme sentada, jugando con el volante.

Nos apeamos. Supuse que entraría conmigo en casa. Casi lo deseaba, para que eso terminara de una vez, pero él subió otra vez a la ranchera. Murmuré algo así como: «No me importa que vengas o no. No te cortes por mí, porque me importa un rábano». Sonaba tan mal que no pude mirarlo. ¿Por qué no podía ser amable? Supongo que porque todavía me parece una deslealtad, como si tratar bien a Jess fuera engañar a papá. Es como darse por vencida y ser egoísta, hacer lo que quiero en vez de lo que debo. Y Jess pregunta:

—¿Qué te parece si lo tomamos con mucha calma?

—Sí, está bien.

—Quiero a tu madre. Antes no esperaba estar con ella, pues nunca pensé que lo nuestro resultaría. Pero ahora sí. Y no me importa cuánto tiempo deba esperar.

No sé qué dije. Estaba abochornada. Es que eso era muy personal.

Entonces él susurró:

—A ti también te quiero.

Lo miré.

—De verdad —añadió.

Pues nada, que no pude hablar, pero fue como la gota que desborda el vaso. Él apoyó una mano en el costado de la ranchera y fue como si me tocara la mano o el brazo. Luego puso el motor en marcha y se marchó.

Quién sabe qué sucederá.

O quizá es obvio.

Mamá dice que debemos perdonarnos mutuamente por las cosas que hacemos por amor. Supongo que sí. Ella me perdonó por haberle dicho que dormiría en la calle con los vagabundos. ¿Hice eso por amor? Tal vez, pero hay que retroceder mucho para verlo así. Y tienes que amar mucho a una persona para tomarte el trabajo de retroceder tanto. Bueno, me esforzaré por perdonar, pero en cierto modo Jess está haciendo trampa, me lo pone demasiado fácil.

Bien, creo que eso es todo en cuanto a las cosas que tengo en la mente y las estrategias para resolverlas durante el verano. Ha sido un año... No sé cómo. Un año raro, que no comprenderé hasta dentro de varios años más. Como cuando tenía doce y me vino la primera regla y nos mudamos aquí desde Chicago. Ahora comprendo que ese año fue muy interesante, pero por entonces me parecía que era una sarta de cosas tontas.

Este es el año en que murió mi padre. Me he convertido en una persona diferente. He cambiado para siempre. El problema es que, si no sé qué clase de persona era antes, ¿cómo sabré en qué me he convertido? Con el tiempo, supongo. «El tiempo lo dirá» es un gran refrán. No obstante, me gustaría mucho entender las cosas que se refieren a mí mientras están pasando.

En alguna parte he leído que el deudo solo sufre por sí mismo, casi nada por la persona que ha perdido. Al repasar este último año comprendo que es muy cierto.

Bien, esto se ha terminado.

¡SOLO QUE...!

9. Hay un chico. Se llama Robbie Warriner y es vecino de Chris. Va a mi escuela, un curso por delante. Es un fenómeno con los ordenadores y un tío genial. (Eso creo yo. Becky dice que no, que es una mierda, pero qué puede saber ella, si le gusta Jason Bellinger.) Es muy bueno; va a casa de Chris para ayudar a Andy con el ordenador nuevo, y le enseña juegos y cosas así. Por eso a veces, cuando voy a ver a mamá, lo encuentro allí. Piensa estudiar informática y realidad virtual, ya está decidido. Le dije que me gustaría aprender a hacer hojas de cálculo, pues quizá estudie estadística el año que viene, ¡y ahora me está enseñando! Es pelirrojo, pero no tiene el pelo anaranjado, sino rojo oscuro, y no tiene pecas. Es más alto que yo, de manos largas y elegantes, y cara muy apasionada. Y cuando se inclina hacia el teclado para mirar el monitor es como ver a Van Cliburn o alguien así. Masca Dentyne. A veces se sienta detrás de mí para enseñarme fórmulas, campos o cosas así, y cuando siento ese olor a canela y pimienta me olvido de lo que estoy haciendo. Dice Chris que no sale con nadie. Creo que es perfecto que el chico tenga un año y medio más que la chica. A mamá le cae muy bien. Claro que eso no importa.

28

Círculo céltico

Ruth aceptó.

Fue tan fácil que me costó creerlo. Había formulado la pregunta como al desgaire:

—Pensaba ir a la tumba de papá para limpiarla y ponerle flores frescas. El día está tan bonito... Pero debes de estar demasiado ocupada para acompañarme. Sería solo por una hora. Ya que fuera se está tan bien...

—De acuerdo, mamá. Conduciré yo.

Pero cuando salíamos apareció mamá con su coche nuevo, un deportivo rojo con la capota plegada.

—¿Adónde vais? —exclamó asomándose por la ventanilla al vernos en la acera. Se lo dije—. Estupendo, iré con vosotras. Subid, que este coche va como una seda. Ruth, querida, ¿quieres conducir?

Eso fue todo. Durante el trayecto al cementerio yo hervía de indignación. Mi madre puede ser autoritaria, pero no es ciega, ¿verdad? Bien pudo ver que ese paseo de madre e hija ya era demasiado peliagudo, lleno de puntos peligrosos, un verdadero campo minado. Quizá pensó que una tercera persona podía allanar el camino, pero, francamente, ¿cómo pudo no entender que el objetivo era un rato de intimidad, de privacidad entre madre e hija?

Pues nada, resultó que estaba ciega, sí, aunque tardé en descubrir por qué. Por entonces solo noté que estaba de pésimo humor y necesitaba compañía.

Tras una semana entera de calor sofocante y humedad el día era templado y espléndido; el cielo, un azur lleno de nubes esponjosas, que estrujaba el corazón. Ruth dijo que no parecía verano en Virginia, sino primavera en Chicago. Además de unas cuantas zinnias y margaritas, las flores más frescas que aún quedaban en mi jardín descuidado y agostado, yo llevaba una manta y un termo lleno de limonada. Mi visión era esperanzada, pero ingenua: Ruth y yo sentadas en la manta, compartiendo confidencias junto con la única taza. En esa fantasía no había lugar para tres. En la manta tampoco; mamá se dejó caer pesadamente en ella y metió la falda bajo las pantorrillas, sudorosa tras haber ascendido por la breve pendiente desde el camino. Ruth se mantuvo aparte, con la vista perdida en la distancia, los brazos en jarras, demasiado bronceadas las largas piernas bajo los pantalones cortos, a pesar de que no dejo de fastidiarla con lo del filtro solar. Despedí con un suspiro las oportunidades perdidas y me senté junto a mi madre.

Al fin Ruth se puso de rodillas para arrancar la hierba seca en torno de la placa de bronce de Stephen. A comienzos de verano se había cortado el pelo, aún más corto que el mío; era una cofia de rizos suaves y elásticos, veteados por el sol. Me encantaba, me encantaba tocarlo, aunque ella siempre se apartaba con un respingo protestando: «¡Mamá!». El mes próximo cumplirá los dieciséis. Recuerdo perfectamente lo que representó para mí obtener el carnet de conducir: libertad, independencia, el glorioso comienzo de mi vida real. Pero para una madre solo significa una cosa: el principio del fin.

—Se te ve cansada, Carrie. —Mamá se sirvió media taza de limonada y la bebió. Parecía malhumorada—. ¿Verdad, Ruth, que tu madre parece cansada?

La niña levantó la vista y me miró con los ojos entornados.

—No. Yo la veo guapa. —Con un encogimiento de hombros continuó arrancando hierbas.

—Gracias —dije tras un segundo de sorpresa. ¿Cuánto tiempo había pasado desde su último cumplido? Los resentimientos empezaban a esfumarse, quizá por el paso del tiempo, quizá solo para dejar sitio a otros nuevos, pero esa tregua me encantaba; no me interesaba saber a qué se debía. Que Ruth me quisiera otra vez, que me tratara bien... solo entonces comprendí cuánto echaba de menos eso.

—¡Hala! —exclamó ella—, mirad eso.

—No señales —sermoneó mamá, severa—. Ya los vemos.

—¿Qué? —Después de intercambiar una mirada con Ruth («¿Qué le pasa?») eché un vistazo por encima del hombro—. Ah...

Había un oficio fúnebre a cuarenta metros de distancia, en lo alto de la colina que daba su nombre al cementerio. Los deudos no eran muchos. Se recortaban en negro contra el cielo: una mujer muy anciana, de manga larga (debía de estar sofocándose), dos hombres mayores, una joven y un niño. El ministro leía de un libro de oraciones; un par de palabras nos llegaron traídas por la brisa cambiante: «Señor Todopoderoso... bienamado... te pedimos...».

Ruth miraba fijamente, con las manos sucias apoyadas en los muslos.

—Nunca se sabe, ¿verdad? Parece un entierro como tantos. El tipo ha muerto y ella es la viuda; esos son los hijos y los nietos; todo el mundo está triste. Pero podría ser algo completamente distinto. Podría ser cualquier cosa.

Mi mano se detuvo camino del termo. ¿Eso era una indirecta? ¿Una manera de insinuar que mi dolor, en el funeral de Stephen, había sido insincero? ¿Una mentira?

—La anciana podría no ser la viuda, sino la madre, y uno de esos tipos podría ser el esposo de la difunta. O los dos tipos, sus hermanos. Podría ser cualquier cosa, ¿verdad?

—Ah... —Qué alivio—. Tienes razón; hacemos suposiciones sobre la gente basándonos en...

—Estereotipos —concluyó Ruth—. Todo el mundo extrae conclusiones precipitadas sobre la gente. Es lo que provoca el racismo, el sexismo y la intolerancia religiosa. Me parece que es mejor no pensar nada sobre la gente, limitarse a mantener la mente abierta en todo momento.

Asentí con la cabeza, pensativa. Recordé que su lista de lecturas para el verano incluía la novela *Hijo nativo*. Durante unos segundos cerré los ojos. Tuve la sensación de que me elevaba y flotaba suspendida sobre todas las tumbas del cementerio, todas las tumbas de este mundo redondo, azul y verde. Miles de millones de muertos y vivos, incontables personas que, de pie junto a las lápidas de sus seres amados, oraban entre sollozos, anhelos, dolor.

—George me ha mentido.

Abrí los ojos.

—¿Qué dices, mamá?

—Tu padre se niega a cumplir su promesa. —Arrancó unos hierbajos para arrojarlos a un costado—. Debería haberlo adivinado. Debería haberlo visto venir desde lejos.

—¿Qué ha sucedido? —Miré a Ruth, que mantenía la cabeza gacha, inclinada hacia la placa, mientras la frotaba con el dobladillo de la camiseta. Ella lo sabe, pensé. Lo que sea, ya lo sabe.

—No haremos ese viaje —explicó mamá sin rodeos.

—Oh, no. ¿Por qué? ¿Acaso papá no ha terminado su libro?

Estaba terminado, sí. Ruth me lo había dicho dos noches atrás. Se suponía que, en cuanto acabara el libro que estaba escribiendo en colaboración desde hacía casi dos años, él y mamá harían un viaje. Solo una semana en las Bahamas, pero serían las primeras vacaciones de que disfrutarían juntos en... quince años, aseguraba ella, aunque parecía imposible. Sin duda era una exageración.

—Sí ha terminado. Si quieres que te diga lo que pienso, lo acabó hace meses; tanta corrección no ha sido más que una excusa para darme largas.

Al oír eso Ruth alzó la vista, con ojos de muñeca.

—¿No teníais ya los billetes, las reservas, todo? —Mal asunto. Llevaba más de un mes sin prestar mucha atención a las minucias de la vida de mi madre, pues tenía demasiadas cosas en la mente, pero sabía que ese viaje no era una simple escapadilla. Para ella representaba una transición entre lo pasado y lo futuro, su vida antigua y la nueva... quizá. El comienzo, o cuando menos la posibilidad, de algo diferente entre ella y papá—. Ay, mujer, ¿por qué no puede ir?

—Un congreso en Toronto. Va a leer una ponencia. Muy prestigioso, dice. Lo invitaron en el último momento —añadió, con agrio aire de triunfo. —Se puso de costado para levantarse, apoyada en las manos. Luego se sacudió vigorosamente la parte trasera de la falda—. Estoy tan furiosa que podría escupir.

Se alejó, de espaldas a nosotras. Empezaba a tener andar de anciana; calzaba zapatos ligeros de color azul marino, de los cuales uno estaba gastado por fuera y el otro por dentro, como si sus pies se derrumbaran poco a poco, uno sobre el otro. Usaba blusas de manga larga por mucho calor que hiciera. «Los brazos se me han puesto feos —aseguraba—; los codos parecen barbas de pavo.» Aunque yo la sermoneaba para que no dejara de tomar calcio, seguía perdiendo estatura; pasados cuarenta y dos años, finalmente yo era más alta.

Ruth levantó la cara inexpresiva, abandonando la apasionante tarea de quitarse la tierra de las uñas. En los últimos tiempos Ruth vacilaba entre dos cariños. Me encantaba que, al regresar de su empleo estival, repitiera fragmentos de las conversaciones que mantenía con su abuelo: el abuelo ha dicho esto, el abuelo opina aquello. Finalmente empezaba a conocerlo, al punto de intimar con él, y yo la envidiaba. Sin embargo la experiencia, naturalmente, enturbiaba un argumento familiar que siempre había sido simple y claro: la abuela era divertida, vivaz e interesante; el abuelo casi no existía; era un rumor.

Me preocupaba la cabeza inclinada de mi madre. No podía ser que estuviera llorando. Me acerqué; deslizaba las manos por las puntas de una vieja verja de hierro.

—¿Mamá?

—Estoy bien.

—Ya lo sé.

—Solo muy enfadada. Quería ir. ¡Caramba, quería hacer ese viaje!

—Ya lo sé.

—Quizá vaya igualmente. No para divertirme. Solo para mortificarlo. —Sonrió. Recuperaba su lúgubre sentido del humor—. Podría invitar a Calvin Mintz. Debe de sentirse solo ahora que ya no tiene a Helen para tiranizarla. Qué pareja haríamos, ¿eh?

La punta de hierro de la verja me dejó una marca en la yema del pulgar. Para mí el verano transcurría en un deslumbramiento, una especie de bálsamo dorado, totalmente distinto de cuanto me hubiera sucedido antes. No me perdía en el amor ni en la lujuria. Seguía siendo yo misma, veía los defectos de Jess (su melancolía, esa autosuficiencia que lindaba con la distancia), y él veía los míos, demasiado numerosos para mencionarlos. Pero nos llevábamos bien, como siempre, y el tiempo compartido llenaba en mí rincones que habían pasado largos años vacíos. Aún estábamos en la etapa de la dependencia química, adictos el uno a la otra. No perduraría, pero yo no esperaba lo siguiente con miedo, sino con curiosidad, hasta con ansias. Separarme de él ahora sería como... si se reiniciara la sequía después de una única lluvia larga y curativa.

—Iré contigo.

—¿Qué? ¡Venga, no! —Mamá rió con timidez, limpiándose el sudor del labio superior con el borde de un pañuelo de papel. En la inclinación de sus ojos gachos vi que la idea comenzaba a arraigar.

—¿Por qué no? Hace siglos que no viajo a ninguna parte. Ruth podría pasar parte de su tiempo con papá y el resto en casa de Modean.

—¡Hostia, puedo quedarme sola! —exclamó Ruth.

—No te conviene hacer un viaje justamente ahora —bufó mamá. Se alejó algunos pasos, giró en redondo, regresó—. Estás en pleno trabajo con Chris y tienes... —Movió la mano hacia fuera—. Tienes cosas en marcha.

Se refería a Jess. Había llegado casi a aceptarlo. Él era como la artritis en otra articulación, un recrudecimiento de la psoriasis, otro achaque que debía aceptar con elegancia y dignidad.

—Nada se vendrá abajo si me voy por una semana. Seguro que nos divertiremos.

—¡Quita, mujer! —Aún se hacía la difícil—. Me extraña que quieras ir de vacaciones con tu anciana madre.

Pues sí, quería. Quería darle lo que ella deseaba, libremente y a cambio de nada. De corazón. Durante mucho tiempo mamá me había extraído cariño estrujándome como a un tubo de dentífrico. ¿Y a qué nos había llevado eso? A mantener una distancia espinosa, a ser el cazador y su presa; ella, hambrienta; yo, con miedo a que me comiera. También Jess tenía algo que ver en todo eso. Amarlo me había liberado; al escogerlo, al reconocerlo, cuando más atada y comprometida estaba. Bien podía hacer por mi madre ese sacrificio, no tan pequeño, a manera de regalo, justamente porque ella no lo esperaba ni lo había pedido. No había tenido que extraérmelo.

—Claro que sí, mamá. Quiero pasar una semana con mi anciana madre en las Bahamas. Nos tenderemos en la playa a leer todos los libros que tenemos pendientes.

—Pues...

—Comeremos pescado todas las noches, saldremos de compras, iremos al cine, engordaremos. No haremos absolutamente nada que no queramos. Y si en el bar conocemos a dos tíos guapos, nos dejaremos pagar una ronda de mai-tai.

Ella rió con aires de jovencita.

—Pues George se lo tendría bien merecido, ¿verdad? Ay, cariño. —Me apretó el brazo con fuerza—. Oye... pienso invitar a Birdie.

—¿A Birdie? ¿Quieres que te acompañe?

—Necesita un viaje. Ha estado muy deprimida.

—Yo también necesito un viaje. —Ahora me sentía ofendida—. No puedes invitar a Birdie; te volverá loca.

—Es cierto, abuela —convino Ruth acercándose—. Te volverá loca, sí.

—Probablemente. —Mamá rió otra vez. Fue un sonido alegre. Y yo pensé: Me encanta tu cara, te quiero, mamá—. De cualquier modo la invitaré. Eres un tesoro, Carrie, pero en estos momentos tienes demasiadas cosas en marcha. Esta tarde llamaré a Bird; eso la animará. Veamos, ¿quién arreglará estas flores? Ruth, cariño, ¿sabes cómo funciona ese pequeño recipiente de la placa? Lo separas del suelo, lo pones boca arriba y es un florero. Mira qué bonitas... ¿Son de tu jardín o del de Modean, Carrie?

Así pues, pusimos las flores en la tumba de Stephen, mientras yo reflexionaba sobre el interesante hecho de que mi madre aún pudiera sorprenderme, aún tuviera trucos en la manga. Se diga lo que se diga, la familia nunca es aburrida. Y la tarea de madre nunca se torna menos complicada. Solo cabe confiar, como los médicos, en que no haremos daño. Sin embargo es una esperanza fútil, pues el daño es inevitable. Entonces solo queda esperar que alguien, algún día (Ruth, pronto), tome en cuenta tus buenas intenciones.

Mi madre, que estaba de rodillas, se incorporó con un gruñido y se alejó algunos pasos, tiesa y con las manos apoyadas en la parte baja de la espalda; luego se desperezó, proyectando el mentón. Yo seguía en el mismo sitio, rozando apenas el brazo de Ruth con el mío. Acaricié con un dedo las letras en relieve: STEPHEN EDWARD VAN ALLEN, AMADO ESPOSO Y PADRE, en tanto me esforzaba por ordenar mis pensamientos. Esa era mi oportunidad de decir algo sobre Stephen, algo sabio, verdadero o conciliador. Apreté una zapatilla de Ruth.

—Tu padre...

—¿Crees que puede vernos, mamá? ¿U oírnos? ¿Crees que tiene conciencia de nosotros en este momento?

—Hum... pues no lo sé, pero es posible, es muy pos...

—Porque a veces lo siento cerca de mí, pero otras... —Redujo la voz a un susurro—. Casi no recuerdo cómo era. Si me concentro en la camisa de pana verde, aún lo veo. —Respiró hondo y soltó el aire en un soplido—. Pero ¿durante cuánto tiempo más? ¿Y si se vuelve invisible?

—En ese caso...

—En ese caso supongo que lo llevaré conmigo como si fuera un sentimiento. Siempre tendré eso, el sentido de mi padre.

—Eres como él —observé—. Aquí. —Tracé con un dedo la línea nítida y decidida de la mandíbula—. No puedes perderlo, porque está en ti. —Ella sonrió—. Por eso nunca pude dejar de amarlo.

—Sí, pero... —Un leve rubor le coloreó la mejilla. ¿Vergüenza? Eso era mil veces preferible a la indignación. Yo iba a hablar, pero ella dijo—: No hables de eso aquí, mamá. Ya me entiendes. —Deslizó la palma por el césped quebradizo de la tumba—. Por si acaso.

Desde luego. Por si acaso. Me avergoncé de mi propia falta de delicadeza.

En lo alto de la colina terminaba el servicio. Aunque ya estábamos listas para volver a casa, solo por respeto aguardamos a que los deudos bajaran por el sendero hasta los coches y se organizaran: «Tú ve con él, que nosotros iremos con ellos, nos veremos en casa...». El necesario aspecto social de todo duelo. Luego nos encaminamos tranquilamente hacia el coche de mamá. Nosotras ya hemos tenido nuestro entierro, me sorprendí pensando; por un tiempo estaremos a salvo. Como si las pérdidas se distribuyeran de manera justa y previsible, a intervalos convenientes. Pero la esperanza es hábil para engañar. Y en ese día de estío, dulce, tibio y perfumado, en el cementerio de la colina, yo estaba llena de esperanzas. El futuro pintaba bien, tenía potencial, era como un cielo color pastel. La única nube era que no todos mis seres queridos estaban igualmente llenos de jugosas expectativas. Había alguna ventaja en eso de volver a comenzar, llenar la barca de progenitores nuevos y hacerse a la mar bajo el diluvio. El nuevo día no duraría mucho, pero tal es la naturaleza de los días nuevos. Los rencores resurgen, se recae en las malas costumbres y siempre habrá desdenes, ofensas y mezquindades que enturbien las aguas de la inundación, aun antes de que comiencen a retirarse. Sin embargo, luego comienzas de nuevo. Mientras puedas amar, mientras puedas perdonar, no tiene por qué haber finales. Menos mal, porque nunca puedes mantener las cosas en orden por mucho tiempo.

—Deja que vaya contigo, mamá —pedí otra vez inclinándome desde el asiento trasero del coche, cuidando de no bloquear el espejo retrovisor—. Podríamos pasarlo tan bien... Me gustaría ir, de verdad.

Pero ella no cedió. Iría con Birdie y punto. No supe con certeza por qué. No era por el placer del martirio; yo sabía muy bien cómo se representaba ese papel, y ese día se trataba de otra cosa. ¿Por generosidad de espíritu? ¿Una demostración tardía (mejor tarde que nunca) del arte del desprendimiento? Era más agradable no saber. Me gustaba concederle el beneficio de la duda.

—Tengo una gran idea —anunció Ruth mientras encendía el intermitente y aminoraba la marcha a conciencia al acercarse al semáforo.

Sería una excelente conductora, a menos que tuviera a toda la familia engañada para convertirse luego en un verdadero terror. Cogí distraídamente mi bolso. Estábamos entrando en la ciudad, zona en la que las grandes ideas de Ruth tenían que ver con McDonald's o la heladería. Pero ella propuso:

—¿Por qué no nos tatuamos las tres?

Yo resoplé. Mamá puso los ojos en blanco.

—Sí... no... es decir, ¿no sería increíble? Cuando me arreglen el mío podríamos tatuarnos las tres. Para ti, abuela, solo uno pequeño, muy sencillo. En realidad no duele tanto. Y si vamos juntas podría ser como una distracción. ¿Qué os parece? —Sus ojos bailaban en el espejo, desafiándome—. Tú, mamá, podrías hacerte uno sensual. Una mariposa en el culo.

Mamá lanzó un bramido de risa.

—¿Y yo? —Se remangó para mostrar la piel llena de manchas del antebrazo—. ¿Un gran corazón sangrante, atravesado por una flecha? Y abajo: «George, por siempre jamás».

Ruth reía a carcajadas, saltando en el asiento.

—¡Estupendo! O una calavera sobre tibias cruzadas, abuela, justo en la clavícula. ¡O en un pecho! ¡Imagínate el escándalo en el club de jardinería!

Siguieron riendo e ideando tatuajes cada vez más descabellados, sitios cada vez más obscenos donde ponerlos. Yo todavía no asimilaba la idea propuesta por mi hija, no del todo en broma, al parecer: tatuajes con su madre y su abuela. Era algo en que pensar más tarde.

Mientras tanto pensé en el tatuaje que escogería si alguna vez se me ocurría hacerme uno. No sería una mariposa en el culo. ¿Cómo se llamaba ese símbolo de la serpiente que devora su propia cola? Probablemente representaba el infinito, lo interminable, lo atemporal, pero para mí significaría el esfuerzo de amar bien, que giraba y giraba, siempre imperfecto y siempre perdonable. Lo mejor que cada uno podía hacer por el otro.

En el asiento delantero habían llegado a una decisión. Una cruz egipcia perfecta para Ruth y alguna flor para mamá. Una rosa no, demasiado vulgar.

—¿Te sumas, mamá? —Ruth apartó la mano derecha del volante para alzar el puño.

¡Pobre mano, aún rosada y dolorida por el último tratamiento de láser! Mamá la estrechó, riendo por lo bajo. Yo la rodeé suavemente con la mía. Y las tres elevamos los puños unidos para agitarlos en el aire.

Me arrellané en el asiento, melancólica. Me sentía algo pesada por tantas esperanzas precarias y afectuosas. Con cielo color pastel o sin él, el futuro suele llegar demasiado aprisa. Pasa volando, pero ¿qué puedes hacer? Nada. Esperar que todo resulte bien. Relajarte, disfrutar y permitir que tu hija, la experta, te lleve a casa.

Este libro ha sido impreso en los talleres
de Novoprint S.A.
C/ Energía, 53 Sant Andreu de la Barca
(Barcelona)